力潮文创　　少年绘

你能别在半路下车吗？
窗外的风景，
不比我好。

智幸 绘

好生驾驶

罗再说 ☆ 著

长江出版社
CHANGJIANG PRESS

图书在版编目（CIP）数据

好生驾驶 / 罗再说著. — 武汉:长江出版社,2022.7
ISBN 978-7-5492-8392-7

Ⅰ.①好… Ⅱ.①罗… Ⅲ.①长篇小说-中国-当代Ⅳ.①I247．5
中国版本图书馆CIP数据核字(2022)第107669号

好生驾驶 / 罗再说著
Haosheng Jiashi

出 版	长江出版社
	(武汉市解放大道1863号 邮政编码：430010)
市场发行	长江出版社发行部
网 址	http://www.cjpress.com.cn
责任编辑	江 南
印 刷	嘉业印刷（天津）有限公司
版 次	2022年7月第1版
印 次	2022年8月第1次印刷
开 本	710mm×1000mm 1/16
印 张	21.75
字 数	453千
书 号	978-7-5492-8392-7
定 价	42.80元

目录

好生驾驶

目录 contents

第一章

B城，东南三环。

夜幕下的金港赛道，霓虹招牌闪得通透，百米开外都能隐约窥见锋芒。

今夜，贺家贺情小少爷组织了飙车局，所以赛道大门口杵了一排保镖，地上放着禁止通行的圆锥警示桶，微博上也更新了告示，今晚不对外开放。

微博一发出，下面评论转发得欢腾，不少车迷猜是不是贺少又飙车啦，今晚有全城最帅兰博基尼看吗，能不能去扒着铁门儿沾沾光云云。

有个挂了红 v 的汽车自媒体回复说，贺少的局，那可是半只蚊子都别想混进去。

现下是凌晨两点左右。

贺情捂着头，半靠在休息区沙发上，浓密的睫毛忽闪，有血涓涓成线，顺着指缝流下。

他贺情，在金港赛道被打了。

虽然说这点血是自己被摁着的时候磕的，但真的疼死个人。

他周围站着的平时一起飙车的兄弟都乱了阵脚，喊着嚷着都在打电话，时不时过来问他几句如何如何，大都畏于他神色狠戾而不敢近身。

贺情的兄弟，从小跟他一起混过 B 城一二三四环的兰洲，在一旁急得团团转。

"情儿，都什么时候了，你还摆谱呢！"

兰洲伸手想去拉他，被贺情一肘子甩开。

他低头就见贺情还捂着头，白净的脸皮上带了怒意，面色绯红，本就微微上挑的眼尾也红了，朝他发怒："把人都给叫住了，别打 120 了！我臊皮！"

说完，他看了一下栅栏被撞歪了一边的出口 b，又猛地踹了一脚脚边的奔驰广告牌，咬牙道："没我允许，以后那个门都得关着！"

刚刚打他的那个人，就是从 b 出口驾车而逃的。

虽然那人，个子比他高了一大截，眉眼带刃，眸底有浓得化不开的墨，薄唇紧抿成一条线，轮廓有棱有角，是少见的俊朗爷们儿。

贺情暗骂一句，非得把这家伙逮着不可，在 B 城这块风水宝地上，特别是玩车的圈子里，还没谁动得了他贺情。

他贺情是谁？

B 城，古蜀王都皇城根脚下的人。

他模样生得是好看，一对吊梢水灵桃花眼，看谁都爱眨眨，顾盼含情，性格张扬又爽快，惹得不管男男女女都爱往他跟前凑，一窝狐朋狗友成天你来我往。

贺情家里经营着在全国知名的汽车集团，机场路那个加贝集团里的一排豪车超跑4S店都写的他的名字。

B城这座城市，讲究东南西北门，常言道：南住富裕西住贵，东住贫穷北住贱。

而贺情，刚好就在西南门附近住，很是大富大贵。

他这人就爱车，除了车就没别的爱好，一门心思全扑上去了。

在极度不爽与众人吵吵闹闹的情况下，兰洲开着车一路飙三环，万分庆幸今晚父母不在，便把贺情拉回了兰家。

不然贺情这副一脸血的模样回贺家，怕是要被贺父没收了他的车钥匙。

贺情刚到兰家，一边任匆匆赶来的家庭医生小心翼翼地给他止血，一边倒吸着凉气给朋友打电话查今天揍他的那个人。

事情是这样的。

当天下午，贺情去南三环机场路的兰博基尼4S店提到一辆银黑的大牛，这是他送自己二十岁的生日礼物。

拥有劲爆运动线条的兰博基尼早就是他们玩儿车圈里私人车库的常驻车型，但提到Centenario这款的，贺情还是第一人。

他把车底裙边喷了层金色，起名叫"黄蜂"，宝贝得很，约了一拨俱乐部的兄弟，晚上去金港赛道开开光。

金港赛道，中国西部级别最高的赛道，最高时速二百八，夜晚封了场更是显得道路宽阔，只听得跑车声浪阵阵，震得贺情耳膜发痛，肾上腺素飙升。

他眯着眼，隐约觉着前面有辆车，但摸不清是在飙着还是在路边儿停着。转念一想，早吩咐赛道工作人员清了场，谁还在他飙车的时候停路边上？

贺情心想肯定是有人蹿到了他前面，这男人的斗志一被激发起来，瞬间一脚油门儿踩到了底，发动机转数噌噌上涨，声浪震耳欲聋。

待他在夜色下看清前面的大车是停止状态时，已然来不及急刹车，贺情猛打方向盘，摆尾甩身，轮胎摩擦地面的声音响彻天际。

这一个漂移，他撞上了。

贺情胸口钝痛，知道是他的座驾屁股被撞，也只好安慰安慰自己，还好没有撞烂这车的侧脸，不然自己也活不成了。

他开门下车，就着月色，仔细看他撞上的那辆车，眼生。

贺情嘟哝一句："这谁啊……"

是自己没看清楚就瞎加油，但仔细一看，这辆车是乔治巴顿。

B城就那么一两辆，他略有耳闻。但这辆是新来的车，还挂着A城牌照。

 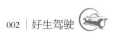

这车是超级越野车，往那儿一停跟巨型犀牛似的，漆黑厚重的车身比坦克还稳固，看着没什么大问题。

但自己这辆大牛就另当别论了，撞成这样，好说也要上百万的修理费，真无语了。

贺情原本大好的心情给毁于一旦，心下暗骂，有病吧，开这么大一个车来赛道？

这么想着便嘴上不停歇，敲开了车窗，看里面是个面生的男孩儿，约莫十七八岁，眼睛湿漉漉受惊一般，跟小鹿似的，温润至极的模样，像是今天谁谁谁带过来玩儿过的朋友。

贺情没搞懂这么一个车为什么会是个小朋友在开，眉头一皱，心情不好了也懒得留面子，挑衅道："开越野来赛道，你有病？"

里面坐着的那个祖宗是谁，贺情不知道，他更不知道这人其实也不好惹。

应与臣坐在驾驶座上，这才注意到贺情，手腕子随意搭上方向盘，仪表盘都还亮着。

他张张嘴，俨然一副无辜相，贺情耐着性子等他讲话，却看他什么话也没说出来。

贺情见着人不仅毫无愧色还装傻，忍不住拉开车门想把这小子拖出来，就听应与臣朗声道："我们……"

完全懒得跟他废话，贺情下车就打了电话，这会儿几辆跑得快的车都聚拢到了跟前，下来兰洲他们几个人，把这乔治巴顿围了个严实。

其中有个人扯着嗓子瞎嚷嚷："贺少下午才提的大牛，被这巨无霸给撞废了？"

应与臣没忍住，驳道："不是我撞的……"

兰洲也气，爱车如命的他心疼大牛的屁股，也骂骂咧咧："那是你安了块磁铁给吸过来的？"

应与臣气得脸发红："能好好儿讲话不！"

贺情听得这 A 城腔调，给气笑了："外地小娃子来 B 城玩，不懂规矩了？"

这句话犹如炸弹扔进人群之中，像贺少下命令了似的，有几个好事儿的一股脑儿冲上来，扒着那乔治巴顿的车窗就想把应与臣往外拽。

其中有个脾气冲的没稳住，一拳头挥过去。

应与臣结结实实挨了一拳，一边往副驾驶躲一边掏出电话，拨了个号，利索地锁了车门："哥！我在车上被打了！"

僵持了不到一分钟，贺情看到赛道边休息区公厕里出来一个男人。

他身形如山，肩宽窄腰，穿件黑背心，长腿上一双军靴紧裹着肌肉线条。整个人携了一股浓烈的阳刚之气，匆匆朝这边赶来。

贺情回头看了眼忍不住退后一步的朋友们，又将自己的身手与这人的武力值做了对比，当时就觉得，今天大概是栽了。

之后赛道地上歪七扭八地趴了一片，哀号声此起彼伏，远处保安已驾着车飞驰而来。

而贺情额间渗血，跟小鸡仔似的，被应与将直接狠狠地摁到他那辆兰博基尼的引擎盖上。

应与将脖颈边青筋暴起，自上而下俯视着他，眉宇间满是戾气。

仰躺在滚烫车身上，贺情这么被一个陌生男人制住，倒还破天荒地觉得不算难受。

刚想起身反击一番，就听得耳边恶狠狠的话语自那男人唇形好看的嘴里吐出："贺情，你动我弟弟。"

等应与将慢悠悠收拾好凌乱的驾驶室，载着他的宝贝弟弟从 b 出口离开了金港赛道时，那些保安才姗姗来迟，慌乱地下了车，喘着气把爆闪的紧急红灯给关掉。

"贺，贺少……"

领头的那个是金港赛道夜班经理，一脸狐狸样，三七分的头发此刻被夜风挠得凌乱，面上是比哭还难看的谄媚："贺少，您看……"

"李经理，你就告诉我，"贺情被人扶着起身，咧嘴冷笑，"那么大个乔治巴顿，怎么就停赛道上了？"

那夜班经理一打战，抖着嗓哆嗦道："没……没通知到位。这……这是下午来的客人，那会儿您还没说晚上要……"

贺情眉头一皱，他的神情阴鸷："你意思是我订得晚了？"

李经理惊得快翻白眼了，连忙解释道："不是不是！贺少是不晓得，这……"

这边李经理还没解释完，恢复了点元气的兰洲打起精神，颤巍巍凑到贺情身边，一眼就瞧见了贺情额角开始渗出的血，朝李经理喊道："起开！别说了……哇！情儿你流血了！"

这一声如水雷般瞬间激起千层浪，全场慌乱，叫的叫喊的喊，又都凑上前来一阵乱七八糟的关切问询。贺情只觉得一阵眩晕。

"贺少！"

"情儿？哎呀妈啊我的情儿，我……"

"贺少昏了！"

"快来人救命啊！"

贺情彻底昏迷过去。

第二章

B 城夜雨。

距离上次在金港赛道出事儿已过了两天，贺情斜着身子坐在兰洲的路虎揽胜上，嘴里咬着根宽窄，手里黑白相间的烟盒被捏得翘了边角。

晚上的二环高架没什么来往的车，一路畅通。

兰洲刚把车驶入限速八十公里每小时的二环高架，猛踩下油门飙到七十五，就听见贺情在后座叫唤："你慢点开行不行？"

正忙着看旁边刚修好没多久的快速公交车道的兰洲没工夫搭理他。

车内未系安全带的警示声又滴滴滴滴个不停，警示灯一直闪，他又听贺情咋呼一句："你能不能把安全带系上！"

兰洲一乐，看他这斗败公鸡的蔫巴样还不忘对着后视镜里的贺情放个电，忍不住笑了："怎么，情儿？惜命啊？"

贺情压着嗓冷哼一声，半边脸都隐没在二环高架路灯橙黄的光辉下，带出一股子迷离之色，卷翘又长的睫毛跟蝶翼似的扇，在眼下投出一片浅浅的影。

兰洲手腕搭上方向盘，脚下踩轻了些，又打趣激他："惜命就少去飙，我看下次你要是没打那一盘子，直接撞上去，就没机会飙车了。"

"暴发户。"

贺情白他一眼，冷笑道："我是怕你这技术，让我都不敢坐副驾。"

自从兰洲去年提了这辆揽胜，贺情就老拿这三个字激他，嫌弃他没品位，至少在他眼里开路虎的都是暴发户。

像这种量级的越野，他还是喜欢奔驰 g500、乔治巴顿、陆地巡洋舰、雷克萨斯 570 之类的。

贺情想着，指尖夹烟猛吸一口，原本乐得眉眼弯弯，又想到前些天在金港赛道遇到的那辆乔治巴顿，立马变了脸色。

驾驶位上兰洲听贺情又损他暴发户，其实他可喜欢这车了，大气霸道，又是顶配。

兰洲和贺情一样爱车如命，忍不得谁说自己的车不好，这脾气一上来，一脚又给踩到了七十多。

这时，快车道旁边的普通车道上，来了一辆让贺情魂牵梦萦，再熟悉不过的"巨型坦克"。

巨大的黑色车身，视觉效果紧凑，车顶雾灯靠成一排，整体傲气、一压群雄，那车型与道儿上其他车一比，其他都成了小虾米。

这辆乔治巴顿在B城的大雨下行驶，犹如海底巨龙，黑夜里的啸动狂风，均为它而起。

贺情瞬间精神了，腾地起身，直挺着腰跪在后座上看。他眉一皱，指着前面超过他们的那辆乔治巴顿，对着兰洲吼道："你快点儿！"

贺情下命令了："追他！"

兰洲叫苦不迭，这都要超速了："追什么啊！"

贺情继续喊："你追他车！"

兰洲白眼一翻："你那兰博基尼就是撞废了屁股都伤不了他多少，你让我一小路虎去追，那不得把头都撞没了……"

贺情看那车越跑越远，急得不行。

到了二环高架永丰路出口，那辆乔治巴顿顺着辅道出去了，兰洲方向盘一打，往科华北路走了去。

他"哎哟"一声，只觉得耳上吃痛，一看后视镜，是贺情在拧他。

兰洲知道贺情是气不过，但今天要是真追上尾了，那人他也见过，他和贺情俩再挨几拳头，追尾还要负全责，赔了夫人又折兵的，划不来。

见自个儿发小一脸阴郁不蹦跶了，抱着手臂在后座又燃了一根烟，兰洲劝慰道："情儿，还跟什么跟哦，你不是查到他了？"

贺情抓了一把头发，不屑道："自己抓着跟查到的感觉不一样。"

兰洲笑了，敢情这小孩在跟自己那天输得太惨的自己较劲儿，说："那改天有空，我们喊起人找他麻烦去？"

没想到贺情表情又垮了，眉心紧拧，张嘴嘟哝："也没这个必要……"

兰洲蒙了，这是什么意思？

其实贺情在被打的那天晚上，就叫人把应与将的老底都给翻出来了。

男，二十有七，A城人，前几年在A城打拼，在盘古七星那边开了车行做改装与买卖生意。

那地界寸土寸金，能在那上面摆那么大个摊子卖车，应与将自然也不是什么省油的灯。

应与将在A城闯荡十年，名下豪车好几辆，款款都是稀有货，风头一时无两，之前还整过贺情最想要的一辆骑士十五世。

况且他家的改装技术实属高超，简直是他们西南片区圈子里众人膜拜的大神级人物。

应与将这人性子冷淡，心如铜墙铁壁，万事儿雷打不动，处理事情雷厉风行，平时跟阎王现世似的，谁都近不了身。

但他的软肋，就是他的弟弟，应与臣。

这小朋友跟他哥不一样，不太会开车，就喜欢念书。平时看着乖巧听话，紧要关头惹事却是独一份。

去年在什刹海之源同新交的朋友吃饭，听饭桌上有人说某某某撞了人是因为在应与将那儿修坏了刹车制动。

对方也没想到他是应与将的弟弟，话才讲了一句半，就被掀了桌布。

应与臣也被拖下椅子，两人你一拳我一腿抱着就扭打起来。

也没想到那人惹不得，应与臣第二天早晨觉都还没睡醒，就被他哥一脚油门拉到机场，推搡着刷了登机牌上了飞机。

应与臣大概也猜到是什么事儿了，低着头不敢说话。

那日他哥应与将，同他就隔了一道安检门，一身玄黑风衣紧裹，面部棱角分明，张了张嘴，声音有些低哑："你先去 B 城，那边有人接你。"

应与臣踮着脚望他哥，跑了一处又一处有空隙的地方，隔着玻璃板看他，手敲得砰砰响："哥，我错了……"

他哥回他一个笑，说："我随后就来。"

说完这句话，他哥带着机场里的温热暖气，留下一个潇洒的背影，消失在机场门口。

后来应与将花了多少心思把这事儿压下来，赔了多少罪暂且不提，好不容易保住了部分财产，给应与臣办了休学，自己全身而退到西南与弟弟相聚。

这事儿也传到 B 城车圈里，如一石激起千层浪，大多数人虽知应与将是虎落平阳，但都还挺好奇这以前在 A 城都能混到冠绝车圈的，到底是个什么人。

贺情早就听说过他了，只是一直不甚在意，毕竟这是自己的地盘。

那晚他回了兰洲家里，进浴室洗澡，怕弄到伤口，脱衣服也脱得缓慢而小心翼翼。

他嘴里叼着衣摆，浴缸里放着热水，引得他眼瞳里朦胧起雾。

贺情扶着胯，对着浴室里的半身镜左照右照，正准备脱裤子，猛地瞥见裤腰上别了张名片。

指尖夹起那用薄铁片制成的圆边名片，贺情看到了那个令他震惊的名字。

应与将。

再往下，B 城盘古名车馆。

他脑子里迅速回想起一些关于应与将的新闻，前些日子确实是传言说他在 A 城盘古七星那边的车行关门大吉。现在来 B 城卖车了？

敢来 B 城跟我抢生意。

叼上嘴的衣摆掉了下来，搭上他小腹。

贺情又想起那晚被应与将一个一米九的大男人直直压上引擎盖的模样。

因受挫而产生的羞辱感使得他面色通红。

他盯着镜子里的自己，眉眼都被水蒸气抹了层雾，眼尾带红，白皙的肤色平添了一股说不出的味道。

贺情发了会儿呆，又想起应与将，想起那辆乔治巴顿和自己宝贝大牛的金贵屁股，脸上红晕又烟消云散。

又过了几天，贺情回自家车库挑了一辆不太起眼的奥迪 r8 出来，准备开着去会会应与将。

但他掀开车布，就被那电光紫色闪了眼。

贺情看着这颜色，犯了愁。

这款车开起来声浪能响彻整条街，轮胎他还改装过，中心标志给换成了他名字缩写的电镀金"H"，屁股安了尾翼，非常拉风。

贺情暗骂自己一句，又拿车布给老老实实蒙上。

他在车库里走了几圈，实在挑不出一辆低调的，掏出手机给风堂打电话。

"糖糖，给我开辆低调的过来。"

风堂那边玩儿得正嗨，贺情暗骂这家伙怎么大白天还不给自己放个假。

"低调的……情儿你转性了？"

贺情咬牙切齿："少废话！有没有！"

风堂听他有点发怒了，正经回道："跑车还是 suv？"

贺情想了想，犹豫着开口："跑车吧……"

风堂一乐："你真是死性不改！"

半小时后，贺情，他贺家小少爷，B 城车圈儿第一人，开着一辆福特野马，出现在了南门三环上。

贺情吊着漂亮的凤眼，审视了一圈车内布置，暗骂，这……算了。

低调到底吧。

他把车窗摇上遮了个严实，要是有窗帘就更好了。

他跟着导航好不容易找到了机场路旁边的盘古名车馆，心中暗叹这门面还挺大。

就离他加贝集团的名车街不到一公里的路，里面什么车都有，但多是二手车。

贺情看不起，但也稀罕那门口停的展示车个个改得精品，这个尾翼是他没见过的，那个底盘改得好看，那个前嘴真潮。

门口停了辆奔驰大 G，通体的磨砂黑，方方正正，尾灯外圈儿改成了血红，大晚上亮着应该特别像地狱使者。

贺情歪着头想起他集团车库里那辆原谅绿的大 G，顿时心生嫌弃。

人比人的审美，真是气死人。

他看到应与将从驾驶位上下来，再从副驾驶把他弟弟应与臣接下来。

那温柔的样子，简直与那天揍自己的模样天壤之别。

双标弟控[①]！

贺情怒骂。

也许是野马实在是入不了应与将的眼，应与将朝他这边瞥了一眼也没反应，大概是日光反射的原因，他没看清贺情的脸。

贺情都快被应与将那眼神击得犯怵了，换了倒车挡，溜之大吉。

第三章

应与将带着客户去犀浦车管所办完交接手续后，已是傍晚时分。

B城入了深秋，最近都是雨季，此时天色阴暗，他已在三环边上堵了快二十分钟，前面一条长龙，半点动静都没有。

他看着眼前的场景，不由得觉得有些意思。

当年他还在A城的时候，就听说过B城人爱享受、爱买车，这边车的数量位居全国第二。

当然，买豪车的也多，买了又有些人养不起，所以二手车市场特别好做。

而且B城人开车特别会卡位，常常围得水泄不通。

他目光瞥向后视镜，发现后面是下午出现在车馆门口的那辆福特野马。

应与将早就看到贺情的车从老远卡过来，卡得辛辛苦苦，无缝不入，好不容易卡到自己车后了，贺情又低头瞪仪表盘。

分明是怕自己看到他的脸。

应与将面无表情地盯了贺情老半天，突然想使坏。

于是，他把尾灯上那一圈红色的"写轮眼"摁开，两道刺目的红光猛地一亮。

贺情一愣，被前面大奔屁股上的红刺了眼。

贺情委屈又气愤，明明被打的是他贺情！

这人不道歉就算了，不怕在B城也混不走就算了，就打了那么点钱到他公司里，他知道他那台大牛多贵吗？以为这事儿就了了吗！

被新人这么欺负，这让他以后怎么做人？

———————————

①弟控：意指对弟弟怀有"喜欢、溺爱、保护"心理的人。

前面车上应与将伸手调试了一下后视镜，能准确看清楚后面车上贺情的表情。

他见贺情气得骂他，睫毛扑闪，眉心拧巴着，唇角弧度忍不住下掉，眼睛被车灯映得红彤彤的，一副哭过鼻子的模样。

应与将又伸手摁灭了那圈红尾灯。

贺情眼底的红也消失了。

应与将心想，也是，这人怎么可能哭？

他紧抿下唇，也没去看前面的车况，心思已经完全不在路上了。

他犹豫着，又摁下车尾那圈灯，后视镜里贺情的脸和眼，又都被衬出酡红。

应与将死死盯着后视镜。

贺情抬眸的一瞬间看到前面车内后视镜里，男人刀削斧劈般的硬朗眉骨，微微一怔。

福特野马是跑车，大奔大 G 是重量级越野，底盘比野马高了不少，从贺情的位置看过去，他觉得这个男人有种压迫感。

像在俯视自己，就像那一晚。

贺情再去瞅那后视镜时，目光同应与将的，狠狠地撞在了一起。

应与将挑眉，目光意味不明。

他老早就在微博上见过贺情了。

有一年西部比赛，贺情开着厂商提供的 LaFerrari，风驰电掣，一举夺冠。

那是一辆蓝白相间的拉法，从岛国运来，专程给贺少作陪，风头无两。

各路媒体扑上来咔嚓咔嚓一通乱拍，心满意足地拿回去发通稿。

他们老说，贺少这张脸，光玩儿车可惜了，来 A 城 C 城发展一下影视如何？

当然不干了，贺情勾唇一笑，我才不离开 B 城！

他心下无语，这群人天天怂恿他背井离乡是怎么回事，想端自己老窝？

贺情去领奖的时候，肩上落着庆功宴洒的花瓣，眼尾上挑，手捧金杯，指尖还转着厂商授予的骏马金腰带。

那绣着 Ferrari 标志的骏马金腰带在合照的时候也不系好，就懒懒斜在胯上，弯腰鞠躬致谢的时候，后腰露出白净的一截。

那会儿微博上一堆小姑娘尖叫着转发，配以花痴地流口水表情，喊贺情情哥哥，喊宝贝，其中不乏应与将车行里的女员工。

上班时间，一女员工举着手机在柜台下面，捂着脸做羞怯状，娇嗔一句："贺少怎么这么帅呀……"

应与将站在她身后，音色冷淡："有多帅。"

"全宇宙……"

那女员工一愣神，想捂住嘴又吓得嗷嗷直叫，一边回头一边低声说："应总……"

 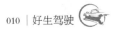

再往后看，应与将身后的车行总经理一张脸铁青，面容严肃，恶狠狠地盯着她，张了张嘴，口型像在说："滚蛋！"

她脖子一缩，眼泪花儿正欲出眶，就听应与将又沉声道："手机给我看看。"

她就这么看着老板拿过她的手机，点开她刚刚转发的图片，手指滑动，放大，放大，再放大，然后把手机还给自己，转头走人。

她自知做错了事，哭丧着脸，拉总经理的衣袖，啜泣着问："经理，我还滚吗？"

应与将回家路上等红绿灯的时候，掏出手机翻了半天都没翻到那条微博，第二天又破天荒地去视察车行。

转到柜台时，应与将抬眼问："昨天那小姑娘呢？"

总经理一脸痛心疾首，咬牙切齿道："工作时间看手机，开了！"

应与将淡淡地"嗯"了一声，又开口："帮我问问，她微博号多少。"

总经理一点头："好的老大！不对……老大，你说啥？"

从此应与将的个人私密微博账号，第一次关注了一个女孩子。

他就是想多看几眼贺情，心里怎么想的他也不清楚。

这下来了B城，头一次见着真人，就上手揍之，实在不是个好的开始。

应与将想着，简直头疼。

关键是自己拿了钱弥补感觉也没多少用，这小屁孩不还气得天天跟着自己，想打架又怯场的模样也是逗乐。

贺情和他，他最不能容忍的只是砸在他弟弟应与臣身上的那一拳头。

他知道可能那一拳头不是贺情亲自动的手，但打了就是打了，错了就要认，所以他下起手来也不含糊。

到后面他把贺情压制住的时候，看身下人的桀骜模样，他想起弟弟撕心裂肺地吼被人打了，应与将简直想把贺情拆吃了入腹。

这会儿贺情正与应与将隔空交火呢，眼神交接触电，潮湿的空气中都快冒出火花。

真是隔着两层挡风玻璃都能感觉到那男人眼里的威慑力。

看我干什么？

贺情回过神来，背朝软椅上一靠，脖子一缩，眼神乱转，反正就是不看应与将。

前面应与将见他这样，也收回了目光。

这时道路也渐渐开始畅通起来，应与将头也没回，一脚油门儿飙了出去，径直驶入快车道，把贺情的小野马甩到了天边。

贺情一仰头，挂了前进挡，踩下油门，掏出手机又给风堂打电话。

贺情说："给我整辆乔治巴顿。"

那边风堂才喝完酒，说话还不太清楚："没，我儿豁①搞不到……就那么一辆，还是……"

"我难受。"

风堂一听贺情这委屈语气，突然就清醒了，抓着电话问："你要乔治巴顿干啥？"

贺情今天被应与将彻底闪蔫儿了，听哥们儿这语气像是有门路，打起精神说："我要会一会应与将。"

周末贺情去公司打一趟②，然后还是开着风堂派人送来的那辆小野马，屁颠屁颠去了九眼桥。

Space 一到周末晚上人就特别多，酒吧嘛，大多数人图的就是个热闹。

但风堂他们就爱在九眼桥边滨江东路那一截选个酒店，开个总统套房，约上一拨人，喝酒胡闹打桌球。

那边五星级酒店都是挨着开的，香格里拉过了就是万达瑞华，再往府南河边走就是丽思卡尔顿，风堂曾扬言说要把这儿的酒店挨个儿住遍。

贺情很少参加他们的局，他不像风堂那样爱玩儿，平时一门心思都扑到了车上。

风堂的朋友男生居多，有一些朋友总带些女孩子过来。

B 城女孩儿大多都说话话尾带媚，一字一句都发得嗲声嗲气，特别是见了贺情这种大鱼，个个更巴不得把声儿都变成鱼钩，指着这条鱼下手。

有个烫了波浪卷的成熟御姐，穿着 V 领裙装，踩着高跟鞋几步过来，搭上贺情脖颈，饶是风情万种："贺少，堂哥从意大利带回来的阿玛罗尼，不尝一口啊？"

贺情弯着手肘轻轻推开她："不了。"

那女人不死心似的又追上来，涂了红蔻丹的指端一下一下敲上他大腿，卷翘的发尾都快扫到贺情脸上。

"贺少，你这不喝酒又不玩儿的，不无聊啊？"

贺情听这话就不爽了，自己是喝不来酒，但也轮不到一个陌生人操这个心。

贺情冷笑一声，回头甩了脸子："这是你操心的？"

这边正在倒酒的风堂见贺情又被女人缠上了，伸手把那女人捞了过来搂在臂弯里，对着她低笑一句："宛姐，行行好吧，我们家情儿纯情得很……"

被唤作宛姐的那女人娇笑一声，端起杯盏晃荡了下，酒红的液体撞击着玻璃杯壁形成旋涡。

---

①儿豁：不骗你。

②打一趟：签到打卡。

 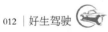

贺情嫌弃得俊脸都快皱成一团，斜眼看着风堂的另外一只手臂还揽了个女人，无奈地白眼一翻，骂道："迟早玩儿脱你。"

第四章

往后几天，贺情都郁郁寡欢的。

这贺情心情一不好，眉眼一垂，遮了半边浅栗色瞳仁，眼尾那颗泪痣就特别扎眼。

以前朋友说他这双眼睛明晃晃的，看得人心里痒痒，一部分原因就是那颗痣，好好儿一张俊脸，平添了几分柔气。

这段时间，圈子里的赛事他推了俩，夜晚的绕城飙车活动他也不组织不参与，偶尔一次被兰洲拉去，他还是开着那辆小野马。

现下，他满面愁容地被迫坐在包间里，赶一个朋友的局。

这个朋友叫单江别。

如若说 B 城南门是他贺情说了算，北门就是单江别。这人天生一副地痞流氓样，白手起家，但做事儿蛮横不讲理，利欲熏心，最看不起贺情这种富家子弟。

所以这鸿门宴，牵扯的利益太多，贺情就是心情再不好，那也得来。

毕竟被逼着塞邀请函的是兰洲，他不能不给兰洲面子。

看他怏怏的样儿，兰洲心想这原本随时电量满格的人怎么这样了，又突然想起前段时间金港赛道的事儿，哎哟一声，手攀上他的背："不至于吧？情儿，你……"

他刚想问出口的话被贺情一记眼刀给截了。

兰洲都快咬了舌头，压低了嗓："还在气那事儿啊？"

贺情睨他一眼，不讲话。

太丢面儿了，讲一次他就难受一次，这哥们儿还天天哪壶不开提哪壶，自己心情不好，就只能因为那个男的？

"行，"兰洲从兜里摸出打火机给贺情点燃，"机场路是吧？我今晚带人去他车馆。"

贺情想起他听说的应与将的那些事儿，还是有点儿心软，摇摇头："算了吧。"

兰洲纳闷了，贺情什么时候这么仁慈了？

当年血雨腥风的时候，好吧，就是当年赛车场上出事儿被人下黑手的时候，闹得五城区派出所都惊动了。

兰洲搓了搓手，愁道："那咋整啊？"

来日方长，应与将这号人既然能在 A 城混得风生水起，在 B 城自然也是压不住太多实力，他得选个万全之策。

兰洲家里再牛，也只是个初生牛犊不怕虎的少男，总不能仗着年轻气盛就瞎来。

贺情不想把兰洲和风堂扯进去。

世上人千千万，B城那么大，他最想保护的朋友就只有这二位爷了。

想了老半天没得出个所以然，他拿起桌上的银筷夹了口菜到兰洲碗里，嘟哝道："管好你自己吧。"

这边两人凑一块儿咬耳朵，请他们俩来镇场子的单江别不高兴了，开了一瓶白的就伸手去够贺情面前的高脚杯。

桌上人一阵起哄，一屋子少男少女吆喝着笑，候着等上菜的服务生都掩上了门出去。

笑声混着陌生人的说话声，金灿灿的墙纸，巴不得各种花纹都来一遍的桌布，难受得贺情头都要炸了。

这命犯太岁啊……改天去庙里拜拜。

兰洲见单江别拎了瓶白的要灌贺情，连忙抓住杯脚，笑道："怎么回事儿啊？"

单江别一愣，"说什么呢？"

兰洲正了脸色，说："单哥，贺少不喝酒。"

被当众拂了面子的单江别眉一皱，脸上有一闪而过的尴尬，随即又拿了兰洲面前的杯子给满上，说："那，兰少替了？"

兰洲起身，正准备端起杯子仰头而尽，旁边贺情噌地站起来，夺过杯子就喝了个精光。

他喝得急，透明的液体溢出唇角，流到下颚，滴落在锁骨上。

贺情饮尽了，耳根泛着酡红。

不是说一醉解千愁吗，怎么越喝越难受……

单江别拍手叫好，称贺少果敢。桌上的人跟着欢呼，都没见过贺情喝酒，今天算是开了眼界。

贺情那晚喝到最后，兰洲劝不住，酒过三巡，在场的都惊呆了。

单江别也纳闷，看兰洲去洗手间了，包间里各位也醉得差不多了，他走过去手臂搭上贺情的肩："贺少，心情不好？"

正头疼，贺情扭头甩开他的手："烦人。"

单江别笑道："约到你一次不容易啊，听说上周在金港……"

贺情睨他一眼，醉眼竟透着些怒意："别老给我金港金港！"

"生气了？"

单江别侧过身子堵了贺情往洗手间走的路："没事儿，哥给你出这口恶气……"

"没你的事。"贺情脸上的厌恶藏不住，别过头去，"让道。"

 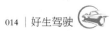

见贺情面色绯红，半边身子都快瘫软了，脚下虚浮，单江别俯下身来。

贺情忍无可忍："你干啥啊？"

只听单江别轻笑道："其实已经出了。"

贺情一听这话，酒瞬间醒了一半，怒道："有你什么事？"

就知道这家伙今天把自己引这儿来不安好心，没想到还真的被他黑了一把。

应与将入蜀开始就成了各方想拉拢的人脉，上周金港赛道那事儿没多久就传遍了，人人都想就着贺情的面子给应与将难堪，哪知道想坑他的大有人在，单江别就是头号人物。

借自己的手去折腾应与将，贺情这回是彻底跟应与将结梁子了。

单江别还一阵低笑："可不就是嘛……"

贺情这时只关心应与将那边情况怎么样了，也不想多问，疾步往电梯口走。

单江别在后面拉他手，贺情脖子上越来越红，手臂上也痒，他怒不可遏，大喊："放手！我过敏了！"

"没事，情儿，又不是传染……"

贺情骂道："你别喊我情儿！"

兰洲刚从洗手间出来，看到单江别拉着贺情不放，冲过去一肘子推开单江别，后者也喝了不少，没太在意，只当兰洲没个轻重，晃着手臂喊："兰少，下次还来啊！"

匆匆关了电梯门，贺情靠在壁上，喘着粗气，眼神有些涣散。

兰洲拉开他毛衣下摆，露出贺情结实好看的腹肌，兰洲急道："情儿，你过敏了！"

贺情摇头："我，兰兰，我现在有事儿……"

兰洲骂他："什么事比身体重要！"

贺情说："可不就比身体重要嘛……"

兰洲不管他，架着他就往泊车的地方走，把他一股脑儿塞进后座落了车锁，往最近的成飞医院飞驰而去。

B城入了夜，又是一片万家灯火，处处璀璨通明。

这会儿还不算冷，等到了春节，偌大的锦官城就要成为空城了。

冬天的车也少了不少，都呼呼朝外排着气，从高一点儿的桥上往下望去，一溜儿车屁股闪着红黄尾灯缀在夜幕里，犹如流萤千百，梦落人间。

看着那尾灯，贺情又想起应与将，头疼得更厉害了。

兰洲一路从二环叨叨到三环，念叨得贺情都要疯了。

"情儿啊，过敏了要打针，查变应原哦……你不要怕，有我在……"

"金港那事，我和风堂都想把应与将他弟给打一顿！"

贺情跟受了惊似的，叫苦不迭："求你俩了，可别！"

这时，一阵电话铃声惊扰了他的思绪，贺小少爷一摸包掏出来，看都没看就滑动接听。

耳边传来的声音犹如丛林里野兽的低吼。

"贺情。"

是应与将。

"华西医院，我等你。"

贺情拿着手机不吭声，兰洲从后视镜里瞅他，喃喃一句："情儿，咋个不说话了？"

"我应与将。"

男人说完话，电话就挂断了。

这边刚刚驶入三环路，兰洲开了运动模式，路虎车速刚提起来，就看到贺情红着眼。

"掉头，送我去华西。"

第五章

华西医院是全国数一数二的医院，就坐落在 B 城二环人民南路边上，从三环飙过来直接能把车横起甩停在辅道。

贺情还没等车停稳就开门冲出去，一边关门一边给兰洲说："各回各家，各找各妈！"

听得兰洲犯蒙，直接从空挡挂到停车挡，骂他一句："你拿医院当家呢？"

贺情没空跟他解释，绕到驾驶位边，趴在车窗上，认认真真看着兰洲。

"兰兰，听话，你回家。"

说完，贺情给他眨眨眼，在车窗上哈了口气，画了个勾，重重地点了一笔。

兰洲翻了个白眼。

贺情边走边套着一件棒球服，拉高了拉链立领，留了个高挑酷炫的影儿，就算是一副从容"赴死样"，也依旧帅气十足。

兰洲愁啊，这，情儿这没事儿的样子一看就是装的，又不准自己跟着，这是回呢还是不回呢？

万一贺情有个什么事儿，他怕是九尾狐都赔不起这命。

转念一想，兰洲拿出手机开始上百度搜，过敏会不会出人命啊？

急诊大厅总共就五个抢救室，贺情挨个找到第三个时，看到门口站了一溜儿穿着紧身黑色保镖服的人，个个神情严肃，负手而立。

贺情心想这就是了，看着像暴发户的作风。

 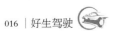

他深吸一口气，快步走过去，只觉得氛围是到了极点的冰冷。

他才刚张嘴还没说话，有个眉骨渗着血的保镖一瞅他，拎了身后的棍子就要过来，被旁边的人出手拦住："别冲动！"

这时，楼道安全通道的门开了。

华西医院因为修建时间较早，安的还是老式声控灯。楼道里面什么声儿都没有，兴许是灯坏了，贺情只见着里边一片黑暗，窗口处隐隐有月光泻了一地，亮处中央，站着应与将。

应与将低着头，眼神锐利地直直盯着地板，面部轮廓一如初见般有棱有角，指缝夹着一根烟，脚蹬一双军靴，旁边洒落着一圈烟头。

看贺情注意到了自己，他抬起头来，嗓眼里满是难以言说的疲惫。

他听到自己用自己都难以察觉的微妙语气说："贺情。"

这下，贺情瞬间委屈了。

这些天的所有，所有恩恩怨怨，食不下咽，对着应与将，都莫名其妙化作了委屈，一股脑儿冲上心窝。

应与将就像那只大手，把他的心掏出来揉捏挤弄，让他受了没受过的委屈，撞了没撞过的南墙。

他贺情什么时候让人这么误会过？谁敢误会他？

他一个本地小太子爷，怎么着就得被一个外地人海扁了？

贺情狠狠咽了一口唾沫，道："不是我做的。"

应与将抬头，曝了手里烟屁股最后一口，一团雾荡出鼻腔，模糊了他的眉目。

"你意思是小二自己惹的事儿？"

可不是吗，你家小二应与臣，特别能耐，去年还把你从 A 城作到 B 城了，这不是事儿是什么？

这是他除了被揍那天，第一次近距离听应与将讲一个完整的句子，嗓音浑厚低沉，比他身边其他任何一个男的讲话都好听。

贺情有些出神，耳朵又不争气地红起来，到嘴的话咽了回去。

贺情，能不能争点气，这时候害哪门子羞啊？

喝醉了吧，醉了原来是这种感觉，是我喝醉了。

贺情想了一下单江别手下的那一帮人，想得越多头越疼，只好开口问他："来的人都是本地的吗？"

应与将说："不是 B 城口音。"

"那我知道了，"贺情说，"我会解决。"

应与将的眼睛眯起来，泛着一股子慑人的戾气，直入贺情眼瞳，看得他头皮发麻。

"是谁？"

贺情踩了一脚烟头，单江别的名字在心中百转千回，最终还是没说出口。

他只是轻声说："跟你没关系。"

应与将难得动怒，周身气压极低，碍于在医院不能大声喧哗，一把抓了贺情衣领，压了嗓低吼："贺情，被揍的是我家小二，跟我没关系？"

贺情瞪着眼，呼吸一窒，梗着脖子叫唤："行，你心疼你弟！那你揍我两下！"

他见贺情喘着气脸红成一片，眼睛亮晶晶的，张口说不出话，又松了力道放开他。

这种小孩儿他还真第一次见。

他知道是自己没分清谁动的手，就率先动了贺情。他知道贺情在脚下这片土地上的分量，完全可以黑自己一顿了事儿，但偏偏采取一些让人猜不透的办法，也不知道是不想、不敢，还是其他的什么。

贺情脖颈后又被勒了一圈儿红痕，像被人掐过似的，在暗淡的灯光下也特别显眼。

应与将冷声道："这事儿就完不了……"

贺情听完这句，实在忍不了了，也不管外面站着的是谁的人，也不管今天惹了应与将的后果，朝前一步直直抵上应与将跟前。

"你才来 B 城多久，地皮踩熟了吗？"

贺情见他不语，冷笑一声："应与将，我贺情要是想动你！你那个车馆还能继续开？"

应与将面色铁青。

贺情怒道："打你弟弟的是个什么人物，你知道多少？你想找回来，我开车送你去，我看你哪里来的命，回来见你家小二！"

应与将狠狠咽了口唾沫，依旧不讲话。

贺情："应与将，你以为这儿还是 A 城呢？"

应与将就这么站着，看贺情瞪着眼吼他："这里是 B 城！"

沉默是金。

应与将这会儿就抱着这块金，把这事儿拆吃了入腹，仔细咀嚼。

这么听来，捅了小二的应该是 B 城地界上一个贺情都不想随便招惹的人。贺情的话句句有理，斥得他都无法反驳。

是啊，B 城是什么地界，古蜀王都，西南重城，距 A 城隔着一千七八百公里。这边的人路子一个比一个野。

他初来乍到，欲东山再起不是不行，但在 A 城再厉害又怎么样，他知道这地方哪个门的地头蛇是谁吗，知道内三环外三环有什么区别吗？知道今晚哪条道上跑的是谁的马吗？知道车圈儿里哪辆极品是哪位爷的座驾吗，知道哪些人该动哪些人不该动吗？

他应与将门儿清，但偏偏应与臣就撞上了贺小少爷，偏偏应与将就惹上了惹不得的

 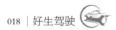

贺小少爷。

说好听点，金港那事儿，是贺情追了应与将的尾，说难听点，就是应与将挡了贺情的道。

楼道里的声控灯忽然亮了起来，大概是楼上有病患咳嗽得太大声。这灯光把贺情的脸面儿给照了个透，昏黄的光芒笼罩着他，比常人更浓密且长的睫毛忽扇，投出影儿来。

贺情给照得双眼酸涩，望着应与将眨了眨。

贺情心里暗骂，这破灯早不亮晚不亮偏偏这个时候亮，正好在自己发怒完之后，跟演了一出戏观众等着谢幕似的，让他跟应与将在楼道里相顾无言，大眼瞪小眼。

被眨得心头一突突，应与将也没去细想，只听贺情嘟哝一句："盘古名车馆在南门？"

应与将点头。

贺情看他一副明面儿上刀枪不入的样子，这样的人他认识不少，哪个不是外冷内热的，熟了保证热情得跟什么似的。这种有挑战性，也能激起他的征服欲的人收了当小弟，多棒。

贺情心里其实打一开始还没碰面儿的时候就挺欣赏他的，见了面就算被揍了也还是欣赏，姑且能称之为英雄相惜，不然自己也不会三番两次放过折腾他的机会。

至少那会儿的贺情是这么想的，其他深层次的他还没开发那根筋出来。

贺情特别有把握，猜他其实已被刚来新环境、弟弟就被打了这事儿给折腾得溃不成军，自知理亏，心生愧疚，说："那……那你以后跟着我，成吗？"

应与将一愣，看这人内心小人得志表面上又认真诚恳的模样，无语了几秒。

"贺情，"应与将挑眉看他，没忍住唇角一勾，"我不给人当小弟。"

才满二十岁的小屁孩，你脖颈上都还有奶花儿香呢吧？

说完他点了个保镖过来，望了楼道里那一地烟头，面儿上神情凌厉如刀："扫了。"

贺情见他这样，直翻白眼。

这还做作上了，不乐意就不乐意，做什么秀啊，生怕自己不信你能当老大似的？

贺情知道这种情况下不能笑，只有心中暗自颠颠地乐，第一次觉得自己名字好听。

等抢救室的红灯灭了，应与臣被裹得像个粽子一样出来，确定生命体征还在，除了伤口有点儿痒，其他也没什么太大问题之外，贺情总算放下心来。

暂且不说这次是不是应与臣自己招的，单江别的动机是贺情先惹了麻烦，这事儿贺情就得跟到底。

应与臣没事儿，那他和应与将之间的梁子又被削短了一截。

病房门一开，白衣天使哗哗往外涌，一个个貌美如花的，不过都被外面竖着的一排保镖吓了个够呛。

应与将抬眸睨了一眼，贺情在后面不齿，暗骂一句，看什么啊，我们 B 城的姑娘。

接着，贺情偷摸跟着应与将进去，病床上的应家小二叫唤个不停，一抬眼就瞅到了到哪儿都是亮点的贺情。

贺情觉得，要不是这白花花的绷带捆着，应小二都能一蹦三尺高："哥！救命！"

应与将还真走过去，抽[1]了根板凳坐他弟面前，摘了草莓叶，塞了一个到应与臣嘴里："闭上你的嘴。"

应与臣一口咬得汁水迸出，眉眼笑得弯弯，说话含糊不清。

贺情："……"

他觉得他可以走了，真的是欺人太甚！

第六章

贺情那天见应与臣能哭还能笑，便觉得应该没什么大碍，转头走人。

离去的背影，依旧倍儿有面子，倍儿帅气。

贺情的家在二环边上的一片独栋别墅群里，门卫戒备森严，院边草木深深。

那儿以前旁边是火车轨道，现在拆了，在修往温江走的高架，旁边南延线的商圈又开始动工，这施工的声音天天嗡嗡嗡，吵闹得人受不了。

贺小少爷一掷千金，考察了不少地界，又请了人来看风水，在三岔湖买了套景区别墅。

这刚刚买完，地产方宣布这边景区成绝版，旁边要修地铁，依山傍水的，房价又噌噌上涨。

贺情因此赚了些钱，满意得不得了，最近心情大好，决定明晚约上人，拉出他那辆都快放得落了灰的大红色宝贝迈凯伦 P1，再去一趟金港赛道。

当年他就是因为这辆迈凯伦 P1，婉拒了那辆蓝白的赛道 LaFerrari。

自己的经济实力自己心里要有数，养得起多少养多少，不能玩物丧志，毕竟顶级超跑不是一般的日常用车，他还得像个宝贝一样供着，呵护着。

所以他只留了这一辆。

之前贺情把这车停到 IFS 露天停车场去，保安拉了警戒线，也还是有不懂事的熊孩子来坐他车的引擎盖，来合照，还上了新闻。

---

①抽：拿。

网上那些人都说，坐一下你的车怎么啦？碰一下怎么啦，有钱人了不起啊？小孩子不懂事，好奇心重云云。

兰洲那会儿刚回国，没有女朋友，脾气也大，听了这事儿气得快人事不省，雇水军上微博对骂。

这边正主也恼得慌，不过比兰洲淡定。

只是再也没把这辆迈凯伦 P1 带出来遛弯儿。

这种尤物就该让大众饱眼福？

藏着怎么了，自己不想遛弯儿，谁都别想看！

其实吧，除了今天宣布房价上涨外，还有一个事儿特别顺贺情的意思。

他加到了应与将的微信号。

当时他正在玉林街道那边掉头驶入主道，前一晚在那个爆火的玉林西路小酒馆玩嗨了，直接在旁边酒店开了一间房睡了个天昏地暗。

这中午饭点都过了，该回家报个到了。

那边朋友叭叭叭发消息过来：贺少，这人吧，话少，微信爱发文字，不语音，朋友圈呢，全是小视频……

贺情宿醉，但脑子还算清醒，酒气也散完了。

这正开车呢，也懒得回文字，发了条语音过去："他头像是啥？"

朋友回：一个男孩子，他弟。

贺情当头一棒，一脚油门儿轰上。

这……你贺少心脏不好，算了。

贺情想了好一会儿，又回一条："你……你把他微信号推我。"

那边朋友似乎有点为难："啊？贺少，你们之前不是在金港……"

贺情一听这话心里顿时又不开心了，冷笑一声："推不推？"

推推推，你贺小少爷开金口想要人微信，谁敢不给你。

贺情怕高峰期堵车注意力不集中剐蹭到他的小玛莎拉蒂，直接把车停到了路边，掏手机出来看。

这辆玛莎拉蒂总裁可是他人生第一辆车，算是贺情的初恋了。

当年提过来的时候，还是选了猪肝红，内饰也选的红黑，看着像女孩儿开的。

这车线条属于绅士闷骚型，3.0T 的动力，双涡轮增压，前面脑袋上皇冠三叉戟十分符合贺情的心意。

风堂当时还骂他，哟，情儿的海王车。

B 城话本来就嗲，贺情听他这调子，差点没把他脑袋揪下来，逼着风堂说好看。

然后第二天风堂也跑去买了一辆，配色都和贺情差不多，气得贺情骂他跟风。

要不是 B 城玛莎拉蒂销售中心不归他家集团管，风堂还能买到跟他一样的？

贺情掰下镜子欣赏一番自己的脸，解锁手机戳进应与将的微信名片。

头像是应与臣小时候的照片，微信名就叫盘古名车馆。

贺情一阵恶寒，这样怎么做生意啊，谁会买一个弟控的车。

好吧，虽然听说盘古生意还挺好的，特别是改装生意，改得个顶个的漂亮，尾翼质量都比别地儿的好，给车贴膜也是一绝。

他前几天路过的时候，又看到应与将那辆磨砂黑的奔驰大 G 停在门口，挂了个牌子：勿询，不卖。

昨天路过的时候，好吧，绕路路过的时候，又看到有那种小孩儿写的稚嫩字体：不卖，多少都不卖。

贺情当时就乐了，估计只有应与臣干得出这种事儿。

说实话，应与将那种人，开这个车，还是显得有点呆萌。

一边想着，贺情看到应与将通过了好友验证。

他第一件事就是点开他朋友圈，一条条往下翻。

只有八条，定位都在 B 城，没有 A 城的。真的全是小视频。

贺情暗笑，他是老年人吗？还是老干部？

只有两条配了字，一条是去年年底发的，是夜色下的 B 城国际机场，那两个 B 城的地标在黑暗中显得格外赤红。

视频背景是呼啸的寒风声，视角看去应该是从机场高速拍的，文字配的是：你好。

贺情一阵叹气，唏嘘不已。

这虎落平阳……不对，虎落 B 城，再难也得继续生活。

最近的一条，是应与臣考科三的短视频，里面应与臣拿着身份证和模拟的支票单，皱巴着一张天热无公害脸，满目怒色，来抢他哥的手机。

背景音是应与将低沉的笑声和应与臣跳脚的骂声：哥！你能不能……

文字是：下次努力。

估计科三都没过吧，金港那晚应该也是手痒了想来试试速度。这青钩子娃儿[①]，驾照都没拿到就敢来赛道。

不过这么小就有乔治巴顿开，真幸福。

原来应与将还会笑啊？贺情悻悻地想。

明明应与将每次面对他都是忍了又忍，想把他掐死的样子。

贺情这边正出神，手机一阵震动，屏幕上蹿出应与将发来的消息通知。

---

①青钩子娃儿：很小的孩子，形容小孩子见识短，多为贬义。

盘古名车馆：？

贺情愣神，手有一搭没一搭地在屏幕上敲敲，迅速打字：拽什么，你不加好友？

转念一想懒得去冲应与将的脾气，他又默默删掉前面三个字，发送。

于是手机那头的男人，就饶有兴趣地看着对话框最上方的"对方正在输入"，继续了停，停了又继续。

盘古名车馆：没有。

不加贝：你好，我是贺情。

盘古名车馆：应与将。

贺情睫毛微微颤动，嘴一撇，盯着屏幕亮了灭，灭了又亮，决定先不理他了。

"不加贝"这网名还是前年他和兰洲他们打斗地主的时候改的，那年集团里卖车卖得好，财源广进，兰洲找了个姓董的女朋友，还被风堂嘲笑被那首《董小姐》下了蛊。

伸手拉过安全带扣好，贺情把挡位挂到前进挡，扒了左转向灯，从辅道进入下穿隧道。

永丰立交桥出去的隧道堵住的时候，他调了一下座椅，往后躺了点儿，凤眼轻斜，盯着副驾驶座上的手机发呆。

没动静。

贺情也不知道为什么自己有点儿失落，抬眸去看眼前的车流，如流萤千万，汇聚成银河。

之前说 B 城边上要修一座西南第一的汽车影院，贺情还挺有兴趣，等了半年也没见着动静。

他偏了偏身子，伸手去够垫儿上的手机，在电话簿里找了半天那开发商的电话。

那边老总秒接，问清楚有什么事后，眉开眼笑："贺少，你这是不晓得，市场不大啊，城头又没得开阔的地界了……"

贺情耐着性子听，想燃根烟，又怕前面车子开始动，说："意思是不修了？"

那边知道贺情一直在跟进这项目，赔笑道："贺少，如果开在三环外，客人来看场电影，油费都不得了啊……"

贺情犹豫了一下，一咬牙："我明天找人去联系，地儿选在三环内。办妥了跟你们联系，抓紧修出来。"

其实贺情骨子里还是个浪漫的人。

他也想在 B 城的夜里，就着月光点点，在汽车电影院，同喜欢的人一起，对着幕布，看场露天的电影。

贺情之前想投资这项目，想拉兰洲入股。兰洲家里是做投资的，这事儿一转达，免不了兰洲一顿头头是道的分析。

"哎呀，情儿，你想一下，这，哎，我……"

那会儿贺情正叼着一根潮了的烟，点得皮毛火燥，眼皮都不抬一下："少废话。"

兰洲说："这个理念很不错，在欧美国家，整出来确实巴适①……但是，国人好面子，你喊一个开宝骏的人，带女朋友去看电影，旁边停些更贵的车，他这不是栽面儿吗？"

贺情点点头，"嗯"了一声，烟还是没点燃，甩手给扔了。

兰洲又叨叨："开帕萨特的怕开辉腾的，开宝马的怕开奔驰的，开奔驰的怕开保时捷的，开保时捷的呢，怕开宾利的……是吧？"

贺情白眼一翻："你就是不想投钱。"

他想了一下，觉得兰洲的分析还是很有道理，决定不往那个汽车影院里砸钱了。

但今天，刚加上应与将微信，他脑子里的小剧场就开始了。他在想，如果他自己带个妹子，应与将带个妹子，在汽车影院相遇，那不就是比谁的车牛，谁的妞更漂亮吗？

心里一乐，暗自磨牙，这两点，B城谁比得上他贺情？

他闭上眼回想了一下他车库的那一排超跑，每次掀车布的时候，心里都美滋滋得快没边儿了，觉得自己简直就是男人中的赢家，车界的楷模啊。

但是谁的妞更漂亮这事儿，他倒是没谱。

车圈儿里的姑娘个个家境好，出身名门的不少，有几个一见面就凑上来娇嗔，嗲得他受不了；有几个玩儿得开，属于跑个比赛都能遇到队友跟她们有什么关系的；有几个又比他年长，不把他当男人看，一见了贺情，那母爱光环的眼神把他笼罩着，他只觉得背脊发凉。

所以他贺情，其实身边没什么人，最近一次都是初恋，都要追溯到一两年前去了，谈了十天半个月，还是个学姐。

分手原因？说贺情太帅太有钱，没有安全感。贺情本来对她感情也不太深，两人天天傻白不甜，单纯得要死。贺情又不乐意异地恋，更不想去外地，那学姐果断甩了贺情，跟着家里，去A城了，说是方便上学。

因此，贺情都没去那边的拉力赛。当时，赞助商给的头等舱机票，还打电话来问贺情要不要包机。

贺情痛斥这些人奢侈，心想这包机的钱够自己换多少炫彩的尾翼啊，于是果断拒绝。

那会儿兰洲特别想见识一下拉力赛上的吉普，就逼着他去，风堂笑他痴情，贺情回骂：我晕机。

话说回来，应与将那人，以前在网上看他照片，觉得他应当风流史千千万万，但不知道为什么一见本人却有股冷淡的味道。

转念一想，这种人，有女人愿意跟吗？成天除了弟弟就是修车卖车买车，能一天保

———————————

①巴适：舒服。

 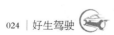

持面部没有任何表情，讲话没感情，看人眼神又凶又冷淡，跟对方把他车撞了似的……
哦，就是撞过。

这边应与将早就拿到贺情的电话号码了，输入微信搜索搜出来看了下没加，没想到
贺情主动来加自己了。

当然，应与将这种背地里什么都要摸得门儿清的人，还把贺情的 qq 都搜了出来，
申请加好友被直接通过。

应与将还想，这人怎么来者不拒的。

然后应与将点开了他的个性签名，能看到过往的历史记录，总共就两条。

第一条是：见一个爱一个，永远最爱下一个。

第二条是：拜拜就拜拜，下一个更乖。

应与将没忍住，勾起唇角，刚硬的眉眼柔和了点儿，严肃的神色有些松动。

他下午接朋友电话的时候，分明听到那边说："贺情？听说被人甩过……哈哈哈，
小孩子过家家呗。"

应与将目光锁定在那两句狂妄自大的个性签名上，有点心软了。

有点儿意思。

第七章

家里别墅不算大，一个挑空的客厅，三个卧房，双卫一厨房，一楼是一大片花园，
负一层是贺情的车库。

不夸张地说，贺情的车库可比他家的花园都大得多。

他还有几辆车停在集团里，放家里的都是个顶个的大宝贝。

他家不是那种土豪式的大，因为就住他一家三口，而且贺情也不是那种什么户型最
大最贵就买哪个的人。

至于为什么喊他一声贺小少爷，估计是因为贺情成名早，圈儿内不少土豪除了富二
代，其他的都是三四十的年纪，不把贺情当大人看。

等贺情使点手段，把家里生意折腾得有模有样的时候，"贺小少爷"这个称号早就
响遍 B 城了。

他今早难得没睡懒觉，起来吃了碗阿姨做的宜宾燃面，满足地坐着电梯去车库擦车。

吃早饭的时候他喊阿姨多放点儿辣，阿姨说谁早上吃辣呀，吃多了多伤胃呀？

贺情贫嘴，喊："姨，不辣哪儿叫燃面啊！燃面不就是要燃吗！"

他正洗漱完，撩起背心下摆露出结实的腹肌，腰胯白净细致。

"燃起来！燃起来！"

那阿姨在厨房听他喊，逗得直乐，给贺情又加了一勺肉末臊子，笑他，二十的人了还跟个小孩儿似的。

贺情假装难过，眉一皱："姨，我才十九。"

那姨笑他："才满的二十，就忘了？"

等他刚套上雨靴，系了围裙，手里拿着水管调好水量，掀开他那辆迈凯伦 P1 的布，正准备洒水上去，就听得工装裤里电话一通响。

"大清早的，干吗呢？"

打电话的是加贝集团里的销售总监秦佑，正拿着电话悄悄说："贺少，之前在金港赛道跟您起冲突那个，那个……"

贺情不耐烦道："应与将！"

秦佑是个三十好几的男人，做事儿十分靠谱，但不知道为什么就是每次跟贺情汇报工作都会抖。

听老板提醒自己，他连忙点头，声儿又开始狂抖："就是就是，他，他……"

贺情："他怎么？"

耐着性子听老秦讲述完来龙去脉，贺情才搞清楚是个什么事儿。

有一个外省来的客户，专程来 B 城买保时捷 Macan S。这个车的顶配新车只有加贝集团有卖。

但那个客户又喜欢改装的，急着用，正好盘古名车馆有一辆改装过的宝石蓝 Macan S，九成新，安了 Turbo 前杠、副厂泰卡特前唇，框都贴成黑色了，非常漂亮。

这边加贝集团旗下的保时捷 4S 店正在跟这个客户打电话呢，结果这个客户手一挥，反正离得近，去了盘古名车馆看，又不太想要二手车，溜达溜达又回了加贝集团。

结果盘古那边，应与将亲自打电话沟通，直接来了加贝集团的保时捷 4S 店，打算买一辆新的 Macan S，拉回去改了。

贺情当然不卖给他。

那个外地客户还在 4S 店里，旁边站着今儿心情好，陪着来挑车的应与将。

外地客户围着一辆新的 Macan S 转悠，一边转一边说："运动排气……不行，我喜欢 Repose 四出阀门排气。"

"20 寸鸟巢轮毂？"

他伸脚踢了踢轮胎，摇摇头："不行，我喜欢大的，特别大的，结构复杂、密集的，显得有档次……"

应与将见他往新车上踢，不由得皱了眉头，开口声音也冷冷的："大轮毂得配合宽

扁轮胎，但扁轮会让舒适性减少，开着颠簸。"

那个客户胡子拉碴，走起路来啤酒肚一颠一颠儿的。

贺情眼瞧着这油腻的客户，那肚皮都快挺车门上了，暗骂，大轮毂会让你的 Macan S 颠簸得就跟你的啤酒肚一样。

应与将分明是好心提醒，没想到那外地客户眉一竖，眼比天高："应老板，你意思是我不懂？"

应与将薄唇紧抿成线，脸色一变。

贺情腾地站起身来，抄着手在监控室转悠，脸色阴郁，只想翻白眼。

这都是什么人啊。

这种轮毂太麻烦了，洗车的时候不怕被拒洗或者多收钱吗？

这么讲究，有本事你让应与将拖回去改啊，给你改个超级无敌复杂的轮毂，保证跟盘丝洞似的。

还喜欢大的，要那么大做什么！

再说应与将这人，一天天儿的，对自己态度这么差，朋友圈几天没个动静，还想来买车，想谈哪门子生意？

贺情都怀疑自己被应与将屏蔽掉了，一直刷新看着那个小圈圈转，都刷不出来应与将的动态。

这一战最终还是贺情赢了。

他在监控室待了一下午，单纯地看那个挑三拣四的客户不顺眼，不对，单纯地看挑三拣四的客户和面瘫的应与将不顺眼。

贺情咬着口风死活不卖，那个外省客户也奇怪怎么就变卦了，叫来销售经理问，张嘴就是一顿嚷嚷："你是个什么人！我喊你来了吗！你们贺老板呢？"

贺情在监控室呢，懒洋洋靠在沙发上，跷着腿，对着传呼机低声道："我泡妞呢。"

大厅里霎时鸦雀无声。

传呼机就挂在销售经理的裤腰上，于是整个 4S 店大厅都听得到贺情那句话。

这客户脸色一变，心知惹了惹不起的人，恼得满面通红，脚底抹油，甩手就走。

整个店里的销售们都嗷嗷几声，反应过来，有几个还倍儿兴奋地交头接耳。

"贺少泡妞啊！"

"哇，哪家姑娘那么走运……"

"我以为贺少不食人间烟火呢！"

贺情满脸黑线地听，最后越听越离谱。

贺情正经起来，忍不住对着传呼机咳嗽一声。

那个经理一愣，手在裤腰上乱摸，疯狂朝销售她们使眼色，大厅又瞬间安静，各自该干吗干吗去了。

贺情仔细去看应与将的表情。

可应与将没表情，只是围着那辆 Macan S 转了一圈，伸手触碰了下亮橘色的车身，又环视了一圈展厅里摆的车。

大红色的 911 Turbo 跑车、玫红的 718 跑车、蓝色的 Cayenne……这人，连 4S 展厅里摆的车都没个低调的色。

贺情撇撇嘴，放下耳机，眼睛圆瞪，叹了口气。

虽然他也不知道自己在郁闷什么。

他叹气的同时，看到应与将摸出一包烟，正想叫保安下去，指责他一番，比如，先生，不好意思，4S 店不能抽烟云云。

他可想看一眼应与将吃瘪的表情了。

结果男人抬起眼，正咬着滤嘴，目光如炬，紧盯着挂在 4S 店入口的摄像头。

贺情一个激灵从沙发上坐起来，仿佛是应与将正在透过摄像头看他。

应与将指尖并拢，狠狠吸了一口唇间未点燃的香烟，又取下，眼神深邃至极，对着摄像头的方向轻呼一口气。

裹挟着室内暖气，应与将转身出了 4S 店。

那一瞬间，贺情都觉得监控屏幕上起雾了。

回了盘古，应与将开着他那辆奔驰大 G，去文翁路接刚下高三晚自习的弟弟，去青石桥吃海鲜。

原本应与将是安排应与臣去西门附近上一所比较出名的私立外国语学校的，弟弟的成绩也够，但是这小孩儿估计现在是对官二代富二代过敏了，死活不去那种贵族学校。

于是应与将托人把小二塞进了全 B 城最好的文科公立高中。

进去的时候应与臣还安慰他哥："哥，我会好好学习的！你放心吧。"

然而，开学一周后，应与臣约莫是被折磨得忍无可忍，回家就摔门："哥，那学校里的老师都是……"

在他哥威严的目光下，应与臣把那句"千年老妖"给吞进了肚子里。

那天在青石桥吃海鲜，应与臣嫌弃爆炒蜗牛吃着恶心，死活不下嘴，后来吃了一颗之后，便缠着应与将再点一份。

应与将看着弟弟圆滚滚的肚子，挑眉道："真不用打包？"

应与臣一甩头："不用！"

周围路人行色匆匆，弟弟头顶铺泻而下昏黄的路灯灯光，勾勒出他的眉眼。

看着小孩儿，正哼哧哼哧低头喝藤藤菜汤的样子。

应与将忽然想起贺情。

也不知道他那种究极富二代，会不会有机会来吃这些街边的大排档。

第八章

这才入冬，风堂就又召集了几个朋友，搁九眼桥香格里拉楼上开了个包房。

说是白天喝酒，晚上方便去楼下兰桂坊嗨。

此时此刻，风堂的手正搭在贺情肩膀上，有一搭没一搭地敲着，皱巴着一张脸，唉声叹气，看着就心情特差。

贺情听他在耳边一直"哎""唉""啧"，再加上手指在他肩膀上敲敲敲，都到了崩溃的临界点。

"别敲了！"

贺情说着也跟着烦闷，歪头一躲还被风堂在脖根儿上又掐了一把，嗔怒道："你是怎么了？"

贺情的目光幽幽瞟向一边埋头打斯诺克的兰洲，两人眼神一对上，兰洲摇摇头，表示自己也不清楚。贺情使劲儿往风堂那边瞥。

贺情："糖糖，到底什么情况？"

只听风堂幽幽一句："西成高铁开通了。"

贺情心想，B 城到 D 城开通高铁关你什么事？

风堂默默地说："你啊，又要被西北的人抢了。"

贺情眨眨眼问："什么意思？"

风堂暗骂，这人怎么一好奇一提问眼睛就湿漉漉跟小鹿似的。

风堂咳嗽一声，凑到他耳朵边："叫声哥，我就告诉你……"

贺情身子往后一偏，热乎的手掌心儿直接捂住他的脸："一边去，我自己查！"

说一不二，立马开干，贺情掏出手机打开 Safari，上网推开新世界的大门。

风堂这边刚喝了口碳酸饮料，嘴里香蕉味儿还有点浓，凑近开口喷出一股子果香："查到了啥呢……"

贺情看到浏览器里的搜索结果，心中已经开始有点波澜了，正想装作镇定的模样，还没开口就被风堂看破。

其实在看到网上内容的时候，贺情脑子里就闪过了那天在监控里看到的那个男人的脸。

紧接着是兰洲、风堂，以及车圈儿里各种朋友哥们儿的脸。至于为什么第一个想到的是应与将，贺情自己也解释不了。

或许是因为身边没这号人物吧，在南方没有遇到过这种纯爷们儿的铮铮硬汉，能让他贺情碰上就有点儿犯怵，让他心底发慌的。

城北单江别那事儿暂时平息下来，贺情却明显感觉到，应与将那边有点儿小动静，但还掀不起太大事端。

这是个很能忍的人，贺情这么想。

昨天晚上他开着他那辆迈凯伦 P1 出去遛弯，望着宽敞通畅的道路，贺情心里高兴，一高兴就往城市边缘开，顺着南延线往东走，又来到了金港赛道。

在门口站岗的保安看是贺情来了，无奈他这跑车底盘太低，站着看不到贺情的脸，又不敢趴他车窗上，于是蹲下正准备张嘴说话。

贺情抬眼道："站着吧。"

那保安见今天贺小少爷看样子是心情不错，心中大喜，暗呼谢天谢地。

上次金港赛道出那么大的事情，惊动了上面的股东下来巡查，说如果丢了贺情这大客户，当天晚上在金港轮班的所有人，全都别想留这份工作了。

这保安站着，听贺情在驾驶室里，冷不丁一开口："哎，今晚里边儿有人吗？"

保安："有，有的。"

贺情问："谁啊？"

那保安望天，在回想是谁，想起来之后表情跟吃了苍蝇似的，不敢开腔[1]，嗫嚅道："是……是……"

贺情心情再好也有点儿脾气，提高了点儿音量："哪尊大佛啊？"

"是盘古的应总……"保安说，像生怕贺情想不起来似的，"就，就上次贺少您在……"

贺情都没心情听他说了，被打的是我，这事儿你清楚还是我清楚啊？！

算了，那人五大三粗没个轻重的，万一今天又把他的宝贝迈凯伦给撞了屁股，这可就不止一百来万的修理费了。

再说……自上次在加贝集团保时捷 4S 店卖 Macan S 被拒之后，两人微信都没联系过，就只看到应与将发过两个小视频。

是应小二站在科技馆门口，旁边是领导人的雕像。

这个茁壮成长的阳光小男孩，学着那雕像的动作表情，目光朝着人民南路的方向，一只手在身前指着南门，一副做作的展望未来相。

背景声儿人声鼎沸，有车按喇叭的声音，外地旅游团导游挥着小红旗的嚷嚷声。

---

① 开腔：说话。

配的文字是：未来的方向。

贺情当时一乐，什么方向，应总要当导游吗？

想了一会儿，贺情又垮下脸。

哦，未来全是他弟啊。

贺情想到这儿，心情又不好了，倒挡一挂，踩了油门儿要倒车："行了，我走。"

那保安一急，伸手去摸他车后视镜，又跟烫着似的迅速收回手："不是，贺少，哎呀，您看这……"

话还没说完，身后亮起白炽车灯亮光，隐隐约约还透着点儿赤红，这颜色贺情太熟悉了，当即就变了脸色。

那保安感觉背后冷汗涔涔，今晚赛道里就应总一家，这都跑了一个钟头了，现在出来的，除了应总，还能有谁啊？

应与将老远就在赛道的大灯照耀之下，看到贺情那辆迈凯伦 P1 了。

这辆车是尤物，他在微博上看到过太多次，他关注的那个小姑娘也转过，并且配以一行文字：太酷炫了吧，真是好马配好鞍呢！

应与将看到的时候有点无语，这是夸是贬啊。

大红色的 P1 太张扬了，车身上的漆亮堂堂的，仿佛全场的灯光都为它而亮，老远都特扎眼，和贺情那张脸有得一拼。

应与将打方向盘往右边给贺情让了点儿道，踩油门儿往前挪了点，按了按喇叭，示意让贺情先走。

贺情没看他，冷哼道："巧嘛。"

应与将的车窗没摇上去："巧，贺情。"

他低眼便见着贺情今儿阴恻恻的，连看都不看自己一眼。

为什么这人就老是爱喊自己大名，自己名字本来就念着带一股子旖旎味儿，老是被一个北方大老爷们儿用这种嗓音喊出来，总觉得……

这人，又是开的越野！

贺情暗骂，他最烦每次和应与将在车上遇到，应与将总是比他高一截，虽然说站着也比自己高，但是在车上坐着都还比不过，这种感觉他是受不了的。

偷瞄了一眼他副驾驶，贺情开心了一点点，今儿他没带应小二来。

本来想牙尖①几句，转念一想，应小二还因为自己被揍过，算了算了，积点口德。

贺情懒得搭理他，神气极了，他觉得此役是他胜出了，倍儿有面子。

"贺情。"

---

① 牙尖：刻薄挑刺儿地说话。

应与将低垂着眉眼，喉结上下滚动，又开口了："飘雨，道路湿。容易滑。"

贺情挑眉看他，重重地故意地"哦"了一声。

下一秒，一句"所以呢"就要从他嘴里说出来。

贺情觉得这句太冲，又咽了回去。

本来想挂倒挡潇洒走人，但应与将这么说了，他就非要开车进去飙一圈儿。

我干什么，跟你有什么关系，你不是都不闻不问的吗？

不问我为什么不卖车给你，为什么不过问你弟弟，为什么好久都不来金港飙车？

也是，我是我，你是你，我的事儿啊，跟你又没什么关系。

贺情在心里默默地拉了应与将的闸。

然后他拴上安全带，挑衅似的看一眼应与将，空挡换了前进挡，脚尖轻点油门，开进金港赛道的大门。

那个保安惊了一下，脖颈夹着雨伞，手上戴的白手套都湿了，边跑边拿着传呼机喊："贺少进来了！贺少进来了！"

应与将的大G就那么僵在门口，雨刮器还在不停地动着。

应与将对着那个气喘吁吁跑回来的保安道："等会儿贺少出来，你给我来个电话。"

那保安面露难色："应总……"

应与将从包里捏了十张红票出来，放到那保安掌心里，又强迫着他合上手。

应与将冷面霜眉，淡淡道："有劳。"

小雨淅沥，应与将就这么把这辆大G停在赛道外的露天停车场里，熄了火，满目夜色，靠在座椅上等。

后面等得雨都停了，耳畔电话声响，说："应总，刚刚贺少开着车出来了……"

应与将"嗯"了一声，挂了电话，长吁一口气。

B城的夜色，真真撩人。

第九章

十一月下旬，虽说已入了冬，但这天气也只是阴沉，不飘雪不结霜的。

B城是南方，按理来说是不落雪的，整得应与将对冬天都快没概念了。

但又听车行里的小妹说，有一年B城下了雪，是夜晚从天上飘下来的，纷纷洒洒，攥手心儿里就化了。

大概是积不了雪。

 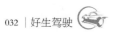

他今天在车馆里，有熟人介绍了一辆雷克萨斯570过来，客户说是要改装碳纤维前杠，别人的手艺不放心，加了好几万的加工费，点名要应与将亲自操刀。

应与将刚在B城稳住脚，这做什么事儿都要立个口碑，想着还有加工费，对方也表了诚意，这才接了活儿下来。

雷克萨斯570一般都改装大嘴前杠，这找他改全碳纤维前杠的还是第一辆，因此每一个地儿他都动得比较小心。

等改了一大半，电镀框也稳了，身上出了汗，应与将觉着黏糊，便脱了工装外套，提了桶冷水，去车馆里的厕所冲了个澡。

他出来的时候，通体舒畅，身上的水珠没擦干净，等寒风卷着门帘过了，他才发觉有些凉意。

应与将换了件短袖，把毛巾搭在肩上，走到大厅展台边，随口问了句在柜台上记账的小妹："小曾，B城每年冬天都这样吗？"

小曾一边写字一边抬头看他，利落的短发今天扎了个丸子。

她看今天领导破天荒地跟自己说话，也笑道："对，就是天气阴得很，不像北方，有供暖嘛，这边是湿冷。"

应与将点头算是知道了，把毛巾拿下来攥在手里擦擦，开口："昨天送来的那辆812在哪儿？"

"二号位上，贴隐形车衣，是那个……"

小曾转着笔想了半天，都没能把车主的名字憋出来。

应与将点点头："知道。"

他掀帘子进了停客户车的地方，这儿也是改装车的点位，一辆绝美的法拉利812 Superfast入目，是孔雀蓝的，还是那种亮漆。

应与将剑眉紧皱，默默地将这辆812审视一圈儿。

他手里还搁着一条印着各色车标的赛道毛巾，那上面的图案也像昭示着，他的手上过了多少辆车。

他心想，贺情对车的审美，真的是怎么显眼怎么来，跟他本人似的，格外张扬。

但接触过贺情几次，之前对他金玉其外的印象消磨了不少，发觉他外表看着狂到没边儿，其实心里也不过就是个纯良的小孩儿。

这么想着，应与将猜，里面的内饰应该是黑色的吧，镶点儿红线边，椅背上一个赤色的法拉利logo。

这是812的经典配色。

应与将个子高，从他的角度没注意到内饰，所以他一边这想着，一边去拉开这辆812的车门。

居然是黄的。

座椅中控都是黑色的不错，但上面都套了一层橘黄，看着简直是闪瞎人眼，个性十足。

应与将沉默着把车门关上，唇角勾了勾。

算了，他开心就好。

围着又转了一圈儿，应与将检查了变速箱油、刹车油等，确认这车没什么毛病之后，才开始动工。

注贴之前，应与将要开始做漆面保洁工作，用酒精清洗过了车身。因为全套需要无尘车间作业，他还专程换上了雨靴。

一条工装裤的裤脚稳扎进黑雨靴边，左脚鞋带散的，搭在鞋面儿和地上，腰间深棕皮带松松垮垮。

他上身只穿了件黑色背心，修剪成短茬儿的发硬得像刺，手上拎着一桶清水，正弯腰拧干抹布。

洗布的时候有水溅到脸面儿上，他捉起衣摆一角，掀起就往脸上抹了一把。

于是贺情跟着一个三十来岁的女人进车间时，就看到了这一幕。

应与将嘴上叼着衣摆，甩着手上抹布的水，腰腹肌肉尽显，匀称健壮，孔武有力，比古铜稍白的肤色使好看的线条凸显得淋漓尽致，甚至还缀有些细汗。

不会吧。

贺情满脑子就只剩这几个字了。

这一瞬间他感觉到了语言贫瘠的弊处。

事后他想起当时的自己都觉得很丢人，虽然说不出什么"陌上人如玉"这种漂亮话来，但也不至于砢碜成这样吧？

贺情在这儿发现了自己前年买的一辆 812 Superfast，前几天托风堂找地儿贴个膜，怎么运到这儿来了？

风堂怕是欠收拾了。

贺情现在身边的这个姐们儿，是车圈儿里的一个阔太太。

今早上贺情起床，太阳都还没晒屁股，手机里的微信群开始狂震，震得他觉得天地混沌，什么美梦也做不下去了，才拿起手机解锁。

正想回击一阵，就见一个微信群里这个姐们儿发了一条消息。

AVIVA：想提辆二手 Maserati GranTurismo，求推荐。

兰州：玛莎就玛莎嘛，还 Maserati。

AVIVA：兰儿，不要跟姐开玩笑哈！

看兰洲这尖酸的一句，贺情捂着手机快笑死了，在床上裹着被子滚一圈儿，又坐起

 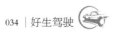

来，呼出一口气，回复她。

不加贝：有困难，上盘古呗。

AVIVA：靠谱吗？怕坑啊……

不加贝：姐，我陪你去。

AVIVA：嗯，有你在就放心！

然后那姐们儿来私敲贺情，把地址发给他，让贺情睡醒了来接她。

贺情心情好，应了下来，美滋滋地去洗漱了。

留下兰洲一个人在群里蹦跶：情儿，玩儿火自焚啊！

于是接下来，贺情又拖了那辆大红的迈凯伦 P1 出来开光，取了软顶，去双楠那边接这女人了。

小曾在旁边端着托盘，上面放了沏好的普洱茶，轻声道："应总，贺少和贺少的朋友来了。"

应与将点点头，看了他们一眼，"嗯"了一声，埋头去找隐形车衣的边角。这隐形车衣已经有车工裁剪好了，接下来要做的就是覆膜。

又一次被无视了。

贺情有点气，但确实是，现在在车间的应与将不是一个老总，只是一个贴膜的车工，手上还拿着膜，这事儿有关手艺和精细度，没有理由第一时间先顾着自己。

他和那个姐们儿第一时间没有忙着看车，而是在车间就那么站着，看应与将拿刮板刮平车身覆膜，刮至平滑无水泡，又用美工刀精细裁边。

等应与将贴完了，见两位是贵客，一身汗又觉得不甚合适，决定先去换个衣服再来接待，不料被那女人一个箭步冲上来抓住了他的手腕。

她眼波一转，娇声道："门口那辆奔驰是你的吧？"

应与将点头。

贺情懊恼，早就该想到 VA 姐这种女人，这好不容易遇到一个应与将这种，既有身材还有长相的，放得过他？

他见应与将点了头，心中又一顿噔，你就不能说不是吗！

VA 姐认真地看着应与将，眼睫毛眨得贺情看着都觉得要掉了："我买！"

贺情伸手用指腹碰触了一下自己的睫毛，嗯，还是天然的好。

应与将音色清冷："不好意思，不卖。"

"我出这个数。"

VA 姐伸手比了个数，看得贺情眼珠子都要掉出来了，这都能买辆新的了！

有些女人果然可怕。

贺情猛地扭头盯着应与将，眼里莫名的火似乎要把他这张俊脸上烧个洞。

应与将明显感觉到贺情态度的变化。

他眉眼间的冷厉柔和了几分，沉声道："不了。"

然后他从托盘上取了一杯普洱，先递给 VA 姐，微微躬身点头，以示不好意思，算是赔罪，又把托盘上另一杯普洱端好，递到贺情眼前。

贺情先是一愣，心中暗道几句稳住，又把眉一竖，哼了一声："我只喝奶盖。"

我看你哪儿去给我整奶盖。

他看到应与将不知从哪儿掏出一块糖，摊在手心里。

贺情瞬间有点不太好意思，他抓过糖就撕开包装往嘴里一塞，边塞边拉着 VA 姐往门口走："应与将！你膜贴得不好，重新贴！"

第十章

"应总……"

在旁边站着都没回过神的小曾看着贺情远去的背影，讪讪开口，"这……我看着挺好的啊？"

手上收了美工刀，应与将在车间围着那"孔雀蓝"了一圈。

应与将沉声道："没贴好。"

当天傍晚，小曾硬是看着她老板把那辆 812 Superfast 的隐形车衣撕了又重新贴了一遍。

夜晚的九眼桥，灯红酒绿，霓虹炫彩，街上不乏三三两两醉着酒相互搀扶的年轻人。

这里是 B 城的酒吧聚集地，紧挨着酒吧开了不少火锅店，来此饭后娱乐的年轻人不占少数，街边上的停车位处处爆满。

风堂他们的车不同于那些几十万的"小跑"，一般停这儿都叫了保安来拉了警戒线专门守着，或是开远点儿停私人车库。

但他们今天主要是陪贺情，这人点了名不去 Space 或者兰桂坊这种大地儿，一见面就一脸阴郁，他们俩也不敢耽搁，匆匆靠路边上挂了停车挡了事。

贺情手里紧攥着迈凯伦超轻的车钥匙，这东西狠摔一下可不得了。

他今天只套了件带帽卫衣，藏蓝色，领口还有俩绳带，看着特像高中生。

不过穿得这么少，相比兰洲的夹克和风堂招蜂引蝶的风衣，俩人都替他觉得冷。

贺情别过头去看路边的酒吧，酒吧里人影攒动，路灯隐约勾勒出他完美的侧脸，他有些不耐烦道："哎，快点儿。"

风堂正从后备厢拿一条烟出来，交到兰洲手上，还咬着滤嘴："情儿你催命呢……车停路边，我看剐了蹭了你找谁赔去。"

"开车抽烟，烫不死你真是……"兰洲一巴掌呼上他背，乐和道。

贺情冷冷地看他俩疯闹，耷拉着眼："我烦。"

"怎么了，跟哥说说，你今天不是陪 VIVA 去买玛莎了吗？"风堂在一旁认真拆烟盒，开口问他。

贺情说："不开心的事就不要再提。我决定，下周闭关修炼。"

不然我走哪儿都能碰到那个男的，烦不烦！

不过一周不动车……自己大概会锈掉吧。

贺情突然想起了什么似的，瞪眼道："我那辆 812，你怎么给我送到盘古去了？"

"那儿贴得好呗……我……"看他这眼神，风堂没由来地有点犯怵，贺小少爷平时没个正形，但一正经起来那样子还是唬得住人，"我，我听说那儿贴得好嘛。"

"算了，"贺情叹了口气，"下次别送盘古。"

这回换风堂一脸蒙："那姓应的不是都被姓单的揍了吗，你还记仇啊？"

好可怕啊，幸好自己没惹到过贺情。

从小相处到大，他太了解贺情了，这人虽然心肠善得很，但一点小毛病能记几年，手段不狠也帮不了家里营生。

贺情回瞪："被揍的是他弟！"

风堂摸摸下巴："那也是报仇了啊……你要是还跟那个姓应的不对付，我给他使点绊子嘛？还是让他车馆关门大吉？"

贺情愁起来了，低声道："没必要，关什么门啊……"

风堂看他这一副答非所问的模样，也不穷追不舍，三个人果真把百万千万级的跑车搁路边上，钻进了路边一家装潢设计特殊的酒吧。

这家是新开的，老板是车圈儿里的人。

走的现代艺术风格，什么摆件都看着是纯艺术，酒都是洋的，什么色都有，倒正好合了贺情的喜好。店里装潢主色调是大红大紫，灯光洒下来铺人脸上是一等一的迷离，那叫一个姹紫嫣红。

贺情受 B 城这风水宝地滋养，长得白，天生一副俊俏桃花相，招人无数，每每有人想来搭讪，都被风堂侧过身子，直接挡回去。

起先风堂还说："情儿，你要是有看得上眼的，跟我说声，我就放人！"

今晚的确兴致不高，贺情头埋得低低的。

他的唇色天生殷红，下颚线精致，指尖转着没点燃的大重九，垂眸的角度看着眼尾愈发上挑。

他纯粹就是今天没来由地心情不好，烦闷，让铁哥们儿来陪自己找找乐子。

可他也无趣，能有什么乐子，不爱认识新朋友，除了车就是公司，车圈儿里的朋友大多数个个见面就贺少贺少的喊，还用开玩笑的语气说他锋芒毕露。

而且贺情尤其反感往他身上贴的人。

有时候他甚至觉得除了兰洲和风堂，都没什么人真正喜欢他。

他坐下来，仰头灌了杯 Gimlet，舔了圈唇边，这酒入喉辛辣带酸，一股劲儿冲得他头顶冒泡。这都是什么事儿。自从遇上应与将，他就觉得他的生活简直一天比一天精彩纷呈，还得去好奇一些平时不会引起他注意的人和事。

也仅仅是好奇吧，大概。

比如改装，比如那些圈子的专业术语，比如人与人之间，比如风堂的感情生活。

瞧着风堂这德行，他都习惯了。贺情自己是没什么感情史，但风堂那情史简直就是罗马帝国艳情史，洋洋洒洒，能出几本自传来。

每次风堂提哪个人怎么怎么，贺情都要堵他一句："得得得，你别说名字，你说是哪个故事的主角。"

这边正瞅着瞅着，他突然注意到酒吧对面的桌游馆门口有一群年轻小孩儿。

现在的线下门店讲究一个氛围，大多做成森林式的露天场地，这一群高中生还穿着校服，更加显眼了。

但是校服都不一样，估计是各个学校聚过来的。这群小孩子，女孩儿个顶个的清纯，有的还留着齐刘海扎个马尾，男孩儿还背着阿迪耐克的书包，脚上踩一双 AJ，嘴上没咬烟，不知道的还以为在聚众抄作业。

有一个人怎么看着那么熟悉……这不是应小二吗？

那张奶气的脸他可太熟悉了。

贺情天天有事儿没事儿翻应与将的朋友圈，左翻右翻能看八百遍，估计文字内容都倒背如流。

况且被应与将打还是因为应与臣当时装乖装无辜，一脸纯良，看着太欠揍，所以说，这张脸他能不记忆深刻吗？

贺情瞪眼看应小二那吊儿郎当的潇洒样子，看得咬牙切齿："这屁小孩，可算让我给你逮着了。"

兰洲看贺情往那边盯，还以为他是在看哪个女孩子，想起贺情的初恋，便伸臂搭过来揽他："情儿，忆往昔峥嵘岁月了？"

 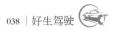

"忆往昔战火纷飞了……快，把我手机给我！"

兰洲看他着急成这样，自然理解成贺情想去要微信，一边掏贺情的手机给他一边说："情儿你不至于吧？"

贺情打开相机，调了对焦对准应与臣，看着眼前碍事的兰洲，骂道："滚一边儿去，别挡着我照相。"

然后咔嚓一声，存下来还调了个滤镜，用红线把应小二的矫健身姿圈下来。

打开微信，找到应与将的号，摁了发送。

不加贝：[图片]

不加贝：你认认 是不是你弟弟哦

贺情乐坏了，还顺便发了个定位过去，眼里喜色都要溢出眶，惹得兰洲大跌眼镜："不是吧，还偷拍？你有看上的，我去帮你要号码！"

才没工夫搭理他，贺情盯着屏幕，点了根烟叼上，笑得那叫一个开心，藏都藏不住。

不一会儿，手机屏幕就亮了，如愿以偿般，贺情划开一看。

盘古名车馆：谢谢。

下一秒，他抬头看那堆高中生，就看到应小二手忙脚乱地拿起响个不停的电话，慌不择路的，朝四周到处看。

贺情猛地拉过兰洲挡在自己身前，他偏过头去，捂着嘴忍笑。

他再回头，就看到应小二大呼一口气，从沙发上抓起书包，拨开人群一边喊"借过"，一边朝马路冲。

贺情突地站起身来，打了一下兰洲的后脑勺："我出去一下。"也拨开人群喊着"借过"，追应小二去了。

兰洲在原地傻傻地愣着，心中疑窦丛生，回想着刚刚的细节一阵推敲，大喊一句："你干什么去！"

这边兰洲正在酒吧中凌乱，贺情一路悄悄跟着应小二出了这一片酒吧街，就看到应小二在路边树下，拿手机解锁了一辆共享单车，抬腿跨了上去。

见应小二迷迷糊糊的，骑得晃晃悠悠，贺情还是有点儿放不下心来，步伐加快，跟着应小二又小跑了二三十米。

然后，他看到应小二骑到他们仨刚刚停车的路边。

大概是太着急了慌不择路，车身有点儿歪，一个没注意，应小二方向没有打稳，连人带自行车直接倒在了贺情的迈凯伦 P1 上。

贺情："我……"

应与臣猛地扶起自行车，瞬间清醒，瞪着那辆迈凯轮 P1，再看看旁边停着的两辆跑车。

自己怎么就蹭了这辆最贵的呢！

而且全市感觉也没几辆这个吧？

应与臣"嗷"一声，跟雷劈了似的，左看看右看看："我的天哪！我的天啊！"

随即他仔细绕到车前，看到引擎盖上那一个 McLaren 的醒目车标后，仰天长啸："天要亡我……"

然后他挠挠耳朵，正准备从包里掏个纸笔出来留他的电话号码，做贼心虚地抬头往周围扫了一圈儿，看到了贺情。

这个人真好看……怎么有点儿眼熟？

好像那天在金港被他哥揍得……是他的话，自己今天还跑得了吗！

应家兄弟说一不二的性格在此时此刻完美体现，应小二长腿一迈，立马跨上自行车，坐都没坐稳，书包还是只背了一半。

应与臣哼哧哼哧地蹬着踏板就溜号了，留下贺情风中凌乱。

贺情面色发青，掏出手机，再拍了一张应与臣潇洒的逃兵背影。

不加贝：他跑了，往合江亭的方向。

盘古名车馆：有劳。

他这正气得怒火攻心，身后兰洲扶着他肩膀喘气，道："怎么了，把人吓跑了？"

贺情一张脸冷得比之前刚来的时候还可怖，就着从北边儿吹来的寒风，吹得他一哆嗦，阴恻恻地来了句："弟债兄还。"

听得兰洲摸不着头脑。

第十一章

那晚，应小二虽然将共享单车蹬得两脚生风，但很遗憾，没有能比他哥的奔驰大 G 开得快。

他早上是跟他哥说他在学校补习，叫他哥不用来接，十一点半左右的样子会去同学家住，至于为什么要去同学家住，应小二说，因为睡前要背一遍化学公式才睡得着。

"哥，你能背吗？你不能！我要一唱一和的那种背法！"

应与将正在收拾挂牌文件，眼皮都没抬："快滚。"

应小二相信，只要他够快，再加上二环堵个车，他哥是追不上他的。

于是在他即将转下一个路口就抵达校门口的时候，看到他哥的车确确实实正堵在那条文翁路上，作为全场最酷炫的车，十分惹眼。

应与将把车窗摇下来，冷着脸看自己弟弟骑着共享单车，哼哧哼哧地从车边过，一边瞪他一边脚下的动作还没停。

瞪着瞪着，应与臣开始装委屈了，嘴一瘪："哥……"

车上这位回过头来，双眼紧盯着仪表盘，看都不看他一眼："上车。"

应与将开始怀疑自己的教育哪里出了问题。

第二天应小二没去上学，不是他哥逼的，是他自己要求的，直接打电话给学校请了假，然后把自己的手机、电脑、平板和PSP，连带无线路由器都给扯了，摊在客厅的桌子上。

应与将从楼上下来的时候，就看到应小二站在桌子面前，双手抱拳，低声叨叨："对不住，各位，今日应某失陪。"

然后他回头看到他哥裸着上半身，肩胛骨上搭一块毛巾，撑着栏杆盯着他，他梗着脖子就喊："哥！我今天好好学习，你别气了成吗？"

应与将边下楼边拿毛巾擦脸上的水珠，冷笑道："你把贺情的车剐了，这事儿不算上？"

应小二眼一红，想了想还是狡辩一下："这是意外，不是故意的，也得算这里边儿吗？"

应与将毛巾一挥，抽在他身上："滚进去。"

"应与将虐童了！"

于是应小二吐吐舌头，灰溜溜地阔别他的电子设备兄弟们，抱着一套《五三》一个文具盒，屁颠屁颠进了自己的房间开始努力学习。

应与将心下叹了口气，让弟弟安稳点儿过活还真是个难事。

等文件都查阅过了，应与将算了一下户头上的钱，理好账单，把手机拿出来，找到贺情的微信，发了个消息过去。

盘古名车馆：你好，贺情。我是应与臣的哥哥。昨晚应与臣在九眼桥剐蹭了一辆迈凯伦P1，应该是你的车。麻烦拍一张事故图给我，以及给我一个账户，我把维修金转过去。有劳。

那边贺情正在家无聊得要死，看到手机屏幕闪了一下，打开一看就是应与将发过来的一大段话。

贺情眼皮跳了跳，转念一想，一点点瑕疵，没必要整得这么严肃。

他还偏偏就要应与将欠他这么个人情。

不加贝：不用，银行单日限额。

盘古名车馆：维修金大概多少。

不加贝：1000000000000000000万。

见着应与将把话输入了又删掉，删掉了又继续输入，贺情抱着手机大笑，笑得右边一颗小尖牙都冒了出来。

我！贺情贫瘠的语言能力在此时又发挥得淋漓尽致。

于是贺情故作冷静道："稍等。"

然后他把电话一扣，扯过枕头抱在怀里一顿蹂躏，兴高采烈，屈膝跪在床上学着世界杯的时候兰洲他们的样子，兴奋得一阵低声呐喊："让我们恭喜中国队！"

再然后，贺情稳住情绪，揉了揉乱糟糟的头发，深吸一口气，又拿起电话："好了，我知道了，马上到公司来。"

他冷着脸听那边接线员怯生生地"嗯"了一声，随即是一阵嘈杂，像有一圈女孩儿围着窃听似的议论："贺少下午要过来诶！""我都想回去换衣服了……"等等。

贺情无语，直接挂了电话，暗骂一句，这个应与将怎么知道我喜欢他那个破坦克的？

自己没说过啊，难道是被撞的那一天眼冒金光被他看到了？

不应该啊……贺情摸了半天下巴，还是没想出个答案来，心里痒痒。

思绪回到车上，贺情在床上滚了一圈儿又一圈儿，仗着床大，横竖都来了一遍，还是没想出来，忍不住把手机掏了出来。

不加贝：应总，你怎么知道我喜欢乔治巴顿的？

等了一会儿那边才慢吞吞地回了句，贺情一看气得吐血。

盘古名车馆：秘密。

秘个头啊，这样没由来地就看穿了心思，简直没有一点安全感。

贺情眉头一皱，发了个小刀带血的表情过去，那边应与将秒回了个菜刀带血的表情。

低头一看手机，贺情又要吐血了，这人怎么这么幼稚，还跟自己比刀大刀小？

于是贺情顺着性子，直接挑了个表情包发过去。

那边足足有一分钟没有回消息，倒是贺情有点蒙了，手指长按屏幕，准备撤回，突然收到了一条语音。

这是他们俩用微信沟通的时候，应与将发的第一条语音，况且还是在自己发了表情包之后。

贺情甚至都有点不敢去点。

那一日，贺情抓过被褥蒙住头，趴在床上，拉开落地流苏绲边大窗帘，悄悄点开那条语音，将手机举到耳畔。

眼底倒映着窗外B城冬雨潇潇。

他听见应与将用低沉又充满磁性的嗓音，熟悉却又稍微柔软几分的语调，轻声道："因为去年，看你微博转过一辆乔治巴顿。"

"你说够劲儿，"应与将压低了音量继续说，"你说，特好看。"

那天下午，加贝集团的接线员又接了一次贺小少爷的电话，还显得有点儿受宠若惊，因为平时一般贺少是不会打这个前台电话的。

贺情清亮的声音从电话里传出："盘古的人还在吗？"

那个接线员点点头："还在呢！"

贺情又问："他们老板在不，就是一个特别高，目测一米九的……"

她四处望了望，眯着眼看盘古来的那几个员工："没吧，这几个个儿都不高……"

贺情"嗯"了一声，道："那行，我下午不过来了，手续办好了你让人把车开到我家来。挂了。"

从床上坐起来，贺情觉得今天心情简直倍儿好，剐个车还赚了一两百万，这剐得也太值了吧？

但好像他如今更多的喜悦……是来自于那辆乔治巴顿是应与将的座驾，并且应与将对他说了那样的话。

贺情想着，脸有些发烫，而且，刚刚自己还约了应与将来陪着试驾。

应与将说了那样的话后，贺情也是一条语音回击过去："七点，我把我家小区地址发给你，我来试试，我要是出什么问题，你负不起这个责。"

过了有十来分钟，应与将那边回来一条消息，一句简单的"好"。

再过了半小时，贺情起床找衣服穿，在衣帽间一阵乱翻，终于翻了件满意的外套出来穿上，还挑了双黑色马丁靴出来。

拉开镜子一照，修长的双腿入目，领口外翻干净的衬衫，贺情对着镜子又是一阵欣赏，十分满意。

下一秒贺情就窝在衣柜里，拿手机刷朋友圈，毕竟他还在若有若无地注意应与将有没有给他发消息。

刷出来一条应与将发的小视频。

看样子是在家里的客厅落地窗前拍的，视频里有细雨淅淅沥沥，水滴成串儿从玻璃窗上滑落。

文字配的是：B城下雨。

两人碰面的时候是在贺情家小区门口，那种独栋别墅的小区一般人比较少，不是住户，保安不放行的话，要下车走很长一段儿才能找着。

再一方面，贺少心中别扭，不想让应与将知道他家是哪一栋，于是也一步步走出来，优哉游哉地。应与将在车上按着雨刮器，等了快二十分钟。

那辆乔治巴顿停在小区出来左拐的路口上，贺情打着伞，每个步子都往水洼上踩，溅得一靴子雨水，看得应与将满眼笑意。

等他踩完脚下的水坑，抬眼便看到那辆乔治巴顿头顶的车灯亮起，启动之声轰鸣，像野兽在雨夜中怒吼。

贺情真傻了。

第十二章

天色暗下来后，雨疏风骤。

等贺情走得近了些，应与将正准备开车门下车换到副驾驶上去坐着，就见贺情一个箭步上来，拿伞给他遮了头顶的雨。

应与将一愣，勾起唇角："讲究。"

当贺情坐上驾驶座的时候，心中那滋味可太满足了。他对车的执着好比不少女孩子对口红，唇上覆了欢喜的色彩，心底一瞬间升起的满足感是无法言说的。

踩着油门加了动力，等贺情一脚轰到主干道上，睁圆了一双眼望着挡风玻璃上形成的雨帘，又伸手去扭正了一下有些歪斜的后视镜。

他感觉到应与将的视线斜过来，但自己又不敢去看他，两人上车到现在一句话都没有说。

对，一句都没有。贺情也很纳闷，自己怎么就说不出话来了？

跟脖子被人掐住了似的，堵得慌。

这时，倒是应与将突然开口了："安全带。"

正堵着车，再加上车内气压低，贺情自己也烦躁地慌，瞪眼道："不拴，没那习惯。"

虽然他平时开车每次都是乖宝宝，安全带系得稳稳当当，不违章不占道的，但今天不知道为什么就是想回嘴几句。

旁边儿副驾驶上的应与将正端坐着，右手搭在摇车窗的按钮上。听贺情这么冲了一句，应与将睨他一眼，道："别动。"

贺情眼瞧着应与将抿紧薄唇，单手摁开安全带扣，去了身上的束缚，上半身越过中控台，俯身下来。

他左手手肘撑在贺情的椅背上，右手去够贺情耳侧的卷收器，勒着那条宽宽的安全涤纶织带，将锁舌摁进腿边的带扣。

等他回过神来的时候，应与将已经稳坐在位置上，立体的五官像浓墨般化在夜色里。

车里灯光全关了，只有仪表盘和中控台还发着亮。

应与将见他半天没动静，侧过脸看他，淡淡道："想什么？"

贺情脑子里一片混沌，还没反应过来。

想什么，你说我想什么？

他突然有点儿后悔今晚把应与将这尊神给约出来，这不是给自己找罪受吗，没事儿找事儿净往火坑里蹦！

应与将回过头："挂挡走，后面堵上了。"

这句话说完，贺情看了眼后视镜，眼见着后面的确堵成了长龙，连忙挂了前进挡踩下油门，说话都有点儿不利索："我估计吧，是看你车挺牛，车牌也牛，这些人怎么喇叭都不带摁的……"

应与将咳嗽一下，说："又不是五个 8。"

"你这好歹也三个 8 啊！"一边说着，贺情正打着转向灯超了一辆车，乐了，"不过你来了 B 城，该入乡随俗。"

应与将点了根烟叼上，话也简单明了："成。"

贺情一听就莫名雀跃，忽然又觉得今晚约他也没白搭，于是贺小少爷心情大好，脚下踩得重了些，速度提起来了，又打了转向灯再超两辆路上跑着的车。

"那你，三个 8 前面那俩字母，YC，啥意思啊？"

应与将听他这奇怪的 A 城语调，忍不住勾勾唇角："你说 B 城话，我听得懂。"

他挺喜欢听贺情说 B 城话的，语调偏高，出口有些软气，但贺情向来说话挺冲，给人听了耳朵里竟还有几分娇嗔的意味。

贺情这条件，站那儿就是一幅画了，再一开口，便觉着整个画面变得明媚。

见应与将答非所问，贺情还有点儿拗："别转移话题，我问你话呢。"

应与将拿出车上的烟灰缸抖了点灰去，道："与臣。"

贺情一愣，正心中暗骂几句弟控，五味杂陈之时，又听应与将补了句："摇号纯属巧合，碰上了而已。"

鬼才信你摇号能摇到三个 8。不过，可能真是运气好吧？

贺情又飙了一小截，时速刚好压在限速上，超了一辆车，引得一旁的应与将低声斥了句，难得带了点着急的情绪："慢点儿。"

一路压着人民南路的主干道一条直线飙到了快到天府广场的位置，贺情抬眼看窗外路边整齐排列的橙黄路灯，到了大十字路口，一时间不知道往哪条道走，便问："我们去哪儿？"

应与将第一次从贺情嘴里听到"我们"两个字，还是指他俩。

他侧过脸，去盯贺情迷茫的表情，缓缓开口："去哪儿都成。"

平时盘古里忙，最近生意也不错，应与将本就不是爱凑热闹的人，鲜少进城晃悠，来了 B 城也没吃过多少当地的美味。

等贺情开着车从小通巷那边儿过的时候，应与将见雨也下得差不多了，摇下窗户去看，冷不丁问了句："奎星楼那边有什么好吃的吗？"

一提到吃，贺情这种 B 城本地人，简直跟触及了知识的广泛面一样，说："有，有家串串特别出名。"

应与将"嗯"了一声，手里转了一下打火机，在犹豫要不要点根烟："那下次……"

贺情后视镜都没工夫去看了，瞪着一对儿星星眼。

应与将想着贺情，还是算了，把打火机揣兜里了："我带我弟去试试。"

贺情差点没哽死，见应与将光顾着去看那条巷子没搭理他，一时间有点儿暴躁情绪上头："喂，你，指指路？"

"这边可以走。"

"哪边？"

"那边也成。"

"别这边那边！你跟我说左右！"

应与将闻言，没忍住笑，生生给憋在了嘴角。

等稳住面上的表情，应与将侧过脸看他。

这会儿贺情正在气头上，一置气，也懒得理应与将，直气得耳根通红。

于是，两人就在这样的争执声中一路开到了二环外，刚好遇到了设卡的交警，倒不是查酒驾。

贺情视力好，隔着老远一眼就看到了刺目的灯光，心下马上就想起了是怎么回事儿。见周围的交警也只围了三三两两，突然想使个坏。

贺情伸手去拨弄车灯控制，问："这车远光灯怎么调啊？"

应与将看出来贺情在怄气，虽然也不太明白他突如其来的愤怒点在哪里，但也只有先顺着捋捋毛："自动的。"

贺情冷哼："在哪儿呢？"

说这句话的同时，贺情还在心中默默暗示自己：我以前都开的自动挡，也没调过灯，不会使。

于是他反复确定了迎面没有车辆之后，脚下油门稍松，速度降下来了些，眯着眼看应与将。

后者松了安全带，倾斜了身躯过来，将手指卡住方向盘左侧的控制杆，往内侧拨动了一下，随即又坐回位置上。

远光灯开着，持续了有十来秒，贺情又乖乖地把远光灯关掉，别过脸对着应与将一笑，眉眼如月弯弯："挺好用哈！"

 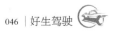

应与将点了点头。

等贺情踩着三四十码的车速，再往前开了几十米，就在路口边儿上被交警拦了下来。

那边交警看一辆这么大的乔治巴顿过来，心中也有点犯怵，举起手里醒目的荧光警示牌提醒车上驾驶员下车的时候，还有点紧张，没想到那车隔着十来米就停了。

晚上这边设卡的地方偏，路灯也不亮，那交警被旁边的远光灯刺得眼痛，没仔细去看车上下来的男人，是从哪边儿下来的。

那交警抬头看了下应与将，心中暗道一句：嚯，这男的面相好凶。

然后把头顶警帽一扣，明示了一下应与将他是警察，再从腰间掏出本子一五一十地记，他问，应与将就一句句地答。

交警撕了一页下来，塞到应与将手里。这男人太高，需要自己抬眼看，还好目光对视时，他觉得这男人似乎心情还不错。

交警伸手往不远处一处凳子上一指，而后礼貌地笑道："远光灯滥用体验区，请吧。"

于是，应大总裁，端坐在凳子上，忍受眼前刺目的远光灯照射折磨的时候，把车停在一边儿等的贺情简直快笑翻过去。

他抓紧时间，掏出手机对着那边儿坐着的应与将拍了一张，用滤镜提高了亮度，存在手机里。

虽然那张照片上的应与将，都被照得只看得清依稀的轮廓了。

贺情枕着手臂，靠在副驾驶座上，掏出手机给兰洲发微信。

不加贝：应与将在感受那个远光灯滥用体验区，前几天微博上火了的那个。

兰州：你怎么知道？

不加贝：我跟他在一块儿呢。

贺情这句发完的时候还有点儿嘚瑟，又去看应与将，发现那人已经站起来了。

兰州：约架？

贺情又伸长了脖子去看，看应与将规规矩矩地交了单子，揉着眼正往这边儿走。

这么快就完了？

贺情咬咬牙，继续打字。

不加贝：我打赢了，把他摁在引擎盖上一顿天马流星组合拳。

兰州：哦，我不信。你发张他照片嘛！

见应与将已经走近了，绕过车头，过来拉车门，贺情迅速打完最后一句话：没！有！

应与将拴好安全带的时候，眼睛还有点儿疼，又抬手揉了揉，看贺情弯着眉眼，笑容粲然，还以为是眼花了。

贺情瞧他又这么明目张胆地瞅自己，立马张牙舞爪："你看灯还没看够？"

打燃了火，应与将看眼前宽阔的道路，也跟着笑起来，低声道："看不够。"

第十三章

这一晚开着车回家的时候，贺情让应与将在小区门口下了车。

应与将的奔驰大G就停在小区外面，他走了几步又被叫回来，看到贺情将一把伞从车窗扔出来："还给你！"

兴高采烈地开着车回家之后，贺情费了好大的劲才把这辆比陆地巡洋舰还大两圈儿的乔治巴顿停进了车库。

都停不下了，要不然只留这辆乔治巴顿，还有最爱的迈凯伦P1，以及那辆说修好了送回来的Centenario……

不行，自己怎么能为了这一辆车牺牲其他车。

但他的车他都舍不得停到集团那边儿去……万一给看车的人，一个没轻没重的，修车费也够够的了。

那辆Centenario，简直修得他肉痛，亏这车还是他爸想尽办法给他搞到的，还千叮咛万嘱咐，什么贺情你开车，我最清楚，你就去瞎招摇吧？千万千万别给撞了，不好修。

借他爸吉言，第一天就给撞了。

想好之后，贺情围着应与将这辆乔治巴顿转了半天，检查过车灯、轮胎，又绕到车屁股，抬脚踢了两下。

他眯眼盯着那车牌，若有所思。

嗯，这车牌得换，换下来是把这块车牌还给应与将呢，还是自己留着？

不对啊，这送车就送车，还送车牌的？户都没过，这牌子还是给应与将算了，他总要回A城的吧，而且这车牌绝对不便宜，在B城自己留着也没多大用……

然后贺情翻半天才翻了两个遮车罩出来，乐颠颠儿地从车库坐电梯上楼去了。

他一到客厅，见客厅里开了一盏欧式落地灯，光线幽暗。

再往边儿上看，贺情看到他出差回家的老爸正坐在沙发上，一脸阴郁地盯着自己。

凭二十年来修炼而成的直觉，贺情就觉得不是什么好事儿。所以此时此刻，三十六计走为上策。

贺情单手提了一把裤腰，手里还握着乔治巴顿的车钥匙，迈着两条大长腿，就着光一边儿摸索着栏杆一边儿往楼上走："爸，我想上厕所……"

他听见身后炸出一声呵斥："回来！"

见到如此场面，贺情也只有束手就擒，乖乖地走过去，手背着，面朝贺父站得笔直："爸。"

贺父人到中年有些发福，但相比起同龄人算是年轻很多。他在商界著称的就是手腕铁血，其人也是个比较死板的性子，成天除了开会出差到处飞，就是回来检查贺情的工作。

然而，贺情这人，就是属于高压政策下出来的，反弹过度的那种类型。家里管得越严，他越想叛逆，所以他满十八岁的那一晚，硬是反抗了他爸一次，直接从家里一楼的窗户翻出去。

那一晚之后，贺父就知道这小孩儿管不大住了，索性把一些事务陆陆续续扔给了他，任其野蛮生长。

但当时的贺父也没想到，贺情能野蛮成这样啊？

每次在贺家家宴上，商场聚会上，外人亲戚提起贺情，那叫一个赞不绝口，贺情也一口一个"叔伯""阿姨""孃孃①"叫得特甜。

贺情老被夸长得俊，身段儿好，脑子也好使，做生意厉害，然后贺父每次听完，心里总忍不住加一句，身手也挺好，也挺败家的。

毕竟贺情打的架，烂摊子，可以跟他的所有车被剐蹭，被撞击的次数成正比。

贺父每每指责贺情，贺情就闭着嘴不反驳，采取消极的抵抗政策，贺父就总说他，顽固不化，刀枪不入，最后连杂草丛生这种四字词语都用上了。

现在贺情真正地长大了，贺父管他的机会少了，但在车这方面，还是会说他几句。

比如现在，贺父正瞪着他，开口："把你手上的东西放桌上。"

手中不自觉一握紧，贺情心想这个车可千万别让他爸收了去，咳嗽了一声，正经道："爸，这是别人送的。"

贺父冷声呵斥："送的？贺情，你今年买了几辆了？上次买迈凯伦的时候，就跟我打包票，说只要这一辆上千万的车，结果呢？过生日，又看上兰博基尼那个，那个什么，森特……"

知道他爸最近在恶补英语，贺情机灵劲儿上来，还是忍不住接了句嘴："Centenario。"

贺父面上一板，声音大了一点儿："知道！"

贺情背着手，又不敢开腔了，见他爸又半天不说一句话，试探道："你是不是看到了？"

贺父冷笑，声音犹如洪钟："乔治巴顿，这排量，这噪音，全小区都醒了！"

嘴上"哎呀"一声，贺情倔脾气上来，也毫不犹豫地反驳道："真是别人送的，那个人把我的迈凯伦剐了！"

他看着他爸怀疑的目光，又加了一句："可能那个人一时想不开，就把这辆乔治巴

---

①孃孃：阿姨，婶儿啥的。

顿赔给我了！"

"嗯，然后？"

"然后，我爸就把钥匙没收了啊。"

贺情靠在椅背上，扫了副驾驶座上的应与将一眼："行了，哥们儿，车牌我下次还你，我爸还是挺好说话的！"

从试驾那晚到现在隔了五天，这五天一过，他爸一走，他的脚跟不听使唤似的，又到盘古名车馆来了，看应与将亲自开了一下午会，不由得感叹一阵高智商的重要性。

听到"哥们儿"这词，应与将就有点头疼，他好歹也比贺情大了七岁，就不能喊句"哥"听听？

当然，这种要求对于心高气傲的贺情来说，也是比较过分的，应与将觉得贺情撑死喊他一声"应总"。

应与将闷闷地憋着，也不讲话，继续冷着脸听贺情开了话匣子似的："我爸觉得我买 Centenario 费了不少钱，哪儿能啊，勤俭持家。"

上千万的车，贺情说勤俭持家，那就是勤俭持家。

然后，应与将被贺情赶下车，站在盘古名车馆的停车场出入挡杆旁的亭子边，眼睁睁地看着贺情把那辆 Centenario 开过来，直接从关闭着入口的挡杆下，开过去了。

贺情直接这么过了挡杆，把车停到一边儿，伸出头来喊应与将。

"怎么样？是不是忒勤俭！"

应与将闻言一笑，不是说了不用说 A 城话了吗，还瞎学？

有过路的员工对着应与将点头示意，见老板今儿心情好，旁边又停了辆估计全 B 城就这么一辆的 Centenario，惊喜得不行，掏了手机想咔咔就是一通拍。

应与将见贺情半个脑袋还露着，抹了一把头发，侧着张俊脸，对着后视镜在照镜子。

于是应与将脚上军靴一踏，铁臂一抬，伸手挡了那人的镜头，铁青着脸道："工作去。"

今天贺情来的时候，应与将还在会议室开会，面前十几号人，看着他拎了个部门经理上去，他自己坐到位置上，眼皮都不抬一下："讲。"

最近业绩下降，应与将也窝火，逼着每个部门的领头人上去反思了十多分钟，才大手一挥，直接散会。

等他出会议室，就见着贺情一个人端着杯柠檬水，坐在大厅沙发上，裹了件棉服，还在打电话。

电话那头，兰洲正在搓麻将，搓得震天响："情儿，你怎么一逮着空闲就抓不着人啊？"

贺情不屑，两道生得偏细的眉一皱："你管得着吗？"

"……"

电话这头贺情见应与将那边会议室的门开了，匆匆收回了偷瞄的目光，摆作十分潇

 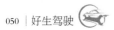

洒的坐姿。

贺情臊着一张脸，见应与将来了差点儿没直接站起来。应与将走近后问他："等了多久？"

贺情笑都懒得笑了，悠悠开口："不久，刚来。"

应与将低头一看腕表，明明现在都五点多了。他记得员工进会议室通知他贺情来了的时候是三点。

下班时间过了之后，在贺情表演完兰博基尼如何勤俭持家之后，应与将把自己那辆磨砂黑的奔驰大G也牵了出来，贺情一看，当即决定，他今儿要开这个车。

非把这车的车灯摁爆不可。

贺情一坐上车，就开始拴安全带，一边拴一边问："你之前故意拿这灯闪我？"

应与将没吭声。

那可不是吗？

两人都是站在风云顶端的传说级人物，在车圈儿里已经被传成冤家对头。

这么说来，还多亏了应小二，要不是他往贺情的迈凯伦上剐蹭的那一下，估计贺情这辈子都得用阴恻恻的眼神看他。

虽然这会儿也好不到哪儿去。

他没正面回答贺情的问题，贺情就赌气加起速来。仗着技术还不赖，一上了路就容易出着性子胡来，平时除了自己都没人在旁边儿看着，这不是个好习惯。

这辆奔驰大G方方正正，裹挟着寒风，发出怒吼，一路飙上了二环高架。贺情说想往东门走，兜一圈儿风就回家。

等他们下了二环高架，走辅道出去，贺情突然瞥见后视镜有几辆车好像一直在跟他们，而且都是统一的黑色大众辉腾。

"哎，"贺情喊了一声应与将，"后边儿有车一直跟着。"

应与将闻言，马上伸手去调后视镜，紧锁眉头，眼底泛上来一股狠戾，嗓音有些低哑："是姓单的，估计以为今儿车上只有我。"

这种场合贺情不是没经历过，然而显然应与将对付这些早已轻车熟路。

贺情看了一下这条路的限速，已经快把速度踩到限速以上了，他抓紧了方向盘，喝道："你坐稳！"

没想到应与将直接凑过来去扳正贺情频频往后看的脑袋，压了嗓子吼他："你别回头。"

"现在，你把车停到路边。"

"你不怕他们扑上来？万一这堆二愣子有……"

贺情话还没说完，就被应与将打断道："换我来开。"

他听到应与将如此说，瞪大了眼，手上的方向盘仍然没打，脚下油门儿也死活不松。

"你骨架小些，从中控这儿过。"

应与将一边说着，一边用大手钳制着他，贺情没办法动弹，咬牙狠声道："那你呢？"

"贺情。"

这一瞬间，贺情甚至觉得，每次这人一放下冷面喊他全名，就没什么好事儿。

应与将的声音放得极为柔，语气软到似乎贺情都觉得这人在哄骗他："我下车。"

第十四章

这话一说完，没余地商量似的，应与将伸臂摁住贺情的肩膀，半强迫地去够方向盘。

贺情被应与将这么独断专行的样子气得怒火中烧，只觉得眼前忽然一暗，身边大半个人压制过来，脚间歇踏住刹车，往左边儿一打盘子。

这车改过的真皮裹的四幅方向盘尺寸极大，贺情的骨架子本就偏小，在如此急迫的情况下，手臂根本不好控制盘向，被逼得实在没辙了，把车停在了路边上。

所幸路上车辆不多，再者就是见这么大个奔驰大G开得左摇右摆的，还打着应急灯，都避而远之。

贺情是什么人，虽然比应与将少活了七年，但好歹也是混得风生水起的一号人物，平时又乖又不爱主动惹事儿，除了火气大脾气暴躁生得金贵之外，摸爬滚打也算是全见识过，一眼就看出来应与将什么意思。

从他真正认识应与将开始，不得不承认，他打心底佩服这个男人。可这并不代表应与将能牺牲一切换应小二周全，就有资格去为贺情作保。

车是自己非要开出来的，姓单的去招惹应与将又有自己的一部分原因，凭什么要应与将来挡这支暗箭？

贺情眼刀带刃，眉梢都像淬过火星子，怒吼道："你逼什么能，让我下去行不行！姓单的手下都认识我，他们吃了豹子胆也不敢……"

应与将伸手去拉车门，仿佛没察觉到贺情的火气，头都没回："不冒这个险。"

应与将开车门下车的时候，贺情虽说正在气头上，也没工夫跟他多矫情，果断松了安全带，迅速弓着身子迈腿跨过中控台，从后视镜瞟了一眼后面的辉腾车队。

他心中暗自庆幸，还好这车后视镜是双层向外，跟公交车的差不多大，让人视野极为开阔，幸而他还能把追着的车队甩了那么一小段距离。

可是就算是那么短短几秒，应与将下车之后，还是暴露在了一个极为不安全的环境下。

贺情知道，他让自己从中控台过，自己倒是安全了，但这车目标极大，若是有人在

 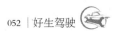

这附近埋伏着，后果不堪设想。

应与将几乎是边关车门边加油，他伸手把后视镜往自己这边儿一掰，手按了一把转向灯，嗓子跟蹿了火焰似的："别往后看。"

抛开正在气头上不说，贺情这回也乖，自觉拴好安全带，伸手关了射灯，双眼平视前方，抬起手臂去抓窗户上方的扶手。

接下来的十多分钟，贺情算是彻底感受到了他跟应与将在车技上面的差距。

估计那晚要是贺情死活不让应与将下车，他们俩就被堵在半道上了。

在晚八九点的高峰期，从偏僻点儿的道路走，还是有不少车，但应与将还偏就是开着这辆四开门的奔驰大 G，甩盘子避过各色车辆，不从人行横道的道过，集中了一万分的注意力，以各种灵活走位，亮着前后赤红的车灯，似双目含着血光的游龙，在黑暗之海里翻腾激进，若隐若现。

过了街道，逼近二环高架入口时，时速达到八十多。

贺情只觉着虽然关着窗，但车身高离地间距的底盘让人重心不稳，还是颇为颠簸，耳边都能听到这车的滔天声浪轰鸣。

他知道，单江别找人揍应小二，表面上说着是帮贺情出口恶气，但其实就是怕应与将这二手车和修车的生意不知道见好就收，在 B 城做大了，影响到他北门的利益。

人家应与将卖的是豪车，那单江别在北门卖的都是些什么？

配件、尾翼，连改色膜都是劣质胶，撕了都会有残留腐蚀车漆。

去年过年的时候，风堂给他面子，把自己的宾利飞驰拿去他厂里贴成了雾蓝色，后来换色的时候那膜一撕下来，风堂简直想把姓单的厂子给端了！

那辆飞驰给风堂拿去换了辆新出的宾利添越 SUV，被贺情呵呵一笑，直接封了个最丑豪车 SUV，还说这种车型，自己都不想卖，风堂气得差点一口血没吐出来。

快到闸道入口时，应与将阴沉着脸，别过头去检查了一下贺情是否还系着安全带，确定之后，他开口道："坐稳了。"

下一秒，应与将猛地一甩盘子，又一脚油门到底，直直冲上了二环高架桥。

他们身后的那一溜儿辉腾速度也快，但奈何车身太长，一路都只顾着盯应与将的奔驰大 G，没注意看路，以为应与将这次也要从桥下窜，也一脚油门跟着闷跑，没想到他盘子一甩，风驰电掣，在分岔路的地方冲上了桥。

闸道入口有些陡，贺情只觉得整个人的重量都压到座椅靠背上，浑身都绷紧了，回头看一眼被甩得看不见影儿的车队，忍不住大喊一声："应总真牛！"

等稍微安全一点儿了，应与将见贺情这么兴奋，警惕性也降了一点下来，淡淡道："在 A 城的时候，常有的事儿。"

贺情一愣，想想也是，不过他突然好奇起应与将的光辉岁月来，决定等回家之后，找人专门咨询咨询，好挖出点什么料来。

　　等这辆霸道的越野平稳地行驶在车辆不多的高架桥上后，应与将才往右看了一眼贺情："想知道什么？"

　　听了这句话，贺情有点儿心虚，暗自嘀咕，这人是他肚子里的蛔虫吗，怎么知道自己在想什么？

　　贺情眼皮儿一翻，摸摸自己的鼻子，努嘴道："不感兴趣。"

　　应与将又往右看一眼，惹得贺情羞赧，忍不住说他，B城话都飙了出来："你紧到①看我干撒子②？"

　　鲜少听贺情对着他说本地话，一时间稀罕不已，应与将故意逗他，转过脸认真看路，丢下一句："我在看后视镜。"

　　这句话听得贺情心中大喊，明明就瞅我了，还说看后视镜？

　　车又行驶了一段儿，绕过平时会走的路，从下个路口出去再转个弯下辅道，就是往贺情家走的方向了。应与将故意又跑了一段，确定那群人没追上来之后，才打了转向灯。

　　等车都要开到小区门口了，贺情突然想起来什么似的，问他："对了，你怎么知道是姓单的？"

　　应与将眸色一黯，冷声道："见过。"

　　一想到今天非要开奔驰大G出去招摇，贺情就有点后悔，皱起眉来："今天感觉他们劲儿也不大……只是警告你？"

　　应与将点点头，"嗯"了一声。

　　每次听到这类型的回应，贺情心里就奇了怪了，这人怎么还这么闷，焐不热似的，多说一句话像要他命，一天天就是"嗯""啊""哦"的。

　　心里是这么想，但贺情知道，这个男人，就是表面上看着冷，胸腔里却满是炽热。

　　从刚刚应与将护着他就看得出来，这人是真心待他。

　　贺情一撇嘴，看车停了，摆摆手："算了，我回了。"

　　应与将又闷着不吭声，点点头，要不是贺情一直望着他，估计会以为这人压根儿没搭理他。

　　贺情睫毛忽闪忽闪的："这几天，你先别出门了？"

　　应与将这下不点头了："事儿多，不成。"

　　倒是该再安排应小二住一周校，威胁他不许出校半步，跟学校保安通个气，让他乖乖待一周，等风头过去了再说。

———————————

①紧到：老是。

②撒子：什么。

贺情听他这么说，猜也是有生意要做，不想去跟他扯钱重要还是命重要，板着脸转头就走。

　　贺情一路上都在想，他这么莫名其妙跟应与将走近了，之前的账就真的一笔勾销了？

　　他承认，长这么大对他好的人多了去了，但像应与将这么淡然又直击他内心的太少。

　　最开始他可羡慕应与臣了，有这么护短的一个哥哥。反观自己，除了兰洲和风堂，手下的一拨人，其他什么都没有，自己还老是出一摊子烂事。

　　跟应与将闹了这么些天，金港赛道没怎么去，盘古名车馆倒是去得勤，业界都在诧异怎么这贺小少爷还转性了？

　　当然，圈儿里也有人笑他，贺情啊贺情，被打一顿还去找人玩，你这是得有多欠揍？

　　这句话传到贺情耳朵里简直难受死了，他不在乎别人怎么说他，但他就是从小被捧大的，听不得这些人一阵乱叨叨，碰上应与将有关的，他又不想去解释太多。

　　贺情知道，虽然说风堂一天到晚看着没心没肺的，但他和兰洲两个私下绝对给应与将使了不少绊子。

　　金港赛道那么多人打不过应与将一个，兰洲再找人去围他就有点儿不自量力了，直接从车馆下手，不给他搞垮也得搞点儿事情出来，贺情说放过他就真的放过他？

　　不可能，他俩见不得贺情受委屈，一点都不可以。

　　断了几处货源，抹黑了一把口碑，整点儿纠纷，这种阴招，兰洲耍得上好。

　　这些都是兰洲那天发现贺情跟应与将走得近了之后，才一五一十告诉贺情的。贺情听了也没多说，冷着声儿问了句："他知道是你们做的吗？"

　　兰洲摸不清贺情的情绪，说："知道，我打了个电话过去，跟他说了离你远点儿。"

　　听贺情那边儿不吭声了，兰洲又追问道："但你俩怎么还联系上了？"

　　贺情撇嘴，半句谎都撒不出来，只得老老实实道："合得来呗。"

　　兰洲大骂："你个傻子，我找人算过了！你和应与将五行相克，你小心被骗！"

　　贺情一听就火了，回嘴道："应与将是什么人，盘古开了一年，在 B 城的市价，你不清楚？我就算天天找他麻烦，他这生意也能做，B 城不行，他不知道换别地儿吗！"

　　电话那头被一顿喷的人简直一脸蒙："这么多年你除了我和风堂护过谁啊？你凭什么这么护着他？"

　　对啊，为什么自己这么护着他？

　　听兰洲这较真又委屈的语气，贺情当时就语塞了，想了半天想不出个答案来，心软了，甩了句："得，你牛，下次再跟你说发生了什么事儿……行了你，别担心我，要得不？"

　　直到今天，经过姓单的车队一通追，看到应与将在危急时刻做出的反应，贺情心里才有了个答案。

　　他为什么这么护着应与将？

因为应与将也护着他贺情啊。

这一晚过了，大概没几天就快到冬至了，这B城的天儿也愈发阴沉，一到晚上更是冷得寒风阵阵往骨髓里冲。

还没走到家门口，贺情突然想到了什么似的，又撒开腿一通跑，跑到离小区门口还有一段儿的地方，透过这户人家室外花园的栅栏往里看，这里的院墙攀着绿色植株，外院是拿刷了黑漆的铁围栏圈起来的，能透过缝隙看小区外的那条道路。

贺情看到那辆奔驰大G还停在那儿，那一簇红白灯光在夜里分外显眼。

拿出手机，摁开微信，他一边儿哆嗦着一边儿敲字。

不加贝：到了。

没等到应与将回他，贺情踮脚往外院瞭，看到那辆奔驰大G打燃了火，轰鸣声起，慢慢隐没在夜色之中。

果然，是在等他平安到家。

应与将不知道，他那晚在金港一脸铁青地护着应与臣的样子，抛开额角磕破流了血不说，确实让贺情有那么一瞬间觉得错在自己身上。

第十五章

"小洲，你这朋友，没多大问题啊？"

取下手里的听诊器，谢医生笑得一脸慈祥，伸手拍了拍坐在板凳上笑眯眯的贺情："这小伙子，身体好得很，年轻人，真有活力！"

贺情眼皮一跳一跳的，笑眯眯地点点头，笑得眼尾那颗泪痣都跟着轻颤，声儿听着也乖巧："麻烦谢医生了。"

然后他站起身来，接过桌上的票单，拿着处方笺，拉过杵在旁边发愣的兰洲，连推带拽地把他弄出诊室外，一边把门带上，一边笑着："先走了，谢谢您！"

关上门后，贺情随即回头："你是不是盼着我得病？"

兰洲扭头躲开不让他捏耳朵，听到贺情这话就不高兴了："你看你这都说的什么话？"

贺情眼睛一瞪，又伸手去捏他脸："你一大早，打个电话让我到华西来，我还以为你生病了！"

兰洲嘴被捏得一咧，闷闷不乐地说："我……我还专门凌晨把一哥们儿闹起来，让他找关系挂的号……"

 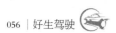

贺情都要被气笑了，这都什么事儿啊。

昨晚他想通之后，回家栽进床铺就是一脸开心，想明白了为什么他一开始对应与将就那么感兴趣，后面的一些奇怪心情也能解释了。

哪怕那辆乔治巴顿只是个借口，就算不是他喜欢的乔治巴顿，也是什么乔丹巴顿，杰克巴顿，再或者迈克巴顿的。

不知道为什么有些复杂的情感，到了贺情这么个简单的人面前，变得更加复杂起来。

他觉得有必要咨询一下风堂，但是他完全摸不清楚风堂这么个花花公子，是否对谁真心过。

于是在贺情翻来覆去睡不着，抱着枕头就是一通蹂躏之后，掏出手机给兰洲发了条微信。

不加贝：兰兰，我心跳得贼快。

兰洲当晚喝了点酒，脑子有点不太清醒，睡到一两点醒了，把手机打开看到微信就是贺情发过来的这么一条，脑子里第一个反应就是找医生，一边回想着身边哪个朋友能帮忙约上华西的号，一边半睁着眼皮回消息。

兰洲：？？？

不加贝：扑通，扑通，扑通，扑通，扑通的。

兰洲抓着手机一愣，不会吧，这么严重！得去看心内科。

手机调到主页面，他找了个号码就打过去，嘀了几声之后那边秒接，听声音是还在酒吧里。

那边人声嘈杂，兰洲硬是竖着耳朵才听清楚对面在说什么。

"你小子还想着给我打电话？"

兰洲眯着眼，用尽全力阐述完想挂一个心血管内科明儿一大早的号后，才迷迷糊糊地挂了电话，安心之后，也没来得及回贺情消息，倒头又睡着了。

于是大清早的，贺情一脸懵懂地被推入诊室，然后笑眯眯地出来。

过了两天，风堂听说这事儿的时候，正在加贝集团的办公室里，一口茶差点没喷出来。

贺情冷眼看着他捶桌之后一顿狂笑。

笑过了之后，风堂一个激灵，想起了什么似的，凑近了点儿贺情，一通低语："心跳？"

贺情这人脸皮薄，特容易脸红，抬手一肘子推他，哼了一声："你现在记得跟我保持距离，我现在特别敏感。"

"敏感？"这回换风堂瞪着眼围着贺情一通乱转，惊呆了。

贺情觉得跟风堂和兰洲讲他和应与将根本说不通，想了一下试图转移话题，却听风堂没由来地一句："听北门的人说，单江别差了六辆辉腾，在二环把应与将堵了？"

贺情听了这话，心中一凛，眼都不抬，低头玩儿茶叶袋子："哦，他说堵到了？"

风堂说："说堵到了，好歹六辆车啊……"

贺情磨牙："可不是吗，三字排开，跟出殡似的。"

风堂一乐，笑道："就你嘴最损！"

贺情想了半天心里还是不舒服，揭穿道："他没堵到。"

风堂愣住了，又一口茶憋在嘴里，吞了："没堵到？"

不想多做解释，贺情点点头，面色有些阴郁，冷笑一声："这么多年了，能力没什么长进，吹牛倒是吹得上好。"

不仅没堵到，还被甩得非常之惨，派过来的驾驶员如此之愚蠢，没点眼力见儿地横冲直撞，就知道瞎追。幸好没追上尾，不然贺情肯定要下车，等他一下车，这事儿就没那么简单了。

忍字头上一把刀，在商场上贺情挺能忍，但 B 城车圈儿里谁不让他贺情三分，姓单的那晚要是把他撞出点儿毛病，还做什么生意？

况且，退一万步说，二环高架是什么地方，市政工程重点，B 城交通命脉，公交线路都是全国独一无二的，真出点什么事，还不上个新闻？

到时候谁都跑不掉。

想逼走 A 城来的外地商，用这种手段，在 B 城做车的人，都还真丢不起这个脸。

贺情摸了根烟出来，又想起公司禁烟，悻悻地塞回兜里："行了，北门我没怎么往那边儿跑，你盯着点哈。"

风堂手攥成拳，特别势在必得："成，要是应与将被收拾了，我一定第一时间告诉你！"

贺情一时间没反应过来，以为自己的心思就这么被风堂看穿了，挑眉道："告诉我干吗？"

风堂说："庆祝庆祝！"

贺情喉头一哽，一口气没提上来。

以前风堂说贺情这人，就是给一颗糖他不要，多给几颗，他也不感兴趣。但如果把那一大堆糖，用火焰烤，让高温给烧化了喂，他就收着了。要是哪天没喂，保证抱着你跟你闹。

这段话贺情觉得特别精准到位，总结得比他自己想的还好，他一直记着。

他低头，把手机掏出来，把应与将的备注，从无情的"盘古名车馆老板"改成了 emoji 上的火焰图标。

加贝集团今天让员工提前下了班，因为冬至，也算是过小年，按照 B 城这一带的习惯，是要喝羊肉汤的。

 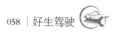

每一年的羊肉汤，家里的阿姨都熬得特别好喝，汤鲜肉美，蘸料也是剁碎了小米辣调的，每年都吃得贺情直打饱嗝。

今年贺情提前打了招呼，让阿姨留了一大碗下来。

贺情拿着手机，拿勺子在试咸淡，满意地点点头把汤勺交给阿姨，拿起手机给应与将发微信。

不加贝：能不能发张自拍过来。

他知道自己这语气十分直男，但是，他就是忍不住想要一张应与将的照片存着，这人朋友圈都快被自己翻烂了也找不到一张正脸。

偷拍又太猥琐了，我贺小少爷正大光明，我直接要。

盘古名车馆：没那习惯。

贺情看到消息，有点儿气，想想人家也没有义务必须给自己啊。

但贺情还是气，阴着脸，抱起那一大碗留下来的羊肉汤，想着干脆自己一个人喝光算了。

过了会儿，见贺情半天没个动静，那边应与将不用猜都知道贺情又犯驴了。

贺情手机这会儿闪了一下，他划开屏幕，微信聊天界面老大一张应与将的自拍照。

画质不是特别清楚，画面上的男人挑着一边眉，眼锋带刀，眉眼之间的间距不宽，眉骨深压下来，一股逼迫感隔着屏幕都能感觉到。

他鼻梁很高，轻轻昂着头也能看清刀削般的下颚轮廓。

我……

拍一张自拍，还人模狗样的。

拿到了照片，贺情心满意足，确认过应与将在盘古之后，他跟打了鸡血似的，又去厨房拎了三个保温桶出来。

他换鞋出门的时候，贺父贺母还在餐桌上吃着，没来得及跟他计较刚刚在厨房瞎叫唤什么，就见他拎着三个保温桶，鬼鬼祟祟地过了玄关往外走，贺母眉一竖："儿子，你上哪儿去？"

贺情正准备开溜就被逮住，认真回答道："送汤。"

贺父一直专注吃着不想搭理他，贺情看出来了，就一个劲儿撒娇磨贺母的脾气："妈，你不知道，我有个朋友，一个人在 B 城，这大过年的……不对，小过年的，羊肉汤都吃不到，太惨了吧？"

贺母一听，心软了。

他爸正低头扒饭，声儿阴森森的："贺情，我给你一分钟时间，不消失就别想出去了。"

贺母诧异地看他："人儿子又没惹你！"

贺情见势不妙，连忙劝道："行了行了……"

今天星期二，贺情挑了辆便宜点儿的奥迪 R8 出门开光，炫目的紫又成了路上一处靓丽的风景线，不少人盯着他看，看得贺情都有点儿不好意思了，再一次暗骂自己，怎么这么张扬。

三个保温桶搁在副驾驶上，贺情等红灯的时候瞟了一眼。

看着都暖和。

他家离机场路很近，没多久就到了，贺情停在停车场入口时，不知道是因为紧张还是什么，今天技术有点儿不过关，伸长了手也够不到取卡的机子，没办法，只得松了安全带，开门去取。

他这还没站起来，车就猛地耸了一下，耸得他背脊发凉。

他刚刚光顾着踩刹车去了，空挡都忘了挂。

贺情换好挡位之后，又钻出来，下意识看了一下周围有没有人，真太丢人了。

这一瞟，他就看到应与将了，身边站着几个眼冒星星的小姑娘，穿着身风衣，脚上换了双麂皮的机车靴，站在车馆大门口盯着他。

估计刚刚停车没挂挡被他们看到了，贺情瞬间觉得自己干什么都笨手笨脚，钻进车里停车去了。

这款奥迪在 B 城不少见，但是贺情这辆颜色特别显眼，那车牌更是牛气冲天的，这可不是容易拿得到的，门口眼尖的保安看到了，微信群里一声吼：朋友们！贺少来了！

这么一嗓子，就惹了几个员工出来看，连带着应与将也跟着出来了。

贺情下了车锁门儿，拎起那仨保温桶犹豫了一会儿，甚至都想一扔了事，但又不停说服自己，人都来了，来都来了。

应与将见他过来了，带着他往楼上办公室走。

等他把那三个桶搁到应与将手里时，面儿上表情并不好："那什么，我家煮多了，你拿着吧。"

应与将心头一跳，也没去问他在生什么气，看他这专程送来还撒谎的样儿，马上就要不慎笑出声。

应与将接过来，低声说了声"谢谢"，试了试重量，还挺沉。

应与将挑眉道："三桶？"

贺情觉得他简直明知故问，剜了应与将一眼，面儿上那颗泪痣添了一股子说不清道不明的味道。

贺情也没回话，接过一桶，揭开盖子，一阵香气儿飘出来，他心情好了点，问："有筷子不？"

应与将从柜里拿了一套干净得跟新的似的餐具出来，把筷子分给贺情方便捞羊肉吃。

应与将说："平时我用的，每天高温消毒，你……"

不会吧，应与将还跟着吃员工食堂，新时代好老板。

贺情把被暖气熏得红彤彤的脸埋在高领毛衣里，闻言便把筷子接过来，眉眼一弯："谢谢应总。"

冬夜沉沉，那晚机场路的凛冽寒风似乎比平时小了一些。

但是文翁路的风就刮得厉害了，大就算了，还特别冷，比应小二的心还冷。

他眼睁睁看着他哥从一辆酷炫的奥迪R8上下来，那车就横着停在他们学校大门口，下晚自习的时间简直太扎眼了，一堆同学都围过来看。

应与臣从小就接触车，也没多大感觉，只觉得车牌号牛，都不敢问他哥开了谁的车。

他满心欢喜地打开保温桶，脸上的笑容瞬间垮了："我……我还以为是饺子呢！"

应与将伸手捏捏他后颈，难得温柔地笑道："入乡随俗，快带回寝室吃。"

在应与臣控诉一番作业有多难，数量之多，任务之艰巨，以上行为其实可以称之为卖惨之后，他晃了晃保温桶，对里面羊肉的数量十分满意，突然想起什么，盯着他哥问道："哥，筷子呢？"

应与将冷着脸，想起在店里他说自己不爱吃肉，吃之前拿筷子把肉全挑给了贺情，自己一口气把汤都喝完了。

他淡淡道："忘了。"

应与臣咬牙，平时他哥给他时不时送个什么东西过来那都是样样备得上好，这次怎么送个汤居然还少了筷子？

应与将看应小二脸上神色一阵风云变幻，又开口安慰道："手抓吧。"

"……"

车内坐着的贺情眉眼一弯，简直想捧腹大笑。

这奥迪车内的灯全关了，只剩仪表盘还有点儿光，他哥俩虽然站得远，但借着校门口的路灯，应小二脸上的表情贺情看得一清二楚。

应与臣盯了他哥一会儿，试图找出破绽，又看了一圈儿手里的保温桶，这桶光做工就特别精细，桶身还雕刻着些山水花鸟的，看起来绝对不是便宜货。

他们家又没请阿姨，这么香，也不像是他哥能熬出来的，而且他家冬至都是吃饺子。

应小二觉得自己简直机灵坏了，就他哥这段位还想瞒着他，于是一仰头道："哥，这谁送的？"

应与将眼皮跳了跳，也不隐瞒："贺情。"

"……"

应小二在这一瞬间，除了有点儿想把这桶汤还给他哥之外，还觉得自己问了不如不问。

第十六章

贺情总觉着，应与将对他……像对小弟弟似的。

只顾着他吃饭了吗，穿得暖不，今儿想去哪里，要不要开两辆车，今儿太阳挺大哈，简直教科书式好哥哥。

贺情啪啪几个字打过去：不问点别的吗？

应与将想了半天，回复一句：你家车好不好？

贺情咬牙切齿：好，好得很！

应与将失笑。

贺情见又没了话题，主动提了一下乔治巴顿车牌的事儿，应与将说不急着还。

应与将突然想起贺情那辆孔雀蓝 Ferrari 的车牌，便问他是什么意思。

贺情抱着手机，一阵尴尬。

那个车牌是他以前中二的时候换的，意思是"贺情爱你哦"，每次被提到都要惹得身边人一阵起哄，那会儿他觉得可厉害了。

到底是年轻啊，现在再一看就觉得分外羞耻，对着应与将更是说不出口。

贺情稳下心绪，打了个：摇的。

想想又觉得太假，删掉又输入一句：以后再告诉你。

放下手机，他突然想洗车。

拿着水管一阵冲刷，像他在给自己洗去什么不干净的尘垢一般。

刚撸起袖子插上水管，贺情就发现车屁股的红猪肝色漆被蹭掉了一块，他皱眉看着那块裸露伤疤上的藏蓝色墙粉，又看看他这车库里藏蓝色的墙。

贺情："……"

贺情心疼得很，下午开着这车就往保利的 4S 店去了，他今年办了保险 SVIP。

那个经理一看贺情来了，先是愁眉不展，等贺情走近了些，又笑得眯起眼，"哎哟"一声，推凳子过来给他坐。

"贺少！哎呀，你怎么又来了！"

贺情知道这话里有话，意思是嫌他每次来都是亏本生意，瞬间就不乐意了，瞪着眼明知故问："你什么意思啊？"

那个经理都快咬着舌头了，忙回道："我们有缘啊，上个月你来也是我接待的，上个月才见过一次……"

 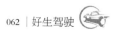

可不是嘛，上个月也是在车库把车耳朵蹭了，保险公司赔了好几千。

贺情也挺不好意思，心想这经理估计以后再也不想见到他了。

那人一拍掌，颇为认真地问："贺少，这次是啥问题呢？"

贺情纯良一笑："车库，车屁股蹭坏了。"

"哎呀！贺少怕是开玩笑哦，车库咋个老是……"

"你们倒车系统有点问题。"贺情站起身来，拍拍裤子，"修吧。"

等那边办好手续，赔偿金额定好后，贺情打了个电话给公司，让他们把他那辆 Ferrari 812 Superfast 开到保利来。

其实他还挺想坐地铁的，但一个人实在是有点孤单。

贺情摸出手机，滑动屏幕，在通信录里翻了又翻，努力克制着自己不要去看置顶的那一簇火。

可那簇小火焰，倒映进贺情眼底，像是点燃了燎原星火。

贺情心下一怔，有点儿落寞，心想还是一路堵回去吧。

B 城地铁开通了那么久，这到 B 城机场的专线都有了，自己还没坐过。

他想起在应与将的奔驰大 G 中控台放水的地方看到过一张 B 城地铁卡，图案是在吃竹子的熊猫。

回想起这些细节的一瞬间，贺情有点儿郁闷，觉着应与将好像跟他就不像一个世界的人。

他的车，全是跑车，还都五颜六色，闪闪发亮，熠熠生辉。

去年加贝集团有展示活动，贺小少爷那几辆豪车停在院坝里，搁阳光底下看着跟七仙女下凡似的。

反观应与将，一样是身价不低，但他就一辆乔治巴顿，一辆奔驰大 G，都是磨砂黑。

坊间传闻，盘古的应总还有一辆百来万的迈巴赫 S 级，估计是买来做生意接客人用的。

低调，奢华，有品位，是应总的排面。

那天他跟应与将在办公室闷着不吭声地喝羊肉汤，才知道应与将平时会和员工一起吃员工餐。

贺情呢？

除了在家里吃，一碰到吃饭，动不动就是旋转餐厅、五星自助。

有一年在一旋转餐厅吃饭，贺情喝了点儿红酒，上了头，盯着玻璃窗外 B 城绝美的夜景，头有点晕，喊来服务生，问能不能转慢点儿？

风堂和兰洲笑了他两年。

应与将重情重义，有个宝贝弟弟，他贺情只有发小，三个人还都花天酒地，没心没肺的。

差距啊，贺情简直觉得他在应与将面前，简直像个无处可躲的究极暴发户。

他正苦恼之时，玛莎拉蒂 4S 店的人端了盘子过来给他点心和饮料，顺便放了本玛莎拉蒂的杂志在桌上。

贺情无聊，随手翻开内页一看，惊了，这不是盘古的广告吗？

版面干净，就是盘古名车馆的名字和主要擅长的业务，下面是车馆门口的精修图，一排精英员工背手站着，最中间站着应与将。

贺情眼睛一亮，抓过手机对着应与将就咔嚓一声，相机网格里只框住了他一人。

一旁的经理见了，猜测应总估计是贺小少爷的朋友，忍不住道："贺少，杂志可以拿走的……"

贺情脸一板，哼了一声："不用。"

然而，过了十多分钟，在贺情手下把那辆孔雀蓝 Ferrari 开到 4S 店门口时，那位经理将票据、账单、保险合同一起叠好，递给贺情。

贺情的手下接过来道了声谢，正转过身给贺情打开车门时，一张纸飞飞[1]从那叠打印纸中飘了出来，在空中晃荡晃荡，最后落到了地面上。

贺情回头，定睛一看，是裁剪过的应与将的人形，刚刚那页广告上的图案，被这经理给顺着轮廓剪下来了。

这些人为了卖个车也是不容易。

不过这种东西……剪下来就有点奇怪了。

一边儿去给贺情开车门的小弟蒙了，内心一阵活动，这不是打过贺少的那位吗？

这干吗呢，挑衅他们老板！

贺情抬眼，像被发现了什么秘密似的，有些窘迫，看那个经理还一脸热切地看着自己。

贺情咳嗽一声，眼神儿带钩，阴恻恻的："真是谢谢。"

流年不利，修个车都能被堵一下。

他从钱夹里掏了一张红票子给那个小弟，说："我还有事，你打个车回公司。"

然后目送着这小弟离开，贺情慢条斯理地把那个应与将的小人纸片抽出来，叠好，塞车上的储物袋里了。

当他是车神，放车上保平安呗，齐活。

嗯，仅此而已，默念五遍。

他这匹拉风的跃马，换挡拨片调着跟刀锋一样，连接于他的手指神经末梢，驾驶感

---

①纸飞飞：纸片。

十分完美，特容易激起男人血液里的躁动因子。

贺情开着它，一路满心欢喜地回了机场路，顺道从盘古门口绕了一下，故意把声浪轰得震天响。

这会儿应与将正在一边亲自检查展台上的豪车，一边看销售给新客户介绍新进车型，展台就在一楼，门大开着对着马路，自然看到了那一抹熟悉的孔雀蓝。

他勾了勾唇角。

贺情远比他认为的有意思多了。

应与将无法想象，这么一个在他眼里，别扭，乖戾，善良，还有点张狂的小孩儿，是如何辅佐家业，行事果决，继承了一处汽车商业帝国。

他觉得贺情身上，大概还有很多他还尚未发掘的陌生元素。

应与将掏出手机打开微博，看到之前被开除的那个销售小妹，又转了一条关于贺情的微博。

是 B 城豪车街拍 PO 的，主要是拍的贺情那辆孔雀蓝 812，旁边隐隐约约能看到贺情的影子，修长笔挺，与周围的路人一比，十分惹眼。

配的文字是：巧遇贺少座驾，冬日一抹独家孔雀蓝。

应与将面无表情地把这张照片存下来了。

"情儿，你。"

风堂抽了一根露营用的板凳，支在贺情的孔雀蓝 Ferrari 812 旁边，拿出手机打开微博，认真看着他。

刚跑完赛道，贺情一脑门儿细汗，也不管这是冬天，拿了矿泉水哗哗往头上一通浇灌，完了拿毛巾擦擦脸，从容地接了句："我。"

风堂看他这不慌不忙的样子，有点急，点开贺情的私人小号，正色道："你看看，你看看你这都关注的些什么博主？"

今儿金港赛道的风好像有点大。

贺情摸摸耳朵，面上敷了层冰似的："关你啥事。"

风堂"嘿"一声，一拳打在贺情膝盖上："你怎么回事啊？"

贺情咬死不松口："好奇。"

见他这副死猪不怕开水烫的态度，风堂白眼一翻，想起上次在九眼桥兰洲说的贺情追了个高中生出去，眼睛发亮："那上次九眼桥那个？"

贺情一听他提应小二，想起还在补漆的迈凯伦就一阵肉痛："别乱说！"

何况那回在金港，不听招呼最先出手揍应与臣的，不就是风堂带来的人吗，还没找他算账呢。

风堂搓搓手："真没？"

贺情也不知道现在脸红是心虚还是给冻的："没有。"

话音刚落，耳边冷不丁传出一声呵呵。

风堂从兜里拿出一个东西展开，道："来，科普一下？贺少的车上为什么会有应大总裁的真人 1 比 0.1 立体剪裁……"

"我……"

贺情伸手去抢，一着急了头发上的水珠都甩到了风堂脸上。

"这 4S 店发的！"

风堂动作停下来，眯眼道："真的？"

4S 店还发照片？

贺情吞了口唾沫，有点紧张，也冻得哆嗦："儿豁①。"

风堂信他才有鬼了，当天拎着贺情就去了保利的玛莎拉蒂 4S 店，那个经理一看贺情又来了还有点儿惊慌失措。

反复确认了那个人形纸片是这位经理剪下来给贺情的之后，风堂皮笑肉不笑地夸了一下如此人性化的服务，勒着贺情又一路架回了车上。

风堂太了解贺情了，这人撒不了谎。

那男人比"贺纯情"大了那么多，心狠手辣的，面相又凶，可能有案底不说，满脸冷淡，一看就不是什么好人。

风堂坐在驾驶位上，闷了会儿，把这辆贺情特别嫌弃的宾利添越 SUV 打燃火，忍不住问出口："你非要跟他混一起玩儿吗？"

贺情这下回答得很果断："对。"

不对，什么叫"非要混在一起"啊！

那个人从来不主动约自己，不来公司找自己，也不爱主动发微信联系，宁可不回他微信消息都要发个朋友圈。

贺情发呆的时候，手机连着震动了几下，打开一看，是风堂发的联系人推荐。

"你实在想找经常能陪着你的朋友，你看看，我推给你几个微信……"

贺情好奇地点开那几个人的微信头像，清一色地及肩发，乍一看还特别像女孩儿。

"……"

贺情扭过头看风堂，后者还特认真地对他眨眨眼。

算了，贺情觉得自己应该自生自灭。

---

① 儿豁：不骗你。

 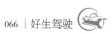

第十七章

回金港赛道的路上，风堂一有间隙，就盯着贺情看，看得贺情有点儿发毛。

这人今天怎么跟应与将似的，开车不好好开，老瞅他干什么啊？

今天金港赛道那么多人，大庭广众众目睽睽之下直接被风堂拎走，车都还停在那儿，还好托了人守着。

贺情不耐了，手往后一搭："开你的车！"

风堂方向盘打得上好，一盘子从主道甩进小街道，恨得牙痒痒："你有没点儿良心，急死我你……"

贺情冷笑："当初是谁说的，情儿你要不要扩大一下自己圈子？这下我交新朋友了，你又这态度？"

"那哪儿能一样啊？"

风堂说着，转过脸去看贺情，脑袋被往前摁了一把。贺情在旁边低斥："看路！"然后他摸烟出来夹在指尖，学着应与将的样儿，也不点，声音有点落寞："你急什么？我也就是玩儿吗……"

风堂加速没能抢到黄灯，便踩了刹车等绿的，直接挂了空挡撒脚，侧过上半身来对着贺情说："得了吧，贺小纯情，你我还不清楚吗？玩儿？你是那种人吗，真能玩儿，你早干什么去了？"

贺情面色一沉："我才二十岁！"

等绿灯等得毛躁，风堂冷声哼哼道："情儿，你自己照照镜子去，你把平时的那股气势拿出来，谁会不愿意和你一起玩儿？"

这话贺情越听越奇怪，他也就偶尔一次乖得很。

算了，也不知道自己哪儿来的自信。

不过听风堂这么一讲，贺情恢复了点元气值，试探道："真的？"

风堂看他这小鹿般湿漉漉的凤眼瞪得圆溜，眼尾下方那颗泪痣显得他现在非常可怜，唇角勾起的幅度又有点儿傲气，整个人还是带一股凌人气势，看着就想让人把他那股锐气挫了，给折腾出眼泪来。

贺情啊贺情，夸奖你几句，这还来劲儿了？

风堂怒道："不是说玩儿吗？你这么兴奋干什么？"

贺情撇撇嘴不说话了，自觉被摆了一道，懒得跟他继续扯，手指搭上车窗摁键，摁了又松松了又摁的，嗡嗡响个不停。

风堂怕他还置气，偏过头看了眼车窗外的一家门面挺大的火锅店，说："情儿，这边新开了家小龙坎，下次……"

没想到贺情也跟着他瞅了一眼，然后立刻说："回金港我陪你再跑一圈儿，跑完我撤了。"

风堂听他这么说，不爽了："今儿跑赢了，晚上该庆功宴啊！"

"有什么好庆的，"贺情说，想起车圈儿里有些没点儿礼貌的人就觉得烦，"跑输过？"

最近金港赛道来了好多不三不四的人，跑圈儿跑圈儿不好好跑，就知道天天比装备比配置，加个尾翼要让全圈儿的人都知道，换色换得比加油还勤，巴不得他们自己的车一周七天一天一个色。

那天有个新来的在门口碰到贺情的亮紫奥迪R8，贺情车底盘低，把挡板放下来，只看得清那人的半张脸，听到他对着他的车吹口哨。

兰洲默默把那人的车牌号记下了，虽然说现在是法治社会，但以后他就别想进金港了。

他们还找人来说情，兰洲说行啊，你们派个代表，来金港跟我赛一波，跑得过我，以后金港就让你进。

然后今儿个就是比赛的日子，兰洲临时有事，贺情很兴奋地顶上去，遛了那人一大圈。

哪怕他车技不如人，但光迈凯伦专业跑车的性能，不管是弯道还是起步，都甩了那辆业余的一大截。

赢了比赛，心情正好，就被风堂拉到保利去，问人家4S店为什么要发应与将的照片。

贺情回了金港之后把他那辆迈凯伦取来，走绕城开了快二十多公里，一脚刹车踩在盘古门口。

车还没停稳，门口保安两眼发直，掏手机在微信群里又是一通喊："贺少来了！天哪，贺少今天开的P1啊！"

应与将收拾好出来的时候，就看到那辆迈凯伦P1的蝶翼式车门大敞开，贺情弯着眉眼，在车里笑得特别乖。

贺情："比赛赢了，我请你吃小龙坎。"

应与将："吃不了太辣。"

贺情脸垮了："我比赛赢了。"

应与将："鸳鸯。"

行吧，成交。

前几天B城禁鸣的政策刚下来，上下班高峰期又堵，应与将车块头大，磕碰一下不得了。

 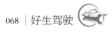

摁不了喇叭，对司机来说简直就是种憋屈。不过应与将天性使然，有耐心，无所谓。

贺情就不一样了。

他旁边有个车不要命似的，一直别他的车，而且是在侧前方，贺情要是脾气上来了直接撞上去，就是自己负全责，这宝贝 P1 才补了漆，再补一次他得心疼死。

这在隧道入口被卡得贺情路怒症都要犯了，转脸去看人应与将根本就不在乎，心平气和的，也不去看那台车离贺情的车有多少距离。

贺情正阴沉着脸在盯应与将那边的后视镜，准备往左边儿再走点，默念了几遍他考科目四的时候的宣誓，什么我要模范遵守交通法规，自觉维护交通秩序……有序停放车辆，按序排队通行。

贺情继续悄悄地叨叨："做文明人，行文明路，开文明车……"

然后他卡住了，耳边忽听得幽幽一句："以实际行动践行自己的诺言。"

应与将一边说着，一边紧缩着眉头不知道在看什么地方。

记性挺好哈？贺情正准备夸他几句。

可是应与将忽然长臂一伸，大手像铁钳一般凑过来直接掰住贺情的方向盘，往左边猛地打一把又迅速回正。

贺情不自觉地大喊一声，朝周围一看，后面"咣"一声，车子倒没被顶得耸一下，警报器也没拉，他只觉得刚刚那猛地一个大甩盘甩得自己头有点晕，又听应与将说："往后倒点儿，给点油，走。"

他现在脑子都没反应过来，转面儿往后视镜一看，才看到旁边两个车撞上了。

不过都不严重，有一辆从桥上俯冲下来的轿车撞凹了刚刚别他们的那辆五菱面包车的侧脸，那面包车司机已经麻溜儿下车，跳到那轿车面前，吼着那司机让人下来。

虽然说驾驶员路上行驶很忌讳被别人动方向盘，但要不是应与将刚刚那一盘子甩得电光石火，估计等那轿车撞上面包车，面包车再撞上自己的迈凯伦 P1……

我的天，这连环撞，还撞的贺情的 P1，马上都可以上新闻了。

应与将看他动作慢了点，猜这小孩儿又在发神经，冷不丁用方言说了句："好生开车。"

这句话贺情倒是听进去了，好在他倒车技术还可以，再加上迈凯伦 P1 的横向加速度可以达到 2G，便直接轰着油门儿裹了声浪就往辅道上蹿。

它尾灯的多曲面线条运用的全 LED 灯，高位排气管特别醒目，路上又吸引了不少目光。

贺情正式开车上路有两年了，遵纪守法，从没发生过什么大车祸，方才那么一闹还整得他有点儿心有余悸。

一时间脑子有点混乱，他也不是注意力多容易集中的人，开到红绿灯路口时，忘了今天开的车没有换挡杆，还伸手去碰身侧的中控。

这一碰不要紧，一只热乎乎的手就这么覆上了应与将搭在那儿掐着烟盒的大手。

应与将深吸一口气，见贺情还傻着，抬臂去摁空挡按钮。

贺情瞬间松了刹车，车身轻颤了一下，停在车流的最前端。他与应与将，就这么面对过往的匆匆行人，看满目车灯流光溢彩，与前方道路遥遥相望。

贺情只是想好好儿吃个火锅，这都什么事。

在虚惊一场的车祸之后，两人沉默了半天，又往前开了一段，应与将现在彻底发现贺情开车的问题了，他是拿公路当赛道在开，不违规不乱撞，但就是不要命似的，甩尾甩得大，一刹车就耸车。

跑车起步快，油也给得猛，贺情一脚下去动力就提上来了，跟路上的轿车速度根本不在一个档次，说难听点就是开车一惊一乍的，一条道上的驾驶员根本不知道这车要怎么开，看着又贵，只得让他三分。

应与将想了一会儿，开口问他："今天怎么开这辆出来？"

贺情不以为意，假装得很轻松，哼哼道："B城不是禁鸣吗，我不开跑车，没这声儿，那些车啊人的，怎么知道我的车来了？"

贺情心想，相比起那些在车上捆尖叫鸡的，拿小话筒喊"借过借过"的，拿喇叭循环播放"让一哈"的，他这算好的了。

应与将一听，冷笑道："我看你是一天不张狂，浑身不得劲儿。"

贺情心道，自己都这么明显了？

哼，还怕你不敢直视我。

不一会儿他俩就到了火锅店。之前贺情有预订包间，应与将报了电话号码和姓氏后，领着贺情就随服务生上楼。

贺情在后面跟着，看旁边那些排队排了一两个小时的人，再看看带路的应与将，心里不禁在想：不是我带他来吃吗？怎么搞得像我是被领着来的？

心里一阵犯嘀咕，贺情决定不能让应与将掌握饭桌上的主动权。

点菜的时候，贺情确实要了个鸳鸯锅让服务员先下单了，然后他把菜谱接过来，乱点一通荤的。

应与将没跟他对着坐，特自然地坐在了贺情旁边，应与将一抬眼，瞟到贺情的手机页面还停留在百度。

应与将眯眼一瞅：北方吃火锅涮啥？

贺情察觉到他的目光，脸上报然，红了一点儿："看什么看？"

应与将心中一热，说："随便点就成。"

贺情觉得他挨得太近了，这人眉目生得硬朗，没什么表情的时候带来的压迫感太强，惹得他难受，往后退了点儿，道："有点热。"

挨这么近做什么，人与人之间的安全礼貌距离还有没有了？

然后在应与将的目光下，贺情逃似的，一屁股坐到对面去了。

他拿过菜单看了一遍，确定了一下贺情想吃的那几个菜后，把自己想吃的划了，又看到酒水，抬眼问贺情："喝点儿什么？"

贺情一哼哼："泸州老窖。"

应与将动作停顿了一下，想起了什么似的，拿起茶杯抿了一口，特严肃地盯着他："到底喝什么？"

这下贺情装不下去了，一挑眉，眼尾愈发上翘，眼里水灵灵的，在火锅店嘈杂的环境中略显清脆的声儿有点不情不愿："豆奶吧。"

应与将在笑什么？

我们南方吃火锅吃汤锅都喝豆奶的啊！

第十八章

前一晚的火锅吃得十分不开心，应与将不怎么吃辣就算了，风堂几个夺命连环 call 打得贺情把手机都关了。

吃了饭肚子饱胀，贺情坐着都努力收腹收腹再收腹，生怕应与将看到他肚子鼓起来一丁点，一点都不可以，太毁形象了。

关于应与将不爱吃辣这个事儿，贺情甚至都开始考虑还要不要继续和他玩儿了。

这个问题对于一个 B 城人来说简直是太重要了。

但是这个念头，在应与将手里拿着纸伸过来给他擦不小心溅到衣服上的奶渍时，又被扼杀在了摇篮里。

贺情被触碰的时候反应特别大，往后猛地一偏身子躲过，盯着旁边的人半天说不出话。

刚刚贺情发愣，应与将提醒他几次都没被理睬，正好手上有纸，拿着就想给贺情擦一下，哪想到他反应这么激烈。

应与将面上没什么表情，淡淡道："叫你半天，你没反应。"

贺情脸一扬，动作胡乱地擦了擦衣服，眼尾有点儿发红，心跳得厉害，特别不好意思，还假装镇定道："别乱碰我。"

眼瞧着应与将脸色一变，贺情张张嘴，想说点什么，又觉得自己没讲错话。

应与将感觉今晚跟贺情说了不少话，就这句听得他最难受。他也没多讲什么，从兜里掏了迈凯伦 P1 的钥匙递给贺情。

"早点儿回。"应与将看了一下微信，说，"我得回家了。"

微信上应与臣的消息疯狂地往外蹦，已经被刷屏刷到 30 多条。看样子是自家小傻弟弟又把钥匙玩儿脱了，新的锁芯还没来得及换，钥匙也没配，估计自己回去晚了这小兔崽子就得被锁在门口。

贺情也没多问，本来嘛，不就是吃个火锅，还想着吃完能去哪儿继续疯？

看应与将这居家好男人的样子，他也不指望了，钥匙接过来往车边儿一摁："别打车了，我送你呗。"

等蝴蝶翼的车门开启，贺情先钻了进去，打燃火，把车慢慢挪出来。

一路无话，贺情开得也快，没半小时就开到应与将家附近了，两个人在"直走""左转"这种 GPS 式对话中，抵达了目的地。

应与将下车，看着贺情把火熄了，端坐在驾驶座上点了根烟，闷着抽，自己的脚步不自觉就停了。

一口烟吐出来，贺情的脸隐没在黑暗里，他见应与将站着没走，把滤嘴叼上，说："你先上去，我歇一下就走……我吃得有点撑。"

应与将沉默着，点了头，转身就进了电梯。

他刚出电梯就见着应小二一脸呆萌地在家门口，背个大书包，还是只背个单肩，蹲在角落里翻书，虽然翻得特别做作，估计是听到贺情的跑车声浪了。

应小二看到应与将回来，"噌"地站起身，第一句话就是："哥，贺情送你回来的？"

应与将掏出钥匙走过去，顺带伸手把应小二的另外一个书包带子给他扶正，也没去看他弟弟，拿着钥匙就去开门，边转动锁芯边说："嗯。"

"我都看到了！"这下换应小二跳脚了，"你跟贺情……什么情况？"

"看到了我就不用解释了。"

应与将一边说着，一边侧过脸睨他一眼，止住弟弟脱口欲出的话语，灯不开，鞋没换，径直走到客厅电视柜下的药箱边儿翻了盒健胃消食片出来，拿给应小二："你给贺情送下去。"

说完他往窗外看了一眼，贺情的车果然还停着。

"我……"应小二看他哥那有点吓人的眼神，生生把话给拆吃了入腹，咳嗽一声，"哥……"

应与将点了根烟，蹿起老高的火苗衬得他半张脸在蓝焰里微微晃动，说话的语气不容人拒绝："去吧。"

他哥的命令之于他简直就是军令，应小二觉得他必须立刻执行，接过来扔掉书包就跑楼下去了。

应与臣虽然被贺情那边的朋友揍过一次，但鉴于他哥又揍了贺情，自己还把贺情车刮了，还是有点犯怵。

今天有他哥撑腰壮胆，现在底气还是比较足的，但他哥给这么一盒药，分明就是在关心示好啊，应小二心里又没谱了。

他蹦蹦跳跳地下楼，凑近了敲敲车窗，贺情冷不丁摁开车门，蝴蝶翼升起，惊得应小二还往后退了一步。

应小二第一次这么近认认真真打量贺情那张脸，就觉得一个字，帅。

贺情刚好掐了烟，一股子烟草味从喉咙里冒出，他闻着也烦，抬眼就看到应小二屁颠屁颠地下来了，跟找揍似的，还挺礼貌地敲了下车窗。

他看着应小二从窗口递了盒健胃消食片进来，一张稚气的脸笑得十分灿烂："这是我哥让给你的……"

贺情阴着脸接过来，说了句"谢谢"，又听到应小二在旁边傻站着，像鼓足了勇气一样，问了句："贺少，你跟我哥现在是好朋友？"

贺情面儿上还是绷着："君子之交淡如水。"

然后，贺情扔了烟头打燃火，一边系安全带一边认真地说："矿泉水的那种。"

应小二一脸蒙地上楼，心里纳闷，看他俩这架势，不像矿泉水，反倒像两砒霜似的，不知道有什么仇。

他看他哥阴着脸也不敢多问，只觉得自己遭受了家庭冷暴力，一头钻进书房挑灯夜读去了。

等他一套卷子都做完了，一看时间快十一点了，蹑手蹑脚地出了房间，看到他哥还坐在阳台上抽烟，背影落寞，一件薄套头衫穿着，像也不觉着冷。

他回屋翻了件羽绒服出来，打开阳台的门就走出去，给他哥披上。

然后自己找了条小板凳，在他哥旁边坐着。

应小二挤挤眼："哥，你在这儿烦啥啊？"

应与将偏过头看他一眼，沉默了会儿，才犹疑着开口："在想一些事儿是对的还是错的。"

这段时间相处下来，贺情接二连三的示好和接近已经打得他整个人都快蒙掉了。

他看得出来贺情眼底的小心思，只是他搞不懂为什么，也不知道贺情到底在想什么。

他知道贺情属于看起来很洒脱，其实心里很保守纯洁的性子，表面一到晚上就各种酒吧跟着他哥们儿混，但私下就是那种一根筋的人，动不动就脸红。

贺情看他的眼神，跟他闹的别扭，与他说的每句话，发的每一条微信，他应与将就算再迟钝，也能感觉到对方的不同。

前几年在 A 城的时候，什么类型的人没见过，什么局没去过，那种往啤酒里泡枸杞的养生局他都去过，想要称兄道弟的人不计其数，他一概进退有度，该拒绝就拒绝，能接受的接受。

应小二前几年还小，不懂事，经常缠着他问，什么时候给他找个嫂子？

应与将不是没有动过结婚的念头，但是他生意做得大，还是做车的，恩恩怨怨横竖太多，数不清楚，不敢轻易找一个女人就这么将就了。

再等等吧。

他心里明白，从 A 城到 B 城来发展，起因绝对不止应小二在什刹海之源闹出的事儿，绝对是他应与将在哪一步上面走错了，才落得如今的下场，还好如今东山再起，跟以前的生活质量虽差了一大截，但也还算是衣食无忧。

一到 B 城又遇到姓单的这种人，他都处理得腻烦了。

贺情是谁，加贝集团三代单传的独苗。

他来 B 城之前，就想到过可能会在这座西南大城与贺家小少爷相遇，是生意伙伴，或者是商业竞争对手，但他万万没想到会是那样一个开始，然后发展成如今的情况……

贺情和他遇到过的人，都不一样。

应与将根基未稳，万事需要处处谨慎，小心为妙，想整他的人不止单江别一个，这才多久，他不能就这么拉贺情下水。

这几天还有人上门找碴。他在这边人脉不广，处理起来棘手，纯靠贺情天天陪着闹，心情才好了许多。

天知道他多想搭理贺情，多想好好跟他说几句话。

可这都是现下还不能贸然决定的事。

他之前对贺情全部的好，完完全全出于本能，也压根没有考虑过贺情或许会太依赖自己的问题。现在的贺情，像个不知世事的孩子，光着脚从远方跑来，就看自己能不能接得住。

应与将一想起今天贺情瞪着眼把喝豆奶的吸管咬得扁扁的小孩子模样，就觉得乐和极了。

睡前，应与将拎着洗漱完就抱着平板电脑打游戏的应小二从客厅一路拖到卧室，扔床上没收了平板关灯了事，才回房准备休息。

应与将一刷新朋友圈，就看到贺情发的小视频，地点是酒吧，定位又是九眼桥，文字配的是：庆功！

舞台上是跳着劲爆舞蹈的男人女人，镜头晃得厉害，有人在往他面前的酒杯里倒啤酒，杯脚旁还有几颗骰子，能听到电音混杂着有人喊的："贺少！吹瓶子①！"

———————————

①吹瓶子：把一瓶酒一口气全部喝完。

然后镜头猛地一震，应该是贺情拍了桌子，声音带着点哑，但特别豪气："吹！今天怕是吹得你们脑壳痛……"

应与将看得都头疼。

他想起贺情有一次逗他笑，跟他说，他去年过年的时候一个人在兰桂坊跟车圈儿那群人玩，又没开车，喝醉了谁都不认识谁，谁管他是贺小少爷啊。

贺情拿着手机摸索着想叫个车，结果大概是喝醉了的原因，叫来一个代驾。

那司机在寒冷的夜风中跟贺情干瞪眼，终于忍不住问了句："先生，你车呢？"

贺情也发愣，问回去："啊？那你车呢？"

应与将现在有点儿上火，回忆起再好笑的画面也没工夫去乐呵了，只见朋友圈又有一条新提示，一看又是贺情发的小视频。

是别人拿贺情手机拍的，画面里贺情端了个不知道哪里找来的盆子，盆子不算大，但里面倒了啤酒，这边拿手机的人喊了句："贺少！来！来吹盆盆！"

周围都跟着喊贺情的名字，结果贺情……真的端起盆子就开始喝。

喝了有五六秒，他放了盆子，撸了把袖子准备端起来继续，被旁边的兰洲一胳膊挡了，对着周围看的人喊："一群白眼儿狼！都欺负我们贺少今天心情不好呢？"

他一边挡一边说："别扫兴啊，这不是庆功嘛……"

应与将猛地关了手机。

应小二听到家里的门"砰"一声关上了，连滚带爬地从床上蹿起来，光着脚冲下一楼，看他哥的拖鞋摆在门口地毯上，又开门跑到电梯口去，看着电梯的数字从"3"变成"-1"。

他摸出手机给他哥打电话，嘀了半天，那边才接："你还没睡？"

应小二正缩在被窝里翻漫画看，可谓是非常辛苦，刚看到敌方扔了颗炸弹到主角这边大军里来，他哥摔门式的离开，让他吓得一哆嗦。

应小二声音闷闷的，可委屈了："哥你去哪儿啊？"

应与将刚刚把奔驰大 G 打燃火，坐在位置上深吸了一口气。

"我去跑代驾。"

第十九章

酒过三巡，贺情快烦死了。

好不容易关系缓和升温，突然就被自己没头没脑的一句话给打回了原点，虽然他不觉得那句"别乱碰"有什么不对。

这句话是不是截到应与将的怒点了?

这下倒好,人家回去安安心心睡大觉了,自己在酒吧卖惨买醉,还吹了半个盆子。要不是刚刚兰洲来拦他,估计这一盆子下肚,等下也不用继续玩儿了。

喝多的后果就是脑子不清醒,贺情就这么斜斜地瘫在金丝绒沙发上半睐着眼,哼哼唧唧几句,被兰洲拿外套给身上盖好。

旁边一拨人拿着骰子拎了洋酒过来要跟他们凑一台,被兰洲给婉拒了,说这儿还有个醉鬼,玩儿大了就顾不上了。

兰洲蹦得正欢实,看贺情真的上头,凑过来问他:"要不要去开个房?你这样子也没法回家啊。"

哪知道贺情岂止是上了头了,只听了前半句,一爪子呼到兰洲脖子上:"我把你当兄弟……你……"

这边舞池玩得嗨,不少人都贴着身子互相扶着腰扭上了,贺情看到有人来凑桌,皱眉烦躁,抓起外套就把脸蒙了。

贺情这儿还没缓过劲来,震耳欲聋的音乐声就听得他头皮阵阵发麻,人头重脚轻,眼都睁不开,头上捂得严实的外套又被突然掀起来。

贺情只觉头上一凉,低声嘀咕了句:"谁……"

只见旁边沙发上一个男的坐了过来,往他身上靠,靠得贺情扬了下巴,躲都躲不过。

这男的看着也就跟贺情差不多大,头发留得及肩,面色苍白,长得还算精致,可贺情现在喝醉了,根本认不出这是谁,只觉得眼前有人白得像鬼,还是女鬼。

贺情不爽,皱眉道:"你谁啊?"

那个男的一睐眼,笑得特别做作:"贺少,我啊,堂哥推给你过啊!"

风堂身边还有这号人物?贺情仔细想了半天没反应过来,见他贴着靠过来了,反手推搡了一下:"别靠我那么近……"

像是听不懂话似的,越推那男的越来劲,越是往贺情那边靠过来。

贺情都要爆粗口了……还想问风堂怎么办事儿的呢,兰洲呢?

贺情抬头望了一眼,兰洲已经嗨到舞池那边去了,这男的看他张望,又笑眯眯道:"贺少,堂哥跟兰少说过了……你看,是开你的车去呢?还是?"

贺情只觉得脑子晕,想开自己的车,那车是能随便给外人开的吗!

贺情面上忍着急躁,懒得计较,真是喝高了,喘着气喊这男的拿自己手机给风堂打电话。

贺情瞥他一眼,看着手机。没想到这兄弟一解锁还把自己的手机号给存上了,还真自觉。

那边风堂电话刚通,劈头盖脸就是被贺情一顿问责:"你都办的些什么事!"

 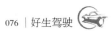

风堂知道今晚贺小少爷的庆功宴不能耽搁了，处理完事情正往这边赶，一边开车一边接了贺情电话，左右张望着车辆，到处看有没有交通监控探头，紧张得很。

他心知惹了贺情不高兴，安慰道："哎呀，情儿，你不要排斥……小夏呢，我叫他陪你聊聊天……"

"聊什么！他刚刚问我去吃火锅还是吃串串！"

"火，火锅吧……"

听他当真还给了点建议，贺情差点没被气死，握紧电话就吼过去："为什么？你有提成啊？"

风堂脖子一梗："我有会员卡！"

贺情气得把电话撂了，感觉脑子都气清醒了一点，阴着脸看着那个小夏："你走吧。"

小夏一愣，一脸委屈："啊？贺少，我……"

贺情还是有点儿迷迷糊糊的，在沙发上摸了半天才把兰洲的外套摸到，掏了一千块钱出来，放到小夏手上："打个车回去吧，或者你在楼上开个房……别烦我了。"

小夏眨眨眼："你讨厌我？"

听说今天贺小少爷在九眼桥，堂哥又在微信群里一吆喝，他可是从西门打车赶过来的，才碰上贺小少爷，还喝醉了酒落了单，这种千载难逢的机会，怎么说没就没了？不是堂哥说要让贺少见见世面吗？

"不是，"贺情咬咬牙，所幸豁出去了，"我只和那种特别成熟的，比我大点儿的人一起玩，明白了吗？"

小夏心里别提多震惊了，张张嘴，喃喃道："贺少要求这么苛刻啊……"

本来就喝高了，再加上一点点勇气和正义感驱使，贺情盯着小夏，又拿了桌上一瓶酒咬开了盖，幽幽开口："你这样的，跟我不是一路人。"

贺情一直自诩脸皮比城墙拐角还厚，这句话出口竟还有点儿害羞。

小夏听懂了，从沙发上抓起自己脱到一边儿的风衣拍了两下，连连欠身道："贺少，您不跟我一起玩也没必要开这种玩笑……说一声就是了……"

贺情心里白眼一翻：谁跟你开玩笑呢？

"那，那我先走了，您慢玩儿！"

三步并作两步地，小夏伸手刨开旁边乱舞的人群，逃也似的溜了。

贺情心想，终于安静了。

他自己闷着吹了个瓶子，又蒙上外套，准备睡会儿，但兜里手机响得厉害，烦躁地一抹头发，滑开接了。

那边风堂一顿狂吼："情儿你够狠哈？你这是不给我留点面子……"

风堂说他都要到九眼桥了，正准备问问小夏怎么样了，结果小夏一个电话打过来哭诉，哭得那叫一个梨花带雨："堂哥！你什么意思？你玩儿我吗！"

贺情听风堂这么一吆喝，都气笑了："要不要我给你找个门面？"

一路压着限速从二环高架跑，过了下穿隧道拐进九眼桥街道，应与将这才到了目的地。

他早就过了去玩儿酒吧的年纪了，再说以前在 A 城那天天玩儿的也是会所夜总会，那场面跟现在年轻人玩的酒吧压根不是一个档次。

九眼桥这么大一片，酒吧也多，挨个找贺情，这不跟大海捞针似的？

他直接拦了个路人，动作有点儿急，把那男学生吓了一跳。

应与将把手机拿出来点开贺情的小视频，还好看得清酒吧背景，便问："同学，请问这是哪个酒吧？"

那男学生像是被吓到了，缩着脖子回道："像，像 M4，但那一片都最好去看看……"

应与将点头道了谢，头也不回地顺着那男学生的指向走，往街道里面走，腿长迈得快，面色凝重，自带几米开外结冰气场，不少人见了他都自动往旁边让道。

M4 里没人，应与将又出来找，没一会儿他就把那几处酒吧找了一圈，也没看到贺情半点影子。

九眼桥还有几处酒吧聚集地，不过分布零散，他得开车去找，于是他又迈着步子奔回停车的路边，打燃了火，连歇气儿的时间都没有。

应与将正看了眼后视镜准备倒车出来，就看到在一个便利店门口，路灯下有一个男人正扶着贺情。

那个男人跟贺情差不多高，看着也年轻，估计也喝了点，两个人互相搀扶着，手里还拿着手机，有音乐声响，估计是在放什么歌。

隐隐约约还能听到那个男人举着贺情的手腕，大喊："情儿牛！"

贺情耷拉着脑袋，也跟着振奋一句："风堂更牛！"

应与将想，那个男人估计就是风堂了。

他开门下车时，风堂又一通喊："情儿！武侯区迪王！"

应与将看到贺情，伸手比了个"五"，迷迷糊糊回了一句："是五城区，五城区……"

应与将只觉额角太阳穴跳得疼。

风堂还算脑子清醒，知道自己在干什么，把贺情从酒吧里扶出来之后，又去了便利店买了两杯矿泉水，两人在路边儿哗哗一通喝。

他跟贺情这么多年，哪见过这人喝成这样，但还好贺情不是那种乱发酒疯的人，扔那儿不管的话应该还挺乖，是老老实实睡觉的类型。

他拿着车钥匙，走到他那辆停路边的橙色宾利添越 SUV 旁边，脚踹了下车门，踹不开打算踹第二脚，被旁边等候已久的代驾师傅拦了下来。

 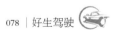

"先生，先生，我，我是您半小时前叫的代驾……"

风堂"哦"了一声，把车钥匙递过去，从包里掏了五百块钱出来放他手上，醉醺醺一笑："耽搁了。"

他正准备把身上的贺情塞到后座去，就看到马路对面停着的奔驰大 G 旁，有一个男人身形带风，正往这边走来。

那是应与将。

虽然他没见过这号人物，但好歹也在贺情的小法拉利里面见过这位兄弟的一比一精剪人形纸片，那印象可太深了。

他一惊，连忙费足了劲儿想把贺情塞进去，但好歹贺情也有一米八几的身高，他不配合根本就没法硬塞。

风堂见应与将走近了，两人对视一眼，那眼神老远就开始激烈交锋，都正准备开口，只听贺情"嗷"的一声站直了身子，指着应与将停在对面的那辆车，大喊一声："快看，四开门的大 G ！"

风堂："……"

应与将："……"

贺情："太好看了！"

风堂突然想到贺情这人特别嫌弃他这辆橙色的宾利添越 SUV……这种爱车如命的人……

结果这事儿不能细想，心里刚刚涌上一种不祥的预感，贺情果真死命地挣脱他的桎梏，嘴里还在说："你看看人家再看看你，我不坐你的！"

应与将嘴角抽了抽，非常自然地伸手去拉贺情过来。

贺情眯着眼看应与将，看得脑子痛，眼睛使劲眨了几下，也感觉看不清这人的脸，像蒙了层雾。

风堂当然不放了。

两个人都拉着贺情又不敢硬扯。

快五分钟的僵持不下之后，应与将开口了。

"你问贺情，他跟谁走。"

风堂的脸抽了抽，正准备说话，就看到贺情猛地甩开他，从自己的兜里掏出迈凯伦的钥匙攥在手心里，大步直接从应与将身边过，看都不看他俩一眼，走到那辆奔驰大 G 的驾驶室旁边。

拿着迈凯伦的钥匙，摁开锁的按钮。

摁了半天，没摁开，贺情可能是急了，抬手就想去拉车门把手，突然背后一股力把他扯开，"我来开。"

只见贺情一偏头，一股子不算多浓的酒气尽数喷到应与将脖根儿："你又是谁啊？"

风堂："……"

应与将："……"

懒得跟他多说，看贺情这样子，风堂也拉不走他，应与将犹豫了一下，开了副驾驶车门，给贺情拴好安全带，又下车走到风堂跟前。

应与将心下无奈，没想到他和风堂的第一次正式碰面，就搞得这么有意思。

应与将正色道："你好，我是盘古的应与将。"

风堂懒懒地点点头，冷笑一声："你能送他去哪儿？"

应与将脸色都没变一下，回答："回我家。"

一听这话，风堂刚刚怒目圆睁，应与将又说："我家还有个弟弟，你知道的。"

风堂想起贺情跟他说的那些话，觉得这人应该也是个好人，态度稍微缓和了些，他头也疼得厉害，说："把你家地址给我吧，明天一大早我来接贺情。"

于是两人交换了电话号码，应与将把家庭住址就这么给了风堂之后，转身上了他那辆让贺情认车不认人的奔驰大 G。

他稳下了心绪，打燃了火，开车载着贺情回家。

一路上他要看红绿灯看行人看路，还得看着贺情，生怕他一个蹦跶起来，去摸他的中控台或者去开车门。

不过，还好自己已经在贺情上车的时候，就把车门锁死了。

看风堂喝得也不少，如果贺情跟着他回了家，风堂哪还有精力去照顾贺情？怕是俩小孩儿凑一堆倒头就睡了。

等开到半路，前几日动车动得勤，车都快没油了，应与将看了一下旁边有个壳牌加油站，打了转向灯，往加油站里靠。

车一停下来，再加上加油站里白炽灯光照得眼皮生疼，贺情慢慢睁了眼，也看不出是还醉着还是醒了不少。

应与将慢慢地把车开到 98# 的加油位，不想把贺情给吵醒了，但等下开出去的时候启动声会很大。

加油站的工作人员看大半夜的，这么大一辆奔驰大 G 进来，派了个人来给他加，想着加 98# 又是开的奔驰大 G，猜是个有钱人，也没看见副驾驶还有人在睡觉，便朗声问了句："先生，加满哇？"

应与将皱眉，压低了嗓子"嗯"了一句，把后备厢摁开，拿过车里的钱夹，掏了七百出来："再拿一件矿泉水放后备厢。"

那个工作人员接了钱便去拿油管搬水去了。

 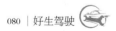

这时，本来闭着眼的贺情突然慢慢坐起身来，靠着背，坐起身来，笑道："兄弟……加满哇？"

应与将听他这语气就是还没醒，勾了勾唇角："加七百加满。"

贺情半眯着一双桃花眼，上半身越过中控台，估计是喝多了酒，嗓子沙哑得厉害："加多少的啊？"

看他越靠越近，应与将一愣，正准备开口回应他。

贺情声音很轻："这是 93# 的。"

应与将的喉结上下动了动，人却不敢动了，稍有些粗糙的指腹重重地碾磨上方向盘的真皮套。

贺情又笑起来："这是 97# 的。"

下一秒，转头望着应与将笑："这是……98# 的。"

车内时间仿佛霎时静止了，窗外风声呼啸，通通不再入得了两人的耳。

应与将几乎是费尽了全身力气告诫自己不能动，哑着嗓道："贺情，你喝醉了。"

应与将抬眼去看窗外加油站的墙，只见墙上写着大大的四个字：严禁烟火。

这哪止是烟火。

他又瞟了一眼身边的贺情，觉得自己明明没喝酒，却也像上了头。

只见贺情还是喝醉的神态，手上却猛地推了他一把，推得应与将大脑神经都跟着颤抖，声音恶狠狠的："应与将……你好无聊。"

应与将一愣。

他还认得。

第二十章

其实在进加油站的时候，贺情就醒了。

用一分钟时间反应过来为什么应与将会在这里后，贺情就瘫在软垫上半眯着眼看，看应与将开车，说话，挂挡，掏油钱。

等车出了加油站，摁下车窗，冷风一吹，脑子也清醒了点，贺情掏手机出来看，十多个风堂的未接电话，微信也要爆炸了，庆功宴的群里还在喊，贺少溜了？

贺情手肘搭上扶手箱，又把窗户摁下来些，吹着冷风，给风堂回电话："醒了醒了，处于安全模式……"

应与将面上淡漠着，瞟了眼贺情，又听后者骂道："你把我甩给他的，什么叫你留不住我……啊？你说真的？"

下一秒，贺情就觉得这车开得简直晃得自己头晕，都快把脸捂住了："一辆大 G 而已，我太丢人了……"

风堂在电话那头咬牙切齿："装什么？

想到刚刚应与将那反应，贺情头痛欲裂，不想吐，就光来气："乐个屁！"

风堂又说："你这次喝醉了……怎么这么乖？"

贺情骂道："我哪次不……"

然后风堂在那边说他，以前有次喝醉了就喊着要潜水，逼着兰洲去游泳馆门口的小卖部买了个潜水镜，路人就看着贺情戴了个潜水镜，闷着进公园，也不说话，想往公园池子里跳，兰洲和几个兄弟拦腰抱住贺情，死命往后拖。

应与将在旁边听着，开车注意力不能分散，贺情说了什么他不是很在乎，但贺情一把窗户摁下来，他就又给贺情摁上去。

贺情正处于跟风堂对骂的状态，两个醉鬼神志不清地在电话里念了一路，这会儿又被闷到难受，贺情扯了下毛衣口，嚷嚷道："热……"

应与将命令式地道："会感冒。"

这句话一出来，贺情觉得自己完了。

之前，他跟风堂讲应与将在二环高架不顾安全也要保住自己的事儿后，风堂满眼不屑地纠正他："人家那是把你当弟弟！"

贺情争辩："他为什么把我当弟弟？"

这一问，问得轮到风堂傻了："对哦，也没理由啊！"

风堂微信头一句就是：那人对你还挺好。

贺情现下的情绪就是什么都较真，抱着手机秒回一句：什么叫那人，请注意你的措辞。

风堂：？

在车库停好车，应与将转头去看贺情。

他早早在路上就睡着了，高挑的身形此刻蜷缩在车内狭小空间内看着十分憋屈，双颊酡红，鼻息间还卷着股酒气。

喝醉了就睡，睡了又醒，醒了又睡，不乱撒酒疯不喊不跳舞的，能认车认人，简直好养活。

可惜他自己不是及时行乐的人，但偏偏贺情是。

绕到副驾门边去开车门，应与将把身上外套脱下来披到贺情身上。

贺情睡得浅，闭着眼嘟哝了句什么，应与将也没听，捉住他手腕，把人背稳了，单手掏出车钥匙锁上门，一步步往楼上走。

摁电梯的时候，他想，贺情看着瘦，但还挺沉。

天天叫着吃这吃那，就是光吃不长肉。

喝醉了不能洗澡，况且贺情现在睡得挺乖，安安静静地躺在他床上也不吭声，身都不翻。

屋里灯光开得暗，装修风格大气简约，床是单人床，正面对着一个投影仪，墙壁刷成浅蟹灰，落地大窗挂了层深色遮光布，更能方便应与将白天偶尔有空休息。

B城空气潮湿，多阴雨，应与将家住在三楼，从他的房间开了窗户望下去，随时能看到他弟弟每天怎么溜出去玩。

应与将平时自己睡得硬，这会儿又给床垫上铺了一层被褥，让贺情整个人陷进柔软之中，抓着被子裹成了个棉球。

应与将手撑在床头，顺着光线沉沉，还能看到贺情眼尾下那颗痣，显得整张睡颜更加灵动非常。也就喝醉的样子没那么张牙舞爪，不会气人，不撒野，难得的软糯相。

他伸手把贺情额角软下的发撩开一点，拿湿毛巾拧干把脸擦了一遍，暗自庆幸还好这小孩儿身子骨硬朗，喝这么多一吹风还没发烧。

贺情睡着睡着脸被捂住，在睡梦里踢了他一脚，翻身又趴着睡。

后来贺情又蜷缩起身子，头朝着床沿，完全脱离了枕头。伸臂把枕头抓过来，应与将抬起贺情脖颈，把枕头垫到他头下。

贺情又转个面，长腿伸出来夹住棉被，呼吸均匀。

应与将试了几次，把贺情的腿一塞进去贺情就又伸出来，实在没办法了，他又从隔壁卧房抱来一床棉被，堆到床边，端来俩凳子给他把床沿堵上。

那晚，他熄了灯，坐在床边想了很多事。

第二天一大早，天刚蒙蒙亮，应与将被吵醒了。

应小二背着书包，手里拎着篮球袋，穿了双前几天新买的Nike篮球鞋，站在沙发前，一脸蒙："哥？你怎么睡沙发上来了？"

应与将半睁着眼看他，还没醒，说不出话来。

今天不是星期五吗，这小兔崽子不上课的？

还没等他开腔，应小二"嗷"了一声，随后压低了声音道："我知道了……"

然后他就提着他的篮球袋子，飞奔上楼，蹑手蹑脚地打开他哥的房间门。

下一秒，应与将又听到他弟弟倒吸一口凉气，退了出来，轻轻关上房门，又轻轻地下了楼。

跑上楼的过程中，他做了无数种假设，他以为会是个女孩子，可为什么是贺情？

应小二在他面前站定了，一言不发。

应与将看着应小二就头疼，注意到他提的篮球网袋，一副穿着战靴扛个炸弹要上战场的样子，抬眼问："应与臣，你今儿不上课？"

应小二两眼一转，听到他哥叫了他大名，心里头一突突，不敢硬碰硬，只得服软，说："哥，你就让我放个假呗？"

应与将冷笑："怕了？你昨天不是发朋友圈，说只要胆子大，一周七天假吗？你怎么不说天天寒暑假？"

难得听他哥跟他一口气说这么多话，应小二还有点激动。

他转念一想，惊诧道："我……我不是屏蔽你了吗？"

应与将黑脸："……"

在应小二交代清楚今天上午要去打篮球比赛后，应与将让他左转右转立正稍息，检查了一遍鞋会不会崴脚，该带的东西有没有带上之后，又塞了几百块钱给他，算是批准了，说会给学校那边请假，让他注意安全。

于是，得到了特赦令的应小二拎着篮球袋，开开心心地走了。

一想到贺情，应小二就头痛，满脑子都是贺情那晚在金港赛道开着辆兰博基尼撞了他的车屁股，然后一脸挑衅的表情。

现在居然还能睡在他哥房间里，简直苍天无眼。

不过冬至那晚的羊肉汤还挺好喝，印象值加……加 0.5 分吧。

家里，应与将被这么一闹腾，彻底睡不着了，起身来收拾洗漱，去楼下买了新的洗漱用品上来，顺带买了两份早饭。

晨光沿着窗棂悄然泻了满地，照得他身上一阵阵暖意。

贺情一觉睡到下午一点钟，醒的时候还觉得头痛欲裂，不过相比昨晚已经好了太多了。

他坐起身来，环视了一下周围，努力回想了一下昨晚种种，基本确定这是应与将的房间。

这是喝醉的福利吗？

应与将推门进来的时候，就见贺情头埋进枕头，腿全露在外边儿。

看样子是醒了。

听到有人来开门了，贺情掀开被子，还挺大方，薄毛衣还穿在身上，抬手抹了一把头发。

贺情也不笑，打了个招呼："早啊。"

"早，贺情。"门口站着的应与将手里还拿着贺情响个不停的手机，走到床边伸手把贺情头上那一撮竖起来的头发给按下去，把手机递给他："你电话。"

贺情拿过手机一看，是集团里的人，什么事儿都急到打电话到私人号码上来了？

应与将："洗漱用品在卫生间，桌上有饭，接完电话来吃。"

 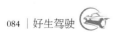

贺情"嗯"了一声，指了指手机，连忙把电话接起来。

关上卧室门出去的时候，应与将听到贺情在房间里一声暴吼："谁那么大胆子！"

第二十一章

这一句吼完没几秒钟，贺情开门把脑袋探出来，蔫巴巴地望着在楼梯口抽烟的应与将，仿佛刚刚那声怒吼不是从他嘴里出来的一样。

贺情说："应总，送我去趟机场路。"

被叫到的男人一愣，叼着烟，也没多问，点头算是应了。

贺情拆着那包洗漱用品，往厕所走去。

他昨晚那辆迈凯伦 P1 估计现在还在九眼桥街道上停着，也不知道停了一晚会不会有什么事。

要拖要剐，都是他家大红的命了。

不过现在贺情已经没那么多心思去想，要不是自己宿醉了不能一起床就开车，他都要管应与将要了钥匙，自己开车飙过去了。

加贝集团这次新进的一批中端跑车 Audi TT 有点儿问题，A 城 Audi 那边总部召回了一次又喊召回，客户投诉，保险公司理赔，来来去去亏损了几百万。

贺情听到亏损的时候，还是肉痛了一下，但这摆明就是有人想折腾他。

公司上下急得焦头烂额，这笔亏损的钱倒不是大事，但召回的原因，有安全气囊问题、机械制造问题、电控系统问题和燃油系统问题，都不是小事，直接影响了这个季度的销售。

最关键的是，这批货是有代理商的。

代理的除了 B 城加贝，在 C 城也有代理商，召回的问题全部指着 B 城这边来，新车到货召回两次，让客户把车交给当地 4S 店，4S 店又统一运回厂家处理，这还让不让人做生意了？

公司的人打电话去总部交涉，人家说是日本那个制造安全气囊的高田破了产，他们也没办法，不服从召回，客户的人身安全遭到威胁，谁负得起这个责任？

加贝集团负不起，贺情更负不起，只得在两个月之内把所有召回客户的车又一次次往厂里发。

这一来二去，口碑遭创，客户大多不管来龙去脉，只在乎体验，一顿折腾下来，就不仅仅是安全不安全的问题了。

贺情一路上阴着脸，心里难受。

虽然处理这种事情早已游刃有余，但这次事情的棘手程度还是前所未有。

应与将一脚刹车踩到底，眼瞧着贺情匆匆喊了句"谢了"，转身便从旁边等候已久的助理手里拿过文件，脱了身上的外套，披上件西装，边走边穿。

他的助理在旁边小跑跟着与他说明情况，贺情也只是低着头听，面色严肃。

这样的贺情是他没见过的。

一回集团里，各方涌来各个部门的经理和得力干将，都噤若寒蝉，看着贺小少爷沉着脸从集团大门口迈步进来，步下生风，没了往日的亲民形象，电梯懒得等直接走楼梯上二楼，没了人影。

贺情这回气得不行，亲自往 C 城打了电话，人那边老总一接电话，客套式地叹了句"唉"，再表示了对 B 城加贝集团的一番问候，然后说，这事儿我们也不知情，贺少您再问问总部？

三个主要经销商的所在城市，只有 B 城受了波及，那么其中意味很明显，柿子全挑了软的捏。

这事儿可大可小，往大了说是打压加贝，往小了说，不过是没给面子，反正总有一家要遭这个殃。

贺情在公司一待就待了两天，家没回，有局也不去，金港就更别提了，车都没挪窝。第三天订了机票，一大早起床，贺父派了司机过来，接贺情往机场赶，乘了九点多钟的飞机，往 C 城去了。

回来的时候是深夜，飞机滑行了一段时间，刚刚停稳下来，贺情就把毯子掀开了，耳朵里插着座椅音响的耳机掉了一只下来，眼前的机载显示屏已经播完了一部电影。

接了个兰洲的电话，打完挂了贺情就躺在软椅上休息，等着空姐叫他下飞机，眼下都起了淡淡的黑眼圈。

这趟航班的飞机餐口味还算合适，贺情心情稍微好了那么一点。

C 城机场比 B 城小些，因为 B 城阵雨的原因延误了，不然这个点儿都该回家睡觉了。

贺情累极了，可明天还要参加 B 城宾利授权经销商开的开业一周年酒会，就在桐梓林那边一栋五星酒店里，隔得那么近，他也没法不去，还牵扯到以后太多利益。

Audi 召回那事儿，贺情去跟 C 城那边的老总吃了几顿饭，人帮不了忙，也没太大办法，山高皇帝远的，只能说帮着贺情去问问，有眉目了一定告诉他，让他别太着急。

贺情当时就举杯子干了杯白的，笑道："那就有劳余总，下次您来 B 城，我贺情一定好好款待。"

吃完饭准备去 C 城机场的时候，兰洲一个电话过来："情儿，还跑 C 城不？要跑的话，我订张机票到浦东，你喝酒又不行，天天瞎陪什么啊……"

 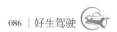

贺情真的是烦了，一想到连着喝了这么些天酒就反胃，回道："爱怎么就怎么吧，我不去了。"

人一难受就犯困，他躺飞机上睡了俩小时还是困，看那空姐笑眯眯地来叫他可以下飞机了，贺情把报纸往脸上一糊，声音小得跟咽气儿了似的："没睡醒，能再飞一趟往返吗？"

下了飞机刚刚走上廊桥，来接他的人就出现在出口处，给他提行李提包，兰洲也来了，助理给他装了一保温杯的热牛奶，贺情接过来跟喝白开水似的一口干了。

兰洲在旁边瞠目结舌："哎，你去趟 C 城陪个酒，喝奶都喝得这么有气魄。"

然后他还比了个大拇指："我们情儿，牛！"

贺情白眼一翻，一拳揍到兰洲背上，边走边说："胃出血了快！"

突然想起什么似的，贺情连忙加一句："你可别给我挂号了，算我求求你，明天我还有事……"

说着，他想起桐梓林那个事儿，便对着旁边小跑跟着他俩的助理问道："宾利那个拼酒的局，我能不去吗？"

兰洲在一旁听得眉头直跳，什么拼酒的局，人家是晚宴……

那个助理有些为难地开口："开业一周年……但如果您真不想去，晚上吃饭的时候去赴个宴也可以……"

贺情手一挥："那我不去了。"

一天到晚累得要死，应与将的朋友圈他都没工夫看了，还参加什么晚宴！

还是下定决心再试一试的助理连忙从文件袋里拿出一张请柬，摊开给贺情看："这是明天的请柬，您还是看一下？"

贺情接过来，兰洲也伸长了脖子去看，两人指尖点点点，都被来宾名单吸引了目光，顺着书法字往下看，看到一个硕大的泼墨图案上，印着不少经销商和车圈儿熟人的大名，还有他们尊贵的 B 城首台添越 SUV 的客户风堂。

贺情皱眉道："宾利居然请品味这么差的客户……"

再往下，应与将？

贺情"咳"了一声，在兰洲好奇的目光中收了请柬，把请柬递还给助理："我想了一下，明天还是要去，给我安排好。"

兰洲一脸蒙，还没搞清楚状况："情儿？你去决斗吗？"

贺情脸色一沉，说："你看人宾利的请柬设计得多好，一看就有想飞蛾扑火的欲望，不像去年那个玛莎拉蒂的，一股意大利味道……"

兰洲哼哼道："玛莎拉蒂不是你初恋吗，上次他家酒会开在万达瑞华，你都没去！"

晚上一回到家，贺情洗了澡收拾完毕，头发刚刚拿吹风机吹了，便一头栽进枕头里，正准备打开手机设个闹钟，就如愿以偿地看到应与将发来的微信弹了出来。

盘古名车馆：贺情，明天见。

贺情一乐，一天的疲惫感顿觉一扫而空，动力简直源源不断。

不加贝：嗯，我回来了。

一夜好眠。

第二天，B城，桐梓林。

贺情从一辆挂着黄牌的宾利慕尚上下来，这车拥有澎湃动力，后座的舒适度堪称超越昨晚的头等舱，能放得下他一双腿。

坐一回长轴距版慕尚，太值了。

车直接停在酒店大门口，铺了红毯的路边挤满了人，守在门口已久的媒体朋友们举着相机咔咔一通拍，没关闪光灯的那几个，闪得贺情眼睛都快瞎了，也只得笑着打招呼。

等各路大神都到了场地落了座，贺情坐在标了自己位置的第一排座位上，伸长脖子去看应与将在不在。

等他瞟到第三排的应与将的时候，这男人的眼神简直是和自己猛地撞击在一起，好像互相都以一种搜索式目光寻找对方，抓准目标后，拖出来的力度都带火星儿。

贺情知道应与将在看他，对视几秒后便不多纠缠，贺情收了目光转身，端坐着的背挺得更直，眼神直勾勾盯着台上看去了。

再回头，应与将认认真真地正在跟他左边的人轻声交谈，交谈就算了，还是个女的，女的就算了吧，还是个年轻的女人。

贺情也不知道在想什么，总之自己的气势也不能输，于是半侧过身子，跟他身后的一个老板说话。

就这么保持着半转过身的姿势，贺情一只手肘靠在椅背上，另一只手拉着领带。

他后面那个老板他仅仅有一面之缘，依稀记得是Jeep的B城销售商，贺情努力搜索脑海里关于越野的贫瘠知识，那老板也乐得跟贺少有进一步交谈，没工夫去看贺情拉领带，只顾着你一句我一句，有的没的，两人还真的聊上了。

"还是好卖，毕竟是Jeep的经典款……"

贺情一边说着一边抬头去瞥应与将，发现他旁边那个女人还在叨叨，应与将已经闭了嘴，头稍微往这边偏了一些。

贺情盯着应与将侧过脸的轮廓看，或许也真的是被这会场内的空调热气整得出汗了，只觉得热，又把领口往下拉了一些。

贺情笑眯眯地："Jeep多好啊，比奔驰那款大G好看……可不是嘛！两门的小巧，也适合女车主，啊？我没有女朋友……"

那个Jeep的老板看他眼神一直往那边瞟，卖越野的也是个随性的人，张口就问："贺

少，您认识应总？"

贺情本来这几天喝酒喝得嗓子就不太舒服，闻言轻咳一声，在他咳嗽的这一瞬间，应与将抬起头来，目光再一次撞向他的。

两人目光又是一阵远程相接。

仅仅只是几天的出差，但对贺情来说，已经阔别已久。

贺情脑子犯抽了似的，下巴微微抬了些，精致的下颚线弧度被灯光照得清晰非常。

他蔫儿坏着，睁着眼看应与将，还眨了一下。

后者瞬间收回目光，深吸一口气，坐直了身子，贺情也回头跟那个老板递了张名片，把领口的扣子扣成最开始的样子，转过身来，坐正了。

他已经听不进去今年 B 城车展宾利带来了什么车型，要发布什么电动概念车。

不过有一辆独特的"摩纳哥黄"车身配色在聚光灯下还真是分外抢眼。

"未来我们将进一步挖掘像中国西部地区这样拥有巨大潜力的市场……"

他听台上发言的熟面孔如是说，心中都默默跟着念叨出了下一句：为更多中国客户带来至臻至美的产品及专属服务体验……每年都讲这些，也没见着更多的豪华品牌来 B 城开店啊。

发布会散了，接下来才是重头戏酒宴，贺情身边围了一圈儿人，熟的生的，贺情被好几个太太脖子上的钻闪得眼睛更痛了。

把红酒一点点抿入喉，以他的身高站在展台旁边，一眼就能看到应与将放下了酒杯，又满上一杯，转身去跟今天的主办方敬酒去了。

贺情庆幸现在没人来烦他，看着应与将高大的背影，瘾儿犯了，突然想抽烟。

摸了摸兜，啥都没有，发现入会场的时候静了音的手机有电话进来。

他接了电话，原来是以前在 A 城提车时认识的一个富家公子哥。

那边打电话来问了一下今天 B 城宾利搞的这个活动，又问了一下宾利有没有曝光什么新车型的谍照，贺情反正没什么事儿，耐着性子全说了一遍，还开玩笑问他要不要飞来 B 城把那辆"摩纳哥黄"的宾利欧陆提回 A 城。

贺情眯眼一笑，拿着手机说道："全新车，我没见过那么亮的黄。"

那边乐呵呵的，像真有点动心，说："你也就现在嘚瑟一下！以前盘古七星旁边那家车行在的时候，哪有我们 A 城提不到的车？"

听到他提起应与将以前在 A 城的产业，贺情心尖儿都颤了一下，还没来得及开腔，那边又问："应与将那么牛，在 B 城混得还可以吧？"

贺情整理了一下情绪，回道："还行吧，吃穿用都不愁的……"

那边的公子哥的语气带了些赞叹，笑道："也是，你贺情的事儿他都能插上手了！"

听了这话，贺情抓稳手机问道："什么意思？"

电话那头的人"啊"一声，诧异了："不是吧，贺少，你不知道啊？"

于是贺情拿着手机，在宾利酒会现场，安安静静地听他讲述完了一切，感觉周遭的所有声音他都听不见了，他终于知道为什么C城那边的态度突然变了，为什么他今早一起来，助理就打电话来说召回那事儿应该没太大问题了。

他现在，满脑子只记得他A城公子哥朋友的那句："应与将为了帮加贝，在A城的人情全卖完了吧？哎哟，我还盼着他回A城给车圈儿争点面儿呢！"

接下来的什么"我看中了一辆GT""我在他那儿买过不少""他家车师傅贴的膜那叫一个A城第一绝"等话语，通通都听不进去了。

贺情行色匆匆地，皱着眉，走一步一个"借过"，身后那些采访的人甩都甩不开，实在挤不到应与将那边去，这种场合没有助理，他只得从会台上拿了话筒，稍微调小了音量。

"大家好，我是贺情，耽搁大家几分钟。"

他看到人群之中，比大多数人都高一个头的应与将转身了，眼神认真地看着他。

"我想请盘古车馆的应总与我去二楼会议室谈一下事情。"

贺情看了一眼应与将，把话筒握紧了一些："麻烦应总。"

他看到应与将身边的人都自觉让开，他看到应与将迈步朝他走过来。

两人一前一后，长相身高势均力敌，吸引了无数人的目光。

贺情推开三楼安全通道的门，像当时在华西医院急诊室外一样，和应与将对着站在楼道里。

他们刚刚进去，外面就扑来了好几个记者，都趴在门口听里面的动静，有几个虽然不是车圈里的人，但也对金港赛道一事略有耳闻，便更加激动了。

两人脚步纷纷站定，贺情就这么直直看向沉默的应与将，眉眼间的愤怒都快纠成一团，刚刚被领口勒得有些红痕的肌肤还能在楼道的日光灯下略窥一二。

贺情心中难受得不是滋味，冷笑道："应与将，我的事，我集团的事，我让你管了吗？你还想不想回A城了？那边你得罪……"

他话还没说完，就听得耳边炸开一声。

贺情听到应与将低沉着声说："不想。"

第二十二章

就那么站在楼道里，盯着应与将的眉眼，贺情完全愣住了。

 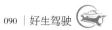

虽然说B城是一座来了就不想走的城市，但是他真的不得不去想这个不想走的因素，是否有其他的……

但是应与将，的的确确，就是为了自己，损失了很多利益，以及虎归山林的大部分机会。

贺情心里一番兵荒马乱。

这时的自己，特别像《冰河世纪》里那只藏松果的小松鼠。

同应与将的表达相比，贺情忽然觉得自己简直肤浅而幼稚。

贺情张口想说什么，发现门缝里已经挤了个录音笔进来了，门口窃窃私语的人数也不降反增。

贺情突然想到什么，唇角勾了勾，用锃亮的皮鞋尖踢了一下脚边不知道谁扔的烟头，说："对了，这周末，B城周边有个拉力赛，你……"

应与将淡淡道："有空。"

贺情抬头看他，话都没说完，又没问你去不去，就这么容易就答应下来？

他咳嗽一声，朗声道："你自己说的啊，不准水①我，外面这么多记者，都是证人……"

应与将停顿都不停顿一下："陪你去。"

贺情："……"

这么顺利的吗！

宾利这个拼酒局顺利散了之后，当天晚上，贺情就跟今年西部拉力赛的合作方回了电话过去，还开着他的迈凯伦P1，亲自跑了趟主办方公司取纸质合同，再拿着保险单，手指摁了印泥，红红的一个印儿盖在他名字上。

甲方，是今年西部拉力赛的主办方。

乙方，是贺情、应与将。

贺情看着这两行字简直美滋滋。

这时候主办方公司的女秘书正拎着几袋饮料往会议室走，边走边打电话："开几家爆几家，楼下这家我排了半小时呢……买了买了，两杯奶绿三杯红茶嘛！"

女秘书讲话的时候朝会议室内看了一眼，不觉得自己声音大，也可能没看到贺情他们在这儿沙发上坐着，吓得手机都快没拿住，一脸茫然地打招呼："李，李总……我……这什么情况啊？"

主办方公司的李总揉了揉眉心，怒目斥责道："加贝的贺少来签拉力赛合同，没看到这么大个人坐这儿吗！快回到你工作岗位上去！"

这不知道得扣多少工资……

---

① 水：不守信用。

女秘书正郁闷着，嘴里说着"不好意思贺少""不好意思李总"，拎着那一大袋饮料就推门准备往外走。

"等会儿，"贺情喊住她，一直在盯她手上拎的那袋饮料："好喝吗？"

那个女秘书愣了会儿神，而后点点头，连忙回应："好喝啊，B城开了好几家，生意特别好……"

贺情摸了摸鼻子，咳嗽一声，从包里掏了两张一百的钞票递过去："那行，麻烦你帮我买两杯。"

那女秘书如获大赦，兴奋极了，塞了一张回去："一张就够了……对了，贺少您要喝什么？"

这回轮到贺情蒙了，吞吞吐吐道："就那个奶……奶……"

"奶绿！他家奶绿特好喝！"

贺情一愣，奶就奶吧，绿是什么啊？也没多问，挥了挥手："行行行，去吧。"

那个女秘书想了下，估计贺情也是个没怎么喝过这些街边饮料的，又问："贺少，糖度怎么要？就是很甜，不甜，一般般甜，都可以要！"

贺情眼都没抬一下，指腹细细摩挲着手中打印纸的细致纸面："一杯不甜，千万不要放糖的那种……另一杯，做甜点儿。"

顿了下声儿，贺情又补一句："很甜很甜。"

奶嘛，喝纯味儿就够了，他自己喜欢喝纯牛奶，不爱喝那么甜的，喝多了也齁得慌。

至于另一杯，齁死他！

签完自己这份合同，贺情笑得眼似月牙弯弯，把合同和那两杯新奇的奶绿往车上一放，便驱车找应与将签字去了。

贺情到的时候，把那辆迈凯伦P1一停，这舒适感和转向，甩得他都想把那辆Centenario给卖了。

他进了大厅，旁边盘古的销售经理立马围了过来抱着资料，小跑都跟不上贺情的脚步，索性摊开了页面给贺情展示，边翻边问："贺少，您今天来看点儿什么呢？这是新进的一批迈凯伦的……"

贺情脚步没停，侧过脸咧嘴，笑得那叫一个倾倒众生："看你们应总。"

他留下错愕的销售经理，绕开展台，左手紧拿着一沓合同，右手拎着一袋饮料，熟门熟路地迈步上楼，敲开了应与将的办公室大门。

"合同，签吧。"

贺情说明了来意之后，把合同往桌上一放，下一秒就看到应与将看都没看一眼，拿过来翻了个面儿，捉起钢笔就往上签自己的名字。

表面上满不在乎，贺情心里都已经炸成烟花了。

 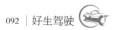

贺情，你牛啊，人家看都不带看的，你俩信任度已经这么高了？

笔锋苍劲有力，应与将写出的字儿也是少见的好看，龙飞凤舞的，还真是字如其人。

贺情想了一下自己那个小学生字体，不过还好"贺情"这两字儿也写得特别好看。他想着每次写字时的困难程度，叹了口气，是时候找个机会报个班练练字了。

"咳，对了，这个。"

贺情满意地把那份合同收起来之后，从身后低矮的两杯奶绿，看了半天分不清楚哪杯是哪杯，也没注意杯身贴的标签，在应与将认真地注视下，把其中一杯递了过去。

应与将低声道："谢谢。"

贺情发现那两杯顽强的奶绿过了这么久，还是热的……至于口味儿，算了，随缘了。

贺情做贼心虚，低头先喝了一口自己这杯。

被齁死的是我啊！

这个师傅怕是把整个门面儿的糖都加进去了。

他一阵咳嗽，肺都要咳出来了，脸面儿上都有些泛潮，还是瞪着双桃花眼，把这口奶绿给硬生生咽下去了。

等口中那股不适的劲儿一过，贺情看应与将闷着头在喝，试探性地问道："怎么样？"

应与将点点头："甜。"

什么？这杯也甜？那小丫头买错了？

他听到应与将问："尝尝？"

贺情眨眨眼，伸手拿了应与将的那杯奶绿，吸了一口。

这没味儿啊，纯奶纯抹茶，甚至还有点儿苦，绝对一点糖都没有。

他狐疑着去看应与将："这哪儿甜了？"

应与将勾唇一笑，一张硬朗的俊脸今天显得格外温柔，"甜。"

贺情侧着脸没看他，喊了一句："你别光顾着签字啊，手印，手印摁了吗？"

应与将说："摁了，很红。"

从应与将坐在办公椅上的角度看，能看到贺情脑后的一个发旋儿，不算宽的肩，挺直的背脊，比例傲人的一双大长腿，纯黑色马丁靴裹着紧实的小腿。

贺情掏了一包烟出来，看了眼办公桌上的烟灰缸，开口问他："能抽吗？"

应与将"嗯"了一声，伸手把烟灰缸递过去。

贺情推开窗户，被迎面而来的冷风吹了个哆嗦，手指并拢夹出一根叼上，又摸一根，对着应与将发出邀请："来一根？"

应与将站起身来，迈步走至窗边，伸手把窗户关严实了一点。

就光这么一系列动作，贺情都觉得压迫。

应与将从他指缝接过了烟，从裤兜摸了个火机出来，摁下蹿起火焰老高，眼底看不清神色，手掌护着火，凑过来要给贺情点烟。

贺情愣了一下。

他叼着烟，也凑过去了些，直到火焰将烟草点燃。

他眼神幽幽的，轻笑道："这包烟有爆珠。"

一股子草莓味儿。

以前应与将在 A 城，包括现在抽烟都抽什么中华南京大重九，都是一条一条的，别人给他供来，哪抽过什么爆珠洋烟，没想过还有这讲究，得咬一口滤嘴，把爆珠咬爆了，那股子果味儿才会出来。

他看到贺情有一口没一口地往嘴里吸烟。

周末拉力赛，要跟这么个人待两天。

他想起前几年在 A 城跑国际拉力赛的经历，不由得有些兴奋起来。

还真是期待。

第二十三章

应与臣发现，他哥的衣兜里最近开始多了一包 Marlboro 草莓爆珠。

今晚上应与臣下晚自习下得晚，骑着小黄车飞奔回家，总算在楼下堵着了他哥刚刚回来，他书包带子半吊在胳膊上，小脸皱成一团："哥，你今儿怎么又那么晚呢？"

应与将把车锁了，手里还夹着一沓打印纸，上面印着些路线图似的图案，伸手揉了把他的头发，说："有事。"

为了表达心中的不满，应与臣一缩脖子，又蹿到另一边："工作忙？"

下一秒，他闻到他哥身上一股子香水味儿，这种味道他没闻过，但能确定不是女士香水。

应与臣一双星星眼亮了起来："哥，你身上什么味儿啊？"

应与将手里还攥着车钥匙，攀上弟弟的后颈捏了一把，捏得应与臣觉得凉，又缩了下脖子喊："不想说算了，你还冰我……"

"明天我要出趟城区，有个拉力赛，要走两天。"

他听他哥答非所问的，不满道："你没回答我问题！"

应与将没搭理他，继续交代事情："跟同学出去玩注意点分寸，按时去车馆报到。"

应与臣胡乱地"好""嗯"敷衍了几句，一边走一边吊着他哥的胳膊不放，见他哥压根儿懒得搭理他，问了句："哥，你拉力赛有搭档吗？坐副驾驶混的那种！"

 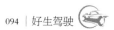

应与将把应与臣拖进电梯站好，伸手摁下了楼层 3："嗯。"

这下应与臣更来劲儿了，不理亲弟弟就算了，还不带亲弟弟玩："哥！你说！香水味儿是谁的？谁跟你去拉力赛？"

"贺情。"

"啥？"

"贺情。"

"我问的两个问题……"

看着楼层到了，应与将又伸臂把弟弟拖出电梯，沉声道："两个问题的答案，都是贺情。"

应与臣作为他哥的究极无敌小马仔，第一次觉得挫败。

这，迷之危机感也来了，直觉这个世界上即将出现第二个人，会在他哥的世界里分割下一半。

回家收拾明天拉力赛必需的用品时，除了驾照、身份证、换洗衣物外，应与将还真的不知道该带什么了，应急药箱和比赛赛服，官方都应该会准备，这么一来也没太多东西好收拾。

晃了一圈，反复确定该带的都带上之后，又给贺情发了一份必备品清单。

一切准备好后，他靠在床头，手里转着车钥匙，盯着昨晚拎回来的手袋。

那个手袋孤零零地放在房间的一角，硕大的 Chanel 标志与房间性冷淡风的装修风格还有些相融。

应与将把手袋拎起来，拿出里面那一瓶香水，往手腕上来了点，鼻尖萦绕开一股麝香、海狸香，是属于动物的气息，充满禁忌的遐想。

昨天晚上被贺情拉着去太古里逛了一圈儿香水，Chanel 柜姐说有适合花美男的花香，大男孩的柑橘，颓废的广藿香，贺情听了顿都没顿一下，说："给我来个颓废的！"

那个柜姐嘴角一抽搐，看贺情这怎么样也不像颓废型的，又看了一眼旁边站着跟个柱子似的应与将，加了句，还有成熟男人的海狸香。

贺情咳嗽一声，说，那给我来个成熟的呗。

于是应与将一声不吭，看着贺情拎着个 Chanel 的手袋，跟着自己进了停车场，拿出香水来，又对着他自个儿的手腕喷了一下，装得一脸疑惑，说："怎么现在喷就不成熟了……"

然后贺情用指腹沾了点儿，伸手抹上应与将耳后，轻捻了一下，再倾身过去，细细嗅了一番，眉开眼笑："适合你。"

下车的时候，贺情也没把他那个 Chanel 的袋子拎走，给应与将发了个微信，说送他了。

B 城，龙泉山。

这里是离 B 城市区三四十公里的地界，今天天气出奇的好，朝曦初起，金色的光辉照耀了整片山脉，也点燃了整个西部拉力赛赛场。

冬日暖阳，重峦叠嶂，远处山脉一片苍翠，山脚下依稀能见搭建完毕的砂石丘陵，山林赛道。

尽管这几年国内汽车赛事并不太受瞩目，拉力赛也不同于 F1 那么惊心动魄，但依然吸引来不少外界的关注度，记者媒体，民间团体，都纷纷前来围观参与，彩旗招展，一副蓄势待发之状。

外面停车场早已挤满了早早来签到的各路车友，越野车来得最多，还有不少人带了帐篷，誓与此场比赛一路奋战到最后。整个赛场还算大，临时搭建，两天跑下来，几个赛段，大概也就绕着几百公里。

此次拉力赛采取单个发车的形式，每个车组由一名驾驶员和一名副驾驶员组成，以每个车组，跑完特殊路段比赛的时间，与所受处罚的时间累计计算最终成绩，时间越短排名越靠前。

贺情老早就到了，因为前一晚上压根睡不着，要不是不能早到，他估计凌晨四五点就想在这儿守着了。

曾经在普通赛道上名震一时的贺小少爷，正靠在主办方提供的越野车上，一脸无语地看着贴满了车身的红牛饮料的标志。

那么大一个红牛的 logo，混着些汽车零件供货商五花八门的小标，把整个车流畅的身形遮得看不出，前脸只剩个倒三角进气格栅和开过眼角的前灯。

盯着前面参赛车辆满身的佳得乐运动饮料 logo，贺情心里一乐呵，这是饮料赛跑？

这次拉力赛的赞助商是与玛莎拉蒂一样来自意大利的阿尔法罗密欧，拥有纯正的赛车血统，但估计是因为近几年各大豪车品牌都开始制造 SUV，阿尔法罗密欧也推出了 Stelvio，这次来赞助西部拉力赛，一部分原因应该也是为了打开中国市场。

贺情不喜欢小众品牌，拿着手机给还在路上的应与将拍了这车的屁股发过去。

不加贝：给你看。

他倒不觉得这句话有什么不对，那边马上就到赛道的应与将拿手机一看，感觉呼吸一紧，心中乐得直笑，深吸一口气才稳下心来仔细看了这张图。

盘古名车馆：Stelvio？

不加贝：不喜欢，盘太低。

盘古名车馆：发动机是法拉利产的，现在是纽北赛道上速度最快的 SUV。将就一下。

其实贺情倒不在乎这车是什么血统，只是单纯地觉得这车性能问题会影响到两人安全，虽然说买过保险了，他自己一个人参赛还好，这车上坐了应与将那就不一样了。

看到应与将头一次回这么长一段话，贺情心里舒坦多了，美滋滋地回了个"快来"就把手机扣着了。

身上穿着的赛服也变得没那么难受，尽管他纯黑的赛服胸前，还有一只大大的深红色公牛。

有个他眼熟的朋友，抱着头盔过来，一身的商标logo，从车窗边儿过，对着贺情竖了个大拇指："贺少，穿着赛服更帅！"

谁不喜欢听人夸啊，贺情高兴了，把护目镜一取，眯着眼喊："谢了兄弟！"

对方也是个爽快人，凑过来与他碰了个拳，笑着说："没想到今年能在拉力赛上碰到你……谁跟你一起？风堂？还是那个，那个甘肃的……"

"我哥们儿，兰洲，B城本地人，"

贺情不怒反笑，手腕搭上挡杆，心里有点儿嘚瑟，继续道："不过这次陪我来的是盘古的应总，听说过？"

面前这哥们儿一拍脑门，他算是个经常参加拉力赛的选手，惊叹道："可以啊，那我还比什么啊！"

还没等贺情发问，对方又说："前几年A城国际拉力赛，这爷们儿的勇猛程度，与赛道的困难度成正比……"

很少从身边人口中听到有关于应与将的事儿，贺情兴趣上来了，正打算再多聊几句，对方也是个急性子，猛地把头盔一戴，往后看了一眼："他来了，哎！贺少，我记一下你们的车贴的什么，惹不起我还躲不起吗！"

被这么一夸，虽然吧，也不是夸自己，但贺情现在心里可是太嘚瑟了！

贺情笑着喊："红牛！走位最牛的红牛！"

应与将到的时候，阳光又大了些，他身后追着举话筒的电视台女主播，高举的摄像机，旁边是各色体育频道递过来的收音棒，叽里呱啦也不知道问了些什么，贺情也没注意看。

他满眼都是那换好战袍和战靴的高大身躯，一身肌肉虽被纯黑衣料遮得严实，但光看身形，便能看出这人身躯之下隐含的劲爆力量。

此刻的应与将，在贺情眼里就是一头独猛骁勇的虎。

他身后那个女主播举着话筒，凑到应与将身边问："应与将先生，您今天与贺情先生搭档参加拉力赛，请问你们两人工作是如何分配的？"

应与将的眼神朝贺情这辆红牛Stelvio看了一眼，眼底攀上些期待的神色，沉声应答："我是他的领航员。"

由于错开时间出发的缘故，除了在赛道上狭路相逢，其余时间他们根本看不到竞争对手，贺情和应与将这一组，受到了前所未有的瞩目。

贺情看着应与将朝自己跨步走来，心中七上八下，乱成了一片。

接下来的四十八个小时，除了晚上在统一驻扎的营地休息外，其余时间都要和应与将一同，在人工大雾弥漫或者泥泞盘山中度过。

他们将用超乎常人想象的速度，去驶过每一处急速弯道，其间艰难险阻他从未体验过，和平时参加的赛车比赛也大相径庭，需要去征服大自然带来的重重障碍。

除了自己本身的车技，还需要应与将的配合，由他比赛期间安排生活琐事，以及保障车辆维修力量，从这一点看，他们两人的配合，在两个赛段来看，应当是绝对稳当的，但比赛期间的意外是无法预料的。

贺情想起小时候在头脑里经历过的奇妙冒险，想起每次在电视上看到拉力赛时自己的热血冲动。

在广播的大声播报下，周围媒体车友的呼喊中，贺情从后视镜里看到，应与将接过助理递来的一大袋主办方准备的衣物、应急药箱和车辆检修工具箱，放到了后备厢里。

然后他迈腿绕到车的身侧，打开了车门，坐了上来。

应与将单手系好自己的安全带，再俯过身去，像第一次在二环试驾时去给贺情系上安全带。

他听到应与将沉声说："走吧，贺情。"

第二十四章

应与将一开口，吐出的话语像火焰似的，总能把贺情神经末梢的引火线给点燃，然后噼里啪啦引燃开来。

贺情手里牢牢握紧方向盘，深吸一口气。

车上两条命，成败在此一举。自己这个垃圾赛道车技，也不知道他哪儿来的勇气，真的坐上自己的拉力车。

等下甩弯要慢点儿，刹车踩紧一点儿，别磨磨唧唧，注意同道行驶是否有车辆，冬日霜露容易结冰，路滑要注意紧急制动……

贺情脑子里有一搭没一搭地默念着出发前一晚找朋友专门咨询的一些拉力赛须知，突然觉得自己有点儿太过不知天高地厚，那平时在金港跑的赛道跟这儿龙泉山重重屏障，能一样吗？

还兴致勃勃地跑来报名，主办方被自己那势在必得的样唬得连驾照都没看他的。

应与将正将手中的止汗毛巾和手套放入扶手箱内，大概是看出贺情有些紧张，低下

声来劝哄道："跟平时一样开，集中注意力。"

贺情闻言更紧张了，他现在就希望应与将在旁边老老实实规规矩矩地待着，不要让他想起来旁边还坐着个他，不然真的是连脚下面往左是油门还是往右都想不利索了。

应与将见贺情手抓方向盘抓得牢牢的，故作镇定，一张脸憋得都有些红，安慰性地又添了一句："成绩不重要。"

贺情听了直咬牙道："也不能输得太难看！"

这可是他二十岁的一块巨大的里程碑，况且还有应与将在身边，他更要努力去搏下这场胜利，哪怕没有登顶，比不过那些更有经验更年长的拉力赛选手，也不能让应与将丢了他自己的威名。

下了赛场各媒体争相报道的，只有胜者的名字与败者的成绩，谁会去管是谁开的车，谁又做了些什么。

他贺情纵横赛道两年，不怕难，不怕苦，脑子里现在什么都不想了，他只想着赢。

想他自己赢，想应与将赢，更想和应与将一起赢。

随着耳畔一声号响，身后炸开人群的高呼声，送着他们的这辆车，一路携风带电，从封闭停车场驶出，正式进入 RS 行驶路段。

这是不同特殊路段之间的连接路段，也是龙泉山设置给他们的第一道关卡。

应与将把车窗完全关上了，伸手把路书拿出来仔细翻阅着，看着贺情开得还算稳当，心下放心了一些，指尖顺着路书上标注的规定路线滑下，调整了一下车内装载的 GPS，把时间卡拿出来，准备好在下一个路段检录处盖章。

他注意到挡风玻璃下方还有个小小的摄像头，估计是组委会和裁判组正在注视着他们的一举一动。

贺情看他在盯监控，吹了声口哨，问："看到监控了？"

应与将点点头，"嗯"了一声，又听贺情一句："可惜……"

这会儿应与将可没工夫去逗贺情了，全身心都扑在这个车手的安危上。

他注意到贺情的手臂没摆对位置，开口道："手别放太高。"

贺情本来聊完一句心里一上一下的。

他闻言一愣："啊？"

"别动。"

应与将说完，伸手去把贺情的手肘往下拉了点："拉力赛道会导致车身跳动，握太高手臂容易被震断。"

这么一折腾，贺情才切切实实感受到了身边坐了个应与将，那种安心程度让他顿时轻松不少。

七八公里的连接路段平稳地过了，迎面而来的就是第一处赛段，设置在龙泉山下的一处冲刺性急转弯道，模仿 Z 城赛道的丹霞赛段，长度达到二十一公里，飞沙走石，人工堆砌起来的丘陵边还有沙砾在往下掉落。

车手的座位一般来说都比领航员高，贺情余光偷瞟应与将的时候，就只能看到他低垂着眼，也不知道在看什么。

刚进入丹霞赛段，车身侧面飞溅起尘埃沙雾，铺天盖地，瞬间将整辆车吞噬在沙石之中，贺情连忙开了雨刮，明显能感觉到轮胎下积了小石砾，开着都有些响动。

贺情暗自庆幸起步时就甩掉了一辆不知道从哪个方向冒出来的车，没有与那辆车堵在赛段之中，可以敞开了跑。

每一次转弯，贺情方向盘都打得很死，看得应与将有点儿心惊胆战的，这么开下去，随便哪辆车的部件寿命都不会长，等比赛完了下来，得教教他怎么转盘子。

"弯道变缓。"

"好！"

"直道长度四十米。"

"嗯！"

"落地处平缓。"

"没问题！"

"你……"

说罢，应与将叹了口气，觉得好玩儿又好笑，"不用每句都回答我。"

贺情被说得脸上一阵红。

见贺情闭着嘴不吭声了，应与将拿着路书又看了会儿，指挥道："前面有个口，油门踩到底。"

贺情还是没忍住，"嗯"了一声，脚上力度加重，冲到前方的路障前，这辆车的提速能力在此刻完美彰显。

他一脚下去，双涡轮增压发动机的动力，在分秒之内升到顶峰，硬扛着路障上的土槛便冲过去了。

车身跟着土槛的弧度猛地一抖，像他以前在电视上看到的那些拉力越野车一样腾空而起，随后落至地面，失重感升腾而起，他整个大脑一片空白。

落地之后，他喘着气，转头去看一边的应与将，后者右手牢牢抓着车门上的扶手，左手搭在贺情的座椅边，对他竖起一个大拇指。

应与将拿抹布给他擦了一下被车内闷得有些起雾的挡风玻璃，夸赞了一句："你很棒。"

他侧过脸去，刀刻般的轮廓被阳光裹着，像镶嵌了层金丝绒边，再一次吸引了贺情的注意力。

应与将被贺情的眼神看得一愣，把脸别开，镇定道："看路，别看我。"

"我……"贺情想要反驳。

应与将再开口时，声音带了不容反抗的威慑："看路。"

贺情也知道开车不集中注意力的后果，强制着命令自己盯着前方路段，又开了一小段儿。

贺情一脚踩下去的油门激起万千声浪，这世界上最让人兴奋也让人恐惧的声音，像轰炸一般刺激着两人的耳膜，肾上腺素飙升的快感随着道路的颠簸程度起起伏伏。

窗外风景像在与他们赛跑，风驰电掣的速度已经让他只看得见满目的土褐色与苍翠之绿。

雨刮器不断地在将挡风玻璃上扑面而来的尘土挥去，前路一望无尽，只剩万千沟壑，让整个车身不断震颤。

现下的一切无一不在彰显着，这是他迄今为止参加过最爽的一次比赛，与征服这种坎坷重重的赛道相比，金港那些坦顺的路途，简直成了小儿科。

在最后突破隘口的一瞬间觉得全身的兴奋点都在往嗓子里冒，贺情想喊出来，想开窗去听窗外呼啸而过的风声，他坐在自己的位置上，似都能听到应与将胸腔内的阵阵跳动。

贺情正打算呼喊一句什么"牛""车神"之类的浮夸用词，只见眼前蓦然出现一处急转弯道，刚刚准备把方向盘猛地往右一甩，手上的方向盘却立刻被应与将的手控住，力度之大，来势之猛。

慌乱之际，贺情耳边炸开一声惊雷："别漂移！"

跑拉力赛不能漂移？也没人跟他说啊！

车身朝右一滑，还好稳定住了，擦过赛道边缘，顺着坡道向下直冲而去，贺情脚上刹车连点，又听应与将沉着指挥："弹离合，连续踩踏。"

这样直接破坏掉轮胎的抓地力的方式，贺情还是第一次见，难免脚上生疏，心里也跟着一通重鼓狂响。

但他还算学得快，一脚下去，把车身甩正之后，轮胎载着车身，又在沙砾土石之上一阵疯狂颠簸，飞速冲出去百米，在贺情脚下的连续制动下，才慢慢减速到正常速度。

应与将见他镇定下来了，两人也没工夫聊天，开口又说："走线过弯，外内外。"

这回贺情学乖了，不再按照平时自己赛道过弯的法子走，每一个弯道都过得很稳，直直地盯着前方的路。

方才一番紧急处理过后，他才真真切切感受到了什么叫危险无处不在，心中难免开始后悔把应与将带上贼船，不，贼车。

丹霞赛道过了又进入 RS 行驶路段，车辆飞驰在平稳的道路上，前方望不到尽头，但各路赛车的轰鸣之声却是不绝于耳。

两人均开启警戒状态，任何一步走错都可能造成不可估量的后果。

贺情将全部注意力放在了看前面的路段和听应与将指挥上面，将自己完全投入比赛之中，脚踩得都麻了也没有任何怨言，握紧方向盘的手心起了一层汗，黏得他难受，但他现在不敢因为任何事情分神。

他已经对赛车赛事有了新的认知，这种奋斗的艰苦感，让他兴奋不已。

接下来的赛段来到了泥泞路上，这一道赛段的泥土都是红土，混了雨水，像油漆一般把车身上的红牛 logo 都遮了不少。

贺情侧过脸去看，喷溅上车窗玻璃的稀土都涂上了后视镜。

这时，车后还响起了一串轰鸣的喇叭声，明显是后面来车想超越他们，直接从右侧别了过来。

贺情一边往右打盘子去堵它，一边喊："后面来车了，我看不清楚后视镜！"

身边的应与将把矿泉水瓶盖拧开，倒了些水在抹布上，伸手去解自己的安全带。

这一连串动作，看得贺情眼皮一跳一跳的，心中一突突，用手去拽他，气得眼红："应与将，你玩儿命啊！"

话音未落，应与将就已把车窗放下一半，伸出手臂拿着抹布去猛擦后视镜，把后视镜擦得干干净净，蹭了一手的泥，又迅速收回手。

贺情明明白白地看到，有几粒飞刮而过的石子擦过了应与将的手，划出了伤口。

贺情一愣，闷着不开腔。

应与将动作也麻利，扯了包纸擦干净手上的血，再拿矿泉水清理了一下伤口，听贺情在一边儿闷闷道："我靠边儿吧，拿一下医药箱。"

应与将闻言动作一顿，抬头以眼神止住贺情打右转向灯的动作："不用。"

贺情咬着唇，知道应与将擦这么一下是为什么，心下一狠，脚上油门又加重了些，甩了后面那辆车挺远。

这还没缓过劲儿来，身后那辆车又跟着追了几十米上来，双方车身一阵轻擦碰撞，已经摩擦出阵阵火花，贺情使坏，后向轮胎一阵外翻，溅出的稀泥全部糊上了对方的车身。

还想超我，你再多练几年！

贺情打着应急灯，冲破此段关卡，黄泥稀土淋了车满身。

哪怕平时养尊处优，车都是两三天就洗一次，但现在，他一点都不觉得脏，只觉得兴奋与愤怒交杂。

贺情想把这辆车驯成最烈的马，驰骋在这一片疆场，为他和应与将一举夺魁。

这两道赛段花了两人四个小时的时间，现在已经是下午一点了，贺情打着转向灯，把一身稀泥的车驶入封闭停车场，在检录处刷了时间卡。

 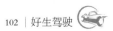

在封闭停车场内，他们不得进行维修或接受外界援助，说白了就是个休息的地儿，该吃吃该喝喝，面包饮料全部都准备得齐全。

贺情熄了火，第一件事就是凑过去看应与将的手，但忘了取安全带锁扣，正要过去就被束缚在原地，场面一时有点儿尴尬。

太蠢了。

"你……"

贺情这句话还没说完，身侧的安全带锁扣就被应与将伸手过来解开了，下一秒嘴里被塞了块面包，堵得说不出话来。

"我等下包扎伤口。"说完，应与将面无表情地看着他，"快吃吧。"

贺情一口咬了一大半，喘口气歇会儿，咂咂嘴，觉得特甜，低头一看还是紫米馅儿的，心想应与将还真把自己当小孩儿打发。

虽然还挺好吃的。

贺情咬了一口又一口，见应与将闭着眼休息，连忙伸手去掰后视镜，照了又照，确定了自己吃面包的样子不是很丑之后，道："你不吃？"

应与将没搭理他，伸手从后座拿了食物袋子来，挑出一包压缩饼干拆了，挑眉道："饮料你自己拿。"

贺情嘴里的紫米面包还没吃完，把主办方准备的食物翻了又翻，悻悻道："全是佳得乐和红牛，连着喝两天这，谁受得了……"

顿了一下，他又看到一箱运动饮料中放了几罐豆奶，连忙拿起来拆了吸管，瞪着眼，边戳边说："还好有能喝的……哎，我没看到有这个牌子的赞助啊？"

应与将本来闭着眼在休息，听贺情这么一阵唠叨，便侧过脸去看他。

"这是我带的。"

贺情直愣愣地看着手里的豆奶，看着外面山林一片荒凉，看着应与将的脸，他包着卫生纸还在渗血的手。

贺情突然觉得眼眶有点儿热。

第二十五章

贺情顿时觉得，应与将对他是对弟弟的照顾还是啥的根本不重要。

这个人完好无损地在他眼前，才是最重要的。

在拉力赛里帮助他是出于领航员的本分，但对他好是出于情分，贺情明知本分就已足够。

算了，想那么多也没太大意思……

贺情心下一咯噔，面上还是故作凶巴巴的模样，又拿了一罐豆奶，插上吸管，凑到应与将嘴边："你手不方便吧？"

见他不配合，贺情的态度强硬了一些："张嘴。"

应与将也直勾勾地盯着他，沉默一会儿，看贺情仍然不放下手，只得张嘴，把那根吸管给抿着，吸了几口。

等午饭食用完毕，应与将开车门下了车，从后座把维修工具箱拎出来，绕到车后，躺到车下，拿着钳子去轻轻敲击轮胎。

贺情也跟着跳下车来："卡了石头？"

"嗯。"

应与将答了一句，伸手看表，又见贺情背着手在一边儿也帮不上太多忙的样子，说："你去午休。"

这午后冬日的太阳晒在身上确实暖洋洋的，贺情早上又起得早，上午这么一番紧张刺激的驾驶之后也身心疲惫，尽管很困，他还是强打起精神来。

这精神一好点儿，眼睛也亮起来，应与将此刻大半个身子露在外面，颈部以上都在车下。

以前应与将引人注目的是脸，现在完全就变成身材了，那轮廓，那腿。

应与将的一只腿平放着，另一只膝关节拱起，鞋带系成死结，锃亮的军靴前端已覆了些灰尘，印着红牛 logo 的裤腿裹得十分紧实。

这样的应与将，看得贺情一愣一愣的，光顾着犯二了，都没来得及回答应与将的话，又听车下的人喊了句："贺情。"

这么一喊，他才回过神来，哼哼道："那怎么行，我是车手，车手都睡了，这车还能开吗？"

应与将把钳子放下来，说："我有比赛执照，也可以开。"

像是猜到贺情不会答应，他又添了一句："就半小时。"

贺情吃饱喝足，阳光一晒，身体里的惰性又开始散发开来，心知这样的状态也没办法上路，想了一会儿，胡乱地"嗯"了几下，答应了。

他正准备起身，又听应与将往外面蹭了点儿，把手伸出来："扳手。"

贺情看着应与将那只包着纱布还有点儿渗血的手，胸口像被尖锐之物刺了一下。

他从工具箱里一顿翻，找到扳手递过去，也没去车上睡觉，就蹲在原地没动，弯着腰趴在地上去看应与将捣鼓车轮。

贺情咳嗽一声，喊了句："需要帮忙不？"

这一句问出口，应与将叹了口气："你老老实实待着别动，别老看我就成了。"

贺情这会儿像个发光点一样盯着他看，让他难免分神去看贺情的眼睛。

贺情的背都被太阳晒出热度了，他的手伸到背后摸了一把，觉得烫，额间都出了汗，心想应与将肯定也热，又伸手去摸应与将的衣兜。

正在专心把石头卡出来的应与将一愣，只觉得贺情的手在往衣兜里钻，喉头一紧，顿时手上的动作都停了。

贺情摸了半天把他裹手的那卷医用纱布拿出来，扯了一段，叠成一片。

他低头去看应与将在阳光下暴露了一半的脖颈，涔涔汗水正顺着应与将的喉结往下淌，从侧面滴下汇聚到颈窝处，像雨水流过沟壑，偏古铜色的肤色也使汗珠在日光照耀下更加显眼。

贺情见应与将没动作也没说话，站起身来。

他把手上的手套取下来，扔到应与将的身侧，开口了："你把我手套戴上……不准还我。"

应与将还是没说话，贺情又自顾自地道："我去眯会儿，你别躺太久。"

贺情顶着一身阳光，滚到副驾驶上睡觉去了。

……

应与将修完轮胎，检查完车身零件有没有擦剐损伤后，去后备厢取了两瓶矿泉水扔到扶手箱内，跨步上车，摁下启动，打燃了火。

他转过脸去看睡得沉沉的贺情，又见阳光照着他一张脸，睡着的样子特别严肃，唇角不翘眼尾不带梢的，倒平添几分成熟的味道。

应与将伸手把贺情那边的挡板放下来，遮住了一部分直射的阳光，又关掉了越野模式，这模式声浪太大，跑不了一会儿贺情就得醒。

只是自己踩油门儿的力度要加大一些，不然动力根本跟不上。

就这么打着转向灯，去检录处取了时间卡，应与将凭着对路书的熟悉程度，默记着下一赛段的整段线路，一脚油门冲入山林之中，直接进入了盘山公路。

等到下午四五点的样子，盘山公路跑了一大半，贺情才醒过来。

他一个激灵坐起身，看这车的远光灯都打开了，扭过头去看依旧没什么表情的应与将，问道："我睡了多久？几点了？你不是说半小时？"

应与将没看他，打了左转向灯，甩进弯道，心中暗道这主办方路线安排得刁钻，回道："不碍事。"

贺情愣在那儿，人都要崩溃了，他是车手，让领航员跑这么大一截，算个什么事儿啊？

见贺情愁眉苦脸地不讲话，应与将把方向盘回正，说："明天都你开。"

贺情问："明天能跑多久？"

应与将认真思索了一下，说："早上七点出发，到下午三点比赛才结束。"

贺情白眼一翻："那我今晚得早点睡……"

应与将没反应过来贺情话里有话，又试图安慰他："天黑就可以回营地。"

这下轮到贺情在副驾驶上东想西想了，路书都看不进去，但还是尽职尽责地给应与将指路。

盘山公路曲折绵长，两边植株苍翠，算是拉力赛中一段最惊险刺激的赛程，车手要用最快的车速从山林间穿过，前方各种弯道都是未知，其间曲折程度也并非领航员短短几句能够讲述得清的。

哪怕车技再好的应与将，此时也不敢再跟贺情讲话，认认真真地听贺情指着前方的路，两人配合还算默契，没出什么大问题。

明天下山还要走这一段路，他今天把这段路跑熟了，明天才敢以更充分的准备让贺情来挑战这个关卡，不然这么陡且急速的弯道，连他都不敢百分之一百地保证这车上的两个人足够安全。

刚刚驶入前方一段有沟壑的公路，应与将还没来得及踩稳刹车，就听到耳边炸开贺情的一声："你跳！"

应与将想笑，又板着脸，控制住了车，纠正道："那叫路面可以飞跳。"

拿着路书特认真在研究的贺情被纠正了一下错误，有点郁闷，可惜了自己那股钻研劲儿，他觉得他当年高考都没这么拼过，嘀咕一句："行吧……路书上没有，我看着有坑，就告诉你了。"

车身一颠簸，抖得两个人一颤，贺情突然发现前方又有一弯道，连忙说："弯道右转！"

这一瞬间，车身打滑，后轮狠狠嵌入了赛道外的青草地，应与将脚下一用力，方向盘打得极为刁钻，用后轮打滑的技巧，使车辆在入弯时，瞬间丧失原有的抓地力，变成更具有攻击性的角度。

贺情手紧紧抓着扶手，面色镇定，这技巧他也听说过，他相信应与将。

于是等车身完美甩尾走线，进入正常道路行驶后，贺情又拿起路书开始翻，边翻边说："挺厉害啊？"

应与将点点头，侧过脸去瞟了一眼贺情："还成。"

贺情看着应与将身手老练，处变不惊的样子，心里大概有了个底。

这人开拉力赛，看似面上云淡风轻，面色不改的，其实每一次盘子都打得刁钻，弯道过线根本不减速，怎么野怎么来，一点儿都不像国际拉力赛出身的车手，全是野路子，胆子大不要命，偶尔往自己这边瞟一眼，才减速一会儿，路途顺坦了又一脚踩到底地冲，那提速度的能耐，爽得贺情都忘了他们俩还在比赛了。

等一路飙到山顶，天色渐渐黑了下来，应与将把应急灯打开，车灯一闪一闪的，主办方负责晚上驻扎山顶露营的人老远就看到了这一辆 Stelvio 平缓地驶入营地，连忙举着探照灯示意，拿着喇叭大喊。

应与将把车停到专用车位，贺情也解了安全带下了车。

他一下车就觉得冷，B 城这边的天气，一到冬天，白天晚上温差简直大得要死。

主办方派来的负责人正挥着印有红牛 logo 和阿尔法罗密欧车标的旗帜朝他们喊话，见贺情这位爷站在车边跟没听见似的，又急匆匆跑上去，跺着脚哆嗦道："哎哟，贺少，辛苦了，辛苦了！"

贺情看营地里已经扎了两个帐篷起来了，露营灯在里面挂着微微有些光亮，能看清晃动的影子，心下不免低落几分，问道："已经有人先到了？"

那个负责人尴尬一笑，伸出手比了个二："贺少，你们这组还是优秀，是今天的第二名……"

见贺情阴沉着脸，他又补了一句："哎呀呀，没事嘛，那两个都是常年跑拉力赛的老资格了，贺少您第一次跑嘛，很可以了，后面那一段路，哎哟，我都有听裁判组在讨论，开得之攒劲①！"

贺情听他夸后面那段盘山公路，心里舒坦了些，认真道："可那是应总开的。"

这会儿那个负责人才注意到从远处黑暗中走过来的应与将，整个人周身一股子凌厉气场，慑得他腔都不敢开了，连连道："应总那技术，业界公认！"

贺情感觉跟夸他自己似的，尾巴都要翘到天上去了，眉开眼笑，也跟着夸："应总厉害啊，今天什么技术都让我见识了……"

他话还没说完，就觉得后颈一热，是应与将的大手凑过来捏了一把。

贺情痒痒，一缩脖子，听到应与将淡淡的一句："还没见识完。"

正想开口说几句，贺情看应与将迈步前行，擦过他肩膀，又往前走了几步，站定了转过身来，低声道："金港小霸王。"

我遵纪守法，不欺负人不乱飙车的，还小霸王？简直败坏业界名声。

他往前跟了几步，看应与将提着日用品包去找帐篷，便接过追上来的工作人员手里发的成绩卡和赛程安排，研究了一会儿，发问："哎，一个车组两个帐篷？"

"对！"

那个工作人员估计是给冷着了，搓搓手："人性化吧？贺少，那帐篷宽敞得很，睡两个你都没问题！"

———————————

① 攒劲：得劲儿。

......

等天色完全暗了下来，隔壁几个营帐里都熄了灯，估计是白天太累，大家都休息得早。主办方在这块区域扎了二三十个帐篷，旁边拉了警戒线，安排了轮班的岗哨，在龙泉山的夜里，安全还算有保障。

贺情洗漱完毕，躺在帐篷里，半眯着眼，压根儿睡不着。

他跟应与将的帐篷安排在一起，迎着光就能看到应与将晃动的身影，熟悉的轮廓，熟悉的一举一动，通通入了他的眼，根本移不开目光。

今天的比赛如何，风评如何，有没有其他朋友来加油打气，贺情都没工夫去想了，索性直接把自己的帐篷拉开了点儿。

想了一会儿，贺情把睡袋拉开钻进去，把主办方拿来的厚外套披在身上，望着帐篷顶的小灯，把手机从兜里摸出来，哆嗦着哈了一口气，把微信打开。

点开置顶那一簇小火，贺情开始打字，打得这边自带键盘声哒哒哒的。

不加贝：干吗呢？

他转过头去看，冷风像裹着霜往他衣领里钻，把领口裹紧了一点，他看到应与将的身影顿了一下，拿起一个东西坐在那儿不动了。

盘古名车馆：脱衣服。

然后，他看到应与将半个身子直挺起来，手捻住衣角，身形舒展，脱了上半身的衣服。

他看到应与将那边一阵响动，像是在把衣物全部叠好，放到了枕边，用手拍平。

手机一震，贺情低头去看。

盘古名车馆：冷吗？

不加贝：不冷啊。

贺情又看到，应与将慢吞吞地把那一叠衣物拿起来，又穿回到了身上。

外面冷风一吹，贺情觉得顿时心情有点儿复杂。

不加贝：你觉得你身体特别好是不是？

盘古名车馆：还行。

盘古名车馆：快睡。

贺情心中一窒，鼓足了勇气，打下一行字。

不加贝：你过来睡。

盘古名车馆：不闹。

等了会儿，贺情有点挫败，想了半天也不知道怎么回，索性打开手机回了兰洲和风堂加油打气的消息，裹着睡袋翻了个面儿不去看应与将了。

在贺情闭着眼要睡着的时候，迷迷糊糊听见身后一阵窸窣声，感觉是有人过来拉了帐篷的拉链，关了那盏灯。

他太累了，没力气转身去看，就着昏昏沉沉的感觉，一头栽进睡梦里去。

寒风四起，夜色中的龙泉山阴沉神秘，温度骤降。

手里提着自己帐篷的露营灯，应与将在贺情的帐篷外坐着，迎面吹着一股子冷风，耳畔是贺情略有些不安稳的呼吸声。

他摸了包烟出来，连着点了好几根。

过了半小时，应与将把烟头往红牛罐子里摁灭，站起身来拍了拍身上的草和土屑，转身进自己的帐篷去休息了。

只愿明天的一切，都平平安安。

第二天，贺情起了个大早，掀开帘帐，就看到帐篷外的地上有一颗遗落的烟头。

他眯起眼看，是九五之尊，应与将爱抽的烟。

贺情睡得饱，但脑子还是昏昏沉沉的，想了半天没想出个所以然来，也懒得去考虑那么多了，昨晚他做梦都梦到他们赢下了最后一道赛段，拿下了这次拉力赛的冠军。

吃过早饭，贺情沉默着走到车边，昨日溅到车身上的稀泥已经被应与将洗得差不多了，这人现在正提着一大桶冰水，往车屁股后猛地一浇。

贺情往后站了点儿，眼瞧着那水在应与将四周溅开，砸向地面迸发出朵朵水花。

这爷们儿真帅啊……

想起童年的海尔兄弟了。

贺情脑子里这么想着，但表面上还是正经得很，咳嗽一声，问："可以走了吗？"

应与将看他那憋红了脸的劲儿，不知道贺情又在想什么乱七八糟的，一抬手，用手背抹了溅到脸面儿上的水珠，点了点头。

今天贺情做车手，可谓是拿出了百分之百的精神和战斗力来，从驶过 RS 赛道，进入第三赛段开始，警惕性就变得极高，随时都在注意过往车辆。

参加今日赛程的选手都和他们两一同从营地出发，加上线路差不多，一路上基本都是你追我赶，你别我车我卡你位的，路边上也聚集了不少围观的民间车友，在沿路边为他们挥着毛巾加油打气。

贺情是谁，金港赛道抢道卡位练出手段来了的，在规则允许的情况下贺情的胆子比应与将更大。

他那速度飙赛道飙惯了，一脚油门下去根本停不下来，再加上平时在城里没事儿也到处遛弯，在 B 城这种大城市里，高峰期经验丰富，卡位也牛，就是还是老毛病犯得厉害，用力过猛，甩弯特别容易甩过头。

第三赛段平稳地过了，第四段赛道是过漫水区域，挖成浅池的泥坑里面和着冰凉的水，伤车不说，还特别难过去。

应与将冷眼盯着水位，未高过进气口，高度十分精确。

看来这主办方还真花了些功夫筹办这次比赛。

他跟贺情打了个招呼，下车去拿工具箱，掏出防水包扎物来，把后面容易进水的管子给堵了。

这一段赛道光顾着过水就行了，贺情把护目镜取下来，正准备全神贯注地下水，还没找好坎儿下去，头上一重，视线被遮挡了些，被戴上了个圆圆的头盔。

脑门儿上巨大一个红牛的 logo，整个头部被包裹得严严实实，露了双桃花眼，滴溜乱转。

他有些不舒服，把车停在坎边，伸手去取："太……遮眼睛……"

应与将伸手给他摁住了，说："这段儿你只看前面就成了。"

贺情转了转这个沉沉的东西，只觉得脖子重，转过脸才看得清楚应与将，他张口又问："那你呢？"

应与将费劲巴拉地把贺情的头又扳正了，从身侧取了自己的给戴上，声儿有些严厉："管好你自己就成。"

喉头一哽，贺情给堵得说不出话来，也懒得废话了，把方向盘稳住，缓慢踩着油门，挂了低速挡位，平稳驶入了水中，不然发动机进水，那问题就大了。

水底有泥沙，行驶都非常艰难，贺情铆足了劲，一气通过了那一段水路，他察觉到车轮有些打滑空转，连忙道："有点儿滑！"

应与将朝窗外看了一下，水漫得不多，前面还有车辆在正常通行，说："看远顾近，方向修正了，别转。"

有了应与将在旁边指点，贺情觉得这段路通畅多了，全神贯注地把这水蹚过了，抵达对岸时，发现有几辆车比他们快些，不免有些着急："能不检查吗？"

应与将伸手弹了一下贺情的头盔，弹得他"嗷"了一声，开车门下车，拆除了防水包扎物，检查了一番发动机点火系统是否沾了水，用工具箱里的干布将可能会受潮的电器部件擦了个干净。

这边儿贺情也没闲着，检查了齿轮箱、水箱散热片，等应与将检查完毕后，又回车上把发动机打燃，烘干了发动机上面的水和潮气。

全部做完之后，贺情还有点儿小骄傲，头盔下只看得见他眯着双眼，笑道："这一

趟我也学了不少维修的门路啊！"

应与将也戴着头盔，眼里跳动着看不清的情绪，伸手又敲了一下贺情的头盔，回了句："费劲儿。"

连着被敲了两次，贺情不甘示弱地敲了回来，敲一下喊一句："应总在家吗？"

应与将也不躲，让他敲着傻乐，一遍遍回着"嗯""在"。

接下来的赛段就变成了比赛的重头戏，刷过检录处的时间卡，来到了叫作超 SSS 级的特殊路段，这儿上路采取双车竞发模式，是一段下山的盘山公路，路线与昨日稍有不同，但因为是下坡路段，并且曲折，也是最后的冲刺阶段之一，是最吸引人去围观的一个赛段。

在 RS 赛段上一鼓作气，贺小少爷可谓是拿出毕生所学，发了猛地一脚油门打着左转向灯超越了前面的不少车辆，在他以为稳拿冠军的时候，来到了最后的 SSS 超级特殊路段。

贺情打着盘子，刚驶入赛道口，就看到了与自己比试的那一辆车，是另一个小品牌今年新推的 SUV，心里一乐，这饮料赛跑最后变成了两大小众品牌之间的争夺了？

他看着旁边那辆车里的人，盯不出是谁，眼瞧着面生，伸着脖子去看，被应与将一把摁回位置上，说话的声音都冷了几分："别去看人。"

贺情这下听话了，看离倒数开始的时间还有一分钟，便说："答应我个事儿呗？"

应与将心一跳，"嗯"了一声，又听贺情说："这场要是赢了……"

"你陪我去汽车影院，行吗？"

应与将一愣，在心中叹了口气，淡淡回道："好。"

不过他还没听说 B 城哪儿有汽车影院的，倒是听说二环内有一家规模不大的，还在修建中。

贺情像是知道他在想什么似的，笑着说："我投资了一处，还没修好，也不知道要修多久……反正，等修好了，不管那会儿你跟我关系还好不好，你都陪我去。"

应与将没吭声，心里已经应了下来。

贺情见他没说话，气得想翻白眼，不过眼下比赛更加重要，把头盔的带子拴紧了一点儿，恶狠狠地道："等下让你见识见识，本金港小霸王，怎么拿下这赛点的！"

"不是不能漂移，"应与将突然说，"等下我教你。"

贺情眼一眯，心情好了那么一丁点儿，朗声回应道："一言为定！"

耳边裁判一声令下，轰鸣声震天响，贺情心想这改装过的车就是不一样，声浪都能跟跑车比肩了，就是改得有点儿像拖拉机的声音，还将就能听。

这么想着，伴随着耳畔风声四起，座下阿尔法罗密欧这款车的原始赛车之魂彻底被点燃，贺情的兴奋度也达到了顶峰，速度在冲刺阶段不断提高，仪表盘指针转动得厉害，一次次向右倾斜，声浪快震破耳膜一般，连带着两侧树木花草，都通通化作了一道绿色的闪电，自身侧疾驰倒退。

山间盘山路的隘口不可预料，路书上也没写明白，但应与将仔细看过，是没多大问题的，他半点儿差池都不敢出，一边盯着贺情的方向盘，一边调高了座椅去看路。

贺情起步的时候比对方车辆快了一大截，也是跑赛道跑出来的毛病，贺情属于爆发型选手，一开始就咄咄逼人，通常将这一股子气焰携带到最后，一举冲关。

可是拉力赛不同于普通赛车飙车，没多久贺情就被追上了，对方车辆斜着盘子过来别了他一把，别得贺情差点儿点了急刹，直直被逼到另一条道上去。

他心中怒极，但又心知肚明，赛场上容不得半点儿置气，迅速调整好心态，又踩狠了油门儿往前冲，路边欢呼和录像的人他已看不真切了，闷着头冲上了最为有看点的SSS级超级赛道上的"血战两公里"。

他刚刚冲进关卡两三百米，应与将拿着路书在看，见离入弯处还有一段距离，连忙命令道："拉手刹，盘子打稳，摆动漂移。"

贺情一愣，也不管三七二十一了，心想这种时候听应与将的问题应该不大。

于是他在直线上使用了手刹，眼前风景一阵急速摇晃，车身提前贴着边线冲入了弯道，在攻入弯线时，车身发生了漂移。

那一瞬间贺情心领神会，就着应与将的第二道命令甩了一把方向盘，一气呵成式地攻下了整条线路。

顺利通过第一弯道的贺情爽得快找不着北了，暴喝一声："完美！"

要不是安全带的束缚和不能停下，他连凑过去跟应与将击掌欢呼的想法都有了。

应与将在旁边看他那么有天赋，平时偶尔犯傻犯浑，关键时刻脑子还特别灵光，不免也高兴，笑道："学得挺快。"

贺情听了，简直跟烟花炸上天似的，一阵暗爽，不过他也没空多说，贴着弯道冲入了下一道弯道。

SSS说白了就是连续弯道，特别考验车手的承受能力和反应能力，贺情也知道接下来几乎全是弯道，甩着尾巴一道道地过，还是没看到前面的那辆车。

等又过了一个弯道，他听到熟悉的轰鸣声，心知他需要超越的那辆车就在前面，脚下不自觉地又踩得重了些，何奈承办方提供的 Stelvio 重心太高，无论如何都提不起媲美赛车的速度，心下有些急。

"不要躁，"应与将看出来了他面上的焦虑之色，问道，"直线漂移会吗？"

又漂！鱼摆尾啊，太刺激了吧？

贺情有点儿兴奋了，连忙说："会！"

 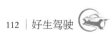

第二十七章

应与将拿着路书看了一下，确定下面又有一个弯道后，看了眼前面对方车手的车屁股，沉声道："减速，直线漂，找好点，然后入弯。"

贺情也是赛道上锻炼下来的人，胆子肥，回想了一遍以前自己胆大妄为的时候在金港玩儿直线漂的方法，盘子来回打转，将车身在道路中间向两边不断侧摆，轮胎擦过地面的尖锐之声他都听得一清二楚。

眼下只能用这种方法去抢时间，在过弯道时将前方的车辆超越了。

前面的车貌似也感觉出来了贺情的举动，频频朝入弯道更近的一方靠拢，急得贺情找不到角度切入弯道。

这种摆动最难之处，并不只是把车身的重力转移在高速状态下控制得当，还需要它的摆动角度是正确的。

正当贺情找准角度准备入弯时，只听见耳边一阵巨响，前方那辆车下弯速度过快，冲得操之过急，直直撞向了弯道边的一棵大树。

那车的车头凹陷进去，尾巴猛地甩上赛道，斜斜停在路边，挡住了一小半儿的路。

这个场景犹如当头一棒猛地砸向贺情的头，激得他头皮一阵发麻。

如果他脚下踩急刹只会人仰马翻。

应与将双目赤红，一向镇静的他此刻大脑也一片空白，只得伸手去稳贺情的方向盘，整个身子朝贺情那边扑过去。

应与将大喝一声："别动盘子！"

只剩不到一秒的反应时间，贺情紧抿着嘴唇不吭声，他头一次觉得自己力气比应与将大。

他猛地挣开应与将铁钳一般的臂膀，手臂护上方向盘，拼了命地朝着应与将的方向，也就是右边，狠狠地一甩盘子。

下一秒，贺情趴在方向盘上稳住朝右的方向，不顾应与将伸过来揽住他脖子的手，只顾着紧紧抱住方向盘不让方向有丝毫松动。

贺情只听得耳畔炸开一声巨响，周遭尖叫声一浪高过一浪。

撞击的一瞬间，贺情只觉脑袋闷痛，整个上半身都被应与将伸出的臂膀揽到了副驾驶的那一侧，安全带在此时发挥了稳定作用，才没把他们两个人通通甩出去。

一切归于平静。

撕心裂肺的疼痛感未曾到来，贺情只觉得头晕，慢慢地想支起身来，抬头去看一边的应与将。

他只看得见应与将的眼，红成一片。

看得贺情的眼也红了。

应与将的手臂正紧紧护着贺情的上半身，贺情在最后一刻被应与将用尽了全力拉了下来，如果依旧维持着刚刚他稳住方向盘的姿势，他早就头破血流了。

两人都伏低着身子喘气。

应与将不吭声，贺情也不敢吭声。

他知道自己刚刚做了什么。

刚刚那个盘子往右甩得狠，贺情把所有的撞击力全部从中间转移到了自己的这边。

应与将把一切看在了眼底，知道贺情在想什么，使劲去扳他的方向盘，怎么扳都扳不动。

他只恨方向盘不在自己手中。

如果不是应与将教的这招"鱼摆尾"，贺情找不到正确的切入点，一晃神按照正常弯道的走线切入点走，那铁定就撞上前面的车屁股，将付出更为惨重的代价。

但贺情没想到在那么一瞬间，本能的反应让他选择了保护应与将。

所以他把他的方向盘拼了命地往右打，将撞击重心全留在了自己这边，还好速度太快，甩得猛也甩得狠，撞上那棵树的时候，车身侧滑，仅仅撞坏了车的后车门，整个车门凹陷进去，连火都没熄。

应与将觉得头顶和脚底都在冒火。

生死之间，是贺情在保全他。

他臂膀被刮掉的车耳朵玻璃刮伤的长口已显得微不足道。

应与将紧紧盯着贺情。

贺情还戴着头盔，呼吸一喘一喘的，围观群众已经全部围了上来，给他们俩递来止血的纱布，还有一拨人正在帮他们把车从坎下推上来。

贺情眯着眼，眼底有些泛红，梗着脖子不说话，直直地盯着应与将看。

还好，完美。

总算扳回一局，在应与将总是想着护他的情况下。

贺情把手伸过来，惊险过后，还微微发着抖，他伸手去摸应与将流血的手臂，检查了一下，还好不深。

外面群众在喊什么完全听不见了。他喘着气，把头盔取了，让脑子清醒了一点，前方那辆车好像问题也不大，还好自己这辆也没出太大问题。

贺情感觉头都要爆炸了，他贺情哪为谁做到过这个地步？

为了应与将，今天，贺小少爷在龙泉山赛道差点把命都丢了。

他埋下头，不敢去看应与将。

心跳得太快了，一浪接过一浪，除了蒙，其他什么都想不到。

在喧哗的人声中，应与将开口，声音哑哑的："你伤着没？"

贺情一笑，说："没事，没什么问题。"

紧接着，他听到贺情的声儿小小的，但不容拒绝："应与将，我们继续跑。"

应与将闷着声，捂着一胳膊的血，开门下车，围着车身转了一圈。

但前面那辆车已经明显不能再跑了，车组的两个人也下了车，检查车的情况，并跑过来询问他们的身体状况。

贺情勉强笑着，喘气儿道："我们还要继续。"

什么苦都受了，总不能半途而废，只要还能跑一公里，他就得跟应与将一起把剩下的一公里给跑完。

他贺情就不是有头无尾的人，更不是知难而退的人。

接下来的路，贺情的速度慢下来，他着急应与将手上的伤势，仍然心有余悸。

眼见着两个弯道稳稳地过了，应与将在旁边还是闷着，面色铁青。

贺情猜测着他在恼什么，大概是在恼他自己。

最后一道 SSS 赛段一过，贺情又平稳地驶入了 RS 连接赛段，跑了七八公里，将车停入了封闭停车场。

应与将率先开门下来，贺情喊了他一声，他也不回一句话。

贺情熄了火，跑去后备厢拿了医药箱下来，把纱布扯出来裹成一卷儿，取了酒精往纱布上浇淋了一些，绕到车后去找应与将。

后备厢正大开着，里面堆满了物资和检修物品，还有一个轮胎，挡住了一些往前看的视线，应与将半靠在后备厢的托板上，面朝外，半边袖子高高挽着，纯黑的赛服都被玻璃划破，紧实的肌肉上一道道血痕刺目。

贺情头盔都忘了取，把酒精往托板上一放，凑近了些，准备给应与将上个药。

他还没反应过来，顿觉身体被一道大力揽过。

应与将抬手，把贺情的头盔取了。

他摸了摸贺情的后脑勺，对着他抬起自己的右手，像等着另外一个人来握，来碰拳。这是他的一种保证。

应与将明白，贺情已经再经不起半点受伤了，至少在他的视线内，任何理由都不允许。

应与将低着头，眼眶也热。

贺情看他情绪有点儿不对，手肘撑在托板上，绕过他的伤口，"我们俩在这儿互动，摄像头会不会也拍下来了啊？"

他觉得对方像只藏獒。

只听大藏獒沉声一笑，说："这儿是死角。"

贺情顿时就迎面瞪上去，问："你怎么知道？"

"上车前。"

话说了一半，只见应与将伸手把贺情拽过来，"我早就研究过了。"

第二十八章

接下来的路，贺情整个人脑子都是浑的，本来平时开车注意力就容易不集中，这下更别说了，一门心思都扑到赛车上去了。

太刺激了吧。

他现在心情特别激动，简直想跑天府广场去吼一嗓子。

坐在旁边看路书的应与将觉得前方的路也没多大问题了，于是转面儿去看眼神涣散的贺情。

他开口道："在想什么。"

贺情把速度放慢了点儿，眉飞色舞道："在想等下颁奖摆什么 pose！"

又想起当年在西部赛道上和那辆蓝白 LaFerrari 并肩作战的贺情，应与将点点头，说："裤腰扎紧点儿。"

贺情听他突然这么来一句，把脸又扭过来："啊？"

真的受不了他这开车不认真看路的毛病，应与将冷着脸，伸手给他扭回去："没什么。"

等贺情一路愉悦着把车飙回赛场的时候，跟估计的时间差不多，刚刚好是下午三点的样子，四十八小时的高强度驾驶，让两个人都累了。

还没开车门下来，那些守着的记者就一股脑儿围上来，举着长枪短炮一通拍，拍得贺情脸都要绿了，SSS 公路上那一撞，再加上被应与将摁住一顿蹂躏，现在他头还是晕的！

刚下车就被一记者推了个趔趄，贺情差点儿没站稳，被提前下车的应与将直接一膀子给揽到身边，整个人跟堵墙似的把记者挡了。

然后，应与将回答了那些记者什么问题，贺情也没仔细去听，想着回去看采访新闻也行，耷拉着眼，也不管车身有多脏，靠着发呆去了。

主办方组委会和裁判组来的时候，贺情脑子里正回放着头天晚上帐篷上应与将的影子，面上带着笑，就听主办方一声叫唤，喊道："贺少！贺少了不起啊，年纪轻轻，就

 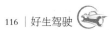

拿了枚银牌……"

贺情心中"咯噔"一声，脸色一下就变了："银牌？"

之前在办公室给他递合同的那个什么总把脑袋探出来，笑道："对啊，您和应总的成绩，排了这次拉力赛的第二！"

命都要玩儿掉了，才得了个第二名，还颁啥奖啊？

贺情悲从中来，什么都听不进去了，拨开人群，转身去找应与将。

后者拉着他的手腕，找了个能下脚的地方站好了，让场地上轮班的医生过来把手臂上的伤口简单地处理了，去后备厢把换洗的衣服和主办方之前给的各种箱子搬下来，交给来取东西的人，又领着贺情往颁奖处走。

两个人，一前一后，在赛场上成了另一道亮丽的风景线。

应与将看贺情那蔫巴巴的样，觉得好玩儿，伸手捏了捏他的耳垂，沉声笑道："气了？"

"倒不是气……"贺情叹了口气，觉得耳朵痒，挠了挠，愁得跟什么似的，"谁那么牛啊，我俩都跑成这样了，还是慢了点！"

听他还真的在纠结这事儿，应与将回想了一下这两天的经历，确实觉得贺情费老大劲儿了，试图安慰他："已经很棒了。"

一听这话，贺情心里高兴是高兴，白眼一翻，面儿上还是装得气鼓鼓的："你夸人吧，就会夸什么很棒厉害，还会说什么？"

应与将听了这句话，低笑一声，不语。

两个人一起去颁奖的时候，贺情拉着应与将站在第二名的台子上，一起弯腰，接受了主办方给他们戴上的银质奖牌。

贺情拿过奖牌的时候，轻声道了句谢，侧过脸去看应与将。

应与将脖子上挂着他们共同拼下来的银牌，未换下的纯黑赛服领口沾了点儿灰，立体的五官使侧脸看起来更加轮廓分明，下午的阳光大，照得他发楂都像镀了层金。

贺情正发愣的时候，被盯着的男人也微微别过头来，把自己刚刚拿到的"最佳领航员"奖在他眼前晃了晃。

应与将说："贺情，合作愉快。"

一时没缓过神来，贺情听完这句，扬起下巴，眉眼一弯："合作愉快！"

在那一瞬间，好像这两天所受的苦难都变得万分值得，也变作两人之间一段无他人叨扰的珍贵回忆。

整个龙泉山回荡着令人斗志昂扬的音乐声，红绸挥舞，彩旗招展，在场车友一阵欢呼，阿尔法罗密欧又卖出好几辆，媒体的镜头又来拍了一大堆新闻报道素材，这一届西部拉力赛，算是圆满落幕了。

去车库挪车的时候，贺情还没缓过劲来，比赛就这么结束，还觉得有点儿遗憾，婉拒了主办方说送自己去华西照个片的提议，他决定跟应与将一起开车回城里。

但他俩都开了车来，得各走各的道。

西部拉力赛赛场的停车场很大，他们俩撤退得早，过来的时候都还没什么人，偶尔有三三两两的比赛车友，那可能都是输得太惨连庆功宴都不想去了。

贺情不挪车，应与将也不动。

等耳边车辆启动声没了，人都走完了，贺情一脚油门，把车停到应与将的奔驰大 G 旁边，把挡位挂到停车挡，开车门下了车，走过去，趴在应与将的车窗旁边。

贺情问："你银牌呢？"

应与将把银牌从扶手箱里拿出来，晃了晃："这儿。"

贺情要犯坏，面上有点儿不自然，耳尖红起来了也不自知，光趴着对着应与将说话。

"你看着那两个第一名没，还咬金牌……你咬过没？"

应与将刚刚把车的火打燃，车里轰鸣声还略有些刺耳，认真去听了贺情在说什么之后，他唇角一勾，摇摇头，说："没。"

猜这么傻的事儿，应与将也没干过，贺情满意了。

回去的路上，约莫是市政要在这边儿修什么项目却还没启动的缘故，一路畅通，贺情那股子劲儿还没消停，压着限速跑，应与将又不敢跑太快了把贺情甩后边儿，只得在后面慢吞吞地追。

贺情自然是不想把他丢下的，速度也渐渐慢了下来。

到了红绿灯的地方，贺情与他并排停着，把副驾驶的车窗放下来，从右边去看旁边车上的应与将，想说几句。

看他那样儿就知道又起小心思了，应与将逗他，慢悠悠地把车窗摇上去，气得贺情瞪眼。

于是贺情也把副驾驶车窗放上去了。

可能是有点儿分神，绿灯都亮了，贺情踩着油门忘了换成前进挡，车身猛地一耸。

耸得应与将又慢悠悠把车窗放下来，淡淡道："换挡。"

下一秒，贺情的迈凯伦 P1 就冲出去了，并且默念一百遍，不生气不生气。

两人一前一后地驶过了龙泉驿大道，进入绕城高速，开到了南门三环立交桥边上，两人要各走各的路了，贺情打着应急灯和右转向灯，靠边儿停了。

应与将的车也跟上来，并排停到了贺情的边上。

贺情脸一转，手一挥，特潇洒地说："再见，该分道扬镳了。"

应与将把手肘搭上车窗，扭头去看他："明天早上我来接你，去华西照个片。"

贺情问："挂到号了？"

华西的号可是一号难求，院儿门口那票贩子能排老长一截。

应与将"嗯"了一声，贺情又问："你什么时候挂的？"

"路上。"

心中一突突，路上开那么彪还赶着挂号，要不要命了？

贺情心想，几个小时前自己和这人还在鬼门关走过一遭，想了一会儿，答道："不看了，有家庭医生。"

"明天想休息？"

"我的意思是，"贺情咳嗽一声，突然整着个这么正式的情况，还有点儿不知道手脚何处安放，他鼓足了勇气，说，"明天，见个面吧？"

旁边的男人没吭声，他有点儿紧张，不敢转头，眼睛就死死盯着三环路上来来往往川流不息的车辆。

应与将点了点头，说："好。"

这句完了，他又加一句："但是，先去拍照。"

贺情心中"噢耶"一声，乐呵着答应了，大喊一句："哥等你！"

应与将缓过神来时，贺情的迈凯伦P1就只剩屁股了。

已经差不多六七点了，正处于晚高峰时期，贺情打着盘子进了三环，一路虽然堵着，但他心里高兴，乐颠颠的，也不去跟人卡位钻空子，规规矩矩地跟在后面排队走，手机响了几遍才接起来。

那边风堂扯着嗓子喊："牛啊，情儿！第二名，为什么第二名，是不是应与将拖累你……"

贺情心中只想一拳头捶在风堂身上，要不是应与将，他怕是二十名都拿不到。

他把手机蓝牙连上，说："失策啊，如果他开，可能我们都第一名了。"

风堂的声音回荡在他的宝贝爱车内，震得贺情想把电话挂了："那么厉害？拉力赛好玩儿吗……"

这句还没完，贺情就听到兰洲在那边扯着嗓子吼："情儿你下次别带我啊，我给你当领航员！"

贺情咧嘴一乐，你来当领航员，我还要不要命了……

"滚滚滚，人情儿现在是拉力赛车手了……"

风堂骂骂咧咧地把兰洲赶到一边儿，又拿着手机问："分享分享体会？"

一提这事儿贺情就上头，听那边的声音，风堂应该已经把免提给关掉了，于是他说："和应与将一起开车真刺激。"

那边爆开风堂一声怒吼，贺情连忙把车内蓝牙的声音关小了点。

兰洲在那边劝不住似的，杂音恼得贺情头疼："怎么了怎么了？冷静点朋友……"

风堂低吼："和我们一起开车不快乐？"

贺情舔了舔嘴唇，道："你懂什么。"

贺情看前面车辆有了动静，挂了前进挡跟在后面一寸一寸地溜，面上还带着笑，听着俩发小撕心裂肺地一通嚎，又打不着自己的样子，心里美极了。

那能一样吗？

第二十九章

B城的冬天天黑得早，堵回家都已经差不多八点了，应与将把车停稳在楼下，抬头去望家里的那扇窗，见里面有灯亮着。

应该是小二早早地回来了，嗯，今天还算乖。

窗外冬雨下得淅淅沥沥，B城的雨总是带着一股湿冷，化作刺骨的寒凉钻进衣领衣袖，冷得应与将都想在车上待会儿。

他盯着后视镜里自己的脸，渐渐与之前他从这儿看的贺情的眉眼重叠起来，又想到刚刚经历过的每分每秒。

比赛终于结束了，贺情……对，明天还要跟贺情出去，见面。

应与将没忍住笑了一下，还真是有意思。

以前他在A城那会儿，被约出去，要么就是喝酒，要么就是打台球或者飙车，哪个人不敬他三分，说句话都得小心，更别说正儿八经提要求跟他见面了。关键是这个见面还真的只是简单的娱乐，或者只是"想见一下"。不过，在认识贺情之后，陌生的感受太多了。

踩住刹车熄了火，应与将把手机手电筒打开去照仪表盘。

还好，油够。

明儿他可不想再拉着贺情去一次加油站，上次去就够呛。想到这里，应与将从衣兜里摸出包烟，捻了一根叼上，不点燃，指尖掐住滤嘴，狠吸了一口。

贺情特别怕自己明儿一大早顶个黑眼圈，一到家就火速洗漱完毕，又去浴室滚了一圈儿，抱着睡衣准备去床上睡了。

刚刚洗澡的时候，贺情泡在浴缸里，眼前雾雾的，拿着他那块雪白的香皂发了愁。

在很久很久以前，不对，在几周以前，他觉得洗澡单纯地冲个淋浴拿香皂把身上一通抹了，洗干净就成。

上高中那会儿，他跟风堂一个宿舍，还特别嫌弃风堂天天拿个沐浴露在身上抹，每次洗了澡出来，贺情都要手痒去摸一把，骂风堂滑得跟条泥鳅似的。

虽然说他还没到要抹什么润肤露之类的地步，但现在想起来……

用过沐浴露的皮肤，手感还不错？

贺情望着架子上那几瓶都没拆过封的沐浴露发愣，不知道想了些什么乱七八糟的，脸蛋儿"腾"地红了。

要不要也试试沐浴露啊？

试试吧……

贺情咳嗽一声，做贼似的，心中暗骂自己，又没人看你洗澡，这么做作干吗？

于是贺情在淋浴的时候用香皂把身上洗了一遍后，又放了一缸子水去抹了沐浴露泡澡，越洗越觉得自己神经病，半张脸都要埋进水里了。

简直是，武侯区第一金贵。

泡完澡的贺情浑身一股子薄荷味，心中一阵后悔，谁大冬天洗薄荷。

熄了房间里所有的灯，贺情裹着一身绒毯子爬上床，夹着棉被躺在床上，一只脚习惯性地伸出来搭在床边儿，打了哈欠，戴着耳机玩儿手机。

我的天，见面，俩男的，能做啥？

喝酒？不行不行，那也太哥们儿了，还没那么熟悉呢。况且还不太了解酒量，真喝醉了那得多丢人啊。

太古里？自己又不逛街。

那欢乐谷？太傻了，贺情胆子大是大，但是玩儿那些项目太无聊，还没开车刺激，要是被应与将看到自己面目狰狞的样子，还不得想挖个坑把自己埋了。

思来想去，看电影儿呗。

看吧，要倾听对方的内心，要找安静的环境，所以，第一步！先看电影！要从基层做起，把根基打牢靠了才行。

他贺情第一次跟别人约看电影，那不得找个最洋气的电影院？

那不得去百丽宫看吗，那就绕道去百丽宫。

于是贺情把难得用一次的 APP 打开，定了位，挑了半天的片子，付完款，把枕头垫高了点儿，裹着一身薄荷味儿，夹被子睡了。

第二天大早上一起来，贺情精神抖擞，洗漱完去衣帽间换衣服。

一件纯黑的风衣，里边儿一件套头藏蓝毛衣，脚上还是穿的靴子，贺情把裤腿挽了些上去，再往穿衣镜前一站。

还行。

贺情起这么早，当然不是跑去电影院看电影，走了两三天，公司一大堆事等着他去处理，他约的应与将十点来加贝集团，这才早上七八点，贺情就开着车往加贝去了。

他今天心情好，把那辆兰博基尼 Centenario 开出车库开光，一路上引了不少人侧目，贺情本来也不是爱低调的人，心里别提多美了。

这辆车的牌照还没上，修修开开上路的时间也不多，贺情心想，改明儿去一趟犀浦，在车管所把牌照弄了得了。

弄个什么车牌呢？这个得好好想想，他基本上每辆车的车牌都是自己选的，要真按照运气摇，摇个没什么意义的出来，安在这辆 Centenario 上，恐怕是有点儿暴殄天物。

一到了加贝，贺情急着上楼，把车钥匙扔给门口的泊车员，那泊车员开过贺情的车，但还没碰过这辆 Centenario，难免有点露怯，连忙说："贺少，这，这车我哪儿敢给你停……"

贺情回过头来，眼一眯，笑道："没得事，停车场里找地儿停一下，拉个警戒线就行，十点多我还要出去。"

说罢他看了看表，挥了手上去了，留下个背影。

十点一刻，应与将到了，还没下车，老远就看到贺情的那辆 Centenario 停在地面停车场的一角，那漆，那底盘，包括运动的曲线，无一不在彰显着这辆车的含金量。

应与将看着这辆车就想起他和贺情见面的第一天，这台宝贝受那么大一劫难，修好了，今天俩人碰面，贺情还把它开出来，估计心情还不错。

猜到了贺情今天想开 Centenario，应与将便把自己这辆大 G 停进了加贝的地下车库去了。

他坐了电梯上一层，出门就是之前来过的保时捷 4S 店大厅，电梯门刚开，就看到贺情抱着一摞资料站在一辆车旁边，耐着性子，听一个客户问东问西的。

大概是个重要的客户，贺情都没敢给他打招呼。

应与将挑眉，手指了指一旁休息的区域，算是给贺情示意过了，后者点点头，脚上的步子跟着那个客户走，不断回头瞟应与将。

看着他那样子，应与将心都软了，这哪儿像个稳坐集团顶端的豪门少东家，看着倒像个出来跑销售的。

贺情好不容易打发掉那个客户，支开身边一群跟着他东跑西跑的员工，把那堆资料交给助理，走到休息区来。

"问了半天又不买，唉，我爸介绍的这些叔叔阿姨怎么一个比一个抠门儿啊……"

"怎么一股薄荷味儿？"

贺情快恨死应与将又哑又沉的嗓了："我今天特意喷的香水是薄荷的，不行？"

应与将闻言，心中闷笑，道："你喷六神了？"

等贺情把所有事都处理完了，差不多到了饭点，两个人一出加贝就在愁吃什么，贺情满心思都是要去看电影，想着还要去华西照片就觉得头大。

贺情自己也想不通为什么一面对应与将，他就变得跟个小孩儿似的，比应与臣还幼稚，好吧，比应与臣还是差了那么一点儿，但真的已经足够颠覆他在外面的形象。刚刚在集团里那么一下，他倒是不在意，只是觉得那样的自己有点陌生。

两人吃饱喝足后，应与将拉着贺情去华西照了趟片，对方医生是熟人，看了应与将半天，说让他监督贺情在结果出来之前这几天，都别飙车。

应与将点点头答应了，刚道了谢关上门就被贺情扯着去坐电梯。

他看贺情系安全带系得急，皱眉道："别开太快，城里人多。"

贺情转过脸来眨眨眼，特乖巧地应了，边打盘子边说："医院嘛，病人多，我车声儿太响，得慢慢开……"

应与将看贺情乖得这样，有点不习惯，心里热热的，往座椅上一靠，道："你还挺懂事儿。"

"还行嘛！"

"知道要来医院，还开这辆。"

贺情听他这么一说，哼哼道："那不得开这个吗……"

是啊，可不得开这个，开这个让所有人都看我，巴不得让全天下都知道，应与将今儿个在他贺情的车上。

两人把车停到太古里的停车场里，这辆 Centenario 被几个保安围着开下了负一层，紧张兮兮地拿警戒线拉着围了，要了贺情的名片，眼睁睁看着贺小少爷"哎哎哎"地喊借过，扯着个目测快一米九的高大男人，坐电梯往电影院的方向去了。

这都什么事儿？

贺情去自助取票机取了电影票，路过售票厅的时候，应与将还在后面低着嗓来一句："要爆米花吗？"

这么一问，贺情汽水儿都不好意思喝了，咳嗽一声，正经道："不要。"

然而下一秒，贺情手里抱了一桶爆米花，跟着应与将一前一后地进了影厅。

买的时候，贺小少爷还特别来劲："多大的啊？"

卖爆米花的小哥说："您好先生，有小桶、中桶、大桶、全家桶。"

不食人间烟火的贺小少爷纳闷了："全家桶是什么？"

那小哥看宰客的机会来了，手往柜台上一扒，笑道："就是一家人吃的。"

贺情眼睛一亮，说："来个全家桶呗。"

第三十章

一进影厅，贺情就愁眉苦脸的，领着应与将往最中间靠前的地方坐着了。

应与将仗着身高优势，环视了一下周围，心里想笑，谁见面带人来看动作片的，还挑了个最中间的位置，让全场都盯着看。

在一边咬吸管的贺情愁啊，但愁的倒不是这个，他没那意识，只觉得手上这个3D电影的眼镜戴着，应与将的视线都给限制到那十六比九的电影大荧幕上去了，哪儿还有工夫灵魂交流啊？

电影开始了一会儿，贺情吃爆米花都要吃饱了，汽水喝不下，往那儿一放，喝了几口，皱起了眉。

旁边应与将咳了一声，看他喝得难受，转过脸来看他："喝不下就甭喝了。"

"哪儿能啊，"贺情没敢在这么暗的光线下侧过脸去看应与将，跟自说自话似的，"你喝不……"

这句还没说完，感觉手上一沉，是应与将伸手摁住他握着可乐杯的手，低头捉了吸管，吸了一口。

应与将把平时不怎么喝的碳酸饮料一咽，转过面去对着大荧幕，低声道："挺甜。"

贺情假装着咳嗽一声，慢慢悠悠地开口："欸，我跟我哥们儿说了。"

他耳边传来一句沉沉的疑问："嗯？"

应与将怎么就不能跟百灵鸟似的。声调高点儿，会不会就没这么性感了啊？

贺情出口就后悔了，脸蛋闷在围巾里，又觉得热，脸上发烫。

真的服了，动不动就脸红这毛病什么时候能改？

应与将开口道："问你话。"

"没，我跟他们说我俩，那什么，然后风堂就闹，说之前还在打架呢，现在就化干戈为玉帛的……反正就是跟他们说了，今天本来他们要来找我的，推到明天了。"

一股脑儿说完这么长一段，贺情也发蒙，荧幕上动作片正演到主角与反派对决呢，噼里啪啦一通打，打得贺情后悔死了。

他直接把3D眼镜取了，这特效的火光闪电一阵阵的，跟雷公电母施法似的，看得他头晕。

旁边坐着的应与将听他这么一通说，往他这边挪了点儿："哪什么？"

应与将这句了了，见贺情憋着不说话，又加了一句："电影声大，我没听清。"

 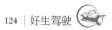

隔那么近……

贺情感觉自己都要滑下去了，撑着坐直了点，又不敢往旁边别过头。

白眼一翻，贺情闷闷道："就，那什么啊。关系走挺近的，有问题吗？"

耳畔传来应与将一声低笑。

然后贺情看到他低着头，电影荧幕上闪烁变化的光把他的轮廓照得一清二楚。

电影播了好久好久，贺情没太去在意，只感觉自己心跳加速，咚咚声快把耳膜震破了。

等反派一死，贺情约莫着这破电影也快完了，这时应与将弯着腰站起来，低声说了句："我出去接个电话。"

贺情点了头，把他那无处安放的大长腿侧过去，让了点道出来。

一起看电影的人走了，贺情也没什么心情再盯着荧幕看，索性掏了手机出来刷会儿微博，一刷新就看到自己关注的博主，也就是那个 @B 城豪车街拍新发了条。

一辆银灰金边的兰博基尼 Centenario，正行驶在大慈寺路上，旁边是赤墙灰瓦，三三两两的行人都被做了处理，车灯亮得耀眼，前脸扁扁的，一股凶相。

配字儿：巧遇贺少的百年纪念版牛牛。

兰博基尼在圈儿里都喊大牛小牛，因为 logo 是头牛，但贺情现在看见牛就头疼，总感觉跟他赛道上那一身的红牛 logo 相重合了。

贺情看图片清晰度挺高，应该是单反拍的。

他看下面评论还不少，点开看了，乐得不行，第一个赞最多的热评就是风堂那个二货的评论。

@FtAnG：举报了！

贺情眼皮都没抬一下，把风堂这条评论给举报了。

还这么多赞，风堂是不是请了水军过来摁赞？

下一条，是个不认识的车友评论的：咦？贺少车上怎么坐的应总啊？

再点开这条评论的回复，一溜儿的：人一起比赛了呢，关你什么事，不打不相识，可能去约架，拉力赛玩儿好了，等等。

第三条评论是一个妹子评论的：应与将好帅啊啊啊啊！

贺情黑脸了，但依然勉强给摁了个赞。

然后贺情拿着他那加了 V 的微博号，点了个转发，也没配文字，直接显示的：转发微博。

他这边刚刚一转发，旁边有人喊他名字，贺情抬头一看，是应与将回来了。

估计是那个反派死透了，电影也放完了，快要睡着的观众们也都睡醒了，陆陆续续开始退场。

这会儿又好死不死，风堂一个电话过来，贺情没办法，接吧。

只听风堂那边吵吵的，估计又是拉了一群少男少女开房打台球去了。

电话那头，风堂悲痛道："十年生死两茫茫，不思量，自难忘。"

贺情顺溜地接："曾经沧海难为水，除了风堂谁都行。"

那边兰洲又在偷听电话，听贺情这么一说，也不管风堂现在伤心欲绝，抢过电话就喊："情儿，那我行不行啊？"

贺情白眼一翻，又说："那还是别思量了，你自个儿忘了我吧。"

应与将在一边儿听得头疼，平时没见这小孩儿文采那么好？发个朋友圈除了喊牛就是喊 666 的，每条不超过五个字，语言相当贫瘠。

应与将催他："人都走完了。"

"马上马上……"

电话那头兰洲道："你在哪儿呢？"

贺情答道："我在电影院，刚散场。"

然后贺情把电话摁了个静音，挂了电话。

看完电影出来都快又折腾到饭点了，但贺情吃爆米花喝汽水都快饱了，应与将看他那么大个全家桶自个儿哼哧哼哧全吃完了，看着贺情的肚子都觉得饱。

两个人一前一后地往停车位走，贺情在后边儿骂，这人就不能等等自己吗，腿长也不带这么玩儿的啊。

在太古里，贺情的车位是买的，在地下车库单独一间，拉了警戒线，不怕擦剐，贺情还比较满意。

那些保安估计也是没想到贺情看个电影就回来挪车了，都没在这儿守着。

贺情搓搓手，这群人，得扣个物业费。

他将手从兜里拿出来，放到嘴边哈了一口气，把围巾裹脖子上拴紧了点儿，追了几步上去。

贺情想说话不知道说什么，过了一会儿，他有点期待地开口："太古里地面儿上那家 Givenchy……听说羊绒围巾还不错，一起去买一条？"

应与将缓了点步子，没回头："不爱戴围巾。"

怎么现在还拒绝得这么果断？

晚上贺情没安排，不知道往哪儿走，应与将把车钥匙拿过来就说，换他来开。

坐在副驾驶上，贺情心里还有点儿紧张，这辆 Centenario 是第一次撞应与将的那辆，现在换应与将来开车，这两个多月弹指一挥间，还有点恍若隔世。

他想起当年他第一次上路，他爸在旁边看着他。那是他爸送他的人生第一辆车，也就是那辆玛莎拉蒂总裁。

贺父当时特认真，说："贺情，你干一行爱一行，人长大了，家业也大了。往后余生，你就要与车捆在一起了。"

那会儿贺情才多大，十八岁出头，刚拿了驾照下来，声浪轰得震天响，一个甩尾，车窗放下来，笑着喊："儿臣遵旨！"

后面就这么过了两三年，贺情才知道这份责任的重大，工作的辛苦，日子的烦闷，日复一日，年复一年，也只有飙车能缓解一下压力，人人都觉得他高处不胜寒的，对他这么好的，应与将还是第一个。

兰洲和风堂对他也好，但就是不一样。

B城的夜色之下，市中心商圈人来人往，各色高楼大厦灯火辉煌，无数车灯亮得点燃了半边天，远方泛着淡淡的紫色。

今年的统计说，B城总面积一万四千三百多平方千米，常住人口两千多万。

贺情想，B城真大。

背靠在座椅上，他又转头去看在等红灯的，沉默不语的应与将。

贺情又想，B城也真小。

第三十一章

应与将车开得太稳，贺情都快忘了自己的车是跑车，窝在副驾驶都快要睡着了。

这车刚刚驶下二环高架，一路朝南，又上了绕城往东边开，贺情虽然不是人形GPS，但这边的路还算熟，坐起身来，问应与将："往哪儿走啊？"

应与将没说话，一双深邃的眼紧盯着前方。

天黑得早，路上车特别多，从市中心过来堵了半个多小时，现在到东三环上都已经快十点了，贺情看他这么晚了还不把自己往家里送，心跳有点儿加速，暗骂自己怎么越活越跟个小姑娘似的，还紧张起来了。

兰博基尼Centenario的座位低，属于往后有些倾斜的类型，贺情坐着跟半躺着似的，再加上应与将开车稳，要不是耳畔让他狼血沸腾的暴力加速声浪，一路轰炸着车流量不大的东三环，他早就睡着了。

应与将往右瞥了一眼，看贺情憨得那样，把车速放慢了点，忍不住问了句："你乐什么？"

"没没没，"贺情立马坐直了身子，换上副正经脸，说，"到底去哪儿？"

应与将认真看路："金港。"

一路过了南三环路二段，逼近幸福梅林，飙拢金港赛道后，贺情远远看金港今晚一片黑漆漆的。

　　往日照得亮亮的大灯霓虹牌也没亮，只有孤零零的赛道灯稀疏点了几盏，蜿蜒着，从赛道外的桥上看下去，能勉强看清楚赛道的每一处曲折。

　　他没吭声，一到金港就觉得头疼，老想起上次应与将差点把他开瓢了，又侧过脸看面无表情把车驶入正门口的应与将。

　　之前在赛道给贺情赔不是的那个三七分头的李经理看这车来了，拿着传呼机跑过来，今晚的金港像只有他一个人似的。

　　李经理穿着一身西装，冷得打战，伸手抹了一把略长的刘海，弯下腰来跟着这辆Centenario走了几步。

　　应与将一踩刹车，把车停下来，摁下了车窗："车进去了吗？"

　　李经理谄媚一笑："进了进了，应总，您……"

　　他管不住两眼乱瞟，正想看看副驾驶上是应总面前哪位红人，结果这不瞅不要紧，一瞅发现是贺小少爷，眼珠子都要瞪出来了："您……"

　　应与将睨他，一记眼刀止了他的话头："人呢？"

　　李经理也是个会来事儿的，知道再看不得了，连忙点头："下班了，留了两个保安在入口，您走的时候说一声就成！"

　　贺情听到李经理的声音，不好的回忆又涌上心头，脸色阴恻恻的，一双眼带钩似的盯过去，李经理脖子一缩，也不敢看了。

　　但这贺小少爷好歹也是金港的常客，算是大主顾了，上次在金港出了事，自己就差点被免职，今天这要在金港赛道再出个什么事儿，他李某还不得吃不了兜着走？

　　虽然说是贺小少爷坐应总的车来的，但这两个人之间的瓜葛，他那晚可是亲眼见证了的，警报灯都是他摁的，这哪儿放得下心啊？

　　这应总说今晚包场，也没说跟贺小少爷一起啊……

　　眼珠一转，李经理扒住车窗，又觉得这么贵的车他扒着怕给扒坏了，连忙站直了，脸上是挡不住的焦急之色："应总，贺少，金港开了这么多年，要再出点什么事儿，我们这，找个工作也不容易……"

　　应与将闷着没开腔，副驾驶的贺情倒是一笑："李经理……你放心，我跟应总不是来打架的。"

　　李经理一愣："啊？那，这，灯也没开几盏，飙车也不方便……"

　　贺情耐着性子，就想这人快点儿走："飙黑车呗。"

　　应与将"嗯"了一声，伸手到右侧挂前进挡，眼都没抬一下，打了个招呼："走了，有劳李经理。"

 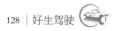

李经理听应与将和贺情都这么说了，也不太担心这两人在赛道上打起来了，想也没这么幼稚，大晚上的来金港约架，还有两辆车，应该是飙车吧。

拿卡刷了门，铁门哗啦地打开，李经理就这么眼睁睁地看着，看着这辆他记忆深刻的银黑金边的 Centenario 一骑绝尘，卷着凛冽寒风去了。

这辆 Centenario 从大门进了，顺着赛道一路开下去，速度快得周围的铁丝网贺情都看不真切了，只觉得旁边好似有一堵堵灰色的墙，在跑车极快的速度下，都化作了冬夜里阴沉的雾。

金港赛道的路修得交叠曲折，桥上桥下都是两个赛道，有一处赛道上就是一座横向挺宽的桥梁，应与将在即将到这桥下的时候，打着应急灯和转向灯，把 Centenario 靠边停了。

贺情坐在车上，往上一看，桥梁的宽度遮挡了不少月色和赛车场内的灯光，在桥梁遮不到的赛道上，投下了浅浅的光晕，远处赛道绵延，形成迷蒙一片，衬着 B 城一到夜晚就泛紫红的天际，竟还有几分旖旎的味道。

从兜里摸了包烟放到中控台挡杆边儿上，把车灯灭了熄火，应与将长舒了一口气。

他看贺情一直在看远处，忍不住伸手把他的脸转过来。

"看看你左边。"

桥梁阴影笼罩下的这一小截赛道太黑，好奇心驱使着，他闻言马上就朝左边看去。

那辆被他爸收了钥匙的，他朝思暮想的，被他亲自上阵撞过屁股的，印象时好时坏的乔治巴顿，一个庞然大物，正如一头蛰伏的野兽，隐没在黑暗里。

那车就停在他们的左前方，黑漆漆的看不清楚，隐隐约约能瞅着个熟悉的轮廓。

贺情心头一跳，瞪着眼去看应与将，脸上的兴奋隐藏不住："厉害啊应总，你怎么搞回来的？"

"一辆车都是配两把钥匙。"应与将伸手在贺情脸上捏了一把，"我派人联系了叔叔，说要换牌照，恳请放它一马。"

这会儿的贺情都被刺激到脑袋短路了："他就信了？"

应与将无语了，这小孩儿记性怎么边走边丢的："你自己跟他说的，这是别人送的。"

"哦对，"贺情把车窗挠下来，使劲儿往外看，取了安全带有些急不可耐，"想死我了……"

应与将眼皮都没抬，伸臂把贺情摁住，沉声道："心情好了？"

"好了好了！"

被包了场的金港赛道里，除了点点星光为他们照路以外，其他地方一片黑暗，近处唯一的光源在贺情看来就是应与将的眼睛。

他解了安全带，上半身正准备往驾驶座那儿凑，就听到应与将认真地说："贺情，我想和你并肩站在一起。"

听了这句贺情有点激动。心跳比他平时飙车跑赛道的时候还快，快过了在拉力赛撞树上的那一瞬间，快过了他平时听到应与将一丁点儿消息的时候，快过了他生日那晚被应与将按在引擎盖上的那一刻。

甚至，比在龙泉山和应与将因为胜利而击掌的时候还快。

贺情回过神来，张嘴就说："你都上了我的车了，以后就要听我的了。"

生怕他反悔似的，贺情又加一句："实在不行，我上你的车也成。"

"以后，你跟着我。"

贺情坐在副驾驶上，听应与将来这么一句，觉得周围的电流一阵变幻莫测。

时间也渐渐变慢，甚至想就停在这一刻。

"在 B 城，我会好好打拼。"

"我想留在这里。"

留在这座有你的城市里。

应与将一字一句地说，心中无数言语表达不出，最终都化作寥寥几句，每一句都带着属于男人之间的坚定，都格外有分量。

他握着挡杆的手有点出汗，别过脸去看贺情。

"以后，我站在你身边。"

应与将像想起了什么似的，声儿还有点哑："车还看吗。"

又提起这辆车，贺情这下不喘气了，又来了兴致，点了点头，还没开口回话，就见应与将伸手，把这辆 Centenario 点燃了火。

整辆车启动的那一瞬间，前脸探照车灯打开，一片刺眼的光亮起，照亮了这桥下漆黑的大半边，也照亮了那辆乔治巴顿的前脸。

贺情抬眼去看，看到那辆乔治巴顿的车牌换了。

从"A A YC888"换成了"B A HY112"。

贺情一愣，侧过头去看应与将。

应与将侧脸的轮廓又被照了个通透，英气而粗野，在冬日的暗夜里被风吹得有点儿冷酷。

应与将说："是我和你的名字。"

贺情眯眼去看后面那三个数，头有点痛："112？你揍我那天？"

应与将无奈，差点儿没憋住笑，回道："是遇到你那天。"

"也是你生日。"

不过贺情还是有点儿纳闷，毕竟那天虽然晚上约了大型的局，但知道那天是他生日的人不多，往年他也不会大肆操办："你怎么知道我生日？"

应与将面不改色地答："你户口本儿上未婚还是已婚我都知道。"

贺情一笑："未婚还是已婚啊？"

应与将转过脸去看他，眸里的情绪看不清晰："你觉得呢？"

贺情摇头，不吭声，被盯得浑身不自在，每次一单独跟应与将待久了就觉得犯瘾，他伸手到车内车门上的侧兜里，摸了包Marlboro草莓爆珠出来，又火速拿了打火机点上，猛吸一口，把车窗撸下来，弹了烟灰出去。

贺情目光紧盯着那个晃眼的车牌。

这可是应与将不知道费了多少心思送他的礼物……B城的车管所，想要块自选的牌子，哪儿那么容易，那么快？应该是去拉力赛之前就准备好了的。

一看时间都快十二点了，拿着乔治巴顿钥匙的贺情忙不迭想开门下车去挪车，被应与将伸手给抓回了车内，说今儿还是坐这辆Centenario回去，那辆乔治巴顿明儿一大早有人来开到加贝集团去。

从南三环回南二环的路上，贺情开窗户吹着冷风，又被应与将伸手把车窗撸上去了。

第三十二章

晚上回了家，贺情收拾完毕把手机打开一看，置顶的那簇小火花，也就是应与将的微信号，把头像改成了贺情小时候的照片。

还是证件照，刚参加完六一儿童节晚会拍的那种。

不过挺可爱的，特别白净一个小男孩，眼睛笑得眯成一条缝，小时候眼尾还没现在这么翘，眉心一点红印，两边双颊还有腮红，前额的碎发拿橡皮筋扎了个叮叮猫①，看起来像个小猴子。

贺情呼吸一窒，一边嫌弃自己小时候长得丑，一边发了个消息过去。

不加贝：应总，你这样像个怪叔叔。

不加贝：你翻了我朋友圈多久？

这张照片得是自己前年过生日的时候发的了吧，自己虽然不爱发朋友圈，但好歹三五天一条，应与将这怕是把他老底都翻出来了？

那边儿应与将正站阳台上一日三省吾身，手机震动拿起来一看，面上掠了丝不易察觉的笑，手冻得打字都难受，默默把头像换回去了，还是应与臣那张照片。

━━━━━━━━━━

①叮叮猫：冲天炮。

不加贝：？？？

盘古名车馆：你不是不喜欢。

贺情在床上躺着，看应与将把头像换回去了，还发这么一句，来劲儿了，又觉得慌，不想低头。再一刷新，应与将把头像换成了一张赛车图，点开一看，是一辆蓝白相间的LaFerrari。

贺情觉得眼熟得很，但他对拉法确实不感兴趣，没太大印象，总觉得这车在哪儿见过，靠着床头想了老半天，又去微博搜了一通，才反应过来这辆车他开着比赛过……

不加贝：应与将，你是不是蓄谋已久！

他等了一会儿，等来应与将慢吞吞地回复一句：快睡吧。

一大清早，贺情觉都还没睡醒，被风堂一通电话吵起来，那边DJ声震天响，贺情正想骂哪儿的酒吧大早上的就开始嗨，突然想起来风堂不就这个破德行吗，索性作罢，声音软软糯糯的："我还没醒啊……"

把电话一撂，倒头接着睡了。

好几天没感觉睡得这么甜过了，做梦都能梦到他自己坐在一个哥特式建筑的顶尖上抱着塔顶，远方飞来一头翼龙，绕过城堡，围着他飞啊飞，飞近了一看是应与将的脸，鼻孔还喷着火，用尾巴把塔顶的贺情卷走，放背上，往不知名的地方去了。

贺情都要笑醒了。

文翁路，高中，教务处。

中午才在车馆里吃了饭，应与将就被学校一个电话叫了过来。

他进教务处的时候，刚推开了门，就看到应与臣傻子一样站在那儿，半边脸都是肿的，身后站了几个跟他差不多大的小子，都低着头，一句话不敢说。

冬日的阳光从窗外洒下来铺了一地，办公桌上都像覆了层碎金。应与臣站着不动，眼睛直直地盯着窗外，下巴扬着，衬着脸上的伤，像只斗败的小公鸡。

应与将今天来得急，穿了件很薄的黑色外套，把身形勾勒得非常完美，再加上车馆里洗车的人多，他脚上的靴子都还未换下，沾着点水珠，一脸寒气。

教务处里面的状况，他一进去就知道了。

校方，对方家长，应与臣。

这种三足鼎立之势，在应与臣十八岁的成长道路上，大大小小出现过不下十次。

只是这一次，应与臣伤了半边脸，但还好是肿的，不是划伤。

应与将放心下来，脸上严厉之色稍微缓解了点儿，看了应小二一眼，站定了脚步，对着老师一点头："您好。"

应小二本来咬着牙想发火，硬是给忍下来，看到他哥一进办公室，眼眶都红了。

对方家长就两个，看应小二那边的家长来了，连忙从沙发上站起来，那眼神凶得不得了，操着一口不太利索地带着 B 城口音的普通话，大骂："你咋个教你家娃儿的！打了人不道歉就想算了！"

班主任在旁边气定神闲地喝茶，盯着应与将仔细打量，点了头算打过了招呼，也不出声。

应与将冷着脸，还算淡定，咳嗽了一声，没理那两个家长，转面儿对着班主任说："王老师，情况确定属实吗？"

电话响的时候正在车间接一段断掉的水管，把手上的水在布条上擦干，应与将接了电话。

大概情况就是，应小二今儿早上六七点，跟班上一群男生，也就是刚刚站在他身后低着头的那几个，去打球，碰到了一伙别的学校的高中生，说这个球场他们早就占了。

应小二混迹 B 城市区各大球场半年多，口碑不错球技也还可以，心中暗想，这地儿一直是他们四中的在打，怎么还杀出来一队没见过的？

于是他一大早上想活动筋骨，说那行吧，solo，一对一，斗牛。

对方也派了个人高马大的中锋来，跟打控球后卫的应小二一打一。

应小二那弹跳水平是出了名的，空接跳投样样不差，对方那中锋防不住他，三五回合就被打下去了，按理说，对方球队该收拾包袱抱着球走人。

结果那边的人估计是耍赖，一个电话叫来了几个大学生，看着应该是他们的哥哥之类的，大早上的瞌睡也没睡醒，挽袖子就要揍人，喊四中的让地儿。

本来应小二就是脾气差的主，看着跟小鹿斑比似的，发起火来冲得很，踮着脚都要跟比他高一截的人对上，把球一甩，不让。

然后，小眼瞪大眼的，打起来了。

还没等应与将回忆完，那班主任一点头："属实。"

应与将扫了一眼四周，看那几个跟着应小二的男生眼熟，又问："对方的人呢？"

班主任嘴角一抽抽，说："医院，估计得休息半个月……您看这，应与臣才转学过来多久，校外滋事，我们学校校规校纪也严格……"

像是早就料到似的，应与将点点头，后面几句没听进去，转头去看对方家长，又瞅瞅应小二，一时间说不出话来。

应与将抬眼，音色清冷："谁先动的手？"

对方家长见应小二一副不知错的样，火也上来了："他先动的手！"

应小二听了这句不乐意了，脖子一梗，吼回去："是他先打的我！"

这句刚说出来，对方家长年长些的那位男士，上前一步就要去打应小二，应与将身子一侧，挡住应小二大半个身子，直接抓住了对方家长的手腕。

应与将面色发青，咬牙道："孩子之间的事，家长打回来，恐怕不妥。"

班主任连忙站起来打圆场，伸手把那家长拉开。

对方像是被应与将这冷眉霜目的样子震慑了一下，往后退了一步，嚷嚷道："给个说法！学校不开除这娃，这事儿就没完！"

应小二眼皮一跳，这学校不缺成绩好的人，少他一个不少，多他一个多一堆事儿，他可不想再读一年高三了。

他现在半边脸都肿了，疼得要死，还被拉着在这儿站着训话，简直了。

本来觉得没什么的，但看他哥这憋着劲儿没处撒的样子，应小二简直后悔死了，又给他哥惹事儿。

他嘴一撇，觉得脸更痛了，伸手给捂了，轻轻喊了句："哥，脸疼。"

应与将听了这句，伸手掐着应小二的下巴把人脸掰过来看，眼下面青紫成一片，一直肿到嘴那儿，拿手背一靠，热乎得跟刚出笼的包子似的。

倒是弟弟后面站的那一群"小弟"，看着没受什么伤，估计光顾着踹阴脚了，或者拉架。

应与将眼神一黯，半蹲下来，单手把应小二扔花盆旁边的书包一背，另一只胳膊把应小二往身前揽了，对着班主任说："王老师，我先带应与臣去医院，后续的事，检查完再过来说。"

班主任看看又想发作的对方家长，有些为难道："您这……"

应与将没管那么多，转面儿对着那两个家长，冷声道："我会给您一个交代，但是，我弟弟要是有半点儿问题，谁都跑不掉。"

然后应小二就这么被他哥一路从教务处拖到校门口停车的地方，塞进车内。

去华西的路不远，应与将一边开着车，一边偏头去看缩在副驾驶上的弟弟，叹了口气，心说还好没闹到公安局去，人家长直接找来的学校，估计也就是想赔钱了事儿。

这口气，叹得应小二提心吊胆，瞪着眼连忙说："哥，你别……"

应与将没理他，手把方向盘抓紧了。

应与将问他："还疼吗？"

气焰被挫了的应小二一缩脖子，听他哥这么认认真真地问，声调都软了几分："疼。"

去华西全身检查了一遍，出来的时候已经是下午四五点了，应与将给贺情回了个电话过去，那边贺情都已经到丽思卡尔顿的包房里了，也就是风堂新开的一个套房。

说是兰洲新看上了个白富美，给人办什么生日派对，请贺情过来一起庆祝。贺情现在看着人多就烦，有点儿后悔应了今天的局，还不如在家闷着擦车。

他看电话响了，划开接了，一听是应小二打架犯了事儿，心中直突突。

当年他仨虽然也犯过不少事儿，但没折腾出什么大事来。

贺情靠在沙发上，抬眼去看正在嗨的兰洲和风堂，拿着手机问应与将："你弟那学校还能待吗？"

"悬，应与臣的成绩在这儿没太大优势。"

年年出省状元、市状元的学校，缺他一个成绩好的？校外滋事斗殴，容得下他就怪了。

来B城找这个学校读，还花了应与将不少工夫，这下又要转学，心中隐隐有了打算，说："我给他找个住宿的，一周关五天，差不多得了。"

贺情低低地"嗯"了一声："你先把这事儿处理了吧……有空我再找你。"

应与将说了句"晚上早点儿回家"，就把电话给挂了。

B城的学校不好塞人，塞也不能给应与臣塞个不拔尖的学校，不然这都要高三下了，转个学给耽误了，这可是一辈子的事儿。

贺情不太想动用兰洲家的关系，思来想去，在通信录里翻了半天，拨了个号出去，响了一阵，对方接了，两个人隔着电话皮笑肉不笑地客套一番，贺情才把应与臣的情况说了个清楚。

"贺少，这事儿办是能办成，但，你看……现在换了人，我也不熟啊。"

贺情垂着眼，指尖在膝盖上一点一点："要怎么才能想办法？"

电话那头传来滋滋的电流声，以及神神秘秘的人声："吃个饭吧？"

贺情眼一勾，笑着说："行啊！我给整金高粱的，老点的。"

那边的人听贺情这么爽快，也假装笑了几声，胆子大了点儿，道："最重要的是，我们得陪着一起啊。"

"陪呗，我弟这事，就拜托了。"这句说完，贺情就把电话挂了，盯了会儿外面渐渐黑下来的天空，松了口气。

第三十三章

这边过生日的姑娘，晚上请兰洲他们一群人去兰桂坊，贺情没跟着，揣进兜里的手拿着车钥匙一颠儿一颠儿地晃，另外一只手端着杯蔓越莓汁朝兰洲走过去。

室内暖气开得足，热风熏过脸颊泛红，贺情烦躁得把手中紫红的液体轻轻晃荡，衬衫扣子敞了一颗，手握住高脚杯杯脚的姿势格外好看。

他向前几步，捉到兰洲，轻拍了人肩，笑道："兰兰，等下你们去喝，我就失陪了。"

兰洲旁边搂的那个寿星女孩子胆大，是个撩人的类型，没等兰洲回应，就抢了一句：

"贺少不和我们去喝酒了？"

贺情没打算回她的话，侧过脸去看兰洲，说："我开了车的。"

兰洲下巴一扬，算是允了他提前走："情儿，你喝什么喝，没那必要……回去吧，到了打个电话。"

手里车钥匙一握紧，贺情碰了一下兰洲的肩膀，笑着示意，拿着高脚杯对着兰洲一敬，仰头一口饮了杯中的蔓越莓汁，转身找风堂告辞去了。

今天应大总裁下了命令让早点回去，他就早点回去。一来是自己不想喝酒，二来是免得他担心。

找代驾不放心，况且他那个车，再在兰桂坊这一节繁华地段摆一晚，刮到一次可能就不像上次那么简单解决了。

贺情一叹气，这养车就是金贵，买来就是养，磕一下碰一下自己都喊疼，倒不是钱的关系，就跟那神话里上仙养坐骑似的，养久了还特有感情。

当年自己这辆迈凯伦 P1，在犀浦车管所上牌照的时候还招惹了媒体记者来，看他这车上了牌照变得有多丑，以那车头的昂贵程度，打孔上牌照会不会出问题等。

结果贺情硬是面不改色地，吩咐人把车头钻了孔，当着所有人的面，把那块费尽心思搞的车牌给敲上去了。

都夸贺少阔气，玩儿车跟不要钱似的，只有贺情才知道那天自己有多心疼这大宝贝，心都在滴血。

等贺情走远了一些，那尴尬在原地的女孩儿回过神来，纤纤玉手抚上兰洲的臂膀，开口语气有点儿嗔怪，一双眼还是止不住地往贺情那边瞟："没想到贺少这么帅啊……"

兰洲佯怒，话语略带警告意味："看什么看，贺情哪是你动得起？"

那女孩儿娇俏一笑，趴在兰洲肩头嘀咕："感情这么好？真少见啊。"

兰洲往后靠了点儿，舒服地躺在沙发上，把她拥揽入怀，面上瞧不出什么表情，说："初高中贺情给我挡的事儿，怕是比我跟你见面的次数都多。"

她顺着往兰洲的臂弯躺，眼里秋水横波，娇嗔道："贺少干架挺厉害？还这么义气，还真看不出来……"

兰洲往落地窗上看了一眼，看到贺情高挑的身形，后者正拿了衣架上的外套往身上穿，低着头拉拉链，看不清表情。

兰洲朗声一笑，伸手把这个女孩子的卷发发尾绕上指尖，道："他这人就这样，看着自私，其实呢……"

其实是属于对身边的人掏心掏肺的那种，心软良善，爱恨分明，但贺情这人心气高，傲得很，身边真心的兄弟就那么两三个，其他都说不清楚真真假假。

 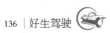

所以贺情对他和风堂，那两肋插刀的程度是百分之百的。

不过最近贺情老跟应与将在一起待着，他都看不太懂了，问风堂怎么回事儿，后者又憋着不肯讲，让他自己去问贺情。

兰洲心里隐隐约约有了答案，但不敢问。

因为眼界高，贺情从小就是看着身边各种莺莺燕燕，看风堂和兰洲身边美少女无数，自己却丝毫不为所动。

贺情一回家就发了微信，应与将看到便放下心来，也没多问，回房间收拾应小二去了。

应与臣被学校停了课，跟着回家待命，估计下一步就是要退他的学籍了，他哥打了一晚上电话，也不知道能不能找到人帮忙给个准信儿，毕竟高三下要转学，还想转个好学校，真是太难了。

本以为赔了钱了事儿就行，但学校就是不依不饶。

被打学生所在的那个高中在 B 城算是贵族公立学校，里面的小孩儿大多非富即贵，约莫着应与臣是惹了个有点儿背景的，学校也想顺着这气焰，按照校纪校规，把应与臣开了。

班上跟着应与臣打架的那帮"小弟"，最开始还帮着应与臣说话，跟学校闹，说不能开除他。

后面也是高三的缘故，给学校安抚了，再加上应与臣嫌太丢人，最后他们也只能在 QQ 和微信上一个劲儿给应与臣发消息，说臣哥，对不起。

应与将看应与臣至少要在家待将近一周，安排他去把科三考了。

这一阵他忙得很，没时间去见贺情，应与将也有点儿愧疚，收拾完回了主卧，靠着床头，给贺情打了个视频电话过去。

那边贺情洗漱完毕，趴在床上看影单，挑了部恐怖片出来，拿着 iPad 一通乱点。

微信声一通响，拿起来一看是应与将的视频提醒，他还有点紧张，飞速跑下床在浴室里对着镜子弄了下头发，洗了把脸，把灯都打开，才点了确定。

应与将把手机放在棉被上，从贺情那边看是摄像头从下往上的角度，屋内装修本来就偏压抑，只开了床头一盏白夜灯，衬得应与将的下颚线条更加性感。

两人聊了些有的没的。那边应与将注意到贺情站浴室好一会儿了，皱眉道："你站浴室做什么？"

贺情心里一咯噔，觉得如果自己实说站这儿灯亮人好看，浴霸灯光跟摄影棚似的，那肯定要被骂不怕感冒，被说臭美，于是决定撒谎："我准备上厕所呢……"

他像突然想起了什么似的，开口问道："你弟那儿怎么样了？"

应与将没想那么多，说话语气带了点儿烦躁："我再想想办法。"

他初来乍到，有些事儿光有钱摆不平，况且做车不像一般的生意，和交通之类的部门来往得密切，但去年 B 城有个领导被规了之后，教育这块成了硬骨头，咬一口都难，更别说他一个才来 B 城的生意人。

应与将心想，不然就找个一般的私立学校，先把学籍挂了。关键是他弟弟这性格，只怕那种一般的学校，混日子的小孩儿多，高三下学期大家都浮躁，再惹点什么事儿出来，还要不要高考了。

他自己可以一步一步地做生意发家，可以经历过了挫折再站起来，慢慢打拼，可是应小二是他弟弟，刀尖舔血虎口夺肉的日子他带着弟弟过得多了，只希望应小二能读个好大学，毕了业有份稳定的工作，安安生生过日子，钱够用，其他都差不多得了。

贺情问："他现在在家待命了？"

应与将"嗯"了一声，说："让他把科三考了，下学期自己开车去上学，不想管他。"

贺情白眼一翻，不管应与臣？可能吗，净说些气话。

"你还挺放心他？"

"还行。"

说起驾考，贺情就想起一件事儿，说："我考科一考了两次，就差一分，可惨了……"

应与将盯着屏幕，没说话，眼神示意他继续说。

"有道题是说，在路上遇到有车别我怎么办……a 是下车与对方理论，b 是拉开对方车门并殴打对方，c 是礼让，d 是自顾自地开。"

"嗯，你选的 d 吗？"

"哪儿能啊……我选的 ab。"

"……"

应与将一愣，低声道："你挺横。"

贺情思来想去，决定还是给他打个预防针："我跟你弟能惹事儿的程度和脾气差不了多少。"

应与将把手机拿近了点儿，手把浴袍带子解松了些，说："受得住。"

贺情缩在床上嫌冷，从枕头下面掏出空调遥控器，把暖气打开，朝摄像头眨眨眼："不过我现在乖得多了啊，绝对不让你费心。"

应与将语气十分认真："你开心最重要。"

第三十四章

接下来的两天，盘古的一批尾翼出了点小问题，应与将忙前忙后，硬是没抽出时间

 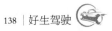

去找贺情，而贺情也在加贝待了两天，又因为汽车影院投资的问题，跟着风堂跑了一趟C城。

下飞机都已是凌晨一点多，贺情一刷朋友圈，看着满屏的狗粮、苹果和圣诞树，才想起来，今天是平安夜。

他从B城机场出来，带着一股子暖气，还没上公司派来的轿车，就看到了那辆熟悉的奔驰大G停在机场停车场边，赤色车灯大亮，仿佛一道利斧寒光劈开了黑夜，亮得贺情眼睛酸酸的。

贺情和风堂下午在那边开完会，被一个女老板拉去喝了点酒，风堂一直在替贺情挡酒，挡得多了，下飞机风一吹，人都是晕的，这一趟航班开得颠簸，在飞机上也没休息好，索性蹲了下来。

身后跟着的助理见状，连忙从随身行李里找了件大外套，贺情接过来，给风堂披上，又裹着衣服小跑到应与将的车前，敲了敲车窗，看应与将慢慢把车窗放下来。

应与将看他冷成这样，心疼得紧，睨了一眼蹲马路牙子上的风堂："他不走？"

贺情满眼担忧之色，往风堂那边看了看，说："他下午喝多了，这会儿不太舒服……等一下，等一下我就上来。"

应与将点点头表示理解，索性直接把火熄了，陪着贺情等。

过了一会儿，冷风吹得小了，风堂大概是缓过来了，也怕吹感冒，被贺情扶着送上了风家派来的轿车，贺情又跟他的助理交代了几句，把人送回去了。

贺情手冻得冰凉，哈着气跑到车边，拉开车门钻上来，亮晶晶的双眸四处看，有些警惕周围有没有别的人，再伸手去揽了应与将的脖颈，凑上去拍了拍他的肩膀。

贺情一笑，低声道："祝我们应总，平安夜快乐……"

应与将挑眉："应总？"

"对，先这么叫着……"贺情假装听不懂似的，靠在座椅上，侧脸蹭着外套帽子上一圈儿羽绒，"至于其他称呼吧，特殊情况特殊处理。"

应与将听得有点头疼："比如？"

伸手拉过安全带，摁进大腿旁边的锁扣里，贺情拉长尾音，说："这我们……从长计议。"

第二天是圣诞节，贺情一觉睡到中午，吃了家里阿姨做的饭，坐电梯去车库清点酒去了。

早上贺情让加贝的人从公司调了一辆保时捷Panamera S过来，又打电话联系了平时提供宴请白酒的供货商，拉了五粮液过来把后备厢装满。

这辆保时捷Panamera S还是去年贺父建议他拿来当商务应酬用车的，因为嫌贺情自己的私人用车太不规矩，张扬，浮躁，不稳重的形象很难让人谈成生意。

这辆保时捷 Panamera 一般都是用来接来宾或者送客人的，贺情很少用，毕竟他去过的这种酒桌子不多，但这次该上就得上，含糊不得。

考虑到自己可能晚上会喝醉，贺情从加贝调了个司机过来跟着。

不过白酒他还真没怎么喝过，贺情又开了后备厢拎了一瓶出来看了一下度数，心里一突突，跟啤酒根本不是一个等级，还真烈。他学喝酒才多久，还别说这种白酒了。今儿得带个手下过去挡，不然自己哪受得了。

吃饭的地儿打电话当天就定了，选在 B 城宽窄巷子门口的钓鱼台御苑。

灰砖粉墙青石路，乾隆御笔的"钓鱼台"三字，门口石狮气势非凡，竹林苍翠，算是 B 城才修好的一个高级去处，也正好请客尝个鲜。

吃的正儿八经的国宴菜，用餐环境也较为私密，在 B 城算是独一份的了。

全部准备好之后，一看时间，都下午五点多了，他把手机拿出来，给那个帮忙搭线的人打了个电话。

那边的人接了电话，唯唯诺诺地说："贺少，那边说临时有点事儿，今晚，您看……"

贺情一听这话就不高兴了，他拉下脸来求人办事儿，到头来还想水，真把他当只懂埋头做生意的人了？

贺情点了根烟，说："想欠我人情也就这么一次……过时不候。"

他掐着滤嘴吸了一口，任由白雾绕在鼻尖，继续说："行了，我往御苑走了。"

那边接电话办事儿的一听就急了，连忙道："贺少，贺少，您看，这事儿是我没办妥，但是这两个都不是特重要，只是比较好相处，您啊，搞定他一个就成了，另外两个就是拉来作陪的，别往心里去……"

贺情没太多听，也懒得想了，爱来谁来谁，只要能把这事儿办了就行，抓着电话回了句："你安排。"

到了七点整，加贝集团的这辆纯黑色的保时捷 Panamera 出现在了御苑门口，后面陆续跟着停了两三辆商务轿车。

钓鱼台门口恭候多时的泊车员还没来得及上前，加贝集团的司机便匆匆下车，去给后座的人拉了车门。车门一开，下来了贺情。

贺情穿了件黑色的夹克外套，显得十分潇洒俊逸，面上带笑，站定后一转头，对着后面一辆车上的副驾驶位一点头，跟着出来迎接的大厅经理，眼瞧着人用手叩开兽脑辅首，迈步进了朱红漆大门之内。

引路的人把贺情引进了最靠内的一间包间，把房间里弄得只剩下了五个座椅，贺情扫了一眼屋内古典的装饰，皱起了眉，说："再加一个座位。"

说着，他回头对着跟上来的手下说："你去大厅里坐着等，我要是不行了，再给你打电话，你先别进来。"

 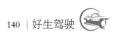

那手下一低头，小心翼翼地："那，等会儿贺少再叫我。"

说完他就推门出去了，走的时候把门一带上，屋内就剩贺情一个人了。

他想抽烟，但知道这里边儿禁烟，心情有点烦躁，大概还有十分钟，那一拨人就要进来了。

刚刚下车的时候他就注意到了，总感觉多了辆车，或者是那请来的两位谁多带了人来，托他办事儿的那个朋友也来了，今晚算下来加他，不加各路保镖手下司机的，能上桌子的一共也就五个人。

他太久没出入这些场合了，这古风装修，感觉下一秒能来个煮酒论英雄。

但今晚谁是英雄，还真说不清楚。

贺情盯着那大酒杯，嘴角一抽抽，喊来路过倒茶水的小妹，问："你们这儿有小点儿的杯吗？"

那个小妹也是好玩儿，估计是油腻的中年男人见多了，看到贺情眼睛一亮，脸一红，头埋得跟鸡啄米似的："有的，先生。"

贺情："那麻烦全换小一号吧。"

他行事光明磊落，干不出什么拿矿泉水当白酒灌的事儿，但看今晚形势，这群人怕是铁了心要跟贺情喝一遭。

摆酒的人又进来了，贺情看着那一桌的五粮液，喉咙都烧得痛。

服了，他真的是，为了个什么啊……

贺情脑子里回想了一下应与将最近面色铁青的样子，心中默默握拳。

酒过三巡，精心准备的国宴菜没动几筷子，倒是席间推杯换盏没停过，贺情看那个大领导一副半酣的样子，自己都有点儿微醺了。

他手里拿着刚斟满的白酒，遥遥一举，顺着大领导的话接下去："可不是吗，当哥哥的，总是放不下心……"

宴席刚开始的时候，贺情看着昨天说有事儿的那两个人都来了，心中还放心了点，这两个人跟他那个办事儿的朋友熟，席间交谈不会太过尴尬，但下一秒他就笑不出来了。

那个大领导进门儿的时候，身后带了个人，那个人贺情看着眼熟，开口问了地界，对方说是北边儿的，贺情一拍脑门，目光如炬，面儿上笑得粲然："单哥手下的？"

对方估计也是个戏精，"哎哟"一声，顺着贺情反应做了个吃惊的表情，身子还往后退了一下，朗声道："难为贺少！还记得我！"

结果一路喝到现在，贺情多喝了好几杯，才反应过来，这人就是来灌他的，虽说这么多人，不敢干什么出格的事儿，但贺情一想起单江别那几个吹耳朵的动作，就觉得一阵恶寒。

大领导坐在上宾座，最中间，席间人的表情他都看得清清楚楚，看贺情发呆，有些不悦："贺少，不胜酒力？"

不行，这事儿还没谈下来，再喝点儿呗。

贺情手一招，他那个朋友连忙站起身来给贺情把酒满了，一边倒一边圆场："哪儿啊，张哥，贺少那天天跟风家小子混着的，酒量还挺不错！"

坑我啊？

贺情头都大了，但好在还不算醉，接了杯子慢慢把杯脚往桌沿上一磕，笑道："张副您说笑，哪儿有我贺情喝不下去的酒嘛？"

对方像是真心实意地欣赏贺情的爽快，拊掌大笑："后生可畏！"

贺情这一杯都还没下肚，那个单江别的手下连忙站起身要给贺情斟满，贺情手一抖，给酒在了桌上，一双桃花眼眯得半醉半醒："还真是不好意思……"

他自己把五粮液的瓶身握起来，尽数往杯里倒了，重新斟满，一举："我自罚！"

这回真的是酒过十来巡了，贺情真真正正感受到了白酒的劲儿大，又一直被灌着，酒桌的各取所需，到他这儿更是体现得淋漓尽致。

那两个等级低点儿的，殷勤得很，不停地给贺情找话说，时不时帮衬一下提点出贺情的弟弟要转学籍的事情。等级最高的那个，就这么坐着，贺情不开口，他也不开口，这种事儿能不能谈成就讲个时机，都只是当面一个电话的事儿。

那个外国语学校不缺学生，且重本率非常之高，要是能把应与臣弄进去，估计按他的成绩，拼一下还能整到一个保送名额。

几杯烈酒下肚，那冲劲儿冲得贺情头痛，脑子一转，便咬文嚼字起来："好久没见您了，听说……事儿挺多。不过这多事之秋刚过，冬天得多劳逸结合才是。"

被叫到的那个领导见贺情说话这么客气，也跟着一笑："贺少哪儿的话，明明是你们这批小年轻的，不爱跟我们打交道……贺少，您看兰家那小子，最近也忙的，嗨，都没工夫见我！"

贺情竖着耳朵听了半天，朦朦胧胧地没听明白，胃里一阵翻江倒海，他面上仍是挂着笑强忍了，却一直被那个北门儿的人死死盯着看，看得贺情只觉得背脊发冷。

贺情转过面儿去，似笑非笑道："张哥，您带的这位，挺不错啊。"

"还行，叫小陈就行，才跟的我，出来见见世面。"

那个哥一笑，伸手招了那个小陈过去，对着贺情说："涉世未深，恐怕贺少还多包涵。"

想了又想，贺情看好了时机，懒得磨叽了，索性直接把酒杯里的液体一口干了，又说："张哥，您看我拜托的那个事儿？您有什么办法吗？"

张副伸手取了一瓶五粮液拧开，手上动作没停，面上是一副镇定自若的表情，笑着说："贺少要帮忙，哪有一句话不成的事儿……小陈，电话。"

看着他摊开手去接手机，贺情才算放了点心。

接下来这事儿就这么妥了，桌上的人都喝高了，兴致也来了，贺情又被拉着一通灌，灌到后边儿，拿手机出来打电话的力气都没了，乖乖趴在那儿，眼睛睁着，面色潮红。

那个叫张哥的，见贺情趴着，但自己还没尽兴，便又开始拉着贺情问起车价车市，这席间免不了说几句来几口，贺情肚子里又下了点儿酒。

盘古今天业绩好，一口气卖了十二辆车出去，应与将想着过节，晚上带贺情去太古里转转，但这人中午说要午休之后到现在都还没回消息，自己忙着也没空去问，闲下来一看时间，才发现都已经快十点了。

应与将直接给贺情拨号过去，打了几个没人接，又往加贝打，那边说贺少今儿一天都没在公司。

联系不上人，应与将有点担心，再加上今天这种日子，如果贺情是出去玩了，十点就没接电话，那到了午夜不得嗨成什么样，也没跟他说去哪儿了。

贺情一般去哪儿都要报个备，今晚是怎么回事？

应与将把风堂的名片翻出来，按照上面的电话打了一个过去，响了没几声就接了，那边也是一脸茫然："啊？情儿没跟我一起，他人呢？"

兰洲把头探过来喊："贺情说今儿他早就有安排了！还有人圣诞节想约贺情？谁啊？"

电话麦克风被风堂拿手一捂，转面儿去瞪兰洲："是应与将！"

兰洲白眼一翻，暗暗咬牙。

应与将在那边听得眼皮一跳一跳的，也没工夫跟他瞎扯，冷声道："能联系上他的手下吗，司机，或者助理。"

风堂说："司机我知道，我打个电话问问！"

等待的时间格外漫长，应与将盯着手机锁屏上时间的四个数字的最后一个，慢慢从2变7后，风堂那边来了电话，说贺情在御苑，今晚是有应酬。

知道行程就好，应与将松了一口气。

风堂又说："但司机说，情儿进去快四小时了，里面的领导全都没出来，你去看看？"

只听得这边儿应与将快速地"嗯"了一声，道了句谢，把电话摁了。

自二环高架一路下来，穿城中心从繁华地段过了，他到御苑的时候约莫十一点，宽窄巷子旁边儿钓鱼台的停车场格外醒目，应与将环视一圈，没见着贺情的车，倒是一溜儿的纯黑车，这排场看着就像是有什么比较重要的客人在这儿用餐。

应与将到御苑门口了，就看着一个挺眼熟的人，刚想问，对方先开口打了招呼："应总！"

应与将点了点头，冷声道："贺少在里面吗？"

对方一愣，还没点头，应与将就等不及了，直接抓了那鎏金兽脑辅首，开门入了。

他多希望贺情只是手机没电了，仅此而已。

他一路穿过大厅，后面跟着两个经理，都不知道他是什么人，一脸凶相，都不太放心，还怕是知道今儿贺少做东，来找贺少麻烦的……

有个经理手上还抱着菜谱，跟着追了几步，提醒他："先生，里面是张哥和贺少，我……我们这儿是钓鱼台，安保很严，等下如果您执意要闯进去，我们将采取……"

这句还没说话，应与将猛地止了脚步，一回头，眉头紧拧，面上一番凌厉之色，气势逼人，开口说话的声也是字字句句咬得极重。

这句完了，他没工夫去看一张脸发白的小经理，就听得耳边一声喊："应总！"

这小经理脸色更白了，对着从后厨出来的总管哆嗦道："总……总管。"

那个总管一看这两人就大约知道了是个什么情况。

应与将这会儿没时间跟他叙旧，已经听到声音了，指着一个紧闭着的门，说："您帮我把这门开了……"

这句话话音还没落，那扇门猛地开了。

贺情从里面几乎是跌撞出来的，趴在门边儿，脖颈连着白皙的脸红成一片，脑门儿上都滴着汗，身后站了几个中年男人，有两个伸手来扶他，有一个已经把贺情一只胳膊抓着了，嘴里喊着："贺少？贺少？"

应与将一瞬间觉得脑子里某根弦断了。

他冲过去把贺情扶起来，捧住他的脸，见屋内地上放着一地的五粮液瓶子，见贺情耷拉着眼不吭声，扑面而来一股浓重的白酒酒气，额间还在冒汗，抬头问他身后的人："喝了多少？"

贺情把下巴搭在他肩上："不……不多。"

那个来帮忙的朋友也是两眼蒙胧的，还有点儿意识："您，您是？"

应与将喉头一哽："贺少的司机。"

贺情听见这话，乐呵呵一笑，眼都睁不开，手捂着肚子，转面儿去看身后在穿外套，一样喝得有点儿多的张副。

后者看到贺情醉了都还在看他，也笑，音色雄浑："小贺，放心吧，哥给你办成。"

贺情伸手比了个"ok"的手势，挥手招来他带来的手下，吩咐道："去门口把张副他们的司机叫进来……安排，安排着送回去，务必落实好了……"

那手下没喝太多，诚惶诚恐地应了，匆匆往门口走。

贺情交代完，乖乖把下巴又搭回应与将的肩，低声呢喃道："我们走……"

应与将沉着脸，揽住他两条手臂，直接把贺情背了起来托在背上，阴目睥睨过在场的每一个人，喝醉的，没喝醉的，都被这眼神慑了一下，没人敢阻拦。

这才多久，又看到贺情醉成这样，又把他背到了背上。

但这一次，明显喝得太多。

把贺情扶上自己的车，应与将看他那样，速度开得慢，想着要不要找个地儿买点解酒药和蜂蜜水，就看贺情睁眼，喊停车。

应与将一脚刹车把车逼停到了马路边上，贺情跌跌撞撞地推开车门，几乎是滚下去的，扶着路边的树，一口吐了出来。

应与将冲过去扶他，手上还拿着一瓶矿泉水，正准备拧开了给贺情喝。

他看到贺情捂着的地方是胃，蹲得蜷缩，吐的是一小摊血。

他瞬间感觉脑子都炸开了。

贺情表面上的笑容是一点儿都没变，笑得他脸都要僵了。

应与将眼里神色又暗一分，去取了湿纸巾来，抱着贺情，给他擦嘴。

贺情已经痛得快神志不清了，额间全是冷汗，半睁着眼出不了声，一张嘴，舌尖唇齿都带着血丝，刺激得应与将不敢低头去看他。

把贺情抱上车之后，一路踩着油门找了最近的医院，挂了急诊，医生把贺情推进去，应与将一个人站在外边儿等。

他点了根烟，把手机打开，去点了通话记录，给风堂拨了过去。

应与将也不废话，开门见山："风先生，请问一下，张哥是哪位？"

风堂那边正嗨着，想着应与将不是去接贺情去了吗，问这个做什么？

他努力回想着"张哥"这个称号，突然想起来了，一拍脑门儿："好像是哪个学校的……欸，兰兰你知道吗……"

学校。

应与将心口一痛，张着嘴说不出话来，猛地站起身，手里的那根烟又像他在金港那晚一样，直接被他用粗糙的指腹搓灭。

第三十五章

B 城，华西医院，住院部。

贺情睡醒的时候，约莫是下午两点，午后的阳光铺到棉被上，用手一摸，还有些温热。

入目一片刺眼的雪白，床脚挡板上写着赤色的华西二字，病房是单人的，窗外有参天大树，郁郁葱葱，病床旁的帘子拉得严实，隐隐约约能听见走廊上护士说话的声音。

贺情还没回过神来，刚拿手刨开的被角，就被应与将用手掖上了。

他抬眼去看，看应与将面上没什么表情，阴沉着一张脸，眼神里是说不出的压抑。他拿了床脚他给贺情脱下来的外套，又给贺情加一层，搭到胸前。

贺情憋着，嫌热，撑着想坐起来，把手伸出来去扯衣服："热……"

应与将又一只手把贺情摁回去："躺着。"

这人眼神阴得很，每一个抬眸都像裹了把刀子，嘴唇抿得紧，眼下泛着青黑，看着有点儿憔悴……比上次见面的酷帅程度下降了几分，好吧，十二点零几分。

贺情半睁着眼看他，心里一阵胡乱分析，还没想出个所以然来。

然后，他感觉应与将的手从被褥下面伸过来，携了点儿凉风，再把他的毛衣撩起来，把温暖的手心覆在他的肚子上，热热的，贺情吓得一收腹，生怕应与将摸到一点儿赘肉。

应与将冷着脸："放松。"

见应与将脸色不太好的样子，贺情不敢提昨晚的事儿，就这么乖乖躺着，不敢咋呼，任由应与将的手在他肚皮上一阵轻揉，停到胃部，用极为小心翼翼的力道画了个圈，问他："还疼吗？"

这才刚睡醒没多久，贺情人都是蒙的，感受着肚子上传来的炙热温度，脑子里对于醉酒之后的事儿依稀还记得一些。

他想起自己吐的那一小摊血，心里一咯噔，猜想估计是白酒喝得太多，一时胃部受了太多刺激，自己又没扛住。

喝个酒，怎么就搞成这个样子了？自己还真不是那块料，这点白酒都喝不了……

这么想着，贺情看应与将难受的样子自己也难受起来，手从被窝里慢慢伸过去，握住应与将的，安慰性地捏了捏，低声说："不疼了。"

应与将低下头，看贺情脸色苍白，眼里没多少神采的样子，心疼得不行，张了张嘴，却发现自己真是半句话都再也说不出。

等外面护士端盘子进来送药，贺情马上闭眼装死，他简直太怕进医院了，不知道自己现在什么状况，特怕被打一针或者挂水。

应与将站着，耐心地听护士讲用法用量，拿手机一字一句地敲下来，存在备忘录里，伸手接过了药，低声道了谢。

贺情刚刚听到了一些内容，等护士走了，把眼睁开，半张脸都躲在被窝里了，缓缓开口："胃出血？"

太丢人了，喝酒喝到胃出血，还只是一顿的量，不过真的难受，他感觉自己这辈子都不想再碰白酒了。

应与将点点头，说："喝半年的稀饭，戒烟戒酒。"

"半年稀饭？戒烟？"

闻言贺情一愣，立刻又闭上眼，把头侧到一边，被子往下一拉，露出白白净净的脖

颈，眉头紧皱，严肃道："杀了我，就现在。"

应与将面上冷得很，磨牙道："再多喝点儿，就差不多了。"

风堂找了半天都快迷路了，好不容易问清楚这住院部多少楼多少号哪个科室在哪儿之后，见门半掩着，开门进来，正看到了这一幕。

病房里床帘被窗外的风吹起边角，掀得老高，淡蓝色条纹镶嵌着白色，将画面衬得恬静而美好，房间内没开灯，依稀是才睡了午觉的模样，贺情的鞋还整整齐齐地放在床脚。

"说了没事儿了，躺那么久了我起来活动活动……"

应与将站在床边上，半弓着身子，双手摁着贺情的肩膀，贺情躺着笑，被褥之下的腿一阵轻轻扑腾，床板都在震，嘴里低声嚷嚷着："来劲儿啊！"

一个男人浑厚低沉的嗓音响起："再折腾把你绑这儿。"

"你敢……"

"你看我敢不敢。"

前来探望的风堂再竖起耳朵仔细一听："啊，我是病号，我好虚弱……好痛……"

风堂："……"

亏他还买了个果篮……这感觉也没多大事儿啊？

风堂无语，一扭头，拦住正想往里面走，并且抱了一束花的兰洲，说："兰兰，想吃水果吗？"

兰洲前脚跟后脚地，自然也是看到了，嘴角一抽抽："先给我削个苹果吧。"

本来弯着腰的应与将听到了说话的声音，眼神特严厉地警告了贺情一下不准乱动，才站直了身子，把自己的外套穿上，提着床头冷掉的皮蛋瘦肉粥要出去倒了，回头给贺情说了句："我先出去。"

他一到病房门口，就被风堂和兰洲盯着，三个人就这么僵持着站在门口，眼神一阵激烈交锋。

没互相盯多久，兰洲就发现这男的确实不是要较劲儿，是本来眼神就这样，没多少感情。

应与将把手里提着的粥往房间门口的蓝色特大号垃圾桶里一扔，揣进衣兜的另一只手伸出来，对着走廊尽头的通风口一示意，说："借一步说话。"

贺情躺在床上，看着三个人大眼瞪小眼，王八瞪绿豆，简直心累，一眨眼的工夫，见三个人又往另一处去了。

大概过了五分钟，透过门上的玻璃看到只回来了兰洲和风堂，两人神情严肃，手里抱着的花和果篮太扎眼了，扎得贺情想把那俩玩意儿给扣他们俩脑袋上。

两人推门一进房间，贺情有点儿怕被骂，瞬间又开启了装死模式，半眯着眼，看兰洲认认真真地把那束花的蝴蝶结绳重新打好，终于忍不住了，骂道："有病啊？"

兰洲把那束跑了几家店才买到的干油桐放到床头柜上，长叹道："看来……我这束花花还真没白费工夫，知道这花花语是什么不？"

贺情看他俩进来就搞这么一出给自己添堵，说话声音跟蚊子似的："不想知道……"

风堂冷笑一声，嘴里吐出的话是字字咬得极重："牛啊贺情！为了他弟喝到住院……"

本来就不太舒服，这会儿翻个白眼都嫌累，贺情一只胳膊搭在床边一甩一甩的，嘀咕道："你别乱说话啊，我真没想到能喝到这地步……"

兰洲在一边儿正视察这病房环境，听贺情这么一说，连忙凑过来问："你到底喝了多少啊？能把你那宝贵的血给喝出来？"

想起刚醒时，应与将那眼神，贺情还是有点犯怵，瞪眼问风堂："应与将呢？"

提起这茬风堂就来气，不是因为那姓应的家里的破事儿，贺情能搞成这样吗？有这样的吗，三天两头鬼门关走一遭，下次再这么折腾，迟早得玩儿没！

"别应与将应与将的了，我问你话呢，听不进去吗？快给我说！"风堂怒了，伸手一拍桌子，拍得那桌子上削了一半的苹果都跟着震。

人呢？不在吧？

贺情勉强撑起身子坐直了点，伸长脖子去看门外探视窗那儿的人影，吞了口唾沫："他出去了吧？"

兰洲在旁边恹恹道："出了出了。"

确定了应与将不在，贺情才放心下来。

他想了一会儿，慢慢地说："就那个张哥，然后还有单……"

兰洲听了，恍然大悟道："怪不得，前段儿刘哥约我吃饭，老想着我家风投的事儿，我真的办不下来，给拒了，以为我摆谱吧？现在算是怎么回事，想拿你警告我？"

感情喝这么多都是报复我了？

手捏着被子搅了又搅，贺情也是疲了，眼皮一耷拉，声音哑哑的："算了，也是我自己找的……怎么说人还是把事儿办成了。"

一提这事儿贺情就觉得胃疼，又怕他俩担心，便悄悄在被褥之下拿手捂了胃，按照应与将刚刚给他揉的方式弄了一下，觉得舒服多了，开口声音也大了一些："他走了还是在门口啊？"

兰洲叹了口气，见贺情伸着脖子往外看，巴不得自己是长颈鹿的样子，走到床脚把病床的靠背慢慢摇起来。

"我跟他说等会儿阿姨要来看你，他说在门口车里守着，等阿姨走了他再上来。"

贺情浑身一震："我妈？你告诉她了？"

兰洲说："你昨晚没回家，阿姨能不给我打电话吗？"

这两个人在病房闹了一阵，闹得贺情头都疼了，从果篮里拿了根香蕉出来剥了正准备下口，风堂伸手制止了，说不能吃凉的，贺情一愣，脸色沉下来，哼哼唧唧的，说不至于吧？

他再去看俩发小的表情的时候，声音软了几分，叹了口气，自我忏悔一阵，才下了保证，绝对没有下一次了。

风堂听贺情难得这么乖地认了错，心下一颤，想起刚刚他们和应与将去通风口的时候，应与将摸了三根九五之尊出来散了烟，三个人站那儿有一搭没一搭地抽，通风口的风大，烟雾缭绕，绕得应与将的眉眼越发冷峻。

抽到最后的时候，风堂嗑着烟头要摁在垃圾桶的烟灰缸上，看到里面起码十多根抽得只剩烟屁股的九五之尊，心里也难受得紧。

那天应与将在华西门口等了好几个小时，等贺母探完贺情出来了，才又从电梯上去，贺情说他妈回家拿过夜陪护要用的东西，便只得陪贺情待了一会儿，掐着时间又下去到车上等着。

其间贺情找借口说出来上个厕所，步子慢吞吞地，跑到走廊另一端的窗户往下看，看到应与将的车还停在那儿，掏出手机发了个消息过去。

不加贝：你快回去吧。

盘古名车馆：嗯。

不加贝：我明天就出院了。

盘古名车馆：好，知道了。

贺情待床上躺了会儿，见天都黑了有一会儿了，也不管他妈担心他尿频尿急，又提了裤子出来，跑走廊那儿一看，果然，应与将的车还在那儿。

不加贝：我妈今晚不走，你回家吧。

盘古名车馆：好。

等病房的电视上各大卫视八点档的剧都要播完了，贺情等啊等，又抬眼去看窗外完全黑下来的天，隐隐约约觉得还是有点儿不放心，趁贺母去楼层前台咨询的时候，裹了自己的大外套，跑到走廊上窗户边儿去。

然后他撂下一句"妈我再上个厕所"，穿着棉拖就往电梯口跑，直摁了一楼，哈着气，在电梯里冷得跺脚。

他一出电梯，在院坝里走了几步，四处望了半天，没搞清楚之前应与将停车的地儿在哪儿，本来人就不舒服，方位感也不太好，这被风一吹更找不到方向了，只得哆嗦着给应与将发消息。

不加贝：我下楼了，你自己看着办。

消息才发出去没一会儿，贺情光着脚踝，穿一双棉拖，站在风中都快吹傻了，猛地看到远处有熟悉的红白车灯亮起，那辆奔驰大G尾巴一甩，横着停在了他的面前。

把车窗摁下来，应与将看着贺情捂着肚子慢慢走过来，趴到他窗边，一张脸都冻红了，张口都有雾气："你……"

应与将只觉得难受。

他等贺情睡醒了之后在医院楼下坐了一下午，车没打燃，只觉得又冷又闷，想着贺情躺在床上那样子，吐血的那样子，周遭变得更冷了。他往公司里打了好几遍电话，又给在B城的不少生意上的朋友去了电话，了解清楚了那几个人的背景。

公司里的手下一个电话打过来，说姓单的在北门上有一批新进的尾翼跟他是同一个供货商的手上过的，问他需不需要动点手脚，应与将没犹豫，只是淡淡地说，截了。

那边说截了得损失不少，毕竟那批尾翼值不了那么多价。

应与将灭了根烟，说，截了。

他对昨日的事，和贺情的态度一样，在对方面前，只字不提。从一开始，他设想过很多，做了很多准备，买了房办了车牌，其至去维护过跟加贝有关的一切关系，也有暗中派人去查在B城跟加贝有过过节的所有存在，万万没想到，再一次地，纰漏出在了自己这里。

又是因为他，贺情又一次面对了一些不安全的因素。

常年在A城的商场混战，刀尖舔血，让他已经养成了习惯性地去保护身边兄弟的本能，像当年有一段时间为了保护好应小二，不惜每天派人跟着，上下学都是三四辆车来接，找事儿的人都不知道应小二在哪辆车上，为了应小二在初中学校里能不受外界因素干扰……唯独贺情，身上所发生的一切都不在自己的掌控之内，也没办法随着性子去把想讨的都讨回来。

他所珍视的东西一次又一次地被撼动，他却没有能力十倍百倍地还击。

他想起第一次在华西与贺情碰面时，贺情说的，这里是B城。

是啊，这里是B城，不是A城。

应与将抬手，面色有些凝重，手臂越过扶手箱，从副驾驶上拿了一束刚买的花，还有一只红白相间的圣诞袜，放到贺情的手上。

应与将深吸一口气，缓缓道："昨天本来想带你去太古里转转的，很热闹。"

贺情拿着那束花，有点儿发蒙，这阵仗跟兰洲送的不一样啊，一点儿都不像来给病号送花的。

"圣诞节你往年都要过派对，我看了。今年过得不好，但礼物要好。"

他一边听应与将说着，一边去拆手里的那只圣诞袜。

"望江名门，就在九眼桥旁边。"

贺情把袜子里那串钥匙拿出来，晃荡一下，看清了，是房子的钥匙。

贺情眼睛亮晶晶的，想起来了望江名门是哪一座新开的楼盘，如果他没记错的话，是锦江区新开发的一处千万级豪宅，是公寓，就在九眼桥边上，视野非常开阔，地段也特别好。

这算什么？

贺情突然张口说："昨晚的事儿，你不要觉得愧疚。"

这句说完，贺情趴在车窗边，眼神特坚定地看应与将："因为是我想要做的。只要有一丝可能性，为了你，我就会去争取。"

第三十六章

出院之后，贺情被家里严加看管着，每天在家里吃了睡睡了吃，做饭的阿姨也是用尽心思，皮蛋瘦肉粥、生虾粥、鸡蛋粥都来了个遍，喝得贺情现在看见粥就反胃，索性糊弄几口不吃了，偷偷回房抱着零食一顿啃。

他今儿下午一觉睡醒，对着他那个 LED 的镜子看了半天，摸摸脸，感觉都圆了快一圈。

他倒不觉得自己吃得多，把一切都归结为应与将作的孽。

应小二科三挂了，被应与将说是心态没摆正，让他回学校上学。

之后学籍交接办了几天，办好了把任课老师、班主任都见了个遍，应与将才放心地把弟弟塞进去。

接到贺情的通知电话时，应小二正在他哥旁边吃涮锅，这几天都为前途愁眉苦脸的，这听到了有学校收留，心里还有点儿激动，手一抖，半盘木耳都下了锅，溅起来的热汤烫得他手一抖。

被烫得倒吸一口气，应小二抬眼对上他哥淡定的眼神，甩了甩手，问："哥！什么学校？"

跟贺情说完话，听他家里人在楼下叫他吃饭了，应与将也把电话挂了放在一边儿，伸手给应小二夹涮好的肉片。

"外国语。"

应小二听了这名号，眼睛一亮，但又觉得他哥估计费了不少劲，又兴奋又小心翼翼地嘀咕了一句："不愧是我哥……谢谢哥哥。"

最后那四个字乖巧得紧，简直字字都带着恳切，听得应与将心头一颤，虽然这种话从弟弟嘴里出来，他听得太多了。

应与将又夹了一块肉给应小二把他嘴巴堵上："不要谢我。"

看着弟弟疑惑的表情，应与将又说："去谢谢贺情。"

应小二一愣，连忙把嘴里的肉吞了，又给他哥夹了几筷子番茄："他办的？"

下去端了盘虾滑放进锅里，应与将点了头，端了盘虾滑放进锅里，不再说话。

应小二踌躇着也不敢多问，拿着漏勺和汤勺捞吃的，捞了一堆丸子上来，拿筷子戳戳，又觉得气氛不对劲，终于忍不住了，说："哥。"

应与将猜到他弟要开口了，低头喝了口汤："嗯。"

应小二心里咯噔一下，索性直接把勺子放下了，手臂交叠地坐着，认认真真地问："你……你跟贺情，到底什么关系啊？"

应与将低头涮菜，锅里升腾而起的白雾模糊了他的五官，轻轻道："和你说不明白。"

这句说完，在应小二复杂的眼神中，应与将头一次仔仔细细地给应小二聊起贺情，聊拉力赛，聊御苑，聊得应小二眼眶热热的，第一次后悔那天早上出了拳头，郑重道："哥，把贺情微信给我呗。"

应与将闻言一愣，没想到他弟是这个反应，说："做什么？"

应小二下巴一扬："我要拉个微信群！"

"哦"了一声，应与将拿勺子给应小二又盛了碗汤，淡淡道："不需要你来打扰。"

等一顿饭吃完了，应小二死缠烂打，还是如愿以偿地把贺情微信加上了。

应小二飞速地看了一下自己的朋友圈，觉得没什么丢脸的内容，才放心大胆地给贺情发了个消息，一句"hello"，算是打了招呼，没过一会儿，贺情那边就回复了。

不加贝：？

他看贺情这么回一句，有点儿蒙，拿着手机抬头问他哥："他对谁都这样？"

应与将侧过脸去看贺情回他弟的消息，失笑，果然只有在自己面前才一副热情的小孩儿样子。

吃过了饭，贺情还是出不来，应与将便让应小二自己在家收拾好去学校要带的东西，晚上开车送他过去，自己拿着文件包，开着车往盘古去了。

一路上接了不少电话，有一个是望江名门那边的装修方打电话过来询问客户需求，说大概下个月就能入住了，钥匙都交给了户主，这个月主要就是家具的置办，都由装修方操刀，户主随时可以去查看进度。

他和贺情平时都忙，两边公司事情都多，下半年 B 城国际车展刚过，这盼着又要过年了，大批的客户开始下手订购车辆，一堆的事儿忙不完，没工夫去管装修的事，才选择了这种精装房，拎包入住。

望江名门视野十分开阔，直面锦江，地段绝佳，设计师也请得好，总体升值空间大。应与将之前考虑过位于南门上的银泰中心的住宅楼，但是那儿是个大型商圈，住宅区的

停车场和商场停车场连接着，相对来说还是太过混乱。

他之前收到了售楼部的邀请，开车去过一次，住宅区的停车场跟车展似的，什么豪车都有，那阵仗跟 IFS 那边有得一拼，而且户型看着不太舒服，挑了好久才挑到望江这边，觉得满意，便一咬牙买下来了。

一千七百万起的房子，对以前的他来说不算太贵，但换作现在，还是有点儿吃力。只是房子跟车不一样，这几年 B 城的房价升值空间太大，再加上为未来从长计议，也还是值当。

不过他没想到的是，贺情没真要这套房子，还开玩笑说太贵重，这套房子比他人还贵。应与将但笑不语，摇头表示否定。两个人对视一眼，贺情怕应与将不开心，当即哄劝，说留个房间给他就行，自己家在另一个区，离这边远，偶尔过来住住也行。

设计方打电话过来问询的时候，有问到他喜欢华丽些的还是简约些的，应与将想了一会儿，想起贺情那些排场，说那就要华丽点儿的。

他拿着电话思索了好一阵，又想起上次贺情喝醉来他家，睡醒之后光着脚满屋跑的样子，加了句，铺地毯，全部铺满。

贺情这边虽然跟应与将有一阵子没见面了，但那串钥匙是每天放在床头，左看看右看看的，就有点儿激动，找人也问了这房子的具体情况。

他甚至一个电话打到风堂那儿："你们锦江区的怎么办事儿的啊，不是拎包入住吗，什么效率……"

望江名门在锦江区，风堂自然也关注这一备受瞩目的锦江房价之巅的楼盘，一共五十八套被哪些人买了，他都门儿清。

"关我啥事，我又不是开发商！"一听到贺情提起这事儿，他就忍不住骂骂咧咧的，"贺情！才认识多久就接受他的赠礼？不过应与将真是瘦死的骆驼比马大，真有钱……"

贺情白眼一翻，也不顾什么兄弟不兄弟的情谊了，说："应与将那块头要是是骆驼，你也就是个驴子。"

风堂见贺情现在随时都帮应与将讲话，都快要气死了。

晚上他靠在床头给应与将发消息，在家居官网选了好些个好点儿的欧式放酒的架子，全被应与将否了，说戒烟戒酒就必须执行，一点儿都不能沾。

贺情听话，自己把屋里的烟盒全部藏了，憋了会儿又忍不住翻出来，没点燃，咬着滤嘴一口一口地吸。

刚刚洗了澡出来，浴袍半开半掩地搭在身上，皮肤被热气蒸出一片绯红，额角都还滴着汗，睫毛都似泛着层雾，热得贺情不禁骂浴室排气扇效率太低，一照镜子，脸跟番茄似的。

他嘴上叼着烟，一副纨绔子弟的样，又想起房子的事儿，也懒得吹头发了，直接靠在床头打字。

　　不加贝：能快点入住就好了。

　　盘古名车馆：应该快了。

　　不加贝：你现在住的呢？

　　盘古名车馆：打算卖了。

　　思来想去，打字完全不足以表达他的幸福心情，贺情点了语音，一个微信电话打过去，开口就想说房子的事儿。

　　那儿的房子他都看过，主要是不想活在风堂的阴影之下才没去锦江区，好吧，其实主要原因是因为这边儿家里离公司近，而且他在武侯区住了那么多年了，要换房子还有点儿舍不得。

　　不过这么贵的房，比他一辆车的价格还贵，都赶上他那辆 Centenario 了。

　　想来想去还是觉得像做梦似的，还是有点紧张，他直接问道："你买这么贵一房子干吗啊……倾家荡产了吧？"

　　应与将声音一过电，听着更要命了："不至于，房子总要换。"

　　说着他给贺情发了户型图和基本的情况过去，贺情边看图片边念叨："我看看啊……五个车位，嗯，能停满……二百九十平，双主卧……爽啊。你弟就住这边这个吧，采光好点儿。"

　　应与将一笑，充满磁性的嗓从电话那边悠悠传来："不用考虑他，他平时住校。"

　　意思是除了周末，平时应与臣都不在家！

　　虽然说应小二先给他示好了，但是一提到他弟，贺情还是觉得有点儿别扭，毕竟他跟应小二也才差两岁不到，他要是跟应小二同时出现，应与将带着像带了俩弟似的。

　　贺情又问："那具体什么时候能住啊？"

　　应与将想了一下，说："下个月吧。"

　　于是，掰着指头倒计时的日子就这么开始了，贺情又说要去选家具，应与将说有负责的人，贺情才做出让步，说："行，那其他地方可以有设计师来安排家具那些，但……"

　　贺情吞了口唾沫，故作冷静地问："我有自己的房间吧？"

　　他虽然没有风堂那种把五星级酒店都住个遍的梦想，但是对卧室的舒适度要求还是特别高。

　　应与将"嗯"了一声，一板一眼地说："可以有的。"

　　又过了两三天，贺情都在家里待得快发霉了，好不容易熬到贺母要坐飞机去一趟贺父出差的城市，他才重新获得自由，乐颠颠地沐浴一翻，穿了新衣服，喝了粥，开着车出来放风。

　　这边贺情刚到盘古的办公室，和应与将碰面，加贝集团就又下了通知，说今年的日

 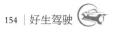

本兰博基尼日要开始了，来了烫金的请帖，邀请贺情去一趟日本东京。

大概就是一群人开着兰博基尼，在酒店门口拍照，开发布会，听兰博基尼的老板发言。

这种活动贺情参加得太多了，一点儿都不想去，但在 B 城，加贝是直属经销商，这不去就是不给面子，大上司，一点儿都惹不得。

这好几天没见，贺情一见应与将，胃也不疼了，粥也觉得好喝了，手撑在办公桌上看他在合同上批批改改，也不觉得无聊，眼都不眨。

抬头去看墙上贴的那些个车标，看到了兰博基尼的，突然像是想起了什么似的，贺情说："对了，我有个朋友，说想卖他的兰博 Aventador，我让他来你这儿试试？"

应与将也没抬头，回答："过水没？"

贺情回答："我不太清楚，他没说。不过这么大的事故也不会隐瞒吧。应该没有过水。"

应与将点头："想卖多少？"

掐指一算，贺情细细回想着，说："三百多万吧，贵不贵？"

应大总裁心想是贺情的朋友，价格也懒得磨叽，随口答道："还行，让他送来。"

贺情一愣，有点儿开心："就谈成了？应总……够给面子啊？"

应与将凑近了说："你的面儿，能不给吗？"

这下贺情看着墙上那兰博基尼的标志，那头大牛，心情又复杂了，想着那请帖，想了一下日期，刚好还是跨年那天，脸都绿了。

第三十七章

一下飞机，东京雨雾的天气闷得贺情心里不舒坦，坐着主办方派来的车到了酒店，门童一串日语说得他听不懂，只得老老实实地跟着来接待的人走。

下午到了会场，他也没怎么吱声，同一些熟面孔握手问了好，就拿着一本图册到席间找座位去了。

兰博基尼新上任的 CEO 他不太认识，人搞工程技术出身，看着文质彬彬，这种人往往贺情接触起来更难，之前那位，长得跟古希腊雕像似的，每次往展台上一站，比贺少更像男模，气质也特别好，但后来被调到布加迪去了。

贺情一叹气，这新关系又得重新捋捋。

这次东京的兰博基尼日，顺带上了兰博 Aventador S Roadster 的亚洲首发活动。

过一段时间，也将推出兰博基尼全新的 SUV 车型 Urus，但贺情并不是很看好。

理由他也跟风堂讨论过，就像风堂那辆宾利添越，这么贵的 SUV，不好看不说，销量也一般，像宾利这种牌子，就该老老实实做豪华轿车，就好比兰博基尼该好好做跑车一样。

豪华 SUV 的市场，哪个牌子都想掺一脚，但整得车型都差不多，除了车头看不出区别，销量也就那样，玛莎拉蒂的 SUV 也卖得不好。

东京下了雨，在东京王子酒店的停车场，贺情见到了一水儿的车，展台上最终掀布露出了一辆 Aventador S Roadster，内饰碳纤维，车身还是上深下浅的渐变色，看得贺情心痒痒，然后又忍住压下去了。

再买，钱给败光了不说，日子还过不过了。

转了一圈又一圈，想来想去，贺情还是觉得自己的宝贝 Centenario 最好看。

会开完了，贺情溜达到外面去看兰博基尼的老爷车大赛，看完了天都暗下来了一些，路上陆陆续续地出现了一些新车型的车主，无数头"大牛"依次排队行进，高亢的声浪一阵压过一阵，行驶在东京街头，灯火通明，闹市街头人来人往，一辆辆超级跑车轰鸣着，接受着围观群众的注目礼。

贺情眼皮一耷拉，觉得这些跑车都一个样，除了有些的配色还不错之外，都提不起他的兴趣，看困了。

他突然有点儿好奇应与将开跑车的样子，怎么这爷们儿就不喜欢超跑呢？

等天完全黑了，也差不多到了回酒店的时间，贺情一上来接人的车，连上车载 Wi-Fi，手机就开始响，他打开一看，居然是他爸打来的。

贺情有点儿紧张地把锁解了，心想估计是问钓鱼台御苑的事儿，但这事是他自己搞出来的，喝酒也是他自己喝的，再怎么，他可希望他爸别瞎插手。

一接电话聊了几句，还真被贺情猜对了，他以为他就住个院，没动手术，他爸不会过问，结果听他爸这语气还挺担心，拉着他一通问身体状况。

酒局上那些个人，为个什么，他爸应该也是调查过了，直截了当道："应与臣？你怎么跟个高中生扯上关系的？"

该来的还是要来啊，于是贺情老老实实交代："朋友的弟弟。"

贺父这会儿正在三亚悦榕庄躺着，估计是在那边被开发商招待伺候得太舒服，说话的声音比往日柔和多了，爷俩你一言我一语还有点儿父慈子孝的光景。

"A 城来的那个应与将？嗯……听说过。"

一听这名字从他爸嘴里说出来，贺情心里直跳，"啊"了半天，只得说："爸，他帮我挡好几次事儿呢，人特别够意思。"

贺父像是听到什么笑话似的，说："大尾巴狼一只……你那能折腾的劲儿，是个人

 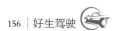

在你身边待个三五天，都能成救命恩人。"

贺情白眼一翻，他爸怎么这么说话啊？

胡乱地汇报了一下今日行程和所见所闻后，贺情把电话一挂，马上又给风堂去了一个，被他爸说得说话声儿都变粗了。

"我爸给我打电话了，问应与将他弟的事儿……"

风堂一听贺情动不动就应与将，简直头疼，不过好在也没有太过分，心里算平衡了点儿，也懒得跟他计较。

风堂"哼"了一声，白眼都快翻到天上去了："知道怕了？趁早收手吧，情儿，不然你这交个朋友跟地下党接头似的。"

贺情弱弱地说："接头还不好啊？"

风堂冷笑，笑得贺情想把他电话给挂了："你真是神仙放屁不同凡响的，我服！"

"你能不能鼓励鼓励我？"

"鼓励？当初被揍的是你，俗话说强龙不压地头蛇，我看你不但是被压了，过段时间还得被宰了！"

贺情无语了："你别造谣……"

贺情在车上大概又坐了十多分钟才到酒店，一进房间，一头栽进大床软被里撒了个欢，给应与将发了几张活动现场照，又发了个朋友圈。

一个 Lamborghini 的标志，以及今天 Aventador S Roadster 的照片，配文是一个握手的表情。

再一刷新，应小二回了个："赞"的手势。

虽然说一看到应小二，贺情就有点头疼，但是这小屁孩都上赶着给自己点赞评论了，那应该还算接受了自己？

这么想着，贺情一个人在外漂泊的感觉缓和下来，好受多了。

第二天从东京羽田机场走的时候，应与将一个电话打过来，说那辆二手的兰博基尼Aventador 检查了一遍，是过了水的，盘古收不了。

那位要卖车的哥们儿正好这次也来了东京，雨雪交加的，快冻成冰柱子了，搓着手正在旁边哈气呢，气得贺情直瞪眼，张口就说："怎么回事啊？"

那男的一愣，"嘿嘿"一笑："妙啊，修得这么完美了，应总都能看出来？"

得，这又遇到个认识应与将的，贺情有种自己谈了个大明星的错觉，也懒得多问，只是轻描淡写地说了句："怎么都认识应总啊？"

对方又一笑，拍了拍贺情的肩膀："富贵险中求，在他身上完美诠释。"

回来的飞机上贺情一直睡不太着，满脑子都是应与将在 A 城的事儿。

飞了大半个小时了，现在大概是 A 城时间十一点，应与将肯定已经醒了，在做什么呢，吃饭，或者又在急匆匆地看合同，给客户讲车……

他听说过一些应与将的事儿，但都不全，决定回去问问……前几年应与将在皇城根儿脚下的那些传闻，是个男的听了都容易热血沸腾。

贺情不知道的事儿多了去了，他自己现在是个虎的，做事儿还不周全，但应与将不是。

这人胆大心细，一般不怎么栽面儿，他家里往上走几代是老 A 城的"四霸"之一"车霸"，做洋车行的，后来他祖辈没落的时候，A 城人都还管鸡蛋叫鸡子儿。

关键问题就出在锋芒毕露，树大招风，再加上盘古七星那几年出了点问题，就算是排队去摸 A 城白云观的石猴求财也没用了，眼红的人就顺着应小二惹事儿的风头，把应与将给拉下了马。

拉是拉了，只是都没想到应与将这么些年明里暗里攒了那么多钱，辗转西南，车馆开得上好，结交了贺小少爷，买了千万豪宅，比不上在 A 城出风头，反而低调得很。

当年应与臣读高一，跟同学在街边小吃店里烫串儿呢，吃得一嘴油，扯纸巾擦了，老远看着家里司机的车来，也没管旁边有没有人，屁股一拍，书包一扔，开车门就上去了。

他同学站在远处风中凌乱，惊呆了，发 QQ 问他，应与臣，你到底什么人？

怎么车牌还是 88888 呢！

应与臣那会儿也什么都不懂，张口就说，我名字里写得挺明白了吧，我哥是应与将啊。

没过几天，应与臣就给应与将喊到餐桌边儿来站着，他拎着书包带子垂着头，站在桌前哭，鼻子揉得通红，哭得应与将心软，但还是硬着嗓子说："谨言慎行。"

那场面，就差应与将没效仿岳飞母亲，往应小二背上刻下这四个字了。

但相比应与将的低调，应小二的生活是过得上好，什么都是整最好的。过生日请客吃的盘古七星花传日，开派对都是国贸酒店，住的建国门贡院六号，吃粥必备八宝菜和甘露，估计炸酱面的酱汁都比一般的要多点儿……就是放学来接的车换成了一辆大众帕萨特。

相比起现在在 B 城，住学校宿舍，放学自己挤地铁，吃了上顿没下顿的，川菜那么辣，B 城那么大，哥哥都不怎么管他了，真的是太惨了。

贺情在飞机上想了好久应与将的事儿，除了生意场上还特别好奇他的情感方面，又不好问，只得自己瞎琢磨，或者找个机会聊聊。

那天他还问应与将在 A 城住哪儿，应与将说平时陪弟弟住建国门，双休就去圆明园。贺情一瞪眼，骗子，圆明园还能住人的？应与将说，真的，海淀的，圆明园西路。

后来贺情抓了个 A 城的朋友一问，圆明园那儿有什么住的？对方一愣，颐和原著啊。

于是贺情跑去网上搜颐和原著，那房价，惊了，依山傍水，颐和园昆明湖边上的，风水宝地，够他自己买几辆车了。

这么一想来，好像一个望江名门，倒也还好。

但是，今时不同往日。

他摸不清应与将的底。一到了B城机场，蹿上应与将的车就从包里掏了个兰博基尼的卡片过去："看，新出的 Aventador S Roadster，喜欢吗？"

应与将手腕搭在挡杆上，眼皮子都不抬一下："拿给我开，就糟践了。"

贺情一听这话就不乐意了，他也看得出应与将不喜欢这车，连忙问："你不喜欢跑车？"

"不是不喜欢，赛道上开开还好，平时还是越野好，不怕撞。"

"买车还看经撞不经撞啊，你这人……"

贺情看应与将兴致不太高，也不说话了，乖乖看他开车。

一路上应与将脑子里都是乱的，每次一提到跑车和越野车他就不舒服，心里那道坎儿他过不去。

那年他十八岁刚拿驾照，开着才赚钱买的小跑车，就一辆特普通的捷豹 F-TYPE，也没跟他爸打招呼，载着才七八岁的应小二就去飙。

他开车没那些"二环十三郎"那么不要命，坊间传闻他们能十三分钟跑完二环。应与将没那么不要命，不跑那么快，但还是有空就跑去玩儿地下飙车，和道上圈儿里的朋友一较高下。

应与将的车技是那段时间练的，名号也是那段时间打出来的，包括后面在盘古七星的地界，都是那段时间结识的朋友，扶着他起来的。

就是十八岁那年的雨季，一场雨下得大了，下得可能应与将年少气盛，脑子里进了水，当晚带着好奇得嗷嗷叫的弟弟上了赛道，所幸时速不算很快，并排比试的一辆保时捷撞上来，侧脸全部刮花。还好他一盘子打得猛，应小二才没太大问题，一群人又都不敢报警，直接把小二送到医院去了。

从那以后，要不是应小二成绩还挺好，应与将都要怀疑他弟是不是脑子撞坏了。那天在医院小二一醒来就笑眯眯地问哥哥捷豹呢，应与将冷哼一声，别的话也说不出，难受得很。

他心里也愧疚。本来他妈生应与臣就是他强烈要求的，结果十月怀胎，应与臣来了，他妈没了。

应与将十多岁的时候，对小小的应与臣不好。

应小二都知道，但还是跟在他哥屁股后面要糖吃，干啥都要跟着，跟到十八岁应与将上赛道，才终于玩儿出事情来。从那以后，应与将就不怎么开跑车了，捷豹修了卖掉，从此买车就秉承着一个理儿，经撞。

这些他能跟贺情说吗，还没想好，贺情没问他也不想说，毕竟算是心里一块疤。所以当初在金港，应与将看到应小二又被撞了一下，还被打了，火才蹿得那么高。

贺情这么多车，有事没事就去金港飙，估计也是没出过重大事故的，才开车开成那个样子，跟陆地飞行器似的。

之前在太古里的时候，右转不用管红灯，直接转就行，但是那天有交警，有交警肯定得听交警的。

贺情踩着刹车乖乖地溜车过去，速度特慢，瞪着眼问应与将："能右转吗？"

应与将抬眼去看那交警明显制止的手势，说："能。"

于是贺情还真的一脚油门，右转向灯打着，朝右边儿的道拐进去了。

应与将淡淡道："知道你胆子大，没想到这么大。"

贺情一愣："啊？"

应与将嗓子一沉，带着点严厉，说："那么大个交警站那儿，你开车真不看路。"

贺情抱着方向盘都要哭了，心想自己驾驶本儿可没分再拿去扣了，但又知道自己理亏，不看路就算了还走神："有交警？"

等车进了三环内，回忆结束，应与将整理了一下情绪，看了一眼无聊到把副驾驶位都快要放平躺着的贺情，才慢慢开口："路上的那些标识都还熟悉吗？"

贺情"嗯"了一声，特别自信："熟得很！"

应与将抬眼，指着横挂在上方的一个标志说："这什么？"

看那标志是个蓝底儿的白车，上面副驾驶和驾驶位上坐了两个人，贺情说："机动车道呗。"

应与将脸一沉："这是多乘员专用车道。"

说完，他不去看贺情恹恹的样儿，又指了前方的一个蓝底儿白车的，车上驾驶位和副驾驶都没有人的，心想这个机动车道的标志，贺情应该认识了，问："这个。"

贺情眼睛一亮，大喊一句"我知道"，随后笃定地答，"无人驾驶车道！"

哎，不对啊……

这句无人驾驶听得应与将心里一突突，险些把刹车踩了，叹了口气，觉得还是自己认真开车比较好。

第三十八章

本来应与将的车都要开到贺情家门口那条大街上了，结果加贝一个电话过来，催命

 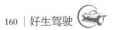

似的又把贺情催回去。

　　两个人到了加贝集团门口，贺情那架势简直是不想去上班的，应与将敢马上点火走人，他就敢提桶水把这焰苗给浇了。走的时候，应与将伸手揉他后脑勺，说有空了再见面。

　　感觉到应与将跟他认识之后，话明显多了不少，贺情心里高兴，这回难得正经，两眼定定的，特别认真地说："不用安慰我，我跟你都这样了，万一以后我不能靠家里，还不得自己多锻炼锻炼吗？"

　　应与将逗他："我有钱啊。"

　　应大总裁这话一出，贺小少爷又马上把自己这根弦拨回来，冷静道："得了，我挥霍无度，分分钟让你散尽家财。"

　　应与将又说："你花，我赚。"

　　贺情听了把车门一关，朝着车窗学着之前在医院那样，哈了口气，玻璃上起了一层白白的雾，伸手画一个勾，用手指点了两下，转头走人了。

　　应与将的车在加贝门口停了会儿，保安也都认得他了，没多说什么，任他的车在那儿停着。

　　一直等到下午三点左右的样子，应与将盯着手机上存的一张 B 城美食地图看了会儿，打燃发动机，一踩油门儿，走了。

　　这张图是贺情微博点了赞的，应与将存了下来，按照上面找了三家最近的。高升桥七道堰街的豆花饭，玉林路的叶儿粑，武侯大道一个小区门口的"蒋烤鸭"。

　　全部打包好了，又一路开着车到加贝。到的时候，都还是热的。

　　应与将不想打扰贺情，熄了火下车，麻烦保安托楼下直营店的销售经理给贺情送了上去。

　　加贝都是一水儿的平房，全是豪车 4S 店，几大牌子挨着开，办公楼单独一栋，也就两三层的样子，没过多久稍微高点儿的那一栋就有扇窗户"哗啦"一声开了。

　　应与将刚坐上车，眼一直看向那栋楼，把车窗摁下来，望到贺情又站在窗边看他。抬起头来，他经常出现在贺情所在的某处楼下，这样的距离和姿势，两个人仿佛都已经习惯了。

　　他盯着贺情看，贺情也不动，哪怕都只看得到一个小小的黑影，那也是对方的存在。

　　忽然，周遭的灯光变得暖了不少，橙黄橙黄的，大概是六七点路灯亮的时候到了。

　　它们在冬日即将到来的夜里，带着些温热光亮，在雾蒙蒙的冷空气里笼罩着贺情的眼，笼罩着楼下那一小方稳固的黑色。

　　正出神之时，贺情感觉兜里手机一震，连忙掏出来看。

　　他说，贺情，机场路的路灯亮了。

　　……

　　日子一天天过，贺父贺母还在出差，贺情也乐得清闲，公司的事儿忙完了，就等着年关将近，销量猛增了，趁着过节优惠一笔，还能赚好些钱。

应与将那边生意也好，收了不少二手车进来，贺情见他忙，好几次去盘古名车馆都看到应与将在检查新收的车。

现在天气越来越凉了，应与将已经不能再像贺情最开始来盘古看到的那样，把衣摆撩起来叼在嘴里了，但贺情远远看着，看他认真的样儿，都觉得心里特别踏实。

兰洲来找过贺情一次，两人开着车又上了金港赛道，较劲儿似的，大晚上的，跑完了站在街边儿上抽烟，兰洲摸了一根递给贺情，贺情舔舔嘴唇，说算了，戒了。

兰洲才不信，但转念又想起来好像贺情是大半年都抽不得，又说抽包口，不吸进去，没什么问题。

惹来贺情特坚定地不抽，问为什么，贺情想着之前应与将从他嘴里闻到烟味儿的时候那阴沉的表情，不说话。

兰洲悻悻地把烟盒往后座一扔，扯开领口散散汗："有个毛病……"

贺情伸手揪了一把兰洲的耳朵："你敢骂我。"

兰洲一抽烟，那忧郁范儿就上来了，看着那姿势那气度，跟失恋了八百回似的，他愁着，两眼发呆地去看仪表盘，喃喃道："情儿，你真觉得他这人能结交？"

"能啊……"

贺情鼻尖闻了味儿，还是没忍住，点了一根抽的包口往嘴里叼，说："这人，我还挺欣赏的。"

见兰洲眯着眼不吭声，贺情又低低地加一句："非常欣赏。"

兰洲一听就郁闷，他没想过贺情会把目光投在别人身上。其实他还很了解贺情的，知道他对人好就是这样子，巴不得把所有的东西都掏出来给了，但面对这么个没根没据，飘无定所的男人，就是放不下心来。

兰洲吸了口气儿，问："为什么？风堂不也对你好吗，你怎么不黏他了？"

贺情听了直乐，一巴掌拍到兰洲伸手，钩住他脖颈，笑道："跟你们那是革命战友情谊！"

兰洲不屑："你就是个叛军。"

摸摸兰洲毛茸茸的脑袋，贺情许久没抽烟的嗓有点儿哑："对，我投降，投降且投敌。"

兰洲没忍住，直接点题，说了最现实的问题："你，你家里怎么办？你爸那多神通广大啊，要是知道你和这么个人走这么近，到时候你爸不把你劈了？说不定还觉得我们是帮凶，把我和风堂也给劈了。"

贺情没想到兰洲还想得挺远，看来心里其实还是比较认可应与将的。

面上做着忧愁之状，贺情半眯着眼，说："我十七八岁就出来做生意了，什么事儿

 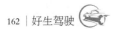

都要听家里的，这要是连自己想结交的人都选择不了，我可太惨了。"

贺情是个明白人，兰洲知道。

冷风呼呼地吹着，兰洲又听贺情笑道："你是不知道……我跟他，处处都有回应，一举一动他都明白。"

他侧过脸去看，看贺情那双桃花眼，与以前不同的是，现在像带着点点星辰，卸下了往日的乖戾，锋芒都被软化了边角。

贺情说："你没见过他温柔的样子……"

"他那么大一个人，那么酷。"

"以前觉得多看一眼都要被枪毙了似的，现在给人的感觉，特暖。"

贺情吸了吸鼻子，像有点儿感冒了，又点了火，燃上一根，正好迎面顺着风抽，抽得一身烟味儿都被拐进了寒风里洗涤。

他眼神望着南延线的方向，飘飘忽忽地。

"兰兰，我太幸运了。有你们，还有他。"

贺情深吸一口气。

B城的冬天真冷，是冷到想站到应与将身边的那种。

第二天下班忙过了事儿，贺情又开着车往盘古跑，反正趁家里人这个月都不怎么在家，还不得多钻点空子玩玩？

他想起前几天跟应与将在成雅高速路口那儿遇到查酒驾的，应与将没被拦下来，自己被拦下来了，对着测试仪呼呼一通吹，吹得脸都鼓起来了，应与将在前面设卡的地方回头盯他。

昨晚贺情在家里车库停车又把车屁股划了，不过好在昨晚飙车选的这辆亮紫的奥迪R8，蹭了也不是很心疼，找个借口罢了，一路飙着，往机场路走。

一停了车在门口，贺情就通知了接待的人，说："跟你们应总说，他贺少的车屁股划了。"

他也懒得去4S店找人麻烦了，在车库停车都能划了这也够傻，这点小事就不外扬了，掀开给应与将看就得了。

等了一会儿，贺情看着应与将一身西装从楼上下来，刚开过会的样子，手里还拿着一沓文件，看封面估计又是什么新的改装部件到店了。

他闭着嘴也没多问，就听应与将还没走拢跟前就问："你车怎么又坏了？"

贺情朗声回答："蹭漆了。"

应与将点点头，心想估计是贺情开车又不仔细开，开个奥迪又没人乐意让他三丈远，一提到安全系数，心口就有点儿堵得慌。

应与将淡淡道："停这儿吧。"

听他这么一说，贺情问："你不能修？"

应与将转身拿起贺情放桌上还没喝完的茶抿了一口，回道："还有一批没补完漆。"

像是鼓足勇气似的，贺情向前一步附在应与将耳边，用两个人听得到的音量认真地说："那些不管了，你先修修我的呗？"

后者一怔愣，别过脸去看贺情。

应与将修长有力的手指捻上领带，松了松，笑道："你等着。"

一到贺情停车的地方，应与将又把贺情塞车上，说送他回家。

贺情一愣，没搞懂为什么，刚想说话，应与将的手就抵上来了："你自己发烧了，没感觉吗？"

他被这么一说，才感觉口干舌燥的，身上一阵一阵地烫，气焰一下就蔫儿了，心想估计是昨晚在金港吹的，又不敢说，靠在座椅上，低声喘着粗气，不讲话。

然后应与将拉着他，去了一趟最近的医院挂了急诊，贺情在后面恹恹地骂，发个烧挂什么急诊。

应与将把贺情带回贺家的时候已经凌晨一两点了，体温测过了，三十八度上下，还不算厉害。贺情犯困，前一晚上也没休息好，没几分钟就睡着了，睡得一张脸通红，呼吸都带着热气。

应与将拿着沾了酒精的布一遍一遍给他换。换到凌晨五点的样子，自己也有点儿困，拿体温计又给贺情测了一下，感觉在慢慢降下来了，又去了趟厨房，一阵捣鼓，捣鼓完了才上楼，也睡了会儿。

早上贺情起来，看房间里没人，外面也没动静，打开微信一看，应与将说去盘古了，晚上过来，让他好好休息一天。

贺情穿着棉拖慢吞吞地下楼，看到他熟悉的用了十多二十年的那方大理石餐桌上，出现了应与将熬的粥。

他发微信，骂骂咧咧的：你还有空熬粥呢？没睡觉吗！还上不上班了！

应与将没搭理他这一长串，回道：吃了吗？

贺情气焰又给瞬间熄灭了，乖乖地回：吃了，好吃。

晚上，贺情差不多烧都退了，洗了澡躺在床上趴着打游戏，打了一会儿，手机响了。

他听到应与将说："我在你车库门口。"

贺情几乎是扯着羽绒服，出卧室的时候停顿了一下，从抽屉里翻了东西揣到大大的衣兜里，穿着薄薄的一层衬衫睡衣就飞奔下楼了。

他电梯都没等，顺着楼梯跑下去的，过了客厅又过了负一层的储物间，一推开那扇大门，就看到应与将的车，停在他的私人车库门口。

应与将把车窗摁下来看他，贺情又飞奔上楼去拿车库的钥匙，把车库打开，熟门熟

路地蹿上应与将的车，哈着气说："冷死我了……"

这辆他们俩坐过无数次的奔驰大 G 就这么头一次大大方方地停入了贺情的私人车库，停到了那辆法拉利 812 旁边。

应与将环视了一下这环境，看着副驾驶上坐得端端正正的，穿得极为单薄的贺情，伸手去把车打燃，把自己的座椅调得靠后了些，开了暖气。

"舒服点了没？"应与将说。

"舒服多了，我都退烧了。"贺情乖乖回答。

应与将像是不相信他似的，从兜里摸出来一根测体温用的水银测温计，让他夹好，说来五分钟。五分钟之后，贺情再把测温计拿出来，在应与将面前耀武扬威地道："你看！"

"以后别发烧了还乱窜，"应与将无奈，"病来如山倒，小心病一回好久都出不了门。"

"你咒我呢？"贺情瞪他，"有点饿了。"

应与将一向是行动派，听贺情这么说，就拿手机叫了个外卖。外卖到了之后，两个人拿着外卖上楼吃，一吃吃到半夜，贺情跳去客厅就把门锁了，挡住了出去的路，说你今晚哪儿都别去，就在这儿住！

应与将没办法，只能答应了。

第三十九章

一觉睡醒，浑身酸痛。

贺情闭着眼不肯睁开，裹着被褥在床上翻了个滚儿，暖气的温度开得刚刚好，不会着凉，也不会让细汗濡湿后脖短短的发。

他伸出手臂往旁边一摸，空的。再坐起身来，揉揉眼，一低头，身上干干净净，全部收拾过，睡衣也换了新的。

应与将呢？

他第一时间是去摸手机，只睁开一只眼，还不能太适应光亮，慢慢划开界面，看到应与将发来的留言。

盘古名车馆：车馆急事，先走了。早饭在桌上。

贺情眼前一亮，虽然人不太舒服，但还是飞速洗漱完又洗了个澡，"噔噔噔"地顺着家里的楼梯往下走，一边扣着开衫一边抬眼去看桌上的早饭。

……又是粥，旁边还摆了玉米糁儿和一块烧饼。

那烧饼炸得一点儿都不油，干干的，底下的皮儿炸得酥脆，黄澄澄的，老远都看着特香。

可是贺情吃不来。

他此时此刻更想干一碗辣辣的牛肉面，或者豌豆干杂面，最好配一碗面汤，猪骨熬的，上面撒点儿葱花，再放几根海带丝。

人间美味啊。

他看了一下桌上的食物，再一次感觉到了南北饮食上的差异。

贺情叹了口气，还是走过去，端着粥捏着鼻子一口气喝了，伸手去拿那个饼，张嘴一口咬，给哽得差点儿没咽下去。

居然是甜的！

贺情给齁得快翻白眼了，也不知道应与将上哪儿去买的烧饼，B城这地界还有甜的烧饼买，买的都是北方人吧？

他这一口气还没上来，又看到应与将给他发了条消息，问他今晚想吃什么。

贺情握着手机噼里啪啦一阵打字，简单直接地表明了，想去吃老码头火锅。

他完全忘了胃不好的事儿了，觉得吃汤锅应该问题也不大，又补了句，吃汤锅也可以。吃汤锅可以弄个小米辣的碟嘛。

发了就又回房间趴在被子里继续睡。

饭点儿一到，应与将把车开进贺家车库，把贺情拎下楼，车一驶入二环，贺情觉着方向没对，这不是往玉林走的路，侧过脸说："你走错路了。"

应与将只顾着开车，都没看贺情一眼，回答："吃别的。"

贺情一瞪眼："吃什么？"

应与将趁着车流量大，堵在下穿隧道口的时候，认认真真地说："清粥小菜。"

还活不活了。

这时，贺情手机响了，是他爸的，接了："喂，爸？"

贺父的声音在电话那头阴沉沉的："贺情，你今天没去开会？"

贺情眼皮一跳，暗骂自己健忘，一时昏了头了，完全忘了今儿早上有个会议要开，连忙道："我不舒服，就没去。"

他爸在除了他身体以外的事儿上基本都漠不关心，也没听出来贺情这会儿在外面，这一下倒是语气缓和了些："怎么了？"

"头痛。"

这一句说完，贺情都快咬着自己舌头了，只听他爸在那边着急道："怎么回事？我联系家庭医生过来……"

贺情咳嗽一声，面色沉静，也不知道严肃给谁看："不用了爸，我就是自己下楼梯磕着了，叫什么医生啊，自己家都能摔跤，还不嫌丢人吗？"

 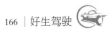

贺父居然觉得说得挺有道理，又问："不严重？"

贺情一点头，偏头瞪了一眼憋着笑的应与将，胡乱地"嗯"了几声，觉得自己这态度没什么信服力，又斩钉截铁地说："不严重，真的，还能走呢。"

电话那头贺父又沉默了一会儿，说："那你怎么不去开会？"

完了。

之后的日子，公司的事儿多了起来，各色应酬也多了，酒还是丁点儿都不敢沾。

生意场上的人，久闻贺情大名，贺情开始喝酒的事儿早就传开了，这一凑了局，贺情推拒说胃不好喝不了，还以为是贺情不给他们面子呢，整得贺情都想把医院诊断单给甩人脸上了。

爱信不信，真喝不了了。

吃不了辣的日子，对于贺情来说简直一天比一天痛苦，无论应与将做什么都不能缓解他心中对辣椒的思念，抱着手机在微信群里发消息。

不加贝：我再不吃辣，要被开除 B 城籍了。

兰州：傻子。

FtAnG：[语音]。

贺情恹恹地把语音打开，渴望听到一句好兄弟安慰的话，结果风堂也是一句，还是语音的"傻子"。

把头往副驾驶位上一栽，贺情斜眼去睨在拴安全带的应与将，后者转过面儿来看他："被风堂骂了？"

贺情声音听着都要咽气儿了："没……呢……"

算了，食物只是补充身体能量的一种存在，我堂堂一个七尺男儿，不能被此所困扰。

他坐起身来，还是愁眉苦脸的，应与将见他这样儿，冷着脸说："别让他带你去偷吃。"

"知道了。"

贺情极力想转移这个让他痛苦的话题，伸手去把车载广播打开，胡乱调了几个频道。

"B 城作为新一线城市，是否有机会赶上 A 城 C 城……"这句话还没完，贺情"啪"的一声把广播摁了，又伸手去调另一个频道。

应与将正在打方向盘呢，扭头笑他："反应这么大做什么。"

"还新一线呢，新一线不新一线重要吗，我们根本就不关心，只想瘫着……"一语毕了，贺情打了个哈欠，听那新频道还在放那种有点儿土的电视购物音乐，也懒得再调了。

他看着面前好不容易坐一个土生土长的 A 城大老爷们儿，又看着刚路过一个房地产的广告，那广告语荒诞至极，贺情心中有点厌烦，嘴上大有滔滔不绝之势："你看南延线高新区那片的房子，去年给炒房的一帮人给抢完了……你们 A 城也这样吗？房价涨成这样，还不是房地产商干的事儿，本地人有点钱，都买车去了。"

"你挺厉害啊，卖车知道来B城卖，这儿人就是贪享受，管他有钱没钱养呢，有好的，先享受了再说，所以B城二手车市场也特好。"贺情这一段儿长篇大论说完，作为标准"B城吹"，把这盆地说得跟个聚宝盆似的，心里乐得慌。

可不就是这得天独厚的条件给应与将引过来了吗，简直就是缘分。

且不说盘古拦了单江别的一批尾翼损失了多少，光有个最近在高速公路上撞死了人来修车的客户，就折腾得全馆上下够呛。

一般来说，除了4S店，都不怎么接事故车。车主交完一系列赔偿费用，还在打官司，本来打算把这车报废了，想了好久，好歹是一辆上百万的车，思来想去舍不得，干脆拖到盘古来修了。

这辆事故车前部严重碰撞，右后侧还被追了尾，挡风玻璃坏了，引擎盖出现问题，前面的左右大梁骨架撞上高速公路护栏，严重变形，需进行切割焊接修复，叶子板也需要焊接修复，这一来就变成了大工程。

这种事故车进行修复后，会影响二次碰撞安全系数，严重影响到人身安全。

这活儿应与将接不了。

在A城发生过的事儿，他不敢去冒第二次险，果断给拒了。

每个月里，经他这儿出去的车这么多，他不敢保证辆辆都不会出车祸，但至少能保证他没干过亏心事儿。

贺情一来盘古就听了这事儿，还坐在长椅上往腿上套雨靴，一身工装都给沾了水渍，扬头一抹，水珠都糊在脸颊上，车间车位上停着他自己的迈凯伦P1，又被他洗得干净锃亮。

昨晚两个人开车回家的时候，又在路口遇到查酒驾的交警。

贺情开着跑车轰鸣过去还没被拦，那个小交警拿着酒精含量探测器就把跟在他后面的应与将拦了，拦得贺情一突突。

那个设卡的地方前面就是红绿灯，贺情一脚刹车踩稳了，回过头去看，应与将也测好了。

等到了目的地，贺情先下了车，然后去应与将的车门前等着他下来。

应与将下车后，牵过水管，往车屁股上浇，边浇边说道："我刚十八的时候，撞坏过一辆捷豹，直接扔处理厂给报废了。"

贺情眼前一亮，跟发现了新大陆似的："你还买过跑车？"

"嗯，还是哑光黑的，引擎盖上有熔岩橙色条纹。"

听他这么一说，贺情更兴奋了："审美挺好啊！你也给我的车贴个呗？"

应与将把抹布一甩，湿漉漉的手在工装上擦干，看了一眼贺情的迈凯伦，轻笑一声："你都红成这样了，还贴什么。"

 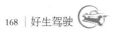

第四十章

B 城的一月，寒气砭人肌骨，空气里的湿冷铆足劲往人袖口衣领里钻。

贺情仗着身子骨好，又是小年轻，再加上不怎么在室外走动，里边儿套件加绒的宽松卫衣，外面就穿了一件薄外套。一条球鞋裤，踩一双马丁靴，腿长气正，偶尔搭条羊绒围巾把脖颈裹好，显得他一张俊脸更小了。

有时候来盘古，做销售的几个女孩儿胆大外向，会夸他几句。来做清洁的阿姨都说这小伙儿长得"称展"，应与将最开始没懂，问过贺情之后，才知道这是夸人长得好看。

下午去看望江名门的房的时候，路过府南河，见应与将多看了两眼那泛着点点涟漪的河面，贺情把车窗撅下来吹了点风，开口说："一月了，你们那儿都结冰了吧？"

这一问倒是勾起应与将一点儿思乡之意，他点点头，回答："嗯，护城河早结上了。"

A 城安定门桥下的护城河冬天一结冰，逛完庙会的小孩儿就爱跑河面上去"溜野冰"，冰面上有时候滑得裂纹都清晰可见，当年电视台报道说不太安全，应与将回家还挨了顿打。

贺情一笑："都结冰了还能护城？"

应与将有些佩服他的脑回路，打了个趣："所以是五朝帝都。"

"就你们那儿规矩多……"贺情嘀咕一句，嘴上是这么说，但眼神里还是有点儿向往，"B 城都不下雪啊，也不知道府南河结一次冰是什么样子。"

应与将一边开车一边去看他，说："能玩儿滑冰、冰球、冰壶。再往东北走，能凿洞钓蟹。"

他见贺情没吭声，转过头去问："你都没玩过？"

"没，南方冬天无聊着呢……取暖全靠抖，光抖去了，还玩儿什么。"

被应与将说得心生向往，贺情瞪他一眼，抱着臂把座椅往后调了点儿，被迎面的冷风吹得龇牙咧嘴："臭显摆。"

应与将被逗得一乐，看风把贺情头发吹得一团乱，又把车窗撅上去了，他把车停在望江名门门口，等物业的人来泊车，手靠在挡杆上一敲一敲地："那你们冬天在学校，都玩儿什么？"

贺情被这么一问想起一些往事，憋着笑，不想把那么蠢的事儿告诉应与将。

以前的冬天，他们能干什么，一群上高中的男孩子，下课打球上课睡觉。

有一回上课，刚好教导主任来查课，透过玻璃习惯性地往贺情他们那一拨人那儿看，那天点了名要收拾贺情，结果兰洲他们把贺情摇醒，贺情一个激灵坐起来，愣在凳子上半天都不动。

兰洲伸手去戳他："情儿？干吗呢，快，点杀①你。"

贺情面色严肃，身上的毛毯被风堂眼疾手快给抽走了，手放在膝盖上一顿揉，嘀咕道："我腿睡麻了……"

后来他们那一拨男孩儿憋着笑，站起来了俩，把贺情一步步扶出去的。

还有什么，冬天太冷，打完球又饿，跑去学校围墙边儿往外扔钱，墙那边就把热乎的馅儿饼、手抓饼各种校外才买得到的小吃扔进来。

有次贺情犯二，没零钱，两张一百的扔出去，喊了几十个饼，一拨人在墙下等了半小时没等着，收钱的摊贩拿着钱跑了。

贺情思及此处，有点不自在地咳嗽一声："瞎玩儿呗。"

太丢人了，这种事迹，还是自己憋着吧。

望江名门这儿的房子，贺情是第一次来，入目见如此奢华的装修，还有点儿不敢相信，这装修风格还是应与将挑的。

桃花心木的家具，花岗石的地板，全铜吊灯，大量的罗马柱浮雕，彩绘描金，客厅挑空，顶部做了尖肋拱顶。

贺情看了看地面，铺的都是莨苕纹样的欧式地毯，配着饭厅的壁炉，看着就暖和。

来陪着看房的售后服务人员在一边儿滔滔不绝地介绍，贺情也听不太进去，靠在玄关处仔细打量着这一处以后说不定要生活挺久的豪宅，心里说不出的满意。

他伸手去摸摸挂在墙上的框画，盯着画上那个吹喇叭的小天使看了会儿。

还真是可爱。

售后服务人员一边翻资料一边把他俩往屋内引，心里也奇怪怎么是两个年轻男人来看一套房子，但嘴上也不敢多问，就想着这双卧的户型，应该是一人一间。

于是他指着大些的那一间说："这间房是户主应总的吧，我们采用了……"

应与将一抬眼，审视了一下房间内，觉得床够大，还挺满意，但还是说："嗯，设计师没跟你们沟通？"

"啊，不好意思，"他扶了一下眼镜，慌慌张张地去翻策划书，边翻边说，"那如果说是户主的房间，那次卧……"

应与将把房间内的灯打开，天花板上的复古欧式水晶吊灯晃得有点儿眼疼，看贺情一眯眼，他下意识侧身把光给贺情挡了，皱了皱眉，说："小李，你先回物业吧，我们看完房，自己锁门走。"

---

①点杀：攻击方选定被攻击的一方。

 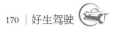

这房间才装修好不久，前前后后加起来，也还要开窗敞两个月左右，家电还没购置，他们今天来也就是看看具体的装修如何，以免再有改动。

被喊到名字的销售如蒙大赦，把户型图和装修方案往桌上一放，往后退了几步，说了几句客套话，也没关门，轻手轻脚地就走了。

跟这个应总待在一起，气压简直太低了。

他一走，贺情就不规矩了，绕着这超大的欧式床走了一圈儿，伸手去摸摸床头的软包，仔细看了一下，再没点儿眼力也看得出这床不便宜，回头问应与将："这床多少钱？"

应与将比了个数，惹得贺情哼一句："还真舍得。"

他们站在床边，旁边就是巨大的落地窗，窗帘还没安上，从这儿望，十多层的高度，能看到大半个锦江区。

这时天色已有些暗了，深蓝的天空好似大海深邃浩渺，府南河边路灯如星子点点。

大半个锦江区的建筑，从四面八方入目，上面均挂着各色霓虹灯串，灯火辉煌，车水马龙，无一不昭示着这一片地段的繁华昂贵。

贺情看着，心里热热的。

以前风堂在这一片开五星包房，经常带着各路女伴，站在酒店套房的落地窗前看夜景、喝酒，贺情一般都对这些场景免疫了，但心中还是有些许落寞。

现在不同了。

应与将看他盯着窗外不说话，刚想开口。

贺情把脸一侧，笑了："这房子，这风景……我超级喜欢。"

"今晚得去个饭局，你早点回家。"说完这句话后，两人离开房子，各自回到公司忙碌。

从公司出来，应与将接到宴请的电话后，连忙给贺情回了个电话过去，那小孩儿忙了一天就等着他晚上带着去吃一家新开的泰式火锅，结果一个汽车集团的老总打电话过来让晚上去吃饭，还没办法推。

贺情那边听着也临时有点事儿，声音还有点喘，喇叭按得叭叭的："行，风堂那儿也出了点事，我先赶过去。"

应与将还是不放心，添了句："禁鸣，开慢点。"

问了具体位置，何奈实在抽不开身，应与将只得安排了两个手下，开两个车去那酒店楼下候着，什么都别做，盯着就行，注意来往车辆，把车牌号都记下来。

匆匆赶到全季酒店大厅的时候，贺情也是一愣，身上一股子寒气都没散去，心想风堂怎么着换了个这么朴素简单的酒店？

他按照门牌，进了个普通套间，就看到兰洲和风堂两个人盘腿坐在床上打扑克牌呢，嘴上叼着烟，漫不经心地往床上放的烟灰缸里抖烟灰，看得贺情生怕他们俩把人床单给点了。

贺情把衣服一脱，挂在衣橱里，把门一关，也懒得拖鞋，坐床沿看他俩："什么事啊，丧成这个驴样？"

他把目光投向风堂："应与将跟我说你那辆宾利拿出来挂着卖了，怎么回事儿？"

"上头发通知下来，我家出了点事儿……"风堂嘴上还叼着烟，说话不太清楚，手里一张扑克牌往床上一摔，给摔得双眼微微眯起来，"炸！"

贺情一个脑崩儿敲他脑门上，严肃道："炸什么炸！你们就俩人，跟谁打斗地主啊？"

也像是看不来风堂这怏怏的样儿，兰洲在旁边冷嘲热讽道："行啦，他一人分饰两角呢。"

风堂叹了口气，心里也难受："家里说风头紧，让我把车卖了，房子卖了，手上做的活儿也别干了，门面盘出去，只需要在家待着就行。我一夜之间一穷二白，惨啊。"

贺情知道他处处都被人盯着，从进社会开始做事儿都特谨慎。于是跟着点了根烟，问道："你做了什么新项目？"

风堂又摔一张牌，嘴上叼不住了，直接把那根烟给杵了，愤愤道："宝马集团分时租赁项目，那个 Reach 什么……"

贺情"嗷"一声，旁边发呆的兰洲想起来了，连忙说："ReachNow。"

风堂点头，呆呆地说："对，那个 ReachNow，亚洲的第一个城市就选在 B 城，刚接下来，你知道吗，那可是肥肉。"

兰洲搞投资的，没怎么太接触过汽车项目这一块，听了这个共享项目，还是忍不住插一句嘴："这事儿还有哪些人在抢？"

风堂咬着滤嘴，有点儿泄气："佳成汽车，还有姓单的，大远集团和另外几个投资公司，都盯着这块肉。"

共享和分享的新经济模式很有市场，特别适合城市氛围，再加上 B 城不限牌，最近又新推出了新能源汽车牌照，发展前景巨大，共享单车的甜头尝够了，不少人想来尝尝共享汽车的味道。

这块肉，加贝也想要。

但贺情这次犹豫了很久要不要出手，因为盘古也入了股。

第四十一章

这个项目他想碰又不敢碰，一是共享汽车的前景未卜，二是因为，盘古在一年之内

 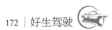

就做到能插足本地的项目纷争，他摸不清楚应与将的具体实力。

应与将每天的时间不多，闲暇都是海绵里挤出来的。

其余时间全部一心扑到工作上，一步一步地把基础打牢，为的就是能在 B 城立于足下，贺情都知道。

他不觉得应与将会出手断他的财路，但他不想自己成为应与将发展路上的绊脚石。风堂这种年纪的"小孩儿"，出手去跟应与将争项目，这不是明摆着作死吗。

他还没吭声呢，又听风堂说："我都想把货车证考了，怕哪天家里破产，我找不到事儿干……"

贺情又一巴掌拍他背上："别上马路祸害人啊。"

货车那是什么级别，先不说风大公子还没沦落到这地步，那种车的驾驶执照难考，而且开着危险，稍有不慎，货物掉落造成的后果不可估量，他们仨的车技，贺情心里有数，心想又不能让风堂去当职业赛车手，那更危险。

"哎，兰兰，"像想到了什么似的，贺情伸胳膊捅了兰洲一把，盘古的事儿他不想多问，正想转移一下话题，"你们做投资……"

风堂偏偏又在旁边张嘴了，好死不死地添一句："情儿，应与将就是在我撤了股之后补上去的，他是真有钱啊！今晚没跟你一起，去赴宴了吧？"

贺情实在是不太想生意上的往来牵扯到应与将，但风堂这事儿上受了挫，话都说成这样了，也只得硬着头皮听下去。

"你怎么知道？"

"大远的老板请他啊！"

听着觉得不对劲儿，他抬头问风堂："边绍山？空港那边那个？"

风堂说："人家大远早搬到经开区车城大道了，那可是整车生产企业，场地得开出来。"

贺情低头看烟都要烧着手了，吸了口，说："行吧……他跟我说了今晚有个局，我没细问。"

风堂看贺情情绪上来了点儿，又继续发牢骚："我印象最深的就是他儿子，车圈儿江湖人称'黄灯边'，我看就是傻子一个，之前撞你那事儿……"

黄灯边，谁见着他都要让三分，老远看着他车来了都要降点速度，这人开车快，没定数，扎猛子冲着一个劲乱开，惹了不少事，还被刑拘过。

贺情连忙伸手打住他的话："哎，别说了，我记得那个完犊子的。"

他不想听。

大远自从他贺情接了加贝之后，处处得理不饶人，哪哪都要插一脚，这次风堂退下来，盘古能收到风声，估计也是大远的功劳。

这集团属于整车生产，但是是私企，并且是从 S 省那边过来的，但在 B 城很多年了，也算是本地企业。

他们生产的车都属于国产车，廉价且销量很高，这点跟加贝集团完全相反。

加贝集团旗下的 4S 店大多都是豪车品牌，劳斯莱斯和兰博基尼那几个名贵牌子都挨着开馆。

前年有个项目跟加贝撞上了，他们集团的公子也跟贺情在赛道上碰过面。

两人一见面皮笑肉不笑敌不动我不动的，看着和和气气，贺情都不知道对方心里暗骂了几句难听的话。不过好歹那小崽子是个不足为人道也的富二代，天天惹事儿闯祸，生意做不来脑子也不好使的那种，做事儿全靠他爸。

这个集团的负责人，边绍山，一只见钱眼开的狼，也是贺父生意上的合作伙伴。

贺情一想起去年在业界酒会上碰到的油腻中年男人，浑身就起鸡皮疙瘩。

边绍山当时还拿了杯红酒，慢慢走过来把放着贺情名字的指示牌转了个面，面朝着自己，笑得极其虚伪："加贝贺，心青情，贺情……少见少见，没想到，边某在这儿，还能遇到贺少赏光。"

说完他举了手中液体给贺情碰杯，贺情忍着性子，也挺礼貌："边叔。"

边叔，你儿子比你牛。

这次的局，请在宽窄巷子的玉芝兰，闹中取静，门上没有招牌，站门口轻摇门环，就有人来延客入内。

应与将一进屋，就发现屋内多为木质家具，瓷器、字画，随处可见，墙上还挂着蜀绣，透露着一股子儒雅之气，一派文艺作风，听说餐具都是店主自己在景德镇的一间陶瓷作坊设计制作出来的。

他携了一身冰冷之气，黑衣黑鞋，面色不善，眉眼带凶，倒与这儿有些格格不入。

不过这个玉芝兰，隐蔽性简直跟当年 A 城西城区地安门的什刹海之源会馆有得一拼。

今天大远集团的老板边绍山早早地就到了，毕竟今儿个他做东，请了六七个人，包了整个玉芝兰的晚市，不过这家店一共也只有两桌。

待到引客入座，宴前川贝雪燕端上，边绍山手下的人也领着最后来的两位客人进了包房。

接过茶水饮了几口，应与将看了一眼骨碟上的时令小点，没多大兴趣，但为了礼貌，还是拿起筷子夹了一点。

席间言笑晏晏，推杯换盏，应与将没去看坐在他旁边的单江别，只是用白瓷的勺轻搅杯中骨汤，略有些吃力地听他们讲话。

边绍山是天生的领导架子，做什么事儿都拿着一股范儿，半靠在椅背上，手指捻着擦手的布巾，心中暗骂怎么还没来人收走。

"桂先生是蓉城餐饮界传奇性人物，他的坐杠大刀金丝面啊，可谓是几近失传的绝技……应总，不得不尝。"

这句话说完，上菜的人就把这特色菜端来了。

边绍山看出来应与将认真在听，笑得眼边皱纹都深了一些，顺着话继续道："应总，哎，我们都是粗人，不大讲得来普通话，见笑了真是……"

应与将一笑，自己也是小辈，语气还算恭敬，回答："能听懂，不碍事。"

他平时脸上都没什么表情，见几次也难得见他笑几下，这席间气氛原本略有尴尬，这才缓和了些，蜀山投资派来的那两位经理"哎哟"一声，站起身来要给应与将倒茶，后者一顿婉拒，实在盛情难却，就任他们去了。

他的目光撞上单江别的，后者倒是不以为意，对着他笑了一下，低头去夹自己瓷碟上的煎饺。

夹了半天夹不起来，单江别又把筷子收了，看向应与将的眼神饶有兴趣。

边绍山命人取了些郎酒来，手下的人给席间的杯盏通通满上，斟到应与将时，应与将推拒开那一瓶郎酒，语气带了些歉意："边总，我开了车。"

听应与将拒绝了，边绍山眉头一皱，佯怒一番，又笑道："这么大的家业了，不雇个司机？没事，你喝，等会儿啊，我安排人送你。"

应与将心中暗自佩服这人变脸的速度，但这事儿还是在上不想让步："真喝不了。"

边绍山点点头，一边给自己斟酒一边念叨："你们年轻人，万事儿都讲究得很！"

在旁边一直冷眼看着默不作声的单江别突然开了口，语气带着点儿讥讽："应总做事儿特讲究……快准狠，狠得很。"

应与将眉头一跳，没接话，接过佳成集团的老板递来的郎酒，给桌上的各位倒。

落了座，应与将手臂搭上桌面。

他笑了一下，将手里的酒杯杯脚在桌沿碰了一下，朗声道："今儿个确实喝不了，各位担待。"

所有人瞅着他那气度、震慑力，可比今天做东的边绍山多了不少，他看着才像是今天的主角。

边绍山大笑："后生可畏！"

听他们讨论了一会儿这一次合资的宝马 ReachNow 共享后，应与将迅速从他们的话语中分拣出了重要信息，包括风堂家的事情，以及这个项目所牵扯的庞大利益链条。

佳成集团的老板突然把酒杯一搁，眼神都略微有些涣散，像是喝酒喝得上了头，也是个憋不住的，说："这一次，我听说，加贝有想入股？"

"加贝"这词儿一出口，入了应与将的耳，他瞬间就警觉起来了。

边绍山目光直直地盯着说话那人，把筷子也放到了筷枕上，说话也是毫不避讳："那小少爷，呵！"

佳成的老板听边绍山也直言快语，兴许是真的喝多了，拊掌大笑："小少爷怎么了，贺小少爷投晚啦，让风公子讨了彩头，不过也还不是让我们应老弟收入囊中了吗？"

应与将没说话，侧过脸去看了一眼单江别，后者也看着自己，眼里是说不出的意味。

"应老弟，你是不知道啊，前年边大公子在金港赛道跟贺情对上，贺情下了黑手，闹得挺大，围观群众还有人报案呢……你猜怎么着？"

佳成那老板这一段话说得应与将心里发紧，他查过贺情以前的事儿，但也没听说过有这一出。

这群老狐狸，在自己面前说贺情，不就是明摆着找事儿吗。

应与将目光深邃，死死盯着佳成老板的面皮不放，后者也不知是自己出现幻觉还是怎么着，总觉得现在应与将的眼神变得有点儿可怖。

尽管不想从别人口中听说这些事，但人都摆在明面儿上来说了，应与将也毫不含糊，冷声问道："怎么着？"

他把勺子放了，发出清脆的一声响，碗里的骨汤都凉了也没喝上一口。

另外六个人都喝得面儿上发红，单江别眼神还算清明，应与将没多看他。

这人心术不正，生意上尽量减少往来，也不知怎么，最后出来的 ReachNow 股东名单上就多了姓单的名字。

边绍山眉间忧虑之色好像还真不是装出来的，目光在四下扫了一圈儿，每个字咬得好像真要把在座的人都压下一头似的："压下来了……可怜我那儿子，落了一胳膊的伤。"

应与将"嗯"了一声，眼神平静，说："令公子恢复得如何了？"

边绍山挥手作罢，看似不太在意："还行，呵呵，天天跑 G 区越野动力赛车场。"

旁边的单江别听得心里一跳，可不是吗，那黄灯边，前年被贺情在金港收拾了一顿之后再也不敢往金港赛道跑，天天跑温江那边去跑越野赛道，一到南门就跟要他命似的，晚上偶尔还开着车在北三环飙车，一副等着被交管局传去问话的窝囊样子。

那佳成集团的老板从坐下开始就一直有抖腿的习惯，这会儿喝高了，抖得连带着桌上的瓷碗玻璃盏都被他大腿顶得发颤。

他与边绍山交换了一个眼神，夹了一大团米椒苕皮到碗里，那筷子戳了几下弄不开，索性一口全吞了，吃完拿过纸巾擦擦嘴，眼神在桌上几个人之间来回飘忽："边公子当年可是冤得很。"

边绍山听他这话出了口，也笑，压低了嗓在席间说："我们……想再翻案也不难。"

说完，他目光率先瞟向蜀山投资的人，夹了一块酱汁鲍鱼吞了，说："张经理，王经理，怎么看？"

蜀山投资的经理闻言一惊，那样子明显是真的给吓着了，连忙朝佳成的老板再敬一

杯酒，笑道："真是玩笑话，贺少的陈年旧事，我们蜀山投资哪儿插得上手。"

边绍山接下来试的是单江别，又说："单老板？"

单江别眉头一皱，避开了这个话题："今天是谈入股的事嘛，贺少的事情还是我们改日私下再聊？"

应与将淡淡地往桌下瞥了一眼，明显觉得佳成那老板抖腿的力度变大了些，兴许是过于紧张，那老板端酒到应与将面前的时候，还把酒洒了些在鸡汤里，边绍山大手一挥，豪气得很："不碍事，我再麻烦桂先生盛一盅！"

应与将知晓他要拿贺情的事儿试探，面色沉静，声音也冷了不止一个度："暂时不考虑。"

一桌子人，各怀各的心思，都想着怎么为自己谋利，只有应与将这会儿有点蒙，满脑子都是贺情的旧案子又被人扔出来反复地炒。

"哎，应总，这是纯正的深海辽参，巴适得很！来来来，尝尝。"

他被一声吆喝拉回了神，握筷的手也紧了不少，点了点头，抿紧下唇，只想快点儿结束这一顿饭局。

等回去之后，摸个清楚。

来一次宽窄碰一次麻烦，估计跟这里的地界，八字犯冲。

饭局一了结，都快十二点了。应与将在宴席上去洗手间的空当，就吩咐了手下的人去查贺情前年在金港与边大公子的擦剐。

这一出了玉芝兰，与各位老板打招呼告别，刚把火点燃，就收到了风声。

他耐心地听着那边的人一五一十地描述，眉头紧紧皱了起来。

说是前年夏天，贺情与边公子一起参加金港办的一个比赛，是边公子下的黑手，给贺情做了手脚，人都差点交待在赛道上。

贺情当场就动手了，连带着风堂一起，还好兰洲那天不在，不然三个人都得被拉去局里谈话，结果那天现场有其他的不懂事的新选手，打电话报案了。

恰巧，金港赛道归属锦江区管，风家给压了下来，连带着审讯本儿一起，全给锁在了箱底。

当年贺情半个背都擦伤了，边公子只被打坏一只胳膊，轻伤不下火线，硬是咬着牙去他爸面前把贺情告了，才老老实实去医院待着。

伤好了之后，边公子自知理亏，也没去过金港了，天天往温江的越野赛车场跑，理由是贺情没越野车，不会没事儿找事儿跑去那儿找他麻烦。

半个背都擦伤，应与将捕捉到这一句，心口有点儿疼。

在赛道上被下黑手，差点被害死，才伤了半个背，可想而知当时贺情是经历了什么才把命捡回来，才没控制住当场就把边公子给揍了。

他思来想去，才忍住想去问贺情细节的冲动。

应与将出了一环，进入二环人民南路，往南边儿一路开，开到贺情家楼下停了许久。

加贝为什么不出手这一次入股？

前些天应与将跟贺情提起宝马集团这个共享项目的时候，贺情明明是瞪着眼，说"不知道"的。

应与将一看表，都快一点了，贺情微信不回就算了，怎么今天在外面玩了一天也没发朋友圈？

他终于是没忍住，给贺情拨了个电话过去，那边一接通，就是贺情闷闷的声音，听着特疲惫："你在哪儿呢……"

应与将心想他还没开口问，贺情还先问上他了？

"你家楼下。"

贺情在那边又嚷嚷："你跑去干吗啊？我今晚不回来了。"

应与将面色一僵，问："你在哪儿？"

这会儿贺情刚从九眼桥出来，扶着兰洲在大堂办入住，风堂这人又开房去了，只剩他俩陪风堂喝酒的找地儿住了，风堂说在这儿有卡，那就住呗。

贺情也不管旁边兰洲一个劲儿翻白眼，嘀咕道："丽思卡尔顿……快来嘛。"

听到这句邀约，应与将伸手去打燃火的动作都颤了一下。

电话一挂，贺情手里的房卡一甩一甩的，身边趴着的兰洲都喝醉了，一双眼蒙眬地嚷嚷："情儿，你又要去干吗啊？"

贺情扶着他，去摁电梯，差点一脚踹他屁股上："你管好你自己吧！"

听兰洲哼唧一下不吭声了，贺情凑近了点，把鼻息扑了兰洲一脸，连忙问："我身上有烟味吗？"

兰洲抬眼皮的力气都没了，只顾着使劲用鼻子吸气："没有……"

"真没？我怎么觉着一股味儿呢？"贺情扯起外套闻了半天，"你再试试？"

被他闹得烦了，兰洲烦躁得一跺脚，伸手呼了贺情一爪子："有了有了！"

"我完了。"贺情都想冲到楼下便利店买两颗口香糖嚼着了，他觉得自己抽得太多了，里面的衬衫扯个领口出来闻都一股味儿。

电梯里的灯照得他眼睛里水汪汪的："兰兰，跟你商量个事儿呗。"

刷了门卡，一进兰洲的房间，贺情没管那么多，三下五除二，把兰洲推到床上，骑在兰洲的腿上就把兰洲的外套给脱了，再把兰洲的卫衣给扒了。

贺情动作利落地把兰洲的衣服换上了，把自己身上的羽绒服换下来叠好放在酒店衣柜里，再从衣柜里找了浴袍出来，给兰洲翻个面儿，捆上。

兰洲神志不清，一张脸通红，被贺情拎来拎去跟炒菜似的，躺着吆喝："我去，情

 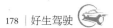

儿，我们只是好兄弟，你不要对我有什么非分……"

懒得理他说浑话，贺情又冲进卫生间把洗漱用品拆了漱口，出来的时候还抹了把脸，浑身上下收拾得神清气爽的，确认了一遍身上没烟味儿，嘴里也没多少了，靠在门边，把毛巾往胳膊上一搭。

"谢了兄弟，我先穿回去，明儿我回家让我姨洗了再带给你啊！"

要是让应与将发现他抽那么多烟……

应与将上了电梯找到了贺情的房间，还没站稳就看见门开了，贺情几乎是从里面扑出来，跳到他身上，也没管走廊上有没有人看到。

贺情哼道："今天的私房菜好吃吗？"

应与将被这么一说，想起今天听到的事儿，思忖好一会儿决定不开口。

"我问你话呢，"贺情脾气上来了点，又重复一遍，"私房菜好吃吗？"

应与将没多做解释："我没吃饱。"

"没吃饱就再吃点去……"冬天的酒店里空调开得太高，贺情脑袋有点昏沉，他甩了甩脑袋，语气特别豪爽，"我请你啊！"

"你乖乖回家睡觉吧。"应与将二话不说，扶起他就下电梯，往停车场走。

上车、开车、回家，应总奉献得简直堪称"一条龙服务"。

贺情突然有点鼻酸。

除了风堂、兰洲之外，很久了，很久没有一个能够在他喝醉了耍浑之后送他回家的人。

贺情躺在沙发上，就这么看着应与将。也许是酒精的作用，也许是半夜矫情的驱使，他眼眶有点儿红。

应与将在厨房忙前忙后，问他蜂蜜水喝得甜不甜。其实贺情根本就没到要喝蜂蜜水的地步，但他还是说了句要甜的，特别甜的那种。

然后贺情就那么躺着，继续看应与将的背影。心里某个地方像被柔软又温暖的光包裹了起来……

他是远道而来的礼物，是北方吹来的春天。

第四十二章

成都，科华南路下穿隧道。

全市最长下穿隧道，从市中心一直通往南延线，全程将近三公里。

早上十点左右，来往车辆并不密集，一切井然有序。

一辆路虎揽胜加长版的越野车，正常行驶在隧道之中。

边绍山手中还握着一份《华西都市报》，裹成了卷握于手心，兴许是车内制热暖气开得过旺，惹了他一掌心的汗。

"我正在城楼观山景，耳听得城外，乱纷纷……"

边绍山全神贯注地听着，手指在扶手上敲着，打着节拍，眼神直直地望着前方。

他鬓角的发秃得微凹进去不少，额角皱纹有了不少沟壑，腰间皮带捆得紧，勒出凸出的腹部，呼吸有些憋闷。

但丝毫不影响他跟着车载音响里《空城计》的唱词以气托声，字正腔圆，一阵哼哼。

这普通话分明是说得上好的。

边绍山哼得忘词儿了，前座开车的司机见他不吭声，有点紧张，也不敢多问，认真地开车，随即又听后座上悠悠传来一句："旌旗招展空翻影……影……请上城来听我抚琴！"

旁边过了一辆迈巴赫S，迅速从他这辆庞大的路虎旁飞驰而过，似车身都要擦了上来。

出身汽车集团，对路上各色车辆品牌与牌照都十分敏感的他，忍不住朝前方那辆迈巴赫S多看了两眼。

他往后一靠，粗黑带了不少白发的发茬，轻轻摩擦着真皮座椅的头枕，语气带着些不耐："前头那个S，追得上不？看一下后座坐的哪个？那么嚣张！"

那司机说话声儿都带着颤音，脚下油门不敢踩得太重："老……老板，已经最快了，追不上……"

"别个都敢超速，就你不敢，出息！"

骂骂咧咧完，边绍山出了气，心想自己也不是年轻人了，懒得去趁着一时之快反伤着自己。

他"嘿"了一声，似是撒气又像逗乐，靠回座椅上，粗大的指节往窗上一敲一敲的，拿起车上的茶水杯揭了盖，清了清嗓，心中暗骂这隧道怎么还没跑完，继续念唱。

"国号蜀汉年号章武，驾坐B城……"

那句"B城"才刚落了尾音，隧道前边出现光亮，看着是没多远就到头了。

车辆驶出隧道，边绍山正想开口继续唱，陡然见到之前超了他们车的那辆迈巴赫S。司机不敢开口，急得冷汗涔涔，眼瞧着那辆车的窗户内伸出一只手，示意他停车靠边。

那辆车打着应急灯，停靠在了前方车道的右边，而路边上早早地就放了交通紧急信号灯，而路边上早就放了安全锥桶。

边绍山心知这一切早有预谋，不再挣扎了，喘着粗气，胸脯一起一伏，命令道："停车，靠在前面那辆车后面！"

司机只得按照指令打了应急灯靠过去，把车稳稳停在后面。前车上下来了两个穿西装的男人，走来轻叩车窗，其中一人一口流利的普通话，十分镇定地命令司机："趴在方向盘上，五分钟，别回头。回去告诉弘大的人，今早的会议延迟到下午五点左右，我们会派人联系您来接边老板。"

边绍山一惊，连他马上赶着去天府新区参加弘大的会议都知道？

前面那辆迈巴赫S闪烁的车灯，像暗夜里吐着红芯的毒蛇。

十分钟后，边绍山被几个壮实的男人带去了一处没开灯的黑屋里。

边绍山环视一圈，发现是某个五星级酒店，有茶几有沙发，窗帘上都带着流苏缀结。电视关着，旁边有一张麻将桌，上面盖了绫罗绸缎，镶着金丝绲边。

麻将桌边站着两个男人，他点了点人头，屋内差不多也就四五个人。

他正被伺候得好好儿的，坐在单人沙发上，面前茶几上还摆着果盘，对面沙发上坐着一个高大的男人，烟雾缭绕，暗处看不清眉目。

等烟雾散了一些，边绍山眯起眼来，额间的沟壑更深一分，这才看清楚那凛冽的眉目深潭一般的眼底和黑暗里轻轻滚动的喉结。

是应与将。

明明是业界同行，还是生意上的战略伙伴，那晚宴请除了自己逼了酒以外，没多招惹，怎么还得罪到这么一尊佛？

应与将抬起头来，一股子凌厉的戾气似狼虎扑面而来，眼中带着说不清的意味，慑得边绍山一惊，险些半个身子软在了沙发上。

边绍山紧盯着他，等他说话，直到应与将长舒一口气，把手里的烟掐了，火星似淬过刀锋，灭在了暗处。

边绍山下意识地四处找手机。

人到中年，赚了这么多钱，最怕的不过有赚钱的能力没花钱的命。A城来的人，他摸不清门路，不懂得规矩，也早早听说过应与将的手段，双手胡乱地朝衣兜上下摸去，却空空如也。

"边老板。"

男人的声音冷不丁地响起，在黑暗中像一记闷锤，敲得边绍山心神震荡。

见边绍山嗫嚅着不回话，应与将看了下时间，已经到饭点了，他懒得跟边绍山废话，接过旁边手下递过来的一大沓打印纸，放在桌上，向前推了一下："这是大远这几年的总结，我帮您整理了一下。"

边绍山眼瞪得极大，连忙把桌上的材料拿起，冷静翻阅，一页页看过了，全是大远之前做的一些不太能抬上面儿来说的事。

他愣怔着，心中暗自打鼓，表情变幻莫测，咳嗽一声，再一抬头已带着笑："应老弟，你这是什么意思？"

应与将手指叩了叩桌面，双手交握，抬头看他，回答道："再翻出来，也不光彩。"

边绍山哈哈一笑，连连点头："说的也是！这些东西，我还没想到能被整理得这么仔细……"

"今天请您过来也没别的事，只是想和您做个交易。"应与将说完，把那叠资料放在手中翻了又翻，眼神如鹰隼冲扑般将对面的中年男人牢牢锁住，音色清冷："这些资料，我留着。上次合作项目的股份，盘古让给大远。"

不等他回话，应与将坐直了身子，又说："您要翻贺情案子的事儿，也甭再提。"

边绍山一愣，倒是彻底明白了，敢情应与将这人费尽周折在隧道里把自己"请"来就为了他最近忙着翻加贝小少爷旧案的事儿？

边绍山没想到到头来还被这个三十不到的后辈将了一军，心中不服，暗暗咬牙："应总好气魄，A 城规矩，都是这么搞的？"

"我不管 A 城是如何，B 城又是如何。"应与将眼里有如光射寒星，沉声说："我在这儿，我就是规矩。"

他说完，边绍山被气得发抖，手抓紧了沙发上的扶把，努力镇定道："还没看出来，短短一年，盘古与加贝已到了这个地步？"

应与将回避了这个话题，一提到"加贝"，又想起贺情本人来，那么有能耐又骄傲的一个人，在自己面前，没防备地露出了全部的软肋，以及伤痕累累的后背。

眸色一暗，应与将冷声道："当年，边公子只是差点废了一条胳膊。"

"但是贺情伤了整个背。"

"贺情的背，是拿来扛事儿的。"

"应与将！"边绍山猛地站起身来与他对视，坐着被这后辈盯着太有压迫感，哪想到站起来那压迫感仍然未减少丝毫："你就不怕得罪我？"

被喊到的男人动作一顿，冷笑道："边绍山，我给你的是宝马的股份，你的旧事如果翻出来……"

这一句话了了，他拿过边绍山的手机，开了机，甩到桌上。

"一场交易而已，各取所需。"

语毕，他没去看边绍山的表情，只是朝手下吩咐了几句，从衣架上拿下外套披上，等一个手下在窗边挂了电话回来，使了个眼色。

打电话的那个手下走到边绍山身边，微微弯腰，态度还毕恭毕敬："边老板，我们已经联系了您的司机过来接您。"

边绍山回头，看应与将已经带着两个人，把套房的门打开，出去了。

他眸中有愠色，然而这看起来也是个不赔本的买卖。

 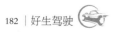

边绍山暗自握紧拳头，气得不行，但这口气也只得暂时咽下，毕竟他是个商人，自然懂股份和自己的案底，与给儿子出口气，重挫对手，这两样相较之下，哪一边更重要。

等在香格里拉楼下眼看着那辆十分招摇的加长版路虎揽胜过来把边老板接上了车，逃也似的走了，应与将才启动了车，遣散了跟着的手下，一个人开着车往公司走。

这事儿他拿得稳，他不想惊动贺情，也不想任何人惊动贺情。

就这么了结了吧。

他回了家都没能联系上贺情，心想估计还在加贝忙生意，这越来越接近年关，事儿越来越多，乱七八糟的车辆展销会也急着送车过去展览。

等他忙了大半天，终于打通了贺情的电话，就听到那边吵吵闹闹的，不少男人说话的声音，伴随着阵阵水流声。

贺情那边太嘈杂，说话全靠吼，手上的水珠都还没擦干净，又怕听筒进水，只得拿手遮着，说："你在哪儿呢？"

又来了，每次都是找不到贺情这人跑哪儿玩去了，一打通电话，被质问的永远是应与将，感觉像是自己玩儿失踪似的。

"盘古。"

应与将听他那边声音奇奇怪怪的，还有男人此起彼伏的声音，继续道："你跑哪儿撒欢了？"

贺情被水烫得哼哼唧唧的，伸腿踢了一下木桶："我在水上仙呢……"

应与将脑子里一乱，想了好久才想起来"水上仙"是 B 城的一家顶级洗浴中心。

他完全没搞懂贺情去那儿做什么，冷声问道："洗脚？"

本来就是随口一说，贺情没想到应与将还真知道这个地方，心想肯定有人邀请过他……

贺情生怕被误会了，连忙解释："你相信我！我没……"

应与将听得眉头一跳一跳的。

那边贺情也似乎觉得越描越黑，把脚从热水里拿了出来，用搭在肩膀上的毛巾擦了擦脸，汗水顺着他脸滴下来了，也不知道是热得还是给这小孩儿急得。

"我就是陪我叔叔他们，就我爸那些朋友……哪儿知道他们好这一口啊……"

应与将"嗯"了一声，大概了解了，说："行了，几点完，我来接你。"

救命，别来啊！

他叔叔还给他点个女技师帮忙捏脚，虽然给拒绝了吧，但保不齐等会儿再来啊！

贺情抬眼去看对面一群沉浸在脚底按摩中的中年男人，眼底都快起雾了，讪讪道："不了吧，等一下就完了，真的！"

应与将相信他，自己也不是疑心病重的人，见贺情反应这么剧烈，心想估计不方便，也不强求了，说了几句让他自己早点儿回去的话，就把电话挂了。

他刷到贺情朋友圈的时候，已经是在回家的路上，夜幕下的 B 城依旧繁华，车辆来往不绝，黄灯一闪一闪的，他今天不急着回家，慢慢踩了刹车停住了。

等绿灯的间隙掏出手机翻了一下，看到他下午与贺情通话之前，贺情发的一条朋友圈。

图片上是贺情与一个中年男人的合照，明显是别人拍的，两人都站着，腰上围着毛巾，穿着拖鞋，贺情发丝儿还是湿的，笑容勾人，镜头不太清楚，估计是给雾的。

脚边不远处，一双粉色的女士拖鞋和入目白花花的大长腿，往上是橘色的百褶裙。

文字配的是：时隔半年，与郭叔会面。

而且，应与臣又赞了。

应与将默默地，跟着按了个赞，淡淡地评了个：腿不错。

他这句刚放出去没多久，再一刷新，他弟弟的那个赞就没了，他弟弟还在贺情这条朋友圈下面回复他，一长串的：哥！！！！！

应与将一开对话框，看到应与臣发过来的微信一跳一跳地蹦出来。

小二：哥！

小二：哥我也想去洗脚！

小二：来学校接我吧！一起去找贺情！

应与将："……"

他把手机屏幕锁了，叹了口气，把手机扔在中控台上，表情酷酷的。

两个人都欠收拾了。

第四十三章

洗完脚，贺情没回贺家，直接奔着应与将家去了。

应小二还有十多天才放寒假。

应与将洗完澡把浴室灯一关，一身水汽地出来，一挑眉，那气势看得贺情想按他脑袋。一觉睡醒之后，贺情又一骨碌爬起来，继续去应酬。

起床继续嗨，去陪叔叔们，所以等他完全空闲下来都已经是三天后了。

这三天把贺情折腾得不行，天天陪着一群 C 城来的叔叔逛，逛完了晚上又领去镜湖宫、中国会所这种西南片区的顶级会所一番折腾。

关键是，现在的有钱人跟以前不一样了，现在都注重养生，玩到晚上十点就都喊着

 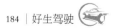

要回酒店了，牌也不摸了。

这阵仗，第一晚还真给贺情打了个措手不及，临时安排了好几辆车来接，但车都不一样，他还为让谁坐最贵的那辆车烦恼了挺久，这种事儿上容易得罪人。

贺情看着这些叔叔伯伯们，一个两个唱个卡拉OK还泡茶做按摩的，估计就差往冰啤酒里面加枸杞，威士忌里加党参了。

他忙里偷闲，趁着空隙还跑去通风口点了根烟，望着满目月色，咬着滤嘴给应与将打电话。

贺情深呼吸了一口窗外的新鲜空气，被冷得一哆嗦，声音闷闷的："他们啊，他们不让抽烟，害怕抽到二手烟……跟他们再混几天，我喝可乐都要拿保温杯装了。"

应与将在那头直乐："你本来就不能抽烟。"

贺情一心虚，把鼻腔里的烟雾散了，手里的烟头差点戳掌心里，扯了个谎："不抽不抽！"

没想到应与将在那边儿冷哼一声，胸有成竹地说："贺情，你嘴里叼着根利群吧。"

贺情这会儿都抽得只剩个烟头了，连忙抓下来摁在窗边上杵了，回答道："没呢没呢……"

"你一紧张就说叠词。"应与将如是说，想了一会儿，嗓音阴恻恻的，"早上我翻着你兜里的火机了，好大个利群的标。这样，我不管你了，爱抽不抽。"

贺情心中一刺，难受死了，暗自发誓再也不抽烟，动动嘴唇，又不知道说什么。

他犹豫了一小会儿，见对方没挂电话，还是委屈地嘀咕了一句："你别不管我啊。"

临近年关，B城的天儿越来越凉，街上还是不乏要风度不要温度的人，贺情把窗户按下来去看街上时尚人士们的穿着，觉得还是自己穿得比较暖和。

天天被盯着穿几层，能不暖和吗？

这"激爽"的一年即将终了，市内各色汽车品牌的年终酒会接踵而至，一天天的应酬压得贺情快喘不过气，贺家父母也回B城了。

他没想到当少东家还有当得这么惨的，没空飙车也没空放飞自我。

这上午才开完会，就收到消息说梅赛德斯奔驰今年的车主年终酒会，要办在牧马山蔚蓝卡地亚别墅区，邀请了不少Mercedes-Benz VVIP级别的车主前去参加。

贺情手上没有Mercedes-Benz的车，应与将那儿有两辆，大G和迈巴赫S都是奔驰旗下的，但也只有一个名额啊。

不然应与将把自己当家属带去？

算了，一个草坪酒会而已，太损了。

贺情这本来没觉得有什么，结果工作期间喝咖啡的时候，手机开始震，一看又是车圈儿的微信群开始蹦跶了，有好几个受邀要去奔驰酒会的。

大奔哥哥：下周牧马山蔚蓝卡地亚，约起！

兰州：没车，不约。

不加贝：+1。

檀道：好远哦！

大奔哥哥：就在 B 城，走嘛妹儿。

兰州：贺少，买嘛。

不加贝：mo 有钱。

克拉琳达：贺少开玩笑。

VIVA：约嘛！

看到最后一条 VA 姐的回复，贺情的眼皮儿跳了一下。

奔驰的 VVIP 车主在 B 城总共就那么几个，他还能不知道吗？估计这姐们儿在酒会上碰到应与将，绝对化成豺狼虎豹了，这可怎么办啊？

他想了半天，给集团里的负责人打了个电话过去，就是那个一说话就颤声儿的秦佑。

贺情喝了口咖啡，又啃了颗润喉糖，唇齿间一阵甜涩："看看公司邮箱，还有你的邮箱，我助理的邮箱，我的邮箱，有没有 Mercedes-Benz 下周牧马山酒会的邀请函？"

"我看看去。"贺情拿着手机走来走去，心急如焚，等了一会儿，那边传来一句，"少爷，没有啊。"

贺情："……"

这主办方怎么这么不懂事儿呢？虽然说自己早就不是 Mercedes-Benz 在 B 城的经销商了。

有点郁闷，看来还是业界影响力不够？

贺情把电话挂了，坐在老板椅上狂喝咖啡，一杯直接干完了，想了会儿，像想到了什么似的，又给自己的助理打了个电话过去："你收拾一下，下班陪我去马路对面。"

对面，梅赛德斯奔驰啊？

小助理："好的，是要……"

贺情："买车。"

那边小助理还在楼下整理文件呢，听小老板这么一说，整个人愣住了。

小老板又要买车？

小老板！今年买了几辆了！私人小金库要破产了！

于是，同样在机场路的 Mercedes-Benz 的 4S 店今天在店的所有员工，齐聚一堂，眼睁睁看着，一辆罕见的兰博基尼 Centenario 从对面的马路声势浩大地疾驰而过，然后在桥下掉头，朝着自家的门面儿直接开了过来。

一辆运动线条劲爆的银黑色的金黄裙边的兰博基尼 Centenario，就这么裹着冲天声

 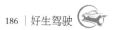

浪，横着停在 Mercedes-Benz 的店门口。

贺情一踩刹车，车屁股排气管还喷着火，故意炫了一下。这也是兰博基尼的一个技能，他琢磨着估计哪天可以试试拿来烤点儿什么。

但凡在汽车企业工作的员工对车都多少了解，一看到这车，个个都不工作了，拿着手机尖叫着跑出来拍，有几个眼尖的认出来这是贺少的车，举着手机的手又放下来，犹豫着不知道可不可以拍。

剪刀门向上开启，贺情一条腿刚迈出来，女店员一阵叫，有几个男店员也跟着嚎，吓了贺情一跳，又把腿伸回去钻进车里，把车门关了，有点儿不好意思。

这么被人围着太不好意思了吧。

他慢慢地把车窗按下来，红着脸说："能不能别围着？"

这句话说完，店里走出来一个比较年长的人，估摸着是销售总监，见员工这个丢人样子，皱着眉头，拿着一沓资料卷着赶人，一边挥一边瞪眼："都回去都回去，别站门口围着……"

等人都散得差不多，该干吗干吗去了，销售总监大步走过来到贺情的车前，推了推鼻梁上的银边眼镜，赔笑道："不好意思贺少，怠慢了。"

贺情"嗯"了一声，点点头，自己也挺有礼貌，笑道："停车场在哪里？"

那销售总监眼睛一亮，看起来温文儒雅的，也跟着笑："贺少，您就停这大门口吧，横着停！"

太吸睛了，就放这儿吧，沾点光，沾点喜庆。

贺情嘴角一抽抽，点了头，直接把火熄了，转过面儿去看副驾驶攥着安全带的小助理："走吧。"

进了店里，贺情围着转了几圈，除了那辆奔驰大 G，其他车都入不了眼似的，他想了好久，又转了几圈，想着应与将那辆车就心痒痒，随口说了句："我看这大 G 还不错。"

销售总监"哎哟"一声，亲自接待，蹦跶到贺情面前来，把写着配置资料的平板电脑递给贺情，去拉开了车门，笑着说："贺少真是好眼光！这辆是今年最新款的 AMG G63，才上市的，5.5 排量，双涡轮增压，八个气缸，特吉利……"

贺情一瞪眼，大 G63 不都是八个气缸吗？气缸有什么好吉利的？

他围着又转了一圈，蹲下去看了看位于车身左侧的排气管，想了想应与将那辆，疑惑道："怎么我朋友的车不是在这儿的？"

销售总监笑着回答："哦，贺少您说的那个是 AMG G65 吧，那个是顶配的大 G，差不多四百万呢，我们这儿还没有……"

贺情站起身来，看了一下那标配的通风刹车盘，心想这车爬山地应该还挺爽。

他爬上了驾驶位，左摸摸右看看，已经有点儿心动了，本来是打算来买个百万以下的小跑的，低调一点，平时方便出行。

不过大 G 在 B 城也挺多的，买一辆应该也还好。

贺情摸了摸车耳朵，那质感和用漆让他十分满意，打了个哈欠，点点头问道："这车多少钱？"

那销售总监一听有门路，连忙拿出价格表看了看，推了下镜架，双眼在镜片后透出光来："零售价二百三十一万起，办下来差不多二百八十七万左右，贷款，贷……全款划算。"

贺情点点头，看着这车，满意道："行，提一辆吧，最快什么时候？"

"半个月，贺少，现车要从总部调过来，您跟我来填一下单据，还有配置需求……要什么色？"

贺情跟着走，把这车的资料递给小助理拿着，想了会儿，笑道："白的吧。"

黑白配！

贺情拿着合同看了又看，突然想起什么似的，咳嗽一声，对着销售总监说："先生……听说 Mercedes-Benz 下周在牧马山有酒会？"

那总监点点头，笑道："有的，贺少，您到了消费要求，如果，下周您有空的话，有劳来蔚蓝卡地亚赏光。"

贺情心中明了，估计这就是"潜规则"，是不是车主都没用，拥有这个品牌两百万以上价格的车型才是入场券。

他满意了，心里一阵欢腾，也感叹自己总算有一辆越野车了，就是估计会被他爸又唠叨一顿，正好风堂把他自己的丑宾利卖了，干脆把那辆法拉利 812 借给他开吧。

那总监连忙把贺情的信息录入公司总部，催着让那边在明天之前做一份精美的纸质邀请函来。

贺情一抬手，眉眼弯弯，笑道："今天麻烦你了。"

销售总监也回握了，忙不迭地："贺少，赏光。"

贺情买车的事儿没告诉应与将，也没跟他一起去，倒是等到了下周周末，优哉游哉地开着自己的兰博基尼 Centenario 一阵走位，顺着南延线，到了牧马山。

他还没停好车就看到应与将的大 G 在那儿停着，想停到那车旁边去，不料保安大老远就来了四五个人跟着他的兰博基尼追，手里挂着警戒线，要给他围起来，拿着传呼机一阵喊，倒是像来抓贺情的。

这下没法和应与将的坐骑齐头并进了，只得按规矩停在了牧马山蔚蓝卡地亚的入口，被人用警戒线拉着，旁边儿还站了个保安，直接把岗亭设在他的兰博基尼旁边。

贺情看他那认真劲儿，开口道："其实不用……"

那站岗的保安神情特严肃，盯着他的超跑双眼发光："贺少，我们上边儿吩咐过了，

 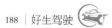

这车得给您看好了，出点大问题我们都要破产了。"

贺情揉揉自己的脸蛋，无奈了，好吧。

这一处山地，广袤浅丘，森林白河，建筑都是北美风格的别墅，建筑立面优质考究，手法别具一格，应季植被打造出自然景观盛筵。

一眼望去，绿植与异域建筑相映成趣，风景旖旎无限。

酒会办在酒窖和雪茄屋旁，和宴会厅相通，内里吊灯烛台样样精美，银质餐具被水晶灯照得亮到快闪瞎人眼。

在宴会厅入口处签了到，贺情就碰着车圈儿里的"大奔哥哥"了，两人许久未见，碰了个拳，叙旧了一会儿，一起往里走，一路上吸引了不少名媛美姝的目光。

他盯着长得没边的宴会桌，叹道："餐瓷都是爱马仕的啊，奔驰这么大手笔？"

大奔哥哥一笑："明年要出不少新车型，全仰仗这批人了，不得下狠手吗？不对啊，你昨天不是说没这牌子的车吗？"

贺情一乐，神神秘秘地："现买了辆 G63。"

大奔哥哥惊了："我去，贺少，你才是大手笔啊？"

他挥挥手，反正也不是一时冲动，笑道："我早就想要越野车了。"

贺情今儿穿了一身立体剪裁的定制西服，规规矩矩的藏蓝色，湛蓝的领结，衬得他身形挺拔，像小白杨似的，红唇齿白，一双眼顾盼生辉，英气得很。

应与将隔着老远就看到他了，心里还有点儿疑惑，怎么贺情今天还来了？不是说只有车主来？

估计是厂商邀请的影响力人物？

他举着杯，身边站着几个女人，其中就有跟他有一搭没一搭聊天的 VIVA。

这女人今儿还算矜持，烫了个波浪卷，妆化得气质成熟，穿了一件深 V，应与将都不敢看她。

应与将碍于公共场合得尊重女士，只得有一搭没一搭地应和着，点点头，低头抿酒。

贺情看着宴会厅里不算多的人，松了口气，还好今儿人不多，没那么挤。

他端着酒杯四处张望，在茫茫的人海中，找应与将。

贺情本来以为今天自己已经够帅了，看到应与将的时候，他简直想把自己头上为自己颁发的桂冠给箍到应大总裁头上去。

应与将这会儿一只大手正端着一杯轩尼诗，橙红色的液体反着水晶灯的光，映得他指尖发红，面儿上眉目阳刚，带着股收敛不去的戾气，身形英挺，轮廓分明，拥有凌驾于在场所有人的爷们儿气概。

台上的主持人拿着一块串词牌，望着贺情的方向，一抬手，声音还算好听，模样也还周正，朗声道："就在刚才，我们梅赛德斯，奔驰中国，迎来了一位尊贵的客户，他就是，加贝集团的现任副总裁，贺情先生！"

现场涌来雷鸣般的掌声，本就被挺多人盯着看，这一下，被他吸引的目光变得更多了，大家都朝他看来，其中也包括应与将和VA姐。

贺情有点儿不好意思，但面对这种场面也算游刃有余，挺直了背脊，手里握着红酒杯，四个方向，每个方向都点头打了招呼，算是示意。

接下来的话就让贺情有点打脑壳了。

"贺情先生购置的这款，最新款奔驰AMG G63，是上市以来，这个季度在全市卖出的第八辆！我们恭喜贺先生！"

什么第八辆啊！做生意是很讲究八八八发发发六六六，但是不至于到这个地步吧？有这么尬吹的吗？太中二了。

紧接着又是一阵阵掌声，贺情在感叹还好没合作之余，脸都要笑僵了，抬眼去看大荧幕上那辆被放出图片来展示的AMG G63。

大气绝美，线条刚硬，车身通体雪白，活像冬日里行驶在路上的冰雪精灵。

他第一个反应就是回头去看应与将。

像第一次在宾利那个拼酒局，不对，酒会上，两个人隔空对视一样。

这次也十分默契，应与将没有听旁边的女人滔滔不绝了，也牢牢将目光锁定在他身上，并且把兜里的车钥匙拿到手上，剑眉一挑，对着他挥了挥。

贺情一愣。嗯，这车买得值！

第四十四章

B城，牧马山蔚蓝卡地亚。

贺情发誓，这一次Mercedes-Benz的酒会，能排进他记忆力最奢华的酒会前五名。

先不说这地界有多昂贵，光是邀请来的名流就个个都是大腕儿，明星都好几个，贺情虽然不怎么关心娱乐八卦，但那身段气质，人群之中一眼就瞅出来了。

考虑到不是每一家都带来了司机，酒会还专门给来宾配置了代驾，都在门口守着，全是专门给这酒会服务的专业驾驶员。

贺情想以司机一杯酒亲人两行泪这种理由拒绝来宾敬酒都没有用，只得在应与将严厉的眼神下，一口一口地抿杯里的酒。

遇到第一个实在躲不过的，贺小少爷只有豪气万千，一口干了一大半。

遇到第二个的时候，应与将过来了，杵在贺情身边儿跟保镖似的，那面瘫的毛病还

是改不了，一抬臂，杯盏之中四分之一的轩尼诗就入了喉。

应与将低垂着眼把一大瓶洋酒倒了些到自己的杯里，挡在贺情斜前方，抬头直视眼前的陌生中年男人，淡淡道："杨哥，贺少前段时间呢，才出院，这杯酒，我替贺少了。"

被喊到的男人一愣，非常给面子，随即也跟着一举，笑道："应总是好义气。"

应与将把喉间的液体咽下，面上仍是不变的镇定："分内之事。"

简简单单四个字，这种气氛的宴会上，那个男人似是也没有想深究这里边儿含义的意思，对着应与将和贺情点点头，暂告了别。

找贺情喝酒的少了点儿，来的女士倒是多了，端着点心来他跟前混眼熟的年轻千金小姐好几个，甚至还有风姿绰约的成熟中年妇人过来递名片。

起先他还应对如流，问得深入了，他又不是个特别能扯谎的主，都给问得磕磕巴巴了……

敢情这是来观察未来女婿的。

等终于消停下来，应与将伸胳膊把贺情往自己身边揽了一下。

这跟赶鸭子上架似的，推得贺情一个趔趄，贺情回过头瞪他："干吗啊？"

"去走走。"贺情一边走一边回头，去看应与将的表情，见他紧抿着唇，还是那个面瘫样子。

贺情就在众目睽睽之下，被应与将带到了宴会厅外的雪茄屋旁，再往外走，就是宴会厅后门儿，进去就是卫生间。

他们站在宴会厅外的墙角边上，有一搭没一搭地聊起来。面朝着整片牧马山的夜景，背后是水晶大吊灯下的歌舞繁华。

趁着四下无人，来上卫生间的宾客少了，贺情眯起眼，放松了点儿，伸手去拍拍应与将的肩头，抹灰似的，调笑道："我那辆越野，特得劲儿吧？"

应与将也跟着一笑，看到贺情弯弯的月牙眼，之前的不爽感也淡了，老老实实地回答："还成。"

"放心吧，乔治巴顿不会失宠的……我打算把那个812给风堂开，前几天看到野马出事儿，不放心他开他那小破车。"

应与将任他的爪子在肩上一阵揉捏，站着没什么反应，淡淡地答一句："嗯。"

这人话怎么又变少了？

贺情抬脚，用锃亮的皮鞋尖踹了下应与将的，哼唧道："怎么了？话那么少，你怎么这么……"

应与将挑眉："还说？"

然后他微微抬起头来，眼笑眉飞。

一月底，应小二放了假，东西大包小包地收拾好，还没等到放学的点儿，就揣着包袄拖着行李箱往宿舍楼下冲。

他站在宿舍门口，手里还握着电话，低声抱怨："哥，到哪儿了？"

那边坐在副驾上帮着应与将接电话的贺情，虽然和应小二化干戈为玉帛，化敌为友，但还是忍不住想占点儿应小二的便宜。

于是贺情也用特悲痛的语气道："弟，我们到三环了。"

这一声喊得应小二手机都要掉了，他对贺情的心理阴影还是散不去，整理了一下情绪，回道："贺情，你好，请让我哥接电话。"

居然被直呼其名，平起平坐……

贺情头都大了，但还是想让应小二喊自己一声"二哥"，索性继续摆谱："弟，请叫哥。"

应小二也是个骨头硬的，梗着脖子被风都要刮成冰雪王子了。

他自认为自己被寒风刮死也是最帅的那一座冰雕，便哈了口气，仍然屹立不倒："贺情，请让我哥哥接电话。"

他俩的对话只有他俩才听得到，专心开车的应与将完全是蒙的，只能大致从贺情的话语中猜出两个活宝在说什么，无奈地笑了一下。

见应与将不吭声，贺情穿得太多，在副驾驶上窝着换了一万个姿势还是扭来扭去，怎么坐都没以前舒服了，他在车上坐着也无聊，决定继续和应小二斗智斗勇。

贺情清了清嗓，哼哼道："你没听说过得时时鸣警钟，处处不放松，手握方向盘，绷紧安全弦吗？"

应小二在电话那头被贺情一阵安全标语打得一蒙，回嘴却也丝毫无压力："严是爱，松是害，出了事故还坑后代呢，我这后代还没出事故呢就快被冻死了！"

贺情气得白眼一翻，无法想象以后跟应小二碰上，怕是水都要多喝几升。

他坐直了身子，突然觉得这车没怎么动了，抬眼去看前挡风玻璃外，这刚下西三环，来来往往的车辆都往这路口上汇集了，完全堵成一锅粥，都胡乱地各自摁着喇叭，完全忘了 B 城已经禁鸣这回事儿。

这摁的都是人民币啊，兄弟们。

贺情看着车堵了，对着电话那头说："应与臣，看不出来你嘴挺厉啊？"

他还是有点儿担心应与臣那个小兔崽子真给冻着了，又心急，毕竟他俩确实因为各自工作上的事晚了差不多快一下午了，估计小孩儿学校人都快走空了。

贺情转面儿去问应与将："这堵上过去要多久？"

应与将也知道他在担心什么，皱眉看了下路况，道："估计一小时。"

应小二听不清他俩在说什么，拿着手机在风里站着，还打了个喷嚏。

贺情有些急躁了，问应小二："喂？小朋友你这会儿在哪儿？"

应小二摸摸鼻子，真的给冻傻了，懒得计较被只大两岁的人喊自己小朋友了，说话都是瓮声瓮气的："在宿舍楼下啊，你们再不来门都要关了，车都进不来了，等下还得把行李一件件扛到校门口去……"

贺情三下五除二把安全带解了，耳边夹着电话，嘴上说："等着，马上。"

应与将看他去解安全带，伸手把贺情摁住，皱眉道："走哪儿去？"

贺情侧过头去看窗外来来往往的"火三轮儿"，一瞪眼，确定了一下后面没有自行车电瓶车从这儿过，才开了车门。

他回头跟应与将说："我先坐个三轮过去，帮他把东西搬到校门口去，你慢慢过来！"

应与将点头："你注意安全。"

于是贺情跳下车，脚还差点儿给崴了，这车底盘太高，幸好自己腿长，但还是每次下个车都要注意一下。

他到宿舍门口的时候花了不少时间，发型都吹乱了。

贺情老远就看见应小二一个人孤零零地站在树下，跟一棵拔了叶子的小树苗似的，身边一大堆行李。店小二看到他眼神一亮："这里！"

贺情接了个包袱背着，手上拖着行李箱在前边儿走，嘀咕道："你东西挺多啊……男孩儿东西怎么能这么多！"

应小二回嘴："这还只是我的半壁江山，是我的私人财产！去年我和我哥回 A 城拿行李，哎哟，百分之九十都是我的……"

"你哥东西那么少？"

"我哥没什么东西啊，他，来自 A 城，孑然一身，形单影只，踽踽独行……"

"……"

贺情生怕他再滥用成语，下一句就是什么"举目无亲"这种话，连忙道："打住打住！"

应小二眨眨眼，这才突然想起他亲爱的哥哥，问道："对了，我哥呢？"

贺情白他一眼："你哥还在路上，我先坐三轮过来了，怕你给冻死了，你哥怕是要把整个西三环给拆了。"

应小二感动得要哭了，也没弄清楚自己感动的是前半句还是后半句，看着贺情提得费力，也不管自己都还大包小包的，去接过贺情手上的一个袋子拎着。

贺情回头看他："我能提得动。"

算了吧，等会儿他哥要是看到贺小少爷拎那么多东西，被他整得跟个驴子似的，还不得回家关门儿就把自己给教训一顿。

三个人汇合之后，一起去红高粱海鲜酒楼吃了顿饭，差不多算是提前过了个小年，点了一堆海鲜，两人看着应小二跟饿死鬼投胎一样地啃螃蟹，相视一笑。

应与将默不作声，剥了不少蟹肉，夹着往贺情碗里放。

在一边儿啃得费力的应小二一抬头就看到了这一幕，满眼震惊地看着他哥……

这些肉以前都是我的！

春节的安排差不多出来了，应与将得尽量在过年前把盘古的事务安排好，每天都在跑各处销售点，交接工作一件件地办。

他过年还得带着弟弟回 A 城，不过他这几天开着车到处开会做事儿，发现了一些他都没怎么注意到过的事情。

比如今年捷豹 I-PACE 量产版的销售权，以及兰博基尼新出的 Urus 在 B 城的独家维修代理权，还有一些不大不小的项目，接连着被盘古抽中了。

应小二在他哥回家的时候还在打电脑游戏呢，耳机戴着，两腿盘着，整个人蜷缩在软椅上，一边跟队友连着麦，一边操作。

他耳朵尖，听到了楼下熟悉的，不响但也不弱的引擎声浪，练了数年的听觉马上起了作用。

应小二对着麦克风说："哥们儿，我先下了！"

他拔了麦克风和头戴式耳机卷成一团塞进被窝里，把主机的开关按下，连忙掀开被子，拿出一边儿一直在充电的电热水袋，塞进被窝里，拨乱了额前的发，自己也跟着钻了进去。

应与将推门进来的时候，面色铁青，不过这情绪跟应小二没多大关系，冷冷地扫了一眼弟弟的房间，见这小屁孩凌晨三点了还没睡着，更头疼了。

他走到电脑桌旁，伸手摸了摸主机。

应小二在床上眯着眼，心想自己才爬起来没玩儿多久，应该还不热吧？

然后他哥又大步走到床边儿，伸手拨了一下弟弟额前的乱发，轻轻叹了口气。

应小二心想应该没多大问题了，于是屏着呼吸，眼皮都不敢乱颤，假装睡意蒙眬地翻了个面，鼻腔里还哼唧出声："嗯……"

下一秒，应与将一屁股坐到了床上，然后站起来，掀开刚刚他坐的地方，冷冷道："应与臣，几点了？"

应小二猛地坐起来，瞪着眼，不敢不回答："三点了，哥。"

应与将冷着脸正想教训他一顿，张张嘴，又觉得没什么好说。

今天真是心情太差了，完全没心思教育弟弟了。

应与将挥挥手，伸手把掀开的被角掖回去，揉揉弟弟毛茸茸的小脑袋："算了，睡吧，别玩了。"

他出去的时候关了门，靠在门上，深吸一口气，去阳台抽了烟。

第二天忙完工作，他给贺情发了条微信。

盘古名车馆：明晚上有空吗？

 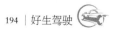

不加贝：有有有。

见应与将没回复，贺情又拿着手机回一句：档期很贵。

盘古名车馆：买断。

不加贝：成交！

年前还是有些冷，冰凉的空气带着一丝湿意，内里穿着的衣服跟粘在身上似的，十分不舒坦。

两人刚挟了一身暖气出来，乍一下还没太多感觉。

这儿是加贝集团的那栋独栋办公楼楼下，贺情是真的还在忙，只有逮着空下个楼，跟应与将见一面。

应与将站在月色之下，高大的身形投出一片剪影，刚毅的面庞被覆上一层朦胧，喉结上下滚动一番，半个字都未说出口。

他就这么盯着贺情，眼神里的阴郁，自己没意识到，往侧边站了一下，给贺情挡了风。应与将刚点了根烟燃上，又想到贺情不能抽烟，而且最好也别老凑着跟前吸二手烟，用手指又把烟头撮了。

贺情心中警铃大作，有点儿发虚。

有事？最近没犯什么错啊，也没干坏事儿，怎么这么严肃？那必定事出有因……

应与将叹了口气，认真地说："你不要给我铺路。"

"生意是生意，关系是关系，我们分开来看。你别帮我太多。"

这下贺情听明白是怎么回事了，虽然知道他就这性子，但还是有点儿难受，应与将的公司是公司，自己的公司也是公司，怎么就不能帮了？

贺情一咬牙，这脾气上来了，眼尾都跟着飞挑："那是我的项目没错，但你不是明年还打算在盘古旁边儿修个捷豹的店吗？"

应与将见不得他这较真儿样，心中只觉得难受，冷声道："贺情，那是我明年的事。"

这称呼和话语一出口，逼得贺情眼都快红了，一听进耳朵就不是那么回事儿。

"那有什么关系？几个项目而已，盘古有能力做，为什么不能给你们做，销售我做太多了，加贝也不缺这一两个……"

贺情天生的小少爷，含着金汤匙出生，走哪儿都有人鞍前马后地伺候着，在应与将面前说话也一向没多大顾忌。

"真的，不需要。"

语毕，见贺情冻得直哆嗦，应与将一垂眼，把身上的外套脱了给他套上，动作和话语完全是两个频道："你管好你自己的事。"

B城太大了，未知的数太多了。

他设想过很多很多，第一要求就是必须要自己赚够钱，必须能稳住脚，就算稳不住，也能有一席之地供日后转行，每一寸江山都必须用自己的手打下来，而不是倚仗着加贝集团。

生意场上就是这么可怕，一旦一个项目让出去，或者两家合作过，就会被无限挂钩，并且被注意到。

加贝集团背后真正的大老板，是贺情的父亲。

贺情再厉害，手腕再狠，也只是个二十岁的青年，很多事情他翻不过风浪。但是应与将不一样，比他多混七年，江湖路远，看得透彻太多了。

贺情像是不想再说这个话题了，把衣服还给他，怔怔地说："你哪天的飞机？"

虽然说知道他在转移话题，应与将心里也堵得慌，还是认真地回答："三天后。"

"行，项目的事儿都不说了，帮你了就是帮你了……去机场的时候我送你和应与臣去，你开车不方便在机场停。"

应与将淡淡地说："我不要这几个项目。"

听他还是这个意思，贺情本来就暴躁的脾性这下彻底被点了芯，双眼通红，声音压着还是字字都似喉间碾磨而出的。

"我辛辛苦苦争过来给你，你回头跟我说要还给加贝，你为我放弃那么多，收一点儿我的心意，有那么难！"

应与将试图抚平他的情绪，语气放缓和了点儿："你辛苦争的，就是加贝的。你不要再为我。"

第四十五章

这话一出口，应与将安安静静地看着贺情脸色的变化，心跳得厉害。

贺情也一直是个嘴利的，在亲近的人面前反倒被磨平了棱角，眼睛有点儿红，愣愣地站在那儿，眉间都快纠成一团。

他忽然觉得嘴唇有些干裂，伸出舌头舔了一圈儿，又开始发愣。

贺情快恨死应与将这张嘴了。

关键时刻，话少是少，语气也没什么毛病，但每次说话就是能把人堵个半死不活，惜字如金的类型，字字又是真金，砸得听的人脑门儿特别疼。

B城一到夜里寒风就容易刮得他脸痛，这个季节也就城中心稍微暖和点儿，寒意钻到贺情身体里，浑身都在发抖。

反观应与将，跟座山似的，屹立不动，静如止水。像是投一颗石子儿下去，也掀不起丁点儿波澜。

贺情突然想起听说过的传闻，流传于车圈儿的，说应与将这个人就是个冷面阎罗，跟他谈什么感情？谈什么分寸？

这会儿也顾不上想别的，贺情本来就暴躁，平时冲惯了，这会儿更是一腔热血被应与将一句话也堵到了嗓子眼儿噎着。

他手臂抬起来，一双眼瞪着，满目的不敢信，手指冻得冰凉。

贺情怒道："你知道你在说什么？"

闻言，应与将眸色一黯，看贺情这梗着脖子的样儿，心也软了："我说的是生意上。"

"话要说清楚！"这句话低吼完，贺情彻底急眼。

"你是不是不想欠我，你是不是怕我觉得你跟我在一起就是为了生意便捷？我今天把话跟你说明白了，你在我这儿就不是那种人！我只是想把我觉得好的东西……"一串儿话连珠炮似的往应与将耳朵里钻，每个字的横撇竖捺像带了尾钩，刺进耳膜一般痛得他连带着心尖儿也跟着一抽抽。

自己想解释，又无力解释，根本不知该从何说起。

应与将垂下眼看他，把自己的手放下来，极力克制着自己的情绪，冷静道："我有没有跟你说过，不要去揣测我的想法。"

贺情一听这话更被堵得慌了，他和应与将之间，基本上都是他话特别多，从一开始就是。

他知道，应与将确实是行动大于言语的男人。但是有时候沟通少了问题就特别多，一棒子打不出个所以然来。

贺情一口气没吞下去，周围的冬夜环境都变得弱化了，焦点全聚在眼前这个男人身上。

他觉着应与将的眼神像猫爪般在他身上挠了又挠，惹得他瞋目道："你错了，你根本就不喜欢跟我交流你的事情，你生意上的事，生活里的事……"

他像突然想到什么，跟踩了尾巴似的，又说："奥迪那事儿我都知道，就宾利酒会那次，你帮我那么多，现在回报一下怎么了，这压根儿就不是人情！"

他做这事儿的时候，根本没想到应与将会知道这么好赚的几个项目，出自他贺情的手笔。

见应与将还是闷着不说话，楼道的灯映在他脸上打出轮廓，眉眼间还是那副酷酷的样儿，不言不语，那两片薄唇怕是拿杠杆都撬不开。

这看得贺情彻底受不了了，伸手想去找手边够得着的东西，抓到个手机想砸地上，想了想里边儿还有好多照片，咬牙作罢，往后退了一步，又急又气，眼里都快起红血丝了，看得应与将一皱眉。

他怎么跟贺情说？

说是因为自己自尊心太强，不想接受这种白白送上门的项目，也不想贺情牺牲大我成全小我，更不想让盘古跟加贝扯上太多利益关系？

他要怎么跟贺情说，千防万防，防的人太多了，其中也包括加贝的人，比如贺情的爸。

这些将他视为眼中钉，肉中刺的竞争对手，没一个是省油的灯，将来要是抓到了贺情的丁点把柄，那可是墙倒众人推，甚至被他爸撤去职务。

贺情这会儿正是心气傲的年纪，初生牛犊不怕虎的，闯了一身锐气与锋芒下来，确实不太懂得如何去藏。

这样的人，招眼红得太多了。

这种话，对贺情这种性子直心气儿正，想事儿不转弯的人来说，只能变作四个字，"不想亏欠"。

那天话也没说开，贺情盯他盯了三秒不到，手臂猛甩一把，将立领棉服的拉链拉到了最高，那力度猛得应与将都怕他夹着下巴肉，然后眼睁睁地看着贺情，依旧是那副骄傲的模样，甩着车钥匙，头都没回一下就走了。

留下一个潇洒不羁的背影，晾着应与将一个人在那儿杵了半个小时，脚下积了圈儿落叶，肩头都湿了，濡着一股子风霜味，才慢慢地往回走，去找车。

先回家，之后的问题，再说。

这边儿，贺情回家就把车钥匙砸了。

直接扔地上，砸得木地板"砰"的一声，那声响又脆，似都要把那香脂木豆的料给砸个坑出来。

他忽然想到应与将在望江名门给他铺的一室的地毯，软软的，特暖和。

贺情心里一下就难受了。

贺父正在楼下看报纸呢，被儿子这么一掷，头顶儿一声巨响，惹得他闻声跑上楼来敲门，冷着脸问："贺情，你发什么疯！"

贺情这会儿屁股撅着趴床上反思过错，声音也闷闷地回他爸，说："爸，我错了。"

为了个生意上的事儿，计较成这样，他贺情这可不就是发疯了吗。

见得儿子少有服软，贺父敲了敲门，警告道："别乱扔东西了，楼下听得清楚得很。"

贺情点点头，继续答："知道了……"

这句话一出，心里的嘲讽都要扩散开到四肢百骸了。

自己知道什么，明明什么都不知道。

他趴床上哼哼唧唧，鼻尖充斥着床单被褥的干净皂角味儿，想必是阿姨来换过了，他慢慢就想起前几天晚上。

那一晚，他跑到应家睡觉，睡在应家大少爷的房间，又怕应家小少爷听着点儿风吹草动，所以在被窝里干瞪眼，连翻身都不敢。后来不知怎的睡着了，脚把被子全都蹬了，半夜起来被风一吹，犯了凉，一个劲儿地打喷嚏。

应与将在他打第一个喷嚏的时候就醒了，起床去柜橱拿了床冬天的被子给他盖，等贺情睡了，自己才也守在旁边安稳睡去。

哪知道那晚贺情又偷偷摸摸爬起来了，太冷，去抱被褥。

贺情觉得自己二十了，再过不了几年就要奔三，再加上这少年时期蹦迪蹦得有点人散形不散的，早就过了身子骨铁打般健朗的年纪。

他那晚上睡个觉，嫌冷，多拿了几床盖着，结果被子盖多了，翻个身都差点儿被压死。

那会儿应与将还冷着脸训他："盖五层睡觉，你是真不怕窒息。"

那能不怕吗，就是太冷了……

回忆止了，这会儿贺情裹着棉绒的睡衣，缩成一团在被窝里，足尖把毯子踢得翻来覆去，又重重地落在自己身上。

这绒毯是家里从新疆那边拿过来的什么特级绒毯，四舍五入就是北方的绒毯，再四舍五入就是北方人的，再再对等一个，这就是应与将的绒毯了。

贺情逻辑极为混乱地思考着，想得自己身上都有些发烫，于是把一只脚从被窝伸出来，露在床沿上一晃一晃的。

心里冷冰冰，关系冷冰冰，天气更冷冰冰的两天，就这么胡乱地过了。

应与将知道这事儿自己理亏，奈何有苦不能言。

腊月二十五了，B城快变成了空城，各个地方城市的人都从省城赶回了家里，大包小包的，出城的高速终日拥堵，堵得出入口一片红海，尾灯能把人眼射得赤红。

应与将手里的身份证被自己翻来覆去看了好几遍，心想今晚就得乘一班夜航，带着应与臣回A城了。

这个时段，大部分人都赶着从A城离开，自己倒往A城赶。

最近这几天车卖得多，临近过年，愿意砸钱的人也多了，特别是紧凑款中价位车型，好卖得很。

车馆上下一片忙，忙得他经常都忘了吃饭，只记得隔一个小时就给贺情发个消息过去。

工作太忙，自己没空杀到他家去，这样在手机上隔着屏幕闹他一下，他总会理睬。

应与将见贺情回消息了，于是找了块布擦干了手上的水，把钳子扔到一边儿，去拿手机回消息。

他没敢跟贺情提他今晚就要回A城过年的事儿，毕竟他爸还在那边，问他能不能早点儿回家，应与臣也抗议着提前了一班，说十一点到机场太晚了。

去年出事儿风头还不小的时候没回家，今年好不容易在外地稳定下来了，这总归要回家再去看看。

B城的主干道人民南路，在这腊月间，随着不断地人去城空，路上也变得空空荡荡。

偶尔有几辆来往的车辆，宽阔道路两旁的树木都被穿上了红，灯笼高挂一排，扑面而来的寒风卷来的是刺骨凉意，以及街道孤寂的影。

应与将开着车过的时候看到这一幕，不由得想起 A 城，以及前年在 A 城过年时，一上街那种空旷感和内心的孤寂感。

过二环高架时，望江名门那四个巨大的字体呈现出白金色，矗立在楼顶，极高，在漆黑的夜幕中显得格外耀眼。

放眼整条南二环高架，目光全被这四个字吸引了。

应与将没再去看了，别过脸去，半边脸都被那特亮的楼盘名字牌和二环高架上的路灯，映亮了。

等大年初七一回来，就能拿着房了。

第四十六章

临走的那一天，从机场路出发，赶到国际机场的时候约莫下午五点的样子，盘古的手下负责开车，一路上被应小二一口京片子逗得不行。

驶过了机场收费站，车辆进入立交桥，应小二在后排东蹭西蹭，手机没电了找不到玩儿的，见那开车的手下一路听自己讲故事都笑呵呵的，但好几句都没接上。

应小二一拍大腿，把身子从后座往前排探，大笑道："怯勺了吧！那事儿，要放在我们 A 城啊，甭管您哪个城的，也没什么抹不丢地，那东西南北……"

话还没说完，后脑勺被他哥阴沉沉地一巴掌呼过来："下车了，闭嘴。"

应与将都快被他吵死了，也没搞懂弟弟哪儿学来这么多道理一板一眼的，成天正事儿不做净吹牛皮。

急着去自助取票机上打印了机票，应与将又带着弟弟去把行李托运了。

这次有应小二这个"散财童子"一起，所以应与将订了头等舱。

这应小二坐在贵宾区都要瘫成一摊泥了，等他哥转身眼神扫过来，又马上坐得端端正正，满脸写着"别骂我"三字，惹得旁边站着的工作人员都忍不住笑。

应与将刚办完托运，把弟弟往入关安检的地方领，把身上的打火机拿出来扔了，一看那春运的人潮之汹涌，都排几十米开外了，起码半小时开外，他找了个机场工作人员，皱眉问道："头等舱通道没开？"

被叫到的人歉意一笑，回答道："不好意思先生，人太多了把头等舱通道改成女性专用了，您头等舱的票可以从十三、十四的快速通道走，我带您过去。"

那工作人员转身的一瞬间，应与将看到他们穿的工作背心上，背后印着八个字，"除

了爱情，都得排队"。

应与将见了这八个字，一垂眼，握着手机的手几乎不可见地颤了一下。

他反复咀嚼着，不知为何，心里就难受。

应与将过了安检，然后回头看着安检人员检查应小二的全身，转过面来靠在玻璃上，拿出手机，拨了个电话过去。

他一下午没怎么说话，开口嗓都有些哑："我机票改签了。"

贺情在那边眼皮子都没抬一下："哦，延到多久？"

应与将顿了会儿，说："提前了。"

贺情的声调都拔高了一点点："什么？你现在在机场？"

"在关内。"

"你真是……"

贺情眼睛立马就红了，委屈和难过齐齐涌上心头，喉头一哽，本来好好儿斜靠在办公椅上，这会儿立刻翻身坐起来，怒道："最后一面都不见了？这么不乐意我去机场送你？"

一听贺情这种反问句的话，应与将就觉得被堵得不行。

他见弟弟裹着羽绒服出来了，伸手接过弟弟递过来的机票和身份证揣进兜里，叹了口气，调整了一下情绪，对着电话说："年后就回来了。"

应小二听了他哥的语气，在旁边惊奇地瞪眼："谁啊？贺情？"

贺情那边自然听得到应小二说话，对着话筒就喊："对，就是我！"

应小二本来正竖着耳朵听那边动静呢，听贺情这么一吼，明显听出来那边人的不快，心里估摸着这人还正在气头上，有点儿怯，伸手拉了拉他哥的袖口，悄悄地说："哥，吵架了？"

应与将一记眼刀甩过去，甩得应小二满脸委屈。

当哥的想想又觉得算了，这气不能往弟弟身上撒，只得伸手揉了揉弟弟的后脑勺，轻轻说了句"没事"。

两人这会儿正往登机口走，一路赶着，机场地大，这会儿赶时间没空去头等舱休息室坐着。

关内的风吹着也冷，应与将还没想好怎么开口，就听电话那头传来贺情咬牙切齿的一句话。

"你连两个小时都等不了我，年后还见什么见……"

应与将闻言，面色一冷，也不赶路了，猛地止住步子，握着电话厉声道："贺情！"

这两个字一出口，应与将还没来得及说下一句话，电话就被贺情直接给挂了。

应与将忍着身体里的暴躁因子作祟，反复深呼吸，任胸膛一阵剧烈起伏，闭了闭眼，随便找了个登机口坐了下来，手肘撑在双膝上，不再言语。

头一次看除了自己有人能把他哥怄成这样，应小二有些怕了，一步步蹭过去，蹭到他哥身边儿刚想坐下，就看到他哥掏了机票出来递给他："你先去登机口，我等下过来。"

再傻也看得出是两个人吵架了，应小二屁股都不敢坐下去，又站直了身子，生怕点了他哥的火，小心翼翼道："哥……你不会不回去吧？"

应与将拨了根烟出来叼上，也不点燃，只是狠狠地吸那烟草的味儿，沉声道："不会，你先去。"

等弟弟走了，他一个人坐在软椅上对着手机里贺情的照片出了会儿神，试探性地拨了个电话过去，果不其然，没人接。

应与将站起身来，面色铁青，把嘴上的烟用指缝夹着给折了，扔进了垃圾桶里。

他合拢了衣领，一身寒意，卷携着往登机口去了。

拿着手机，打开 app（应用软件）研究，贺情猜了老半天都猜不到是改的哪一班。

这会儿他也没心思去找人查应与将的证件航班，挂了停车挡，把手刹一撒，他把座椅靠背往后调了些，闷闷地靠着，目不转睛地盯着飞机出港的方向。

这会儿七八点，冷得要死，车里的暖气他也不想开，就那么裹着棉服坐在驾驶位上，今天开的那辆大红色的迈凯伦 P1。

他甚至有点儿夸张地希望，应与将的飞机起飞的时候，他能往窗外看一眼，说不定就能盯到停在机场停车场的这辆车，知道他来过。

这是贺情示弱和让步的方式，哪怕其实应与将并不会知道。

现在天都黑了，整片机场就剩了 T2 航站楼的白日光亮，停车场的昏黄路灯，出租车排队的一片刺目的红，以及机场上醒目的两个字，B 城。

他忽然想到应与将才来 B 城时拍的那一张机场，自己也拿起手机拍了一张存下来。

贺情盯着一架又一架出港的飞机起飞，又看着入港的飞机降落……

他的手指轻轻地在方向盘上敲，前挡风玻璃上都能看到自己的眉眼。

不一会儿，外面就下雨了，淅淅沥沥，一滴一滴都砸在车身上。

过了二十多分钟，雨开始下大了，贺情一刷新界面，机场开始延误预警，出港的航班大多滞留。

他一看时间，都差不多快九点了，在这儿硬是等了快三小时，估计应与将那架飞机都要到 A 城了。

这雨该早点儿下的……就能把他留在这里了。

贺情叹了口气，趴在方向盘上，不再去看航班出港了。

他又在车上等了十多分钟，人都要给冻成冰雕了，一刷朋友圈，就看到应小二的朋友圈更新了。

PGYing：Get home.

 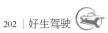

定位是 A 城国际机场，配图是他脚上的球鞋和一个黑色的行李箱，放大点儿看，能看到应与将的脚也入了镜。

贺情半张脸都藏在了围巾里，手指冻得一抽抽，想摁个赞表示他知道了，又真的赞不下去。

他想了好久好久，点开跟应与将的对话框，发了个消息过去。

不加贝：到了家早点休息。

七个字发完他就把手机关了，趴在方向盘上闷了一会儿，拼命眨眼，才把酸意生生忍了下去。

贺情这还没烦完，刚抬起头，就看到有几个路人拿着手机在拍他的车，似乎也没太在乎车里有没有人，拿着手机就开始拍。

他现在真的烦，伸手直接把车灯关了，这车停在暗处，一片黑，关了灯那些人也拍不到什么。

有两三个识趣的，"哎"了一声，嘴巴在动，贺情也不知道那边儿说了句什么，就看着那几个人悻悻地放下手机，像是挺惋惜。

贺情阴沉着脸看他们，手腕子搭在方向盘上，看到有个人还在拿着手机照，掏了自己的手机开机，也拿手机拍人。

那人似乎也没看清楚贺情在干什么，依旧没放下手机，旁边的那个人更是变本加厉，"咔嚓"一声，闪光灯都打开了。

那闪光灯一开，闪得贺情眼睛一疼，他直接把火点燃了，猛地把车灯全打开，摁了一声喇叭。

被摁了喇叭的人吓得往后退了一步，旁边的人看起来像是他的朋友，拿着手机就往车这边走过来，贺情也不是傻的，把车门全锁了，抓起手机就给兰洲打电话。

那三个人站他车头边上，料他不敢开车撞人，堵着就是不让他走，贺情也冷着脸，摸了根烟点着，把副驾驶车窗开了条缝透气，半眯着眼靠着，就要看看这三个完犊子的人能怎么闹腾。

近了看贺情才注意到被他警告的是个女人，估计是那出头鸟的女朋友，这会儿正瑟瑟缩缩地躲在她男朋友怀里哭，后者更是一脸煞气，脚踏到贺情车头上那个迈凯伦的标志上，嚷嚷着逼贺情下车。

贺情顿时头大了，这车的牌子不同于兰博基尼法拉利那些广为人知的豪车品牌，标志少有人认识，大多数也不知道多少钱，估计以为就是什么野鸡跑车。

要么就是自己惹上比自己更牛的人物了。

关键是这 B 城口音，贺情又看了看那人的长相，也没见过啊？

结果没二十分钟，风堂开着贺情那辆法拉利 812 就赶到了，一路飙得超速，那引擎声贺情可太熟悉了，那一抹孔雀蓝直接停到路中央，堵了那人的退路。

贺情一看差点儿没气得咬舌自尽，这干吗啊，风堂来做什么，明明给兰洲打的电话啊，这人自己什么身份心里没点儿数吗，还敢来出头？

接着那辆812后面又陆续停了两辆奥迪Q7，上边儿也没下来人，贺情眯着眼看，感觉后座是坐满了的，少说应该两辆车上的人加起来得有八九个，风堂的副驾驶还坐着个面生的。

风堂一下车，贺情也不管那么多了，跟着开了车门下车，那个堵着他车不让走的男人一看这架势有点儿愣怔，伸手要去抓贺情的肩膀。

贺情反身一个擒拿把人摁在了自己的车引擎盖上，眼都红了。

今晚这都什么事儿！

那还未冷却下去的热度烫得那男人一声叫，旁边的女人叫得更厉害，但也不敢往前。

风堂作势要冲上来跟着摁住，不料被贺情摁住后脑勺给蒙进了大衣里。

风堂的身后跟上来副驾驶的那个人冲过来把人摁好了，贺情便一路拖着风堂，往后边儿的第一辆奥迪Q7走。

他挣扎着去踹贺情的腿，被蒙着脸喊："你放开先，情儿，我……兰兰下午去山城了，我才……"

贺情没搭理他，捂着脸把人给塞到那奥迪Q7的后座，点了个弟兄下车："你去把那辆法拉利开回风堂那儿去。"

他把风堂又往里边儿推了一下，交代道："看好了，别让他下车。"

被派看好风堂的那个小弟面露难色："贺少，这，我，我们这……"

贺情没吭声，转面儿去拧风堂的耳朵，严肃道："你好生待着。"

接下来的发展完全符合贺少的办事儿风格，直接把那男人拎过来拍了张照片，也开了闪光。

这闪得那男的估计觉得特别没面子，再看看旁边被吓得梨花带雨的女朋友，气不过，抬手一拳想招呼上贺情的脸，后者伸手就接了拳风，紧攥着他的手腕，咬牙道："我现在还有耐心跟你讲道理！"

那男的梗着脖子喊："我管你是哪个，好不得了，我们这边哪个我拍不得，我拍一哈你的车又怎么了！"

贺情微微侧过头，见路人纷纷驻足了脚步往这边儿看，有回来要动车的车主被他们堵在这儿也出去不了。

那个男的见人多了，气势又上来了，指着贺情的脑门儿就吼："你是富二代，不得了嘛，这个车几百万嘛，我给你十万，够不够拍一张？"说着手指戳上了贺情的额头。

贺情眼神一暗，忍无可忍，抬腿一脚就给这男人踹倒了，后者又爬起来，抱着贺情

的腿张口要咬。

贺情这会儿给惊呆了，出来打架还没见着过抱着人腿咬的，没忍住又一脚给踹上了这人的肩膀。

后者给彻底踹倒在地，滚着抱着肚子吆喝："富二代打人了！救命啊！杀人了！"

贺情头上简直青筋暴起，奥迪Q7上也下来几个男人过来了，贺情怒目而视，梗着脖子喊："都别过来！"

也不知道是哪个吃瓜的喊了机场的警方过来，一团人举着警棍，还带了防暴盾牌，把贺情和那个男人围了中间。

贺情冷眼看着地上的人，又冷着脸扫了一圈儿赶来的警方，点点头，从包里摸出身份证交了过去，对着为首的那个说："我配合调查。"

被带走的时候，警车在前边儿闪灯，贺情坐在后排最中间，不用看都能听到远处隐隐的引擎声，叹了口气。

开车的警察终于忍不住了，看了看后视镜，说："能让你朋友别跟着吗，好几辆车，这打算一路跟到公安局？"

贺情抹了把脸，笑道："这我管不了。"

他低着头，把手机掏出来，联系了人确定刚刚风堂已经派人把那辆迈凯伦开回加贝了，才放下心来，一刷新，又看到应与将回复的消息。

盘古名车馆：你也是，早点儿睡。

应与将当时没等到贺情的回复，又忍不住发了一句。

盘古名车馆：A城真冷。

贺情鼻子酸酸的，眼眶一热。

前边儿副驾驶座上的警察也没关车窗，冷风呼得他脸疼。

贺情突然觉得，B城也真冷啊。

旁边负责"看守"他的两个警察估计觉得贺情看着不像爱寻衅滋事的人，路上无聊，刚想跟他闲扯几句，转过面儿就看贺情低着头在用手背抹眼睛，吓得一愣。

心想现在的人怎么都这么脆弱啊，不就发生了点小冲突，被抓去公安局问询情况吗？

有个警察张张嘴，想安慰他似的，又觉得不合适，只得说："那儿有监控的，责任不大的话没多大问题，就去医院验伤，赔点钱……"

贺情一边用手捂着眼一边摇头，喉头哽得发慌，什么话都说不出来，拿袖子把眼泪给擦了。

他心想，这金豆豆，还好就几滴，不然真的丢脸丢大发了。

他整理了一下情绪，握着手机认认真真地打字。

不加贝：我家有暖气，耶！

盘古名车馆：快吹吹。

一路到了公安局，贺情下车差点没被这寒风给刮死，哆嗦着进了局子里，做了笔录，出来的时候都已经三四点了。

他点了根烟，在公安局的院子里走，门口停着一排车，最中间的那一辆，驾驶位上能看到风堂满目怒色地坐着，盯着他看。

贺情脑子里回荡着进来通报的值班警察说的话："哎哟，门口停好几辆豪车呢，弟弟，你啥来头啊，我们这局门口停的车加起来得一千万了吧？"

贺情一笑，老实道："我啊……卖车的呗。"

那个警察了解了，一打响指，笑道："为了避免更多冲突，那个先挑事儿的哥们儿，我们得扣他一晚了，你们就别干吗了吧？回家洗洗睡咯！"

贺情一点头："好。"

他出公安局的大门的时候，手里的烟燃得只剩个屁股，手指一抖，把烟灰抹了，双手揣进兜里，一言不发地坐进风堂的车里，声儿都带着疲惫："走吧。"

路上风堂一边开车一边问他："你大晚上跑机场去干吗啊？"

贺情闭着眼，揉揉鼻子，眼里都是雾，低声说："数飞机。"

…………

这事儿过了一天之后，回到A城的第三天早上，应与将是被弟弟给弄醒的。

应小二举着手机往他哥身上扑，边扑边嚷嚷："哥！你瞅瞅，这是不是贺情啊，B城就这一辆吧？现在媒体怎么那么缺德呢，车牌号都不抹的……"

应与将闻言，瞌睡全部醒了，坐起身来夺过手机一看。

《富二代爱车如命，不惜机场动手打人》。

今儿大成网的头条，几个红字刺得应与将眼疼，再往下滑，还有现场图。

一个男人抱着贺情的腿，贺情脸抹了马赛克，身后停了那辆孔雀蓝的法拉利812，还有两辆奥迪Q7，那场景，跟电影海报似的。

第二张图就是贺情的迈凯伦了，大红的色，这车型全B城独一份，绝对不会错。

机场？

应与将一愣，看了一下事发时间，前天晚上九点半，就是自己走的那一晚。

这篇文章大致内容已经能从标题看出来了，抹黑贺情"富二代"这个身份，极力渲染着对这种行为的不齿，挑起众怒，把舆论苗头全部转向贺情。

应与将坐起身来，去微博上搜了几段视频，把那人的脸截下来，发给了在B城的朋友，又给在B城做传媒的朋友打了个电话过去。

那边贺情收到应小二的慰问消息之后，心里已经咯噔一下，心想这事儿真的瞒不住了。

他认命一般地，正想主动给应与将坦白，结果那边的视频电话就来了。

 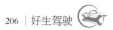

应与将在那边握着手机，摄像头只拍到他的下巴，依旧是刚硬的线条。

应与将调整了一下镜头，一对似刷了重漆的眉入了屏幕，往下是一双深潭般的眼，根本望不穿。

摄像头里的贺情这会儿正半靠在床上抽烟，绷着脸，不吭声。

应与将凑近手机看了一会儿，确定了一下贺情的脸上没伤口，脖子上也没什么红痕抓伤，悬着的心放下了一点点。

贺情被他突然这一凑近吓得差点儿被一口烟呛个半死。

他咳嗽了几声，就听到应与将压着嗓，冷冷地说："把衣服都脱了。"

啊？

第四十七章

贺情虽然觉得有点儿意思，但还是面子上挂不住，吞了口唾沫，手指下意识去把衣领捂好，支支吾吾地："干，干吗啊……"

应与将本来想训他几句，但看人这惨兮兮的样子，又刚捅了娄子，心下一叹，忍不住放软了语调："我看看你身上有没有伤。"

还真是自己想多了。

贺情眼一瞪，瞟到应与将旁边自嗨的应小二，道："看什么看，你弟还在旁边！"

没插耳机，这句自然就给应小二听到了，后者一好奇，探头探脑地来看，被他哥的大手摁住头顶，把头给扭向了另一边。

贺情无语了，眼看着应与将把应小二的头拧过去，忍不住说："你不至于吧？"

应与将没回他这句，一只手摁着他弟的脑袋，另一只手握着手机，严肃地命令道："衣摆撩起来。"

这下贺情彻底不好意思了，但还是磨磨蹭蹭地站起身来，还好屋里暖气开得足，半跪在地毯上，靠着卧室里的丝绒沙发角，把浴袍撩起来了。

他洗澡的时候还没注意，这通过镜头里一看，屏幕上能看清楚自己腰上有一小块淤青，本来不大，但是在这显示屏上看就特别明显。

应与将忍了口火气，"嗯"了一声，又说："背上我看看。"

贺情脸都快烧起来了，立刻把衣摆放下来，手指翻飞，往浴袍系带上打结，认真地说："差不多得了，你别得寸进尺啊。"

视频电话那头的人沉默不语，眼低垂着，是贺情看不透的情绪。

应与将默了一会儿，把视频电话挂了，打开了机票购买的页面，看票。

他就不该去看，一看贺情那腰上的伤，就感觉那淤青在自己身上似的，抽抽地疼。

应与臣看他哥那受伤的样儿，有点儿紧张，小心翼翼地问："哥，你没事儿吧？"

他这句说完，又瞄到他哥的手机页面，彻底慌神了，抓住他哥的袖口，急切道："哥！你看什么票啊？别回去成吗？你看咱都多久没回 A 城了，咱爸新买了只百灵，二姨昨儿个还跟我念叨你呢！"

见他哥没反应，应小二急得上蹿下跳的，劝道："哥，你别介……"

今儿已经是腊月二十七了，他带着弟弟回 A 城之后先去了一趟颐和原著，那儿就是之前跟贺情提到的圆明园边儿上的豪宅，现在是他父亲和子女不在身边的二叔二姨住着。

应家不是旗人，三代都是做车生意的，应与将和应与臣的父亲应坤退下来之后，就基本过上了每天在城里遛弯儿的日子，对车也没多大兴趣了。

家业一旦大了，讲究多了，结婚的年纪也偏晚了些，应坤三十才有的老大应与将，今年都快六十了，身子骨还算健朗，天天往京剧院跑，有事儿没事儿往海淀小街遛鸟，养过扑雕和交嘴这类技艺型选手，那鸟都可凶悍，应小二小时候就被啄过。

应与将跟他爸关系也就那样，从小比较独立加上性子冷淡，父子俩交流大多也是因为生意。除了话太少以外，应坤对这个能干孝顺的儿子还是比较欣赏的，但更偏爱阳光开朗的应与臣。

兄弟俩的名字也是挺随意，那个年份，A 城的宣武区还没并到西城区，崇文区还没并给东城区。

皇城根儿嘛，文化氛围本就浓厚，天天崇文宣武，才子佳人，文臣武将的，刚好排到"与"字辈，算命的先生一来应家，先是大大赞赏了一番，然后批条子说应家这老大命硬，但十字带红，是个猛的，多温顺的名儿都压不住，得来更有气势的。

应坤虽然是个商贾之人，但也算有点儿文化底子，想了一会儿，挥手选个"将"字，一武官职名，也不顾家里人反对起得太大，犯煞，他就不信他儿子还能驾驭不了这么大的名？

后来有了老二，也干脆就取了个"臣"字，一文一武，能把应家这一方家业守好，那就得了。

应与将带着弟弟去给应坤拜年的时候，拎的东西一车都装不完，遣了家里的用人来搬，搬到一半儿满头的汗，就看着应坤提着只百灵出来了，盯着兄弟二人打量许久，声音有如洪钟："来了啊。"

应坤这一声吆喝，惹得应小二马上放了手上的物件儿，冲到他爹旁边去接那鸟儿的

笼，应坤往旁边一躲，笑道："别搁这儿在我跟前起腻，滚蛋！"

这一声"滚蛋"自是带着宠爱语气的，应与将抬头看了一眼其乐融融的父子二人，心下说不出是什么滋味儿。

他把东西一件件地搬进主宅里，看了眼花园里有些枯萎的树枝，地上还有未融化的雪，轻轻踩了上去。

颐和原著的这处宅院，还是他在A城事业巅峰期的时候拍下的，但做生意的人，三十年河东三十年河西的，生意越大越难守住钱财。

晚上到了饭点儿，应与将跟应坤仔细汇报了一阵在B城的所见所闻和工作进展。

等他说完了，低头吃饭的二姨一抬头，莞尔一笑，说话柔声细气地，又开始跟他说恋爱结婚的事，应小二被呛了一口汤，呛得连着咳嗽了好几声。

饭桌上的气氛变得稍稍有些微妙。

应坤多少能从小儿子的反应读出一些信息，眉头一皱。

应与将假装没看到他爹的表情，想来他小时候也是二姨带的，一直绷着的神情稍微缓和了些，低声笑说，不劳二姨费心。

应坤接过小二盛的小吊梨汤，抿了一口，齁得他喉头都发甜，严肃地说，这事儿拖不得了。

二姨闻言，长长的眉眼带笑，腮上的两个酒窝凹显，伸筷给应与将夹了块福寿肘子到碗里，说她就是问问，与将还没准备好，那就随了孩子去。

应与将点了点头，没再吭声。

一大早的，应小二就拒绝了他哥要带他去什刹海遛弯儿的想法，还特正经地教育他哥，这都几几年啦？他应与臣都多大啦？还往后海冰上滑呢？

他套了件棒球服，穿双马丁靴，脚底跟抹了油似的，约了一拨以前在A城一起玩儿的朋友，正风风火火地准备下楼打车，就给他哥拦住了。

应与将把手套戴上，冷着脸看他："出门三准则。"

应小二一个立正稍息，把棒球服拉链拉好了，面向他哥朗声答道："一不惹事二不怕事！三，三……"

"三要接送。"

应与将伸手把鞋柜上的车钥匙拿下来，一挑眉，说："行了，我正好出去转转，走吧。"

建国门到世贸天阶四公里，五个红绿灯，等得应小二急得上蹿下跳。

他哥在A城留着的这一辆大众辉腾，外观看起来跟加长版帕萨特似的，里面内饰豪华，后座空间更是大，完全够一个成年男人舒舒服服地坐地上。

应小二左蹭蹭右拱拱，整得应与将实在受不了了，加快了点车速一路到了世贸天阶，老远就看到一群略有些眼熟的高中生小孩儿三五成群地在路边等着，他直接把车停在了他们面前。

车还没停稳，应小二看了看后边儿有没有非机动车过来，伸手就去开了车门，然后一群小孩子站路边上，先是熊抱了一会儿应小二，再诚惶诚恐地跟应与将问了好。

有一个看应与将的车走了，回头搂住应小二的脖子，亲昵道："都一年多了，你还知道回来？去年怎么说的，说要回来，我们都差点给你整个列队接机了，结果，水了我们一拨儿……"

应小二闻言一乐，搂了回去，招呼着大伙儿，笑逐颜开："我哥不让回我也没辙！你又跟我翻小账儿呢？"

旁边一人边走边哈气，对着应小二说道："这次我们哥几个，不得把您伺候得乐不思蜀吗？"

应小二搓搓手，在 B 城待久了还不太习惯 A 城这冻天冻地的温度，回骂道："瞧你那操行！乐呗，我得待到正月十五，我哥还得带我去地坛逛庙会呢……"

"得得得，又是你哥！你哥怎么还那么酷，以前你哥那……"

说话的人眼睛滴溜一转，小男生对喜爱之物的小火焰蹿上了眼，好奇道："今儿开的车好低调啊，少说也一百来万吧？不过你哥那辆乔治巴顿，还在 B 城？"

"在呢，我哥送人了……"应小二一提到这就难过，他也是爱车的人，那辆车更是他喜欢的，但是他哥也不知怎的，硬是给拱手送了，难免还是有点儿不舍，"牌照都换成 B 城的啦。"

一听这话，他的小伙伴们也不吭声了，个个都自然而然理解成了在 B 城发展得不太好，各种各种，简直脑补万字商战小说，再加上看应小二都不怎么发朋友圈了，纷纷用同情和鼓励的眼神看着应小二。

应家当年在 A 城是什么门户啊，颐和原著和贡院六号都安安稳稳住着，老大应与将那可是风云人物，家业门店儿开在 A 城中轴线上，除了性格太冷不好接触之外，基本没什么可挑。

老二应与臣成绩还挺好，生活比较奢侈，但不乱挥霍钱财，性情乖戾，但也还算懂事儿。

应小二见他的小伙伴一个个一副倒霉样子，心里也知道他们在想什么，不由得开怀一笑，挨个给了一下，招呼道："行了，担心我干吗呀，天天吃香喝辣的……今年高考我再考回 A 城呗！"

应家年夜饭吃得好，主宅里的厨子做了一大桌菜，满汉全席似的，讲究了个"四四见底"，葱烧海参最受欢迎，一道八宝涮锅差点儿没把应小二吃撑。

春晚应与将自然是不看的，过节全陪着家里人唠嗑去了，他也就坐一边儿点头，时不时说几句，一家人全看应小二表演了，小孩儿讲学校讲生活，说学逗唱，跟说相声似的。

距离零点还有一分多钟，应与将站在阳台上，给贺情发了一大段话，又一字一句地删了，最后留了一句发过去，等了会儿，又发了一句话过去。

萧瑟冬风呼呼而过，耳边是阖家欢乐的笑声，喜气洋洋的音乐声。

他放眼望去，院落里的几盏伶俜小灯，竟显得还有些温馨。

应小二拉开落地门扇，从客厅里跑过来，手上还捧着一盘炸饹馇，朗声道："哥！开始倒计……"

应与将接过他的盘子搁到木台上，弹了他一个脑蹦儿："好好儿讲话，一字一句咬清楚。"

"好吧，我们亲爱的中央电视台已经开始倒计时了，咱爸也在问你，进去吧？"

应与将点点头，又看了眼手机，揣兜里跟着弟弟进了客厅。

那边的贺情也不好过啊，贺家亲戚多，围着他闹腾，头都要大了，更有几个熊小孩儿，缠着喊情哥哥，怎么听怎么不对劲，纠正了一遍又一遍，说不听似的，惹得满屋子人哄堂大笑。

贺情都多大的人了，好歹也算个家里的门面儿，被这么一笑更是挂不住面子，极为不自在地咳嗽一声，快躲到楼上去了。

最后他只得上楼把自己的游戏机等玩儿的吃的都拿下来，一个小孩儿发一个，自己玩儿去！

机场闹出的那事儿，家里的人都知道他是个什么人也没敢多问，业界的好友也没多少人来过问他怎么回事儿，都心知肚明的，一见面点点头，这事儿就算先翻篇儿了。

本来有时候在外人眼里看起来很大个事儿，对于当事人来说，只要身正，缓缓也就过了。

等他躲阳台上抽烟了，手里还攥着一个小弟弟给的糖果，拆了包装往嘴里送，芝麻味儿香甜，吃得他眯起眼笑笑，掏出手机准备给应与将发个啥，就看到那边发来一条新消息。

他俩都是家里长子，又是领头人物，忙了一下午没得多少空闲，大年三十下来一天就来来去去几句话，不过其中不乏贺情发的看得应与将眼皮都颤了颤的消息。

不加贝：畅饮新年这杯酒，醉了回忆醉拥有，亲朋好友齐庆祝，甜美幸福绕心头。

不加贝：任何的祝福都显得太轻太轻。

不加贝：我在这儿给您拜年了，新年快乐！

他发这两条的时候都快笑死了，还找了个中老年人表情包发过去，捧着手机眼巴巴等了半个小时也没看到应与将回一个。

这下年三十快过完了，就看到应与将的消息回过来了。

盘古名车馆：去年除夕我和小二包了饺子，我吃到了饺子里包的唯一一块糖。

他屏住呼吸，心跳得极快，全神贯注地盯着手机屏幕，看着屏幕上的"对方正在输入……"，等着应与将的下文。

盘古名车馆：后来来B城了我才知道，那块糖意味着什么。

盘古名车馆：新年快乐。

贺情的心都要从嗓子眼儿蹦出来了。

他站在阳台上，忽然不敢置信地盯着眼前的景象，小心翼翼地往前走了几步，拉开窗户，不顾冷风扑面，努力凑着身子往外伸手。

当他彻底看清楚寒夜里那一点点雪白细碎而下时，手心接上的片儿已化成了水珠。

他打了个寒噤，满眼都是好奇与兴奋，连忙掏出手机拍了一张给应与将发了过去，又试探着接了些在掌心儿。

贺情面对着漫天雪白的晶莹碎屑，欢呼着跑进客厅。

屋内家人们正谈天说笑，互相拜年打电话，他像个小孩儿般冲到在厨房尝自制腊肠的贺母身边，乐呵道："妈！"

贺情简直快要一蹦三尺高了，眉眼弯得跟月牙儿似的，继续喊："B城下雪了！"

初一，应与将陪家里人去了前门大街。大年初二，他起了个大早，给家里的长辈都一一拜完年，裹着风衣，匆匆往机场赶。

还好B城的雪小，压根儿积不起来，年三十晚上下过了，大年初二就只剩一地的冰水，根本看不出来下过雪，跟他和贺情冰释前嫌似的，项目的事儿谁也不提了。

下午五六点的样子到了B城国际机场，应与将长舒一口气，刚一开机，望江名门的设计师那边就又打电话过来了，说是要他这几天，过去挑几件儿家具，应与将答应了下来，准备叫个车回家。

B城的湿冷空气他都快要习惯了，一回A城反而不太舒坦，拿起电话给贺情打了一个过去。

电话几乎是秒接，还没等贺情说话，应与将就咳嗽一声，低声问道："你在哪儿？"

那边贺情正在泡温泉，半个身子都泡在水里，也没管旁边兰洲一个劲儿往自己身上泼水，打了个哈欠："我在三亚呢！"

你还知道回来？

没听到应与将吭声，贺情有点儿心虚，又加一句："我，我度假呗，这儿阳光沙滩海鸥的……"

他又动动嘴皮子，把那句"比基尼美女"给吞了下去，补了句"这儿的海真漂亮啊"。

他一边打着电话一边去翻朋友圈，还没翻到就看到应与将把电话挂了，发了个问号

过来。

其实呢，贺情之前看他高中一兄弟这会儿正在三亚快活呢，便存了图，有点儿羡慕，于是给应与将发了张三亚那边的树的照片过去。

不加贝：我可以考虑上树摘个椰子给你吃。

应与将手里还提着行李箱，看手机看得直乐。

这不是槟榔树吗？

第四十八章

他听贺情那语气，张口就扯谎，发过来的图都不是原图，还三亚？

没再多逼问在哪儿在做什么，应与将打的出租车一路顺着机场路往人民南路开，开着开着，他突然就不想回家了。

家里没人住，小区里大部分也都不是本地人，这么大一地界绿化做得太好，处处葱郁，经常十多步见不着一个人。

这大过年的，想想还是罢了。

B城这会儿大部分人都还没回城，但市中心是依旧热闹的，不乏不少前来旅游的外地游客，齐聚在武侯祠庙会、春熙路乃至天府广场等地，北边儿的昭觉寺在年初这几日也是香火正旺。

应与将想了好一会儿，等出租车一路行驶到了市中心，他改口说往市中心的 IFS 开，就那大熊猫屁股底下停了就成。

他提着一个行李箱下车，风尘仆仆地，风衣勾勒出他宽肩窄腰，腿又长个儿又高，这一片他极少来，潮流前线的地界，他的出现引来了一两个蹲守在此的街拍工作人员的目光。

他婉拒之后，站在直达三楼的大扶梯上，回头瞥了一眼，心里长舒一口气。

现在的小姑娘还挺大胆，没被他凌厉的样儿给唬着，反倒围上来就想拿着相机一顿拍。

直接从商场三楼到了酒店大平台上，这儿身处闹市，看着却十分低调。

酒店里无论哪一层都能远眺太古里，夜晚这边车多，尾灯汇成涓涓细流，像一团璀璨的星群。

应与将早就听说这酒店的平台上豪车无数，今天一来更是不假，连号的豪车都并排地放着，一楼马路直达三楼平台停车场的架桥上更是引擎声阵阵。

他侧过脸去看，看到了一两辆熟悉的，在业界略有耳闻的车，虽然自己早就见得多了，但这涂改也算得上佳品，还是不免赞叹一番。

礼宾部的人来接过了他的行李，把他引到了大堂办入住。

一入室，清香扑鼻而来，满目蒂芙尼蓝的装饰，道路两旁是来喝下午茶的人们，三三两两，桌前摆放着精致的翻糖蛋糕、甜点咖啡。

瓷碟装的华夫饼上，都浇了层花生酱。

有几位女士停下了话语，不约而同地朝应与将身上看。

应与将一路来了前台，表明了没有预订之后，前台接待查了一下空房，略带歉意地说："不好意思先生，现在只剩一个探索者套房和 N1 双床房，请问您需要哪间？"

他听到"双床"两字儿之后顿了顿神，从钱夹里把身份证掏出来递过去，淡淡道："探索者吧。"

"有烟房还是无烟房？"

他几乎第一个字是脱口而出，第二三个字便是心中所想了，轻声道："有……无烟。"

前台接待看他似乎是一人入住，这大过年的感同身受般地觉得有点儿心酸，不免多提醒了一句："探索者套房有一百一十平，您自己住会不会……"

应与将面不改色地，在住宿单和押金条上签完字，挑起眉来："不碍事，有劳。"

上了电梯进到房间，这屋子的大还真的超出了他的想象，以前住过的行政套房不计其数，但还真没自己一个人住过这么大的房间。

他把生活用品拿出来放着，拉开小冰箱开了瓶黑牌威士忌，走到落地窗边儿把幕帘全部打开，给贺情发了个定位过去。

盘古名车馆：[位置 :B 城锦江区红星路三段 1 号国际金融中心 3 号楼]。

不加贝：？

不加贝：你回来啦？

不加贝：我来找你。

应与将回了个"嗯"字儿过去，把上衣一脱，提着换洗袋叫了客房服务上来取要换洗的衣服，没去看贺情的回复，直接打了个电话过去。

他皱着眉坐床沿边儿上想抽烟，又忍住了："在三亚呢？"

贺情在那边一尴尬，笑着打哈哈："欸，这破洗脚的地儿叫三亚嘛……"

一通电话打完，应与将准备洗个澡，再穿一身浴袍，坐在落地窗前，看 B 城最为繁华的地段。

其实在和应与将的第一通电话挂断的时候，贺情就缓缓自水里起身，刚准备给大家表演一个临阵脱逃，就被旁边儿搂着个小网红的风堂一个胳膊肘打过来。

尽管不情愿，风堂嘴里还是哼哼唧唧："情儿，又去哪儿呢？最近不太平，我送你。"

风堂泡个温泉泡得腿软，收拾好了出来，走个路底盘都不稳健，贺情管他讨了钥匙，说自己来开车。

贺情看着掌心里那块儿福特野马跑车的钥匙，"哽咽"了一下。

这车上次开的时候自己还在跟应与将对着干呢，这会儿还要开着去见他，可真魔幻。

之前把法拉利 812 superfast 借给了风堂开，结果遇到自己机场那事儿，上头又查得紧，风堂是碰不得那些豪车名表的，只得开回他的小野马，这会儿贺情要借车走，那也只能开这个了。

走到洗浴中心门口，风堂冷得牙都打战，抱着手臂，哆嗦着问了句："去哪儿啊？"

贺情报了个四字酒店的地名儿，听得风堂一激灵，神神秘秘地搂过来，伸手掐了他一把，低声道："你要干什么啊你，你怎么……"

一听他这话贺情就猛地躲开一步，手都快堵上他的嘴巴了，怒道："应与将回 B 城了，叫我过去谈事儿。"

风堂问："来找你啊？"

贺情眼睛滴溜儿一转："不是吧……"

贺情刚把安全带系好，转头去看路边上招手的风堂："你不是说送我？"

风堂抱着臂站在远处看他动作略有生疏地去换挡杆，心里很不爽似的："我意思是目送。"

贺情爽朗一笑，在驾驶座上对着风堂比了个枪毙的手势，踩着油门儿，一轰就出去了。

B 城最近几年的年味儿不浓，除了城中心有不少活动，庙会公园、各种各样的灯展等，路上的味儿那就少了。

这辆野马缓缓驶入大慈寺街之后，顺着车流来到了 IFS 那家四字酒店楼下的架桥入口，前边儿是要爬坡，贺情刚准备一脚油门儿踩下去给点油让车子有动力上爬，却被门口的保安给拦了下来。

那保安一身制服，一双眼似长到了天上，上下打量一番这辆野马，有点儿犹豫，拿起对讲机就对着楼上停车场专门泊车的柜台负责人讲楼下来了辆野马想往上走。

这地方本来贺情就很少来，这么被一拦有点儿搞不清楚状况。

闻声赶来的露天停车场泊车员礼貌道："先生，您不能进去。"

在这种高档地方的门口还没被这么拦过的贺情闻言一愣，眼瞪得大大的。

他伸手去把挡杆拨到停车挡，别过脸来看站在他车前的工作人员，把窗户又往下放了点儿，语气还算好："有什么问题？"

被问到的工作人员有点儿不太好意思，推了推眼镜，回避开了贺情这个问题，讪笑道："先生，可以从停车场入口往右，那儿有个地下车库……"

"我是来住宿的，"贺情见他避重就轻，脾气也蹿上来了一点儿，抬手指了指前边儿四字酒店的楼房，眉峰一挑，"你们这儿的地下车库位置难找，会浪费客户时间。再说了，有平台为什么不给停？"

他这句话话音刚落，旁边儿的道上传来能让肾上腺素飙升的声浪，没几秒，就迅速飙上来一辆宾利飞驰，从他车边儿擦过。

那宾利飞驰还是亮壳雾蓝色的，都要闪瞎人眼，跟他开的这辆黑色的野马一对比，那真是相形见绌。

贺情心里一抽抽，不会真是那种门口只能停豪车的地儿吧？

声浪怎么了，这野马的声浪也不差，声儿起来看谁响得过谁！

那个工作人员也注意到了贺情的表情变化，这下更尴尬了，连忙转过头来，继续笑得僵硬："您，您看……这……"

贺情这下心里明镜似的，也懒得为难别人了，只是实在不想把车停地库去。

停下去的话，走的时候还得坐电梯下去，而且像他这种记性的人，估计找车都要找老半天，应与将要是在旁边等烦躁了，还不得用眼神杀死自己。

不对，应该是贺情会想自己杀死自己。

他揉了揉鼻子，把电话掏出来，给应与将拨了过去。

那边早早就在房间沙发上候着的男人一直在看时间，心中正暗自念叨着怎么还不来，电话就响了。

在别人的注视下给朋友打电话还有点儿不好意思，贺情咳嗽一声，白净的指尖去摸摸自己眼尾，又摸摸那颗痣，说话有点不自在："喂，是我，嗯，我到酒店了。"

"上来。"

说完，应与将报了个房号。

贺情语气平静地说："但我车开不上来，你再多等我会儿。"

"为什么？"

应与将扯了纸巾擦擦嘴角，把那瓶开了的黑牌威士忌放到角落。

贺情嘴一撇，冷静道："我开的野马。"

应与将："……"

应与将沉默了一会儿，站起身来，走到穿衣镜面前把浴袍的袍带拴捆在腰间，系紧了些，脚上还穿着酒店的丝绒黑拖鞋。

他又伸手去衣架上拿下自己的大外套笼在身上，再带上房卡，去开门。

他握着手机，对着话筒沉声说："等我一下。"

猜到应与将要下楼，但贺情没想到应与将居然穿着浴袍裹上长外套就下来了，这么冷的天，脚踝都还露在寒风里，但冻也冻得又酷又帅，往那儿一站，特像那种浴袍男模。

 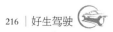

酷到站个台能上微博热搜的那种。

贺情的车是被堵在架桥四分之一的位置,他就那么坐在驾驶位上,眼睁睁地看着应与将从架桥的顶端顺着车辆行驶的道路走下来,浴袍松垮地穿着,腰间带子扎得紧,面色严峻。

他身后跟着大堂经理,以及礼宾部的负责人。

应与将往贺情开的小野马前站定了,脸色有些难看,开口道:"就是这辆。"

大堂经理是见过大世面,这类事情应当也处理得不少了,没去看车里的人,只是认认真真对着应与将讲话:"应先生,实在不好意思,刚刚我们已经在酒店平台为您和您的朋友安排了车位。"

说完之后,她身后礼宾部的负责人手里拿着纸笔,态度温和地对应与将道:"我们需要登记一下您的房号。"

应与将报了之后,登记的负责人握笔的手都颤了一下,探索者套房是他们这儿第二贵的房型,这客人还要连着住好几天,这都敢拦车!要是遇到个刁钻的客人,那这几天他们都别想有好日子过了。

他是看不得贺情受一点儿委屈的,板着脸没吭声,那个大堂经理绕到车前站定了,微微弯下腰来,对着驾驶位上坐着的贺情道歉:"对不起,先生,我们为今天的怠慢深表歉意,送您三张酒店餐厅的餐券,这次工作失误是我们的疏忽……"

旁边站着的停车场工作人员也觉着今儿这事做得有点过,没想到还真是来消费的大客户,便也跟着说了句"对不起"。

贺情点点头,想着也就算了,他本来也不是什么爱计较记仇的主,挥挥手作罢。

这儿总比鹭岛步行街好,那一块儿地,可是一百万以下的车都不让停。

贺情跟着应与将走进酒店大堂,上下打量一番,低声说:"这儿门庭太小了吧……"

带着他进了电梯,应与将认真地说:"等会儿你开车走,我去商场那边门口等你。"

贺情一扭头,疑惑道:"怎么了?"

一出电梯,这层楼的房间就三两个,应与将说:"刚刚从大堂过的时候,好几个喝茶的盯着你看。"

本来就才从洗浴中心出来,出了温泉冲了个澡浑身都还有一股子潮气,贺情发尾都还有点儿水珠,鬓发贴了几缕在耳边。

贺情回答的声音也跟猫儿似的:"看就看呗,赏心悦目……"

应与将没说是因为怕他给熟人看到和自己一起进酒店,只是一边走一边掏房卡,放在门锁上刷开了门。贺情眼神定定地盯着窗外的银杏落叶,凛冽寒风。

他忽然想到除夕那一晚 B 城的满天飞雪。跟应与将一样,纷飞入他的世界,来到原本不怎么会下雪的南方。

只希望，那雪能积起来。

贺情转过身子，脑子里静静地想。

这雪，可一定要积起来。

那天贺情趴了半个小时才冲了个澡收拾好，下楼开着车往家那边去了。

B城冬季的天气要是不出太阳，简直就不是人待的，手一伸出去点儿，刺骨的冰凉。

他手机上还显示着他爸的几个未接来电，兜里揣着野马的钥匙，一颠儿一颠儿地往饭厅走，一路上遇到好几个出来抽烟的亲戚，叔叔伯伯的，都笑着跟他打招呼。

家宴请在一处会所，差不多五六桌，全是贺家上下的人，以及贺母那边在B城的一些亲戚，其乐融融，家庭关系都还比较和睦，其中不乏几个贺情看不惯的，但也没有太大矛盾，话没说对几句，忍忍也就过了。

这都快九点了，人都七七八八喝了个微醺，贺情上次胃出血之后戒酒好一会儿了，端着果汁走了一圈儿又一圈儿，才把这些个亲戚都应付下来。

他还没走到最后一桌，胃里凉凉的橙汁晃荡得他都又想吐了，手掐着椅背正准备站起身去外边躲会儿，又直接被家里一个堂兄拦了下来。

他堂兄也是个性情直爽的主，也没多磨叽，手臂搭上贺情的肩，揽着就往头桌走，边走边说："二伯刚还夸你……"

贺情心里一咯噔，他爸能夸他什么？这话听着毛骨悚然的。

他几步都没踩稳，被他堂兄拎到桌边儿，看见一桌的长辈，又眯着眼露出招牌的笑容，引来一桌子叔叔孃孃的夸赞，无非还是从小到大耳朵听到起茧的那几句。

"哎呀咋个回事嘛，我们家贺情又长俊了！"

"来，情情，过来给叔看看！"

"定礼，你这儿子怎么养的嘛，你看一下我家这个就……"

他大伯这句话一出口，贺情喝了口橙汁儿差点没被呛死，偷偷瞄了一眼他堂兄的表情，后者一副吊儿郎当满不在乎的样子，咳嗽一声："什么跟什么啊，爸，别为了夸贺情就诋毁我啊。"

贺情超级不喜欢家里人喊他"情情"，听着怪别扭的，他的名字不像他爸的那么雅致，听着倒像是随随便便取的，估计他出生那会儿他爸还成天刀山火海的，对这个字特

别看重。

亲情，友情，爱情，都融化在一个字里了。

贺父看着儿子来了，那种自豪感压着，面儿上的笑还是明显，端着酒杯遥遥一举，回道："没怎么管过，自由发挥的。"

说完一杯小酒饮尽了，长辈们又你一言我一语地交谈起来，晾了两个小的在一边儿站着，跟俩座下护法似的，手上还端着五粮液。

又过了半个小时，酒足饭饱，年饭也差不多该散了，贺家上下商量着过几日让当哥哥姐姐的带着小孩儿们去逛逛武侯祠庙会。

贺母跟贺情说起这事儿的时候，贺情眉头一皱，抱着贺母的胳膊就开始嚎："妈！我不想带小孩儿……"

看儿子难得撒一回娇，贺母满面春风："这不都是你弟弟妹妹们吗，怎么着，你还小呀？大小孩儿带不得小小孩儿了？"

贺情看了一眼在长辈怀里睡着的一个两岁的，地上玩儿酒瓶子的一个四岁的，还有个抓着他车钥匙在地上摔着玩儿的三岁的，以及另外有两三个刚刚懂点事儿，费得很①的，头都大了："他们简直是小恶魔……"

他看着这些小朋友，莫名其妙想起应与臣，都不敢去想那小兔崽子小时候得有多调皮。

贺情在原地站了几分钟，笑着把一波亲戚送出门，转了个面儿，把贺母的胳膊抱了个紧："妈，我这几天忙得很……"

"不忙，公司的事儿我都处理了。"

贺定礼的这一句话跟惊雷似的炸得贺情一清醒，站直了身子朝他爸那边儿看，只见他爸继续自顾自地说道："你这几天就老老实实待家里。"

贺情听他爸这么说，眼瞪着，却是一句反驳的话也说不出口："爸，我……"

手往桌上一拍，贺定礼更加有威慑力的眼神扫过来，压得贺情胸口闷闷的："你什么你，大过年的还想跑出去？以后当家的就是你，本来就小孩子心性，还像不像话了？"

宴会厅里的人都走得差不多了，只剩几个饭店的服务生在打扫卫生，捡地上的酒瓶子，贺情"嗯"了一声，手里握着的钥匙都被掌心的汗濡湿了，说："爸，那明天怎么安排啊？"

大过年的他作为贺家长子，堂兄弟都没走，他确实也不该天天出去跟朋友瞎玩儿，他爸估计还在说他大早上跟风堂去泡温泉的事儿，毕竟今早走得急，招呼都没打就溜了，不妥。

_____

①费得很：调皮、捣蛋得很。

但，但明天都跟应与将约好了要去选点儿家具摆件啊。

他爸平时都不怎么管他的事儿，这过年的几天倒是看得紧，他都不敢乱跑了。

贺定礼伸手去拿桌上叠着放的烟盒和手机，贺情把衣服外套给他爸取过来披上，父子俩一前一后，贺母在后边儿整理手包，一边走一边说："定礼，你别跟儿子发脾气啊……"

被这么一说，贺定礼瞋目道："我跟他发脾气？我看他是玩儿得不知道自己姓什么了！"

贺情在后边儿不敢大声了，桃花眼转得滴溜溜的，低着嗓回一句："姓贺呗。"

"我以为你姓应呢，"贺定礼冷不丁地说道，停下步子，转过身来，皮鞋尖在厚重的地毯上磨出簌簌声，皱着眉头看愣在原地没走路的儿子，冷笑道，"你让了几个项目出去了？"

不会被我爸知道了吧？

好歹贺情也是个身经百战的，在细细观察了一下他爸的表情后，觉得应该没多大问题，临场反应特迅速，脸上的苍白就停留了一秒，瞬间又变成堆着笑地说："爸……那几个项目都没多大意思。"

双手叉腰，歇了一下，贺定礼点点头，喘着气似的，原本略带浑浊的目清明不少："可是，儿子，这不是你把项目让出去的借口。"

"顺手帮个忙而已……况且，还是我自己争的项目，没耽搁加贝一点儿。"

贺情一眯眼，走了几步凑到他爸跟前，语气放软了点儿："还有啊，高田安全气囊召回的那事儿，不也是人帮我摆平的吗？"

他这句话说完，贺定礼神情复杂，看他一眼没吭声，招手唤来贺母，让她扶着自己出去了。

贺情就在父母后面跟着闷着头走，手里还拎着没喝完的五粮液，包装盒的带子都因为刚刚手扯得太用力断掉了一小截，在飘着晃荡。

红丝带尾巴上断掉的一截绒毛在他手边儿蹭着，蹭得他痒痒。

贺情根本不敢去挠，他现在浑身僵得不行，走廊上的冷风一吹，吹得他头脑更清醒了。

等各家的车都到位了，贺情在饭店门口跟他爹站着，送走了一拨又一拨亲戚，来几个就在门口站着谈上半个小时，他木讷地站在那儿，觉得身上越来越冷。

大早上出来泡温泉，下午又去酒店，晚上还跑这么远来喝果汁，人都要崩溃了。

贺情回家的时候都快一点了，洗了澡倒头就睡，应与将的消息也没回，闭着眼在床上缩成一团。

身上的被褥不知怎的都变得不贴身，明明裹得紧紧的，盖得好好儿的，但不管怎么躺，一蹬腿就钻凉气进来。

 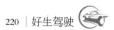

贺情迷迷糊糊的，被手机坚持不懈的震动闹得受不了了，把手机抓过来接了，看到是微信视频电话，来了点儿精神，接了。

他只睁开了一只眼，另一只眼埋在枕头里看不清，软软的发凌乱着，软趴趴成一团，显得他整个人更加病恹恹的了。

贺情咳嗽一声，嘀咕道："你干吗啊……"

应与将凑近了镜头一点儿，滚动的喉结又入了贺情的眼，下巴扬着，又是从下往上拍的镜头："没事，看你两个多小时都没回消息。"

贺情也知道今晚因为家里的事儿没及时跟应与将报平安有点儿不太好，揉了揉鼻子，露了另外一只眼出来，半睁着盯住小小手机屏幕上的男人，道："嗯……"

看他那困劲儿，应与将觉得贺情下一秒就要坠入梦乡了，他沉声笑道："你先睡吧。"

贺情"哦"了一声，呷巴着嘴翻了个身，扯过被子把头都蒙住了。

直到第二天，贺情睡得早提前醒了，迷糊着睁开眼，抓过手机想看看时间，入目就是应与将房间天花板上的投影仪，画面左侧有他那床浅灰色的棉被。

背景里的声音，是偶尔的被褥擦动声，以及应与将浅浅的呼吸声。

贺情睁大了眼，就这么抱着手机坐在床上，把音量开到最大，侧着耳朵听了好一会儿。

春节差不多过到正月十五，南方的习俗是要吃汤圆儿的，北方就是元宵，看起来都差不多，唯一的区别就是，南方是"包"出来的，北方是"滚"出来的。

所以在望江名门的家里边儿，贺情拿着坨糯米，看着应与将也拿着坨糯米的时候，两个人就干瞪眼儿了。

这房子大年初七就收着了，交房比预计提前了大半年。

还是应与将自己去的，刚安顿好，家都还没搬，拿了钥匙，就从监控看到贺情的亮紫奥迪R8停进车库了。

没过半小时，那辆乔治巴顿也停进来了，贺情气喘吁吁地从车上下来，拢上外套，又急匆匆地上楼，扒着门缝，双眼亮晶晶地看着应与将："还来得及吗？"

应与将笑着说："来得及。"

那天之后，贺情跟风堂打电话，说收房那天的应与将特别像个大男孩儿，扯着枕头在铺着羊绒地毯的地上到处跑，最后闹到放映室，两人靠在一块儿喝汽水，贺情闻不来美年达那味儿，一闻到就想吐。贺情神神秘秘地把应与将拉到家门口，两个人都握着钥匙，背景是家门，就这么照了一张，偷偷存起来。

贺情用这张照片发了一条只对应与将可见的朋友圈。

不加贝：传说中的豪宅！

还加了定位——B城锦江区三官堂街与龙舟路交会处，望江名门。

又花了几天时间，应与将才把行李都搬到新家，雇的搬家公司还趁机多敲①了些钱，说是过年的加工费，应与将也理解，也就给了。

安顿好了都是大年十三了，空调家电都还没安排妥善，等到了大年十五这一天，贺情说是新的一年真正开始，今晚得在这儿起个灶，做点儿吃的。

话说回来，贺家这过年期间聚了又聚，聚得大家都有点儿疲了，元宵节这一天就各过各的，贺情提前来了望江名门这儿，四五点就把糯米弄好了糊了一手，然后两人搁厨房里傻站着。

贺情看了会儿满案板的糯米粉，扯了扯嘴角："我先煎个蛋吧。"

于是他煎蛋的时候，对油要放多少这个问题犹豫了很久，最后决定少放点儿，水也没滤干净，一个蛋下去，噼里啪啦溅了一锅的蛋液。

还好他心脏大，胆子也比较大，咬着牙拿锅铲给翻了个面儿，那声音倒是把应与将引来了，直接把锅拿过来，让贺情上一边儿待着去。

贺情就站他旁边看着，看应与将关了火往里边儿加油，慢慢地热，又拿铲子去铲那个蛋。

后加上去的油热是热了，之前的水分还没滤干净，水碰上油，这锅都要炸了。

油一溅出来，应与将硬是把锅柄握紧了，另一只手去把贺情往身后揽，揽得贺情跳脚地叫："你傻吗？扔锅啊！"

"扔锅全溅着你，你才傻。"

应与将难得瞪着他，气得快把锅直接盖贺情脑门儿上了。

贺情看着应与将手上溅得起了红印的地方，连忙找来凉水给他敷了一下，想了一会儿，放弃了想吃煎蛋的念头。

虽然最后还是吃上了。

煎蛋吃了一半，两个人又想起来糯米的事儿，洗了手又往厨房钻。

北方的元宵麻烦多了，应与将也不太会，只得跟着他姨发过来的教程弄。

他撸起袖子，结实的手臂拌匀馅儿料毫不费劲，摊成薄片倒是摊了好几个碎的，被贺情骂了好几句浪费食材。

又得把它们全切成小立方块儿，还得扔进盛满江米的簸箩里滚上几遭，边滚边洒水上去，得一遍又一遍地，让它们在撞击当中滚成圆球，那才算完事儿。

应与将一个经常修车的人，在耐心这方面根本没有任何问题，闭着嘴也不讲话，专心致志地做，时不时用手背擦擦脸。

而另一边，贺情在旁边揉个糯米像跟糯米有仇似的，皱着眉满脸严肃。

---

①多敲：多要了，贬义。

应与将和的馅儿是猪油豆沙、枣泥山楂的，这些对贺情来说简直就是黑暗料理，尝都不敢尝，光瞪着眼看他下馅儿料了。

贺情做个汤圆多简单，全部弄一块儿揉成团就完事儿了，汤水又清淡，口感软糯皮滑，一口咬下去还有点儿草莓的汁水。

水果汤圆这个东西，应与将是没吃过的，筷子夹了半天看里边儿有红澄澄的汁水往外冒还愣了会儿，差点以为贺情把番茄酱加里边儿了。

贺情笑弯了一双眸子，手指在桌面儿上敲了几下："还有八个，慢慢儿吃。"

元宵节过完，应小二在 A 城根本没玩儿够，作死一般地想跟学校请一周假，说是在 A 城补课，一周后回来正常行课。

应与将听了弟弟的恳求，想了好一会儿，答应了，马上就给他们班主任打了电话。

应小二就真的在 A 城又多玩儿了一周，回来的时候人都是飘的，几根小呆毛立在头上，从国内到达出口飞奔出来，身后拖着一个快到他腰那么高的行李箱。

应与将这会儿刚从盘古那边过来，侧脖上还有一抹类似机油的黑印儿，看得应小二脖子一缩："哥，你脖子上怎么是黑的啊……"

他这话还没说完就被他哥掐住了嘴皮子，拎着他和行李往外走，直接塞上了车了事儿。

应与将脖子上的印儿是刚刚检修车辆弄出来的，钻了回车底，那能不挂点彩吗？

这过完了年，各大赛事要开始了，上金港赛道玩儿命的人又多了，这是贺情的一大爱好，他剥夺不了，能做的就是逼着贺情把他的车全开到盘古来，一辆二辆三辆四辆，全往车间停了一排，应大总裁亲自下车间车检。

贺情虽然飙车和卖车厉害，但维修和改装上面还基本是个废材，盯了他那一辆亮紫的奥迪 R8 看了好一会儿，最终忍不住说出了很早就开始的一个念想："能不能帮我改改啊？"

应与将手上正拿着钳子，全神贯注去了，眼皮儿都懒得抬一下，认真地问道："喜欢什么？"

贺情"哈哈"一笑，似乎都要想象出来以后的威风样儿了："凶点儿吧，一上赛道能把人吓死那种。"

像迈凯伦 P1 或者兰博基尼 Centenario 那种车，根本不敢乱改，贺情心里痒痒，只得拿这辆 R8 试试水了。

结果应与将这个直男思维，真改起来就在车馆成天窝着，望江名门也没回几次，折腾了快一周，加上各种部件，才把这辆 R8 给改了个超级凶。

前脸风格夸张，大嘴大眼，车灯斜切了一道看着十分凶狠。

车身装饰板改成了碳纤维的，车尾添了超大的扰流板、525 马力的 V10 发动机，开着绝对比以前爽得多，提速也快了不少。

贺情再见到这车的时候喜欢得不得了，左瞧瞧右看看，伸手摸了摸，绕了一圈儿觉得有点不对劲，才反应过来，伸出手摸了摸车身，瞪着眼问："怎么贴了层磨砂？"

应与将淡淡道："太闪了，晃眼。"

贺情："……"

我这辆R8就是电光亮紫，拿来张扬的，你给我贴个磨砂……

应与将咳嗽了一声，瞥了一眼贺情的表情，确定没多大问题之后，皱了皱眉，又说："你的法拉利我也贴了。"

贺情："……"

贺情看应与将安安静静地放下手中的抹布，把那条印满各色品牌车标的毛巾搭在肩膀上，捋起的袖子下肌肉纹理毕现，头顶白炽灯投射下来，衬得一张俊脸分外柔和。

应与将把肩膀上的毛巾扯下来擦了擦汗，扬起下巴："喜欢吗？"

贺情想了好一会儿，忍了忍痛，扯过他手里的那条毛巾，卷成了条往应与将腰上一抽，朗声道："喜欢！"

造反了你！

第五十章

"快走！"

副驾驶上的贺情把头伸出去看车外，车辆在交叉路口堵成了一团混乱，后边儿车灯简直要闪瞎人眼，他刚想继续指挥，就听驾驶座上应与将冷着脸一声呵斥："头伸进来！"

前边儿的路通了，他们这辆玛莎拉蒂总裁开过去，贺情看到了两辆在路边儿上停着的小车，看样子是刚蹭着了，前边那个车主拦着后边那个，都挡在路中间开着应急灯，谁都别想走。

这一看就是前头那个的责任，路不会看不说，别了后面的车还瞎纠缠，被撞了屁股真的活该。

应与将见他梗着脖子还在瞄的样子，忍不住道："说了多少遍了，头和手不能伸出窗外，怎么就不听话？你刚把手伸出去托风的动作有多傻知道吗，想上新闻了？"

他停了会儿，看贺情闭着嘴不开腔了，又说："你再不规矩坐着，我改明儿给你买个儿童安全座椅去，往后边儿一捆，看你怎么折腾。"

被这么数落一番，贺情心理落差还是有点儿大，毕竟应与将难得一口气说这么长一

 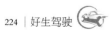

串儿话，但是吧，居然是唠叨他的。

迫于应与将每句话语气都还带着点儿无奈，也知道自己理亏，他只得小声地说："你自己不会看，刚要不是我跟你说怎么打盘子，早跟后面那辆小宝马撞上了……"

应与将被气得直磨牙，脚上松油门儿的同时伸过手臂去往贺情的脸上掐了一把："你是想跟我飙一局。"

一听"飙"这个字，贺情就兴奋得不行，坐直了身子，说："飙就飙！金港里面我就没怕过谁！"

他顿了一下，又加了句："包括你！"

应与将抬眼看他，手指摁上中控台，按下 S 键，开启运动模式，笑道："那就飙。"

这句话说完，脚下油门一踩，车像离弦的箭一般冲上高架桥，畅通无阻，压着限速跑，窗外的风吹得贺情心情大好，点开高级音响哈曼，放了首摇滚，一路跟着晃，看得应与将止不住地笑。

意大利车一进入跑车模式，声浪像气沉丹田吹长号似的，连带着车身都跟着颤。

应与将不太喜欢这种俗称天籁之音的优雅声浪，相比之下美式肌肉跑车那种煮开水一样的声音更符合应与将的口味，他没管贺情的挑衅，自顾自地说道："你这玛莎拉蒂的声浪，炸不了街。"

贺情一听这话，跟踩着尾巴了似的，都要从副驾驶蹦起来去掐应与将的脖子了："我警告你啊，我允许你说我，但不能说我的车！"

这初恋车的声浪都是作曲家调的呢，百年纯正血统，意式典范，懂不懂啊？

应与将低笑一声，在贺情的嗔怒下规规矩矩地把车驶入了机场路。

车停在加贝门口，应与将跟着进去，去车库取了自己在这儿停了一宿的大 G，跟贺情打过招呼，往盘古去了。

年后的车圈儿又开始了新一轮的运作，最近市场变动较大，贺情的事儿越来越多，一些新的政策和走向也影响了盘古的发展，两个人在乔迁之喜过后，除了偶尔早上出门的时候能一起相处会儿，晚上都十一二点才有空见上一面。

贺家盯生意盯得紧，贺定礼也回加贝处理事务，近期都没怎么出差，贺情更不敢老往望江名门走了。

国家下了政策鼓励新能源汽车，之前大远的宝马 ReachNow 项目也得了不少利润，A 城的新能源车不受限号规定的影响，山城主城区的新能源车辆都可以享免路桥费以及停车费，B 城这边儿的新能源汽车也变多了，白绿渐变的车牌也更加显眼。

电动车，比如特斯拉这一类的牌子开发得越来越好，一点九提速的特斯拉跑车，一提速跟坐了时光机似的，在粤城车展上大大抢了传统超级跑车的风头。

贺情一点儿都不喜欢电动车，但无奈市场发展行情在那儿摆着了，只得硬着头皮入股，差点儿折了一处保时捷的 4S 店进去。

一天过了，屁股都快在办公室里坐平了，贺情派人去买了个软垫子来垫着，才舒服多了。

他端着一沓资料往顶楼他爸的办公室走，手上车钥匙一甩一甩的，想着这批文件交过去就差不多能下班儿了，毕竟今天的事也差不多处理完了，约着兰洲他们去酒吧嗨一圈儿也不过分吧？

当然，嗨完就回望江名门了，这就是离九眼桥近的好处。

他刚敲了敲贺定礼的办公室门，开了条缝，就看到他爸在沏茶，刚将热水冲淋茶壶温了具，置茶冲泡，神情严肃，将水壶下倾上提三次，最后把泡好的茶倒入茶海，准备着下一步。

贺情瞄好时机，进了房间，刚想开口，就看贺定礼拿了茶盘托着给他，大红袍泡出来的偏赤色的茶汤看得他一点儿想喝的欲望也没有，凑近了还有股蜜香奶油味儿。

但他爸都这么大方地给他了，贺情还是乖乖地接过来，仰头一口干了。

贺定礼呼吸一窒："……"

舌尖卷舔了嘴角的残余，贺情喉间那股甘甜的味儿挥散不去，眨眨眼："爸，怎么了？"

贺定礼勉强原谅了儿子的粗鲁行为，张口问道："怎么样？"

贺情想了又想，一口气全进肚里了，现在回味也没多大印象，老老实实地说："寡淡。"

"行了行了，够了。"

贺定礼揉揉眉心，叫来秘书收了茶具，心中彻底放弃了对儿子雅致兴趣的栽培。

除了飙车和做生意，这小子还会什么？现在倒好，项目都敢让给别人。

他清了清嗓子，手指敲了敲桌面儿，说："刚 A 城来电话，说阿斯顿马丁召回一千多辆车，有一些是从我们这儿卖的，去安排一下召回事宜。"

贺情听得白眼都要翻了，他最烦那些车辆召回了，每次客户来 4S 店送车的时候那眼神，满眼都是一句话，你们耽误我用车了。

厂商有问题召回了跟他们 4S 店也没关系啊，贺情觉得开 4S 店简直就是遭罪，因为客户是有一点儿问题就找 4S 店咨询，对，就是那种贴个膜都得问 4S 店什么色好看的。

得，这一下他事儿又多了。

贺情踌躇一会儿，最终还是问道："爸，我快两周双休没休息了，这周能给我空个档吗？"

最近贺定礼老把一些贺情以前不用负责的事儿扔给他，上周末就被这些事在公司捆了两天，家都没回，一点自己的时间都没了。

贺定礼古怪地看他一眼，把杯里剩的大红袍一口一口品了："再说吧。"

这句说完，办公室外有人敲了门，贺定礼说了声"请进"，秦佑抱着电脑进来了。

对，就是那个一看到贺情就犯怵的销售总监，这会儿正板着脸在办公室里站着，看着两代老板都站在这儿，一时有点混乱，也不知道是跟贺情说话还是跟贺定礼说话："贺……贺总，那个，售后部刚打了几个电话，有客户就来了。"

贺情眉头一皱，这什么都还没准备好呢，车间那么多个车位也还没空出来，道："谁啊？这么积极？"

秦佑都不敢抬眼看贺情，冷静了一下说："单，单江别，就北门那个做车……"

一听这名字贺情耳朵就发痒，连忙摆手道："得得得，我知道了，你先下去应付着，我马上下来。"

表面上云淡风轻的，贺情心里都快磨起一把三米长刀了，这家伙在二环上堵应与将，找人怂恿着灌酒的事儿他都还记着，今天这又来哪一出，上赶着找骂呢？

等贺情跟他爸交代完事情下楼的时候已经差不多十分钟以后了，阿斯顿马丁的4S展厅里停的精品车型正在被单江别围着欣赏，时不时摸一下，摸得贺情有点儿硌硬。

贺情走近了，默念几遍"他是客户我是老板"，还没开口，就看着单江别伸出手来，嬉皮笑脸地："贺少，好久不见啊！"

看这人把手伸出来了，贺情没法也懒得矫情，伸出手回握了，也不讲话。

姓单的才在这儿提了一辆阿斯顿马丁就遇上召回，但负责召回事件的贺情的确是幸灾乐祸不出来，之前这人来买车的时候，还说是因为贺情在微博上说开这牌子的车的人有品位，才揣着卡来买的，那架势，跟那种拿现金蛇皮袋买路虎的暴发户有的一拼。

单江别也是习惯了贺情这态度，继续笑道："贺少，今天，怎么没见着应总啊？"

一听他提应与将，贺情神经都紧绷起来了，努力克制着怒气，冷着脸说："我更关心什么风能把单哥吹来。"

单江别拊掌大笑，伸手摸了摸旁边阿斯顿马丁DB9的耳朵："召回嘛，也不是好大个事，就是顺便来看看你……"

贺情一听这话，脸色变了又变，看了一眼一边儿站着的秦佑，后者识趣地走开了。

自从跟应与将熟悉之后，贺情以前没开发的那根神经敏感了起来，总觉得这人从认识一开始说话就带刺儿，但现在听来又觉得根本不是那回事儿，分明就是有意逗他。

贺情脾气冲，面儿上还是冷冰冰的，侧过身去，抓了块绒布要去擦那只被摸过的车耳朵，单江别略有点儿尴尬地把手拿开了，又放到车身上，于是他放哪儿贺情就擦哪儿，惹得他忍不住说了句："贺情你什么意思……"

"变速箱软件控制有问题，会导致车辆在驻车时发生溜车，特别不安全，所以召回。"

手里攥着绒布，贺情将其对折又翻了个面儿，继续自顾自地说："如果你是因为这个找我，那我给你解释了，为车辆出的问题感到非常抱歉，您的售后，加贝会一直跟进……"

单江别看了一眼因为已过了下班时间，空荡荡的 4S 店大厅，咬牙切齿地："贺情，你少装了，我那句话你能没听懂？"

贺情抬起眼，心中思虑万千，大概猜到了这人想说什么，毕竟他最大的爱好就是天天点赞他微博点赞他朋友圈，白眼一翻，冷声说："保安还没下班，你别在我店里折腾。"

可千万别让他知道了他爸还在楼上，不然闹开了真的就完了。

"应与将呢？今天怎么不在一块儿了？"

贺情闻言一愣，眉心都快拧成结，眼底的小火焰蹿了老高："关你什么事。"

单江别伸手戳了戳贺情的肩膀，戳得后者往后退了一步，忍着继续说："你要找我麻烦，可以，但能别在这儿不？"

看了看表，单江别的手往兜里一揣，一块浪琴的表闪得贺情晃眼，不免侧过了头去，想起应与将光溜溜又结实的手腕子。

要是给他带这么一个表，估计那人得给沉甸甸的感觉烦死。

单江别看他走神，有些不满，拍了下贺情的胳膊，拢紧西装外套，打了个寒噤："行，我等你十分钟，跟我去三环转一圈儿。"

B 城三环路，一圈儿五十多公里，晚上车少，压着限速跑下来差不多半个小时。

贺情全程木着脸坐副驾驶上，无论如何，都没想到他会在姓单的车上待着超过十分钟的时间。

以至于，单江别把手机里他和应与将在 IFS 尼伊格罗酒店大厅的照片摆出来的时候，贺情面色不改，还是木着一张俊脸，声调凉飕飕的："你什么意思啊？"

单江别"嘿"了一声，把手机收起来，把天窗打开，冷风呼呼往里灌，他跟不怕冷似的，任着那风把头发都拨开了，嗤笑道："我什么意思，你俩接下来上楼了是吧？关系这么好？人一回来就非要见面？"

贺情脸上有点儿挂不住了，但还是平视着前方，手把车门把手都扣紧了："说什么呢。"

太大意了，从尼伊格罗大厅往上走的时候光顾着吐槽门庭了，都没注意到有熟人在喝下午茶。

他刚想说点儿什么，又听单江别说："你真以为你爸不管你了？那天跟我一起谈事儿的，就是你爸一朋友，还问我，这楼上还有喝下午茶的地方吗？"

"我说有啊，一楼是餐厅呢，估计吃饭去了……贺情，那会儿四五点呢，你俩吃饭去了？"

贺情不吭声，闭了眼往窗外转脸，慢慢睁开眼，平复好情绪，冷静道："你想多了。"

 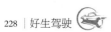

这人阴损，连揍应与臣的事儿都做得出来，在车上放录音笔也不是不可能，舔了舔干涩的唇，贺情半个字儿都不敢说错。

这想法才刚结束，只见单江别果真从扶手箱里拿了个录音笔出来，"啪"的一声给关了，又扔进了扶手箱里。

他又把手机摆出来，直接关了机，又扔进扶手箱里。

贺情眼瞧着单江别拨动方向盘边的拨片儿，脚下用力，车速迅速提升上去，有如弩箭离弦，引擎声一浪盖过一浪，飙得三环上正常行驶的车左闪右躲，惹得贺情抓紧了扶手大喊道："你自己想死别撞着人！"

没想到单江别一边开车一边来劲儿，速度又提上来了些，一脚冲上了桥去。

"贺情，我就问你，你是不是非要跟他一条路？"

单江别边爬坡边说，贺情耳朵震得难受，只觉得发动机转速估计要到顶儿了，这速度跟飙金港似的。

这时候去抢方向盘也是个作死的举动，他除了冷静着喘气儿，什么事都做不了。

让他好言好语去哄这个不要命的，更不可能。

单江别一笑，又换了个挡："我第一次见你，就想跟你搭个伴儿，但是你脸太大了。"

一瞬间，贺情一下就想通了这两三个月以来单江别使的所有绊子，以及一些细节，眼神暗了又暗，紧抿着下唇，半句话都说不出。

这时候偏偏不凑巧，他手机还响了。

这个点儿能给他打电话的，无非就三个人，风堂、兰洲，还有应与将。

前两个在下班前已经联系过了，今晚都在九眼桥嗨呢，哪儿有时间给他打电话。

贺情暴躁得要死，眼看着这车又上了通往沙西线的一条路，心想按照这路线飙下去，都快出城了。

这事儿不能让应与将知道，那人脾气跟定时炸弹似的，永远不知道多少火能点得燃，不然又扯一堆事儿出来，搞不好还得闹到他爸那儿去。

贺情坐在副驾驶位上，第一次感觉情况能让人这么窒息。

这么僵持着，单江别的速度慢了点儿，耐着性子又问了一遍："你到底想明白没？"

贺情手都快把这真皮坐垫给抠破了，呼吸缓和了些，尽量忍着冲动，咬牙冷着声儿回答："想明白了，也用不着你操心。"

打他们两个人之间的半点儿主意，想都不要想。

车速终于慢下来了些，贺情镇定下情绪，双眼盯着后视镜里不断倒退的绿植与零星车辆，心里有些发紧。

看车来车往，好似电流星散……

跟着这疯子一路飙了二十多分钟，最后贺情在三环边上一处没什么人的地方被放下了。

将近凌晨的路边儿，出租车没有一辆，谁乐意来啊。

贺情实在没辙，打了个电话给风堂，说话的声儿都惨兮兮的："大哥，来接我。"

最后过了四十多分钟，贺情硬是被夜风吹得东倒西歪的，手机都快没电了，才老远看着兰洲那辆路虎揽胜停在路边儿上，开着应急灯，两个发小从车上下来，拎着件羽绒服跑着过来给贺情拢在身上，护着上车了。

贺情在后座窝着想了老半天，都没想好要怎么跟他俩解释这个情况，毕竟他也被打得措手不及。

下车的时候，姓单的还特认真地说："贺少，等你和应与将闹僵了，你再给我个机会？"

贺情白眼一翻，差点一拳头上去，恶狠狠地答："没那一天。"

前座副驾驶上的风堂还略有些担心地老把头转过来问他怎么了，贺情快被气死了，鼻子被他俩身上一股子烟酒味堵得难受，吹了风脑袋晕乎乎的，咬着唇不开腔，哼哼唧唧几句，也就一笔带过。

他再也不想说开阿斯顿马丁的人是绅士，有品位了，姓单的简直就是个混蛋。

接下来的几天，贺情还是被集团事务缠身，好不容易可以歇歇，直接被他爸扔过来的一张邀请函安排了，坐飞机去了趟北美车展，位于美国的汽车之城底特律。

再回来又是五日后，在那边被代理商招待得每天吃好几顿，晚上住个酒店之前都得抓去做个按摩。

从底特律回来的时候，已经是凌晨三四点了，不意外地，贺情又在 B 城机场 T2 的到达出口看到了熟悉的身影。

不过这次来的是应与臣这个小兔崽子，双手插在兜里，藏蓝色棉服，上边儿缀着橙黄条纹，脚上一双螺旋藻球鞋，剪掉了乱糟糟的头发，由于没遮住额头，神清气爽，看着十分青春活力。

年轻真好啊，贺情每次看着应与臣就想起自己当初高中快意人生的样儿。

他手上还拖着一箱行李，面色有些憔悴了，远远地给应与臣打了个招呼，小孩儿撒丫子跑来给他接过行李。

应小二上下打量了下他，神情略带担忧，忍不住说："哎哟，穿个趿拉板儿①就出来啦？飞机上没睡好？"

贺情脚上还穿着酒店里带出来的拖鞋呢，踩着软软的，比穿皮鞋舒服多了，瞪着眼回答："拖鞋怎么了？我觉得舒服！不过这能睡好吗，转了几趟，时差都倒不过来……"

应小二狗腿地跟着跑了几步，手上拉着贺情的一箱行李，长得挺高了，眼里小白兔似的眼神还是改不了，说出来的话却吊儿郎当的："够局器②吧？我明儿还得上学呢，为了您我还熬鹰③哪……"

贺情回头瞥了一眼，腾出手捏了一把应小二的后颈肉，道："关我什么事，你今儿逼着你哥陪你过生日吧？顺便来接了趟我，少邀功吧！"

被戳穿的应小二"嘿嘿"一声笑，追着贺情又跑了几步，朗声道："我今天满十九，明儿我就去考科三，把驾照拿了！"

得，应与将又要破财给他弟弟买车了。

贺情是见着醋就得吃一点儿，不吃心里还真不舒坦，一个大白眼翻过去，骂道："应与臣你挂了几次了……还没考爆④呢？"

话音刚落，就见着应小二拖着他的箱子呼啦呼啦一顿跑，超过了贺情，还回头甩电眼："还差两次！"

被挑衅的人一愣，神色复杂，这两兄弟，都是浑不凛⑤的主，但为什么性格和外表能差这么多？

一出航站楼就看到应与将的迈巴赫S停在路边儿上打着应急灯，应与将解了安全带从车上下来，接过应小二手里的行李箱往后备厢装，弄好了又冷着脸上了车，看着贺情坐到副驾驶上，俯过身去，给人拴好安全带。

随后应与将坐直了身子，伸手去按挡，脚下油门稳踩，锁了四周车门，缓缓驶入机场高速。

应小二就坐在后座上，真紧张，手心都是汗，毕竟他还没能适应他哥旁边多个大活人的场面。

晚上回了望江名门，应小二迅速跑进自己的房间猫着了，过了半小时，还是忍不住

---

①趿拉板儿：拖鞋。

②局器：仗义。

③熬鹰：部分方言里叫熬夜。

④考爆：科目考试一科超过五次没过就得从科一重新考。

⑤浑不凛：谁都不怕，什么都不在乎，爱怎么怎么着。

跑门口站着贴耳朵听，想听听两个"家长"能在客厅说点什么。

他才站了没几分钟，只听他哥低沉着嗓一声怒吼："应与臣！"

这下给应小二吓了个半死，迅速跑回床上装死，盖着被子瑟瑟发抖，没一会儿他房间门就响了，看着他哥上半身什么也没穿，腰间系着条白浴巾，才洗完澡的样，发茬还滴着水。

应小二这时候戏精上身，从被子里探出半个脑袋，咽气儿似的迷糊道："干啥呀哥……"

应与将睐着眼看他那尿样，气不打一处来，又觉得弟弟好玩儿，说："挺能耐啊，还会听墙根儿了？"

顿了一下，他伸手去握门把手："得了，明儿一大早还得去考科三，都早点睡。"

话说完，他就把弟弟的房间灯给关了，转身合上了门，这房间黑得突然，应小二一声叫唤，在房间里的独立卫生间洗漱完毕，就缩了被窝，生闷气，这气了一会儿，迷迷糊糊地就睡着了……

高三生早上醒得早，睡醒了又没按捺住好奇心，应小二拖鞋都没穿，蹑手蹑脚地往他哥房间门口一站，把耳朵贴门缝上竖起来，只听得里面传来了重物落地的闷闷一响，听得应小二心惊肉跳的。

接下来就是贺情哑着嗓子的一声骂："应与将你给我滚出来！"

再过了几秒，还是贺情的声音："你大清早的，你……"

应小二都快惊呼出声了，睁大了眼偷听着，心头一跳一跳的，可太心疼他哥了。

我哥凭什么这么被对待？！

忽然那种与贺情有不共戴天之仇的感觉又油然而生，应小二暗自握紧心中的小拳头，决定等今儿个他哥送他去考场的时候，好好跟他哥哥谈谈这个问题。

不过他有点儿担心，他哥还能起床来送他吗？

于是怀着忐忑不安的心情，应小二在饭桌前捧着一碗粥看着他哥和贺情两个人一前一后出了房间，洗漱完毕的模样，衣服都穿得整整齐齐的，贺情还裹了件米灰色的运动外套，脚上一双棉拖，在门槛儿上一跺一跺的，吹了声口哨："快点儿吃，吃完送你过去。"

一口气把粥给喝了一半，化悲愤为力量，应小二慢吞吞地说："我哥送我就够了……"

最后还是那辆玛莎拉蒂总裁横着停在龙港驾考点儿大门口，停了几分钟，车又开走了，留下应小二一个人缩着脖子站那儿，瑟瑟发抖，太冷了。

算了，还是先把试考了再说吧。

姓单的亮底牌的那件事出了之后，贺情还专门跑了一趟尼伊格罗酒店，带着风堂，连着坐了两三天下午，都没看到单江别说的那个他爸的熟人。

他特别想把酒店监控调出来叫人删了，但是，这无异于打草惊蛇，万一惹了事端，

 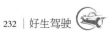

那又被将了一军。

应小二科三过了的当天下午考了科四，下午五六点的时候就拿到了机动车驾驶证，晚上贺情一去找应与将，就看着小孩儿吊着他哥的脖子闹，说想去金港赛道。

贺情半阖着眼看应小二，后者也不甘示弱似的看回来，在他哥的车馆里面转了一圈儿，也没找着合适的车。

看应与将那蛮不情愿的样子，怕是巴不得给他弟整个装甲车，才不怕上赛道被撞。

贺情手插着衣兜走过去，撞了应小二一下，笑着说："晚上真想去金港？"

"对啊，太久没去了……"

这句说完了，应小二就想起上次在金港还就是跟贺情干架那一次，连忙住了嘴，悻悻道："当我没说。"

贺情没吭声，拿出手机给金港那边打了个电话说今晚包场，晚上九十点的样子过去，五六个人，三台车。

电话打完，贺情取了兜里兰博基尼 Centenario 的钥匙递给应小二，说："你开这个，我开 P1，我再给你叫个跟你水平差不多的，晚上去陪你飙一圈儿呗？"

等人了夜，金港赛道上三辆超跑集结于此，被贺情说成技术跟应小二这个新手差不多的兰洲也开着他的保时捷 911 来了，以及副驾驶的风堂，把车窗放下来，嘴里叼着烟，不住地挥手，看得兰洲心惊胆战，生怕他把自己的软顶给烧了。

兰洲天天开越野车，看着贺情那一溜超跑心里也痒痒，奈何车技差强人意，实在没必要去糟蹋宝贝，就提了个白车红软顶的保时捷 911 来开着玩儿，在金港也跑了好几天了，飙发电举，练手磨车，江湖人称"金港小红帽"。

这车跟应小二今开的贺情的 Centenario 一比，后者银灰色带金黄裙边儿，那就是大尾巴狼了。

这一战下来，应与将坐在贺情的迈凯伦 P1 上，一路跟着兰洲和应小二跑，那叫一个追风蹑景，声势浩大，引擎声简直响彻天际，战况十分激烈。

还好兰洲怕应小二一个新手开得太快，速度也压得狠，只让小朋友过了把手瘾。

最后兰洲一个飘移把车往应小二开着的 Centenario 前方百米处一别，赛道内灯火通明，射灯交错，照得三辆车都分别在暗夜之下闪闪发光，像赛车比赛的前三名似的。

应与将靠在座位上，点了根烟，一时间有点儿恍惚。

就像第一次相遇时一样。

晚上回了家，贺情靠在床头柜上，屁股下垫着软枕头，今天在金港跟着应小二跑得太紧张，一直掐着方向盘，虎口发红，现在都还有点儿疼。

他手机屏幕上闪着一排大字，又是电子邀请函，是今年 FE 新赛季港城站观赛的，也就是今年的国际汽联电动方程式，在港城中环海滨赛道。

贺情想了会儿，看了一下邀请名单和主办方，果然看到了盘古的名儿，便兴奋地给应与将发了个微信消息过去。

不加贝：月底一起去港城？

盘古名车馆：？

不加贝：FE FE 新赛季港城站啊，我看邀请名单有你。

盘古名车馆：不知道这事。

贺情又把名单翻了一遍，眼睛死死地看着 B 城的交接方，心里一咯噔。

他迟疑着，推开房间门，轻轻叩开了他爸书房的门。

第五十二章

贺情这半只脚还没踏进他爸书房呢，就听到里边儿中气十足的一声吼："你敲门了吗？"

他心虚犯怵，一听他爸这么严格的调调，脚下步子都慢了半拍，悻悻地答："敲了啊，您不是没搭理我吗……"

示弱完了，他忽然想起来自己是为了应与将的事儿来找他爸的。

这种事儿能等吗？

贺情颈后长的那根二十年来少有发作的反骨莫名其妙像开始发烫似的，刺激得他心中的小火苗又旺了些。

他端起贺定礼放桌上盛着的一小杯大红袍，装模作样地晃了晃，也不绕弯子了，开口道："爸，您跟盘古能有多大的过节，还跟人针对着啊？"

只见贺定礼"啪"的一声把笔记本电脑给合上了，抬了眼睨他，眉心快拧成结了："哦，你跟应家那大儿子关系挺好？"

跟二儿子关系也还行，贺情腹诽。

"这不是 FE FE 要往港城走吗，约了他一起呗……"

说完，贺情低头抿了抿那口冷茶，给冰得差点把嘴冻上，咳嗽一声，继续辩解："搭个伴儿去，方便……爸，这次通知来宾是咱集团里谁负责啊？"

贺定礼气定神闲，喝了口热的茶，伸手去翻转那桌上的烟盒："盘古资历不够，刷了。"

试探了半天他爸都不急眼，但这副就是不放过的模样让贺情实在摸不准他爸到底知道多少，想起单江别亮的那张照片，心里直突突，一咬牙索性话头又急了点儿。

 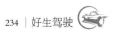

"还不够？人又不是新开的，算A城那边儿来的连锁吧，那资历谁不知道……"

贺定礼一听他儿子这质问跟连环炮似的，严厉道："你去他那儿租房子了？"

这一问问得贺情一时间没反应过来，眼瞪了老大："啊？"

紧接着，他就听他爸一阵炮轰："天天往望江名门跑，又买新车，应与将那车都往加贝地库停了几次了，你这是想怎么玩儿？你玩得过人家？"

贺情一惊，看了下贺定礼的表情，揣测一番。"你年纪小不分轻重，应与将是什么人，你搁四九城里打听打听，那是善茬吗？是能一起混的吗？你年轻讲义气，人帮你还不是为了你欠他人情……"

他看着贺定礼指尖的杯盏翻转，茶海洗涮，听完这么一大段话，终于忍不住问一句："爸，四九城是什么啊？"

"A城！"贺定礼被儿子的无知弄得要疯了，把杯里的茶也直接一口喝了，往桌上猛地一扣，说，"你看看，就你这点儿阅历，你好意思吗，你跟人打什么交道……"

在他爸眼里，贺情能在B城车圈儿呼风唤雨，一挥手能召集一批狐朋狗友，生意也还做得不错，大部分原因都归功于家庭底子好，以及那一车库的豪车。

要是没家庭和资产，贺情一二十岁毛头小子，除了一副好皮囊和一身韧劲儿，能在社会上做什么事？

遇到个外地来的狠角色，还眼巴巴地往上凑，要跟人当朋友，讲义气……

幼稚。

贺情努努嘴，还想再辩解点儿什么，但忽然感觉特别空，他对贺定礼的话竟然没有什么反驳的理由。

自己确实就是个草包富二代，除了会做点生意，有点儿手腕。

如果要让他白手起家，那根本就是做什么倒闭什么。

他拿什么跟他爸犯浑。

贺情被他爸吼得彻底蔫儿了，听风过林间哗啦作响，觉得那窗外寒风卷起的落叶都要飘到屋子里来了。

他还没来得及再说点儿什么给应与将挽回一下形象，就又被一沓资料砸了手。

他抬眼就看到他爸板着一张脸，手指推了推镜架："玛莎拉蒂的SUV和小轿跑停产了，销量太低，这是这段时间我们卖保时捷的一大机会，销量要把握住。"

贺情一愣，瞪着眼道："停产了？"

一听到这个月销量又得拉保时捷出来遛弯儿，贺情头都疼，最近买这个牌子的暴发户越来越多了，那素质，绝了。

跟前段时间上过新闻的，拿编织袋装现金去买路虎的哥们儿有得一拼。

风堂在听到这个消息时，也是一样的反应，瞪着双眼睛，差点儿抱着自己跟贺情同款的总裁泪如雨下："我的绝版宝贝……"

贺情一抬腿踹到他屁股上，吸了口杯子里的石榴气泡水，咬着吸管朝风堂翻白眼儿："又不是你这款，别妄想了。"

风堂"嘿嘿"一躲，抹了屁股往旁边站："幸好当年你没要 B 城玛莎拉蒂的销售权啊，不然真亏，这牌子除了标志好看和声浪还不错之外简直一无是处……"

贺情咂巴咂巴嘴，懒得反驳了，只顾着嘴里满口甜味儿。

接下来的这几天，贺情把保时捷 4S 店的事儿完成得十全十美，其他事儿托了一大半给秦佑和手下的得力干将，认认真真想把他自己在贺定礼那儿的口碑做好。

他特想证明给他爸看一下，那些超跑不是白买，钱也不是白花，飙车也不是没意思，能学到好多呢。

认识很多新朋友，明白客户需求，了解不一样的社会经历，在那种极速刺激的环境下，会更有干劲儿，对不少事能赌得起，快速决断。

虽然听着很扯淡，但真的都是贺情飙车以来收获的总结了。

还遇见了应与将这种话，贺情是不敢说的，悄悄存在心坎儿上，自己先消化了。

那日过后他斟酌了挺久，决定少往酒店跑，洗浴中心也不去了，KTV 也不唱，免得他爸老说他玩物丧志。

但贺定礼让他跟应与将断了来往，他做不到。

加贝集团今年要拿下英菲尼迪的特约代理，还要兴建全国一流的汽车艺术馆，盘古今年还要修捷豹的 4S 店……

一切都在越来越好。

捷豹那个代理权，贺定礼一口咬定是贺情送盘古的，可是那天贺情让的只有一个 I-PACE 的量产销售权，并不是整个品牌的代理权。

很明显剩下的部分都是应与将自己去打下来的。

接下来一周七天，贺情就挑了一晚往望江名门跑，做贼似的，借了兰洲的路虎揽胜开着去，那低调劲儿，就差没管公司门卫借个大众帕萨特了。

一进房间就看见应与将光着膀子站在客厅里，手里转着串儿车钥匙，盯着进门在脱鞋的自己。

贺情清澈的眼被客厅的吊灯照得水亮，面色红润，冲过去小声道："来买保时捷了？"

"这是你洗脑的结果。"

贺情刚接过车钥匙，就听应与将说："买给小二的。"

仔细想了想好像是有那么回事，兰洲说应与臣非要他那辆保时捷 911 不可，新的都不要，就要那辆。

小孩子的世界还真简单，跑不过那就买过来呗。

 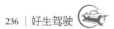

有哥哥宠着就是好。

这段时间有点忙，贺情都给忙忘了这档子事。

应与将看他金鸣收兵不吭声了："喜欢悍马吗？"

贺情扶着沙发往上一躺，掀起衣角扇扇风。

他疑惑道："哪有男人不喜欢悍马的……干吗，收购啊？"

应与将说："店里弄了三辆来，明儿你去挑挑。"

贺情都无语了，有这么做生意的吗，动不动就送了，送点礼就算了，这一送就送车，吃得消吗？

他故意冷下脸来，想唬唬应与将，谁知道自己在人面前一拉脸子会不自觉地噘嘴，整个人就是一副委屈样儿，看着只有可怜，没有酷酷的。

他还是那副表情，严肃道："无功不受禄……我……"

"我"字还没完呢，贺情就演不下去了，一句"天妒英才"哽咽在喉头还没抒发，就看应与将一挑眉，还是那酷死人的样子："你怎么？"

应与将心里都快笑死了，等着看贺情怎么继续往下编。

说着他还扯了一张纸盒里的餐巾纸出来晃了晃，解释道："我，汉族正白旗。"

应与将一乐，贺情的嘴皮子还真哪儿都落不得吃亏，这正白旗还是皇城根儿底下以前清朝八旗上三旗之一。

贺情一双有点儿凉的手摸上他额头，说："你是不是发烧了？"

应与将把脸往抱枕里埋得深了些，哑着嗓子说："小事儿。"

贺情一皱眉，说："万一烧到四十度呢？"

到了凌晨三点多，贺情给应与将吃完退烧药之后没多久，还真烧到四十一度了。

他身上只剩了条裤衩，盖着被子，枕头垫得高。这以前在北方凉水洗澡都不感冒的身体，今年怎么病来如山倒的。

温度计显示四十一的时候贺情吓得都以为温度计爆了，甩了几下又测，去客厅拿了个退烧贴给应与将额头上贴着，又端了盆水过来要给他擦身子。

应与将舍不得贺情累着，自己硬撑着坐起来把脸洗了几遍，胳膊也象征性地擦了一下，擦完又睡过去了。

再醒的时候就看见贺情手里拎着一瓶泸州老窖，正准备拆了包装往盆儿里倒。

应与将瞬间睡意全无，坐起身来拦住了他，一边穿衣服一边说："行了，收拾一下去华西吧。"

贺情抱着那瓶酒，眼都急红了："我查过了，物理降温，稀释一下好像可以当酒精用……"

应与将伸手把那瓶酒给搁到一边儿，沉声说："你这几天忙，今天又因为我生病睡不好觉。我生病你也难受，你不放心，我们就去医院。"

一听他这发自肺腑的一番安慰，贺情都想把那瓶白酒给拆了喝了："你怎么那么好！"

应与将把桌上自己那辆大 G 的钥匙给揣进贺情的兜里，认真地说："这句话应该我说。"

把车开到华西已经是夜里四点半，急诊科还没怎么收过半夜烧成这样的大人，架着就往急诊室走，值班医生直接扔了个温度计来："夹着。"

手机没电，贺情硬是一秒一秒地数了五分钟，又怕应与将听着头疼，声儿小得跟蚊子似的，到了点就在耳边哄道："到啦。"

应与将心头一暖，又想笑，这哄小孩似的。

医生看了下温度开了药让应与将去挂半天水，同时夸了一下贺情之前拿温水给应与将擦身上的降温方式。

早上六七点贺情回了趟家，在床上一不小心睡了一个多小时，醒了收拾好已经快十点了，拿着个盆和毛巾就往车上塞，过去给应与将擦擦脸和脖子用。

到了华西挂水的地儿，贺情把温水端了过来，毛巾在盆里洗了两次拿起来拧干展开，水还洒在了地上。

应与将盯着他，一动不动，心想这小少爷哪儿做过这种活，什么时候伺候过别人。

贺情的手扒开他外套的时候，医生过来给隔壁床换水，还跟应与将说，你朋友对你真好。

应与将说："这是我表弟。"

贺情笑骂："占我便宜！"

贺情拎着应与将的衣服，皱眉道："我怎么觉得你有好多件类似的款？颜色还清一色都是黑的，你能不能换个风格啊？"

"我都买差不多的，省得搭配麻烦，"应与将瞥他一眼，"你想看我穿什么色？"

"嗯……"贺情沉思几秒，刚想说"和我年龄差不多的"，又怕被应与将瞪，只得把这句话咽回喉咙去。他想起自己的一些朋友，同样是肩背宽阔、腿长脚长的主，试探性地问："等你好了，买点亮色的衣服穿？"

应与将忍不住好奇："多亮？"

他活了二十多年，从小到大穿过的亮色衣服要么是校服要么是长辈给买的，其他衣服基本全黑或者墨蓝、军绿，其他颜色他还真怕自己驾驭不住。

"你弟穿衣服不就挺亮色？"贺情随口提了一句应与臣。那小孩儿经常穿黄色蓝色

甚至橙色，再搭配上明亮晃眼的笑容，走哪儿都是阳光灿烂的那一位。

"哦，"应与将低头，手指划过屏幕里朋友圈刷到的照片，应与臣的。

他举起手机，露了照片给贺情看。照片上的应与臣穿一身浅粉色卫衣，脖子上挂根银质古巴链，对镜头举起两只手在胸前比耶，挑起一边眉毛，看着还蔫儿坏得像那么回事。

"这样？"应与将问。

贺情愣了片刻，一把抢过手机："倒也不必这样！"来医院的路上他接到一个电话，说金港赛道今天举行捷豹的试驾挑战赛，也就是对外开放的品牌赛事媒体日。

一个做微博汽车自媒体的记者驾驶着一辆捷豹跑车，撞上了金港赛道边儿上的一处护栏和广告牌，跑车前面撞毁了，所幸人员没有伤亡。

试驾、捷豹、汽车自媒体以及车祸，这四个信息连在一起，自然成了贺情能抓到的信息点。

"应总今天没出席还是好事儿，不然这捷豹店还没开起来呢就出这么大事故，说不清是车的问题还是人有问题……"

电话里加贝集团的手下如是说，贺情也没再多问。

上电梯的时候他翻了翻大成网，把今儿个上午的新闻都翻了出来，果然看到了报道这件事儿的短讯。

换了几个新闻 app，都有。

文案都差不多，图片也一样，最后一张图是盘古名车馆的门面照，文章最后都提到了盘古今年拿下了捷豹销售权。

当时他进了急诊大厅，还没绕到应与将输液的病房外，手机又响了起来，是风堂打过来的。

风堂难得第一句话就直奔主题："情儿，你爸昨天中午……"

贺情冷静得很，闭了闭眼，说："然后？"

风堂急了："哎呀，没然后，我才嗨完回家，我也不知道什么情况，我妈还问我你出什么事儿了……你在哪儿呢？我来找你！"

"不用了，晚点联系，谢了兄弟。"

这一句话一口气说完，贺情把电话挂了，站在楼道里抽了根烟，冷风吹过来，呛得他直咳嗽。

以应与将现在的势力，还查不到这事儿是谁做的……他就怕他爸还找盘古麻烦。

监控看了，今早就直接出了事，多半是知道了。

他根本没想到有一天能被他爸查监控。

贺情咬咬牙，把烟头学着应与将的样子直接用手掐灭，烟灰火星儿烫得他一哆嗦。

如果他是猫，估计就喵呜喵呜直叫了。

今早的事儿走马观花地在贺情脑子里过了一遍，回过神来发现应与将的外套又半耷拉在胳膊上了，埋着头侧过脸，就能闻到消毒水的味儿。

第五十三章

挂水挂着，贺情睡着了，应与将也睡着了。

前者猛地一惊醒，看到液输完了，血都回到了应与将手腕儿的位置，不知道怎么办，吓得往护士站跑。

一米八三的小伙儿动作大起来还是挺引人瞩目的，应与将睡醒之后，隔壁床的阿姨又咂舌道："哎呀，你表弟跟你真亲！"

应与将也不觉得手上有多疼，抬了眼，低低地一笑："亲表弟。"

他把手机掏出来，看到屏幕上那几个未接来电，没有回拨。

微信也一直在震，他也没有看。

这会儿贺情随时可能回病房，他还不想在贺情面前表现出太多。

再说吧。

挂完水回去的路上，贺情开的车，过了隧道有人超车，起先应与将还没觉得，眼睁睁看着贺情踩了油门儿码速飙到八十九了，才开口道："减速！"

贺情整个人都是恍惚的，见不得有车比自己快，闷着头飙，还好越野车轰鸣声不大，提速也不快，才勉强没在路上影响到其他行驶车辆太多。

就算应与将这会儿及时制止了，贺情还是盯着前面那辆疾驰而去的小宝马暗自咬牙。

还好刚刚没昏了头，知道虚线变道，隧道里不能超车……

他也不知道今天这股浑不凛的劲儿怎么来的，若真要说源头，估计就是被他爸知道之后的心烦气躁。

还没想好怎么面对，太措手不及了。

贺情闭了闭眼，盘子一打，驶入了望江名门的车库，到这之前，他还特意观察了一下监控探头，果然看到了几个。

这千算万算，真没想到贺定礼嗅觉如此敏锐，直接来了这么一招。

这辆大 G 缓缓进入车库的时候，一直没吭声的应与将终于忍不住了，拿了后座上的羽绒服往贺情胸前一搭。

贺情眼睛睁了一半，懒懒散散地靠着，手指有一搭没一搭地在大腿上点点碰碰，感觉自己快死了。

"今天感觉你状态不好，"

这话听得贺情一惊，面儿上还是没什么表情。

应与将眼神柔和了些："不逼问你，但受不了了一定要说。"

他左手撑在方向盘上，右手肘抵着靠背，低声央求道："还不想说。"

不可说。

这一晚贺情在车库换了自己的那辆玛莎拉蒂总裁就回家了，应与将则裹着羽绒服蹲阳台上抽烟。

整个锦江区的繁华辉煌尽收眼底。

滤嘴都快给咬扁了，满腔的草莓味儿，漏得连指尖都是。

白雾漫上眼前，模糊了城市的万家灯火，应与将猛吸了一口，都能感觉到那火星的灼热齐齐向上涌来，烫及唇齿。

B城真繁华，真的。

考虑到B城卖车这个行业里，贺家是带头领跑的，万一以后有个什么，盘古还真别想开了。

应与将有考虑过说要不要做做其他行业。

离了车他死不了。

来B城之前在B城最好的兄弟就是做酒店业的，在A城投资过的豪华酒店都来B城入了股，近几年B城修的五星级乃至超五星酒店特别多，但是似乎市场供大于求，也没赚多少钱。

来B城之前就听说了市政工程把天府广场规划成了影视小镇，所以他那兄弟就在天府广场边儿上投了个希尔顿酒店，结果谁知道那一批领导下了台，这项目也没了踪迹。

再加上才修的茂业万豪、兰博基尼书苑酒店都在这附近，再往南边儿走就是九眼桥那一截五星酒店集结地，这希尔顿就算开了业，估计也不太好过。

应与将投了钱去砸兰博基尼书苑酒店，等着回本儿，行情看来也不会太差。

这事儿他压根没敢跟家里说，怕被他爸一拐杖打到地上趴着。他应家往上走三代就是在A城根儿底下做洋车行的……

到他这儿，只要应坤和他爷爷没点头允那一下子，就还得继续往下做。

今早上金港赛道捷豹试驾活动出的问题他都知道了，安排人去了趟医院，盘古照常营业，一切如常进行。

虽然意外就是这么让人够呛，再过两三个月，盘古旁边儿捷豹的4S店还是得如期开店。

举起手里要燃尽的烟头，就着漆黑夜幕，似像缀上点点星子。

一直坐到晚上十二点过了，一整包烟都空掉，应与将才把烟头往阳台上放的烟灰缸里一杵，拍了拍裤子上的烟灰，进屋。

贺情在家门口站了半小时，人都要冻死了，才敢抬脚进去。

他把那辆玛莎拉蒂总裁停在了露天的车库，今天都没心情进地库了。

站在自己家门口的台阶上，贺情看着自己的初恋车正承受着倒春寒的风洗礼，心里也拔凉拔凉的。

不知道这一去是否还有机会再次驰骋疆场了。

毕竟他得跟他爸破罐子破摔，不对，总之就是磕到底。

那车钥匙不得一溜儿全给收走啊？

真是要人命。

一进家门儿，贺母就端着碗梨子水让贺情喝点儿润润喉，贺情接过来一口干了，那气势跟临行壮胆似的，看得贺母直愣。

糖水入了喉，贺情只觉得涩。

这脚下步子还没稳健，就看到他爸站在二楼围栏边，手里面握着一卷报纸，在栏杆上敲了一下，俯视着一楼客厅里站着的贺情，厉声道："上来。"

来了。

跟他爸谈过之后，贺情才知道点儿漏在了哪里。

贺定礼拿着贺情的身份证号，查了开房记录。

他很少出去开包间，一查就查了个准儿，就是那晚贺情跟兰洲风堂喝了酒，应与将在玉芝兰吃宴席，吃完了来丽思卡尔顿酒店，贺情病刚好，怕应与将闻到烟味儿，还把兰洲衣服扒了的那次。

当时贺情喝昏了。

贺定礼慢慢说这些细节的时候，贺情面儿上没什么表情，因为他是记得有这个事的。

"凌晨一点，贺情。"

他看见他爸裹报纸的手都有点儿颤抖，一皱眉头，中年男人额间的沟壑更深了，声儿像是从喉间用砂纸打磨出的。

"我在电脑面前坐了一下午，确认了没有第二个人进你们的包间。"

贺情深知他爸这会儿正在爆发的临界点，额角的青筋都爆出来了。

"然后，你们第二天早上九点才出来。"

他脖子一梗，重重地"嗯"了一声。

下一秒，贺定礼一张脸勃然变色，猛地从办公沙发上站起身来，手中卷成条状的报纸扬起，狠抽到贺情的脸上，"啪"的一声，报纸都扇折了。

"你有没有一点敬畏心！我说了不要接触，你听不进去是吗？！"

 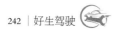

贺情不敢去捂脸。

他半边脸被打得侧过去，微微喘着气儿，白净的脸皮上起了一道红痕，估计没多会儿就得肿起来。

连嘶声都没有，他不想示弱任何一分。

"我一年到头管过你几次，爱怎么玩就怎么玩，从没插手过，这一查，你让我看到你跟我对着干？"

一语毕了，贺定礼胸膛一阵剧烈起伏，脸色渐而发青，怒斥道："我平时放权给你，公司都交给你做，不代表我不管你！"

他爸都快气疯了。

"贺情，这就是你要的自由成长！"

贺情垂着眼不吭声，咬着牙死犟。

他爸可太了解他了，贺情从小就这牛样，不叛逆也不乖顺，遇到长辈教训，就闭嘴不说话，完全沉默抵抗，左耳朵进右耳朵出，听完了该干吗干吗去。

贺定礼看他那一副油盐不进的样子，自己也难受，不想再多说，手一挥，有些疲惫地坐了下来。

"这事儿我还没跟你妈说……自己断了，我当没发生过。你和应与将走得太近了，我不允许。"

贺情眼皮一颤，吸了吸鼻子。

他太理解他爸了，没法反驳，站着还是不动。

哪儿预料得了这一出。

贺定礼看他杵那儿不动，揉了揉额角，是真给整来头疼了，又说："明天就解决掉……晚一天没收你一把车钥匙，周末之前我没看到你的行动，就给你停卡。"

贺情一听这话，转身出了书房。

他打开门的时候，看见贺母正捂着嘴站在书房门口，脸上湿漉漉的，仔细一看是泪痕未干，瞪着一双眼看着自己。

贺情心一下就揪得疼了，扶住贺母的身子，低声喃喃道："妈……"

贺母把衣袖攥了些在手心，用开衫软软的棉柔触感去轻碰贺情被打得红肿的半边脸，努力控制着自己的情绪，小声说："等下我来你房间给你敷敷。"

贺情更难受了，张了张嘴，什么话都说不出来。

贺母一双柔软的手握紧贺情的腕子，安慰似的拍了拍，劝慰道："好好跟你爸说，没事，儿子。"

刚刚被他爸怎么骂怎么吼，他一点儿后悔的感觉都没有，这一出门撞到了偷听的妈妈，贺情的眼眶一下就红了。

贺情点了点头，安抚似的顺了贺母的背，撒丫子往自己的房间跑了。

再回他爸书房的时候，贺情从兜里掏出三张银行卡，两金一银，放到他爸办公桌上。

他又把藏在身后的左手拿出来，摊开手心儿，把那七把车钥匙摊到桌面儿。

他的迈凯伦 P1，他的兰博基尼 Centenario，他的法拉利 812，他的玛莎拉蒂总裁，他的奥迪 R8，保时捷帕拉梅拉，刚买的奔驰大 G……

贺情咬了咬牙，勇敢一抬头，去看他爸发白的脸色。

他也不知道贺母还有没有在门口听。

贺情穿得单薄，这房间又没开空调，房间门没关上，风吹得他浑身发抖，可说出的话却是字字都稳。

贺情一闭眼："爸，妈，对不起。"

真的对不起。

第五十四章

贺情发誓，他最近就坐过一次 B 城地铁。

那次在保利玛莎拉蒂中心有了坐趟地铁的想法之后，终于在一次出行高峰期要去城北办事儿的时候，找到了时机。

那天高架桥上堵死了，他索性在南门坐上了去驷马桥的地铁。

今天是第二次。

户头上存的钱多是多，但全被他爸停了，他自己的私人卡上也就十来万，还有跟兰洲一起投的一处汽车美容中心，俗称洗车行。

贺情不是缺钱缺到捉襟见肘，只是昨晚上睡了一觉，好好想了一下接下来要怎么省着点儿花，毕竟还真不知道他跟他爸这场没有硝烟的战争要持续多久。

什么都可以让，车可以不要，钱可以不要。

但是，让他和应与将不要来往，做不到。

这几天该上班还是去上班，只是行动都被老爸派了人盯着，贺情也挺无所谓的，但还是比以前收敛了些，两三天才见一次应与将。

应与将一问起最近很忙吗，贺情只是点头，然后发定位和照片，跟他说真的忙。

结果今儿一上了地铁，差点儿坐反不说，他一米八几的个子站在一群叔叔阿姨中间，一双白球鞋不知道被怎么着踩了一脚，背上还背着个巴黎世家的包，都给挤扁了。

贺情倒是不心疼，就是觉得挤得慌，人多热闹，还挺有意思，后边儿还站着几个地

铁上背课文的高中生小妹妹，一边背古诗词一边瞅他。

一出地铁站，好巧不巧，下起了绵绵春雨。

雨还有点儿大，把他本来就被踩脏鞋边的白球鞋都给淋湿了点儿。

贺情一个人站在火车南站地铁口，傻了似的，一时间不知道怎么办。

估计也是脑子进水了，跑来坐地铁……

算了。

这时，贺情看到应与将发了条微信过来。

盘古名车馆：下雨了，记得带伞。

贺情呼吸一窒，心里热热的，平时这个点儿自己差不多也准备出门上班了，只是今天应与将不知道他提前了半小时出门坐地铁。

他想了会儿，迅速回了个消息过去。

不加贝：快要淋成落汤鸡。

盘古名车馆：嗯，那就是没带了。

盘古名车馆：现在到哪儿了，我给你送来。

他拿着手机的手都要被吓抖了，别别别……

不加贝：带了带了！

盘古名车馆：拍给我看。

这下贺情一个人站在地铁口慌了神了，直跳脚，这个地铁口偏僻，等了一会儿也没看到有拿着伞的路人出来，实在没辙，一咬牙，打了个电话给兰洲。

那边兰洲还没睡醒呢，听贺情这火急火燎的调调，一口气差点都没喘上来："你干吗啊贺情，玩儿天仙下凡啊？还跑去坐地铁！你至于吗！"

贺情望天，也跟着有点儿气急："体验生活行不行，你快啊，拿起手边的伞，给我拍一张……"

兰洲也是个脾气有些虎的，索性掀开被子直接坐起来，拿着电话就开始数落人："贺叔叔怎么没一个雷劈死你，换作是我，我一砍刀把你屁股劈两瓣儿得了！"

被这么一顿说，贺情觉得其实兰洲说的每句话都对，但争还是要争回点儿面子，愣愣地回了句："你屁股一瓣儿的啊？"

那边兰洲都要被他气昏头了，无奈叹气，一边起身穿衣服一边找伞，抬腿往浴室走："你站着吧，风堂离你近，我让他来接你。"

贺情连忙说："别了别了，我爸现在看到风堂就特敏感，他这还派人跟着我呢……"

于是，收了雨伞照片之后的应与将，车就停在离加贝集团不远处的一个拐角，眼睁睁看着贺情急匆匆地从一辆水儿绿的出租车上下来，顶着一脑袋的雨水，往加贝集团里边儿走了。

那门口站岗的保安老远就看到贺情淋着雨过来，连忙从门卫室拿了把大黑伞，跑出来护着贺情进去了。

今早来加贝附近，是想看看能不能让贺情抽空见个面的，就待几分钟也成，结果没想到见着这一幕。

应与将疑惑着低下眼，抿紧了下唇，挂了前进挡，开着他这辆特低调的迈巴赫 S 级，往盘古车馆走了。

那天之后，应与将也没拆穿贺情，只是暗地里来了加贝集团附近好几次，都没看到贺情开车，不是坐出租就是兰洲开着路虎揽胜来送。

贺情明面儿上还是每天该吃的吃，该喝的喝，只是每天都在公司待到特晚回家，错开他爸醒着的时间，早上走得也早，有空了就跑去小区附近的面馆给他爸妈端二两抄手饺子的，也不让家里的阿姨做了。

贺定礼知道儿子搁他面前争表现，也没表态。

坐了快一周的出租和兰洲的车，贺情觉得不太好，也不方便，管兰洲往兰家公司里要了辆紧凑型小轿车过来，还是手动挡的，试了一下根本就忘了手动挡怎么开，还找了块空地练了好久。

他还真没开过这种车，有时候在上坡的地方开着都会往后边儿溜，太刺激了。

今早上他又听加贝集团项目组的人说，贺总拿了个新项目，是今年年底 B 城车展的什么什么企业展台负责，过段日子还得召开一个业内宴会，得请不少 B 城车业里的有头有脸的人物来助阵……

贺情还真不知道他爸葫芦里卖的是毒药还是什么药了，只得跟着猜，叫了人去打听，最后才落实下来，这半个月盘古没多大影响，但估计他爸的下一轮动作下个月要开始了。

可贺定礼跟他谈条件的那会儿，根本就没有说过会在事业上威胁应与将。

A 城那边，估计要不了多久，应家也会收到风声。

贺情还是比较了解他爸，他爸觉得丢人，不可能把这事儿摆明了摊开说，只得按照他们那辈人自己的手段去折腾，这些就不是他和应与将两个小辈能插手的了。

就在他每天都丧得不行的时候，之前投的汽车影院竣工了。

贺情跟应与将约了时间买了票，哪儿还管有没有人跟着自己，开着那小车，正准备停在自己家附近的马路边上，然后回家等应与将过来接。

这辆银白色的小车缓缓驶入家附近的一处交叉路口，大约下午三点，这儿靠近三环，车辆不多，又正好是监控盲区，贺情觉得没什么大问题，一打盘子，准备实线掉头。

他这脚下一油门儿还没踩到底，刚换了二挡准备驶入慢车道靠在路边，就看到前边儿来了一辆庞然大物的乔治巴顿。

那四个顶灯闪瞎人眼，前面的进气口栅栏霸气无比，往自己的银白小车面前横着一

 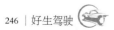

停，活像深海龙宫里虾兵蟹将遇上了龙王三太子似的，怕是长了九十九个钳子也不够比画。

贺情脑子里"嗡"的一声，这不是应与将吗！

他还没看清车牌号呢，就看到车门开了，应与将穿着双绑带军靴下来，裤腿扎到靴口上一点儿，套了件薄的长款黑外套，头发剪了些，凶神恶煞的，嘴上叼的烟刚刚掐灭，走过来敲他的车窗。

"贺情，下车。"

哐哐哐，三下。

贺情简直不敢动了，这堪比行刑现场。

应与将见他坐着没反应，伸手要拉他车门，贺情猛地一摁，把车门都锁了。

在车外面被晾着的男人无语了，严肃的表情放缓了点儿，弯了点身子，隔着车窗，语气带着些哄劝："下来。"

本来应与将提前半个小时到了贺情家附近，是不知道贺情开了这么个小车的。

关键是他在注意到这辆车实线违规掉头的时候，瞅到了驾驶位上那个人的侧脸，心头突突一跳，再看那甩盘子的动作，车的走位，基本就断定了这车是贺情在开。

银白色的十几万块的小车，加贝门口的出租车，兰洲的上下班接送，快大半个月没打着照面儿的迈凯伦、兰博基尼，乃至日常代步的玛莎拉蒂、奥迪都不在了，一瞬间应与将脑子里就得出了个结论。

贺情的车都没了。

果真今儿逮着贺情，给人逼停在了路边，堵在驾驶位上，看他眨巴着眼的无辜样，还真没法把人就地正法了。

这大半个月，贺情躲着不见他，绝对瞒了他什么事。

贺情特没出息地把车窗放下来了。

应与将就那么趴在车窗上，咬牙切齿道："你车呢？"

贺情突然觉得特没面子，鼓起勇气去直视应与将的眼神，眼里写满了个倔字儿："在，在家啊，我真的过习惯了锦衣玉食的生活，想到基层体验一下激流勇进……"

真的没心情听贺情在这儿贫，应与将作势要伸手进去开车门的锁，冷声道："给你五秒钟时间交代前因后果，不然我把你从这儿拖出去，你自己选。"

贺情还真睁大眼想了会儿，最后认真地说："你拖我吧。"

应与将："……"

最后，贺情当然还是两只脚着地自己出来的，只是去前边儿上乔治巴顿的时候，是应与将推上去的，并且跟应与将约法五章：给半个小时，在车上想好怎么说，想好了再说，不准逼着说，不准细问，不准插嘴。

不准细问，当然是因为贺情觉得应与将这种人洞察力太强，自己哪句话没对就得被逮着话头，到时候自己编的就要露馅儿了。

到了神仙树那家国际汽车影院，应与将把车停在了影院门口。

这会儿贺情也管不着有没有人看见了，乖乖跟着，一身运动装，特像学生，但顾盼间还是那副傲气样子，还有一两个把车窗摁下来看他的，通通都被应与将冷着脸盯了回去。

应与将把那辆奔驰大G停了个好位置，看得贺情心底直骂，这人是不知道这地儿是自己开的吧，还提前开车过来占位，又开了个车来接他，费不费劲儿啊。

两人刚上车坐好，七点整，天已经黑了，电影开始，因为时间问题只买到一部美国的爱情片，讲青梅竹马的，论浪漫与天真，这才开始的一个镜头，看得贺情犯困。

哪有汽车影院放这种片儿的啊，买票来睡觉的？

回头得跟管理层说说，这都办的什么事儿。

应与将今儿个太凶了，一直板着脸不说，这看个电影也时不时侧过脸来瞅他几眼，整张脸都写着四个字：老实交代。

刚撒了个谎，半句话都还没说完，应与将就皱着眉，叫他想清楚了再说话。

贺情确实不知道怎么开口，要让他亲口跟应与将说，我爸要我跟你彻底不来往，不然就断我财路，收我的车，砍我脑袋……

他真的害怕，怕应与将真的一点头，那行，我们分道扬镳吧。

贺情犹豫着还没开口，就听应与将在旁边冷不丁地一句："你爸知道了吧。"

贺情心中百感交集，万千情绪齐齐涌上心头，也只是愣愣地"嗯"了一声。

应与将现在的表情可谓是精彩纷呈，眼里的寒光似乎都要把贺情冻死："为什么瞒这么多天不跟我说？"

贺情难得正面跟他刚起来："我自己能解决好。"

应与将冷笑："你的解决方式是什么？坐出租，吃盒饭，天天没命地上班，车也没了，硬扛？五号那天晚上我说来找你，你说你忙，结果呢，你在你公司，一个人待到十二点半，整栋楼灯都关完了，然后跟我说，你在家洗热水澡。"

贺情急了，手撑着椅背坐起身来："你就在楼下看着我？"

"我能不看着你吗？"应与将喘了口气，眉心紧拧着，双眼直直地盯着大屏幕上的人影，继续说，"你有秘密，我怕逼着你怕你难受，又怕你不难受。"

贺情一瞪眼："怕我不难受？"

应与将手紧握成拳，眼神深邃了几分，沉声道："我怕你这么多天没怎么见着我，心里不难受。"

应与将这句话，让贺情完全慌了阵脚，他这几天不敢见应与将完全只考虑到自己了，

 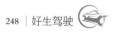

其他的想都没想，也没想过应与将见不到他脑子里想法能多成这样……

应与将闭着眼，想了一下贺情这几天的境遇，也没去细想盘古的事儿，只是低声说："叔叔想怎么样，我都能接受，但我不能让你吃苦。"

听完这句，贺情都要跳脚了："这是两个人的事儿，不是你一个人的事，你能挑担子我怎么就不能了？"

应与将哑着嗓说："就不是这么回事儿。"

"这事儿我瞒着你，我就是不想你管……"

把喉间的叹气狠狠地压了下去，应与将没去听贺情的下一句话是什么，也不想听，只是深呼吸一口气。

贺情没办法，挪屁股又往旁边坐了些，就差点儿没一屁股坐上中控台了。

贺情努力观察着应与将的表情，冷静地说："你有话好好说啊。好生说才有好生活……"

"看片儿吧，甭说了。"

贺情都要炸了，这都什么时候了，这人还真有心情看电影。

他还没来得及把身子坐正，抬眼去看悬挂着的电影大屏幕，就听到电影里的一句台词，轻飘飘入耳。

"对我来说，远离你，哪怕一小步，都是在误入歧途。"

他再去看应与将，还是那么酷，紧紧盯着前方，有一种让人心安的力量。

是那种让人想跟在他身后撒欢儿撒野，走一段漫漫长路的力量。

贺情忽然就想到之前在朋友圈看到一个朋友发的，一个日本俳句诗人的一句话。

我知这世界，本如露水般短暂。

然而，然而。

第五十五章

电影结束了，贺情也差不多睡醒了。

他一睁眼，双目略微有些无神地看着前挡风玻璃上隐约可见的，正在滚动的演职员表，半侧过脸来，咬住下唇，道："应与将……"

应与将眉头一挑，一时间没反应过来，顿了会儿，心下有点儿轻飘飘的，淡淡地"嗯"了一声。

贺情彻底转过面儿来，神情十分严肃："我梦到我被绑架了。"

应与将又"嗯"一声，稍微斜了半边身子，越过中控台去，伸手解了贺情的安全带按扣，说："是你安全带系太紧了。"

啊？

紧接着，贺情腹部的约束感确实一瞬间被释放开了，于是他半躺在副驾驶椅上扭了会儿，又叨叨一句："梦里你为什么不救我？"

应与将："……"

他实在无言以对，这等着贺情睡醒的空当，周围停的车都差不多走完了，随着车旁最后一辆同样车身庞大的陆地巡洋舰轰鸣而去，应与将踩上了刹车摁下启动，打燃了火。

贺情一睡醒就二得跟什么似的，不过自己这车的靠背本来就偏直，半躺着扣安全带确实不太舒服。

他忽然想起冬天的时候有次贺情穿得太多，白色的羽绒服帽子往头上一戴，跟个因纽特人来 B 城旅游似的，一坐上车，差点儿没被自己系的安全带勒个半死。

当天夜里，贺情没管那么多，跟着应与将回了望江名门，早早就睡着了，留应与将独自一人处理工作到深夜。第二天贺情睡到日上三竿，起来后有气无力地说："你怎么这么精神，这么早就起来了……"

"我睡眠少，"应与将说，"睡三四个小时就能睡饱。我也没睡午觉的习惯，中午不会困。"

贺情听完，长长地打了个哈欠，拿眼角睨他："后面那句话不必说。"

这人，这不是拉仇恨吗？贺情一直是个欠睡觉的，只要没什么需要集中注意力的事儿，平时随时处于能打瞌睡的状态。为此贺定礼常常恨铁不成钢，曾经在贺情初中一对一补课时把睡着的儿子从卧室里拎出来弄到阳台上罚站，留下家教老师默默旁观。

想着想着，贺情的神思又游离到几百米开外。

应与将收拾完衣服，往他后脑勺薅了一把："才醒又困了？"

"嗯，等会儿你开车啊。我得窝副驾驶再眯一会儿。"贺情仰起头打起精神，准备去换衣服走人了。

"好。"

"到店了我也得去会议室眯一会儿……"

"不行，人是越睡越迷糊的。"应与将把冲好的咖啡递过去，盯着贺情一脸愁苦的面容，憋了一下，还是没忍住笑了出来。

贺情见他突然乐了，气得一下子清醒，没天理了，还不让人犯困？随后两人一起前往马上就要开张的洗车行，那里有一辆客户新买的车需要检测。"先是找焊点处的切口，

 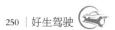

切割修复会留下缺口，高端车容易作假，会打磨切口，填补腻子。"

应与将挽起袖口，扒开两侧减震器座密封的胶条，看上边呈细条状，而并非常见的宽条波纹，焊点没有问题，可是门锁卡扣却有异常，明显有修补腻子的痕迹，漆面开裂，明眼人一看便知。

贺情在一边儿抱着手臂，拿个本子记，绕着这辆车走了一圈儿，皱眉道："那意思就是被坑了呗？"

应与将把手中的小铁锤往地上一扔，扯了纸巾擦汗，冷声道："嗯，你这客户眼光不行。"

切割车就是车身覆盖件或者结构件被进行了切割更换的车辆，而切割正好也是在维修事故车中常用的维修手法。

今天洗车行没开，贺情把他叫到他和风堂开的洗车行来，给看看这客户的车。

常见的切割位置有前后纵梁切割，后翼子板切割，底大边乃至后备厢切割。

这些问题出在一辆精心伪装过的事故切割车上，贺情生手看不出来，应与将一进门儿，看那车屁股就看出来了。

他又绕了一圈儿，伸手去指车门缝隙边露出的一截银色，说："门封板旁边的颜色，正常的车身都是统一的，切割车可能有银色的情况出现。"

贺情点点头，又往他的小本子上写了几笔："所以说，在焊接处会抹密封胶来掩盖焊接痕迹，是吧？"

应与将没忍住笑："这么认真，还拿小本子记。"

贺情白眼一翻："活到老学到老。"

还没注意抓紧手上的本儿，就被应与将扯过去看了，上边儿哪里写了字，全是画，车画得什么型儿都有，特色鲜明，应与将还真看得出来什么车是什么型号。

他把那小本子卷起来，往贺情头上一敲："好学生。"

贺情一摸被打的地方，龇牙咧嘴道："这不是怕以后吃不起饭吗？"

"我哪儿能饿着你。"

应与将嘴上叼着干净的手套，黑裤包裹着的长腿往路桩上一踏，俯下身去系散落的靴子鞋带，额间有细汗溢出，贺情没忍住，扯了纸巾一点点给他擦了。

叼着手套的男人一抬眼，看见贺情逆着光站在那儿，周遭亮晶晶的，阳光从吊顶过高的天花板倾泻而入。这一年来贺情瘦了，轮廓更加明朗，眉眼中的朝气更甚，而现在正如此透亮地站在他眼前。

背景的车辆、那些描绘风驰电掣的海报，以及他鬓角滑落至下巴的汗，都只是他少年感的点缀。

贺情以前练车的时候常开玩笑，人在江湖飘那哪儿能不挨刀啊。兰洲就在一旁骂他嘴贱，问他，贺少，想挨几刀啊？那会儿面容还略显稚嫩的贺情眉眼一弯，还认真思虑了许久，说，多挨点儿小刀吧，来一刀大的怕自己还真吃不消。这驾龄快两年了，小刀挨了不少，还第一回遇到这次这种半大不小的。

他的这辆银白色小车刚刚从二环高架上下来，遇到旁边斜对着冲过来的一辆出租车，对方车开得迅猛，见桥下有车也没减速，脚下刹车踩不住，索性直接车头碰车脸，往贺情旁边副驾驶的车门儿上猛地撞了过去。

他贺情是谁，开着十几万的小车，身手却是上千万的超跑练出来的，手腕子一转，往左边狂打方向盘，一个摆尾漂移，车身直直横在了岔道口，那辆出租车只撞上了他的车屁股。

所幸大清早的，这个路口来往车辆并不多，并未影响到路上的其他车辆，他这辆小车整个屁股都被撞得凹陷进去，后挡风玻璃全碎了。

贺情趴在方向盘上，胸前一阵剧烈起伏，一时间都不知道自己姓甚名谁了，喘过气儿之后抬头，觉得头更晕了。

因为是在马路中间，围观群众都在路边驻足观看，偶有几个心好的过路司机，横穿马路跑过来，也是先去查看后边儿那辆伤势更严重的出租车。

贺情喘着气，手颤抖着从兜里拿出手机，愣怔了会儿，下意识不敢拨给应与将。

今天早上捷豹集团在 B 城召开二〇一八年轿车新品发布会，他家轿跑车型在今年推出了堪称矩阵版的密集布局，还为中国市场规划出了不少从入门到旗舰的多款重磅轿车新品，这些都是盘古的商机。

应与将作为 B 城捷豹销售交接的一把手，早上起得比自己还早，天还没亮透就悄悄摸起来往浴室冲澡了。

贺定礼上周的商会还真就没给应与将发函，车圈儿里还有人在问呢……

盘古车馆里改装需要的，保时捷专供的 Carrera S 车轮都给停了，那得丢多少来店里改装的保时捷单子。

加贝集团还真就是保时捷 B 城的特约经销商。

贺情抹了把脸，不觉得面儿疼，也不觉得头疼，心中暗喜，还好没被这一场小车祸开瓢，不然这真的吃不了兜着走了。

他还真就在方向盘上趴了会儿，五分钟不到，还是被围观的热心市民给扶下来了，一个中年大叔挺着啤酒肚一脸担心地嚷："你们这些小娃娃开车就是飞叉叉①的！"

谁开得更快啊……

明明是那辆出租车跟不要命似的。

---

①飞叉叉：飞快。

贺情在地上蹲着不说话，恶心想吐，揉了揉后脖颈，捂着脸，轻声说了句"谢谢叔叔"。

他生怕被谁拍下来往微博上一发，现在网络这么发达，要不了多久这全 B 城车圈儿的就得知道他贺情出了个小车祸，蹲地上不敢见人。

兰洲前段时间跑高速，好端端正常行驶着，出了车祸，这段时间正忙着民事赔偿，上次在饭店见了一面，兰洲急得都上火了，唇角长泡，扯着贺情一顿晃悠，这可真睡不着觉……

风堂就算了吧，不出现在公共场合一切好说。

贺情真的是除了应与将，其他人他都不想打扰，但给应与将的电话他硬是拨不出去。

那人估计这会儿还在捷豹的发布会台上，西装革履，神采奕奕，手里握着话筒，在朝从各路赶来的记者介绍和捷豹合作的，即将在 B 城上市的最新车型。

算了。

他缓缓站起身来，忍住想干呕的欲望，把卫衣领口拉高了些，戴上兜帽，头晕的感觉减弱了一些，管一朋友要了最近的道路救助中心的电话，花钱叫了拖车过来。

所幸后边儿那辆车上的司机也蹲在地上，看起来问题不是很大，贺情松了口气。

这都是什么事儿啊？

他咳嗽了声，头还是晕，咬着牙走过去，掏出名片递给了蹲在地上喘气的出租车司机，后者估计也知道这一调监控就是自己的全责，也跟着喊了运管处的拖车来。

把车辆安排好后，贺情还是跟他一起去华西做了个检查，虽然说找了熟人，但排到号的时候已经是下午一点半了。

应与将那边刚下了饭桌，一桌子的老板互相握手，喝酒的喝酒，侃天侃地，都是 B 城改装车圈儿的一些领头人物，看着应与将的眼神有些变化，嘴上却是不多说。

他都察觉得出来，但也只是迅速地把饭吃完了，叼了根烟到饭店的通风口，给贺情打了个电话。

电话刚刚接通，贺情正准备振作起精神，心虚地喊一句什么，就听到耳边找了他半天的护士一声清脆的女声："七十九号，贺情，刚出了个小车祸是吧，来，先去做核磁共振……"

贺情心里咯噔一声，完蛋！

他绝望地再去看手机，应与将那边已经把电话挂了。

贺情看着眼前眸里亮晶晶的小护士姐姐，嘴里含糊不清地说："能……能现在先不做吗？"

旁边儿的出租车师傅眉头紧皱着，伸出胳膊一推贺情，道："快做，日后出了什么问题我负不起这个责！"

这边儿应与将刚挂了电话，身后一直在另一个厅吃饭的秘书就抱着资料过来了，神色匆匆地掏出手机："应总，新进的那几辆捷豹 XF 80 周年典藏版晶石蓝提前到了，现在要我们派人去取……"

应与将头都没回，一边走一边去开老板那一桌宴会厅的门，沉声道："转了。"

那秘书一愣，睁大了眼："啊？应总，那全国限量三十台呢！"

应与将额间青筋都要爆出来了，大手紧紧扣在门把手上，并未推门而入，又重复一遍："我说，把订单转了。"

应与将要开车，以水代酒，朝满桌的老板连着敬了三杯凉白开，取了椅背上挂着的西装外套，匆匆出了宴会厅。

把贺情接到的时候已经是下午三点多，两个人坐在华西门口的大长椅子上，相顾无言。

贺情手里握着张检验单子，上面说了什么看不懂，只记得医生说他颅内压低，什么胆碱酯酶，什么脑脊液的，他听不懂，简而言之就是有些轻微脑震荡。

并且是从上次在龙泉山拉力赛撞的那么一下就有点儿，只不过当时症状不明显，今儿这么一狠撞，把老毛病给撞出来了。

贺情看了看一边儿沉着脸不说话的应与将，吞了口唾沫，开口道："我……"

几乎是同一时间地，贺情和应与将嘴里的话语脱口而出："对不起。"

不该让你担心。

贺情一怔，万万没想到应与将会道歉，话便哽在喉间再说不出来了，他深知这事儿是自己做得自私，低垂着眼，竖起耳朵想去听应与将说什么。

应与将只是抬起头，目光锁住贺情，又重复了一遍。

"对不起。"

说完，他伸手过来，摸摸贺情的脑袋，摸摸他在午后阳光下被晒得软热的发。

周遭医患行人神色匆匆，并未注意太多。

B 城五月的午后，应与将在华西医院门口的长椅上，不再去顾及周遭人多与少，头顶是烈日或是雨雪。

第五十六章

五月初贺情在二环路上出过车祸之后，跟家里找了借口在家休息了两周再去上班，座驾就被应与将强硬着换了特别经得起撞的那辆乔治巴顿。

那车开起来简直八面威风，只是贺情每次停车都要停到离公司挺远的地方，然后下车步行过去。

目标太大了，要是又给他爸盯着，那不又得被关一周啊。

为此应与将还给贺情搞了个折叠的山地自行车放后座上。

晚饭一提到这事儿，贺情夹起冰面上的一大块毛肚往眼前自己这一半儿牛油红锅里扔，握着木筷在里边儿涮，说现在都流行骑摩拜呢。

旁边埋着头扒蛋炒饭，还在长个儿的应小二头一抬，油碟里蘸着块儿肥牛，眨巴着眼道："小黄车更好骑啊！"

应与将拿起旁边还没拆的筷子往弟弟脑袋上一敲："吃你的饭。"

锅里蒸腾而起的热气氤氲了贺情的脸，只见他手指一敲饭桌，又夹了块菌汤锅里涮出来的鸭肠放到应与将碗里，侧过脸对着旁边的应小二说："你啊，你当初不剐我那一下，你哥的那辆乔治巴顿还是你的。"

本来嘴里一口西蓝花吃得好好的，应小二听了这话差点没被哽死，咳了一会儿，贺情还伸手过来给他顺背……

眼前鸳鸯锅里汤底咕噜咕噜冒着泡，应小二看着那一圈圈的圆泡，没由来地想起自己那辆小保时捷的眼睛，跟青蛙似的，看久了还真有点儿腻，问他哥能不能下午给改改，居然还被拒绝了。

理由是年底车检的时候还得拆了配原装的，麻烦。

那你给贺情装车的时候怎么不嫌麻烦呢，应小二腹诽，不敢说这句，只得自己强行消化了。

他本来车技就烂，搞个保时捷911来已经算他哥疼他了，不过这是一款真正的买菜车，车身小，停车很方便，大街小巷哪儿都能去，路况不好，油门一踩也能挺过去。

应小二咽了口饭，抓过可乐吸了几口，打了个嗝，笑眯眯地对着给贺情夹菜的应与将说："哥，能不能给我整个架子啊，中控都没地儿放杂物，饮料都洒几次了……"

应与将闻言抬头看他，皱眉道："你把饮料洒车里了？"

其实他只是嫌弟弟有点儿邋遢，这么好的车往里洒饮料，这么折腾车，这不是振兴B城洗车行业吗？

贺情在旁边贱兮兮地插一句："完了，应与臣你车注水①儿啦！"

应小二心里一咯噔，把剩下的话硬生生压了下去，小声说："你变着方儿拿我逗闷子②呢……"

---

①注水：车辆进水后，对车不好。

②逗闷子：寻开心。

饭吃到最后，应小二都快撑死了，端端正正坐着捧着碗等他哥把白汤锅那最后一块藕片夹起来，结果应与将筷子一进去，拎起来就给塞贺情碗里了。

贺情咬了一口，没太注意，抬眼的时候看到应小二捂脸的动作，心里都快笑喷了，又喊了份藕片来烫着吃，一边下菜一边问他："你要这么想……你是他的弟弟，我……我是他的 partner，是吧？"

应小二盯着汤里那几片藕，点头："嗯嗯。"

贺情下完了，把盘子往桌上一搁："应与将是你哥哥，是吧？"

应小二又点点头："嗯嗯！"

贺情端起蘸碟又夹了点儿小米辣进去，搅搅筷子："兰洲、风堂他们，你也叫一声哥，是吧？"

应小二伸筷子去夹涮一下就能吃的藕，往碗里拌了拌，夹起来就咬了口，脆生生的："嗯嗯……"

贺情看了眼低头吃饭的应与将，对着应小二说："弟啊，你说，我能叫他们 partner 吗？"

应小二吃了那块藕，心情一下明媚了，立马接道："那当然不行了！"

贺情笑眯眯的，又给他夹了一块："对嘛，所以你可以有很多哥哥，但是你哥只有我一个 partner 啊。"

应小二这下又被堵住了："……"

这哪儿跟哪儿啊？

应与将吃完碗里的饭，听得哭笑不得，看了眼绝望的弟弟，对着贺情笑道："得了，你甭逗他。"

应小二面儿上两道面条宽的泪要落下来了，这家还能待吗？

这半步踏入了夏季，B 城的五月底堪比火炉，每每晨起那太阳挂在天边儿都明晃晃的。贺情揣着钥匙出了加贝集团去拿自行车，一路顶着阳光骑到车边儿，一摸车门把手，差点儿烫得叫出声。

今年好像比去年热得早些，等月底估计得开空调了。

最近贺小少爷这日子可谓过得内忧外患，老在跟风堂开的那家洗车行看到单江别不说，应与将他爸给应与将找媳妇儿的活动也开始了，三天两头发个大家闺秀的照片儿过来……

贺情看着应与将微信上那三天一张的美女照片，内心复杂，数了一下一共十八张，个个北方大妞，性感大方，盘靓条顺的。

挨个点开浏览完毕，贺情问应与将："欸，你觉得哪个最美啊？"

应与将眼皮都没抬一下，在旁边给他拿着杂志扇风，回答："这不是现在都才加载

出来吗？"

贺情听懂了，心里挺舒坦，托着下巴想，前段时间应小二还当着他面儿扯着嗓子吼，哥，爸给你觅尖果儿啦？

贺情手肘捅了捅应与将："什么是尖果儿啊？"

应与将放了手中的杂志，看贺情脸没被热得那么红了，说："你要是女的，搁Ａ城，那就是最尖的果儿。"

贺情脸红："得得得……别糟践你们Ａ城话了成吗。"

这几天要不是看着下个月应小二要高考了，他早收拾单江别了，关键是这也没什么理由下手，万一给他爸知道了，还不知以什么理由搪塞。

贺情发现望江名门的家里边儿多了好些东西，看着像是从之前应与将的家里边儿搬过来的，贺情问了一句，应与将说懒得有事儿没事儿过去拿了。

贺情拎了几瓶没开封的郎酒起来掂量掂量，觉得奇怪，这不是新的吗，堆得满书房都是，搬过来不嫌占地儿吗？

第二天，贺情五点就爬起来准备打车往家里赶，身上披着件薄外套站在入户花园那儿换鞋，一边拴鞋带，一边喊："我先走了，中午见！"

贺情半只脚才进客厅，就看见他爸在客厅里坐着看早间新闻。

六点了？平时没觉得望江名门离这边儿那么远啊……

贺情点了点头，一边脱鞋一边往里边儿走："爸，挺早哈……"

贺定礼也一点头，把手中的遥控器放下了，特冷静地问："去哪儿了？找你朋友去了？"

"我，爸……"

贺情一咯噔，差点没呛死。

他平时真的特少撒谎，这一说谎感觉舌头都要打结了："这不是那门口卖面的摊儿没开门吗？"

贺定礼皱眉道："开着，我刚去吃了。"

贺情快彻底败下阵来了，瞪着眼说："啊？"

只见他爸站起身，把遥控器往沙发上一摔，摔出特别响亮的声音。

贺定礼看起来疲惫极了，他指了指转梯，低着头说："贺情，去，手机放桌上，回屋。你今天一天别想出去。"

贺情垂着眼在客厅站了会儿，把手机掏出来给应与将发了条微信过去。

不加贝：中午家里请客，你自己安排先！

他想了会儿，怕应与将怀疑，又加了个流泪的表情。

这样应该就没事儿了。

才刚刚摁发送，他爸猛地从沙发上站起来："我当爹的关你一天，还得给他报个备？！"

贺情连忙把手机关了往沙发上一扔，特镇定："爸，我错了。"

贺定礼冷笑："你错什么你错，你哪儿错了？你根本就不知道你错没错！"

哎呀，好标准的 B 城式"你没错"。

这话有点绕，贺情这下给问着了，他还真不知道自己错在哪儿了……

交朋友有错吗，野蛮生长有错吗，和竞争对手成 partner 怎么了！不犯法不危害社会的，凭什么妥协？

贺情回了房往床上一趴，睡了一上午，快吃午饭的时候贺母来叫了，他摸下楼吃了几口实在没胃口，又上楼睡了。

三四点醒了，在床上坐了会儿，看着窗外日光照进来，他还有点儿恍惚。

惨啊。

贺情趴着又迷迷糊糊地睡了会儿，被热醒了，坐起来找电风扇，忽然想起来房间里还有台苹果电脑呢，Air 的，特小一个，买来什么时候藏房间里的都忘了。

他慌不择路地把电脑打开，发现登个微信还得手机验证，只得登 QQ 了。

这都好久没登过了，个性签名还是……

这都什么啊，什么拜拜就拜拜，下一个更乖？

贺情看了看最近联系人列表里面还有一个陌生的号，头像不就是盘古的标志吗？

天，那岂不是被他看到了？

贺情默默地把签名改了，然后给应与将发了个消息，说今天想用 QQ 聊天。

那边儿应与将大概也在忙，贺情等了半小时抱着电脑晕晕乎乎的，等到一句，晚上出来遛弯儿吧，小二把跑车留着了。

贺情秒回一句，完全没问题。

那边应与将才看完合同，在页尾写了自己的名字，把那一沓纸交给了面前的高端房产中介经理，与她一握手，道："那就交给你们了。"

"应先生您放心，您这一处房产在南二环上，又是这么大的跃层，旁边还有地铁站，我们也评估过了，七百万没问题的……"

那经理笑了一声，推了推眼镜："只是有客户来看房的时候，您看您方便不方便……"

应与将点点头："方便，东西都搬走了，有其他住的地方。"

他把扣在车钥匙上的旧住处钥匙取下来，动作顿了一下，压到了那一沓合同上。

凌晨趁他爸妈睡着了，贺情轻手轻脚地下楼，手里抓着手电筒，跑客厅的窗边站着，轻轻把通向花园的落地窗打开。

他手撑着窗边，研究了一下这高度。

还好是夏天，穿得少，不然冬天真是会限制行动。

贺情手臂上一用力，还好腿长手长的，还真给一下翻了过去，脚踩着围栏外的石头找落脚点，往旁边挪了挪，踩到入户的阶梯边上，确定了之后，才慢慢儿地朝那边靠近。

脚上一跳，整个人稳稳地落到入户的最上面一层阶梯上，贺情蹲在门口喘了好一会儿气，这大晚上，还是有点冷，下午在房里给闷坏了，还没想到现在晚上这么冷。

贺情身上揣了一百块钱，跑出来就打车，到了跟应与将约的地儿，四处张望，才看到那辆小巧玲珑的小红帽 911 正停在那儿。

贺情有点儿兴奋，好久没炸过一环的街了。

应与将看到他跑过来，连说他穿太少，把后座上应小二的校服外套拿出来给贺情披上了。

那样子，还真像个高中小孩儿。

应与将把贺情上下打量了一番，注意到他的腿，问："裤脚怎么有泥？"

贺情差点儿没跳起来，故作镇定："啊，出门摔了一下，你知道我们家那个……"

他突然不讲了，感觉以应与将的能耐，再多说几句就露馅儿了。

应与将"嗯"了声，说："门口台阶挺陡。"

贺情一边摁开关点火，一边去踩刹车，笑着说："对对对，太陡了……"

一环路上车还是不少，贺情在出过车祸之后车速比以前慢了十来迈，而且心里想着这是应小二的车，所以从桥上下个路口都小心翼翼的。

他路上遇到在太古里那边开车晃荡的一群熟人，等红绿灯的时候，旁边一辆法拉利上面的人愣是没认出他来，心想贺少会开这一百多万的车？

本来想调侃几句，一眼瞟到副驾驶上同样转过脸来的应与将，都闭着嘴不吭声了，打了声招呼作罢。

这会儿新交规要求礼让行人，人行横道上有人车就得等着，贺情还真就把车停那儿了，一边等一边抱怨："怎么凌晨了这儿都这么多人啊！"

应与将说差不多能走了，贺情说再等会儿呗。

应与将在旁边逗他："上回误闯红灯那六分扣了没？"

贺情说："扣了！拿你的本儿去扣的！"

副驾驶上被坑的爷们儿无奈一笑，摸根烟出来叼上，咬着滤嘴道："得，那你再闯一个，我差不多能遣送回 A 城了。"

贺情一听这话反问道："你想回 A 城相亲吧？"

应与将把烟灰往窗外抖了，摁开了红色的敞篷软顶，说："看路。"

语毕猛地一踩油门，引擎声浪加重，震得耳边嗡嗡直响。

窗外风景不断倒退，车内音乐已换成一首后摇，振荡迷离间，两人都快生出幻觉来。

应与将眼风带刃，瞥到车后飞快倒退的景色。

夜幕下的城市灯火，交叠相错，包裹着建筑物的边缘。

一环路上路灯的橘红光圈，透过前挡风玻璃，铺洒到两人脸上。

第五十七章

挂出来没多久，应与将在南二环的那套房子就卖出去了。

还好买主是一次性付清，不然分期付的话，还不容易周转过来。

贺定礼上个月的车界商业活动没邀请他，又断了好几个项目，捷豹那批限量车他也给转了，现在一时间，还真差那七八百万。

房子放着也是放着，应与将本来是打算在 B 城把这套房子过给弟弟的，这下得以后重新再买了。

连着加了几天的班，他在公司感觉站着都能直接睡着了。

应与将能明显感觉到贺情有事儿在瞒他，问过之后，贺情只是笑，说你想多了吧你。

终于在昨天晚上，把捷豹店的事儿安排完了，应与将决定这店开起来之后，年底就转出去，不然白瞎了这么好一牌子，在 B 城折损在自己手中。

贺定礼设的关卡太多，压得他有点儿喘不过气，他也不知道这关卡的尽头，是贺情还是别的什么。

盘古这会儿被干扰得只能做改装生意了，进口车盘出去不少，货源被阻断，4S 店开着也举步维艰，还好店里还有贴膜生意可以做，尾翼也还有，车间还能开，只是利润大大降低了。

卡里的钱完全够用，但这地方上的车圈子里的利益链条，一旦断掉，那就不是日后能补起来的了。

今天六月七日，应与臣高考，外国语的考点设在了 B 城八中，金牛区那边，和另外两个学校一起，考点门口停满了车，全是家长守在门口翘首以待，不少手里还拿着水，拿着扇子，等着自己家的小孩儿出来。

应与将开了车抽空过来等着，抓了瓶常温的可乐在中控台放着，看了看时间，目不转睛地盯着手机屏幕看，听到耳边有骚动声，才抬起头来看向窗外，一些考生已经陆陆续续出来了。

有哇哇大哭的，有笑呵呵的，更多的是没多少表情的，毕竟读书这么多年，人生这么大一场考试，其实大多数人心里都是摸不着数的。

应小二出来的时候就属于那种笑得满面春风的，人群中看着特别显眼，他背着书包跑出来，一路奔到他哥车前，拉开车门坐上去，大叫一声，惹得应与将也忍不住笑了："考这么好？"

他兴奋极了，满脸通红："中午你是没来！嘿！那语文作文我写得，行云流水，一气呵成……对了哥，我们还考了《月夜忆舍弟》，那个杜甫的，如果我今年考得好，你给我写个呗？"

应与将笑着看他一顿乱贫，还是酷酷地说："想得倒挺美。"

应小二冷哼一声，握拳道："抠门儿！"

应与将单手把可乐易拉罐儿给开了，递给他，懒得说话。

他弟抱着臂膀要生气了，看到可乐递过来，还是特没骨气地接过来，仰头一大口，打了个嗝。

应小二突然想起什么，看了看后座，问："咦，贺情呢？最近怎么没见着他了？"

"他忙，"应与将伸手把挡位换了，踩下油门缓缓驶出这条马路，又说，"他说你考完了陪你玩儿。"

应小二"哦"了一声，有点儿失落地又转头去看看后座，看得应与将伸手过来把头给他拨正了："还能给看出来一个？"

"哥，贺情对你是真好啊……"

他话说了一半，忽然住了嘴，面向窗外，假装四处看风景。

按照弟弟的要求，应与将一路把车开到了位于武侯区的鹭岛国际步行街这边来吃法国菜。

在这传说中一百万以下的车停不进来的地方，一辆辆五颜六色的百万豪车中，应与将的奔驰大 G 显得并不豪华，也算特别低调的类型，停到了一家法国西餐厅门口。

这街面儿上明明是只停跑车的，但因为应与将之前到这边儿来谈过几次生意，门口泊车的人一看他都认识，赶紧放了杆子让这车进来。

应小二在副驾驶哀号，好久没吃好的西餐了！

这家他在微博上看到过好几次推荐，这下他哥总算有时间陪他吃了。

这西餐厅是半开放式的巴洛克风格，装潢富丽，吊顶天花，顶儿都吊着群雕，暖黄的灯光打着，让人不禁食欲大增。

因为夏日的傍晚，桌上的灯盏燃得并不明亮，应小二不想在空调屋里关着，便拉了凳子坐到露天的餐位，拿着平板电脑点菜。

没多一会儿菜上齐了，马赛鱼羹里边儿的番茄酱汁齁得应小二直咳嗽，他看着他哥把里面的鱼捞起放在白瓷盘上，拿了一边儿的长棍面包放自己碗里，再浇了一勺汤，推到他眼前："快吃。"

应小二吃了一口，正感动得不行，看着灯光明灭照着哥哥的脸，想说点儿什么感慨一下高考第一天，就听到身后传来脚步声。

紧接着，应与将桌上的手机就落了地，应小二"哎呀"一声，掀起自己这边的桌布要弯下身去给他哥捡起来。

缀着花边儿的厚重桌布搭在他背上，上半身全入了桌底，应小二看着他哥脚下微弱的手机屏幕光线，正伸手把手机抓过来准备钻出去，不料他哥的右脚小腿猛地压上自己的脖根儿，压得他喘不过气，他就那么钻在桌下半跪伏着，不动作了。

他应与臣好歹从小跟着他哥在四九城混大的，这点儿动作，还能不懂？

应小二一屏息，半个身子就这么藏在桌布下边儿，一动也不敢动了。

他正紧张着，就听到响起一个中年男人的声音，浑厚如洪钟般："应总，好久不见了，我这才跟朋友吃完饭，怎么这么巧呢……"

边绍山一边说一边穿西装外套，继续说："听说，最近生意不好做？"

应与将一点头，心中暗道，这找事儿的来了。

"劳烦边总关心。"

应与将说话的语调仍旧十分有力，却拒人于千里之外。

边绍山看他这沉稳样，自然也看到了桌下面那少年的半个身子，明眼人似的，"噢"了一声，眯起眼暧昧道："这位是……"

应与将低低地笑了一声，腿磨在应小二的肩膀上，在桌下缓缓而动……

"他吗……"

这两字说完，应与将一对鹰隼扑猎似深邃的眼似乎染上了点儿迷离之色，他拿着桌上的巾帕擦了擦手，抬眼去看站在桌边的边绍山，说："客户的小孩。"

边绍山心里去年那道坎迈不过去，心中的怒火又熊熊燃起，冷笑道："去年你为了加贝来找我麻烦，今年发现引火烧身了？姓贺的扣了你多少资源，我可是清楚得很……"

应与将像挺舒服似的将身子靠上椅背，哑声道："边总费心。"

边绍山"哈哈"一笑，见应与将不痛不痒的样子，不免把话说得重了些："人都反水了，还给他当走狗？"

"走狗"这两字出来，应与将的腿在桌下就被应小二猛地抱紧了。

应与将垂下眼，他自然知道弟弟这是什么意思。

往年最怕冲动的是他，这年岁渐长，反而还要爱惹事的弟弟来提醒着……

是真长大了。

他眉头挑了挑，把心中翻涌的火气狠狠压了下去，又听边绍山镇定道："应与将，跟我做个交易。"

应与将用手里的刀叉切了块鹅肝排下来，不说话。

边绍山以为他是默许了，手指敲了敲他们这一桌的桌面儿，低声道："你把你手上我的不利信息给我，我把你丢的项目捡回来，能成这么多……"

应与将抬头去看，边绍山比了个手势"八"。

八成。

这对盘古，对自己是个什么概念，应与将心里清楚得很。

可是，当时他那点儿气是替贺情争的，况且这信息如果不在自己手里一天，贺情那在金港赛道上和边绍山儿子的案子就随时可能被翻出来。

应与将的手紧紧握住了桌上红石榴糖浆的杯脚，淡淡道："不必。"

桌下的应小二什么都不知道，只知道抱着他哥的腿，屏息凝神，竖着耳朵听。

他听到他哥把红石榴糖浆的杯子端起来喝了一口又放下，说："边总，以后盘古都不跟大远争。"

"真不做了？"边绍山一听，兴趣来了，"也是，听说你转出去不少活儿，捷豹也不打算做了……"

边绍山顿了下，他见应与将冷着脸没什么反应，又说："一个加贝而已，你真那么怕事儿？不是传说中 A 城闻风丧胆的活阎王吗！应与将，这不像你啊！"

应与将没吭声，抬眼看了看门口："边总，用完餐就该出去了。"

再不走，他的傻弟弟，在桌下要抱着自己的腿睡着了。

五分钟后，他看着边绍山离去的背影，想着这人最后那个发狠的眼神，心中暗自庆幸，还好果断地把弟弟塞桌下了。

不然被看到脸，不知道又得捅多大的篓子。

一个加贝而已，真那么怕事儿？

他应与将怕的那是事儿吗，从来都不是。

回了家应与将也没跟弟弟解释来龙去脉，应小二也是个懂事的，闭着嘴不问，老老实实洗漱上床迅速睡觉了，第二天一大早还得往考场走。

六月八日，应小二出考场的时候，几乎是飞奔着出来的。

他考得太好了，感觉比每一次诊断性考试、市里模拟都考得要好，不过 S 省的题可能比 A 城难点儿，说不清楚，但绝对算是发挥得还不错。

他终于解放了。

应小二连蹦带跳地蹿上他哥的越野车，车底盘太高，他几乎是爬上去的，然后瘫在副驾驶上，可怜兮兮地扒着他哥："哥，今晚能让贺情陪我去飙车吗？"

"飙什么车，"应与将一边系安全带一边说，"你没跟同学约毕业狂欢之类的吗？"

"幼稚……飙车多爽，现在去哪儿都人多，全城的考生都出来了，但金港人肯定少，晚上去吧？"应小二眼里都快失落得没光彩了，正想再说几句，就看到他哥把手机扔过来了，是和贺情的微信聊天界面，连着好几天没怎么好好说过话，都是寥寥几句。

不加贝：忙死了，今天去绵城啦。

盘古名车馆：好，注意安全。

不加贝：我的奥迪 R8，我打算换个蓝色的膜！

盘古名车馆：我给你贴。

不加贝：没事，我得送国外去贴，那个什么什么膜的。

不加贝：今天在公司，晚上你自己安排。

盘古名车馆：多休息。

最后一条，是今儿早上贺情发的：我去外地考察了。

当时，贺情发完这一句的时候，内心特复杂。

他慢慢站起身来，手指抠着墙，腿都麻了。

他跟应与将几天没见面，就每天在家里这二楼的墙根边儿上跪很久。

前天，贺家。

贺定礼下班回来的时候看着贺情一脸病恹恹的样子，还没来得及开口问，贺情就红着眼问："爸，我的 R8 钥匙呢？"

他爸放他车钥匙和银行卡的抽屉没锁，贺情每天都要跑去确认一下，今天进书房一看，R8 的车钥匙不见了。

贺定礼把公文包放下，身边儿是满脸担忧的贺母，一边摇头一边接过丈夫的领带握在手心儿。

见他爸不理他，贺情又问了一遍："我的 R8 呢？"

贺定礼看一眼儿子，冷声道："卖了。"

卖了？

贺情听后大脑一片空白，整个人犹如遭雷劈了一般，完全蒙掉了。

他的小奥迪，他的 B 城独一份儿的车牌，他的 spyder，他的黑壳小拱门……

贺情的那一排豪车，只有那辆兰博基尼 Centenario 和玛莎拉蒂总裁是在他名下的，其他都属于加贝，但依然是贺情的私人用车。

他爱车如命啊。

贺情也顾不得膝盖疼了，急红了眼，跟着他爸一路追上三楼："爸，我……"

"你俩还挺倔啊！"

贺定礼喝了一口茶，屋里没开灯，贺情看不清他爸的表情，又听他爸说："你那辆法拉利 812，我也挂出去了，明儿一早开盘。"

这句话一说完，贺情的眼睛瞬间就红了。

 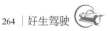

每辆超跑都是他的命根子，他曾经驰骋赛场的座驾，在他心里就跟天上散仙的坐骑似的，都是活物。

贺情是真的不想在他爸面前掉眼泪……

但这种无力的感觉实在太难受了。

贺情仰着头，硬生生又把喉咙里难耐的痛楚感压了回去，张张嘴，半句话都说不出，只得沙哑着嗓子喊一声"爸"。

太难受了。

贺定礼不去看他，这次是铁了心要收拾贺情，伸出手，把茶碗往茶海上一叩。

"再给你一个月。"

"你的迈凯伦 P1，七月我就挂出去。"

贺情越过他爸去看这时候窗外的景色，眼神空洞。

天黑了。

第五十八章

贺情撅着屁股趴在床上，一晚上愣是没睡着。

他看着贺母轻轻敲了敲门进来，也不说话，手上的小雕花托盘上放着云南白药膏，头发绾了个髻，插了簪子，还是那副温柔似水的模样。

贺情郁闷得都快歇菜了，但他也完全能理解他爸妈，只是这什么时候是个头啊！

寻思着，琢磨着，估计等他爸把气儿撒够了，把他也折腾得只剩半口气了，是不是就能放过他和应与将了？但这想法，贺情撑着下巴想了好久，觉得不太可能，他爸是个什么人，他太了解了，就俩字儿，死倔。

贺情身上这股子倔气也是遗传下来的，比他爸还长江后浪拍前浪，更死倔！

他薅过来半边被子抱着，把一条长腿伸出来搭在床边儿，接过贺母递来的热毛巾，一点点儿地往膝盖上按，这几天傻跪着都出淤青了，热气儿一蒸上去，疼得他嗷嗷叫唤。

贺情一对桃花眼都快给委屈成狗狗眼儿了，半耷拉着眼皮子去瞧贺母，闷哼唧唧地："妈……您跟我爸还同一战线吗？"

他看着贺母垂着眼，接过毛巾体贴入微地给他弄膝盖伤的样子，舐犊之爱溢于言表，紧抿着下唇不说话，贺情的心一下就像被这毛巾给罩住了似的，闷得喘不过气来，一时间都忘了指尖还抹着药。

从小贺情家庭条件就好，但家里主内的贺母不是多能花钱的豪门太太，反而经常蹭着自行车，把小小一团的贺小情捆后座上，带着儿子去南门大街的鱼市买解玉溪捞上来的泥鳅……

贺小情会打酱油的时候就爱吃辣，无辣不欢，每天下午一放学端着碗川北凉粉被辣椒辣得上蹿下跳，嘴唇红红的，龇牙咧嘴，后边儿跟着等着他来玩儿跳拱的兰小洲，一边追一边喊："情儿，太辣了！"

那会儿还在泡桐树读小学的贺小情吃完一碗凉粉儿，屁股一拍，绕过他家来接他的司机叔叔，扯着嗓子，声音又脆又甜，对兰小洲回吼："你说什么辣呀！"

兰小洲在后边追不上，看着贺小情又端着粉儿跑那卖粉的摊位上去，喊："粉儿辣！"

这时候贺小情就端着那半碗粉儿，往那老板娘跟前一站，头顶树荫间隙透过来的阳光洒在了他一张小俏脸儿上，咧着嘴笑眯眯地："嬢嬢！再加点儿小米辣嘛？"

等一碗凉粉儿下了肚，两人扯着闹着，拉上班上几个小男生，跑到学校后边儿泡桐树老街的树下蹲着，等日头快落了，又纷纷而散，各回各家，贺小情自然是哼着曲儿，去找自己家的车了。

经常一回家，贺母看儿子这被辣了个半身不遂的样儿，就备好了拉肚子的药，给儿子拿常温的汽水儿、热牛奶，一点点儿地灌，再怎么瞎造，贺母也不骂他，满眼心疼，只说他几句太调皮。

贺情现在膝盖上打着云南白药膏，看着贺母的隐忍，没由来地又觉得被辣得够呛，辣到了心肝儿里，贺母现下这不闻不问也不生气的态度，还真就像他小时候每次肚子疼完喝牛奶似的，又难受又暖和，真不知道该怎么办……

第二天早上一起来，贺情看了下时间，刷了一圈朋友圈，看到应小二发的一条，在蓝色港湾唱 K 呢，看样子是回 A 城过暑假去了。

高考完了，也好，听说这孩子成绩挺不错的，估计得回 A 城去。

应与臣都能回 A 城读大学了，那应与将呢？

贺情有点儿犯怵，但还是镇定，说了不想回去的，现在说什么也不能抛下自己啊。

他还懒洋洋地趴在床上没起来，手肘撑着床沿慢慢起了身子，膝盖上的伤又疼得他一颤。

昨晚上贺母走了之后，应与将突然打了个视频电话过来，打得贺情措手不及。

他手里那会儿还正在上第二道药，纱布都差点儿掉地上，还好贺情稳得住，迅速收了东西，接视频跟应与将一顿胡天侃地。

应与将忙了这么一段时间，也挺疲惫，眼里的光都不亮了，他压低了声道："你见不着我也别这样儿啊……"

视频那头的男人停了动作，把头抬起来看摄像头。

贺情看着他身后一片漆黑的房间，感受到了那落针可闻的寂静，感觉是说不出的

寂寞。

弟弟回 A 城了，这三百平的望江名门不就剩应与将一人住了吗？

贺情怔怔地盯着自己卧室的小窗口，理智与情感做着斗争，这要不要晚上翻个窗户出去找他？

他才睡醒有点儿蒙，又靠在床头柜上想了会儿，想得都快要睡着了，决定晚上翻出去，得准备点零钱，好打出租车。

都沦落到出门靠打车了，对他一超跑小王子来说是真惨，一提这茬，贺情就想起他超级凶的奥迪 R8，他的小宝贝儿，这心里别提多崩溃了。

正准备去洗漱，贺情就听到贺母来敲门："儿子，风家小子来了。"

贺情一声吼，这哥们儿来得真是时候！

他这正一腔崩溃之情没处发泄呢，风堂来了，全给倒他身上。

贺情弯下腰捡地毯上的衬衫，套身上披着了，哼哧哼哧地答："知道了吗！麻烦您先招待一下！"

洗漱完毕贺情对着镜子简单地收拾了一下，穿着条短裤就下楼了，脖颈间围着圈儿衬衫，穿了件背心，手臂上均匀合适的小块儿薄薄肌肉看着更白净了，跐拉着双拖鞋，眼神恹恹儿地："什么风吹你来了啊？"

"龙卷风啊情儿！这，"风堂今天穿得跟个学生似的，还是学习特别好的那种，白蓝条纹杠 polo 衫，上边儿一个三叶草的标志，戴了个框架眼镜，偷瞄了眼在旁边倒茶的贺母，说，"这事儿有点严重……"

他接过贺母倒的茶，抿了几口，面上堆笑："谢谢，谢谢阿姨，真麻烦您……"

贺情看了一眼风堂，对着贺母说："妈，我和风堂先上楼去说点事儿。"

"中午记得下来吃饭，"贺母理解地点点头，把电视关了，笑道，"快去吧。"

一看风堂这急匆匆的架势，发型都没怎么兼顾，一早上就风风火火地来了，贺情觉得这必然是有什么特吓人的事情。

他突然想起他爸昨晚说的，要把他那辆迈凯伦 P1 挂出去，是不是为这事儿啊？

上赶着来戳痛处了！

这车风堂也特别喜欢，成天嚷嚷着要借，贺情也乐呵，两个人开着这辆宝贝驰骋沙场的时候，油门一踩，脚下生风，横飙过一二三四环，那劲儿，别提多够味了！

一进房间，没想到风堂往那真皮沙发上一坐，表情特别严肃道："情儿，你记得咱锦江区九眼桥那滨江东路上那一拨五星酒店吗，就那什么，香格里拉那边！"

贺情眼皮子都懒得抬，病恹恹地："那不是你的地盘吗，怎么了？"

风堂看他这态度，一咋呼："我昨儿早上去参加那儿的索菲特万达酒店开业酒会，你猜怎么着，我看到应与将了，还是股东！"

贺情闷闷道："酒店？掺和什么呢……"

做酒店干吗啊，那房地产相关的，能随便碰吗，投资大风险也大的，况且这几年B城的五星酒店开得太多了，根本不景气啊。

风堂叹了口气，小声说："还有啊，我看好几个改装的部件儿合同，B城的厂商都跟盘古解了合同，还有那什么乱七八糟的车展，今年也是加贝负责……不过，怎么没盘古的展位呢？"

贺情这下彻底蒙了，他猜都不用猜，估计又是他爸使的法子，但怎么自己在家就屁大点儿风声都没收到呢！

他心里堵得慌，声儿也压得低低的："我不知道。"

风堂敲他脑门儿一下，说："他的行程，你都不知道啊？"

这一下问得贺情开始低头抠手指了："没怎么见面了……"

风堂一愣，低头就看到贺情伤了的膝盖，眼睛跟被针扎了似的，大喊一声："情儿，你这怎么弄的！"

贺情无语于发小的漫长反射弧，赶紧捂住膝盖，摇头道："小问题小问题！"

"不说是吧？"风堂被他这样儿给弄得眼睛刺痛，一边扇风一边说，"行，你不说我就告诉应与将去……"

"别别，我说，我说！"

于是贺情哽着喉咙，大事化小，小事化了地，认认真真地跟风堂讲了一通这些天来发生的事儿，说完了之后两个人对坐着，风堂表情阴郁，坐床上发愣。

风堂是什么人，锦江区的小孩儿，从小跟贺情一块儿搁天府广场边儿，泡桐树街上混大的，任你新区有多火，买房独爱南二环，一有空就踩着球鞋，蹬着山地自行车上街撒野，能从龙泉驿穿城蹬到茶店子，跟B城地铁二号线似的。

是他看贺情一路茁壮成长，跟春笋似的，一年比一年高地长大……

两个人都是低腰裤一提，能在五城区作出半边天的小少爷，什么时候被家里这么管制过，忍过这么多？

私人事儿他就没太干扰过贺情，没想到贺情还真能因为应与将跟家里杠到这个地步，小奥迪被卖了不说，那辆一千多万，好不容易等来的超级跑车都挂出去了。

他还记得他跟贺情一块儿在港口等迈凯伦那会儿，贺情紧张得不得了，跟见媳妇儿似的，手握成拳，哇……

得，结果这下给挂出去了，有钱还不一定买得来，还得看是谁掏钱买。

那辆小奥迪肯定是追不回来了，现在买主是谁都不知道，况且贺情他爸还在怒点上，这要是给整回来，这不是摆明了往引子上点火吗？

风堂这会儿阴沉着脸，一会儿叹气一会儿犹豫，贺情一看他就知道这人又有什么话

想说，暂时也没工夫去想应与将在锦江区的索菲亚万达酒店的投资是怎么回事："有话不说，不怕憋死？"

说啥啊，你俩这苦情戏演得这么好，跟比惨似的，能说出来戳你心窝子吗？

这到底说不说呢，看贺情这可怜巴巴的样子，风堂心里又软乎乎的。

在贺情的注视下，风堂还是开口了："我昨天开车去机场接我一朋友呢……"

贺情盯他："朋友？"

风堂咳嗽一声，说："成吧，是有点关系。"

贺情一挑眉，示意他继续说。

风堂支支吾吾地，鼓起勇气说："她从韩国回来，当什么练习生呢，我就跟她说那边儿没多大意思，这下知道回来了……"

贺情圆瞪着眼，猛地往他背后拍了一巴掌："你说重点！"

"那什么，就是，盘古不是在机场路边儿开了家捷豹吗，我昨天从那儿过的时候，看到捷豹旁边那标志给换成佳成汽车的了……"

这么一句给他打得彻底成傻子了，心里无数股难言的情绪涌上来，手指抠着床单一寸寸地磨，满脑子都是他和应与将相处的时候的样子。

他想起之前有一晚在望江名门，应与将带他去了家里的书房，两个人盘腿坐在地上，把明年盘古名车馆要进的进口豪车的图一张张地平摊开在小桌案上，他看应与将捏着一支笔，认认真真地把每张照片儿后面都写上车的型号、排量、卖点、价格……

那晚贺情在旁边看了半个小时，瞌睡来了点儿，抱着榻榻米上的抱枕，手指夹过一张兰博基尼的照片，在应与将眼前晃了晃，说："这好看吗？"

应与将还在写字，没太注意到贺情的动作，低低地"嗯"了一声。于是贺情把照片收了，看着应与将一笔一画地写字。

应与将边写边低声念叨："英菲尼迪 QX80，5.6 排量……"

贺情盯着他写字的手，羡慕应与将的字好看，心中也不免自豪，小声说："一百一十九万起，前置四驱，超级狠货……"

他听见应与将在他耳边一笑，哑着嗓子问："这么了解？"

贺情也笑，心想这不是说要一起进步一起好好儿做生意吗？

贺情看着桌上那些车的照片，对盘古的未来特别有信心！

只是贺情不知道，那晚应与将写字，身后是 B 城的望江名门特有的巨大落地窗，眼前一沓盘古的新车谍照，坏学生贺情在很不认真地打瞌睡……

应与将觉得一生的热爱，都在这方天地里了。

这回忆才刚刚结束，贺情心酸难当，想起刚才风堂说的换了佳成汽车的招牌，感觉跟做梦似的，脑子里没由来地想起盘古那么大一座车馆，晃了晃脑袋，说："你刚还说，盘古的车展位置也没了？"

风堂的声音也闷闷的："是啊，再结合上今天我看到他去剪彩，还有你爸动的那些项目，你才知道吗？"

贺情后悔极了，还真的觉得这段时间是因为应小二高考，应与将太担心弟弟才精神不太好，也觉得是车馆里事儿太忙，他真的想一巴掌扇死自己！

自己搁家里天天跪着有用吗，应与将的丁点儿消息他都只听得了片面的，不听他爸的招呼，觉得自己坚持下去了就什么都好了，可当下这事情的走向根本就不是这回事儿！

"才知道。"

贺情捂住脸，不敢去看风堂了，也巴不得把自己耳朵堵住，他现在就只想缩起来，蜷成虾米，往床上一躺，就什么都不知道了。

风堂伸手拿起遥控把空调温度调低了点儿，说："别犯迷糊了，你总结下，这一系列动作，说明什么？"

贺情艰难地抬起头，眼圈儿下浅浅的青黑有点显眼了："什么意思？"

风堂忽然又觉得空调的风吹得冷，摁下按键调高了温度，一字一句地说：

"应与将要转业呗。"

第五十九章

"加贝又挂了辆超跑出来，哎哟，贺情的迈凯伦啊！"

"七月过了就卖，先挂出来接订单……"

"大红色啊，太好看了，还是贺小少爷的座驾，那估计得有人抢！"

收拾了烟盒，应与将独自一人走在 B 城六月的午后。

他满脑子都是刚才饭局上那些个喝得东倒西歪的车圈儿老板不着调的话。

贺情，就这么变成了一些人茶余饭后的谈资，哪怕是没有什么不好听的话，入了应与将的耳，他也觉得难受。

一闭眼，满脑子都是他的笑容，发威时慑人的气势，有时候说句话能气掉人半条命的嘴，还有乖顺的时候垂下来的眼睫……

他脚边飘下一片银杏叶，绿的，缀着点儿灰，沿街道边是盖碗茶摊，拿着鹅毛棒、铗子，手中器具敲得叮当作响的采耳艺人。

还有这文殊院的街上，那不远处搭着的社区戏台边儿，满座的游客和本地人。那台上的评书先生，手里拿着折扇一展，抹开四个大字：乐不思蜀。

评书先生再一合了扇，往自个儿面前送了点凉风，道："这 B 城春色，来天地，唐风吹拂过了那后边儿的浣花溪……"

应与将停了步子听，又听得那台上的先生腔调还不赖，随口几句都还哼哼得上好："浣花阆苑，那是东君所住，不晓得那送仙桥下的凝脂，各位见过没嘛？"

他这一句问完，台下的观众议论纷纷，偶有几个小年轻的胆子大，扯着嗓子吼见过，惹得台上的评书先生拿着扇子往桌案上一敲，手指夹住一类似惊堂木的物件一摁："打胡乱说！"

应与将听着，思绪有点儿飘了。

送仙桥的凝脂他是没见过，但南门儿上的贺小少爷他是见识过了。

西河、桐梓林、文殊院、升仙湖、书房、春熙路、一品天下、红牌楼、宽窄巷子、来龙、凤溪河、花照壁、神仙树……

这座城池连地铁站的名儿也这么美，更何况人呢。

风堂来过之后的那一晚，贺情没翻窗户出去找应与将。

他也没想别的，而是一个人在房间里关了灯抽烟，一根接一根。

他手里揣着望江名门的钥匙，心里跟猫儿抓似的痒痒。

贺情握着手机，把应与将的朋友圈翻出来，手指在屏幕上滑着，眼前烟雾缭绕，绕得他都喘不过气。

之前都有备注，这一点进名片，贺情才发现应与将的微信名都改了，什么都没有，就一个"应"字。

贺情心中钝痛，盘古这产业他是真打算给折了？

朋友圈背景是从望江名门照出去的夜景，巨大的玻璃落地窗上，映着城市的夜幕，万家灯火，辉煌广阔，以及贺情隐隐约约的身影。

再往下翻，还是小视频，整个五六月，就一条，还是去合江亭那晚开着应小二的保时捷 911 照的锦江夜景。

贺情点开，背景风声呼啸，还能听到自己在那边惊风火扯的一顿絮絮叨叨，大概就是，晚上有点儿冷，哎，你在拍什么！

贺情看着看着，就又开始胡思乱想了，抱着枕头滚了几圈儿，忍住想把电话打过去的冲动。

一想到盘古最近的不景气，给了佳成的捷豹，索菲亚万达的剪彩，贺情就气，就想打人，但最终一切都归为一个零，这事儿谁都没错。

他爸贺定礼没错，贺情没错，应与将更没错。

可为什么受影响最大的，偏偏是他。

贺情眼红红的，盯着窗外，没一会儿，再一看手机，已经凌晨三点了，他根本睡不着。

他暗自咬唇，从来没觉得夜晚这么难熬过。

盘古到 B 城快两年了，成了一定规模之后的每一步都是贺情看着应与将走的，看他加班，看他为了客户的需求钻到车底去修车，看他拿着裁刀贴膜，看他凌晨了在床边坐着看改装图纸，抽根烟，一边修改一边吐烟圈儿……

贺情听过应与将说他家，他家在 A 城开过的洋车行、改装厂，还有年少时期在望京那边儿飙过的跑车，撞过的赛道护栏。

以及应坤对应与将的期望，还有应小二每每看到盘古里边儿的新车，那惊喜的表情。

贺情还记得，去年在龙泉山上，拉力赛赛道里，应与将握着方向盘的狠劲儿，那因为超过了前方车辆而变得飞扬的神采……

贺情没忍住，看着那一条条消息变成红色感叹号之后，直接给应与将拨了个语音电话，响了五秒那边就接起来了。

不能让应与将看着自己这倒霉的丧样子，不然又得担心个没完。

他紧闭着嘴盯着屏幕不吭声，就听得那边传来被子摩挲出的细细碎碎的声音，紧接着是应与将带着浓浓睡意的低沉的嗓音："贺情……"

贺情"嗷"了一声，把脸埋到被窝里，声音闷闷的。

应与将是北方普通话，跟兰洲和风堂他们说话不同，京片子说得字正腔圆，嗓音又低沉，特有男人味。是他想学也学不来的味道。

那边应与将兴许是彻底醒了，听贺情这么嗷一嗓子，笑了。

两人沉默了一会儿。

他怔怔地没说话了，应与将瞌睡已经去了一大半儿，太久没听到贺情的声音了，这么一下彻底精神了，尽管嗓音过了电流，但语气中仍然能听清楚无限的渴望。

"怎么不说话了？"

贺情半闭着眼，特别没出息，眼泪都出来了，拿被子胡乱地擦着眼没说话，生怕应与将听出来，却又听到那边一声："嗯？"

他彻底认栽了，没办法，只好半掖着被子，哼哼唧唧地："困了……"

贺情哪儿会困啊，只是找个借口不敢说话罢了。

应与将说："那我给你讲故事。"

贺情心里一下就暖了，声儿小小的，跟要咽气儿了似的："你给我讲讲你们A城吧。"

于是应与将闭着眼，慢慢地说："以前，A 城还叫苦海幽州，人们都住在西面和北面的山上，这地界就让给了龙王。"

"后来，哪吒来了，他和龙王龙母，整整打了九九八十一天。"

贺情道："打赢了吗……"

应与将低低地"嗯"了一声，继续说："再后来，水就平下去了，慢慢地，露出一

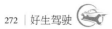

片陆地。"

贺情闭着眼听，一点儿瞌睡都没有。

"陆地出来之后，哪吒又封闭了苦海幽州的各处海眼，把龙王龙母关在了一处大的海眼里……"

他就这么怔怔地听应与将一直讲，讲到最后，应与将像是以为他睡着了，语速放缓，直至停了下来。

"从此，这个地方就不叫苦海，只叫幽州。"应与将说完，又说，"睡了吗？"

贺情屏住呼吸不敢吭气儿，睁着眼看上面的通话时间，又听到听筒里面传来一阵长长的叹息。

贺情心里一下就揪得疼了，想哭。

他把嘴捂住，那边应与将哑着嗓子，低低地说一句："睡吧。"

贺情彻底受不了了，咬住嘴唇，一翻身，被子的声音哗哗作响，呼吸声均匀绵长，伸手小心翼翼地，装作是不小心碰着的样子，把电话挂了。

贺情整个人都裹在被窝里，抱着手机，最终还是没忍住，眼角沾了泪，胡乱地去擦，怎么擦都还在往外冒。

他那天晚上还真梦到了应与将，站在机场的安检处，对着他笑，贺情伸了手去，面前拦着一道安检的坎儿。

怎么都抓不住。

六月中旬，还有一周应小二的高考成绩就要出来了，这小屁孩子倒是一点儿都不着急，看着全家上蹿下跳的，反倒自己跟事外人似的。

A 城这么多大学，读哪所不是读啊？

他把这想法传达给他爸之后，应坤一拐打过来，本来也是吓唬吓唬他，倒是没打到人腿上，刚落到应小二脚边一块砖上，吓得这小孩儿一哆嗦，往旁边直跳："爸！您别介啊！我犯牛脖子①呢！"

他姨在旁边着急地劝："好好儿说，别打孩子啊……"

应坤一怒，对着应与臣骂道："什么叫读哪所大学不是读，好大学和普通大学那能一样儿吗！应与臣，你个臭小子，不知好歹，对成绩特自信是吧，你别 B 城大学都考不起！"

应与臣也来劲儿了："我就读 B 城大学，B 城大学怎么了，还是有 985、211 呢，人民南路上，B 城中轴线！我哥在哪儿，我就在哪儿！"

应坤心里知道这小孩儿跟自己赌气呢，也懒得发火了，嘴上还是不饶小儿子，笑骂

_____

①犯牛脖子：犯牛脾气，使性子的。

着:"你哥俩儿是出息了,都不打算回 A 城了是吧,成,这颐和原著的房子我住着还嫌小呢,翅膀硬,都滚!"

应与臣"哎哟"一声,笑得灿烂,端着盘冬瓜糖孝敬他爸:"爸!大别墅呢您还觉得小啊,那成,我以后赚了钱啊,给我哥买别墅,给您买城堡!"

小时候的应与将就不怎么爱说话,应坤这后边儿得了个爱讲话会招人喜欢的小儿子更是爱得不得了,听小儿子这么一示好,也不计较了,提着那遛鸟的笼,踩着老 A 城黑布鞋,一边走一边说,行啊,小二,有出息……

应与臣跟在他爸身后狗腿得很,心里暗道,他哥还回来什么啊,他哥的心连着炕,都扎根儿在 B 城了!

他还真想报 B 城大学,不为别的,除了他哥在 B 城之外,还有就是他真觉得 B 城待着比 A 城舒服……

有哥哥,有贺情,有同学,还有飙车的玩儿,吃的也多,城市又舒服,多惬意啊。

在 B 城待了快两年,应与臣已经完全忘了在 A 城的快活日子了,明明 B 城更舒服。

高考成绩出来的这一晚,应与臣撒了欢似的一通乱跑,从应家大别墅的阁楼一路奔下来跑到花园里转圈圈,扯着打印出来的成绩单仰天长啸。

嚎得他爸把脑袋从楼上伸出来,开窗吼他,叫魂哪!

应与臣没理他爸,只顾着抓着手机对着话筒哼哧哼哧的,才跑完步,说话声儿都带着喘:"哥!我!六百三十七!"

接电话的是贺情,一听小二这么一吱喝,忍不住笑着说:"牛啊!打算读哪儿?"

应小二一愣,听到他接的,也高兴,呼啦啦一通跑,继续说:"B 城大学!"

贺情喉头一哽,顿时有点慌,连忙把电话递给了应与将,说:"小二考得特别好……"

应与将正开着车,两个人吃过了饭正往望江名门赶,接过电话说:"多少分?"

"六百三十七啊,哥,我想去绕着故宫跑一圈儿!"

应与将一听这分数,也跟着高兴,脚下的油门都踩重了些,笑着问:"报哪儿想好没,没几天就得填志愿了吧。"

应小二声音特洪亮,又重复了一遍:"我,应与臣,要读 B 城大学!"

应与将听了没觉得有什么问题,但突然注意到刚刚贺情问过之后略有些慌乱的表情,心生疑惑,他在不安什么?

应与将没多想,跟应小二交代吩咐了几句,问过了家里的好,把电话给挂断了。

贺情看着窗外风景一幕幕倒退,不吭声,呼吸有点儿紧,咳嗽了一声松松嗓子,还没开口说话,余光就瞟到应与将伸手去把空调关了,把天窗打开了些。

他们两人今天好不容易抽出时间来见面,谁都没提贺情那辆挂出来的迈凯伦 P1,那辆卖出去的奥迪 R8,对捷豹转给佳成汽车的事儿也一字不提,似乎成了禁忌,碰都

碰不得。

这好多天没见，应与将穿冬装的样子比寒冬装还要帅，也不再经常冷着脸，反倒是眼神柔柔的，眉眼坚毅深邃，倍儿酷……

奔驰大G就着夏夜的凉风，驶过二环路边上的一处街道，车灯亮得两个人双瞳发烫。

应与将能感觉到贺情今儿个明显不对劲，脸色不太好不说，说话也半截儿半截儿的，总感觉想说什么，欲言又止。

车开到玉林街道的时候，路灯不太亮，应与将手机响了。

应与将看了一眼转面儿去看窗外风景的贺情，是个陌生号码，但他还是把电话接了。

电话接完了，应与将握着手机，低低地答："嗯，好，那就麻烦您了。"

接了他一整批尾翼的一个老板打电话来，说这摊子接得急，但那批货他也忙着要用，让人起草了一份合同，需要应总现在过来签一下……

老实说，对方是买家，应与将是卖家，这等事情他得上赶着去办，但他看着贺情还坐在副驾一脸疑惑地看着自己，想了一下，说："我先送你回去，我等会儿就回来。"

贺情隐隐约约听到了只言片语，觉得肯定不是什么自己能接受得了的好事儿，便问："什么事？"

应与将一愣，没想到贺情会问他，淡淡道："小事，有个朋友找我。"

贺情心里清楚得很，应与将从来没因为别人的事耽误过他俩之间相处的时间，况且还是这好多天都没见的情况下，说是朋友的事儿，他能信吗？封闭空间里电话听筒里传出来的声音本来也大，什么转手，什么合同的，他都听见了。

他现在当下，最怕的就是听到应与将说，盘古不做了，车不做了，这行不干了。

贺情没什么表情，只是小声地说："你去吧，我在车上等你。"

应与将想了一下，也没看出贺情有什么不对劲，点了点头，一脚油门儿踩下去了。

开着车来到武侯区鹭岛国际那一片富人区，应与将把车停在路边儿，昏黄的路灯灯光打下来，驾驶位上的人熄了火一抬头，满眼都是星光。

贺情就那么偏着头看他，千言万语都再说不出了。

应与将低声应了他几句，正准备开门下车，在他侧过身子去开门的同时，余光瞟到了贺情解开安全带的动作。

应与将迅速下车，手里揣着遥控钥匙，顶着月色路灯，走远了些，慢慢倒退着走，就看到贺情正准备开车门。

隔着那么远，应与将都能看到贺情眼里的火，是真的在发怒的，气头上的，带着威慑力的。

贺情不允许他再去做这些事情了，他都知道。

应与将停下脚步，手指摁下钥匙上的软键，把车锁了。

遥控锁车，从内强制打开车门会报警，锁死发动机等防盗程序也会启动，贺情自然也知道这些，眼睁睁看着车灯亮了亮便灭了，仪表盘的灯光也猛地暗了下去，发动机的声音没有了，一切都归于寂静。

应与将已经离开遥控范围了。

贺情抓着熄了火的中控台狂找按键，胡乱一阵摁，但因为系统没启动摁也没摁出个结果，这钥匙不在自己手上根本就没办法。

他都快急出眼泪了，扒在车窗玻璃上看应与将远去的高大背影，气得狂踹被关得死紧的车门，红着眼大喊道："应与将！"

离车越来越远的时候，应与将回头看了一眼，贺情的手还贴在玻璃上，没挣扎了，只是一动不动地朝着这个方向看。

他心中一万句道歉，都哽在了喉间。

回来的时候，过了差不多半小时，贺情坐在副驾驶上，安全带已经解开了，闭着眼，睡着了的样子。

应与将轻手轻脚地上车，拿了后座的一件衬衫给他搭在身上。

他忽然就想起来，去年冬天，在九眼桥酒吧街，贺情喝醉了，和风堂一起出来，最后还是选择了自己的这辆车。

也是这么靠在副驾驶上睡，那会儿也是这样，贺情就这么靠着，长长的眼睫毛忽闪忽闪的，背后是加油站的四个大字，严禁烟火。

车刚刚启动，开出去没多远，贺情就醒了，他冷静极了，把身上搭着的衬衫脱下来，叠好放在腿上，去看应与将。

路灯又过了几个，两边道路上的人少，夜风吹得他睁不开眼。

"你别这样，"贺情忽然说，他心里难受极了，右手手心去磨安全带的扣座，尖锐的触感磨得他手心特疼，"以后都别这样了。"

应与将半阖着眼，淡淡道："我自己的事。"

贺情瞪大了眼看他，声音都大了点儿："这就不是你自己的事！"

这句话说完，贺情像全身力气都被抽空了似的，靠在副驾驶位上，手捂着半张脸，不敢去看应与将，大口大口地喘气，声音嘶哑得不成调了："你这么做，不值得。"

应与将正开着车右转，忽然觉得今晚这车开得就跟末班车一样，心里抽痛，言语从喉间磨出，一字一句咬得生痛："值得。"

贺情把车窗放下来，朝窗外看了几眼，努力不让自己的视线往应与将身上瞟，眼睛被风吹得生疼，喘着气说："我想过了，真的。"

应与将心里再难受，也还是没停车，面色铁青，踩着油门儿的腿都在微微发抖。

他想说的话在喉间来回上下了好几次，终于等车驶入隧道，整个车内都暗了下来，连贺情的侧脸都入不了眼了。应与将声音也突然哑了似的，又沉又开口得艰难："你是想说那三个字吗？"

贺情一听这话，车窗还没关，猛地眼泪就下来了。

黑暗之中，他胡乱地去抹脸，惧怕起来，怕隧道走完了，路灯亮了，应与将要是看到他流眼泪了，今儿谁都下不了车了……

他也一遍又一遍地告诉自己，是风太大了。

B城的夜风，太大了。

他们两个人已经难到这个地步，句句谨慎，把自己打了个粉碎，也害怕伤着对方一丝一毫，连句绝交的话都说不出口了。

应与将冷着脸，声音已经听不出什么感情了："你说句话。"

他那么努力，坚持了三四个月，费尽心思转了行当，要去做酒店，考虑着未来，想着这车做不成了没关系，应家怪他也没关系，只要有钱赚，贺情还在，车的生意以后还可以交给弟弟做，这路不是还长着吗？

贺情的迈凯伦，再不断就要被卖了，他的盘古也没以前那么大了，处处受限，B城车圈儿做不下去了，酒店业慢慢儿有了起色……

但贺情现在却告诉他，这么做不值得，想过了，我不值得。

值不值得，这不是他应与将最清楚的吗。

他敢发誓，他这小半辈子没这么难受过，就像他正在拔河，自己拼了命把贺情往身边儿拉，那边往反方向走，还说，不值得，别拉了，断了吧。

断了吧。

他不知道，在过隧道的黑暗里，贺情的喉咙还哽咽难鸣，努力让自己的哭腔变得小一点，再小一点。

车驶出了隧道，贺情不敢多说话，怕被听出来，脸面儿朝外，拼了命地让自己喉咙舒服点儿。

他看着窗外，车进入桐梓林街道了，路边儿特繁华，高楼大厦的，街上人不多，只有往复不息的车流……

怎么就容不下他和应与将呢。

贺情铁了心了，坐直了身子，小声说："你停车。"

话音刚落，应与将猛地一踩油门儿，这执拗的举动惹得贺情一声暴喝："停路边儿！"

应与将冷着脸不说话，慢慢打了转向灯，把车停在路边，看着正在解安全带扣子的贺情，就觉得那动作像是在解除跟自己的关系似的。

应与将低声说："我送你回去。"

贺情开了车门，头也不回，背对着他，一条长腿踏出去。

"不用了，应与将……"

他这一句话说出口，从兜里拿出望江名门的钥匙放在座椅上，明显感觉身后的人呼吸一室，听得自己简直心如刀绞。

现在只觉得心里一块不知道什么地方来的石头落了地，却砸到了自己的脚。

贺情深吸一口气。

"以后都别来了。"

语毕，他关车门的声音特别小，动作特别轻。

贺情浑身都要瘫了，脑子蒙蒙的，靠在车门上，最后看了一眼驾驶位上不说话的应与将。

他面色阴沉，坐在那儿一动不动，身形如山，压得贺情喘不过气。

如果不去看表情，这样子跟去年在金港赛道第一次见面的时候，一模一样。

现在冷漠和失望的情绪混杂在一起，取代了当时眉宇间的戾气。

贺情背对着那车越走越远。

在应与将看来，就是一片明晃晃的路灯下，街道上的店铺都亮着点点微光，路人行色匆匆，树枝被夜风吹得摇摆，整个世界呈现出一片暖色调。

贺情的眼里，现在满是这些。

而自己已经消失在他的视野范围内。

应与将眼看着贺情走远了，背靠在驾驶座上，看着副驾驶上孤零零的钥匙，一时间竟有些喘不过气来。

他再去看窗外，已经见不着贺情了。

他笑了一声，还真是末班车。

应与将点起一根烟叼上，坐在位置上一口一口地吸，也不知道是笑现在的烟难抽得哽了喉头，笑这路灯太亮，还是笑自己……

第六十章

用风堂的形容来说，贺情这段日子就跟丢了半条命似的。

一到晚上就往九眼桥跑，跑了快一周。

今天趁自己不在，其他朋友没拦住，喝了点酒，这会儿又醉醺醺地蹲在酒吧门口，不吐也不闹，就那么蹲着，可乖了，眼神飘着盯着路面，盯得风堂鬼火冒①。

贺情自己心里门儿清，不是说多后悔，就是难受，从头到脚，从里到外，都觉得现在的生活被自己搞得一团糟。

就是典型的自暴自弃。

他都快一周没见过应与将了，是那种彻彻底底地没见过，那种故意借了朋友的车开着去盘古门口慢慢路过也没看到人的没见过。

他甚至害怕，害怕应与将不在这里，拿着应与将的证件号去查航班，每天要得到一个"没有查询到"才稍微安心一点儿。

连他们两个人算不算正式绝交了，贺情都不知道。

微信没删好友，QQ 也没删，但应与将的朋友圈一周都没更新过，背景还是望江名门的图，谁都没给对方发过消息，开飞行模式发消息这种事儿贺情也不敢做了，他就怕那个圈儿一直转一直加载，他一开网，就真的给发出去了。

分开后的那天晚上，贺情回到家都十二点多了，在他爸妈的卧室门口站了半个小时，夜风吹得冷，吹得他浑身都冰冰凉凉的。

贺母半夜起来去卫生间，看到儿子在门口杵着，吓得一愣，问他在这儿干吗呢，贺情垂着眼，特小声地说，断了。

如他所愿的，第二天早上，贺定礼没再拿这事儿训他，家里气氛就一直这么怪怪的，贺情成天不回家，白天忙得团团转，晚上九眼桥兰桂坊 Space 玩儿疯了。

在他爸妈看来是玩儿疯了的，只有风堂他们一群做朋友的，知道是一个人抱着饮料在卡座上发愣，偶尔喝醉一次，趴在兰洲身上哼哼唧唧，说我还要开车呢……

兰洲被他这红着脸蛋儿说醉话的样子惹毛了，大吼回去："你开什么车啊？你那一排小超跑就只剩下一辆兰博基尼 Centenario 了，那车是你能随便飙的吗，你喝了酒能开吗！"

只剩一辆，这事儿还是贺情主动要求的。

用风堂的话来说就是绝交得及时，迈凯伦 P1 挂出去了没人买，法拉利 812 也还幸存，但都给贺情主动搁在加贝集团里边儿了。

不动了。

现在挂在贺情名下的就三辆车了，奔驰大 G63、玛莎拉蒂总裁、兰博基尼 Centenario。

玛莎拉蒂总裁也被贺情还给他爸了，就停公司车库了，两天没动，都快落了灰。

---

①鬼火冒：生气。

贺定礼一听保安来汇报的时候，气得眼皮子直跳，一个电话给儿子打过去，贺情，你什么意思？

贺情正出差呢，说这车开太久了，没兴趣了，放着吧，总有还能用的一天。

就算这车是他的初恋车，他人生第一辆车，但这车上他跟应与将的回忆太多了，还是他爸送给他的，贺情一看到就难受，看到车钥匙都想往楼下砸了。

他太压抑了。

绝交后的第四天晚上，贺情是真喝醉了，下巴搭在风堂肩膀上，一双眼睁得大，醉得眼里往日的星星都黯淡了，跟蔫了菜似的。贺情端过一杯酒砸在桌面儿上，冷着脸说："卖这辆……"

他又端过一杯，自己一口干了，边喘气边说，还有这辆。

风堂以为他闹着玩儿呢，结果早上一起来，就听贺情电话打过来，问他有没有除了应与将之外好点儿的二手车商，他要挂车。

绝交后的第七天，贺情的迈凯伦 P1 卖出去了。

他自己卖的，购入价一千二百六十万，二手价比市场上其他车主挂出来的稍微低了点儿。

买主是 S 城人，专程坐了飞机过来拜访贺情，谈了半天，说要按揭，首付先给八百万，看成不成。

贺情抬眼，曾经黝黑发亮的瞳仁现在阴郁不少，面儿上都不带笑的，说一千五百万，全款。

直降了四百万的迈凯伦 P1，没有爱车的人不动心，那深圳来的人一咬牙，行，贺少这么爽快，那就成交。

绝交的第十天，贺情收到了那笔钱，从银行出来的时候，忽然觉得最近天黑得真快，都六月下旬了，难道不应该越来越热吗。

晚上他开着他的兰博基尼 Centenario 去了趟 IFS 国际金融中心，看着一处停车的位置，想起他才拿到那辆迈凯伦 P1 的时候，在这儿停车，还被不少人拍照，还闹上新闻……

他爸拿这车威胁他，他顺了他爸的意，然后转手自己给卖了，换了这笔钱。

贺定礼也发现他摸不清楚他儿子想干什么了，这么大辆车卖出去了自己也清楚，但是他不知道贺情拿这笔钱想做什么。

绝交后的第十天晚上，贺情在风堂家里住了一晚，两个人蹲在花园里，你一口酒我一口酒，贺情现在还瞧不上那啤酒、白酒了，只喝洋的，为什么呢，因为得劲儿，醉得快，他爽。

风堂劝不了他，也不知道为什么贺情就非只喝那一口水，关键是这人呢，还是他自己赶走的，现在在这儿作践自己做什么啊？

"他联系你了吗，这不是没联系吗，果断点儿，打架怎么没见你这么窝囊……"

风堂第二次把贺情往后靠的地儿垫了软枕，生怕他犯浑磕着后脑勺。现在贺情这人每天就跟炸药包似的，根本不用自己点燃，几句话没对就踩着尾巴了。

迈凯伦 P1 被贺情卖到广东去了，风堂心里自然难受，但那是贺情的车他也没资格说什么，只是扶住了贺情微微低垂的头，轻声细语地，试探性地问他："你卖了钱做什么啊？"

"我就是想……"

贺情一张嘴，嘴里一股子甜腻的酒味儿带着些果香，他扯了扯身上的短袖，抹了把脸，认真地说："想独立点儿。"

他没忍住，叹了口气。

想独立。

除了这个原因……

他虽然不知道应与将有没有那个想法，但他还是想说，他跟应与将提绝交，跟他爸威胁卖不卖迈凯伦 P1 没有任何关系。

都是他为之热爱的东西，但真的不能比。

学车做车玩儿车之前，贺定礼告诉过贺情，干这一行要做到车人合一，什么事都要多方面考虑，驾驶感，外观，性能，包括车辆对人的契合程度，适应了解……

但他对应与将，与对车不一样，他是从对方身上，看到了一个更好的自己。

哪怕这个自己已经暂时留在过去。

绝交第十一天。

夜幕低垂，凌晨两三点，应与将坐在望江名门的房子里抽烟，有一口没一口地吸，抽到最后都不入肺了，抽包口烟，满眼的白雾。

他在阳台上，脚边满地的烟头，整个房间烟雾缭绕，压得他喘不过气。

这么些天，他成天睡不着几个小时觉，忙上忙下，一到盘古车馆就上楼去办公室，连楼都不下。

他每每听到向着 S 区延伸而去的机场路上，传来跑车专属的引擎声，就不由得走神，想到贺情。

应与将是谁，纵横 A 城车圈儿这么些年，不同牌子的跑车声浪，是法拉利还是兰博基尼他一下就听出来了，更别说贺情的座驾，自己还经常开过。

他一听到熟悉的，耳朵就痒痒，无数遍告诫自己，不可能是的。

应与将在这段时间里，火速办了不少手续，联系了山城的朋友，雇了人过来帮着办事儿，一共做了两个决定。

一想到这两个决定，应与将又多抽了根烟，最后干脆去浴室冲冷水澡，冲完再去房间里继续抽。

一包烟都没了，打火机也不燃了，最后那一点儿火苗，晃得他眼疼。

比那天在桐梓林，他目送着贺情离开的时候，还疼。

又烫，又招眼。

就在几天前，应小二从A城打来电话，说下周要填志愿了，来问他哥哥的意见。

那边弟弟活蹦乱跳的，但应与将没说几句，当弟弟的就听出来他哥语气不对劲，特谨慎特小心地问："哥，这是怎么了，什么事儿闹心啊？"

应与将深吸一口气，又燃了根烟，指尖的味儿都冲淡了屋里的淡香。

他把跟贺情绝交的事告诉了应小二。

那边的弟弟吸吸鼻子，握着电话沉默了很久，没什么经验，说不出安慰的话，想了一会儿，还是做了个重大决定，坚定道："哥，我还是想读B城大学。"

换在以前，他哥和人掰了，一般都是那些个男男女女开着车来学校门口拦他，边拦边哭，弟弟呀你可帮帮我……

他哥的态度，绝对不是像现在这样的。

他也知道贺情对他哥来说完全不一样。

凌晨三点半，应与将动了望江名门车库里的那辆乔治巴顿，一路从望江名门附近的滨江中路，过了九眼桥。

车子缓缓驶过酒吧一条街的路口的时候，看着这里夜生活的热闹，应与将垂了眼，面色如覆冰霜，心里却已是化成了水。

他忍不住去荡漾开，去想，贺情会不会在这里边儿，和他的一大群朋友们，狂欢，喝酒，跳舞，甚至飙车。

应与将的车就那么停在路边儿，他看到从里面出来的少男少女没断过，个个相互扶持着，叫车，撒酒疯，忽然想起贺情喝醉的样子……

这辆乔治巴顿如一头深夜里的巨兽，在路边停了半个小时。

开上二环高架，围绕着这全程二三十公里的高架桥，跑了四十多分钟，漫无目的地开……

下了二环高架，应与将不自觉地往南门上开。

凌晨四点，车里空气有点儿闷，轰鸣声不断，应与将随手点开了电台调频，正巧，这会儿电台里的歌放到一半，满腔带着柔情，听得应与将入了神。

他开着车，从人民南路过，走了玉林西路，从小酒馆过。

车载音响里，一个低沉浑厚的男声缓缓地唱："让我依依不舍的，不止你的温柔。"

这声音低而不浊，慢且不散。

"余路还要走多久，我攥着你的手……"

应与将伸手去把音量调大了些。

"在那座阴雨的小城里，我从未忘记你。"

去年冬天他第一次去到贺情家门口的小区，那会儿整个别墅区阴雨下个不停，他就坐在车上，眼前是雨刷冲洗着前挡风玻璃，身后是座椅靠背，看着贺情举着一把伞从雨中走来……

感觉自己无路可退，再也无处可逃。

应与将盯着眼前的马路，路两边灯火通明，路上的车辆来去匆匆，车灯长亮，速度迅猛。

他眼里神色愈发深邃，脚下油门踩得更重，去听电台里的男声慢慢地，缓缓地，唱出下一句……

"B 城，带不走的只有你。"

他抬眼朝窗外望去，目光所及，觉得这城市的每一处，都充满了贺情的味道。

他贪恋着，也难受着，完全待不下去，更舍不得。

低哑的男声继续吟唱着，似乎要把应与将吞没在月光如水的深夜里。

凌晨五点，夏季的日头亮得早，天际已然泛白。

应与将再确认了一下手机上的航班号，驶上立交桥，顺着火车南站的道儿，上了去B 城机场的路。

此时他有更重要的事情要去做。

他只带了个袋子。

那袋子里面装着之前和贺情在望江名门房子里写的盘古即将引进的新车资料，卡片，一句句批注，大部分都是贺情一边念叨，应与将一边写的。

望江名门家里的什么东西应与将都没带走，唯独拿了这个袋子。

这是贺情不知道的事。

而应与将不知道的是，那晚他的乔治巴顿停在九眼桥酒吧一条街路口的时候，贺情也在九眼桥。

风堂和兰洲在旁边儿扶着他，手里拿着湿纸巾、矿泉水，知道贺情今天是真的喝醉了，生怕这位少爷一口吐出来。

那晚上的九眼桥太嘈杂，蹦迪的音乐声还响着，来寻欢减压的人疯狂地扭动着身体，人头马 XO 的后劲儿已经让贺情快没了神志。

贺情看这条小街上车辆来来去去。

有兰博基尼，有宾利，有开得快熄火的保时捷……

他蹲在九眼桥酒吧的门口，不清醒又是那么清醒地，想找一辆奔驰大 G。

第六十一章

直到飞机稳稳地降落在 A 城国际机场的时候，应与将都没睡着，也没吃飞机餐。

A 城的夏日清晨，一扫冬日的雾霾天，碧空如洗，从上空望去，似乎都能看到人民公园里晨练遛弯儿的老人，泡了几次的盖碗茶……

这架飞机，过了 B 城，再逐渐到了云端之上，越了秦岭，来到北方。

服务他这一排四个头等舱客户的空姐，也瞄了他一路，旁边儿的人都盖着被子把放脚的软垫弄起来，关了阅读灯睡了，这旅客怎么不睡觉啊？

于是她在点餐的时候拿着菜单过来，特小心地问："应先生，您要牛肉饭还是意大利面？"

应与将说不吃，又看了看窗外，只是管空姐要了点儿热水，润了润干涩的嗓。

多喝点水，等会儿回家才有声音说话。

下了飞机之后，来机场接他的管家也是有一段儿没见着这大少爷，开了辆特低调的车来，看应与将拎着个袋子，一身黑，面无表情的，心中暗想这人怎么回 A 城脸色一次比一次难看。

车辆从顺义开到海淀有一段距离，俗话说"宅可耀族"，应家在圆明园西路的家也修得跟颐和园后湖的御花园似的，这里依山傍水，是 A 城的宝地。

小区里人少车也少，买这儿来做投资的人更多，应老爷子住得清闲，整片院落里，成天就听得见应小二的笑声和应坤拿手杖敲地板的声儿了。

他住的那片儿一共十来栋，挺多小区里的人都没见过，应家的户型不是最大的，但也有四层，地面上两层，地下两层。

按照应坤的话来说，地下那两层完全就是给应小二瞎折腾的，有一层弄了个放电影的荧幕，家里也没人去看，应小二足不出户的时候，就天天待下面，拿那二点三五比一的大荧屏，玩儿他的游戏……

之前应与将在盘古的生意出问题，应小二闯祸的时候，应坤问过大儿子，实在不行，把这房子卖掉，在 A 城翻好几个身的钱都够了。

可这未来就是祖宅似的地方，能卖吗？

应与将二话没说，一脚把应小二踹到 B 城，南下了。

他再一次真正意义上的回家，没想到过会这么快，携带着一身清晨雨露，敲开门，站他爸面前。

 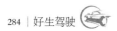

看应坤的黑布鞋，手里拎着的画眉，鸟笼外面还罩了层布。

应坤今儿起了个大早，正准备拎着自己训到靠鸟的画眉去什刹海的鸟场跟人比比声儿呢，结果没想到在这大门口，见到了自己的大儿子。

应与将扶着门框，手还搭在那镏金大把手上，毕恭毕敬地看着应坤，说话的语气也比平时柔和一些："爸，您早。"

"嗯，你小子知道回来了？来办事儿吗？"

应与将看着他爸手里的鸟笼，老爷子似乎也没有要把鸟儿放下来跟大儿子好好谈谈心的意思。

他抿紧了嘴唇，看着应坤，说："回家看看。"

应坤觉得大儿子回来应该就是来找小儿子的，便说："小二那个小京油子①在楼上睡觉呢……"

应与将一想着弟弟也在，叹了口气，特认真地看着他爸，说："爸，我有事儿跟您谈。"

"行，坐下谈。"

一年到头见不着自己儿子几回面，应坤这七八月份在家里被小儿子吵得头疼，见着这稳重到令人疏远的大儿子，反而稀罕了些，继续说："对了，中午有安排没？"

应与将愣了一下，以为他爸要让他陪着吃饭，点了点头说："有。"

应坤满意地点点头："行，方家闺女前几天朝我打听了你，今儿个中午有空就去跟人家吃吃饭……你都快三十的人了，成天没个溜儿的！"

一听这话，应与将再也憋不住了，看了一圈儿这周围。

他爸的龙头拐杖，海黄紫油梨料的，这会儿放在沙发边上，斜斜地靠着。

应坤身体硬朗得很，只是这文化底蕴重的城市里边儿长大的人，难免有些这种小癖好，就爱玩儿这些物件，老一辈传下来的东西，更是稀罕得很……

"爸，我这次回 A 城，"应与将深吸一口气，声音坚定有力，"就是想跟您说，我在 B 城打算定下来了。"

应坤一笑，褐色的眼深凹着，难得撤去了往日严厉的神色，正把手上的鸟笼放下，连忙说："都成，你乐意就……"

还没等他爸说完，应与将大着胆子断了一回他爸的话。

"但我没有做车生意了。"

咬字特别清楚，听得应坤一愣。

---

①京油子：旧指 A 城的不务正业、游手好闲、轻浮油滑的人，现多指谙熟 A 城地区人情世故、办事机灵的 A 城年轻人。

应坤努力让自己镇定一些，问道："你认真的？"

"认真的。"语毕，应与将站直了身子，脚下更稳了些，咬牙道："我已经把盘古卖了。"

那天早上，应与臣才醒，悄悄地听着楼下的动静，然后没一会儿，他几乎是从床上跳起来，连滚带爬地翻下来冲下楼的！

他先跑到客厅挑空的围栏那儿往下看了，再从楼梯那儿一步三阶梯地下来，挂在楼梯扶手上，都快直接摔下来了。

这什么剧情啊！

他眼睁睁地看着应坤提了那根沙发边儿上靠着的龙头拐杖，发了狠似的往他哥身上招呼，一棍子横着打到膝盖窝里，打得他哥直接跪了下去。

家里这仿古砖做的地板跪上去又疼又硬，应小二不是没跪过，看他哥一膝盖往上跪，震得他心口一疼！

这还没反应过来，又看他爸一棍子打上他哥肩膀，都听得到风声……

应小二终于站不住了，差点儿直接从围栏上翻下来。

"哥！"这大夏天的，穿得又少，他爸那拐子他能不知道分量吗，跟惊堂木似的，这都五六棍了！

遇到这情景，他完全慌了，不知道喊他哥还是喊他爸，从他记事开始，应坤就没怎么管过他哥的，唯一一次他哥挨揍，是那一年在A城多少环上，飙车撞了……

应与将从小就听话，但是冷冰冰的，除了弟弟，跟家里其他人都走得不是特别近，也不爱笑。

应家上下，不管哪个长辈，都更喜欢当弟弟的，这人一大了家里更管不着了。

应与将一边喘气一边往楼上看，看到应小二就喊："应与臣！"

应与将肩膀都不揹，刚才背上挨了一下，仍然如山一般跪在那儿，硬撑着跪得笔直，声音沙哑："站那儿别动。"

被他哥教训那么多年，这么一嗓子，喊得应小二动都不敢动了，跟被施了法似的定在原处，看着不说话光打人的应坤，急赤白脸的，支支吾吾道："我……哥……爸，您别打我哥！"

应与将脸色发白，命令道："上楼。"

应小二胆子大了，怕这么打下去给他哥打出毛病，壮着胆子吼："爸，那人您肯定认识，他对我哥特别好，还救过我哥的命……"

晨间的阳光透过应家宅子大客厅的落地窗，在应与将脸上投下一片儿阴影，他闭了闭眼，说："应与臣，滚上去。"

这声音压得特别低沉，其中的威慑力应小二根本抵抗不了。

应小二急得跳脚，看他爸又一棍子打上去，打得应与将半边身子都偏了一下，兄弟连心，这像打在他自己身上似的："哥，你为什么啊！不是没卖吗！你真急死我了！"

应坤停了那拐子，居高临下地看着应与将，语调里听不出态度："没卖了？"

应与将低垂着头，背挺得直，说："要卖的。"

话刚说完，应坤手抬起来，眼看着这一拐杖就要扇到应与将脖子上了，本来还在楼梯边儿挂着的应小二飞扑过来："爸！"

他抱住应坤的龙头拐杖，眼泪彻底飙出来了，大喊："您别打我哥了！"

应坤顿了一下，也没闲着，一棍抽出来往应与臣背上招呼了一下，打得应与臣"嗷"地一叫唤，应与将眼皮一跳，伸手抓了他爸的拐杖。

父子仨人就这么在应家客厅里这么对峙着。

应与将看着他爸脸色由红变白，气得直粗喘，瞪着一双深凹的眼，问他："你不打算继续做了？"

应与将说："不打算。"

应坤憋着一口气，看得应小二连忙爬起来给他爸顺背。

那日，应坤看应与将的眼神，万分复杂。

这个儿子他从小到大没怎么管过，这小孩儿从小不讨喜是一回事，另一方面是自己年轻那会儿家大业大确实忙得团团转，但还好大儿子争气也不麻烦……万万没想到，这没管过，收不住，就是真正没收住。

当天晚上，应与将没回家，在A城国贸桥那边开了个房间。

应小二拎着医药箱，带着他姨，往酒店里走。

房间门都没关，他们一进房间，就看到应与将掀起了上半身的衣服，咬着纱布在往身上抹药。

他姨的眼泪一下就下来了，一边打热水一边哭。

应与将知道，他全家的长辈，就他姨比较疼他，便低声劝了几句，眉眼之间的冷峻稍微柔和了点。

从颐和园那边过来，一路上应小二都在跟他姨说贺情，说为什么不做车生意了，说贺情对他哥多好，对他多好，他哥对贺情多好，后边儿干脆把跟贺情打架的事儿全说了，惹得他姨特好奇，这小孩儿长什么样啊？

应小二炫耀似的把贺情照片儿翻出来给他姨看，俊吧，武侯区第二俊！

他姨说真俊啊这孩子，然后又问，那第一俊呢？

应小二笑嘻嘻地逗他姨，耍贫嘴，说，我呗……

他姨把这事儿跟应与将说的时候，应与将冷笑一声，挑眉看着应小二，不说话。

后者被盯得毛骨悚然。

应小二挠挠头，笑道："我……我开玩笑嘛。"

上药上到最后，应与将干脆把上身短袖脱了，满身的淤青红痕，背上有，肩膀上有，全是条棍状的，有些肿起来，他姨的药一抹上去，疼得应与将咬紧了牙关，额间冷汗涔涔，吭也不吭一声。

药上完了，他也没法睡觉，只得坐着，半靠在沙发上刷朋友圈。

他看到风堂发了条小视频，里边儿是在卡拉OK里的酒局，镜头摇晃得厉害，旁边有个明晃晃的白净胳膊，手腕上戴着块不贵的表，修长的手指握着话筒，视频的背景音也是那个他再熟悉不过的男声……

"常常望愿你决定，共我相伴活出生命。"

他再一刷新，风堂又发了一条，里边儿贺情的嗓已吼得有点儿哑了，一听又是喝醉了的音色。

"祈求望命里注定，就算几多风雨劲，准许这个我，共你于今生……"

最后一句几乎是嘶吼出来的，饱含深沉与真挚，反倒赢得满堂喝彩。

应与将看了一下今天的日期。

这是他们绝交后的第十二天。

第六十二章

B城，联华公司拍卖现场。

"一千一百万，一次。"

拍卖师的木槌犹豫着举起来，目光扫向台下各位皱着眉思虑的老板，耐心地等着，正准备落手，就见坐在第二排的加贝集团的贺小少爷，又举了一次牌子。

"一千一百五十万，一次。"

拍卖师清了清嗓，看了一眼大荧幕上滚动播放的所拍卖的南门门面的照片和简介，转头继续说道。

"一千一百五十万，两次。"

贺情怔怔地看着，上面的"盘古名车馆"五个字，刺伤了他的眼。

他辗转反侧，千算万算，算到应与将会回A城，没算到应与将居然在六月初就把盘古挂出来了。

直到绝交过后的几天，业内才传出风声，说应总要卖盘古回A城了，拍卖会是多久开始，所属权已经转给谁谁了……

这块儿地多好啊，谁不想要，B城现在南边儿发展这么好，整整五个大门面，就算位置偏了点儿，那也是车馆啊。

应与将走的那天晚上他喝醉了被风堂送回家，第二天早上起来，十点多钟，就听到电话那头一直帮他查应与将航班的手下"嗷嗷"地叫唤。

"贺少！哎呀，您昨晚不接电话今早也不接，那应总都落了A城的地儿了！"

贺情抱着被子，身上睡衣松松垮垮的，握着电话揉了揉眼，半晌才开口："你说什么？"

回A城了。

"情儿，差不多得了啊，你卖车的钱可要全砸上来了。"

风堂小声劝道，眼斜斜地瞅着贺情。

这人从在门口签到，发过号牌，登完记开始就阴着一张脸……

大夏天的空调还把贺情吹感冒了，脸蛋儿发红，嘴唇干涩，听价格五十万五十万地往上涨，眼皮子都不跳一下。

联华的室内空调温度开得低，贺情穿着深褐色西装，胸前别了一皮扣配皮绳的LV胸针。

拍卖公告一出来，贺情就直接给联华打了电话，保证金都缴付了不少，由于担心竞买人资格不够，干脆以兰洲的名义来参加的竞拍，两个人坐在第二排，举牌的机会全留给了贺情。

他们俩踩点进门，给主持拍卖的拍卖师点了点头，负责记录的记录员和监督拍卖实施的监拍员都在旁边盯着这俩小少爷。

这不是加贝集团那个玩儿车的贺少吗，搁这儿掺和什么房地产？

正当两人以为这地儿能拿下来的时候，后排几个坐着的从C城来的老板举牌了，盘古这儿的价格又往上涨了五十万。

拍卖师早已见惯了这种场面，朗声道："一千二百万，一次。"

风堂转过面儿去看贺情，还没来得及开口，贺情手里的牌子又给握住了。

"贺情！"

风堂摁住了他的手腕子，眼里都快瞪出火了，低声怒道："你还没闹够呢！这地儿值一千二三百万吗！价全是你给抬的！"

"值。"

这话说完，贺情毫不示弱地瞅回去，眼底都有些血丝，一看就是没休息好的样子，把手从风堂的束缚下挣脱出来，把牌子一举。

拍卖师自然是不明白加贝的贺小少爷一直紧追着是为什么，心中暗道这块地要是两方较起真儿来，那价格还得往上走些，不免有些激动："一千二百五十万！一次！"

风堂一愣，抓着贺情的胳膊，低吼："你没脑子了？这地是咱们从别人手上买过来，你多出的钱，入不了应与将的口袋！你别在这儿犯傻！"

见贺情垂着眼不说话，耳尖红红的，风堂又说："你就算买回来了，他也不会回来！"

贺情一听这话，猛地闭了眼，胸膛剧烈起伏，拿着牌子的手都在轻颤……

C城来的那拨人看起来也是特别想在B城拿下这一块地，五六个同行的人窃窃私语过后，纷纷点头，为首的那位中年女人再一次举起了手里的牌子，对着拍卖师点头示意。

"一千三百万，一次！"

会场内不少人开始交头接耳起来，声音都压得极低，朝贺情这边看来，等着贺情的动作。

贺情的眼睛，盯着荧幕上的一张张图片，盯得都有些干涩。

他愣了会儿神，在拍卖师喊出"两次"后，把手中的牌子一举，许久未说话的嗓音都有些沙哑："我出一千五百万。"

贺情别过头去。

他屏蔽了身后的满堂哗然，屏蔽了身边风堂满脸的不可置信，屏蔽了脑海中疯狂叫嚣的想念……

就像一个人坐在这偌大的拍卖大厅里一般。

他低着看似乖顺的眉眼，望着自己曾捧过天边月亮的双手发愣。

在拍卖师的"两次""三次"喊出后，拍卖师落槌，一声"成交"宣布了今日的拍卖结束，拍卖总监上台，满脸喜色，致答谢辞。

拍卖成交后，贺情脚下都发轻了，上台与拍卖企业当场签署了《拍卖成交确认书》。

他对着镜头微笑，再一次面对闪光灯丝毫不怯场，眉目间的神色，不再是曾经那般稚气未脱的少年模样，反倒显得越发稳重。

上一次被媒体这么追着拍，都是在龙泉山的拉力赛了。

贺情看着确认书上的一长串地址，闭了眼，回头去看在台下站着，满眼忧悒的风堂，扯着嘴角笑了笑。

B城市武侯区火车南站西路机场路辅道0001-0005号，盘古名车馆。

拍卖房产的权属转移，放到了后天。

那天从拍卖地点出来的时候，风堂掩护着贺情躲过记者的长枪短炮，后边跟着一群保镖，护送着他们走消防通道，往地库赶。

风堂心中暗自庆幸之前把车停到了这儿，不然出来还不知道被堵多少次。

一上车，风堂把安全带系好，伸手去摁键将火点燃，一边挂挡一边去看贺情，竖起大拇指，心里堵得慌，说："情儿，你牛啊。"

贺情笑了一声，看了看窗外，把窗户放下来，点了根烟叼上："还行。"

"得了，木已成舟，覆水难收……"

风堂踩了油门，缓缓将车驶出车位，问他："你拿到了这么大个门面，你打算怎么做？"

贺情抖了抖烟灰，说："我和兰洲的洗车行你不是也入股了吗？我们三人开个分店吧，顺便搞点儿改装……再修个车间出来吧，我出钱。"

这话说完，贺情掏出一把玛莎拉蒂的车钥匙，放到中控台上。

风堂伸手把那钥匙砸回贺情身上，骂道："一边儿去，就知道卖车！"

风堂无奈地摇摇头，手上打方向盘的动作都大了些："你搞什么改装，懂什么啊你，洗洗车得了……"

"我想学，"半句说完，贺情扭头朝窗外看去，手心紧紧攥着那把三叉戟钥匙，忽然猛吸了一口烟，低声道，"我可以学。"

这是绝交后的第十四天。

晚上一到家，贺情有气无力地去他爸妈的房间问过安，端着一杯牛奶就往卧室走，手机揣在兜里一晃一晃的，不停地在震。

他还没来得及看，就听他爸在书房里喊他，贺情顺手就把手机搁沙发上，敲门进了贺定礼的房间。

贺定礼这回没泡茶了，上身坐得端正，大拇指指节紧贴着笔管，执一长锋羊毫蘸墨，铺平了纸张。

屋内灯光开得亮，贺情就那么站在那儿，看他爸转动笔杆，捵齐捵尖，微微生了些白发的发顶上覆了层暖黄柔光……

贺定礼的笔尖在砚边上刮去了些墨汁，一个字写完了，抬手让贺情落座。

贺情动都不动一下，轻声道："爸，我站着吧。"

贺定礼也不看他一眼："坐着。"

贺情脖子一梗，说："不，我站着。"

贺定礼皱眉："你这是在外边儿瞎混，混得叛逆期延长了？"

还没等贺情说话，贺定礼从桌边儿抽出一张 A4 纸，上面密密麻麻印着黑字，铺开了摊到桌上，说："明天晚上的劳斯莱斯晚宴，秦佑代你去。"

贺情好几天没去看公司安排的行程了，只知道明天有外出活动，没太在意，刚想点头，就听他爸又说："在 A 城国贸。"

贺情浑身一震。

他现在听不得那座城市的名字，一听就跟喉咙被人掐住似的。

贺定礼自然是知道应与将收拾包袱走人了的，笔尖蘸了墨，势向左上轻微逆锋，道："你就别想着去了，待家里反思吧。"

贺情点点头。

接下来，贺定礼跟他讨论了一番公司七月的业绩，抓了几个客户的点研究，还聊了聊购置税减免政策、今年的新能源汽车风向……

父子俩还是头一回这么认真地说工作上的事，贺情就那么站着，不打瞌睡也没有不耐烦的，一脸平静，娓娓道来，连东风汽车在 C 城联交所挂牌出售本田汽车中国有限公司百分之十的股权的分析都说上了几句，惊得贺定礼一愣。

贺情冷着脸一字一句地说："应该这次主要目的是扩充产能，跟我们集团……"

"停，"贺定礼抬手止了他的话头，心底的惊诧难免在脸上显现了几分，道，"什么时候开始研究汽车股份这些了？"

贺情面色不改，说话的语气乖乖的，说出的话却是能马上把他爸气个半死。

"应与将教的。"

从贺定礼书房出来的时候，贺情看他爸那发白的脸色，自己心里也难受，但就是忍不住顶撞了几句……

他拿起沙发上的手机，一看，五六个未接来电。

贺情就那么斜斜地躺在沙发上，手里的热牛奶没喝完早就凉了，他还是一口一口地抿着喝，没穿袜子的光脚一点一点地踏在木地板上，拿着手机拨回去。

电话一通，他差点没从沙发上蹦起来，这不是应与臣吗！

许久没与跟应与将有关系的事物沾上边儿，贺情早上才从拍卖大厅缓过气来，这会儿又被堵得差点拿着枕头想把自己闷死在沙发上……

应与臣那熟悉的声音在那边低低地嚷："我的天啊，贺情，你终于接电话了，我以为你不理我了呢……"

这声儿一听，明显就是蒙在被窝里悄悄说的，贺情看了一下时间，便说："不方便说话的话，发短信吧？"

电话那头应与臣抱着手机"嗷"的一声叫，连忙说："不了，我就跟你说一件事！"

那晚上，贺情硬是在床边坐了一夜，满脑子都是应与臣的话。

"我哥……跟你说，我哥……"

"你倒是说啊，你哥怎么了？"

贺情低着嗓骂，瞪着眼从沙发上坐起来，拿着电话的手都在发抖。

"我哥跟我爸说他在 B 城要定下来了，但是不做车生意了，给我爸气得，我爸把他打得……"

贺情喘着气，眼里有了些神采，压抑不住心里的浪潮翻涌，一时间五味杂陈，千言万语都哽在喉间，急需要一个突破口。

"你哥知道你跟我说吗？"

应小二声音闷哼唧唧的："哪儿能啊，他得削死我……"

 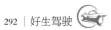

那晚上，贺情站在客厅的巨大落地窗前，捂着嘴，小心翼翼地跟应小二确定了一遍又一遍。

像怕惊动了他的父母，也怕惊动了应与将。

但已经惊动了他自己心中蛰伏已久的疯狂。

第二天一大早，B城阳光明媚，街道上人来人往，绿树成荫。

是绝交后的第十五天。

贺情承认，他活了二十年，这小半辈子做过不少疯狂的不讲道理的事儿。

但绝对没有在公司办的事儿上做过任何突然改动。

他一大早就在家里收拾，熬到上班时间，打了个车去加贝集团。

距离上班时间还有二十分钟，加贝集团的少东家贺情，摸进销售总监秦佑的办公室，把人直接反锁在了办公室内。

他将钥匙放在自己秘书的桌子上，扒着秦佑办公室的门缝，低声喊："老秦，今天我没什么事儿，我替你跑一趟A城，你看这门儿坏了也没法开，等半个小时我秘书过来，让她给想想办法……"

秦佑完全是蒙圈儿的，愣着答："哎，哎，贺少，这明明……"

贺情跑到窗户边儿，看了看楼下陆陆续续进公司的员工，折返回去说："相信我，就半小时！"

从加贝集团跑出来之后，手里拿着劳斯莱斯的酒宴邀请卡，贺情兜里就揣了张金卡、身份证和一个手机，充电宝都没带，连蹦带跳跑上了去B城机场的出租车。

昨晚他就把今儿中午的机票买好了，就等着这么个借口……

贺情一进机场就往安检处走，入了关谁都拦不住，就算他爸亲自来机场逮他，那也没辙啊，我跑一趟A城办公事儿，怎么不行了。

直到上了飞机，贺情整个人都还属于一种感觉活在幻想中的状态，手里紧紧攥着那张机票，一遍又一遍想着，眼睛一闭一睁，那边儿就是A城……

跟以往意义完全不一样的，远在天边的A城。

下了飞机一走上廊桥，贺情跟踩在云端似的，愣愣地去看手机上发来的一条新信息。

"欢迎来到A城！别忘了给家人报平安，祝您行程愉快！A城移动客服热线10086竭诚为您服务，今天白天到夜间：晴天，18~31度。"

他把手机揣进兜里，看着旅客皆匆匆忙忙，大包小包提着行李，从他面前走过，都在奔赴自己想去的地方。

贺情一步步地走出机场，走过了应与将来时的路。

第六十三章

A 城，朝阳区，国贸大酒店。

进他哥这房间的时候，应与臣觉得房间里橘红的主色调看得人闷得慌，床头上那一大幅山水画更是闷得他云里雾里的，从桌上抓了个苹果在手里颠儿着，一屁股往深蓝绒沙发上一坐。

他手里的苹果都快被焐热了，特神秘地笑道："哥，今晚上还是不回海淀啊？"

应与将把浴袍松了些，今天的药已经上好，冷着脸从弟弟身边走过去，头也不回，伸手推衣柜的门，答一句："嗯。"

这刚到饭点儿，应与臣这小子又不是没饭吃，来闹自己做什么？

应小二两条腿搭在沙发上，还是笑嘻嘻的："等下有空没啊？"

跟我去机场接贺情呗。

他特想把这句说出来，但是贺情特意嘱咐了自己，让他千万别跟他哥说，自个儿现在马上还得去三里屯那边签劳斯莱斯的到呢，活动一完就来找他哥，让他俩都安生待着。

"没空。"

应与将古怪地看他一眼，毕竟平时弟弟都爱跟他那一群小朋友一起玩儿，这今天刮的哪边的风啊，来约自己？

应小二一听这话都要跳起来了："你都伤成这样了，还往哪儿跑啊！"

"下午去三里屯，劳斯莱斯请了咱爸。"

"他不会被你气得都不想去了吧？"

躲开了一下弟弟来撩衣服的手，应与将说完把腰上的绷带缠紧了一些，疼得还是有点儿厉害。

"他说要去什刹海鸟场跟人斗鸟，没工夫去。"

其实他心里清楚，他爸就是想给他一个在 A 城重来的机会，这么大的场合，再露个面儿的，也方便得多，但应坤根本不知道他之前在 B 城为了贺情都干了些什么。

应小二一瞪眼，喃喃道："咱爸还斗鸟啊，那还成，看样子不是多来气……"

紧接着，他脑袋里都炸开花了，八卦之魂熊熊燃烧，贺情不是要去三里屯吗，会不会来个偶遇，好想看啊！

他想了一会儿，拿手机给贺情发了个微信。

PGYing：三里屯，能捎上我吗？

 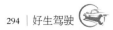

那一头的贺情估计也抱着手机等消息呢，看应小二这么一发，立马回了个"能"，然后再发个坐标过去。

想了一下，应小二看他哥这倒霉样子，再想想贺情交代的，不要给他哥说他到 A 城了……

脑子里一阵激烈自我争论过后，应小二慢慢开口："哥，我同学聚会，要过去一趟，你都伤成这样了，就别送我了吧？"

应与将时间也紧，听说去那边签过到还要去一趟汽车公园，晚上才是晚宴，便想了一会儿，点点头说："嗯，让文叔送你过去。"

说完，他拨通了家里司机文叔的电话，把手机扔给弟弟，自己拿着一套衣服进浴室换了。

赶到三里屯的时候是下午两三点，贺情饭都没吃，跟着接待的人到了三里屯路口把应小二接到车上，就往 4S 店去了。

挺久没见这小孩儿，贺情伸手揉揉他脑袋，还觉得应小二又蹿高了一截，揉得应小二一缩脖子叫唤："摸小狗呢！"

贺情笑着说："我们赶紧签完到就坐接待方的车去汽车公园，等会儿你跟着我行，劳斯莱斯今天联合那边有个体验赛，嘉宾得参加，参加完了，我们就去找你哥……"

可想死他了，上车一想到应与将也在这座城市里，跟他又呼吸着同一片天空下的空气，心都化成一摊糖水了……

应小二一听有可以体验的小赛事，激动得握拳道："带我飞啊！"

前边儿开车的接待司机转过头稍稍侧了一下，贺情也没在意，说："那我们得动作快点儿啊！"

应小二愣头愣脑的："啊？为什么啊？"

不等我哥吗！

贺情伸手又往他头上轻轻一拍，把他的鸭舌帽扣了下，说："早点儿去挑好车呗。"

三里屯劳斯莱斯 4S 店的签到就是走个形式，贺情再不想来也得跟着接待车过来，毕竟加贝和这牌子还是合作关系，不然他就水了这边找应与将去了。

贺情到签到墙边上写了名字，屁股后边儿跟着弟弟，也没给媒体拍照的时间，跟高层打了招呼，看过座位上的名字之后，两个人就往 4S 店停车的地方走了。

劳斯莱斯本来就是个奢华稳重的牌子，会场的色调也是黑白交错，黑纱礼台上扎的花都是白玫瑰，贺情待久了，觉得心里压抑得慌。

应小二一路搁旁边蹦蹦跳跳的，毕竟他才拿到驾照，还没跑过这种体验赛，但以他的车技，他是不敢载贺情的。

所以这车肯定是贺情开，但应小二还是高兴。

看他哥要跟贺情和好了，他心里舒坦。

哎，他这都强行拖了几分钟时间了，怎么还没见着他哥啊？

被塞进车里的时候，应小二冷静了一下，觉得等会儿在赛场，肯定能见着他哥了，说不定他哥还能跟贺情飙上一局，两个人一起到终点，一开车门，发现是彼此，哎哟！

A城，夏各庄镇，汽车公园。

接待车缓缓驶入公园停车场，贺情肩膀上的应小二睡了一路，肚子直叫唤，贺情才忽然想起来还没带这小孩儿吃饭呢，有点懊恼，但还是把人摇醒了。

应小二一下车，站在停车场的最高点看赛道，不由得发出一声惊叹，扒着贺情的胳膊，特兴奋："天！才修的吧，我还真没来过！"

贺情点了点头，手里拿着路线图，眯着眼去熟悉赛道。

这地儿全长差不多七八公里，全程有十个弯道，赛道落差都有五十五米，是目前国内垂直落差最大的赛车场。

他老早就听说了，这儿的赛道，要驾驶着车辆高速下坡，冲入组合弯，车的重心和动态反应和平时都不一样，要是新车手第一回跑这道，还得多加小心。

其实要换作平时也就罢了，但今天带着应小二，他需要去琢磨在这儿怎么才能跑得更稳。

这里算是个严酷的试炼场，有短板的话，那都会暴露出来，还得去克服。

不过体验赛不同于真正的比赛，大多人都是来试驾着玩儿，没有职业赛车手，开得快的多是多，但比真正赛场上的慢点儿，缓冲区也扩增过，安全系数还是挺高。

贺情想了一会儿，带着应与臣去领了卡和车钥匙，登记的时候发现名册上还是写的B城加贝集团秦佑，也懒得改，摁了个印儿签了到，被人架着往和劳斯莱斯合作的体验赛主办方的台子那儿站着照了张相，便拉着应小二溜去找车了。

这边儿停车场的车才真是涂得跟B城金港那边完全不一样，那边大多都是私人用车，这边多的都是驻在这儿的车，车身涂满了商标战绩，跟勋章似的，特别扎眼，也歌颂着不朽的战功。

贺情看了下时间，下午四点多，估计几圈儿跑下来五点多了，晚上去找应与将吃个饭。

两个懂车的人后边儿跟着工作人员，手里抓着一大把车钥匙，贺情还没反应过来，另一辆还不错的就被挑走了。

他刚想说话，拿钥匙的工作人员一笑，晃了晃手中的钥匙，说："这辆大众不错啊，贺少您看怎么样？"

大众改过的赛车，那也是车里的珍宝，人都这么说了，贺情也懒得挑了。

不过，这大红色的车身，扁扁的车头大嘴，大天窗，看得他想起他那辆卖掉的迈凯

 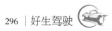

伦 P1，心里抽得疼……

应小二是个不知道怎么回事儿的，看贺情黯淡下来的眼神，还以为贺情不喜欢呢，连忙说："不喜欢就换，那边儿那个也不错！"

"不用了，就这吧。"

贺情也没去看应小二指的什么，摇摇头接过了钥匙，对着工作人员一点头："谢谢。"

这车是双门四座硬顶，车顶那儿一开跟天窗似的，两个人也没开，一路轰着油往起点走了。

虽然这不是正规比赛，但起点都是规定好的，路线也有规划，贺情看着来参赛的人挺少，又瞅了眼旁边扒着窗户左顾右盼的应小二，问："你找什么？"

应小二这都快急死了，他哥怎么还不来啊，晚了就追不上了！

他把起点这些赛车看了一遍又一遍，确定了没有他哥之后，叹息一声，问了句："我们是第一批？"

贺情点点头，对啊。

算了，应小二唉声叹气的，有缘千里来相会，无缘一环走一回，总会碰上的！

看这小孩儿又高兴起来了，贺情也跟着乐，觉得跟带孩子似的，还挺好玩儿。

总之就是，跟应与将有关的一切人和事，到他这儿都特别有意思。

一声令响，贺情一挂挡，脚下油门猛踩，浑身的躁动因子都被点燃了，裹挟着轰鸣不断的引擎声浪，一鼓作气，如离弦之箭，朝着终点直冲而去。

弯道极多，车上又有弟弟，贺情开得不快，跟着前边儿的车跑，吃了人一屁股的尾气，那灰色的雾喷上前挡风玻璃，感觉糊了两人一脸。

贺情这自尊心是强的，许久没摸赛道的车，这改装过的气缸让他无比兴奋！

他双眼紧紧地盯着前方，手里的方向盘打得极有水准，右脚一踩轰空油减挡，引擎转速加强，保持了出弯时的加速动力,这让他过弯道过得又稳又快,惹得应小二高呼，牛！

一般赛车必有四个脚踏，多出的一个就是固定脚踏，赛车转弯时，贺情一脚踏上去，保持住了身体的平衡，副驾驶的应小二就没这么舒服了，甩得"嗷"一嗓子，乐得贺情笑出了声。

之前他跟应与将跑龙泉山的时候，也是这样，应与将一玩儿技巧，他就跟没见过世面的小孩儿似的，欢呼呐喊，就差开瓶香槟往人身上喷了……

这辆赛车飞驰着驶入赛道落差最大处，贺情看了路书，对这里有点儿印象，换挡减了速，顺着坡道俯冲下去。

应小二抓着安全带特别紧张，他就是那种万年副驾驶，坐谁车都紧张，除了他哥的。

车身跟着坡道弧度一路飙到底，贺情换了挡准备加点儿油，脚下的刹车一松，忽然觉得车身一耸,下意识踩住了刹车,还没来得及打应急灯,整个车身一阵剧烈震动,发动机转速达到顶峰,猛地停了下来。

他们这辆赛车,就那么停在了赛道坡道的最低处正中间。

贺情一身冷汗直冒,他似乎都能听到不远处后面跟上来的跑车的轰鸣声……

但因为弟弟在车上,贺情开得慢,已经落了他们这第一批的尾,但第二批不知道什么时候来,也不知道跟上来的车能不能看到这坡道的最下面尽头停着一辆车,不然撞上来,那后果不堪设想。

前段时间的追尾事件,速度都那么慢了,还是出了那么大事故,更别说这 A 城赛车场了,哪怕是体验赛,那速度也不是吹的。

贺情喉头一哽,看着副驾驶上特镇定解安全带的应小二,眼有点儿干涩,立刻去解安全带,第一时间俯过身去给应小二开车门。

扣了两次扣不开,贺情一愣,发了力气去掰开车门的把手,发现门压根儿打不开,转动钥匙去点火,火也打不燃了。

车内一片死寂,仪表盘亮都不亮。

工作人员提供的车,A 城的赛道……

贺情想都不用想,就猜得出是有人做了手脚,但他还真想不起来在 A 城能有什么仇家,在 B 城的事儿也不至于千里迢迢来报仇吧?

应小二已经按了紧急呼救,但这已经开出来了五六公里,不知道最近的救助点在哪儿,也不知道后边儿的车多不多……

他自然也看出来了问题,连忙抓住贺情的胳膊,喊道:"试试天窗!"

贺情伸手去摁天窗,发现能开,两人喜出望外,贺情的眼睛也在不断地瞄后视镜,看有没有车过来。

但是天窗按了好几次,贺情发现了,这天窗要摁着才能勉强开一半儿,仅供一个成年人出去,况且这边儿手一松,天窗又合上了。

这车门锁得这么紧,估计是程序问题,估计从外边儿也开不了,这种新型自动挡的车,也不知道谁花那么大功夫……

贺情当机立断,摁着天窗,看应小二在那儿狂砸车门,压根儿砸不开,车里也没有能砸窗户的东西。

他把天窗摁开了一些,右手胳膊去推搡应小二,额间都起了冷汗,命令道:"我摁着,你踩上扶手箱,先出去。"

应小二回头就是一个瞪眼:"不成!我怎么能把你扔这儿!"

贺情都快被气死了,伸手又推了他一把,就差抬脚踹这小孩儿了,急得眼红,喘着气说:"你待这儿也没多大用,快点出去,这种状况我遇到过,外边儿可以开!"

 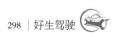

"啊？对，还有外边儿！"

应小二一听外边能开，也相信他身经百战，慌着爬上扶手箱，把腿搭在中控台上，扒着那一半儿车窗努力往上撑手臂，半个身子出了车顶，远眺着也没看到有任何救援车辆过来，回头喊："你等我！"

贺情要不是这会儿手不能离开那个按键，都巴不得拿肩膀去让应小二踩着了，怒骂道："少废话，动作麻利点儿！"

一听这真正发了怒的语气，应小二吓得连忙用尽全身力气撑上去，急得几乎是从车顶上滚下来。

最后一眼看到的，是贺情去摁键摁得发红的手指。

他跑到车门边儿，死命去拉车门，发现根本拉不开，再一看车里贺情镇定的表情，脸都白了，一边敲窗户一边大喊。

喊了些什么贺情听不清楚，隔着层玻璃隐隐约约只能听到什么"救你""马上"等等话语，下一秒，应小二就跑远了，挨着赛道旁边去找钢管之类的东西，想把窗户敲破。

可是这种赛道旁边怎么可能有障碍物，贺情就这么眼睁睁地看着应小二一个人特危险地在赛道上晃，急得不可开交。

他猛地一拳砸上方向盘，闭上眼，也不知道自己在等待着什么。

汽车公园，劳斯莱斯 & 英势体验赛始发点。

应与将刚到这儿不久，挑了辆低调的轿跑，看着满车身贴的商标，不由得有点儿走神。

上一次，他来这里还是去 B 城之前，一个人开着车在这儿转悠了一天，心情也不太好。

他接过车友递过来的矿泉水喝了一口，轻声道了谢，刚将水往手臂上一洒，准备凉快一下，就看到赛道边儿的警报器突然疯狂地响动起来，声音尖锐刺耳，大红色爆闪……

像极了那日在金港赛道，贺情的兰博基尼撞上自己的乔治巴顿的时候，那满场闪瞎人眼的警报灯。

还没来得及问，就听到一边儿有裁判拿着哨子吹了一声，说比赛暂停，然后一群人喊着哪哪哪儿出事了，有车停中间了，第二批已经出去了，他们这第三批先暂时不比了。

应与将觉得这次事故要真出了，那还是挺惨烈，毕竟这赛车道上，弯道落差又多，不像金港赛道那种比较业余的车友爱好者赛道，这一撞上来，那速度和力度，后果不可估量。

他一转身，就听到旁边的车友开始窃窃私语起来，声音虽然压得低，但还是够应与将听见了。

"是加贝集团的那辆车，喏，企业这儿写的加贝……"

他浑身猛地一震，旁边的人又说："我记得说要来的是一个销售总监，不是他们那个少东家！"

应与将一愣，话虽是这么说，但他总觉得心里闷闷的，有什么东西压得他喘不过气来，特别慌，胸口似有把镣铐一收一放，疼得他直皱眉头。

他根本放不下这个心，把手上的东西往车上一扔，跑到一边儿裁判台上，正看到几个裁判围着视频在看各赛道的回放。

其中有一个裁判指着一辆大众的赛车说："就是这辆！不过救援车已经准备过去了，也不知道会不会出事儿……"

应与将眼神紧紧盯着那个回放视频。

虽然说画质不高，只看得到车，但那车的走向、技巧、过弯的摆法……

他太熟悉了。

紧接着，赛道上的裁判还没看清始发点上是什么车飙了出去，只感觉耳边一阵风声呼啸，疾驰出去的赛车似把尘沙扬到了天边！

裁判台上众人连忙回头，皆为大惊，起点的车友也尖叫着，几个裁判拿着口哨狂吹。

一大群人，眼睁睁看着应与将驾驶着那辆赛车从赛道的始发点逆行，横穿过没有围栏的水泥地，疯狂叫嚣着，往一处不知名的地点，轰鸣而去……

第六十四章

这里的赛场，应与将来过几次，还跑过圈儿，他自然知道怎么开车抄近道是最近的。

这大夏天的，车在始发点停久了，方向盘都烧得有些烫，他一双手牢牢地握着，脚下油门从来没有踩得这么重过，逆行速度飙上一百，横穿过赛道中的空地，呼啸着朝一处驶去。

应与将直接从赛场的另一端过去的，如果他没有先到，那先到的就是第二批的赛车，如果撞上去，后果他已经不敢继续再想下去了……

他看到贺情的车时，那车正停在赛道中间，远处源源不断的发动机轰鸣声也越来越近。

紧接着，他看到应与臣站在特高的栏杆上眺望，望到自己的车时，扣着鸭舌帽的少年迅速从栏杆上跳下来，不断地挥动双手，眼里湿漉漉的，嘴里大喊着："停一下！麻烦停一下！"

应与将一脚油门飙过去，猛地在应小二面前放慢了速度。

应小二这才看清了是自己哥哥，惊喜地大叫，额间的汗成串儿地往下掉，连忙扑上来边追边拍窗户："哥！快！你快！贺情在那个车上！他出不来！"

果然是贺情。

再一听弟弟说话的语调都带了哭腔，应与将心里也被揪紧了。

他眼看着弟弟伸手准备过来拉车门，便立马把车门锁了，把车窗户摁下来一点。

应小二看他哥表情特别严肃，眼神里藏了些自己看不太懂的深层含义，喉结动了动，大声说："应与臣，你站栏杆里边儿去！"

"无论发生什么，你都不要出来。"

应小二张着嘴没出声，又听他哥扔下一句："如果让我看到你敢越过栏杆半步……"

"以后别叫我哥。"

这么重的话，他长这么大就没听到过，顿时给吓愣了，连忙翻到栏杆外区，眼睁睁看着他哥开着车，往贺情那边去了。

应与将油门踩得重，小轿跑的声浪又响又刺耳，惊得贺情一下就看到远处飞驰过来的车了。

他坐直了身子，心跳得极快，也说不上来是为什么……

等那车近了，他看清了前挡风玻璃后边儿应与将熟悉的脸，整个人都快从驾驶座上跳起来，不断地狂敲着玻璃，眼睛瞪得大大的，心里那句"你别过来"却是怎么都说不出口。

这种紧要关头，贺情心里居然还在愧疚。

那天在桐梓林伤了他就算了，自己这还大老远从 B 城跑到 A 城来给他添麻烦，还好应小二出去了，不然出个什么事，他真的没脸见人了。

应与将看准了贺情的车。

下一秒，他在追风逐电的速度之间想好接下来的动作，脚上用力加油，驾驶着小轿跑飞速直行，冲过了贺情车边儿之后，猛踩刹车，往左打死方向盘。

小轿跑的轮胎在赛道上响起一段尖锐刺耳的摩擦声，一个摆尾漂移，车身在阳光下划过一道完美弧线，稳稳地停在了贺情的车后。

贺情睁大了眼看着应与将的漂移动作，心里像有一道火焰忽然冲上头顶，快将他的理智烧成碎片……

他很清楚，如果这个时候有车来了，被撞的就是应与将的车。

应与将完全是在给自己挡冲击力。

这种两个人一起等死的感觉，太难受了。

贺情一直摁着车窗的手都快肿了，咬着牙坚持，还没来得及反应，下一秒就看到应与将开了车门从车上下来。

应与将今天换了赛道提供的赛服，湛蓝色的条纹与纯白相交，衬得他愈发英气非凡，袖口挽起，露出的一截手臂上还有触目惊心的红痕，脚上穿着双纯黑军靴，鬓角的发茬已被汗水沾湿。

夏日的阳光铺洒一地，映着应与将刚毅的轮廓，投在赛道上，有一小片浅浅的剪影。

同样的漂移，同样的人，就像第一次见面那样，应与将从远处走来，眼神坚定。

细汗从贺情额间滴下来，就那么看着阔别半个月的男人，跑到车边，看了一下开着的天窗，绕到车头，直接抬腿爬到引擎盖上，趴上车顶，从天窗那儿朝他伸手。

熟悉的脸庞，熟悉的身形，不一样的是应与将眼里的痛楚和焦急，他从未见过。

比上次在龙泉山，两个人差点儿出车祸那次，还要深刻。

贺情喉头堵得慌，一边摁着开了一半儿的天窗一边摇头，声音已经哑了："这天窗，一放手就马上关上了……"

这只开了一半，就能容得下一个成年人的身体进出，他要是贸然松手，估计自己还得被卡在窗户那儿，到时候如果有车过来，那更惨不忍睹。

应与将死死地掰着车窗也没用，成年人的力量和这种硬物一比，压根儿只能让车窗停止合上那么一小下。

贺情抬头，看到应与将不吭声地看着他。

紧接着，应与将敏锐的洞察力明显感觉到有车快来了，趁贺情往前看的一瞬间，迅速朝身后看了一眼。

他果然隐隐约约看到了坡道上方的车灯光亮。

估计后边儿的车才过了坡道和落差缓冲区，速度还没降下来，这俯冲下来，也不知道能不能刹住车。

高速行车过程中，猛地踩刹车，自损一千。

应与将猛地一回头，低下眼去，左手撑着天窗，用嘴叼起右手手套的边缘，把手套脱掉，再一偏头，把手套甩到一边。

他伸出那只没有戴手套的手，整个上半身钻下去，捧住贺情的半边脸。

深深地看了贺情一眼。

贺情一下就呆住了，怔怔地问："怎么了？"

下一秒，他感觉到明明还卡在车窗那儿的男人跳进车里来了，整个人的厚重身躯都压上了自己的身体。

应与将捧住他半边脸的手突然攀上他的额间，再往下一滑，死死捂住他的眼。

贺情被迫松手的那一瞬间，车窗发出响声，合上了。

他双眼被捂着，喘不过气来，额头磕在方向盘下，下半身全挤在狭小的驾驶座位与脚踏的那一处空隙里，整个人都被应与将护在了身下。

贺情虽然看不见，但明显感觉得到应与将的双臂弯曲着撑在他头边，往内抱住，护得死死的。

他在车里，后边儿什么都看不见也听不清，在这么一瞬间，只听得到应与将的呼吸

 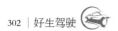

声和远处似乎是应小二的一声尖叫。

"哥！"

他脑子里一片混乱还来不及反应，连挣扎的机会都没有，耳边听到了最后一声巨响。

远处疾驰而来的车辆撞上了应与将停在他的车后边儿的那辆轿跑，撞击声异常猛烈，连带着前边儿这辆车也被冲击力撞出去几米远，车尾被撞得一甩。

贺情感受着车身的剧烈晃动，耳边风声一阵呼啸……

机械碰撞，什么东西甩出去的破碎声，连带着应与将隐忍的闷哼声，交杂在一起，像扑面而来的潮水，将他疯狂淹没。

车身被甩停之后，赛场内的报警器又响了起来。

贺情睁着半只眼喘气，觉得头晕，满脑子都是应与将怎么样，极力想翻身却动不了，倒没觉得身上哪里疼，忽然觉得眼边热热的，艰难地侧过脸去看……

身上抱着他的男人，眼睛紧闭着。

他的额撞上了仪表盘上的硬物，那热热的就是血，刺目的一片血红，慢慢在往下滴，滴了贺情半边脸。

贺情一下就哭出来了。

眼泪跟应与将的血混在一起往他脖颈里灌，又热又黏。

他努力地抬起头，大叫着，喉咙被剧烈撞击刺激得沙哑，嘴里的话语已经混乱不清。

"救他，人呢，求求你们……"

应小二已经又翻过栏杆跑到赛道内来了，扒着车窗拼了命地敲，往内一看，看到了他终生难忘的一幕。

车屁股已经被撞得凹陷的车里，他哥满脑袋的血，一动不动地压在贺情半个身子上，牢牢地护着。

而贺情浑身颤抖着，在那么一个狭小的空间，用尽全身力气一般地，嗓子全哑了，嘶吼着喊，救救他……

紧接着，追尾的车又撞上一辆，但所幸前边儿已经连着撞了三辆车，力度减小了，只撞得应与将那辆小轿跑往前耸了一两米，车头抵上贺情这辆车，整个车身又猛地一抖。

贺情快崩溃了。

他满眼血红，眼尾的那颗痣都被血浸过，被撞得一哼声，抓着应与将在身侧稳固着的手臂……

他嘴上念叨的声音越来越弱，越来越弱。

"应与将……"

等他听到了应小二的喊声，周围人群忽然的喧闹嘈杂，救护车警报的高亢，才终于支撑不住，闭上眼，沉沉睡去。

A 城，协和医院。

阳光顺着病房的窗棂洒进来，微风渐起，悄悄掀开床边病历的一角。

贺情醒的时候，已经是第三天了。

一醒来发现自己身处普通病房，洁白的帘子拉着，旁边儿好像住的是个女孩，正在听家里人给她报菜单。

他慢慢睁眼，感受着阳光洒进来的暖意，胸口抽痛。

猛地想起来为什么在医院，贺情神志彻底清醒了，低头看了一眼自己的病号服。

他正想坐起来，就见到身边坐着一个中年女人，绾着个黑发髻，穿着祖母绿的短衫，腕上一截儿紫罗兰翡翠，面上挂笑，眼弯成月牙。

中年女人见他要起来，连忙伸手过来给他垫枕头，轻声说："这刚醒，再躺会儿，慢慢起来……"

贺情许久没说话了，受了刺激一张嘴嗓子还哑着，半垂着眼看她："阿姨，您……"

她一摆手，去给贺情端水："甭客气，喊我一声姨就成！"

她打量贺情好久了，这孩子盘儿亮①啊，还救了咱家小二的命，这不得伺候着吗？

盯着贺情把温水喝完了，她又笑道："我是老大和小二的二姨，就是应与将和应与臣。"

贺情差点儿被一喉咙水噎住，毕竟第一次见应与将家里边儿的人，还是在这种场合这种事情发生之后，他简直都觉得脸上挂不住。

他还是乖乖的，一点头，喊了声："姨。"

二姨一拍手："欸！"

这二姨一直疼兄弟俩，凡事儿都看得开也明白，倒没觉得自己一手带大的应与将干出这事儿是自个儿把自个儿给糟践了，反而觉得这小子长大了，特有担当。

她也跟小二打听过，觉着这孩子真挺不错。

况且她家老大应与将那看人的水准，她还是相信的。

贺情咳嗽了一声，脑子有点儿晕，反应过来了，连忙说："应与将在哪儿？"

"你就是脑震荡的旧毛病复发，"二姨一眯眼，伸手去给贺情掖好被角，轻声细语的，生怕惊到了贺情，"老大还没醒，不过医生说问题不大。"

贺情一听，激动得语无伦次："不……不大吗？真的吗？"

二姨点点头，给他顺了顺气儿，说："待会儿带你去看看。"

贺情藏在被窝里的手攥成拳，激动得满脑门儿汗，哆嗦着："好，好，谢谢姨，谢谢姨……"

---

①盘儿亮：漂亮。

 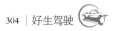

万幸那直接撞击中间隔了一辆车，还有车身做保护，撞上来的车在最后也减速了，甩出去几米远。

应与将当时跪着，只给撞得大腿股骨骨折，另外就是身上一些撞击伤，头部磕破，驾驶室挤压不严重，颅脑也没问题。

倒是贺情，之前那点儿毛病给牵出来了，还得好好休养。

贺情这还想说点儿什么，就看到二姨喉头哽咽，开始抹泪了。

贺情一下就慌了，想着是不是应与将伤得真的很严重，自己也一下就乱了，哄也哄不来，拍拍二姨的肩膀，声音哑得吓人："姨……"

二姨摆摆手，也反过来安慰他，这两人还没继续说上话，就被开门声打断了。

贺情一抬头，看见床边儿站着好几个中年人，其中有一个年纪大些，精神矍铄，一双眼看似混浊，但内里透出的光简直跟贺定礼有得一拼。

这个年纪大些的中年男人，手里拄着根龙头拐杖，脚上一双黑布鞋，穿着布衫，眉头紧皱，目光审视着他，正上下打量。

他见这男人叹了口气，手里的拐杖往地上杵了两下，身后一群跟着的人就纷纷散去，往门外走了。

拐杖往床边儿一放，贺情立刻坐起身来，特别紧张，在被窝里的手都绞起来了。

他这小半辈子没怕过谁，唯一经常犯怵的就是长辈。

应坤看了他许久，紧拧的眉心儿放开了，忍不住叹了一口气，抬了抬手："躺着。"

看着那相似的眉眼，贺情不用想都猜得出这是谁了。

贺情鼓起勇气，看了一眼在一旁盯着自己，目光柔和似水的二姨，又转向应坤，哑着嗓子，郑重地喊了一声。

"应叔！"

第六十五章

这不喊不要紧，一喊倒给应坤喊愣着了。

胆儿挺肥啊。

贺情这一嗓子，一边儿抽噎的二姨都连忙抹了泪去看应坤，试图从这人脸上看出一点儿情绪的变化。

"嘴还挺快。"

沉吟半晌，应坤一句话冷不丁地冒出来，把贺情给唬住了。

他愣了两三秒，立马反应过来，刚想说什么，就见应坤手一抬，止了他的话，伸手把拐杖拿过来，双手再放在龙头拐杖之上交握，打量的眼神停止了。

贺情看着那拐杖，背脊挺得特别直，都做好准备，让那拐杖往自己身上招呼了。

应坤继续道："小二跟我说，你救了他。"

把掌心儿搭上二姨放在床边的手，拍拍以示安慰，贺情缓了口气，目光如炬，看向床边严肃神情稍微缓和了些许的中年男人，认真道："我救应与臣，一部分原因是应与将，另一部分就是，我真的把他当家人了。"

应坤一挑眉："家人？"

虽然饱受年月侵袭，应坤的那道眉仍是如利剑一般，不怒自威，让他整个人显得精神不少，这么眉梢一动，面上那神情跟应与将都有三五分像，看得贺情不禁恍惚。

"对……"他咳了一声，说话声儿还有些喘，满眼都是真挚，"包括您，以及二姨……对我来说，应与将的家人就是我的家人。"

应坤一点头，拐杖在地上杵了一下："挺会说话。"

贺情都快紧张死了，面儿上还是特冷静，这下他总算明白应与将话少面瘫的毛病遗传谁了，跟外人说话惜字如金，看谁都凶巴巴的。

一边儿看着这场没有硝烟的"战争"的二姨沉不住气了，明白这两个人就是在对决。

应坤又沉默了一会儿，病房里空气都快凝固起来了，都在等着他开口。

应坤是什么人，老江湖了，也了解透了，知道老大不做家族生意是因为什么。

贺情朝门口张望了一下，心虚，现在甚至希望应与臣那个小兔崽子来救场，摸不清这当爹的想法，完全不敢贸然开口。

正当他心里愁得都快搅出水儿的时候，应坤又开口了："我查过了，来黑手的是我的旧仇家……他们知道老大要去，但老大去得晚，他们的人没找到老大，时间紧迫，看到小二了，于是下了手。"

几乎都不用猜，他在 A 城这儿除了应家，别的都不沾亲不带故的，多大的仇得费这么大劲儿在光天化日之下要了他的命？

不过他一听是给应与将挡了刀子，心里居然还有点儿舒坦，虽然后边儿还是应与将为了他进了医院，这会儿都还躺着。

应坤垂了眼去看贺情，缓缓道："应家欠你一个人情。"

这当爹的，好像完全忽略了大儿子命都不要了去救这孩子的事情。

"不欠的！"贺情一听这话，简直是越挫越勇，一下坐直了身子，浅褐色的瞳孔映着窗外的阳光，从应坤的角度看过去，看到他眼里亮晶晶的。

贺情一开口，嗓子都哑着："真的，不欠我。"

下一句，他在心里暗自腹诽，我和应与将的人情，早就还清了。

 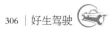

他见应坤又皱着眉不开腔了，生怕这当爹的就这么咬着不松口，脸都急得有些红，刚想再开口，应坤一偏头，手里的拐杖往床边儿敲了两下。

门外守着的几个中年人又安安静静地进来了，手里都拿着东西，看得贺情一愣。

应坤满意地点点头，拐杖又一点，看着那群人把东西放到了床头柜和一张空着的看护床上。

他闭了闭眼，像在思考什么。

病房里守在贺情这边儿的所有人都屏住了呼吸，等着这人开口。

应坤手腕上的沉香手串滑到袖口，他另一只手伸过去，细细捻摸着上边儿的油花纹路，转面儿看向贺情，严肃道："好好养伤，以后的事情，以后再说。"

贺情一听这话，还没回过味来，应坤转身又说："老大这孩子从小到大我没管过，是我欠他。"

这句话说完，应坤拄着那龙头拐杖，摇摇头，正一抬脚欲走。

看出来了老爷子是有要走的意思了，贺情连忙从床上下来，脚刚挨着地，还没太适应，腿脚一软，半边身子都没站稳，二姨赶紧扶着他喊："你这孩子，怎么着还下地呢？哎哟，这费劲儿的，小心点啊！"

贺情听出来了二姨在帮他争表现，也管不了那么多了，在床边儿站得直直的，跟棵任风吹任雨打的小白杨似的，朗声道："您慢走！"

果然应坤停了脚步，回头看他一眼，鼻腔哼了个贺情听不懂的调调，敲着那拐杖，后边儿一群人跟着，往病房外走了。

当爹的前脚一走，贺情愣在原地，还有点儿恍惚，这到底什么态度啊？

还没想明白呢，二姨伸手拆了应坤带来的那几大箱子东西，一拆一个准儿，边拆边说："这儿一袋子安宫牛黄丸……"

贺情一愣："什么？"

二姨笑得眉眼弯弯，说："你这孩子是不知道，这牛黄一克好几百，上千头牛都不一定能产那么几块儿，麝香也金贵，里边儿还有珍珠和金箔……"

贺情是听明白了，估计是什么特好的药材，往他这儿送来了？

这话还没说完，门轻轻一推开，贺情就看着应小二穿了件短袖，呼啦啦地冲进来，一脚急刹站停在他床边，瞪着眼喊："贺情！"

贺情看着他就头疼，连忙招呼："你先坐着。"

应小二伸手一拍贺情的肩，刚想说什么，眼瞅着那几箱子东西，一下跳起来吼："我爸在家里捣鼓半天，给你送的啊？"

贺情一愣，捣鼓了大半天？

应小二绕过他二姨，从那一袋子里拿了一盒起来，啧啧称奇："匠心传世，同仁堂的宝贝啊！给你这么多？"

他又转身去看其他箱子，忽然想到了什么，转头看向贺情："这都是你的了，我能看看吗？"

贺情被这小孩儿充沛的精力和连珠炮堵得半句话没说出来，这会儿得了个空当，点点头，又说："你哥怎么样了？"

"躺着，放心吧您！我哥拔份儿^①，这点儿伤你别担心！他还在睡，我和文叔看着呢！"

应小二这一个劲儿嘚啵完，看贺情点头了，好奇心渐盛，回头又去翻，拿了五盒茶出来，"哇"了一声，说："张一元的茉莉花茶，高末儿沏一壶，美得你！"

这一口一口的Ａ城话，贺情听得心底直乐，只见应小二从一个箱子里拿了衣服出来，又"哇"一声，"内联升的鞋，瑞蚨祥的旗袍，哎哟，给谁准备的啊？"

二姨在旁边一个脑蹦儿弹到他后脑勺上，笑道："是你爹准备的。"

"我爸特周详……这月盛斋的酱牛肉，我都好久没吃了！"

"还有什锦小点心！怎么不给包只鸭子啊……"

二姨听这小孩贫嘴，都快上脚踹了："要吃鸭子那能打包抽真空吗？不得上店儿里吃？"

应小二翻了半天全是吃的，一路惊叹着，突然打开了个红布包着的首饰盒子，一看，吆喝上了："这，这不是咱家景泰蓝的镯子吗，还有点儿年份，不便宜啊……干吗呀这。"

"这一个安眠枕，还有一箱沉香……哇，这隔火空熏一下，特好！"

贺情都呆住了，没想到应老爷子能送这么多东西，这还没缓过劲儿来，应小二又一口凉气倒吸回去，捧宝贝似的捧了个小盒子出来，打开一看，里边儿安安静静躺着一块儿三角形的护身符。

他把那开着的小盒子放贺情掌心儿，好奇了："护身符，白云观的吗？我爹信……"

二姨叹气，断了应小二的话："没呢，是亲自找人去山里求的。"

窗外阳光洒进来，贺情坐在床上，盯着那些箱子里边儿的礼物，觉得眼里有点儿酸胀，吸了吸鼻子，也跟着叹了口气。

真好啊。

拆完礼物，二姨在这儿守着，贺情头还是晕，又躺了大半天，晚上天都黑了，应老爷子叫了人送了晚饭又送夜宵，吃得贺情都快吐了。

什么冰糖肘子、蟹黄豆腐、宫门献鱼、京都排骨的，全给叫人装好了端上来，贺情

---

①拔份儿：比别人厉害，高人一等。

 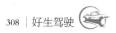

也不觉得嘴里寡淡了，乖乖把菜都吃完，躺床上擦嘴。

应与将那么会照顾人，还是跟他爸学的吗？

应小二来病房串门儿的时候，眼馋，嘀咕道："估计明儿我爸能把铜锅涮肉给你端来……"

贺情开心得想笑。

又眯了会儿，他还是觉得不太舒服，慢慢下床找了拖鞋穿，跑卫生间去洗漱了一通，实在憋不住了，偷摸着出门，病号服外边儿裹了层格子衬衫，估计是应小二去新买的，还一股子皂角味儿。

晚上医院走廊的夜风有点儿凉，二姨先回家了，今晚上就应小二和文叔照应着，贺情裹着衣服一间一间病房地找，也没穿袜子，脚都给吹得冰凉。

这医院这么大，乱找一通根本不是办法，贺情想了会儿，正准备找护士站问问，就碰上接了开水回来的应小二。

应小二一看他这样子，笑道："找我哥啊？"

贺情一只手揣兜里，另一只手伸出来去拧这小孩儿耳朵："快说！"

被拧得一疼，应小二手里装着开水的保温壶一晃荡，连忙捧住："疼疼疼……"

迫于他的威胁之下，应小二只得领着贺情往他哥的看护病房走。

两个人一前一后走到应与将的看护病房外，见门外守着好几个人，都背对着墙站着，应小二也认得是他哥的旧手下，点点头，对方几个人也对着应小二点点头。

应小二晃了晃手里的保温壶，回头一指后边儿冷得哆嗦的贺情，一抬下巴："贺情，认认脸啊。"

那几个本来没什么表情的人一下子都好奇起来，盯着贺情看，一边看一边笑，站最里边儿的那个笑得最灿烂，连忙道："贺先生……"

贺情笑了笑，点了下头示意，心里边儿暗暗握拳。

应小二使坏完毕，一眨眼："其实吧，叫贺少。"

那几个人又点头："贺少，贺少……"

贺情还算满意，也没工夫跟他们多扯，半只脚还没踏进房间，就听应小二一咋呼："哥！你醒了！"

贺情顿时停住了脚步。

他就那么卡在门口，进也不是，退也不是，遥遥看着床上躺着的，一条腿打了石膏，头上缠着纱布，呼吸还有些艰难的应与将。

他想起那一脑袋血，喉头哽咽了。

应与将也歪着头看他。

他本来就短的头发剃得更短了，线条依旧好看，表情酷酷的，眉骨深压着眼，里边儿的目光，贺情看不真切，只觉得才两天，这人好像又跟自己隔了半个世纪。

贺情往里边儿进了一步，愣在那儿，看着外边儿守着的一群大男人拥进去，把应与将弄起来，打水的打水，门口的护工也进来伺候他洗漱……

他一下就特别难受，那么独立又牛的一个人，怎么就给自己折腾成这副德行了。

贺情也明显感觉到了，他自己也不舒服，笨手笨脚的也帮不上什么忙，就在病床边儿站着，着急坏了，看着一群人折腾完，把应与将慢慢放下去，让他躺在病床上，一口一口地喝水。

这一下没忍住，贺情伸手摸了摸应与将的脸，觉得冰凉冰凉的，旁边儿给他喂水的护工动作一下停了。

贺情又说："我来吧。"

他接过水杯，往床头柜上放，这还没放稳，就被应与将放在被窝外的那只手一下拽过去，按住他的背，再按住脖根儿，最后按上后脑勺。

一屋子的其他人全被应小二赶着走了。

应小二也知趣，一边往后退一边关门，看着他哥眼神带刀地盯着自己，一吐舌头，跑了。

应与将看着贺情，把人拉着看了正面看背面，确定没什么问题之后，长舒一口气："还成，没丢零件儿。"

贺情差点儿没被他这样子气死，打着石膏呢头都破了腿瘸了上气不接下气的，还在担心别人？

贺情瞪着眼，没忍住咬牙骂道："你是不是吆不到台①了，你就能丢零件儿了？"

应与将太久没看他吹胡子瞪眼的模样了，被骂了还没忍住勾了勾唇角："我还能改装，你得原厂。"

"……"

"这要是丢半个零件儿，就再也找不到了。"

"这不是没丢吗。"

应与将垂下眼，认真道："没丢就好。"

回来就好。

---

①吆不到台：特别厉害，特能耐。

第六十六章

A城的夏天晚上不算闷热，病房里开了空调送风，甚至还有些凉意。

碍于在外边儿，两个人就一直聊天，贺情把应坤办的事儿都跟应与将说了，礼物每一件他都记得牢靠，还学着应小二的话把用法都说了一遍，逗得应与将忍俊不禁。

贺情一笑："你爸太厉害了，简直把我收拾得服服帖帖……"

应与将睨他。

他跟贺情说的话都开始多了起来，不再只局限于贺情在那儿讲了，明显开心了不少。

贺情差点儿一个白眼翻过去，开心就大喊啊，装什么酷。

这会儿是晚上十一点，贺情私自出病房待了两三个小时了，医生来查房没找着人，逼得应小二没办法，进他哥病房里边，跟一电灯泡似的站那儿，亮得贺情脸皱得更厉害了："干吗啊？"

当弟弟的被震得一缩脖子，弱弱道："得，得回去了……"

他还跟外边儿那几个守夜的手下划拳剪刀石头布，谁输了谁进去，结果还是自己进来了。

贺情也知道要查房，不好为难应小二，心里想着为了维护医院秩序，那就先回去躺着，往后日子还长。

他刚站起来，床上的男人就翻了个身背对着他。

贺情有点儿惊讶于他的耍性子和小孩子脾气，又特开心。

毕竟应与将基本很少在他面前展现出"男孩儿"的那一面。

他一时愣在原地，不知道该不该走了。

应与将背对着他，沉着嗓，轻声说，明天见。

贺情："明天见。"

晚上回病房贺情没有马上睡，先把手机掏出来打开微信，无数条消息都快把手机炸开了，他特尴尬地把声音关掉，一条一条地翻。

搞了半天，是A城当地的汽车媒体，报道了这次车祸，也算是车圈儿里面知名度比较高的一家媒体了。

标题挺简单，就是说A城夏各庄镇汽车公园发生连环撞事故，原因是赛车故障滞留赛道引起，造成八人不同程度轻伤，进一步状况还在调查当中。

贺情盯着新闻，看着那"不同程度"，心疼得一抽一抽的，撞击力第一次绝对是最强的，后边儿撞一辆就增加一下二次伤害，估计这次事件里，应与将是伤得最重的那个。

可这件事情本来是与他擦肩而过的。

再往下翻，就是现场图了，车都撞得缺胳膊少腿，撞毁容屁股撞没的五辆车紧凑在一起，互相连接，是典型的追尾现场。

除了一些救援照片外，最显眼的一张就是他那辆大众赛车上，狭小的空间里，一个男人压在另一个男人身上。

下面那个肤色稍微白皙一些，眼睛都已经打了马赛克，但露了半边儿脸，认识他们两个人的人，还是看得出是谁。

贺情一吸气，怪不得，微信都快炸了，一堆人来问是不是他，问他如果是他那现在怎样了，甚至还有来问他应与将怎样了的。

还问我……

能怎么说？

这件事情，贺情不可能瞒，不可能躲，他没有办法对着所有人说，被救的不是我，被应与将护着的不是我，应与将也没有参与这次事件。

他根本不可能这么说，半个字都撒不了谎。

他拿着手机沉吟了一会儿，在床上翻来覆去折腾了快十分钟，终于从枕头下面掏出手机，点开那条新闻，右上角撅了"分享到朋友圈"。

不加贝：是我和应与将。我没事，他受了伤，都在静养。感谢关心。

这条信息发了之后，朋友圈彻底炸了，赞和评论上百条，一刷新就多十个，不过贺情也没看。

他点开应与将的对话框，发现以前的聊天记录都全没了。

那天他一狠心之下直接删了对话框，再打开就一片白色。

贺情后悔死了。

他红着脸埋在被窝里打字，打完发送之后捂着脸在床上翻滚一阵，突然想骂自己，至不至于啊？

又没忍住把脸闷在枕头里。

贺情还不知道的事儿是，那条汽车媒体的报道，发布之前，媒体的负责人还专程把稿子带到应家去给应坤过目。

当爹的看了又看，沉默了快半个小时。

那天应老爷子拄着那根龙头拐杖，站在应家大别墅的二楼平台上，面对着树木草丛，晒着阳光，声音低沉着说："不用改，就这么发吧。"

第二日，应小二和他哥、贺情以及应家一大群人就这么在医院又待了一天。

到了晚饭的点儿，贺情电话响了，拿起来一接，头都大了。

贺情看了一眼身后给应与将拿药的应小二，压低了声音对着电话那一头说："到哪儿了？"

还真是连续性的世纪大战。

他估计他爸妈这一次来A城是单独来的，助理秘书一个也没带，行李都没怎么收拾赶了飞机就来了。

虽然说他现在见着他爸就犯怵，让他爸知道了他和应与将绝交又和好估计得被气昏，但现在情况不同于以往了，应家那边儿差不多搞定了，就贺家这还欠了些火候。

贺情傻愣了会儿，还觉得挺惭愧的。

他一个年底就二十一的人了，迈上了人生的一级新台阶，自己招呼都不打一个就离开不说，还搞出这么大事儿，害得当爹当妈的都五十岁的人了，还要为了儿子，匆匆忙忙地来到一个陌生的城市。

贺情揉了揉眼，拿着电话问："爸，您跟我妈这会儿还在南苑呢？"

旁边在给他哥拿药的应小二听得手一抖，连忙抓了贺情的手腕子："来了？"

贺情刚点了下头，应小二一拍大腿，冲到病房里去把文叔拉出来指着，对着贺情狂眨眼。

明白这小孩儿是什么意思，贺情恍然大悟地一点头，对着电话说："爸，应家已经有人来接了，南苑是吧……"

文叔是个面相温和的男人，大热天还穿着长袖，一身腱子肉，看着属于那种能文能武的类型。

他站那儿对着贺情笑笑，态度非常恭敬，掏了兜里的车钥匙摊在手心儿，在手机上敲了车牌号给贺情看。

贺情点点头，低声应了句"谢谢"，对着电话道："爸，先找个咖啡厅休息下，您等着人来接……A城这么大，您哪儿找得着路啊？"

这一来二去的，文叔取了车钥匙开着车过去接，应小二都不敢打电话问到哪儿了，只得在给应坤打完报告之后，跟贺情两个人蹲应与将病房里边儿着急，谁也不知道贺定礼来A城是什么态度啊！

电话里边儿，贺情还真觉得他爸声音无悲无喜的，根本听不出来是怎么回事。

他这脑震荡还没好利索呢，也得在医院待着，去不了南苑机场。

跟应与将说了之后，他眼瞅着应与将一脸阴沉地盯着腿上的石膏，满脸就写着几个字，能拆了不？

当爹当妈的来A城，他们两个当儿子的还在医院养着，连接机都接不成。

应小二给应坤去了电话，应家就安排上了，直接定了西城那边儿的程府宴。

应坤也不知道这北方菜系，外地人能否吃得惯，想了一下这来A城不就得吃当地的吗，按最高接待的礼数，先给招待好了。

应小二特乖地等着他爸说完话，把电话一挂，转过身来，乐道："哎哟，那可是地道的，咱 A 城的官府菜，中轴线上，中南海边儿啊……"

他把热水往桌上一放，把毛巾往盆里一扔，热水一溅出来差点儿烫到自己，不好意思地吐了吐舌头，朝床上半躺着的应与将眨眨眼："哥，我也好想去啊。"

贺情一时没憋住，对着应小二咬牙道："你？什么身份？"

应小二被贺情这一凶巴巴的表情吓得一缩脖子，抬眼想去看他哥，就见他哥眼里都藏着笑意，一副心情特别好的样子。

当弟弟的只有顺从的份，也乐意，往后退了一步，戳了戳贺情的手臂，偷瞄了一眼他哥，说："那……那我先去外边儿坐坐，房间里太闷。"

他站起来，接过贺情递过来的削好的大白梨，欢喜地啃了一口。

应与将眯起眼："快滚。"

如果不是在床上躺着没办法，他都快一脚踹弟弟屁股上了。

应小二出病房的时候接了他爸一个电话，说家长已经碰头了，明天等他哥拆了石膏，两家人就见一面，等他哥好了，留 A 城还是回 B 城都行，不管了。

应坤在电话那边儿咳嗽一声："你哥养伤，家事先交一点给你，去办好……"

应小二拿着电话疯狂点头，他爹交代的任务没有敢不好好完成的。

听那边没人作声，应坤想了一下，语重心长地说："小二，房间订个正经点儿的啊，别跟之前我去 C 城，那有个小年轻搞接待似的……就那什么，C 城外滩那 W 酒店，订房间光看价位去了，屋里设计都什么跟什么，怎么办事儿的！"

应小二在电话的这一头憋着笑，差点没给乐死。

他想了一会儿，觉得得给贺情的父母整一个特地道的，于是订了处四合院的私人会馆，一次只接待一拨客人的那种，就挨着他家颐和园边儿，装修也是浓浓的 A 城风情。

这门一关上，贺情突然有点儿紧张。

第六十七章

A 城，后海。

本来今儿个吃饭，应小二是想订在什刹海之源的，但想起自己之前打架闹得他哥南下的事儿，觉得自己神经还是有点儿脆弱，就换了家吃满汉全席的地方，带着贺定礼夫妇，往后海那边儿走。

这里环境十分好，配殿耳屋，古树清池，夏日的燥热隐匿在了院落内，通风也不错，正是避暑的好地儿。

里边儿门钹锃亮，雕花窗槏，西墙挂着画，东墙根下的洋漆架上摆了官窑大瓶，秘色青花都有，房间里整个就一高端大气的范儿，怎么坐怎么舒坦。

这两家人都到了包间里，围着坐好，面前摆了鲜果、酱菜、御点、蜜饯的，还没人动筷。

贺情和应与将是由文叔从协和医院那里直接接出来的，身上还一股子消毒水味儿，拉回国贸酒店洗了个澡，穿戴整齐才又送过来。

贺家家长到A城都一天了，这不见一面，怎么着都说不过去。

应与将腿上石膏都还没拆，给人扶着送上楼，贺情在一边儿心疼坏了。

他洗澡的时候打了一大盆水，手下小弟们都识趣地退到走廊上去站着。

贺情把应与将衣服脱下来的时候又看到那一身没痊愈的棍伤，心疼地说道："你爸下手太狠了……"

应与将目光低垂着，认认真真地去看贺情抓着毛巾在自己身上擦拭的手。

应与将表面上冷静地说："不擦了，天天都在洗，抹几下把医院的味儿去了就成。"

后海这吃满汉全席的包间里服务员都没有，全站门口去了。

应小二一拍手，周全啊！

他这么安排着还把长桌换成圆桌了，团圆嘛。

应与将行动又不太方便，房间里就变成应小二和贺情给两边家长伺候着，忙上忙下，端茶递水。

这包间里，加上应家兄弟的二姨，一共七个人。被安排到上位坐最中间的，反倒是腿脚不利索的应与将。

贺情一个劲儿给他爸倒茶，边倒边说："爸，这A城夏天有点儿干，您就多喝点茶……"

他拎起茶壶的时候，心里还一咯噔，这儿茶怎么样啊，他爸可是天天在家泡着琢磨的啊。

贺定礼品了一口，对着应坤一笑："蒙山云雾，好。"

应坤倒是没想到贺定礼先跟他搭话，也连忙举了一盏起来："行家。"

一看两当爸爸的聊起来了，贺情一激动，差点儿把茶壶盖子掀了，偷偷去看应与将的表情，后者的手放在桌下，面上微微带笑。

贺情咳嗽了一声转过脸来，从桌下伸脚过去，轻轻踢了一下应与将没事儿的那只脚。

应与将抬眼看他，贺情假装没觉得，带钩的眼神四处乱飘，美得很，嘴上都快哼上小曲儿了。

两个当爸的谈了会儿茶，二姨跟贺母聊旗袍，聊潘家园里淘过的簪子，这倒是像那三个小辈是给来晾着的，不过贺情也听得着急，因为基本上对他跟应与将的事儿只字不提。

他担心他爸妈是在回避，或者说这一下逼到眼前了，真的还是接受不了，等会儿不欢而散就麻烦了。

菜有人端到门口了，应小二去接，接到了就往桌上摆，笑着说："来来来，前菜五品，金银满仓，双味儿山药，脆着！"

贺母瞅着应小二这模样俊俏得，阳光又活泼，想起贺情读高中那会儿，说："与臣跟贺情差不多大吧？"

应小二摸摸头，见他爸和贺定礼互相推辞动筷之后，便伸筷子夹了块龙利鱼片给他二姨，笑道："我比他小一两岁，开学得读大学了。"

贺定礼往碗里放了匙玉米，说："听贺情说过你。"

应小二看着机会来了，一捂胸口，朗声道："叔，他真的太好了，简直就是我第二个亲哥！叔，您放心啊，以后他的事儿就是我的事儿，我愿意两肋插刀，三肋也行！我哥不管，我也得管！"

贺情听得眼冒金星，伸手一招呼上去："你哥能不管吗？"

应坤觉得时机也差不多了，放下筷子，正色道："老贺，我家老大，这快一年多来的表现我也看在眼里，相信贺情也改变了不少。"

二姨微笑，在一边认真听着，伸手将盘子调换了一下，把汴京骨酥鱼推到贺情面前："尝尝。"

这种情况之下，贺情的神经都绷紧了："谢谢二姨，谢谢二姨……"

应与将紧皱着眉，也有些紧张，左手握成拳放到桌下，右手捻筷子去夹御传葫芦鸡给贺情吃。

应坤见贺定礼神情严肃，是在认真思考他的话，继续道："年轻人的事儿，不如就让他们自己去解决，我话也说得明白。贺情今年才二十，路还长得很。"

贺情一听这话，觉得没毛病。他夹了块儿熘肝尖儿给自己的心肝儿应与将吃，眼里亮着，冒着一小簇火焰。

应坤喝了口茶："老大我没管过，这么多年来亏欠他很多。他身上背负着一些家族给予的东西，太重了。当他生命里的美好到来时，我希望他能抓得住。"

这一席话，听得应与将一愣，去看他爸。

应家这父子俩，本来交流就少，比贺情跟他爸沟通还困难，应坤对应与将还真是穷养大的，不管。

从来也没精力去胡吃海喝和花天酒地，应与将从十多岁开始就自己接触汽车生意了，在 A 城的每一号名声，都是自己打下来的。

 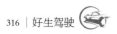

应小二听得只想哭，他到死都忘不了他妈是因为生他难产去世的。

二姨心疼坏了，伸手给应小二顺背，连哄带劝的，应小二终是吸了吸鼻子，红着眼跟兔子似的盯着贺定礼，满眼就是几个字，求求您了。

贺定礼在应坤面前忽然就哑住了。

"妈，来吃口柿饼夹心豌豆黄，特别甜……"

贺情给贺母夹了一块儿，又给他爸夹。

他见他爸还是阴沉着一张脸，不敢逼急了，放缓了语气说："爸，就跟应叔叔刚说的差不多，时间还长，您就先别在乎这事儿，再想未来怎么样……"

二姨看贺定礼有点儿动怒了，连忙打圆场："儿孙自有儿孙福！"

贺情深吸一口气，道："爸，除了家人我也不在乎别人怎么看，我做人做事，对得起您和我妈，对得起应与将，我就觉得……"

"贺叔叔。"

在一旁一直不怎么开口的应与将突然出声，放下了筷子，手掌心覆盖上贺情的手背，安慰性地拍了拍，缓缓开口："我和贺情都给了彼此第二次生命，您说的这些，我也考虑过。"

应与将停顿了一下，继续说："每个人都有一些特殊，都不想失去生命中最重要的东西，而不是被迫改变。"

在贺情的注视下，应与将看向贺定礼的眼神特别真挚。

"打拼十年有余，为贺情，为我弟，我放下了所有，我无怨无悔。"

应小二一听到自己，想起自己干的那些坑哥哥的事儿，感动得要死，连忙补了一句："贺叔叔，我没妈，但是，我爸和我哥，还有我二姨特别疼我，现在还多了个贺情，我真的特幸福！"

他一叹气，认真道："没有贺情，我估计都挂了。"

贺情趁热打铁，也跟着一叹气："没有应与将，我也挂了。"

他也不知道他爸能不能明白"挂了"是什么意思，心里反反复复咀嚼着应与将说的话，暖烘烘的。

贺定礼的确被触动到了，表面上还是阴恻恻地说："你救了贺情……不代表我就能认可你。"

在应与将这儿根本就不太在乎贺家能不能认可，他天不怕地不怕，被应坤打得浑身是伤都没喊一个疼字的。

他最怕的不过是贺情的放弃和半点儿松动罢了。

"贺叔叔，身体发肤受之父母，这次我救贺情，考虑不周全，不计后果，的确对不起我的父亲和母亲。"

应与将看了一眼沉默不语的应坤，回过头来，坚定道："但是如果这事儿再来一次，我还是会这么做。"

贺定礼没说话，拿起筷子，戳了下碗底，沉声道："先吃饭。"

一桌子菜吃到最后，气氛缓和了不少，应与将和贺情全程不怎么讲话，就看应小二逗他们四个长辈乐，哄堂大笑。

荷叶膳粥上过之后，就是满汉全席里边儿的告别香茗。

贺定礼亲自接过茶壶，往桌中间摆好的茶碗里沏上，端着，在一桌子人的注视下，把那两碗清香泛绿的茶，放到应与将和贺情的面前。

他一垂眼，淡然道："杨河春绿，品品。"

贺情眼前一亮。

应与将就这么拉着贺情，颤巍巍地站起身来，一步一步被扶着走到贺定礼跟前，两人手里都捧着碗茶。

贺情被他扯着跪下地去，急了眼："你不想要你这条腿了？"

应小二见状连忙搬了个凳子过来扶着他哥坐下。

一坐一跪，两个小辈就这么在贺定礼跟前，慢慢喝完了那两碗茶。

然后贺情又跟打了鸡血似的，让应与将站起来，把凳子转了个面儿，倒了两碗茶，对着应坤和二姨，又扑通一声跪下来。

那天应与将去看贺情喜上眉梢的样儿，不由得出了神。

家庭和睦，事业有成。

人生幸事，不过如此。

……

贺父贺母在医院陪着贺情待了半天之后，就说得回 B 城了，加贝那边儿还有好多事没处理完，还嘱咐贺情等养好了就赶紧回 B 城。

他接手的盘古旧址的车行，风堂昨天都还在打电话问："情儿，这事儿咱还做不做了啊？"

贺情一拍大腿，做啊！怎么不做了，做大点儿，万一他爸以后出尔反尔怎么办啊？

应与将离开得早，还不太清楚他卖车这些事情，也总觉得贺情在瞒他什么事儿，没多问，想着等回了 B 城一桩一桩地算。

贺情愁死了，心想着他在望江名门养的那一株绿植，估计都快枯死了。

他还是没忍住想跟应与将翻小账：让你卖盘古，让你想改行，让你买机票，让你回 A 城……

应与将被数落得有点儿怀疑人生，这始作俑者怎么还恶人先告状呢？

……

 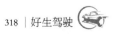

在机场过安检的时候，贺情站在人潮涌动的安检处外，看着他的父母，背对着他，将证件递给安检人员，过了传输带。

安检人员拿出金属探测器在贺定礼身上游移："转身。"

贺定礼举着双手转过身来，一眼就看到隔离围栏外站着的贺情。

他已经长成一个大男人的儿子，与他遥遥对视。

似是穿不过的山，挡住了山野之上疾驰的骏马。

贺情看着他爸忽然有些感慨。

贺情张了张嘴想说什么，就见他爸又转过去了，手里捏着机票和手机，揽过一边儿等候着的贺母，头也不回地走了。

他没忍住往前走了一步，心想着等应与将拆了石膏，就能回 B 城了。

这路，从此就在脚下了。

第六十八章

加贝那边的生意贺情先麻烦了兰洲过去顶着，天天蹲医院里边儿自己配合治疗，也能照顾应与将。

这石膏短时间拆不了，贺情就硬是陪了快一个月，中途回了两趟 B 城，屁股都没坐热，又匆匆往 A 城走。

好不容易熬到八月下旬了，应与将腿上的石膏拆了，伤筋动骨一百天，还得再养养，但勉强还能行动，由一群旧部下带着，说什么也要回 B 城。

除了考虑到贺情在外待了太久之外，还有一个重要的原因就是，应小二要开学了。

应小二报的法医学，是这所大学的新兴王牌专业，国内前三名，他这个人又特别好奇这一块儿，报专业报学校没怎么跟家里商量，应坤一听这专业，差点气得背过去。

这专业他觉得特爽，一个年级一百个人不到，今年在 S 省才招几个人，大三就临床实习了。

虽然大一大二的校区没在人民南路上，但大三就能回来了，离他哥和贺情还特别近。

三个孩子走的时候，应坤没去送，坐在客厅里玩儿鸟笼，背对着客厅落地窗外铺洒下来的阳光，一抬眼，漫不经心地看了一下提着行李的应小二，没说话。

应小二正在给行李箱套防尘罩，笑嘻嘻的："爸，我每个月都回来看您……"

应坤鼻腔里哼了一声，骂他："没必要，麻溜儿滚蛋。"

所有行李打包好，文叔和贺情忙上忙下地搬到车上去，应小二把电脑收起来，应与将还活动不太方便，勉强能走几步，靠在门框边儿，对着应坤轻轻一颔首："爸，我走了啊。"

应坤看着这三个孩子，忽然有点儿感慨，转过背去，面朝着那面落地窗，去看小区里的风景，拐杖在地上杵了几下。

那天，贺情扶着应与将，站在应家大门口，看着这一处恢宏宅院，特认真地面对着应老爷子，喊了句："叔叔，我们走啦。"

三个人买的头等舱，一排四个座，二对二，中间隔了走廊，应小二自然就成了那个一个人待着的。

飞机上关了阅读灯，贺情拆了位置上的薄毯，把垫腿的地方给应与将弄起来，让他躺着，两个人打开了同一部电影，插上耳机，一起看了起来。

两个人并排躺着，身上盖着毯子，翱翔在七八千米的高空，一起看电影。

到了 B 城都是晚上了，贺情从窗户看下去，都能根据夜里灯光纵横交错的脉络看出是哪些地方。

……

一回 B 城，加贝集团来了人接，贺情把应与将和应小二送回望江名门，请了保洁阿姨来专门打扫，毕竟都好久没住过人了。

他那株绿植果然枯了，贺情想了好一会儿，以后还是不养这些了。

他从衣柜里挑了件短袖换上，说还得回家一趟换衣服，晚上还有个会议要去，让应与将在家里等着他。

贺情正好拿了刀要割个行李包装，指着应小二说："应与臣，你等会儿点外卖啊，饿着你哥我揍你。"

应小二立马举双手投降："没问题！您放心地去！"

开完会回来都是十点多了，贺定礼似乎也默许了贺情在外边儿住了，看他回家收了一堆东西，跟自己汇报了一下工作，轻手轻脚关上门走了。

毕竟应与将还受着伤，贺情把他一个人放一会儿都担心得要死。

过了几天他抽空去找了一次风堂和兰洲，哥仨提着饮料往望江名门走，还没进门，风堂就开始"哇"，摸摸电梯门又摸摸按键的，就差把脸贴门上去了："情儿，太气派了吧，这一两千万的房子就是不一样……"

贺情的小尾巴都快翘到天上去了，那可不是气派吗！

应与将身体还在休养，休息得也早，打过招呼后就去主卧休息了。

加上应小二，四个人就在书房里边儿喝饮料聊天，贺情也跟他们俩谈了一下以后洗车行的发展战略，以及还在找自己卖了的车，但估计是找不回来了。

风堂见着应与将的时候差点儿没咬到舌头，他最怵这种特别有威严的人，跟他当官的妈似的。

兰洲虽然见着应与将笑了一下，但还是有点儿怕，等应与将去睡觉了，喝了口汽水儿，缓了口气，拍拍胸膛，说："情儿，你这是请了尊佛往家里搁着啊……"

"懂什么啊你们，他在我面前才不这样。"

他们三个人开的洗车行，还没来得及装修到盘古以前的门面去，贺情想了好久，觉得应与将应该是知道他把盘古买过去了的，这人怎么不提啊？

晚上把两位爷送走了，贺情跟应小二在客厅吃了夜宵，道过晚安之后就回各自的房间洗完澡睡下了。

贺情一身水汽，头上毛巾搭得眼睛都快遮住了，踩着软软的地毯，汽水儿喝多了，嘴里一股子果味，胃里还有些鼓胀。

听到他开门的动静，虽然小，但应与将还是醒了。

不过他也没睡多久，半睁着眼看贺情，一只手臂垫在脑后，低声道："都走了？"

贺情感觉汽水儿喝得跟酒似的，有点儿哽："都走了。"

应与将正纳闷他怎么喝汽水都能喝得昏昏沉沉，拎起桌上一瓶兑饮料的果酒，仔细看了看标注的酒精度 Vol12%，皱眉道："你拿酒出来喝？"

"啊？噢，"贺情掀起眼皮看一眼，"那是酒啊……"

那包装五颜六色的，还有水果图案，估计没看清，以为是饮料，抱着吨吨吨一通喝，怪不得脸蛋越喝越热。贺情用手背碰了碰自己的脸，就算没镜子也能感觉到应该上脸泛红了。

"你怎么回事，"应与将伸手要去捞他，喝多了在阳台上吹风准得感冒，贺情又是个体质诡谲的，保不齐什么时候会着凉，"喝成这样？"

"我喝成哪样了啊？"贺情骤然提高音量，给自己找了点儿气势，瞬间那口吊在喉咙里的气儿又弱下去，"我挺好的……我特别好……"

应与将顿了顿，听他撒欢结束，沉声追上一句："是啊，你很好。"

喝了酒的人脑子里装的都是糨糊，一时间转不过弯儿来，贺情继续呢喃："我们小年轻喝酒就这样，不醉不归，喝不醉的酒不喝……"

应与将扶额："我也只比你大七岁。"

贺情胆儿肥了，翻他白眼，"三岁一代沟呢，你这九寨沟都代出来了……"

想着人脑袋不清醒，应与将也不和他计较，把他扶起来，憋笑："行，回九寨沟睡觉吧。"

……

九月一号准时开学，应小二这积极向上三好青年，一大早就往学校走了，贺情开车，风堂和兰洲也在，过来帮着搬东西。

应与将酷酷地坐在副驾，也不下车，看后座三个人并排坐着，挤得跟一个人似的，忍不住说了句："应与臣，你怎么不开你的车？"

应小二摸摸鼻子，也没想到自己居然这么低调："哪有第一天报到就开个一两百万的跑车来的，还不想上新闻……"

风堂在一边儿一拍大腿，笑道："你这觉悟，比贺情当年高啊。"

然后风堂就开始跟应小二说贺情十八岁那年开个玛莎拉蒂总裁去学校办学籍的事儿。

贺情在前面无语了："那不是我不懂事吗？"

聊着聊着车又堵上了，贺情问了几句应小二的专业，应小二拿着微信翻专业介绍，边翻边说："解剖、组胚……太刺激了，哥，你不觉得特酷吗？"

应与将点头："酷，是个让人尊敬的职业。"

贺情通过后视镜看了一眼应小二的表情，脚下油门轻轻踩了又放，车子前进一段儿，说："你好好儿学啊，别吓晕了回来抱着你哥哭，抱一次一万二，先交钱后体验……"

这奔驰的越野车开着还有点儿不习惯，底盘太高了。

应小二愣了："太黑了吧，我一个月生活费才一万二！"

一开学就军训，B城这九月的太阳毒辣得很，应与将给弟弟收拾的行李，针线包、洗涤灵和药箱都准备好了，翻得应小二都蒙了，我哥太会照顾人了吧？

好不容易把应小二塞进学校宿舍，兰洲稍微矮一点儿，但也差不多有一米七八的样子，五个高大个儿的男人走在校园里还真吸引了不少目光，应小二觉得特洋盘[①]。

应与将走得慢，还好宿舍在一楼，他看着弟弟换上一身军训的衣服，小身板儿挺得特直，眉清目秀的，特精神，便夸了句："还不错。"

应小二得了他哥的夸奖，一蹦三尺高："哥！我爱你！"

应与将点了点头，看了下宿舍环境："大学不好好读，我就送你去当兵。"

应小二："……"

第六十九章

自从应小二去上学之后，贺情觉得家里都要空旷点儿了，但身边缺了这么一个小机

---

①洋盘：显摆，洋气。

灵鬼天天给自己冒皮皮①，他还真不太习惯。

在家里待了两天，应与将的腿好多了，正常行走没太大问题，就是动作慢点儿，完全调养好还需要些时间，贺情给他找了个全日制代驾暂时当一下司机，负责开车接送应与将。

贺情跑公司里边儿办事，新季度开始了这上上下下的，时间还真不宽裕，两个人也就晚上有点时间碰头。

回 B 城之后，盘古改成洗车行的方案暂时搁置，贺情还在考虑，想找一个契机，或是等应与将开口，把盘古要回去。

他心里也摸不准应与将到底还干不干这行，但这么一做下去，可能生意是没有之前做得那么大了，但是也应该能挺红火。

他那辆白色的奔驰大 G 还停在加贝集团，他俩前段时间闹僵了之后，贺情就没动过那辆车了，估计都落了灰。

虽然也就一年多，但真的生活里边儿处处都是对方的痕迹，没办法忽略任何一点。

这人逢喜事精神爽，贺情在洗车行里边儿还跟单江别打过几次照面，后者老是开车过来洗。

贺情站车间里边儿阴恻恻的："干吗啊？"

单江别"哎哟"一声，揶揄道："这么快就和好了？"

贺情把手里的单据揉成团往兜里一揣，看了一眼姓单的送过来洗的车，眼看着也洗得差不多了，没什么毛病，眯着眼笑："对啊。"

单江别咳嗽一声："他真救了你命啊？还真是感天动地啊……他这会儿腿脚还利索吗？"

贺情继续笑，丝毫不避讳："对啊，好使得很。"

贺情检查完，送单江别上车离开的时候，一双桃花眼笑得跟初二初七的月亮似的，特客气地说："您慢走。"

看着单江别吃了苍蝇一样的表情，贺情都快笑死了。

就这么着吧。

实话实说罢了，自己不爱听，怪谁啊。

军训期间，应小二还天天往家里打电话，说军训好累啊好惨啊，问他哥能不能送点儿西瓜过去啊。

贺情一笑，可以啊。

应小二一蹦三尺高，要冰冻的！

———————————

①冒皮皮：出风头。

熬了一天，应小二又打电话过来："我的西瓜呢？"

应与将把电话拿过来听，冷笑一声："西瓜给你种下了，明年就能吃上了。"

军训还想吃西瓜，有规矩没规矩啊？

应小二一声哀号，哥，哥，我的亲哥……

贺情还是阴着脸去给弟弟送了点儿冰镇西瓜，还给他宿舍的人都准备了些东西，打点一下，照顾着这傻弟弟，又派了人负责把应小二的车开到学校去了，搞了个出入证，说军训完了就可以用车。

原则就是，别跑远，跑远了被发现飙车去了，那成，大学也别读了，当新兵蛋子去。

应小二表面上哼哼唧唧的，心里边儿还挺感动。

真好啊。

应与将之前在 B 城做的酒店行业还留了不少股份，从他回 B 城之后就天天通知他去开会，推辞了几天，实在不能再推了。

他下午收拾完毕之后，从卧室里一出来，就碰到困得眼睛都睁不开的贺情，于是问他："休息会儿吗？"

贺情低低地"嗯"了一声："不过，你等我睡了再走，行吗？"

应与将一看时间，也还充裕，给代驾司机发了个短信说大概要晚十多分钟，就把贺情带到主卧里，给他脱了外套，调好空调，拉了遮光窗帘，把人塞进被窝里。

他就站在一旁，看贺情轻声呼吸着，浅浅入睡。

关了床头的灯，应与将蹑手蹑脚地离开了房间。

等应与将都在酒店那边吃过饭了，贺情这一觉才醒来，都快晚上十点多了，给应与将发了条微信，起床洗漱，煮了碗面吃，盘着腿坐在客厅榻榻米上看窗外的风景，悠闲得很。

别的不说，这房子的视野极其开阔，夜景真的太漂亮了。

他看了一眼时间，应与将都走了好久，不就开个会吗，怎么还不回来，酒店方怎么办事儿的啊，不知道人还在养伤吗？

他把那面碗扔到厨房，想了一下，应与将生着病还是别洗碗了，又把袖子捋起来洗。

洗洁精跟不要钱似的，他挤了一堆，满手的味儿。

到后边儿贺情看了一池子的泡泡，傻眼了。

算了，以后应与将不在家还是点外卖吧。

等他把厨房收拾完毕了，差不多半小时以后，他又看了下时间，都快晚上十点了，怎么还不回来啊。

贺情正这么想着，准备回个电话过去，就见着门铃响了，他光着脚丫子跑去开门。

沉重的木制大门一开，一股子酒气扑面而来，贺情都蒙了，差点儿没接住往他身上

 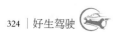

趔趄了一下的应与将。

贺情皱着眉，心里隐约带着点儿好奇，毕竟他从来就没见着过应与将喝醉，今天这情况简直闻所未闻，见所未见。

但是，贺情又听医生说过，他自己也研究过骨折后恢复期的注意事项，说什么什么骨痂生长，还有什么属于出血肿期，千万不能喝酒。

一想到这，他差点儿一巴掌给应与将招呼过去，不是说了不能喝酒吗，明知故犯啊？

他还没来得及说什么，就被应与将拉住往车库带。

贺情抓着他衣领问："腿疼吗？"

领带都揉皱了。

应与将摇摇头："不疼。"

电梯里边儿，贺情看了眼应与将，特冷静，跟平时没什么两样。

就是一身的酒气，脸有些发红，眼睛低垂着看地面，其他的也说不上来，总之就是一看就不清醒。

贺情看着他手里拿的车钥匙，也不知道代驾在不在，心里一咯噔。

不会酒驾了吧？

贺情急得都快掐他脖子了："你醉驾了？"

应与将看他一眼，笑了："没有……小李送我回来的。"

话说完，电梯就到车库了，贺情低声问他："要去哪儿啊？"

应与将醉着，反而乖得很，问一句答一句，听了贺情这话，摇摇头："哪儿都不去。"

"那这是干吗啊……"

现在，他就眼看着应与将走到一辆蒙着防尘罩的汽车面前，手撑在引擎盖上，退了几步，又猛地把防尘罩掀开。

防尘罩下面，是一辆大红色的抛过漆的迈凯伦 P1，崭新大气，光芒万丈，但贺情一眼就看出来这是他的那一辆。

应与将把那辆迈凯伦 P1 买回来了。

贺情从始至终不知情，也根本没有想过，应与将跟他闭口不提卖车和卖盘古的事儿，结果自己却明明什么都知道。

他感觉脚下都软软的，眼看着应与将慢慢走过来，说："R8 我找不到了。"

贺情敢确定，这人绝对喝醉了。眼神都是飘忽的，说话有点儿不清楚。不过，应与将倒没管贺情这会儿在想什么，自顾自地又把驾驶室打开。贺情走过去看。

在回家的路上，应与将一路让代驾一直停车，买了好多奶，豆奶、牛奶、酸奶……这会儿驾驶室的座位上放着一大袋奶制品，差不多十一二瓶，什么样儿的都有。

应与将拆了一包，往贺情怀里扔。

贺情接过那瓶椰奶，愣在原地，完全看傻了。

还没反应过来，应与将又来了一句，声儿都迷迷糊糊的："以后吃火锅都喝豆奶，吃红锅。"

啊？

贺情差点儿笑出声来，现在特后悔自己没把手机带到车库，不然给录下来，事儿过了再来听，估计应与将自己都会说不认识这个人。

心里默默地感动一会儿，贺情去看他失而复得的爱车。

这车就两个座，贺情眼瞧着副驾驶座位上还有东西，探头探脑地去看，全是一卷儿一卷儿的汽车改色膜。

什么锦绣灰、镭射白、祖母绿，各种颜色，都是贺情在车行看到过的，算是这几年的大热色。

应与将说话瓮声瓮气地："一个月四周……每周换两个色。"

贺情睁大了眼，默默把这句话记下来了。

以后该再也不会嫌他的车张扬了吧？

这车你给我买的，改色膜你给我买的，估计连贴膜都你贴呢，再有建议都给克服了。

贺情微微侧过脸去，应与将闭着眼小声地说："给你买，都给你买……"

把这喝了酒的病号扶上楼的时候，贺情看着他慢慢挪动步子，心里难受极了，现在又感动又懊恼的情绪交织在一起，压得他有些喘不过气。

真的无语自己为什么就背不起他，明明个头都差得不太多。

贺情想了一会儿，觉得是自己骨架和肌肉的问题。

身上肌肉不是没有，就是比较匀称，也薄，身板儿没应与将那么结实，也没那么壮，改天去报个健身房，多锻炼锻炼。

贺情吃力地把应与将弄回主卧，给他擦身子，擦到后脖根儿的时候，应与将都已经睡着了。

第七十章

早上一起来，应与将宿醉头疼，喝了点儿贺情兑的蜂糖水。

一口下去差点儿没给他齁死，只能硬着头皮咽下去了。

贺情心虚，可能也是知道自己的蜂糖放得有点儿多，连忙给他顺背，又递过去一杯热白开："甜啊？"

应与将喉咙里不太舒服，头也晕，说："还行。"

贺情鼓起勇气，又问他："昨晚说什么了你记得吗？"

应与将沉默了一会儿："不记得。"

刚想骗骗他说已经录下来了，贺情有点儿泄气。

贺情闷哼"哦"了一下，转身要走，应与将没忍住笑了一下，沉下嗓道："还想买什么？"

贺情气得脸都快鼓起来了，骂他："买个头，拉倒吧！"

应与将抓着他不放，嗓子哑得跟喝了一晚西北风似的："你好小气啊。"

这么一句把贺情给吓愣了，他这还醉着吗？

于是贺情伸手拍了拍他的脸，小心翼翼地问："还没醒酒？"

应与将双臂拖着贺情不让他走："醒了。"

忽然想到昨晚的疑问，贺情轻轻推了应与将一把，脱了鞋，半靠在沙发上，真皮软垫蹭得他特舒服。

贺情眯着眼："你知道我买了盘古？"

应与将看他一眼，转过来平躺着："早知道了。"

像是考虑了挺久，贺情搓搓手，郑重其事地说："我俩合股吧，成吗？"

应与将点了点头没说话，贺情继续说："名字还是不改，就叫盘古……你给我买车花了不少钱吧？"

应与将这回开腔了："还行。"

"得一千六七百万吧？"

说得贺情都想打人了，这一来二去的还亏损不少，但他也不后悔把盘古买过来了，两个人这下能一起做生意，多好啊，分也分不开了，谁都跑不掉。

他心里的小九九才不能让应与将知道。

应与将说："一千八百万。"

贺情都快从沙发上弹起来了，掏手机就想打过去骂人："我卖才卖多少啊！敲诈勒索吗！"

应与将盯着他："车回来了不就行了吗？"

贺情叹了口气，看他那眼神，心里的小火苗又给掐灭了，没办法，只好道："应总，我给你打工吧。"

十二点一过，贺情开了那辆迈凯伦P1，拉着应与将去三环兜风。

一圈儿兜回来，脚都踩麻了，三环上没什么人。

贺情把敞篷摁开，两个人兜着秋日的凉风一阵瞎飙，开得虽然不快，但那冷风灌进来把贺情的脸蛋儿都吹冰了。

九月的秋天，在 B 城总是格外令人珍惜，像这种秋天顶多就十来天的地方，想享受一下凉爽的空气还真不容易。

去年 B 城雾霾太严重，雨也下得少，在全国是出了名的旱冬，有点儿印象的雨天就那么几次，在家里喝水都要多喝几杯。

贺情今晚特开心，想放声高歌，一边踩油门儿一边唱："他说风雨中这点痛算什么！擦干泪不要怕，至少我们还有梦……"

应与将盯着后视镜里不断倒退的景色，也没觉得头顶下雨，笑了一下："你什么梦啊？"

贺情一眯眼："多了去了……"

他心里一点点儿盘算，有些梦要慢慢实现，还不能告诉应与将。

最近加贝那边事务比较繁忙，贺情也关注了之前被佳成集团收购的捷豹 4S 店的业绩，只听说今年捷豹路虎公司向国家市场监督管理总局备案了召回计划，要召回捷豹 XF。

光大陆都有八千多辆，还不知道 B 城有多少。

又是高田安全气囊的事情，指不定多麻烦。

不过加贝集团要做的事也多，盘古名字给弄回去了，那块才卸下来不久的"盘古名车馆"的牌子又给挂上去了，车馆现在是贺情和应与将合股，馆内业务操办基本上都是应与将在管。

大众集团旗下的兰博基尼和奥迪都要启用保时捷所用的电动超级跑车的新平台 SPE，估计后面几年的汽车新风向就是电动了，贺情也要往这边儿搭线，往 A 城 C 城跑了几次，一回来就往家里扑，把他给累坏了。

兰博基尼和保时捷新出的电动概念跑车都特别漂亮，贺情看得心痒痒，而且电动跑比烧汽油的车快多了，那提速，现在最快的还是特斯拉。

前几天有个朋友，就是车圈儿的一个人，拿了辆宾利欧陆 GT 过来要改装，正巧贺情在店里，两个人你一言我一语地还聊了会儿。

那个朋友看着应与将一身工装，手里拿着钳子从后边的车间走出来，脚上的裤腿挽了一截，额头上还有细汗，他眼神冷冷地看着他，又看了看贺情。

"贺少，这店你不是买下来了吗？"

那个朋友简直摸不着头脑了，不是前段时间车圈儿里都说贺情把盘古给买下来了吗，怎么应总还在这儿给人修车啊？

贺情嘴上还咬着烟，正背对着应与将，立刻麻溜儿地把烟折了塞衣兜里，动作一气呵成，半点儿马脚都没露，咳嗽一声："他主要负责，我就过来看看。"

他朋友看贺情这动作，更迷糊了，摸摸后脑勺："那这店到底谁的啊？"

贺情笑了一下，说："我们的。"

 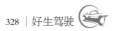

朋友彻底傻了："哈？"

这么劲爆？

话说完，应与将也慢慢走过来了，拿纸巾擦了一下脸，一双深邃的眼紧盯着那人。

应与将把他兜里的烟拿出来，叼嘴上，剩下的一半拿火柴给点了。

烧起来的烟雾呛到了贺情，他眼看着应与将点了一下头，说了句"你好"，然后叼着烟往车馆外走了。

站那儿抽烟，人高马大的，背影看着都特牢靠。

朋友拍了拍贺情的肩膀，说了句"生意兴隆"，听得贺情一高兴，那就打个五折吧！

他在盘古名车馆待了好几天，看应与将修车改装弄这弄那的，好不容易把几个常见尾翼的牌子搞清楚了，又来看人贴膜，那技术，贺情觉得自己还是好好儿卖车比较靠谱。

关键是他觉得这几年流行的改装风向，什么宽体、趴地的都特别丑，欣赏不来，应与将也不太喜欢，但还是得改。

盘古这边的生意渐渐回温，但这东山又起的，比以前差了那么点儿，也还好，应与将在酒店那方面也得心应手。

应小二在学校的军训早就结束了，这小孩儿还挺能吃苦的，拿了个什么军事训练优秀学员，往微信上炫耀一下，还特意提醒了应与将和贺情，求表扬。

应与将冷冰冰地点了个赞，贺情留了个大拇指，在评论下边儿一阵欢呼：我弟真厉害，真棒，回来带你吃好的，咱上金港飙车去！

应小二这下一蹦快六尺高了，感觉贺情才是他亲哥。

他哥现在腿脚利索多了，也没什么毛病了，比以前爱说话，时不时也知道鼓励他几句了，不再是那种打压式教育法，不过应小二这种性格就得压着管，没人管得住的话，那可就长歪了。

这B城的冷天来得快，秋雨潇潇，吹得贺情打了一个寒战，披着外套从加贝集团出来，手里拿着车钥匙一甩一甩的。

刚刚遇到个来订兰博基尼的客户，话特别多，一直唠叨，唠叨完了又不买，说想看看别家，有没有便宜点儿。

贺情都想拿个苍蝇拍把人拍墙上了，忍着说，先生，B城就这么一家，您可以再考虑考虑。

浪费了一下午时间，半辆都没卖出去，这年底了，下个月就要开年会，他不想被他爸又数落业绩。

不过自从加贝交到他手上之后，生意好了不少，可能是他更了解车圈儿，更明白新型的购车方式，对电动车之类的新产业链的接受程度也比较高，B城车展也挑了不少车去。

车展那天，盘古的展位也回来了，就跟加贝集团的展位挨着。

去交接工作的时候，他和应与将并肩走在人群之中，周围不少的人拿着相机和手机在拍加贝展出来的豪车。

贺情心里高兴坏了，偷偷地想，这些都是我的。

他的目光瞟了周围一大圈儿，一一扫过盘古名车馆和加贝集团挨着的展台上边儿摆成一排的豪车。

保时捷 Panamera、Cayenne、918，我的。

兰博基尼盖拉多、雷文顿，我的。

阿斯顿马丁 DB9、DB11，我的。

劳斯莱斯曜影、古思特、魅影，我的。

第七十一章

今年的冬天来得格外早，B 城车展已结束，这一晃眼的，就到了十二月份。

贺情今年十一月二日的二十一岁生日过得特别含蓄，没跟往年似的，又提车又组飙车局的，倒是应与将亲手给贺情做了个生日蛋糕，在望江名门过的生日。

应与将想要做蛋糕的时候，还想了好一会儿，在想贺情这个人，明明出生在那么冷的十一月，怎么就那么开朗热情。

做蛋糕的原料还是贺情买回家的，蜡烛那些是应与将买的，铺了一桌，数了一会儿，确定了是二十一根，应与将放心了，去厨房忙活。

蛋糕做了一下午，贺情等得肚子叫，毕竟他今晚就指望着吃这个蛋糕了。

长这么大每年的蛋糕都是买的，什么时候有人给他做过？

应与将推着蛋糕出来的时候，客厅里的灯都关着，只点了一些蜡烛。贺情喷了点儿香水，心里开心得很，香水的味道闻着特别舒服。

贺情就那么坐在沙发边儿上，盯着应与将推着好大一个蛋糕从厨房出来。

应与将还是骨子里那股酷劲儿，改不了。这劲儿仿佛是祖传的一般，应与将身上有，应坤身上也有。哦，但应与臣身上就没有，仿佛是捡来的。

特别应坤那龙头拐杖往那儿一杵，贺情觉得脚底下的木地板都要抖三抖。

做好的蛋糕在黑暗里显个形儿出来，贺情也没拍马屁，只觉得看着就好吃。

他拎了颗樱桃起来，认真地说："这是我小时候吃的。"

说完，贺情盯着这个蛋糕看了好久，越看越眼熟，直到应与将把一张贺情三岁的照

 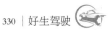

片拿出来，他才明白。

这个蛋糕跟那张照片上的生日蛋糕一模一样。

应与将看贺情都呆在那儿了，于是把刀叉先放下，盘子也搁到一边儿，伸手把贺情拉过来。

两个人都坐在沙发上。

眼前是偌大的客厅，漆黑一片，唯有客厅中间推车上的蛋糕，插着根精致的蜡烛，蛋糕上边儿是一辆小车，以及一句：Happy Birthday。

他半眯着眼儿地揪着一个高大的男人，应与将的衣领问："你哪儿找着的照片啊？"

应与将看着那蛋糕，低声笑了："你妈给的。"

等那蜡烛都要燃尽了，贺情才站起来，应与将也跟着起身，两个人站到那蛋糕推车旁，应与将拿出剩下的二十根蜡烛，让贺情一根一根地插上去。

贺情捏了一根又一根，边放边说："一根，两根，三根……"

他深呼吸了一下，眨眨眼，把第十九根放了下去："加上之前那根，一共二十根。"

应与将轻声说："你满二十一岁了。"

贺情说完，闭着眼，"可我希望，永远二十岁。"

应与将没回话，只是看着他。

沉默了几秒，应与将点点头，贺情吹熄了蜡烛。

……

金港赛道上的跑车声浪轰鸣声依旧从未停歇过，贺情晚上跟应与将去过一两次，那肾上腺激素飙升的感觉依旧让他上瘾。

这上半学期应小二在学校跟同学老师都相处得不错，他这种性格走哪儿都吃香。长这么大，除了几次意外伤，还有没有躲过的陷害，应与将把他保护得很好。

第二次回到 B 城，应与将也在应小二身边放了两个保镖，负责校外活动，保证弟弟的人身安全。

每周应小二回家，应与将都要带弟弟去吃好吃的，本来有几次都因为贺情太忙，打电话问了一下，没有一起去，结果这几次周末回来，贺情还主动要求要陪应小二去吃饭。

两个年纪差不多的人有说有笑，打打闹闹的，应与将看着开心，也放心了一点儿，他特别怕自己话太少，把贺情给闷着了。

有弟弟在就还好，弟弟和贺情相处得也很融洽。

年底，差不多要到圣诞节的时候，加贝集团迎来了一年一度的公司年会，位置就设在展示厅，展示厅重新装修了一下，可以容纳不少人。

今年加贝集团破了一次例，同意了不少媒体的采访要求，也开放了专门的一次媒体采访日，让记者和一些微博自媒体参观集团内部的区域。

公司年会设置得特别隆重，加贝集团发展到今天也比较看重新媒体效应，所以这一次的媒体席比较靠前，而应与将的位置就设置在第三排的最中间，直接坐在一群媒体朋友里边儿。

他因为今天盘古的事儿跟加贝的年会相冲突了，中途才赶过来。

应与将身上的工装才换下，套了件黑色的长棉服就进来了，路上还淋了半边身子的雨，庆幸自己还好头发留得很短。

加贝的年会跟其他公司不一样，不表演节目也不搞娱乐活动，只是介绍公司这一年的业绩、成就，以及展望一下未来，说一下明年的发展目标等等，然后做一个公司规划，而重头戏就是发年终奖了。

盈利高，贺情高兴，自然发的钱也多，这还没到发钱的环节，贺情刚一上台没多久，下边儿不少姑娘就开始叫了起来。

跟粉丝团似的，那些媒体见状也一阵猛拍。

这 B 城的车圈儿里边，他们拍得最开心的就是贺情。

原因也说过了，贺情长得又帅又招人喜欢，怎么拍都好看，跟拍电影发布会现场似的。

贺情这才一上台，人群中一眼就看到应与将了。

台上的贺情对着台下的应与将笑了一下。

贺情今儿个穿着一身藏蓝色西服，头发拿摩丝抓了一下，灯光一打下来，显得额头饱满又好看，面部轮廓分明，站那儿就是两个字，英挺。

由于加贝集团主要做的是豪华汽车销售，年终报告做起来也没那么困难，这一次历练也是贺情主动要求的。

贺定礼坐在第一排，就这么看着自己引以为傲的儿子在台上滔滔不绝，气宇轩昂。

举手投足都是让他自豪的样子。

他自然也知道应与将来了。

包括儿子今天要做什么，他都知道。

介绍完今年各大豪车品牌推出的概念车型，贺情又总结了一下今年北美车展以及 C 城各大车展的情况，再一一联系到 B 城来，并在新的一年里，制定了最新的企业对外公开的战略计划。

加贝集团在慢慢朝电动超跑主要经销商的形象转型，与大远集团的汽车整车生产不再有大的利益冲突，单江别在城北的店根本入不了贺情的眼。

等他说得差不多了，贺情看着坐满了的展会厅，身后的 ppt 变成了一片漆黑，整个台上只剩了头顶的一束斜斜的追光。

 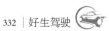

贺情手里拿着话筒，面前是演讲台，他把手放在挡板之后，握紧成拳。

刚刚说了那么久，说了那么多，他没有丝毫的紧张，但是现在，他却能感觉得到自己的手正在不停地发抖。

贺情喝了口热水，把话筒拿好。

"加贝的所有成就，离不开这座城市。"

他握着话筒，认真地说："B城是座包容性很强的城市，我生在这里长在这里，也明白这里给予我的一切。"

身后的屏幕亮了起来，出现了几座装修得十分梦幻的平房概念图，以及一只正在喝奶的大熊猫。

贺情看了一眼台下惊呼可爱的几位女士，笑了，继续说："明年，加贝将捐五百万元人民币用于市儿童活动中心的建设，以及以加贝的名义认养一只大熊猫，名字就叫加贝。"

贺情目光又看向前排认真记录的媒体朋友，深吸一口气，缓缓道："然后，还要感谢盘古的老板，应与将先生。在这一年来给予我在事业上、生活上的大力支持。同时，他也教会了我很多。"

应与将坐在原地，心底积压的情绪一时涌上心头，感慨万千。

他想好了当贺情在夜里相伴入眠的月亮。

没想到这么快，就要当他白昼里耀眼的太阳。

他就那么坐着，看着贺情眼里如有辰星，睫毛在灯光的照耀下忽闪着，嘴角微微上扬，眼神坚定。

"我从来没有跟他道过谢，但今天在这里，我想跟他说一句。"

应与将呼吸加重，全场的人也屏住了呼吸，拿着相机拍他的媒体朋友也纷纷侧目而视台上的贺情。

那天，在公司年会上勇敢了一回的贺情，拿着话筒，站在展会厅里，看着台下第三排中间坐着的应与将。

两个人就那么对视着。

应与将听见贺情轻轻地说：

"谢谢你。"

九十月在三环开着迈凯伦P1的那一晚之后回家，应与将问过贺情："你那个梦，是什么梦？"

后来贺情告诉他，是关于将来的。

"我想和你好好的，好好地做生意……新的一年又要到了，那再祝我们万事胜意，出入平安，一路顺风，年年有今日，岁岁有今朝，野火烧不尽，春风吹又生……不对不对，不能有野火，那就红红火火一整年……"

贺情说不下去了，笑得不行。

他不知道，自己的蓦然出现，永远是应与将心底的一处深海明灯，永远明亮，永远是生活的热望。

而倘若失去即是溺于大海，能把贺情救上岸的，从来都只有应与将一个人。

加贝贺，情是情义的情。

与是与你同在的与，将是将来的将。

他们能给彼此的太多太多，不只是一起飙车，一起吃饭，更多的还有互相成长，互相扶持。

今年的应与将，仍然是贺情的望祈。

还好，南下的春风年年都来，身边的人年年都在。

那是一九九七年十一月二日的贺情。

他和应与将，在二十年后的十一月二日，于 B 城相遇。

番外 室友的哥哥很眼熟怎么办？

一到夏天，B 城就会进入一种潮湿又难耐的状态。

微风闷热，时不时还会有淅淅沥沥的微雨。

小时候，贺情总在想，如果夏天贯穿一年四季就好了，这样暑假就会放三百六十五天，他再也不用写作业了！

后来长大到初三高三，他才意识到自己曾经的许愿是多么的天真。明明暑假也有很多作业要写，看应与臣上个大学作业也很多，所以说什么长大了就好了完全是骗人的……

今年，贺情二十四岁了。

他摸了摸脸，认为自己青春永驻，还是和二十岁的时候没两样。

可能是因为天气的原因，最近贺情常常在床上翻来覆去睡不着，想很多以前的事，再去想未来的事情。

这半年来公司和车行的生意越做越大，应与将有事出差，经常一走就是好几天，回来落落脚又走了。

应与臣偶尔从学校回来，往家里看一眼发现他哥不在，一脸坏笑地说："要我说啊，你们俩这会关系变疏远的！"

总会招来贺情一枕头或者飞踢，说："你别挑拨离间！"

"我复述事实！"

"今天趁你哥不在我就好好教育教育你！"

于是，两个人又在沙发上不依不饶地纠缠不休。

因为实在是太无聊，工作上的事也都处理完了，贺情让应与臣带他去了一趟学校。除了食堂饭菜太好吃不利于应与臣减脂之外，挑不出什么毛病。

晚上回到家里，贺情做了一个梦。

梦里，在一个平凡得不能再平凡的夜晚，他在大学寝室里第一次见到了应与将。关键他的室友还是应与臣，这就增加了这个梦境的刺激性。

刚进入梦境时，他左右观望了一阵子，而后又跑去镜子面前照，瞪大眼睛把脸都掐红了，发现脸部确实回到了十八九岁的状态。

他们大学专业没有晚自习，寝室里就四个人。另外两个室友早早地去图书馆自习了，只留下他和应与臣两个人在寝室里，正在商量晚上偷偷叫点儿什么外卖，还要在不被校方发现的情况下。

他们这届管得严，非休息日不让天黑后出校，什么外卖都不让吃，每次一点外卖，校方派来"截获证据"的人总是速度及时。

夏天的天黑得晚，直到九点多天色才灰暗下来。夏夜的凉风从门窗的缝隙之中悄悄钻入，呼呼作响。

他把早早准备好的短袖穿上，倒了杯水，把咖啡包扔进去，再捧着马克杯晃晃悠悠地，靠在飘雨的窗边，往楼下望。

果然，又有男生抱着吉他和玫瑰花，准备了满地的星星灯盏，正在向对面宿舍楼上的女生告白。

对此表示不理解的贺情长叹一口气，眨了眨眼睛，把自己代入到围观群众身上……这么热的天，怎么还有人追爱啊？

那不得热得一脑门汗吗？

算了，去打打游戏吧。

今天他就拿个辅助类的角色让应与臣带着就行，野王（通常指非常强的打野）小臣肯定可以带他乱杀。想当年应与臣还没这么厉害的时候，也是捏着嗓子在游戏里到处喊

 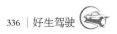

哥哥的那种类型。

自己呢，属于反复被敌方打死的类型。

"哎，"应与臣回头叫他，"贺情，我记得下午上课的时候你不是说想吃炸鸡？"

贺情这会儿正盘着腿，在电脑桌面前认认真真地打游戏，头也不回："嗯！喊外卖吗？你能跑赢学校保安？"

"跑得赢。"

应与臣说着，从床上翻下来，披了件牛仔外套在肩膀上。他拿起桌子上的可乐瓶，猛喝几口，冰得嗓子里一声"嗷"，再低头过来，好奇的目光锁定在贺情的电脑屏幕上："都三年了，你不腻啊？还打赛车游戏？"

贺情闻言一笑，那双眼眯得弯似月牙："打啊。"

"别打这个了，玩手游吧，"应与臣把手机上的游戏 app 点开，"我带你乱杀！"

贺情嘴角抽搐，实在想象不到应与臣打游戏很厉害的样子，说："你别送就行。"

"我才不会送呢。"应与臣单手撑上电脑桌。

他环视一圈，再次确定寝室里就他们两个人在，神神秘秘道："你什么时候把你那兰博基尼开到学校来？不开到学校来，你开到我家楼下也行啊，我们俩这么铁的关系，你也让我坐坐？"

贺情依旧没看他："你只配坐我的大众。"

"大众多好啊，大众多接地气！不过，如果你让我坐兰博基尼，我就让你坐乔……"话还没说完，应与臣的手机在衣兜内震动起来："我接个电话。"

"乔什么，乔治巴顿？"贺情微微一顿，眼神往应与臣身上瞟，像来了点儿兴趣。

应与臣打电话有个习惯，不能固定在哪里坐着打，一定要边走边打，为此贺情还经常笑他真打的是移动电话。

这时，应与臣已经散步到了窗边，"喂？哥？"

应与臣是从北方来这里念书的，又是个开朗、吃得开的人，一天二十四小时除开睡觉时间，基本那张嘴就没怎么合拢过。贺情也爱笑、爱听，一来二去，从大一入校开始两个人就玩到一起去了。这些信息一下就闪现到贺情脑子里，把现在的角色状态拿捏住了！

哥……

意思是应与将来了。

贺情紧张得耳朵一下子就红了，他手忙脚乱地取消游戏匹配，扯下挂在柜子上的学生证，看着学生证上写的"2015级"，再看了眼手机屏幕上显示的"2015年5月20日"。

算算啊，那么意思是现在他是大一……

应与将是1990年出生的，那么现在的应与将才二十五岁。

梦境之外，也就是现实生活中，他和应与将认识的时候，应与将已经二十七岁，马上二十八岁了。意思就是说，等会儿即将看到的是要小快三岁的应与将。

应与将会不会看起来嫩嫩的？

贺情这么想着，忍不住笑出声。

应与臣还在那儿接电话呢，回头困惑地看了他一眼，"怎么，你五杀了？笑这么开心。"

贺情戳他腰："你打你的电话。"

"啊，你就到了？你车开进来了？你说你是家长？门卫也信啊？"应与臣乐死了，笑得快要跳起来，又连忙变了神情，求饶似的说："对对对，你就是我家长……找得到吗？我住男生宿舍的……的……"

"十八栋。"贺情提醒。

"哦对，哥，我住十八栋。你停宿舍楼下就行，我下来拿。什么？你要上来？好吧，房号是五楼，502……我先挂了！"

上一秒，应与臣还是笑眯眯的，下一秒，他瞬间变了脸色。

他赶紧把手机揣进衣兜里，从阳台冲回寝室内，取出几张湿巾纸，在桌面上胡乱地擦了一通，再把他的好几只打火机、一包没抽完的烟快速抓到手里，最后气喘吁吁地冲到贺情面前，手起刀落，直接把烟、打火机扔到了贺情的电脑显示屏之后。

 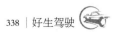

"这……"贺情哭笑不得，"你哥要上来？"

"对，兄弟，你也挡严实点，"应与臣拍拍他的肩膀，"我哥如果发现你要抽烟，他肯定也会怀疑我的！"

贺情是独生子女，不太理解这种被亲哥管得太严的小弟，无奈道："服，你都多大了，他怎么还管你。"

"没办法，我哥没对象也没结婚，一天天除了工作就是管我找我事儿。"应与臣哼哼几句，"就没人治得了他。"

"就是就是，还不快找人去治他！"

没过一会儿，宿舍门响了。

一听见敲门声，贺情跟全身上了发条一样，猛地从凳子上弹起来立定站好，吓得应与臣一跳，奇怪地嘀咕几句，说你怎么比我还紧张……

贺情一笑，说见家长能不紧张吗！

"见什么家长，"门一开，穿着黑色薄风衣的应与将跨步进来了，他手里还拎着一把湿漉漉的伞，"小二，你要带你室友见家长？"

"啊……"应与臣和贺情打闹的动作瞬间停止住了，变身乖顺小绵羊，手忙脚乱道："不是不是，哥，你来啦。"

"嗯。"

应与将将伞放在一边，眼神瞟了一眼呆愣住的贺情，没多说什么，把需要带过来的应与臣的文件放在了桌子上。

贺情已经傻了。

他发现，小三岁的应与将确实要看着嫩气一点，眉眼之间那种成熟的气息没有那么重，想必三年间行业之中的斗争的确耗尽了他许多精力，但是三年后那股锐气依旧不减。但是明明才二十五岁的人，怎么非要穿个黑色风衣跟夜行侠似的，关键二十七八岁也还这样，这风衣是半永久的吧。

这时候的应与将，看着还没那么沉闷，面部轮廓更锋利，整个人气质是阳光的。虽然没什么表情，但眼神还算和善。

贺情像木桩一样挡在寝室中央，还想多看应与将几眼，结果这人把东西给应与臣之后，双手插兜，转身就要走了。

"等……"贺情下意识猛地向前一步。

应与臣满脸问号地看着他："你怎么了？"

贺情一愣，捶捶大腿，道："……刚刚打游戏坐久了，腿有点麻。"

应与将不着痕迹地勾勾唇角。

见他哥笑了，应与臣脸上也堆着笑，高声道："哥，你要走了？"

"嗯。"应与将把湿淋淋的伞再拿起来。

"那你路上慢点啊，周末我要回家。"应与臣左看右看，看着乱糟糟的大学生宿舍，实在也说不出什么要不要坐坐啊什么的话，也怕他哥发现桌上不太明显的烟灰，只能礼貌微笑，挥挥手表示道别。

应与将走的时候，眼神往应与臣那里瞟了一圈，最后如回旋镖似的，落到贺情身上。仅仅一秒后，应与将挪开眼睛，点了点头，拉开宿舍的大门往外走。

条件反射地追了一步上去，贺情才想起来宿舍里还有应与臣呢，回头慌慌张张地解释："我突然想起来我家里给我买的肯德基还在校外那个驿站放着呢，我得去拿。"

"全家桶？"应与臣问道。

"啊对。"贺情想起三年后自己和应与将的那次电影院见面。当时自己一听到是"一家人一起吃的"，都没犹豫，一秒就直接买了。

应与臣兴奋了，双手握拳："快去吧，记得分我点。"

贺情点头："好。"说完他就没影了。

刚刚冲出宿舍，还没走几步，前面身形如山一般的应与将陡然停住脚步，回头，目光深邃："小臣室友是吗？外面还在下雨，可以的话我捎你一段路。"

贺情点点头，假装镇定："行。"

微风起，夏夜总是动人。

应与将现在的自用车辆还不是大 G，更不是别的什么多么豪华的车，而是一辆简简单单的黑色奔驰轿车。他一上车，贺情也习惯性地坐到了副驾驶，而应与将没半点奇怪的反应，只是嘱咐他把安全带扣好。

打燃了火，应与将按开雨刮器和空调，将夏季湿润的雾气全部散去。车辆启动起来，引擎震动出一种嗡嗡的细微声响。

贺情感觉应与将在看他。

他不自觉地坐直身体，说："那个，哥，我也这么跟着应与臣喊吧……我就去校外那个快递点，你在路边放我下就行。或者如果你愿意多搭我一段路，就去找个最近的肯德基……"

他越说越没声，因为应与将很明显在盯着他看，还对那声"哥"非常受用，在他喊出口的时候挑了挑眉毛。二十五岁的应与将挑起眉毛的样子，有点别样的可爱，身上还带着股年轻人的朝气。

"我，"贺情毫不客气地看回去，"我脸上有什么东西吗？"

"你……"

应与将动了动喉咙，那时候的嗓音还没三年后那么低沉，还勉强带着点少年气，"十八岁的样子也挺可爱。"

"……"

贺情瞪大眼睛，不吭声了。

梦境里的夏夜可不一般，没有虫鸣鸟叫声，四周寂静漆黑，雨已经停了，仰头远望，只看见繁星点点。

他捏了捏拳头，一巴掌拍到应与将胳膊上，扑过去捏他脸："那你还装不认识我！！！"

应与将还没说话呢，贺情兜里的手机响了。他手忙脚乱地把手机摸出来一瞧，屏幕上留着应与臣发的微信消息：你今晚可以不回来哦。

贺情一看这短信，瞬间感觉血压飙升。

血压飙升的后果是直接醒了，醒了就算了，他还是在沙发上睡的。一睡醒就看见应与臣这小子抱着个枕头站在沙发上玩 VR 电视互动游戏，左扭腰，右扭屁股的，看得贺情又气又笑，一个枕头扔过去："应与臣！"

"干什么，"应与臣没舍得暂停游戏，回头委屈了一下，揉揉屁股，"好痛哦。"

贺情笑眯眯道："没什么。"

应与臣之前看贺情睡着的时候就在傻笑，见他醒了便好奇道："你做梦了？梦到什么了，笑得那样……白捡了辆限量？"

贺情一听，嘚瑟地小尾巴又要翘上天了，哼哼道："比这还好呢。"